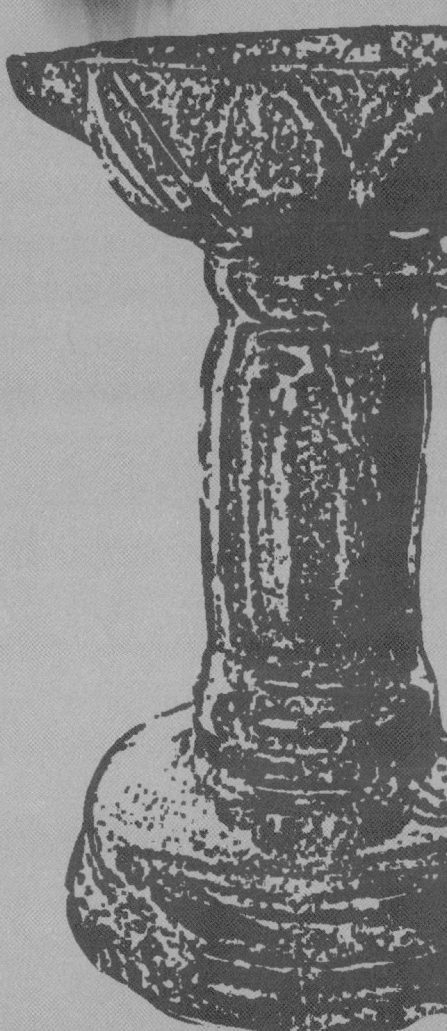

汤清发 [著]

新时代山乡巨变创作计划
潜力文丛

作家出版社

目录

第一章 / 001

第二章 / 094

第三章 / 175

第四章 / 265

第一章

1

　　世事难料，舒山根怎么也没想到，一个偶然事件，竟让他一改初衷，走上了一条筚路蓝缕、披荆斩棘的前行之路，他的命运也由此发生了根本变化。

　　大学的象牙塔里，山根充满了对知识的向往。他如饥似渴地吮吸着知识的营养。图书馆是他每日必得光顾的地方，即使面临毕业，也仍然雷打不动。

　　2013年6月16日是个星期天。早饭后，山根和同学方鸿鑫一如既往来到阅览室。一排排书架上名目繁多的图书在向他们招手，知识的芳香扑面而来，管理员用赞许的目光望着他们……总之，这是一个给人智慧、充满希望的地方。让人意想不到的是，就在两人从书架上取下书籍的片刻工夫，宽敞明亮的大厅里就挤满了丰盈自己翅膀的青年男女。

　　这些爱读书、善于学习的青年大学生坐在整齐的书桌前，有的在专注读书，有的在记笔记，还有的在凝神思考。

　　他们一个个遨游在浩瀚的书海里，徜徉在知识的世界里，如骏马奔驰在草原上，雄鹰搏击长空，猛虎呼啸山林，蛟龙遨游大海，享受着读书的无穷乐趣，谁也不肯让一分一秒白白流逝。偌大一个大厅里静悄悄的，静得仿佛连同学们的呼吸声都能听到。

　　山根正被书中主人公大义凛然、为国捐躯的精神震撼之时，手机却突然响起"同舟么共济海让路，号子么一喊浪靠边……"的来电铃声。这歌声跟这鸦雀无声的阅览室竟是那么不协调，那么格格不入。山根的脸居然有些发烫了，他暗暗埋怨自己怎么就忘了把手机调到静音，他为打扰到别人而满怀愧疚。他慌忙摁下接听键，又把声音的分贝压到最低。

电话里的声音焦急、啰唆、没有头绪。山根拼命在脑海里回忆、搜集、辨识，终于拼凑出耳朵里得到的信息。这是同村的高之雨打来的电话。之雨在这个城市打工，似乎是发生了什么重大事情。

他的眼睛扫视了一下四周，刚想问对方究竟发生了什么灾难，之雨那绝望的声音却又传过来："山根，快来救我……"

山根的心禁不住往下一沉。他仿佛看见之雨正在往万丈深渊坠落，能清晰地看到他无助的目光。他一下子从座位上站起来："你等着，我马上就到！"

山根情急之下还是不自觉地提高了声音的分贝，喊出了他铿锵承诺。他看见正在读书的校友们向他投来了异样的目光。

他深感歉意，但更多的是如坐针毡、如芒在背般地难受和不安。他不由得心跳加快，脑子里一片混沌，心口仿佛塞了块大石头一般，书也读不下去了。

山根向鸿鑫招招手，两人站起身走出阅览室。

鸿鑫看到他一副火急火燎、诚恐诚惶的样子，不知道究竟发生了什么重大事情，不禁吃惊地问："你这是怎么了？你可是一个沉稳之人啊！这会儿怎么急得像热锅上的蚂蚁？你走那么快干什么？等等我啊！"

山根焦急地说："鸿鑫，跟我去南郊实惠印刷厂一趟。家乡的一个哥们儿在那儿打工，遇到一点儿麻烦，咱俩赶紧过去看看！"

鸿鑫听了，原本绷紧的神经一下子松弛下来，嘴角扬起一抹淡淡的笑意，不无戏谑地嘲讽道："一个老乡发生点儿事情，至于把你吓得花容失色、神经错乱吗？我还以为是你家里发生了什么惊天动地的大事呢！"

山根没作声。他知道鸿鑫理解不了他和乡亲们的这份深情厚谊，但也知道这不是几句话就能说明白、解释清楚的。那不是亲人胜似亲人的情分，山根永远铭记于心。只见他面色凝重，步履匆匆，透着奔赴重大使命的坚定。

鸿鑫被山根对家乡人的深厚感情所感染，也为他关心家乡人的侠义精神所鼓舞，更被他身上的一股神奇力量牵引着，说不出那是一种什么样的感觉。他坚定不移、毫不犹豫地跟着山根一块儿往校园外面走去。

天气闷热，没有一丝风，树上的蝉儿吱呀吱呀地乱唱瞎叫着，山根于焦急中又增添了几分烦躁。两人在马路边等了好长时间,终于开过来一辆的士,赶紧拦下坐上。

司机在山根的不断催促下,一路风驰电掣,绝尘而去。

出租车是在实惠印刷厂门前停下的。

山根和鸿鑫下车,看到一个农民工模样的男子向他们走来。这个人身材不是很高,四方脸盘,皮肤粗糙,仿佛几天几夜都没睡觉似的,显出一脸的疲惫和焦灼,两只眼睛深深地凹陷进去。他就是给山根打电话的高之雨。

两人跟着之雨往厂里走。放眼望去,所谓的印刷厂不过是一个小作坊。房子是彩钢瓦搭成的,单调的灰蓝组合,一个个肮脏的大窗洞睁着油腻的四方眼睛,冷漠地瞅着他们。一群苍蝇围着门前不远处的垃圾箱,正无比热闹地开着一场大型舞会。

从门口往车间里看,一台台面目衰老不堪的立式摇头电风扇疯狂地旋转着,发出"轰轰轰"的声音。即使这样,汗水还是把工人们的衣服和身子紧紧粘贴在一起。就在山根眉头紧皱、鸿鑫捂着鼻子的时候,之雨把他们带进车间,来到一个肥头大耳、大腹便便、衬衣卷在心口上的男人面前。这个剃着光头、四肢发达的中年男人,坐在车间一角的老板椅上,胳膊肘支在面前的桌子上,眯着眼睛,不停地抽烟,一台小型落地扇对着他的脊背猛吹。

山根和鸿鑫明白这个大胖子就是这里的老板。

胖子嘴角叼着烟卷,看到他的员工高之雨领着两个陌生人进来,故意不理不睬,摆出一副趾高气扬、盛气凌人、唯我独尊的大老板派头。烟卷在电扇的猛吹下燃烧得更凶更快,这样,他抽起烟来似乎更过瘾。

"老板,怎么回事?"鸿鑫有点儿看不惯胖子不可一世的样子,所以话也问得不客气。

胖子转过脸也斜着眼睛,看到这个问话的是一个个子高大、身材魁梧、相貌英俊,浓眉下配着一双虎虎有生气的眼睛,透着一股强势刚毅光芒的年轻人。可是,胖子并没有表现出应有的礼节和丝毫的惧怕。

他也许觉得自己是当地人,占着地理优势;也许认为自己在这件事情上属于占理的一方;也许认为自己身材胖大,膂力过人。他的脸上现出了一副鄙夷不屑的神情,傲慢而轻蔑地撇撇嘴,皮笑肉不笑地说:"哼,怎么了?既然你们往这里来，不会不知道是怎么回事吧？难道这个傻不拉叽的高之雨，没有把事情对你们说清楚？难道你们不是他搬来的救兵？胖哥我可不是那种胆小怕事之人。"

胖子说完，傲气十足地拍了拍他那似乎怀孕六个月的大肚子。

走进这个蒸笼似的大房子里，鸿鑫立刻汗流浃背，又听了胖子这颇具挑衅的话，浑身的热血更是往上涌。不到几秒钟，他的脸就变成猪肝色了。室内的空气骤然变得紧张起来。之雨吓得躲在山根的身后，不住地眨巴着眼睛，流露出一种难以名状的胆怯和恐惧。

山根担心鸿鑫发火，扩大事态，急忙自我介绍说："老板，我们是高之雨的朋友，过来了解一下事故情况。我们是本着解决问题的目的来的，不是来寻衅闹事、扩大事态的，也不存在搬救兵一说。"

胖子抬起头，看到这个说话的年轻人，面目清瘦，一双明亮的眼睛里闪耀着睿智和自信，眉宇间现出一股儒雅之气，身材高挑单薄，面目清秀英俊，恰与刚才那个身材魁梧的青年形成鲜明的对比。胖子当然更不会把他放在眼里！

他站起来伸出右手的一个指头指着之雨，吼叫说："这个从山里来的冒失鬼，操作不当，把我新近安装的印刷设备烧坏了！这可是我花十六万购进的新设备，十六万，真金白银啊！你一辈子能挣到十六万吗？拿什么赔偿？"说完，他把双手叉在腰里，一副盛气凌人的样子。

之雨满脸无辜，声音弱弱地解释说，他按下开关，设备就冒烟，事故根本不是他造成的。

胖子龇牙咧嘴，张牙舞爪，现出一副凶残的样子，对之雨极尽刻薄侮辱，肆意谩骂："你这个蠢货，憨头巴脑的山里人，休要给我插嘴！看着你那副猪不啃南瓜的样子，我真想一巴掌呼过去，把你打晕在地！"

山根的心一下子被愤怒充满了。虽然对方骂的是之雨，但山根怎么受得了呢？因为他骂的是山里人。山里人，那是他的父老乡亲。他一巴掌拍打在桌子上，一只玻璃杯立刻被震得蹦到地下，摔得粉碎。鸿鑫的拳头也攥得紧紧的。

"是非自有公论，但决不允许你侮辱俺山里人！山里人本本分分，堂堂正正，哪里低人一等了！"山根的声音从胸腔里喷出来，火药味刺鼻呛人，这是他走进这个车间以来发出的最令人震耳欲聋的怒吼。

"我侮辱山里人咋了？"胖子站起身，藐视地望着山根，满不在乎甚至变本加厉地说，"山里人没文化没素质没技能，打工都不配，活该贫穷受罪！"

胖子刺耳的话语，再次激起了山根的怒火，只见他满脸通红，眼睛里燃烧着熊熊的火焰，拳头攥得紧紧的，愤怒地盯着胖子，大声斥责道："你满嘴都是没素质的话，也一定是个没素质的人！山里人怎么了？你鄙视山里人抬高不了你自己，只能暴露你的肤浅，你的优越感来自你的无知！"

不等对方开腔接嘴，山根就又重重地把拳头砸在胖子面前的桌子上，声色俱厉地警告道："你若是胆敢再侮辱俺山里人，咱们没完！我就是一个地地道道的山里人，但这并不妨碍我考上大学，取得许多荣誉和奖励，美好的明天在等着我！可你这所谓的城里人除了满眼的钞票，你还有什么？我们山里人淳朴善良，不欺不诈，心怀坦荡！我骄傲，我是山里人！"

胖子呆住了，这个看上去十分文弱的书生，发起火来竟也这么恐怖，讥讽起人来嬉笑怒骂，妙语连珠，竟然一套一套的。他立刻闭上嘴巴，悻悻地坐到椅子上，目光也黯淡下去了。山根的眼睛还在怒视着胖子，心中的怒火一时难以熄灭。

鸿鑫想到了一个解决问题的办法，轻轻捅了山根一下，满含深意地朝他眨巴了几下眼睛，意思是只要查清事故真相，孰是孰非，也就不言自明了。

山根心领神会，脸上立刻雨过天晴，换成了一副波澜不惊的表情，微笑着让胖子拿过来一块万用表、一支电笔和一把螺丝刀，监测一下事故的严重程度。鸿鑫接过工具和仪器，对烧坏的设备细心地做着检查。山根和胖子站在他身后。

鸿鑫检查之后站起身子，朝胖子声色俱厉地训斥道："你大惊小怪瞎咋呼什么？还说山里人没文化，你不也是个十足的文盲吗？"

胖子使劲儿瞪了鸿鑫一眼："你才是文盲哩！"说完把桌子拍得啪啪响。

山根对胖子冷嘲热讽，斥责他没知识没文化没素养，是一个名副其实的文盲，竟连电线短路、烧坏开关这种简单常识都不懂，不是一个十足的文盲又是什么？

山根平素本不喜欢跟人斗嘴争高低，无聊的高下之争他根本不屑。但是，眼前胖子这张丑恶的嘴脸，竟在侮辱他的伙伴，侮辱他的家乡人，也就是在侮辱他的故乡。这让他不能不发火！

有道是美不美，故乡水；亲不亲，故乡人。在他的心中，故乡的一切都是那么熟悉，那么美好，那么亲切！老实说，山根从没有因为自己是山里人而自卑而失落而屈辱。而故乡之于山根，除了是出生地，更是他成长的摇篮，是他魂牵梦绕的地方，是他永远也斩不断的情愫。虽然他并不曾想着再回归大山，毕竟繁华的城市对他来说有更多的发展机会，有他更精彩的人生。

胖老板嘲讽山里人的轻蔑话语，就像突然在山根脸上狠狠打了一巴掌。这一记响亮的耳光，一下子让他清醒了，让他清楚地看到了事情的真相：在许多人眼里和心目中，山里人就是无知，就是愚昧！大山代表着贫穷，代表着落后！这居然是一个不争的事实，山根的眼眶里突然蓄满了泪水。

鸿鑫对胖子步步紧逼："你是不是想讹人？你要是想讹人，甭说是山里人不愿意，就连我这个城里人也不答应！"鸿鑫说话的时候也学着胖子的样子，把胸脯拍得啪啪响。

"怎么是讹人？"胖子很不服气，忽地站起身，一边张牙舞爪地在空中挥舞拳头，一边扯开嗓门儿吼道，"损坏东西照价赔偿，天经地义！"

鸿鑫冷冷一笑："想要横吗？我方鸿鑫是吃素的吗？兄弟我可是一个人单打独斗五个欺负女生的流氓无赖。你去问问，他们是怎么被我打得落花流水，仓皇逃窜的！"

山根的嘴角不由一撇，差点儿把笑露出来。这个吹牛皮不要本钱的家伙，他几时打过架，还打败五个？牛都被他吹到天上了。

"想要横的是你们，不是我！"胖子收回攥得更紧的两个拳头，生硬地说，"不赔偿也行。不过，得先问问这两个拳头答应不答应。"

鸿鑫暗自思忖，看来必得先从气势上震慑住对方。于是，他见样学样，握紧拳头，打开双腿扎马步，上身压低，摆出一副要打架的姿势，蔑视地望着对方，说："想打架？咱俩先单挑！"

几个在车间一角装订作业本的女工，听到鸿鑫说要和胖子决斗，一个个停下手中的活计，转过脸注视着这边。胖子可能是在这些打工人面前习惯了颐指气使、飞扬跋扈的缘故，一时觉得脸上有点儿挂不住。而且看到鸿鑫摆出一副要动武的架势，还说要和他单挑，明白对方不是懂点儿武术套路，就是一个练家子，心里就有点儿发怵。他借故眼里飞进一粒灰尘，揉了揉眼睛，从而掩饰满脸的难堪。就这样，他外露的十足傲慢气焰一下子收敛了许多。

山根假装没有注意到胖子脸色的微妙变化，直接向他提出了一个严肃而关键的问题："高之雨进厂时，你给他做过岗前培训吗？"

之雨在一旁摇摇头。

胖子心虚地说："就事论事，别岔开话题往别处扯！"

鸿鑫从口袋里掏出一个小本本，指着山根对胖子说："实话告诉你，我俩是咱们省城《安全报》的特约记者。《安全法》规定，新员工进厂，不培训就上岗，出了事故必得先处罚老板！"

胖子瞟了一眼那个蓝色证书，知道麻烦惹大了。但他到底是经商做生意、经风雨混世面的人，谙熟欺软怕硬的处世潜规则。于是他两眼溜溜地转动几下，立刻堆出满脸的谄笑："好说，好说，都是自己人，何不早说呢？"

问题解决了。可是，之雨却提出不愿在这里再干了。鸿鑫要胖子把之雨的工资清算一下，让他回去。

胖子当然是一百个不情愿支付工资，可是慑于两人"特约记者"的身份，磨叽了一会儿，还是勉强答应了，但要之雨给他写个收据。之雨嫌自己的字写得不好，央求山根帮他写个收据。

山根写完，之雨在上面按了个指印。

胖子仿佛找到了一个发泄怨气的出口，十分得意地揶揄嘲笑之雨，就凭这点儿本事，也想出来打工挣钱？简直可笑！还是回去进修几年，读个小学毕业，再出来闯荡吧！

难道胖子说的不是事实吗？山根一时间羞愧无语。

2

夜的帷幕还没有拉开，联欢会的霓虹灯已经开始闪烁了。这是本届大学生离校前的最后一次狂欢。谁说不是呢？此地一别，何日再相逢？无尽的留恋和伤感不只象征着分别，还有学生时代的终结。

……
伤离别　离别虽然在眼前
说再见　再见不会太遥远
若有缘　有缘就能期待明天
你和我重逢在灿烂的季节

张学友撕扯着忧伤的声音在晚会的大厅里飘荡：

几许愁？几许忧？

点点滴滴在心头，

愿心中，永远留着我的笑容，

伴你走过每一个春夏秋冬……

大厅里一会儿这边掌声雷动，一会儿那边是一派兴高采烈的欢呼声。

晚会上的俊男靓女，有牵着手在舞池里翩翩起舞的，有拿着话筒高歌一曲抒发豪情的，也有欢呼嬉笑举杯痛饮的，还有不忍离别相拥相泣的，更有依依惜别低语声声、说到动情处泪眼相看，甚至相搀相扶相拥相抱的……

山根显得萎靡不振，似乎有许多烦心事。他也许是接受不了这种过分热闹的场面，嫌这地方太嘈杂；也许是不堪忍受这离别的凄凉和悲伤。只见他挽起恋人柳芳菲的手，走出晚会大厅，来到学校东南隅小公园的一张连椅上坐下。不过，两人并非像往常一样，相依相偎，亲亲热热，如胶似漆般黏在一起。山根把身子重重地靠在椅背上，两只胳膊也架在椅背上。他想把心里的沉重和烦恼都掏出来，可是，这个小小的椅背，如何能承受得起他心中的千斤重荷、万般愁绪？他索性把头也放到椅背上去了。

山根仰望着天空，头顶上的繁星就这样轻而易举看见了。这是一个没有月亮的天空，星星看上去也没那么亮，仿佛是瞌睡人的倦怠眼睛。他不由得叹息了一声。

"怎么了？"芳菲不知道他突然有了什么烦恼，疑惑地问。

山根一时觉得难以启齿，他无力地靠在椅背上，不住地唉声叹气。

山根不愿意说明，芳菲也不好再往下问。这时候，鸿鑫和恋人罗曼丽牵着手也走过来了。两人起身相迎，算是打破了他们之间的僵持局面。

曼丽有着修长的身材，一双闪烁明亮的大眼睛，鼻峰笔直，面孔白里透红；一头浓厚的秀发，犹如一挂黑色的瀑布披散在肩上，而且穿着华丽，打扮得漂亮入时，是一个标准的窈窕淑女；她说话做事落落大方，给人的感觉是优雅高贵、豁达热情。

芳菲呢，高挑个儿，长长的睫毛下，镶嵌着一双细长的大眼睛，一旦陷入沉思，眼神里常有一种坚定执拗的神情；容长脸儿，清秀而略瘦，尤其是她那挺直秀美稍显上翘的鼻峰，给人一种极富个性的美感。

曼丽和芳菲被同学们戏称为班级两朵花儿。

此刻,曼丽看到山根和芳菲从联欢会上溜到这里图清闲,极尽刻薄地挖苦嘲讽道:"你俩可真会钻空子,同学们都在联欢惜别哩,你们却偷偷躲到这儿私下幽会,说情话,还有没有点儿集体观念和同学情谊?害臊不害臊?"

芳菲也不甘示弱,她来了个猪八戒抡家伙倒打一耙子,反唇相讥道:"好意思说我们哩,你和鸿鑫藏到哪儿了?害得我们到处找不着!"

鸿鑫笑呵呵地调和道:"你俩半斤八两,谁也别说谁。"

芳菲发挥了她伶牙俐齿的天性,嘲笑鸿鑫是个罪魁祸首,整天把曼丽宠得只差捧上天。鸿鑫狞笑着朝芳菲做出一个得意的鬼脸。

山根却怎么也笑不出来。若在平时,他一定会拿出幽默诙谐的话语暗暗为芳菲助阵。而此时,他只是淡淡地说,让鸿鑫和曼丽坐下来说话。鸿鑫说干巴巴地蹲着,怪没意思的,不如从学校南大门走出去,到附近的一家小餐馆点几个菜,喝几瓶啤酒,说说心里话,畅谈一下未来和理想。

鸿鑫的提议,立刻得到其他三人的积极响应。他们一行四人乘着夜色,从南大门向校外走去。

这家小餐馆在中原财经大学的南大门附近,餐馆的名字叫"或与远"。直到现在,这一行四人也未能明白这名字的含义,只知道老板夫妻俩都是三十出头,男的叫陈远方,女的叫郭梦欣,夫妻两个都是中原财经大学毕业的。当他们知道这夫妻俩的情况时,简直惊呆了三观。

"大学毕业做服务开饭馆?"曼丽在得知真相后瞪圆了双眼,惊诧地问站在门口迎接他们的老板娘。

"奇怪吗?"郭梦欣莞尔一笑,"清华大学毕业生还卖猪肉、卖米线呢?"

山根接了一句:"职业不分高低贵贱,只要能为社会做出贡献,凭劳动增加收入,都是好职业。"

郭梦欣望着他友好地笑笑,表示赞同。

也许是饭店的地理位置好,大家都是校友的缘故,也许是因为老板夫妻的无比随和,也许是"或与远"这个名字值得一探究竟。总之,这家餐馆的顾客络绎不绝,生意火爆。

山根、鸿鑫、芳菲、曼丽鱼贯而入,围坐在一张餐桌旁。

鸿鑫点了四个菜——黄焖鸡、无骨鱼、甜藕片、炒土豆丝，都是店里的招牌菜，平素几个人都爱吃。曼丽说今晚无论如何也要再饱餐一顿，往后想吃就不那么容易了。芳菲说没关系，到时候让学姐给咱们发顺丰快递。

"再顺的风，等收到食物，恐怕也馊得吃不成喽，还是今晚赶紧美餐一顿吧！"鸿鑫一边说话一边又点了几瓶啤酒和两瓶可乐。

很快，郭梦欣亲自端上来了酒菜和饮料。不过不是四个菜却是五个，大家仔细看看，多了一个醋熘山药片。

曼丽问道："学姐怎么多上一个菜？"

郭梦欣回答说："那个醋熘山药片是特意送给你们的，好好吃吧！"

鸿鑫看到学兄学姐如此仗义，立刻站起身打开啤酒倒了一杯，双手捧上递给郭梦欣，其他几人出于礼节也站起来。梦欣爽快地接过酒杯一饮而尽，用手背擦了擦嘴，转身离去，很有一种女汉子的豪爽和大气。

这四个人复又坐下，不再谈论其他话题，彼此之间热情地让吃让喝，只剩下亲切虔敬的礼仪。

大约过了个把钟头，酒水饮料喝完了，美味佳肴却剩了不少。这倒不是几个人故意浪费，原本是他们已经吃过晚饭。

山根和鸿鑫已有几分酒意，开始天南地北侃大山说闲话。

两位女士喝的是饮料，头脑异常清醒。看到两位男神都是热血沸腾，心潮澎湃，满嘴的豪言壮语，一时难分高下，谁也说服不了谁。曼丽拉上芳菲走出去，来到隔壁的照相馆取照片。

曼丽想到前天照相时摄影师那副滑稽幽默的模样，就有点儿忍俊不禁，一个人暗自窃笑。

前天晚饭后，他们四个人一起漫步在学校的小公园里。落日的余晖金光闪耀，公园里各种植物一片茂盛，郁郁葱葱。一些知名的和不知名的花儿，红的、粉红的、深红的、白的、紫的、黄的、鹅黄的、绛紫的……反正是五彩缤纷地绽放着，把公园装扮得格外美丽。

"风景如画啊！真舍不得这个美丽的地方！但我们还是要离开了！"曼丽既感慨又惋惜。

山根颇有同感地说："是啊，人的一生就是在不断的分别与相聚中度过的！"

这时，一个头上歪戴着彩色太阳帽的摄影师频频向他们招手，模仿着俄罗斯人说汉语的腔调:"帅哥、美女,盛年不重来,一日难再晨。请把光鲜靓丽的青春拍下来,留下永远的记忆和纪念!"

曼丽和芳菲一下子被他的滑稽模样逗乐了,想着在这个美好而值得留恋的地方留下人生春天的倩影英姿,也是一个很不错的主意。于是就同意让摄影师给四个人拍几张合影照,当然选择的是不同的场景,其实他们恨不得把所有的美景都带走。

谁知拍完之后,摄影师却不依不饶,油腔滑调地说:"照了集体相,还得照个人的。这叫集体合影和个人独照相陪衬。"

几个人乐呵呵接受了摄影师的建议,各自又从不同角度,以不同的造型照了几张。

摄影师望着他们,满脸的羡慕,不住地感慨:年轻真好!三十年前他也曾是翩翩少年。可是时光无情啊!也就是那么一晃,他可就两鬓斑白了。

"多么富有朝气的孩子们啊!大叔再也拍不出自己年轻时的照片喽!"摄影师突然没了开玩笑的意味,而是发出了人生如梦、生命短暂的感慨。

"看来青春永驻只能是一个神话啊!"山根忽然产生了这种想法。

"大叔,你给我们多拍几张,让这些照片见证我们的年轻岁月!"想不到鸿鑫也情绪激动了,声音甚至有点儿哽咽。

曼丽觉得这个拍照人真有营销天赋,短短几句话不光达到了销售目的,还说得几个人心悦诚服地去花这笔钱。

这会儿两个美女去取照片,摄影师早把他们的相片制作成了几本精致的写真集。

曼丽本想埋怨他几句:我们又没让你这么做,你为何擅自做主?难道写真集是白送的吗?可是当她掀开浏览欣赏一番后,发现照片上的他们经过专业处理,个个堪比电影明星,光鲜靓丽。过分的美颜,虽然人物形象有些失真,但年轻人怎么能拒绝这样美得不像话的自己?两个女大学生的心里顿时乐开了花。多花了一笔钱,倒是不值得一提的事情了。

两人返回小餐馆,曼丽递给每人一本写真集,让大家浏览,同时发出倡议:让每个人都在扉页上留下豪言壮语,或者美好祝福,以志纪念。

芳菲微笑着让曼丽带个头,说她平时多嘴多舌,这回一定得写上满满一张才行。

曼丽嗔怒地说："你不也是快言快语吗？你为何不带头，却把蚂蚱往我这里赶？"

她说着把写真集往芳菲怀里推。芳菲笑着接过来，把它放在桌子上，她说让两位男士先把金句墨宝留下来，起个引领作用。

鸿鑫从曼丽手中接过碳素笔："那我就来个抛砖引玉！"然后大笔一挥，在上面赫然写道：再过若干年，我们重相逢，应该是踌躇满志，别有一番景象！

芳菲看后竖起大拇指称赞道："格局大，有气派，有抱负，一看就是大老板的胸怀！"

山根从鸿鑫手中接过笔，龙飞凤舞地在一本本写真集上草草写就。

曼丽望着他嬉笑道："共产党员同志，你的名言警句是什么，让我们也欣赏一下。"

山根带着几分酒意，笑呵呵地说："我吗？也没有什么发挥创造。借用徐志摩《再别康桥》里的诗句，来表达我的心声：轻轻的我走了，正如我轻轻的来；我轻轻的招手，作别西天的云彩。我从故乡来，仍然回到我的故乡去。"

曼丽竖起大拇指直夸山根优雅，诗人哪，徐志摩再现！

鸿鑫严肃地说："什么优雅，不过是拾人牙慧罢了！"曼丽不理解地望望他。鸿鑫满脸严肃地指责曼丽："今后但凡遇人遇事，不可随便称赞，这很容易误导啊！"

山根嘴角挂着微笑，他没想到鸿鑫竟然对他的说法，反应如此强烈！他站起来开始在桌子旁踱来踱去，想把满腹的心里话讲给几位朋友听。

"据我所知，农村人大多向往城市生活，而你大学毕业却要返回山村，真是让人费解！"鸿鑫的质疑，斩断了山根的思绪。

曼丽白了鸿鑫一眼。按照她的理解，山根说的不过是酒后醉话，他哪能舍得离开大城市，离开芳菲，独自回到农村？

芳菲望着手里捧着的茶杯，在屋里转来转去，好像杯子里的茉莉花正在悄然绽放一样。想到山根今晚的闷闷不乐，她明白他这是酒不醉人人自醉，不过是故意借酒说话，借酒表达自己内心深处的真实想法。她有点惶恐了，如果他回去，我们的爱情怎么安放？她的内心有种跌入万丈深渊的无奈和恐惧，一股悲凉之气从脚后跟儿往上升，一直升到头顶，她的声音也有点儿颤抖。她似乎在喃喃自语："酒醉心里明，山根说的不是醉话。他是故意把一个重大决定，借用徐志摩的诗轻松地表达出来！"

"生我者父母，知我者芳菲也。"

山根的声音萦绕在芳菲的耳旁，她的眼前却是一团模糊，心也坠入了万劫不复的深渊，脸上不由得阴云密布，嘴巴噘得能挂一个油瓶。

曼丽瞅瞅山根，又瞅瞅芳菲，平时能说会道的她竟然哑口无语了。她又瞅了瞅鸿鑫，鸿鑫正把不满的眼神投向山根。

停了许久，山根终于打破了沉默，他无比悲痛地讲述了昨天实惠印刷厂老板侮辱、嘲笑、奚落，甚至想讹诈山里人的真实故事。他说胖老板的所作所为警醒了他，家乡的教育需要他！贫穷落后的家乡需要他！他要发挥共产党员的先锋模范作用！他决定改变原来留在省城的初衷，回到故乡做一名特岗教师，用实际行动做好教育扶贫和教育振兴，培养好家乡的下一代，决不让他们步上一代没文化没知识没技术的后尘，让他们生活在幸福之中。

曼丽听了连连摆手，嬉笑道："胸怀博大，堪称鲁迅第二！"

"哪里，哪里。"山根不好意思地抓了抓自己的头发。他明明知道曼丽在埋汰自己，但又找不到合适的话回怼。

曼丽不无戏谑地说："当年鲁迅先生弃医从文，是为了改造国民的麻木不仁。而山根呢，听到有人嘲笑奚落家乡人，就决定回到故乡从教，不是和鲁迅先生一样高尚伟大？"

山根眉宇间流露出丝丝哀愁，他哪里顾得回击曼丽的阴阳怪气，只听他叹息一声说："唉，你高抬我了，鲁迅先生多么伟大……我岂能和他相提并论！"

芳菲白了山根和曼丽一眼，生气地吐出几个字："这俩家伙的言语如出一辙，都是圣里圣气！"

鸿鑫对山根和曼丽的说法也是非常不满，也就顺着芳菲的话往下延伸："他俩不光是圣里圣气，简直是圣人蛋，也不是圣人蛋，是屎壳郎爬到书本上——冒充圣人哩！"

芳菲听了，忍不住笑起来。

曼丽扬起手，一巴掌打在鸿鑫的肩膀上："还大学生呢，竟然也这么粗鲁！一天不受训，就不长记性，一天不挨打，就上房坡去揭瓦！"

"如果我的粗鲁能唤醒山根，那也值了！"鸿鑫说出了他心里的话。

鸿鑫驾车拉着山根、芳菲和曼丽，来到黄河岸边的风景区。他们坐在半山坡上，向远处遥望：大河东去，浩浩荡荡，波澜壮阔；向上仰望，山岳俊秀，奇峰迭起，雾霭缭绕；近观黄河景区：绿树满山，亭台楼阁，相互映衬，到处是一派赏心悦目的秀丽景色。

鸿鑫激情满怀地朗诵道："江山如此多娇，引无数英雄竞折腰！"

山根面露笑颜，兴致勃勃地说："山河壮丽，让我们这些热血青年、壮志男儿，有了施展抱负的用武之地！"

"唱高调！"芳菲嘟囔了一句。

她说的这三个字，让鸿鑫忽然想到此次邀请山根来这里游玩的本意。他看着山根，话锋一转："我想不通，你昨晚怎么突发奇想，言称毕业后要回到家乡，支援山区教育？是当真呢，还是一时兴起随便说说？"

山根信誓旦旦地表示，他说的绝不是酒后戏言。

鸿鑫一听，可是吃惊不小，心说既然是真心实意，一定得设法阻拦挽留，不能让他回到老家。他苦口婆心地劝说山根，如果毕业后留在省城，凭着他的知识和才学，不出三年，就会在这个大都市有车有房有存款。

山根坚定地摇摇头。回到故乡的念头已在他心里生根发芽。这并不是什么高尚的世界观、人生观、价值观决定的，而是故乡需要他、召唤他。他必须回去！

解救之雨之后的两个夜晚，山根躺在床上，却怎么也睡不着。实惠印刷厂胖老板飞扬跋扈、咄咄逼人的气势总是出现在他的眼前。他看不起山里人的轻蔑话语，一直回响在他的耳畔。如果不是他和鸿鑫前去帮忙助阵，事情将是一种什么样的结局？之雨又该怎么办？他真的不敢想，也不愿往下想。

让他困惑不解的是，明明自己已经帮助高之雨摆脱了困境，为什么没有丝毫的如释重负，心里反倒是一种沉重和伤痛？这个问题折磨得他辗转反侧，难以入睡。他的脑子里是一片混沌。

这两个夜晚，他都翻来覆去苦思冥想。是啊，今天他和鸿鑫帮助高之雨摆脱了欺侮。但是没有知识没有文化没有技能被人俯视，仿佛是理所当然的事情。可是，在故乡像之雨这样的小学毕业或者小学根本没毕业的，并不少见。他们外出务工，做着最苦最累的活儿，挣着最低最少的工资，被人瞧不起也是家常便饭。他舒山根能有什么办法帮助他们？

静静的夜晚苦苦的思索，山根终于寻找到了解决问题的答案：能够帮助他们乃至他们子孙后代的，只有他们自己，别人谁也救不了他们！他们得自救！怎么自救呢？当然是有知识有文化有技能，让他们用知识、技能和智慧武装自己！山根把这件事情捋清楚弄明白了。

今早天色微明、东方露出鱼肚白时，山根从床上坐起来。我得回去！我得把知识的甘露洒播在家乡的大地上，传播给山民们的子孙后代！山根想。这个念头在他心里像夏天的荒草一般疯长。

诚然，放弃城市生活，回到故乡有可能失去很多，比如爱情、高薪、安逸、享受，甚至所谓的幸福。可是，自己作为一个受过乡亲们无私援助而成长起来的大学生，面对贫穷落后的家乡，岂能袖手旁观，坐视不管？那不是他舒山根的作风和为人！

佛说我不下地狱，谁下地狱？尽管他之前曾和鸿鑫商定，毕业后到他父亲的房地产公司做高管。但此刻他食言了，悔棋了！他渴望幸福，但更希望把幸福的种子撒遍故乡的每一寸土地。

"你财经大学本科毕业，又是妥妥的一个学霸，考取了会计师、精算师、人力资源师、金融投资师等证书，回到山沟沟里教小学，那真是高射炮打蚊子——大材小用，委屈了你。"曼丽苦口婆心，想说服山根。

曼丽说话的同时瞟了芳菲一眼，她正往远处漫不经心地扔着小石子。曼丽明白，看似淡定的芳菲，此刻内心深处却犹如翻江倒海一般没法平静。

山根面带微笑，不紧不慢，柔中有刚地说："曼丽你别忘了，我和芳菲还考取了教师资格证呢！"

"我考教师资格证，可不是为了到穷山沟当老师！"芳菲捡起一块小石子，愤愤地扔向远处。

鸿鑫一面摆手示意芳菲打住，一面慢条斯理地劝说山根："郁闷，真的很郁闷。我就是想不明白，援助家乡的办法有许多种，途径也有千万条，你为什么非要牺牲自己和相爱人的幸福与前途，去做这种出力不一定讨好的事情？"

山根蹲下身子，也捡起一块小石子朝水里掷去，水面上立刻溅起了一串水花。

简单地说，他就是不想让家乡的下一代再遭受别人的嘲笑和欺侮，让他们生活得幸福一些。前天印刷厂里的一幕还历历在目，故乡亲人的痛就是他的痛！但是山根觉得他还是没法跟他们说清楚。"怎么说呢？"山根两手叉腰，目光凝视着远方，眼睛里外溢着深思熟虑，还有高瞻远瞩。

过了一会儿，山根的目光还是黯淡了下来。最后，他把双手反剪在后背，悻悻地绕着一丛灌木走来走去。

"倒是说话呀，你就这样转来转去转得人心里发慌！你从前可不是这样，演讲比赛时候的妙语连珠、出口成章哪里去了？"曼丽生气地捡起一块小石子朝山根扔过去。

山根一下子打开了话匣子：党的十八大提出了脱贫攻坚，全面建成小康社会的战略目标，强调"治贫先治愚""扶贫必扶智"，特别赋予教育扶贫"阻断贫困代际传递"的重要使命。

英国经济学家马蒂亚·森曾说，教育的缺失是能力的贫困，是比收入贫困更深层的贫困，它会引发贫困的代际传递。据调查，人们接受教育的程度似乎是和脱贫力度成正比的，教育扶贫对于摆脱贫困有着极富温度的力量，也是最根本的扶贫。

由此看出，做好教育是最重要的事情。任何一个地方只要教育做不好，它的发展就必然缺乏动力和后劲儿。所以，为了家乡的教育振兴，为了建设美丽家园，他必须回到故乡去……

"圣人蛋！看来鸿鑫一点儿也没说亏你！"曼丽听着山根的长篇大论把耳朵都捂上了，目光里尽是嘲讽，"难道教育振兴就靠你舒山根一个人？就你行？你是无所不能的玉皇大帝？"

鸿鑫摆手示意山根停下他的高谈阔论。他说话的声音比平时高了好几个分贝："舒山根，你知道你的家乡现在最需要什么吗？"

山根疑惑不解地看着鸿鑫，目光里充满了探究，仿佛在问鸿鑫：他的家乡现在最缺什么？

鸿鑫回答道："是钱，有了钱什么事情都可以办成。如果你留在大城市，赚得盆满钵满，成了富翁，你就可以给家乡捐款，也可以给他们打井铺路，修桥建校，这岂不是最大最好最实惠的回报？难道只有回到故乡才是奉献？分明是大投入小收益！老同学啊，你还是有钢用在刀刃上吧！"

"对呀！谁说不是呢？"曼丽频频向鸿鑫竖起大拇指点赞叫好。芳菲的眼睛也蓦然放出亮光来，笑容一下子堆到了她脸上。她蹦跳着和曼丽击掌欢呼，高兴得不得了。如果山根留在省城，她柳芳菲可以倾其所有支援山根家乡的建设。她是这样想的。

山根肯定鸿鑫说得对，生活离了钱不行，但钱也不是万能的。金钱体现不了他对家乡的热爱，代替不了他对家乡应尽的责任。钱不足以表达他对父老乡亲们的回报！他要亲历这场山乡巨变！去培养家乡人的子孙后代，点亮孩子们的心灯，唤醒他们的内驱力，开启他们的心智，从根本上提高孩子们的品质和能力，并把它运用到改变禹山沟落后面貌的实践中，让山民们都能过上富裕的生活，而不仅仅是让他一个人有钱富裕起来。这才是他舒山根的最大心愿！

"你就是一头牛！一头犟牛！"曼丽悄悄走到山根身后，忍不住搥了他一下。

"他哪里是一头牛，简直是一头牵着不走，打着倒退的犟驴！"芳菲一屁股坐下来，脸上阴云密布，仿佛一场暴风雨马上就要到来。

鸿鑫也是气呼呼的，他要用事实驳斥山根的说法。什么点亮心灯？全国教育教学一个样，老师要分数，商人乘机造势忽悠，别让孩子输在起跑线上，愚弄家长把孩子送到辅导班。甚至一些唯利是图的老师课上不讲课下讲，暗示家长把孩子送到他们自己开办的辅导班里。

可怜天下父母心。家长为了孩子，只得大把大把地往辅导班交钱。国家实行的是义务教育，家长反倒花了更多的钱。而那些无辜的孩子，每天走出学校又进辅导班，形成了家庭—学校—辅导班三点一线的固定模式，星期天也得不到休息，差不多要把孩子往死里逼，往死里折腾。那些正值青春年少、花朵一般的孩子们，一个个累得弯腰弓脊，近视了眼睛，累坏了身体，错乱了神经。看看现在的孩子，真正爱学习的有几个？鸿鑫的外甥女是当老师的，她就亲自做过调查。"你是发自内心地喜欢学习吗？"就这个话题她让学生匿名填写调查问卷。结果怎么样？全班七十二个学生只有三个回答 yes。这是什么概念？所谓的好成绩都是逼出来的！这样的教育，培养出来的学生就是高分低能，缺乏提出问题、分析问题、解决问题的能力，更别说让他们创新创造了！

山根回乡做这样的教育，根本没有意义！

鸿鑫原本想着山根听了会生气，谁知他不但不生气，还朝鸿鑫竖起大拇指，一个劲儿称赞鸿鑫眼光犀利，见解独到又深刻。

"但是怎么能任由这样的教育现状蔓延下去，不去改变？"山根的眼睛直视着鸿鑫，他脸上的表情郑重严肃，呼吸稍微有些急促。

鸿鑫也盯着山根的眼睛，眼神里透露出生气、疑惑和要说服山根的信心：亏你舒山根还是一个大学生呢？不识时务，不自量力，你有多大的本事？教育的现状仅凭你的蝼蚁之力，就能改变吗？

山根似乎猜透了鸿鑫的心思，他的目光里透出孤傲的火焰，直朝鸿鑫烧灼过去。山根把心里的想法淋漓尽致地表现在了脸上。

鸿鑫的眼睛黯淡下来，渐渐地从山根的脸上移开了。

曼丽盯着山根不屑地问："你是不是看准了当老师能办辅导班这个商机？"

"燕雀安知鸿鹄之志哉！"山根向曼丽半开玩笑半是调侃，"古人说位卑未敢忘国忧。我回乡做教育，正是要改变鸿鑫刚才列举的种种教育弊端！"

曼丽听了撇撇嘴，心里说真是一个标准不着调的圣人蛋，说大话也不嫌牙碜！

山根看到了曼丽对他轻蔑的目光，但他却不管不顾，而是口若悬河，滔滔不绝地向他们谈论起教育，讲述起他的家乡大邓州。

北宋时期的士大夫范仲淹，被贬谪到山根的家乡邓州。可是他却在这里大力兴办学堂做教育。著名的先忧后乐，就是他在邓州受同僚滕子京之托撰写的《岳阳楼记》中提出来的。山根认为，古代士大夫尚且能够如此，他一个共产党员大学生，更应该为家乡的教育扶贫尽力竭智！他要改革传统的灌输式教育教学模式，用肯定赞美为中心的激励方法，培养学生正确的"三观"、高尚的道德、自觉自愿学习文化课、大胆实践、勇于创新的良好品质，最终由老师的激励变为学生的自我激励，实现人生的辉煌！

山根显得激情澎湃，踔厉奋发。其他三人心里怎么想，他都不去考虑了。

曼丽却不以为然地说："理想很丰满，现实却骨感。It's easier to say than to do！"

鸿鑫对山根先扬后抑，说他研发的《简易智慧》，内容和方法都很独特！但是即便在教学中实验成功，一枝独秀也不是春啊！

山根对自己回乡做教育充满了信心和希望。他乐观地认为，任何事情的发展都有一个从无到有、从小到大、不断壮大的过程。诚所谓"一花引来百花放，万紫千红春满园"是也。老子在《道德经》提出的"有生于无。道生一，一生二，二生三，三生万物"说的就是这个道理。

"鸿鑫，别浪费口舌了！榆木疙瘩不开窍！朽木不可雕也！粪土之墙不可圬也！"曼丽生气地说着又回头望了一眼芳菲。而她正望着远处发呆，目光扑朔迷离。

山根也发现芳菲已经沉默了许久。但此刻他还是想把藏在心里的真实故事，讲给眼前这几位朋友。

3

山根的故乡在中国南水北调中线工程渠首——河南省邓州市禹山脚下的禹山沟。禹山顶上有一座禹王庙，传说大禹治水，曾在此山头驻扎，因之得名。

禹山上秀木参天，流水瀑布，煞是壮观。古代文人墨客对此多有吟唱。

明朝诗人刘士皆在《无题》诗中写道："迢递关河古邓州，汤山高并禹山幽。"

明朝邓州籍诗人彭而述回故乡游览此山，曾写《禹王庙》一诗："夏王宫殿石门开，金碧曾传付劫灰。桃片缤纷无寺主，颓墙白日老狐来！"

清朝诗人廖掞在《游禹山》中写道："一湾花落桃源渡，半壁天悬到阁关。试向白云深处坐，懒寻归路不思还。"

这些诗文既赞颂了这里山川秀丽、风光如画的美好景象，也道出了它地理位置偏僻、山高险要的特点。

这里山路崎岖，交通不便，出行困难。山民们世世代代很少走出这座大山，收获庄稼需要他们一捆捆背，一担担挑。山民的心酸说不清，山民的眼泪淌成河，家家都有一本苦难经。

山根的父亲叫舒新畅，母亲叫魏秀芬。他们为了能让儿子走出大山，跟苦难告别，就把儿子送到邓州城区读高中。

二十世纪八十年代末，舒新畅和魏秀芬夫妻两个，同当时的大多数农村青年一样，离开故土，千里迢迢，奔赴南方，在一家机械厂打工。由于两人头脑灵活，接受新技术能力强，加上为人忠厚，勤劳苦干，在工作上从不偷奸耍滑，深得老板夫妇赏识。他们有心把两人安排在重要岗位上，让他们一个做技术员，一个管理财务，长期留在身边。

可是，面对老板的好心好意，夫妻两个犯愁了，只能拒绝。他们知道自己胜任不了老板安排的工作，因为他们读书太少了。舒新畅是小学毕业，根本看不懂简单的机械三视图。而魏秀芬呢，也就读了两年小学，勉强看得懂地名、车站站牌标识，哪能记得了账目？老板夫妇真是爱莫能助，只好带着遗憾另请高明。

再后来，魏秀芬怀孕了，干不了重活，夫妻俩也就回到了禹山沟，生下了山根。

从此，舒新畅在心里暗暗发誓，再苦不能苦孩子，再穷也要让孩子读书，决不能让儿子像父母一样因为没有知识，没有文化，一辈子只能凭下气力混饭吃。他们希望自己的儿子将来能够远离贫穷和愚昧，靠能力和知识而生存而发展而壮大，手中的笔是他奋发向上的工具。

为了能够支付儿子在城里读书的昂贵学费、生活费，舒新畅和魏秀芬采取农商结合两手抓。他们农忙种庄稼，农闲开着一辆农用三轮车，走街串巷，收购农产品和山野产品贩卖。即使再忙，他们每个星期也要到学校看望一次儿子。每逢节假日，父亲来城里接儿子，母亲在家给他做好吃的，一家人团圆相聚，其乐融融，幸福美满。

可是，这种幸福生活却没能维持多久。

2009年的高考前夕，父母向山根许诺，考试前他们来城里陪他吃顿饭，为他奔赴考场加油鼓劲儿。没想到高考前一天，山根盼来的却不是自己的父母，而是禹山沟村支部书记高德亨。他说山根父母去西山收粮食，天下大雨，洪水冲坏道路，隔在外地。他们打电话让他过来陪着山根吃顿饭，为他即将参加高考壮行。

老支书的说法，让山根感到既困惑又释然。

困惑的是爹妈既然能把电话打给老支书，为什么不可以把电话打到学校，让他亲自接？他们为什么要劳驾堂堂的村支书呢？他本想提出一连串的疑问，可是话到嘴边又咽了回去。

山根素来清楚老支书为人豪爽，古道热肠，侠肝义胆，几十年如一日，赢得了全村人的爱戴。他曾听爹讲过，二十世纪七十年代，农村实行的还是以生产队为单位的集体经济。当时只有十六岁的高德亨，却已是大队的治保主任了。

村里有一户人家，人口多劳力少，妻子常年卧病在床，仅靠男主人詹岭一个人干活挣工分。因为挣的工分少，分的粮食也就少，每遇春荒，总是缺粮少米，大人小孩瘦得皮包骨头，打不起精神。詹岭担心一家大人小孩被饿坏，于一个黄昏时分拎上箩筐，乘着暮色悄悄走出村庄，去了野外，采割开着紫花的甜苜蓿尖儿，拿回家让妻儿老小聊以充饥。

一个时辰后，詹岭背着一个装满苜蓿的箩筐往家走。不意当他行至村头路口时，却被把守在此的生产队长福娃和几个夜间值更巡逻的汉子拦截下来。这些人好像早有防备，二话不说就把詹岭关到了生产队的牛屋里，任凭他百般解释哀求，却也没有人理会。

福娃当下就把这个盗窃案件上报给治保主任高德亨。高德亨一脚踏进牛屋里，看到蹲在屋角、耷拉着脑袋的詹岭以及放在他身旁的一箩筐苜蓿，什么都明白了。

还未等他开腔问话，福娃就上纲上线，无限夸大地说这是一起严重的破坏青苗案，必须从严从重从快处罚，狠狠打击，杀鸡给猴看，才能起到警示惩戒作用。

詹岭诚惶诚恐地解释说家里快断顿揭不开锅了，为了保住家人的性命，万般无奈才出此下策，他并不是要成心盗窃。

德亨听罢没有急于发表意见，而是让詹岭背上箩筐在前面引路，他和福娃跟在后面。他要去詹岭家里一探究竟，核实一下他说的情况是真是假。

两人跟着詹岭走进了他家的两间土坯房里。低矮的屋门，德亨进去的时候不小心碰着了头，生疼生疼的。他一边揉着头上冒出来的疙瘩，一边四下里打量这个穷得寒酸的家庭：对着门口的后墙根儿垒了一个大锅台，前面堆放着从外面捡拾的干枯杂草和扫回来的树枝落叶。不用说，那是充当做饭用的燃料。一个大米缸靠在烟囱一旁。德亨走过去掀开缸盖儿看了看，估计里面大约只有一升米。

德亨的心里一阵揪疼。他抬眼往里面瞅，一张床上躺着詹岭骨瘦如柴的妻子，身上盖的被子摞满了补丁，已经看不见本色了。另一边三个孩子睡在铺着麦秸的地铺上，被子太小，一个孩子的肚子露到外边去了。

德亨走过去，把被子轻轻拽了拽，勉强盖住那孩子的肚子。孩子们的呼吸均匀而平静，他们的梦里会不会有父亲的羞耻和无奈？饥饿面前，生死面前，德亨深深理解了詹岭无可奈何铤而走险的行为。但是，在这样被饥饿扼住咽喉的时刻，如果没有规矩，也注定会造成大乱，怎么办呢？德亨在屋里踱来踱去。

"不是万不得已，谁愿意做这种事情？"詹岭向德亨和福娃哀求着，"你们就放我一马，往后我再也不敢了！"

可是，福娃却一点儿也不为所动，随口把"下夜做贼""偷盗集体""破坏青苗"的几顶大帽子，着着实实扣在詹岭的头上，还说社员们如果都像他一样偷苜蓿，十几亩苜蓿不是很快被偷个精光？没有了苜蓿，拿什么喂养队里的耕牛？耕牛饿死了，用啥犁地？

詹岭听此吓得心惊肉跳，两腿发软，当下就要跪下磕头求饶。

德亨伸手阻拦詹岭的同时，疾言厉色地质问福娃："牛重要，还是人重要？"

"牛是集体的，当然重要了！"福娃回答得理直气壮，"三条腿的蛤蟆不好找，两条腿的人有的是！"

"胡扯八道！"德亨黑着一张脸，眼睛瞪着福娃，"没有人，要牛干什么？要我们这些大队干部、小队干部有尿用？"

德亨看着福娃的头慢慢低下去，他又把目光转移到詹岭的脸上。他的目光变得温和而充满了怜惜。"但是，如果人人都去采割苜蓿，村子岂不乱成一锅粥了？"德亨的声音低下去了，有一种无可奈何的味道。

转念一想，人一旦饿死了，还谈什么集体个体？不过他没有说出来。

福娃从德亨盛怒的话语里，突然意识到自己这种小题大做的说法不甚合适，也就赶忙向德亨征询如何了结这件事情。

……

事情的结果是，德亨不但让詹岭留下了这筐苜蓿尖儿，还让福娃从集体的备战仓里给詹岭一家装了几袋粮食和红薯干，周济他们渡过难关。而对詹岭私下采割苜蓿尖儿的行为，扣他两个工作日的工分，以示惩戒。

这件事被传开后，村民们都知道高德亨是一位乐善好施、关心村民疾苦的好干部。几年后他被党员公推为村支书，又被村民们选举为村委的一把手。而德亨呢，村民们无论是东家有灾还是西家有难，也不论是公事还是私事，但凡让他知道了，没有不帮助的。所以，他不仅是村支书，还是村里的信息员、协调员，更是村民的主心骨和依靠。

想到这里，山根的心里释然了。

老支书陪着山根吃过午饭，临走时鼓励他安心考试，说是三天后他的父母就会过来接他回家。

山根懂事地点了点头，心中对老支书充满了感激之情。

高考结束了，山根等候在学校大门口，盼望着父母能够如约到来，可是左等右等也没看见到父母的身影。很多同学都被家长接走了，只剩下他和少数几个同学眼巴巴地站在大门口。就在他东张西望左顾右盼，急得团团转时，老支书从一辆徐徐停下的半旧面包车上走下来。

虽然没看到父母，但山根还是感受到了一种久违的温暖和慰藉。他连连向老支书招手、微笑、致意。

不等山根开口，老支书声调低缓、语气沉重地告诉他，说他爹外出做生意开车下坡时，农用三轮摩托刹车失灵发生事故，受了伤在家养伤，他妈在一旁陪伴不能离开。他们委托他来接山根回家。

山根听了吓得慌乱不堪，急忙询问他爹的伤势。老支书说没有大碍，只是受点儿皮外之伤。不过，有一个细节山根却记忆犹新：老支书这两次见到他，眼神总是飘忽不定，始终不敢拿正眼看他，话也说得生硬不连贯。山根的心里更是多了一些疑惑和忐忑不安。

面包车行驶一个多小时，终于快到家了。奇怪的是面包车却没有直接开进村里，而是开到一片岗坡地带。从车上下来，老支书带着他来到一座新埋的坟茔前，说他父母半月前出车祸，不幸双双死亡……

山根猝不及防听到这个噩耗，顿感天旋地转，一头晕倒在地。醒来时天已经黑了，他发现自己躺在村卫生所的病榻上，输着点滴。尘埃落定，所有的疑惑都解开了。山根伤心得泪如泉涌，痛苦得肝肠欲断，迷乱得不知所措。

老支书又来到了山根的病榻前，愧疚地对他说："山根，我担心你知道了父母不幸亡故这件事情，影响你的高考，所以把这个惨痛的消息封锁起来，不让你知道，你恨我吗？"

山根不自觉地点点头，又慌忙摇摇头。他明白给他说与不说父母意外去世这件事，其实都是一种善意。他什么话也说不出来，一任泪水肆意横流。

其实，老支书为了不让山根知道父母亡故这件事情，也是颇费踌躇。为此，他专门召开村民代表会，征求大伙的意见。有的村民说山根和父母从此阴阳两隔，还是要让他见上最后一面，高考可以重来，但同父母见面的机会只有这一次；有的说高考在即，一旦让山根知道了父母遭遇车祸身亡的噩耗，势必耽误他的高考，影响他的大好前途。大家各执一词，似乎都有道理。老支书最后一锤定音，他要求村民守口如瓶，严格向山根封锁隐瞒这个不幸的消息，让他安心参加高考。

此刻，山根心灰意冷，什么命运前途都可以不管了。爹娘没了，家就没了，哪还有什么未来前途？"你入学的新书包有人给你拿……"山根的耳边忽然飘过阎维文的歌声，他的哭诉更凄厉了。"爹，娘……"他的哭声是那么凄厉绝望，那么令人心碎！他上大学的学费谁会给他拿呢？山根只能感激乡亲们为他前途着想的一片好意，但大好前程现在对他来说，就像一团虚无缥缈的烟雾一样，消失得无影无踪。

老支书似乎明白了山根的担忧。他说："娃子呀，只要你考上大学，就是咱禹山沟考上的第一个大学生，是咱禹山沟的光荣和骄傲！是咱禹山沟的希望！禹山沟就是再穷,也要供你上大学!"

就这样,在老支书的带动下,本着自觉自愿的原则,村民们纷纷踊跃捐款。硬是一次次给山根凑齐了学费和生活费,让他顺利读完了四年大学。

山根的悲惨家史,让鸿鑫、芳菲、曼丽听了悲戚不已,面面相觑,一时间又不知道该如何去安慰他。两个女生的泪水忍不住夺眶而出,流下脸庞。

曼丽擦了一把眼泪,努力把笑容搁在脸上,她拍了拍山根的肩膀说:"兄弟,灾难都过去了,一切都会好起来的,加油!"

鸿鑫现出满脸的悲伤,责怪山根辜负了大家的友情,为什么不把父母的悲惨遭遇和家庭变故告诉大伙呢?有困难一起扛呀!没必要一个人把苦难从左肩换到右肩,再从右肩换到左肩。

曼丽一边流泪一边为山根开脱:"谁都知道山根这个人,历来都是自己的困难自己扛!他怎么愿意生活在别人的怜悯同情之中?"

鸿鑫不住地朝山根翻白眼,目光中既有同情也有怜惜还有抱怨更有生气……

芳菲则低头无语,一任泪水无声地流淌。

山根看到她那俊美的脸上不光有泪水,还有些许愠怒之色。她用洁白的牙齿咬住自己薄薄的嘴唇。过了一会儿,绷紧的脸庞这才缓和过来,嘴唇上印着一排明显的齿痕。难道她嫌弃我孤儿的身份?还是怨恨我没有把这段伤心往事如实告诉她?或是有其他什么想法?

俗话说,相由心生。一个人心中有所思有所想,有什么样的情绪,就必然会有什么样的表情写在脸上。事实果真如此吗?山根迷惘了。

鸿鑫想尽快把这"愁云惨淡万里凝"的画面翻过去,也就故作轻松淡定地说:"咱们已经观看了黄河波澜壮阔的澎湃气势,领略了黄河景区的千种风情,真切地见识了五龙峰、岳山寺的神秘面目。现在该打道回府,顺便寻一家餐馆,得得劲劲美餐一顿!"

两位男士走在前面,曼丽搀扶着芳菲的胳膊故意在后面落了一段距离。

"你对山根有意见了?你什么也不说,就是不想说了!"曼丽问。

芳菲没吱声。她的目光只在脚底下的路上飘忽,心里却很难过。她和山根在大学同窗共读四年,也相爱四年,把《朝阳沟》中栓宝的唱词演绎过来,就是"咱两个在学校,整整四年,相处之中,无话不谈……"可是他那痛彻心扉的家庭变故,就算不对别人说,也得对她说啊!她柳芳菲是别人吗?他们还算得上是心心相印、息息相通的恋人吗？以前芳菲总觉得她和山根是一体的，是你中有我，我中有你的命运共同体关系。但是，就在刚才，她才发现他们中间隔着一道鸿沟，甚至是一道天堑。

"怎么了？说话呀！你哑巴了！"曼丽用力地摇晃着芳菲的胳膊。

"鬼才知道他还对我隐瞒了什么！"芳菲愤愤地甩开曼丽的手，独自向前走了。

曼丽明白了，芳菲心中过不去的那道坎，不是山根的出身和贫穷，而是他严丝合缝的隐藏。这对于芳菲来说是极大的不忠诚。她赶紧追上去，竭力给芳菲说明白："那是山根的伤疤，你希望他揭开伤疤让你看吗？他不疼吗？他疼你岂不是更疼？"

芳菲停下来，又圪蹴在地上，她拍着自己的胸膛哽咽着对曼丽说："我是谁啊？我是柳芳菲！难道不可以做他舒山根的疤痕灵？他永远都无法知道他在我心中的位置！"说着像个孩子似的蒙着脸哭得涕泗横流。

曼丽轻轻地拍着芳菲的后背安慰她。芳菲的伤心和不满她能理解。这说不上是山根对两人爱的辜负，但是对于芳菲来说，爱是什么？爱就是推心置腹，以诚相待，并肩战斗，踏平坎坷，迎来幸福！但是山根这样做，是怕芳菲嫌贫爱富吗？这岂不是亵渎了两人纯洁无瑕的爱？曼丽一边想一边拉起芳菲往前走。

前面的两个男人已经走得看不见影儿了，她们得赶快跟上去。

"他就是一个大阴谋家！我真害怕自己有一天被他卖了，还在帮他数钱呢！"芳菲在抽泣中嘟囔着。

"芳菲，拿自己的想法去揣测山根，显然是错误的！山根是那样的人吗？你忘了他去年七夕情人节送给你的那束绚丽多彩的鲜花了？"曼丽说得苦口婆心，她平时那大大咧咧的暴躁脾气，这会儿一点儿也看不到了。

芳菲的眼前立刻出现了那束美丽的花。花是山根从田野里采来的，有柿子树的叶子、紫丁花、狗尾巴草、蔷薇花。他极细心地用一根红丝带扎起来，拿一张报纸裹着。报纸的外面还用红丝带绑了一个漂亮的蝴蝶结。芳菲至今记忆犹新：山根双手捧着，恭恭敬敬小心翼翼地递到她手中。

芳菲接过花束的时候，给了山根一个甜甜的吻。而那天鸿鑫送给曼丽的是他花六百八十八元在花店里定制的九十九朵玫瑰。但芳菲还是固执地认为，她收到的才是世界上最美丽的花。

就在那个情人节的前夕，山根拿到学院五千元的奖学金。曼丽和芳菲怂恿他去买一套雅戈尔西装，说他成天就是两套洗得发白的夹克衫换着穿。谁知，山根却两手一摊，说晚了，奖学金捐给了金融系那个患尿毒症需要换肾的女孩了。曼丽当即朝他竖起了大拇指，芳菲也被山根的无私奉献和大爱精神所感动，觉得能够和他共度一生是何等的幸福！

芳菲此刻想起这些，心中所有的坚冰都被融化了。

"路遥在《平凡世界》里说：'在任何时候，诉苦总是一种软弱的表现——尤其是一个男人向女人诉苦。'山根没有把苦难告诉你，足可以看出他的坚强！"曼丽打破了两人之间久久的沉默，苦口婆心地劝说芳菲，"你不能因此而怀疑他的人品，怀疑他对你感情不真实！他隐藏的只是他的苦难。那些苦难是他奋进的动力，而不是对你们爱情的不忠。"

芳菲一个劲儿地点头。她拉起曼丽的手，急匆匆地往前走。她们要追上山根和鸿鑫。这一刻，山花正艳，狗尾巴草争着朝她们点头微笑。

4

芳菲的家位于省城金水区中心地带，是一个别墅式独家院落。庭院里绿树茂盛，芳草满地，花朵艳丽，幽香怡人。室内装修得豪华气派，摆设美观。

芳菲的父母坐在茶几前品茗喝茶，夫妻两个有一搭没一搭地说着话，看上去显得自然随意，悠闲自在。

芳菲带着两手空空的山根，从外面走进屋里。她兴冲冲地把山根介绍给爸妈。山根不太自然地向芳菲爸妈打招呼："叔叔、阿……阿姨好！"他叫得很拗口，因为山里娃从小到大一般不这样称呼长辈，他们有自己独特的称呼。

两人也许是看到山根过于寒酸的衣着，不太情愿地站起身。山根看到芳菲的爸爸穿着讲究，个子高大，眼睛细长，鼻梁笔直，留着偏分头，头发乌黑浓密，只有很少几根白发，称得上是一个美男子。看得出来，芳菲是遗传了她父亲柳若善的基因。

山根转过脸又望了一眼烫着一头漂亮卷曲黑发，眼睛凹陷，颧骨略微突出，白皙微胖,鼻梁上架着一副宽边褐色眼镜的芳菲母亲鲁敏。她给人的印象是,不怎么友好和善。山根看到她的眼睛的时候,心不由得咚咚跳了几下。

用山根后来的话说就是:他觉得她长着一双善于找碴儿的眼睛,一张得理不饶人的嘴巴。

在山根看来,这夫妻两个无论是长相、身材还是精神气质,一点儿也不像快六十岁的人。看得出来两人是养生有道,保养得很好。他跟芳菲的父母是不同世界的两类人。山根父亲去世的时候只有四十三岁,但在他的的印象中父亲头顶的头发已经稀疏,额头上山川纵横,母亲眼角的鱼尾纹也特别明显。总之,父母就是大山里的一粒尘埃,就算是他们依旧活着,不会也不敢想他们的儿子,能与省城里这样一个知识分子家庭攀亲。山根在心里叹息着。

芳菲的爸爸柳若善睥睨不屑地看着山根,说:"来了好,坐下吧!"

鲁敏面无表情地瞅着穿戴土里土气的山根,倒了一杯开水放在桌子上,推在山根面前,一声不吭,转身走了出去。

"年轻人,原籍何处?家中都有哪些人?"若善问话的口气和架势,流露出十足的倨傲之态。若善一生阅人无数,面前这个小伙子的家境,只需一眼便可洞察。他在心里暗暗叫苦:女儿到底还是找了一个穷小子!他后悔自己的小算盘打错了。他从来没跟女儿谈起过婚恋的话题,他觉得时日尚早。他想等女儿工作安定了,就近在省城找个另一半。从乡下来的大学生留在省城的,他也不同意。他不愿女儿成为房奴,一辈子为房子吃苦打拼。若善要给女儿找的另一半,应该是父母就已经是这个城市的人了,家庭最好有两套房。这样女儿不但没有买房的压力,也能免受婆媳不和之苦。自己老两口有工资,愿怎么花就怎么花,不必担心过手心向上的日子。谁知,女儿一下子把他摆好的这盘棋彻底打乱了。

芳菲担心爸爸的问话戳到山根的伤痛。她来到爸爸跟前,两手摇晃着爸爸的肩膀,撒娇地阻止道:"爸爸,你……是查户口,还是审犯人?"

若善没有理会女儿,望着山根直奔主题:"听说你很优秀。我想问问,你毕业后对个人就业去向有何打算?"

山根喝了一口水,清了清嗓子,对若善提出的两个问题一并作了回答:他的家乡在中国南水北调中线工程渠首——河南省邓州市禹山脚下。他参加高考前夕,父母因车祸去世,成了一个孤儿,是乡亲们省吃俭用,七拼八凑供他上的大学。

作为一名党员大学生,他理应响应党的号召,做扶贫援教的带头人,投身到第一线，为振兴家乡教育作出贡献。

总而言之，言而总之，山根表明自己毕业后要回到家乡，做一名特岗教师……

这时，鲁敏略施小计，要女儿跟她一块儿去外面买菜，意在支走芳菲，好让丈夫仔细盘问一下山根。

芳菲犹豫了一下，瞅瞅山根，又瞅瞅爸爸，最后还是无可奈何地跟着她妈一起出了门。

若善的胸口开始起伏，心中咒骂山根是个十足的傻帽土包子！但表面上还是勉强地笑着，说："热血青年，言之有理。可是你回去报效家乡，你和芳菲的婚恋如何处理？"

这个问题对山根来说还真不好回答。

若善两眼直视着山根，期待着他说话。而他却哑口无言。这些天他一直在思考这件事情，都是无果而终。自己和芳菲一起留城，享受城市优越生活，而对贫穷的家乡置之不理，他做不到。让芳菲和他一同回到家乡？他真的舍不得让她跟着自己吃苦受累。再说芳菲同意吗？他没有问过她，不是不想问，而是不敢问。还有，眼前这位未来的老泰山，他会同意吗？

两个人都没有说话，屋里一下子变得静悄悄的，仿佛连空气也凝固了一般。山根感到憋闷和压抑。

若善看到他迟迟不语，就又问："你爱芳菲吗？"

山根毫不犹豫地点点头。

令山根怎么也想不到的是，若善却突然转换了话题，向他介绍起他们家这套别墅来。说它位置独特，环境优越，坐落在市区中心——前面是金水大街，街边是公交停靠点，左边是学校，右边是医院，后面是工人文化宫，紧挨着菜市场。这样的居家，在省城怕也是再难找到。还说芳菲从小到大，很少走出金水这个闹市区，更没走出过省城。

"如果你爱芳菲，就应该为她着想……"

若善最后这句没有说完的话，让山根明白了，看似漫不经心的芳菲爸爸，采取的是请君入瓮、欲擒故纵的策略。他不仅是在变相显摆夸耀，更重要的是话中有话，言外有意，蕴含着明显的弦外之音，也就是说山根配不上芳菲。

山根虽然对若善的说法十分反感，但也不得不接受这些事实，所以他还是点了点头。

若善介绍说，他们老两口虽然只是文物考古部门的职员，但都是高级职称，工资高。芳菲从小到大，他们总是毫不犹豫满足她的各种需求，让她满意，让她幸福，让她自由自在。芳菲一直生活在这样的环境中，过着养尊处优的生活。

说到这里，若善突然把话锋一转，直接问山根："你该不会让芳菲跟着你去那个穷山沟吧？她怎么适应得了那里的生活？如果是这样，你就不是在爱她，而是一种自私自利之心在作怪，一种对她的伤害。"

"我会为了芳菲的幸福而努力的！"山根鼓足勇气，抬起头直视着这位假想中的岳父大人。

若善目光锐利，咄咄逼人，连连追问："努力？你倒是说得动听。就在那个穷山沟，你如何努力？你指望什么给芳菲幸福？"

想到初当老师时每月一两千元的工资，山根顿时慌了，没有了回答的底气，头也低下去了。

若善呷了一口茶水，又喷出一连串的问话。"山沟里有肯德基店铺吗？有高档时装店吗？有图书馆吗？有电影院吗？有健身房吗？有游泳池吗？……"

"没有，没有，一切都没有！"山根从坐着的沙发上站起身，声嘶力竭地吼着往外走。

"你给我站住！"

山根赶紧乖乖停下来。

若善的语气明显温和了一些："你是一个大学生高才生，应该懂得放手也是一种爱。有人说这样的爱，无我，才懂了你；这样的爱，有你，却不要你；这样的爱，放你，故能成就你。"

接着，他又文绉绉地说："《庄子·大宗师》说：'泉涸，鱼相处于陆，相呴以湿，相濡以沫，不如相忘于江湖。'各自安好！"

山根终于明白，柳父这是引经据典，软硬兼施，巧妙地拒绝了他和芳菲的婚恋。男儿有泪不轻弹，只因未到伤心处。不知何时，泪水早已漫出他的眼睛，为了掩饰，他二话没说，抬起脚步径直往外走。走出院门外，他撂开腿向前跑去，初夏的风在他的耳畔呼呼地吹着。

柳父望着山根远去的背影，脸上掠过一丝鄙夷而得意的讥笑："小样儿，我还收拾不了你！"

图书馆既是山根和芳菲学习的圣地，也是两人恋情的发源地。从紧张劳累的高三来到阳光明媚、轻松舒心的大学，山根第一个爱上的就是图书馆。他喜欢坐在南边靠窗、阳光能够照射到他的位置上。不过，起初山根却是坐在第二排北边靠窗的位置上，前面坐的是他教室里的同桌方鸿鑫和他的女友罗曼丽。

他们两人进入高中就开始恋爱了，虽然一直保密，但还是被鸿鑫的爸爸发现了。那是一个夏日的傍晚，湖边的一棵大柳树下，鸿鑫正挽着自己心爱的姑娘，被散步的爸爸看见了。爸爸看到这一幕不由得怒气冲天，嘴都气歪了。他当着曼丽的面狠狠扇了儿子一巴掌，拽上儿子就走。万贯家产等着儿子继承呢，他竟然这么不争气不成器！爸爸骂了儿子一路。后来，爸爸一狠心，让妈妈辞掉公司出纳的工作，专门开车接送儿子上下学，意在监督。但这又怎能阻挡得了两颗情窦初开、单纯真挚、被爱情火花点燃的心？一张小字条、半句情话就是他们校园里传递爱情的信使。两人相互鼓励，相约考上同一所大学。

山根坐在他们后排看书，总会看见他们俩撒狗粮，有时曼丽把头倚在鸿鑫的肩头上，有时她娇羞地去拧他的耳朵或是他的背。有一次，鸿鑫还偷偷吻了曼丽的脸蛋儿。山根逃也似的跑到第一排南边靠窗的位置上坐下。

山根就在那个位置上坐定了。他在这里享受着温暖的阳光，汲取着书籍的甘露，丰富着自己的知识，开阔着精神视野。就在他觉得这一切都是那么美好惬意的时候，却有更美妙的事情发生了。忽然有一天，一个优美动听的声音对他说："我可以坐在这里吗？"他抬起头，看见一个比她的声音更优美的女生站在他跟前，她就是柳芳菲。

其实，芳菲一直在山根的后面坐着。

"他的后背笔直板正，是个背影杀手啊！"芳菲私下对曼丽说。

曼丽说："要不，你就干脆和他坐同桌好了！"

从此以后，芳菲就成了山根在图书馆的同桌。大部分时间他们都是在静静地阅读，偶尔也谈论《诗经》、《离骚》、唐诗宋词，当然也谈鲁迅、茅盾、巴金和莎士比亚、列夫·托尔斯泰、杰克·伦敦……直到有一天，芳菲没有来，一个卷发的男孩在寻找空着的座位时，问他："你女朋友没来吗？"

山根怔住了。这个问题怎么回答呢？芳菲不是自己的女朋友哇！只见他伸出右手回答说："请坐！"如此，既显得彬彬有礼，又巧妙地避开了对方的问话。

山根觉得芳菲不可能成为自己的女朋友。从大山里走出来的他，门第观念还是根深蒂固的。芳菲经常喝星巴克，背 LV 包，门不当户不对，山根不想高攀。

有一天，他和芳菲从图书馆出来，两人走在林荫道上，芳菲递给山根一瓶星巴克说："我们可不可以试着做男女朋友？"

山根赶紧把星巴克塞到她手里，说："算了吧！我可不能为一瓶星巴克卖掉自己！"说完飞跑而去。

山根的话一半是诙谐一半是真实。他觉得自己不能去爱这个女孩子，不能害了她；不是他觉得"凤凰男"是个贬义词，他知道自己充其量不过是一个"凤凰男"。他认为这个集许多优点于一身的姑娘，应该有一个英俊、潇洒、忠诚、富有而且极其完美的白马王子，才能配得上她。

那天，芳菲哭着向她的闺蜜曼丽倾诉了她的心事，曼丽又把这个转告给自己的男友鸿鑫。后来，鸿鑫找山根算账的时候，他还是用那一番"不能害了芳菲"的话来拒绝。

"难道拒绝就不是一种伤害？她那么喜欢你，你却毅然决然地拒绝了她。你知道这对她来说是多么大的伤害？你要把她逼上绝路才幡然醒悟吗？你知道吗？她昨天把眼睛都哭成水蜜桃了！"鸿鑫把两手搭在他的肩上，"舒山根，你看着我的眼睛，你敢说你不喜欢芳菲？"

山根无力地低下了头。

星期日的图书馆，芳菲依旧坐在那个位置上。山根心里一阵窃喜。他慌忙坐下来，心里像揣了一只小鹿。书上的那些字一个也看不下去了。他不敢看她的脸，只是心不在焉地翻着书本。

好不容易挨到图书馆关门的时间。芳菲站起来走出门，山根赶紧追上去。还是在那条林荫道上，山根认真地说："我要那个星巴克。"

"晚了！"芳菲面无表情地往前走。

"那我就牵这只手！"山根大步向前，一把拉住芳菲的手。

芳菲脸上立刻飞起一片红云。她微笑着小声说："愿意卖掉自己了？"

山根微笑着点点头，小声说："嗯。"

鸿鑫驱车来到市郊外一片茂密繁盛的杨树林旁。成排的杨树伸开双臂，手挽着手。它们在夏风的吹拂下，一起摇摆，翠绿、干净、透亮的树叶散发出清新的气息，给大自然增添了几分秀丽。

山根疯狂地用拳头狠命地捶着一棵又一棵树干。然后，又跑到树林一隅的一个小土包上，面对树林发出长长粗犷的吼叫："啊——"

鸿鑫明白，山根这是在用一种特殊的方式宣泄痛苦，也就没加阻拦。

山根疯狂过后，浑身累得连一点儿力气也没有了。他瘫倒在丛莽的树林之中，不停地喘着粗气。他的脸上挂满了汗水，身上也沾满了灰尘和泥土，右手背面因为捶打树干，损伤了皮肉，冒出许多鲜血。他却浑然不觉。

鸿鑫一言不发，默默来到山根的身旁悄悄蹲下。是芳菲让他来的。但他发现自己就是老水牛掉井里——有力使不上，根本使不上。

山根没有发现鸿鑫，他闭着眼睛在绝望地抽泣。这是他人生的第二次绝望。第一次是父母没了，这次是要失去芳菲。他突然觉得活在这个世界上是多么残酷的一件事情。

鸿鑫拿出纸巾擦去山根手上殷红的血，劝慰道："你何必给自己酿造苦酒呢？"

山根睁开眼睛，瞥了他一眼，冷笑一声："知我者，谓我心忧；不知我者，谓我何求。悠悠苍天，此何人哉？鸿鑫……你……不知我也！"

鸿鑫劝说道，发疯是一种不理智的表现，于事无补。古人说两利相权取其大，两害相较取其轻。告诫他遇事一定要冷静沉着，分析权衡利害后再做决定。

山根霍地坐起来，朝他瞪大眼睛，声嘶力竭地吼过去："什么利害轻重？我舒山根留在这个大城市，鲜衣怒马，轻松幸福地过一生？可是，养育我的父老乡亲们，就在那座大山里，守着贫穷，守着落后，守着愚昧，一代又一代……"

山根哽咽了："如果我坚持留在大城市，不能回到家乡支教，那就是忘本，那就成了一个自私自利的冷血动物！"

他说不下去了，胸口像有一团棉花堵着，大口大口喘着粗气。

"我做不到！"他的声音低沉而有力，泪水也滑落下来了。

鸿鑫呆住了，他的眼前是另一个山根，是一个从语文课本的故事中走出来的英雄山根。他没有亲历过那些英雄人物的事迹，但山根却是真实的，从虚无到真实。鸿鑫看不清这中间的征途。山根说得对吗？当然对，鸿鑫没有丝毫的怀疑。

可是，山根这样做，真的就是童话故事中皆大欢喜的结局吗？鸿鑫不知道。

"你可以一走了之，可是芳菲怎么办？你为她考虑过吗？"鸿鑫喃喃自语，像是在问山根又像是在问自己。

芳菲其实也很为难，一边是把她视若珍宝的父母的施压，一边是和她难舍难分的真爱。他们都没有错,爱也没有错。父母希望女儿幸福,女儿渴望与相爱的人在一起。可是,这中间为什么隔着一座难以逾越的大山,让相爱的人不能相守在一起?

刚才,芳菲跟她妈从超市出来,手里拎着蔬菜。她看到山根奔跑的背影,连连呼喊了几声。也许他根本没有听到,也许他太伤心,也许他怀疑柳父说的话是他们一家人商量过的最后决定。所以,他只是一个劲儿地向前狂奔。

芳菲本想去追赶,但她知道凭自己的体力是追不上他的。她拨通鸿鑫的手机,告诉他山根朝西北方向跑去,让他去寻找,以免发生意外。还说她爸妈最基本的要求是:山根毕业后必须留在省城。否则,两人的婚事免谈!

山根听了鸿鑫转告的芳菲一家的决定,好比在他头上打了一闷棍。他当下就蔫了就晕了。但他竭力克制着,不让自己流露出落寞失望的神情。稍许,他淡淡地说:"如此,我倒可以无牵无挂地回故乡了。"

可是,鸿鑫还是觉得山根留在省城是最佳选择,所以给他讲了一番大道理。常言说男怕入错行,女怕嫁错郎,选择大于努力。莎士比亚说:是生存还是毁灭,这是一个值得考虑的问题。对于山根来说,是留在省城还是回到禹山沟,一定要三思而后行。

"回乡援教还是留在省城?"这的确是一个值得严肃考虑的问题。几天来,它折磨得山根食不甘味,卧不安席。他很清楚留在省城是高薪、舒适和安逸,而回到山乡则与之相反。可是在无数次地苦思冥想深思熟虑之后,山根毅然决然选择回到山乡,做一名教师,为家乡的教育事业增添一分力量,为提高家乡人们的文化素质作一点儿贡献!

鸿鑫看到山根没有言语,进一步劝说,要他体谅芳菲的难处,也为了他和芳菲几年的恋爱能成正果,就做一次让步,留在省城!

山根坚定地摇摇头,言之凿凿地说他是大山的儿子,还是要回到山乡去!还顺口说出了一首诗:

  留城诚可贵,爱情价更高;
  若为理想故,两者皆可抛!

鸿鑫无奈地叹了口气,他就是想不明白,山根为什么非要回到山乡?他们财经大学的毕业生，历来都是香饽饽，山根又是学校的尖子生，还考了一摞子资格证，应该说是一个极其难得的复合型人才。只要他愿意留在省城工作，可以说高薪好岗位任凭他随意挑选，实现爱情事业名利大丰收，简直是易如反掌！

鸿鑫想到此，再次劝解山根留在省城。只要挣到大钱，支援他家乡那个穷山沟，岂不是太容易了？

鸿鑫前面说的话山根根本没注意听，但穷山沟三个字，让他觉得特别难受刺耳。他承认家乡贫穷落后，但"穷山沟"三个字连在一起，是对他家乡的无情嘲弄和鄙视。他心潮难平，更激起了他改变家乡落后面貌的信心和决心。

山根仰天大笑：如果熊掌和鱼必不能兼得，他还是要回到故乡去！

"你爱芳菲吗？"鸿鑫盯着山根的眼睛问。

山根心里猛烈一颤，直视着鸿鑫的目光。这同柳父问的问题一模一样，让山根不知所措，不知道该怎么回答才是。早饭后，在柳父面前还敢于做出肯定回答的山根，此刻却怯懦了。面临如此的困境，他觉得自己没有资格谈情说爱。虽然他刻骨铭心地爱着芳菲，但他背负着对家乡沉重的责任，让他无法做出抉择。他的目光变得孱弱无力，慢慢地，慢慢地从鸿鑫的脸上移开了。

"恕我直言，你父母早亡，家乡对你来说，只不过是一个符号，一个意象！"

"不，家乡就是我的一切，我的一切都是家乡给的。没有父老乡亲们的无私援助，就没有今天的大学生舒山根！"山根生气地朝鸿鑫怒吼着，"羊有跪乳之恩，鸦有反哺之义。难道我舒山根还不如飞禽走兽？"山根泪流满面。

鸿鑫微笑着连连摆手："息怒，息怒，请息雷霆之怒！"

就在鸿鑫寻找话语劝说山根的同时，芳菲在家里为她和山根的婚恋同爸妈争执得面红耳赤，甚至发生了激烈的冲突，到了严重对峙的地步。

芳菲的想法是贫穷并不可怕。老话说穷不长脚，富不扎根。谁也不是一辈子都长着穷根。她相信人穷志不短这种说法，一个人只要不懈努力，一切都可以改变。她固执地对爸妈说："我就是认准了舒山根！"

柳父柳母气得脸色铁青，坐在沙发上一言不发。女儿连贫穷都不怕了，还怎么可能说服她？若善一时间茫然了。在这之前，他还想给女儿补补他还没来得及讲的婚恋课呢！但是现在他明白了：女儿怎么可能听进去呢？女儿想拥有的，就是她爱的那个人。可他若善是过来人，他坚定地认为：贫穷不可能幸福！

女儿若是还如儿时一般听爸爸的话就好了。若善痛苦地闭上了眼睛。

芳菲心说你们作为父母，口口声声说爱女儿，却把她的同学，她的男朋友，当成一个犯人，审问来审问去！想到这里，芳菲显得更加伤心生气，哭得梨花带雨，颤颤巍巍："你们把我当成了一件会说话的物品，不给我一点儿尊重和自由！"

柳母舒缓了一口气，说："芳菲，你不能怨恨爸妈，爸妈不看好舒山根，也是为你好。"

芳菲固执任性地用手捂住两只耳朵不肯听，斥责她爸妈打着爱的幌子，对她进行亲情绑架！他们张嘴闭口就说山根是个孤儿、一个一无所有的穷小子，这是嫌贫爱富思想在作祟！

"女儿，爸妈也不是嫌贫爱富。"若善语重心长地说，"打个比方说吧，当我们偶尔去某地观景赏光、游山玩水的时候，会觉得这里山清水秀，风景秀丽。但是，当你定居在这里时，你会骂这里穷山恶水，了无生机……"

"不可能！"芳菲打断爸爸的话，"山还是那座山，水也还是那道水，怎么可能变化了呢？如果非要说有变化，变化的是人心，而不是山水环境！"

若善指责芳菲这是不见棺材不掉泪，他隔壁办公室老王的闺女，去年小学教师招教，她去了一个农村学校，单是那个旱厕就令她呕吐不止。

芳菲置若罔闻，没有吭声。

"那崎岖不平的山路，你根本穿不了高跟鞋，停电也是家常便饭，吃水必须去河上挑或者从井里打，你能接受得了吗？你就是有钱，也买不到喜欢吃的零食……"妈妈罗列了一大堆现实的困难。

若善文雅而直白地劝导女儿，爱情不单纯是花前月下的卿卿我我，也不是一首轻吟浅唱的抒情诗，更不是一种感情游戏或者浪漫之旅，而是实实在在的柴米油盐，吃喝拉撒。从某种意义上说，选择爱人就是选择未来、选择前途、选择幸福！

芳菲心想，说到底你们不就是嫌弃山根居住在深山僻野，贫穷落后，毫无家产！她低下头，一句话也不说了，只是一个劲儿地哭泣流泪。

屋内一片静谧。

若善站起身，端起茶杯喝了一口，在屋里缓缓走动，大脑飞快地思考着。作为爸爸，女儿从小到大，他对她娇生惯养，百依百顺，更见不得她哭鼻子抹眼泪。在这件事上，他们老两口也不能做得太过分，最好能够折中一下。他们和女儿都作一下让步，达到双方都满意。

想到这里，他对女儿下了最后通牒："你告诉姓舒的，只要他毕业留在省城，他的孤儿身份和一无所有的家境，我们都不计较。记住，这是底线，绝不能突破！"

5

芳菲瞒着父母，从家里出来，急三火四赶到大学公园，看到鸿鑫和曼丽早已坐在连椅上等候。她满是歉意地告诉两人，路上有点儿事耽搁了一下，让他们久等了！

曼丽摆摆手，阻止她说下去，谁跟谁呀，还这么客气！她转过脸催促鸿鑫尽快转入正题，让他把山根的想法告诉芳菲，也好使她有一个思想准备。

鸿鑫呢，半低着头，似有难言之隐，停了停才吞吞吐吐地对芳菲检讨说："惭愧，惭愧，有负你的重托，山根坚持回乡，劝他留下来根本不起一点儿作用。"

"你不说，我也知道是这个结果！"芳菲听了鸿鑫的话，现出满脸的不爽和失落，一下子僵在那里，接着又以讥诮和自嘲的口吻说，"我高估了自己在山根心中的地位，都怪我不自量力！当初是我喜欢他、追求他，但我终究没能赢得他的心。"

"也不是你说的那样！"鸿鑫站起来把手插在裤兜里，晃动了一下身子，轻轻叹息一声。他想把自己对山根的理解捋一捋，然后讲给芳菲。但他发现一切都是徒劳。不是吗？结果就摆在那里，无论自己怎么自圆其说，也改变不了事情的真相。山根一腔热血，豪情壮志，坚决要回报桑梓，任谁劝说也无法动摇他的决心，怎么办呢？

俗话说天要下雨，娘要嫁人。又说天上下雨地上流，一切只能顺其自然。再说了，大山里自然条件恶劣，生活艰苦，他舒山根会不会退缩还说不定呢。手里的沙，攥得越紧越容易流失。劳而无功的阻拦还不如放手，还是让生活的磨难，实实在在的挫折来教育他，让他醒悟吧！

"方鸿鑫，有话就说，何必故作深沉呢？"曼丽从来见不得这种藏头露尾，欲说还休的做法。

"我不是在思考嘛！"鸿鑫安慰了曼丽。转过脸望着芳菲说："其实，不管结果怎样,都不影响山根对你的真挚感情,你也不用怀疑自己在他心中的地位。人各有志,我们没有权利对他的选择指手画脚,说三道四!"

"你何必兜圈子绕弯子呢?你说这些乱七八糟的空言虚语有什么用处?"芳菲生气地打断了鸿鑫的话,"说实在的,我就是想拿这件事来考验一下他对我们爱情的忠诚度!"

"错!错!错!"鸿鑫连连摇头。

芳菲的脸上流露出一种不以为然的神情。

鸿鑫讲出了自己对芳菲这种做法的认识。他说考验别人就是对别人不信任,比如某个人不信任另一个人,却要人家死心塌地忠诚他。这好比是用谎言验证谎言,得到的也一定是谎言!要知道人性本来是不应该用来被测试的。

有人打了一个恰当的比方,考验别人就好比一个本来好端端的名贵器皿,而他硬要拿个锤子砸它,看到这个器皿被砸碎了,他却说看看,它一点也不结实,就是一件赝品。所以,千万不要轻易去考验别人,一般人玩不起这个,因为它造成的后果不是随便哪个人都能承受得了的!

"别扯这些没用的,我看你这是一个极不恰当的比喻!"曼丽不耐烦地打断他的话,你倒是说说,这件事到底该怎么办?"

"你们要听实话还是瞎话?"

曼丽抢先答道:"卖什么关子,当然是实话了!你什么时候学会拖拖拉拉磨磨唧唧了?"

"我要芳菲回答!"

芳菲半嗔半怒地说:"明知故问!我不想搭理你了,你明知道我的心情十分焦急,还要吊我的胃口!"

鸿鑫故作高深地讲出了他的见解:"说实话就是我们千万不能阻挡山根,而且要大胆放手,设下饯行宴,支持他回老家,把他送上车,欢送他回到山乡!"

芳菲和曼丽听了鸿鑫的话,深感意外,不禁愣怔了一下,心说这家伙葫芦里到底卖的什么药,是不是故意正话反说?两人都用一种疑惑的眼光望着他。

鸿鑫狡黠地一笑,还说让她俩记住他的话,山根回去得快,返回来得也快。短则一年,长则三年两载,他一定会乖乖回来!

"怎么可能呢?"两个女伴谁也不相信鸿鑫的推测。

先哲老子说:凡事顺其自然,就可稳操胜券。对山根而言,回到故乡仅仅是为了了却一桩心愿，得尝一种凤愿。再说理想和现实之间有着遥远的距离，而且困难重重。山根吃不了那种苦，受不了那份罪，他在遭遇碰壁后，最终会打道回府，返回省城。

鸿鑫洋洋洒洒做了一番分析，得出的结论是：他们没必要勉强挽留山根，勉强的结果，只能加速事情走向反面，让他离他们越来越远！这就是著名的"潘多拉效应"，不禁不为，愈禁愈为。所以，我们要支持他回去，说不定他会自觉回来呢！

芳菲摇摇头，表示怀疑。这个世界哪有山根吃不了的苦？也没有他受不了的累！大学英语六级备考时，他曾经站在冰天雪地里背单词，他说这是让头脑保持清醒的秘诀。她看见他的时候，他的头发眉毛上都结了一层冰碴儿。

鲁敏责怪女儿被山根的甜言蜜语所迷惑，被所谓的爱情冲昏了头脑，所以才发疯发迷。

芳菲固执地坚持她的观点。她说只有遇到真爱的人，才会痴迷疯狂。

鲁敏满脸盛怒，拍桌子瞪眼睛，对芳菲大吼道："什么乱七八糟的真爱？我看你就是眼瞎了，头脑昏了！舒山根对你哪有一丝一毫的感情？如果他对你真好，难道不可以为你做出一点让步？"

若善冷冷一笑对女儿说，姑且不说爱与不爱，单说他派人去禹山沟调查的情况：山根的老家那是有山不名，有水不灵，穷山恶水出刁民。面对这样的环境，他却坚持要回去，简直是一个白痴、一个傻瓜、一个疯子！

芳菲脸蛋涨得通红，眼眶微微湿润，责怪爸妈可以不尊重他的选择，但决不允许他们侮辱山根的人格，诋毁他的家乡。舒山根，那是一个有情有义有远见的人。他回乡教书，是为了感恩报答乡亲们，支援家乡建设，怎么能说他是一个白痴、傻瓜、疯子？

若善辩解说，他在和山根的接触中发现，他所表现出来的完全是一派学生腔，幼稚，不识时务，唱高调。他不是白痴、傻瓜、疯子，又是什么？

芳菲拒不认可父亲的说法："照你这么说，支援家乡发展就是白痴、傻瓜、疯子？那么，精致的利己主义就是睿智，就是成熟，就是老练，就值得大书特书，歌颂弘扬了？"

"好，好。舒山根不是白痴，我和你妈是一对白痴，怨只怨我们这对老白痴，不该把你这个白眼狼养活大！"若善生气地回击女儿，"我们含辛茹苦把你养活二十多年，竟然抵不过舒山根对你几年的感情？"

鲁敏气急败坏地大声吼道："你爸妈不好，唯独舒山根好，你就跟舒山根一块儿去，从此别再回这个家！"

"去就去，不回就不回！"芳菲泪流满面，赌气般地说，"这个家我早就待够了！"

"你要是胆敢跟姓舒的一块儿走，我们就不认你这个女儿！"鲁敏虽然是恫吓，话却说得绝情绝义。

芳菲一转身，怒气冲冲地向屋外走去。她本来是想在和爸妈的沟通中得到一丝慰藉，也想缓解一下连日来家里的紧张气氛，没想到却是话不投机半句多，她刚一张口就和母亲激烈交锋了。

山根要走了，这几年与他朝夕相处的情感，芳菲却无法割舍。

昨晚，在黑夜里，在她的卧室里，她躺在床上偷偷哭了一夜。她已经习惯了山根对他无微不至的关心。芳菲记得大二那年开学，宿舍从一号楼换到五号楼，相距近一公里的路程。原来的宿舍在一楼，新的宿舍在四楼。也就是说，换一次宿舍，芳菲要往返N个一公里，还要上下许多楼层楼梯。

山根对芳菲说："你去图书馆看书吧！"

芳菲不答应，一定要同山根一起搬东西。

山根说："你身单力薄，弱不禁风的，累着了可要心疼坏我！"

说笑之间，山根还是把芳菲送到了图书馆门口。

等到芳菲来到宿舍的时候，她的床铺已经被山根收拾得干净利索，整整齐齐了。山根正站在一个凳子上，把冬天的厚被子往壁柜顶层放，芳菲看到他的后背湿透了，T恤衫粘在了身上。那一刻，芳菲心疼得哭了。

还有一次，芳菲流鼻血，山根背起她就往学校卫生室跑……

总之，他既像爸爸又像兄长。她对他有一种说不道不明的依恋。如果两人分离，那种长相思的滋味叫她如何消受得了？她满肚子的思念和委屈无处诉说。如果泪水能带走这一切该多好啊！在耿耿不眠的长夜里，她只能无声地流泪。她多么希望能够长梦不醒，无奈周公却不理解她的心思，总是让她不断地从梦中醒来。

一家人早饭后在客厅里，芳菲似乎忘记了父母头天对她的训斥，不自觉提起了山根要回故乡的事情。实际上她是为自己的茫然无措寻求一点儿精神寄托。孰料，她和爸妈的交流根本不在一个频道上，当然难以做到同频共振。他们对山根的鄙视令她无法忍受。在她看来山根除了贫穷，在她心目中是一个极其完美的男人。原生家境的优劣，对她来说并不重要。

其实，从内心深处来说，芳菲并不倾向同山根一起去禹山沟。她对山乡的印象，只是停留在影视的画面里。仅仅这些，就令她望而却步了。

芳菲来到小区假山前的葡萄架下，在一个石凳上坐下。接近正午的阳光无比炎热。好在面前的喷泉正在翩翩起舞，头顶蜿蜒盘曲的葡萄藤给她带来了一片葱绿和生机，让她感受到丝丝凉意。

怎么办呢？芳菲问自己。并不是爸妈对她放了狠话，而她对爸妈也说了赌气话，没法回去。那毕竟是她的家，她是父母的宝贝，出入全凭她的兴致。问题是山根要走了，她留下来怎么办？几年的朝夕相处，使她一刻也离不开山根，她不敢想象没有山根的日子会是什么样子。

泪水又来了。除了哭，她能有什么办法呢？

"空气中这爱的味道，让我感觉到浪漫的依靠，每天准备着特意的拥抱……"手机的铃声响了。这个铃声是山根特意为她设置的。听到这铃声，她忍不住又抽泣了。芳菲看了一眼手机，知道电话是妈妈打来的，一定是妈妈喊她回家吃饭的。她不接电话，一任铃声响着，她和山根那些美好的过往就像电影一般在眼前飞过。

她索性把手机关掉，一个人坐在石凳上不停地哭。她忽然很想见到山根，很想投入他的怀抱大哭一场。

泪眼蒙眬中，她看见一个硬币在她面前的阳光下闪闪发光。她定睛一看是一枚一角的硬币。我要去捡那个硬币，她忽然这样想。这些年社会经济繁荣发达，人们的腰包鼓起来了，即使看到马路上掉了一角硬币都很少有人弯腰去捡，连小时候唱的歌"我在马路边捡到一分钱"都改成了"我在马路边捡到一元钱"。但是芳菲一定要去捡这一毛的硬币，她要用这枚硬币去占卜她和山根婚恋的吉凶趋向。芳菲向那枚硬币走去，当她弯腰去捡那枚硬币的时候，不知道为何她又抽泣了，她没想到有一天她会无奈到如此境地。她含着眼泪把硬币抛向空中，她想若是正面，我将义无反顾跟山根一道去禹山沟。

接着她听见硬币落地的声音，那声音仿佛重重地砸在她的心上。那一刻，她闭上了眼睛，她不敢去见证这决定命运的时刻。

当她鼓起勇气低下头去看时，映入眼帘的却是硬币的背面。难道我和山根就是如此有缘无分？芳菲一边哭一边抹眼泪。她拿起硬币继续向空中抛去，索性来个三局两胜！芳菲的心在呐喊。背面，背面，还是背面！芳菲不敢相信自己的眼睛。怒气之下，她把这枚硬币狠狠扔向了远处。

她无奈地失声大哭起来，就在那片炙热的阳光下。怎么办呢？山根要走了，仿佛把她的精气神都带走了，她的心里除了痛苦，什么也没有了。

省城火车站候车大厅里，人来人往，熙熙攘攘。川流不息的旅客和送别的人们，带着行李包裹在等车。鸿鑫和曼丽来到候车厅为山根送行。广播里时而播放着或低沉或明快或舒缓的音乐，时而是女播音员一遍又一遍地提醒旅客做好上车准备。三人心照不宣，时不时地把目光投向大厅门口，期待着奇迹能够出现——芳菲的突然到来。

曼丽抬腕看了看手表，鸿鑫拍了拍山根的肩膀，对他表示安慰。

山根明白鸿鑫的意思，他主动替芳菲打圆场，怅然若失地说："芳菲接受不了这种离别的场面，可能不来了。"

其实，山根这也是凭主观想象推测，拿谎言做掩饰。他估计芳菲可能是被爸妈监视起来，阻止她前来送别，也可能是……

这能怨谁呢？放弃留在省城就等于放弃了芳菲，至少芳菲爸妈是这么认为的，他们不可能让女儿前来送别。山根心里灰蒙蒙的一片，一时间感到又颓废又失望。

鸿鑫生气地说："芳菲确乎有些不近人情，她和山根毕竟相恋几年，关键时刻竟连相送告别也不来，可以看出平日里她说的那些甜言蜜语，海誓山盟，统统不过是骗人的谎言罢了！"

曼丽也认为芳菲有些过于决绝，不管怎么说，她和山根最后一面总是要见的。相爱一场，画个句号也不负认真二字。就当不曾爱过，老同学之间的送别难道不应该吗？难道芳菲真的也是那种凉薄之人？曼丽禁不住摇了摇头。

过了一会儿，播音员再次提醒旅客做好上车准备。正在三人对芳菲前来送行不抱希望时，他们却突然看到芳菲背着行李，手里提着一个撑得鼓鼓的旅行包，走进了候车大厅。当芳菲来到他们跟前时，三人看到她的脸上挂着泪珠，眼泡哭得红肿红肿的。

三人起身相迎，山根迫不及待地把芳菲拥在怀里。

"干啥呢？这可是公共场合！"曼丽毫不客气地在山根脊背上拍了响亮的一巴掌。山根不好意思地放开了芳菲。

曼丽拉着芳菲的手腕，把她上下打量一番，疑惑不解地问："芳菲，你不像是来给山根送别的，难道……"

芳菲擦了一把眼泪，打断曼丽的话，苦中作乐地说："恭喜你猜对了，我本不是来送别的。"

鸿鑫听了心里打起了鼓，显得十分不满，暗暗对芳菲腹诽心谤，怎么能这样说话呢？你不是来送别的，难道是来宣布绝交的？不过却没敢说出来。他为山根感到悲哀，不自觉地把失望的眼神投向他。

芳菲停顿了一下，补充道："我要和山根一块儿去他的家乡，同他并肩作战！"

"啊……这事情可不能开玩笑！"山根感到十分意外，似乎不相信自己的耳朵，一下子握住芳菲的手，目光急切地望着她。

"嗯。"芳菲忍住眼里闪烁的泪花，郑重地点点头，"事关人生的重大抉择，我哪敢开玩笑？你们没看到我把行李都带上了！"

芳菲的决定太出乎三人的意料了。山根像个孩童似的一个劲儿地傻笑，他真想把芳菲抱起来在原地转几个圈，还想亲亲她那红红的脸蛋。可是，这里毕竟是人头攒动的候车大厅，是公共场所，众目睽睽之下他哪敢造次？

他的眼睛里闪着激动和幸福的泪花，紧紧攥住芳菲的一双手，把她拉到胸前，情不自禁地哭着说："芳菲，谢谢你！"

芳菲抽出她的手，狠狠地在他的胳膊上拍打了一下，说："你这个傻家伙，哭什么呀！"话还未说完，她竟忍不住哭起来。曼丽也跟着抽泣了。

鸿鑫转过脸，揉揉眼睛，笑呵呵地说："有什么好哭的？我们应该为芳菲的坚定、勇敢和执着，鼓掌欢笑才是！"

曼丽率先止住了哭泣，掏出手绢给芳菲擦了擦眼泪，又擦擦自己的眼睛，故意露出一种轻松的微笑，然后朝芳菲竖起大拇指："岁寒知松柏，患难见真情。芳菲，我看到了你和山根之间的真情挚爱！"

"我舒山根这辈子绝不辜负芳菲，有苍天作证，大地作证，鸿鑫和曼丽作证！"山根认真地说，眼睛里闪烁着亮晶晶的珍珠。

曼丽瞪着眼睛责怪他，说："就你那一根筋，怎么也长不出个花花肠子来，怎么可能辜负芳菲呢？"

芳菲娇嗔地翻了山根一眼，鸿鑫不自觉地大笑起来。

鸿鑫和曼丽买了两张站台票，帮着山根和芳菲提上行李，一直把他们送到站台上。

曼丽拉着芳菲的手说:"此地一别,不知何时才能相见,回家后记住常联系哟!"

芳菲强忍住悲伤,朝曼丽使劲儿点点头。

"如果经济上有困难,尽管告知,不准把我当外人!"鸿鑫握着山根的手,显得无比真诚。

山根的泪水一下子蓄满了眼眶。上大学这四年中,鸿鑫给了他这个山里人多少精神上的支持,物质上的帮助,他怎么能够忘记?

"谢谢,谢谢!"山根的声音有些颤抖,他紧紧握着鸿鑫的手,眼睛里的鸿鑫是那么模糊。

芳菲一把抓住山根的手径直往列车上走,生怕多待一秒钟,她的泪水就会如滂沱的大雨肆无忌惮地倾泻下来。

"山根兄弟,回去后倘若事情不尽如人意,随时可以回来,鸿鑫房地产公司的大门永远为你敞开着!"鸿鑫在两人的身后,说出了憋在他心中很久的一句话。

这一刻,从前的日子都远去了。伴随着列车的汽笛声,曾经美好的过往渐渐远去,飘散在风中。离别之痛化成了泪水满面,他们也顾不得擦去。隔着车窗,只能模模糊糊地看到鸿鑫和曼丽,但两人还是不停地朝窗外挥手,挥手,再挥手……

"山根这个犟劲要是一条道儿走到底,岂不是把芳菲害惨了?"曼丽脸上挂着泪珠问鸿鑫。

鸿鑫拍了拍曼丽的肩膀,替她擦去了脸上的泪水,胸有成竹地说:"好了,别难过了。走着瞧吧,甚至山根返回来得比我们预料的还要快,还要早!"

"又瞎说!"曼丽白了他一眼。

6

八月的田野显得绚丽多彩,宛若一幅丹青妙笔绘出的图画。路旁高大的松柏树木油绿发亮。银杏树的叶子片片飞舞,就像一群黄色的蝴蝶。梧桐树的叶子,有的已变成了黄色的手掌,有的在枝头摇曳,有的飘落到地上,等着"化作春泥更护花"。山坡上的桂花开了,花香依然如故。

田野里，黄灿灿的大豆，好像给大地披上了金色的地毯。一棵棵玉米就像整装待发的士兵，个个英姿飒爽，硕大的玉米棒像一枚枚军功章挂在它们胸前。红彤彤的高粱笑弯了腰。洁白的棉花"扑哧"一声笑破了脸。圆圆的苹果和山里红啦，山茱萸啦，脸上都害羞似的飞起了红晕。柿子树上串串青黄色的果实，还在炫耀着年轻时最后的时光。

山根背着背包和芳菲来到中国南水北调中线工程渠首，观看巍峨壮观、气势磅礴的渠首闸。它又被称为南水北调中线工程的"水壶口"——水龙头。因其建在陶岔，俗称陶岔渠首闸。它由引渠、重力坝、引水闸、消力池、电站厂房和管理用房组成。

两人流连于渠首闸附近。远望，蓝天高远，青山巍峨，群峰峥嵘。近看，绿树鲜花，流水漾悠，鸟儿鸣唱。这些远景近观组成了一幅幅美丽的图画。面对此情此景，两人欢天喜地，活泼快乐得像两只兴奋的小鸟，又像两个少不更事的顽童。只见芳菲伸开两手，不停地回旋着身子打转转，她的裙摆也随之翩翩起舞。

两人手捧着在路边采集的一大束鲜花，来到"南水北调中线工程渠首纪念碑"前。山根向芳菲讲了有关渠首的故事：二十世纪七十年代，邓州人民响应国家"南水北调"号召，开启了史诗般的"引丹工程"（也就是南水北调中线工程原来的引渠，今天的渠首）。他们举全县之力投入一亿多资金，组织近五万名民工，全靠自己的一双手，一镐镐开挖，一车车土往岸上拉。历时八年，伤残两千多人，牺牲一百多人，终于完成这项举世罕见的伟大工程。

一位老太太，有三个儿子。她把大儿子送到工地上挖渠，不幸的是大儿子被坍塌的土方砸死。老人家掩埋了大儿子，擦干眼泪，又把老二老三接连送到挖渠工地，并叮嘱两个孩子好好干，"引丹工程"建不成不许回家。

"邓州人民的奉献精神，真是令人敬佩！"芳菲听得泪眼婆娑，"那些为挖渠而牺牲的英雄，人虽没了，精神却是长存的！"

山根接道："前人栽树，后人乘凉。这就是我们中华民族生生不息，繁荣昌盛的内在动力。"

芳菲点点头，深表赞同。

两人向开挖渠首献出生命的英雄们三鞠躬，并献上鲜花，芳菲还十分动情地唱了一首革命歌曲《英雄赞歌》：

风烟滚滚唱英雄

　　四面青山侧耳听侧耳听

　　晴天响雷敲金鼓

　　大海扬波作和声

　　人民战士驱虎豹

　　舍生忘死保和平

　　为什么战旗美如画

　　英雄的鲜血染红了它

　　……

　　芳菲的歌声刚落音，山根就兴致勃勃地说："我们是多么幸运，能够为禹山大地的教育增砖添瓦！我们的青春将在这里绽放，继而得到升华！"

　　"英雄精神，浩然长存。我们要向他们学习，无怨无悔，为振兴禹山沟的教育出力流汗！"芳菲庄严郑重地说，那表情如同入党宣誓的时候一模一样。

　　山根转过身，深情地望着芳菲："芳菲，谢谢你。想不到你竟如此深明大义！"

　　两人说话的同时，顺着渠首往上溯源。他们站在南水北调源头岸边，望着水面宽阔、一望无际、浩浩渺渺、风景如画的丹江口水库，都为眼前这美丽壮观的景象所陶醉。

　　丹江口水库是亚洲最大的人工淡水湖，被赞誉为内陆的太平洋、流动的黄金海。它像一颗璀璨的明珠，镶嵌在豫西南鄂西北交界处。三千里长渠，明年将要全线贯通，清澈甜润的丹江水，浩浩荡荡，奏着凯歌，一路北上润京华。

　　山根和芳菲泛舟丹江湖上，芳菲半躺在船舱的连椅上，依偎在山根的怀中，山根用手轻轻地抚摸着她的秀发。两人仰望着高远的天空，看到朵朵白云在天空中悠闲自在地飘来飘去。而湖面上则是碧波荡漾，波光粼粼，白帆点点，鸥鹭飞翔。空气里有一种清新湿润的味道。两人感受着阳光的温暖，享受着拂面而过的凉爽微风，呼吸着从附近山上飘来的芬芳花香。

　　过了一会儿，芳菲望着美丽的湖面，情不自禁地唱起《让我们荡起双桨》，山根也不自觉地跟着和唱起来：

　　　　让我们荡起双桨，

小船儿推开波浪，

水面倒映着美丽的白塔，

四面环绕着绿树红墙。

小船儿轻轻，

荡漾在水中……

两人沉浸在温馨和快乐之中。

八月的山里红，仿佛被初秋一夜乍起的微风染成了红色，漫山遍野一片红艳艳的景象，红得如火如荼，红得像一簇熊熊燃烧的烈焰。那一串串累累的硕果，无不昭示着今年山里红丰收在望的景象。远远望去，极像一幅美丽的油画。

山根和芳菲这对情侣沉浸于幸福之中，怀着欢悦的心情赶往禹山沟学校。行走了一段崎岖不平的山路，芳菲累得气喘吁吁，微微的香汗浸湿了她的前额。

两人艰难地行走在连绵不断、起伏不平的山路上。芳菲走得十分费劲儿。山根爱怜地挽着她的胳膊往前走。虽然她听从山根的劝告，把高跟儿鞋换成了运动鞋，可有好几次，还是险些摔倒。

芳菲不理解地问山根："常言说要想富，先修路。这里为什么不修路呢？路修好了，通往外面世界的大门不就打开了吗？"

山根乐呵呵地说："会修的，一切都会好起来。"

"就你有信心！"芳菲收起脸上的笑容，故意现出一副不高兴的样子。

时令虽然进入了秋天，但道旁的牵牛花依然盛开着，而那些狼尾巴蒿、黄蒿、蚂蚱串草和许多不知名的花草则不断向上疯长着。芳菲看看这个，摸摸那个，满心的喜欢。后来芳菲还把不同的花花草草扎成一束。好漂亮啊！一点儿也不输花店里的插花。芳菲把花束捧在胸前，让山根为她拍照。山根又摘下一朵牵牛花插在芳菲的发髻上。

她们继续向前走，牵牛花越来越多。秧蔓柔软缠绕的牵牛花，花色丰富，有蓝色、绯红、桃红、粉红、大红、粉白、纯白、黄色、鹅黄色、青色和紫色，也有混色的，煞是好看。因其花朵的外观酷似喇叭形状，因此又叫喇叭花。红褐色的狼尾巴蒿，叶子的两面长着一种疏微柔毛，十分精致美观。黄花蒿长得足有半人高，分开了许多枝丫，犹如一棵棵小树木，有的开着深黄色的球状花朵，有的结出椭圆状卵形瘦小果实。据文献记载，黄花蒿具有很高的药用价值，可以治疗许多疾病，被全球医药界所青睐。获得诺贝尔医学奖的科学家屠呦呦，就是从这种黄花蒿中提取出青蒿素，从而研发出全球无人能与之匹敌抗衡的新型抗疟疾药物。蚂蚱串草，生长出犹如秀珍谷穗一般毛茸茸的青黄色穗子，既漂亮又好看……微风吹过，这些丰富多彩的花草轻轻地起伏摇曳，灵动优美。

金风送爽，白杨树的叶子在微风中飒飒作响，仿佛在歌唱秋天的到来。空气中已有丝丝凉意。一群五颜六色的蝴蝶，姿态轻盈，在美丽的花草丛中穿梭来往，翩翩起舞。它们时而高飞，时而低飞盘旋于花朵之上。几只颜色不同的鸽子振动着翅膀，在前面不远处的路面上飞飞停停，好似在为他们的前行做向导。

两人一边漫步行走一边观赏，完全陶醉在这如诗如画的大自然美景之中，轻松快乐代替了疲劳困倦，不知不觉就走到了禹山沟学校附近。

山根兴奋地说：“芳菲，前面就是我们的学校！”

芳菲顺着山根手指的方向看去，那是坐落在禹山脚下一所孤零零的大院落。房屋稀稀疏疏，前后共有三排，前面是一排瓦房，后面是两排破旧的老式楼房。看上去却不像一所学校，倒像一个破败的废弃院落。然而，院子上空飘扬的五星红旗给出了一个确定的答案：这里就是一所学校。

"学校的房舍怎么如此破旧？极像一座深山古寺！"芳菲的心里不免有些失落。

"一切都会好起来的！"山根的脸上充满了对未来的希冀，"芳菲，这里有山有水，还是个天然氧吧呢！"

真的呢！笑容顿时又回到她的脸上，她闭上了眼睛，贪婪地吮吸着这清新的空气。山根轻轻地捏了捏她俊美高高的鼻峰，也笑了。

学校前面不远处，有一条自西而东蜿蜒曲折的小河，隔断了山里面几个村庄村民出行和学生上学的道路。为方便过往行人和学生上学，村人们在这儿架起了一座简易石桥，人们习惯上称它为便桥。

两人来到便桥上停下来，芳菲坐在青石板上，叹息道："实在走不动了，坐下来歇歇吧！"

山根从身上取下背包，也跟着坐下来，芳菲顺势躺下，把头枕在他的腿上。她闭上眼睛歇息一下，然后用手揉了揉眼睛，看到绿水青山在阳光的照耀下一片明媚，令她眼前一亮。

山根看着不远处国旗飘扬的院落，想着今后要和芳菲在这里一起战斗生活，内心充满了激动和期待。

"这地方山清水秀，风景如画，堪比世外桃源！我们真是人在画中游啊！"芳菲显得兴高采烈，"这座坚固美观的便桥可以作为我们歇息玩耍，放飞心情的良好平台。"

若是天长日久，朝朝暮暮，芳菲都如这般心境，那该有多好呀！但愿苦和累都能使芳菲有如此的好心情，山根在心里默默祈求。他表现出极高的兴致和真诚赞美道："还是爱美的人有眼光，初来乍到，就选准了我们看风景放飞心情的地方！"

芳菲不无遗憾地说："美中不足的是，便桥没有护栏。"

"小心谨慎，注意安全就是。"山根还是一脸的笑容。

芳菲不禁在心中发问，是爱屋及乌，还是随遇而安？自己跟着他来到这么艰难困苦的环境中，竟然没有丝毫的畏葸和抱怨。她不由得苦笑了一下。

山根兴致勃勃地对芳菲说，南水北调中线工程明年就建成通水，国家还要在渠首这一带开辟建设杏山—禹山地质公园。这里将成为美丽的风景游览区，成为世人瞩目和观景游览的地方。

"我们在这里工作，圆了你的心愿，我也有了一番新的生活经历，太有意义了！"芳菲激动地连连问那所学校挥手。

山根听了芳菲的话，满心欢喜，趁其不备，在她的玉面上亲吻了一口。

芳菲突然现出一副严肃的神情，正经八百地拉着长腔提醒说："舒山根，你已经回到家乡，面对的是父老乡亲和学生，请注意你的言行举止！"

接着她小声哼起豫剧《朝阳沟》"在这里一辈子我也住不烦"的片段，山根也跟着哼起来。

禹山沟学校大门外，热闹的唢呐锣鼓合奏，声声悠扬动听。欢快的鞭炮声也跟着响起来。老支书高德亨带领村民，用这种既淳朴又热闹的古老方式，隆重而热烈地欢迎山根和芳菲的到来。

等到山根和芳菲走至人群前，两名脖子上系着红领巾的少先队员，英姿飒爽地走过来，给他们每人戴上一朵大红花。这两个少年是学校特意选定的，作为学生代表欢迎山根和芳菲，因为秋季亦即新的一学年还未开学。众人争相和他们握手，寒暄问好。让两人真切地感受到了禹山沟支部村委、学校和乡亲们对他们的诚挚欢迎。

"怎么这么隆重，这么热情，这么多人啊，我都不好意思了！"芳菲紧紧攥住山根的手，手心都冒汗了。

"那当然！大城市里的千金小姐到我们大山里教书，不热情能行吗？"山根凑近芳菲的耳旁说，声音里满是自豪。

芳菲情不自禁地说："我会永远记住这个特殊而又难忘的日子——2013年8月19日，是我们走进禹山沟学校任教的大喜日子！"

山根听了庄重地点点头。他转过脸看到老支书高德亨，精神依旧不减当年。只不过岁月的风霜已使他的鬓发变成了灰白色，头顶一块儿光秃秃的没有了头发，额头上的皱纹却更多更深了，眼神却一如过去那般亲切和善。

山根拉着他的手亲切地说："老支书，我和芳菲回来了，就在咱们村的学校当老师！"他那认真的表情似乎是把一份实实在在的重任接在手里，而且是满心欢喜。

"回来了好啊！乡亲们早就盼望着你们回来了！"老支书的喜悦之情溢于言表。他转过身指着身后一个文质彬彬，面容白净，留着偏分头的中年男人，向山根和芳菲介绍说，"这是咱们学校的虞潜校长，往后你们一起共事，共同为咱村的教育事业出力流汗！"

山根极热情地同虞潜握手，望着这个已经是校长的中年男人抿嘴一笑，诚恳地说："向您学习，今后请多指教！"

虞潜谦让道："不敢，不敢，鄙人多向你们学习！"

山根向大伙挥手致意，激动地说："父老乡亲们，吃水不忘挖井人，我舒山根能有今天，都是大家无私援助的结果。我向大家表个态，我和女朋友柳芳菲这辈子都要扎根禹山沟，培养好咱们的子孙后代！"

人群中响起了一阵热烈的掌声。

老支书领着两人来到学校会议室，乡亲们也都跟着走进来。山根招呼大家在凳子上坐下，从背包里取出几盒烟和一大包糖块。他和芳菲一起给村民们发烟卷、递糖块。大伙儿或抽烟或吃糖，笑得合不拢嘴。芳菲也开心得不行，一直乐呵呵的。这些旧房子旧桌子旧凳子，是她自打出生以来，第一次看到的。她有一种幻觉：这场面仿佛是在排演电视剧，而山根和她就是那个男女主角。她满满的兴奋和喜悦，那颗心都快要盛不下了。

头发花白的高德石老伯伯拉着山根的手，对着山根的脸庞仔细端详打量一番，看得山根有些脸红害羞。他停了半天才说:"这孩子和他爹一样,一看就知道是条汉子,能做成事,老舒家的祖坟冒青烟喽!"

山根听了,泪水倏地流了下来。老支书赶紧挽住老人的胳膊,让他坐下来,低声对他说:"老哥哥,今天咱们只说山根回来的事情!"

德石老人也意识到了自己的话说得不甚合适,不好意思地用手捂上了嘴巴。

一个豁着两颗门牙,佝偻着身子,山根喊她三奶奶的老人,拉住芳菲的手,幽默风趣地夸赞道:"这个姑娘长得漂亮,身条好,脸蛋光,就像天上下凡的七仙女,真让人喜欢呐!"

说得在场的人都忍俊不禁,哄堂大笑。笑过之后,大伙都把目光投向芳菲,望着她那简洁飘逸的长发,娇美婀娜的身姿,美丽清爽的容颜,不住地啧啧称赞。她害羞得现出满脸的桃花色,低下头不知道该如何回话才好,只是一把又一把地往大伙手里塞糖块。那样子活像一个害羞的新娘子。

老支书见此,慌忙站出来解围:"今天的欢迎仪式到此结束。快晌午了,大伙早点儿回家吧!"

可是三奶奶说什么也不愿意离去,她拉着山根和芳菲的手,非让两人到她家吃午饭。众人也都争相请他俩到自己家里吃饭。一时间你争我抢,人声嘈杂,乱哄哄的。老支书想拦挡,却也制止不了。

山根只好站出来,向大伙抱拳施礼,不胜感激地说:"多谢各位乡亲的高情盛意。大伙的饭,山根过去没少吃,今天就不再麻烦各位了。随后,我们会专程去看望大家!"

老支书接着说:"乡亲们,山根、芳菲往后吃大家饭的机会多的是。山根和芳菲一个月前就回来了,两人顺利通过了招教考试、体检和面试,双双被录取为特岗教师。他们一致向领导要求回到自己的家乡,邓州最偏远的地方——禹山沟学校任教!"

热烈的掌声之后,人们这才慢慢散去。

7

山根和芳菲把身心都投入了教学上。学校除了一名校长,仅有七名教师,百十名学生，教学实行的是老师包班制。老师们基本是全天泡在班级里，讲课辅导批改作业，一点儿也歇息不下来。

为了尽快提高教学水平，两人虚心请教其他老师，每次讲课之前，他们都要对着墙壁试讲一遍又一遍，直到满意为止。孩子们都很喜欢听两人讲课，不只是他们的普通话说得标准，还有他们那和蔼可亲的笑脸，总是让学生如沐春风，陶醉其中。就算偶尔有一两个学生调皮捣蛋，他们也会讲一个启发性的小故事，让学生自己揣摩，从中悟出道理，终至心悦诚服，点头称是。他们的课讲得声情并茂，寓教于乐，让学生在轻松快乐中掌握知识。相比从前死记硬背的课程，两人的课堂就像一束亮光，照亮了学生的心田。

放学时间，两人大多在芳菲寝办合一的住室里，面对面地坐在办公桌前，时而批改备课，时而在一起探讨问题，时而深情地对视一眼，会心一笑。

生活似乎平静而惬意，可是芳菲的烦恼却也不少。首先是穿着高跟儿鞋走路的问题。爱美是姑娘的天性，芳菲禁不住诱惑，上班的第一天她还是穿上了高跟鞋。一天过去了，虽然在那坑坑洼洼的土路上侥幸没摔跤，脚脖子却肿了。芳菲一生气，把那双高跟鞋扔进了垃圾桶里，发誓这辈子不再穿高跟鞋了。

第一次在学校上厕所，芳菲哭了。当初爸爸苦苦劝她不要跟着山根来禹山沟时，也曾提到了旱厕的问题。她其时还没见过旱厕，所以也不怎么在意，也没把它当成一回事。

那一刻，当她在一个女学生的带领下走进厕所时，她刚蹲下身子，又赶紧系上裤子，慌忙掩鼻逃窜。天啊！那是一番什么样的不可描述的景象：成堆的蛆虫在粪池里摇头摆尾，不停地蠕动觅食，成群的苍蝇一边唱歌一边跳舞，甚至落到她的头上、身上、脸上、鼻子上、耳朵上、手上、衣服上……真可谓无孔不入呀！厕所里面的臭气，足足可以熏死一头身强力壮的老水牛！

芳菲扶着厕所外面那棵杉树，不停地呕吐，几乎要把五脏六腑都吐出来了。吐完之后，她就靠在那棵大树上哭起来。她忽然很想爸爸妈妈，很想回家。那一刻她就像一个找不到家的孩子，是那么无力无助又无奈。

还有那简直要了她命的地下水。山里的水没经过专门过滤，烧好的水满是水垢，芳菲难以下咽，她坚决不喝。没有茶水滋润，她体内上火，嘴角起了泡，脸上也长满了痘子。这且不说，关键是芳菲的嗓子也沙哑得说不出话来。

山根十分着急。他每次都把开水沉淀过滤之后，再缓缓倒进杯子里拿给芳菲喝。

山里的生活无休止地折磨着芳菲，这让山根心疼不已。可能这片土地，不适合芳菲生长，那就让她归去吧。山根开始劝芳菲回去。

芳菲却坚定地说，为了山根，为了山根的理想，她愿意历尽磨难。她说这都是暂时的，她会努力去适应环境，她坚信一切都会好起来的。

山根紧紧地把芳菲拥在怀里，泪雨滂沱。

时间过得好快啊，开学后转眼两个星期过去了。

一个周末的下午放学后，芳菲给几个学困生辅导完功课，送他们回家的时候，看到几个女同事聚在一起窃窃私语。她走过去，想跟她们打个招呼。可是当她走近时，她们的谈话却戛然而止，仿佛见到外星人一样，都用一种异样的眼光上下打量着她。

芳菲疑惑地问："怎么了？我脸上有粉笔末，还是头发上有树上掉下来的叶子？"

她们回答说："没有，你说的这些都没有。"

"那你们瞅着我干吗？我怎么感觉你们的眼神怪怪的。"芳菲笑着，满脸不解。

"我们看你漂亮！"

"像西施！"

"赛貂蝉！"

她们七嘴八舌，声音阴阳怪气。

芳菲回到自己寝办合一的办公室，照着穿衣镜，前后看看，左右望望，反复审视自我，认为自己的穿着打扮并无异常之处。不是吗？头发也不蓬乱，脸上也没有灰点儿什么的。这究竟是怎么一回事？她感到十分疑惑。

山根走进来了，看到她在照镜子，没好气地说："你这么一个美丽的花仙子，何必时时照镜子打扮呢？"

虽然是赞誉，芳菲从山根生硬的话语里，听出一些不愉快的味道。她半真半假地回怼说："你的话语里为什么带着揶揄和不满？莫非本美女让你产生了审美疲劳？"

山根意识到了芳菲的不悦，连忙拍了拍她的肩膀说："你多虑了，我为刚才那几个低级庸俗的娘儿们而生气，不经意间把这种不快带到跟你说话的语气里，对不起啊！"

芳菲从没见过山根发脾气爆粗口,今天这是怎么了?她再三追问,山根这才道出了事情的原委。刚才他走过那几个扎堆在一起的女同事身后,听到其中一个说:"没结婚,不明不白,白天晚上黏在一起。"

另一个说:"伤风败俗,如何为人师表?"

……

山根明白这些人是故意说给他听的。他本想作解释,说明自己和芳菲之间的清白,但又怕他的解释犹如泼墨画眉——越描越黑,也就忍忍作罢。可是,山根从来没有产生过要越雷池半步的想法。不管芳菲同意还是不同意,他都不会未婚同居。他知道婚前不同居,既是对女性的尊重,也是对自己的尊重。

山根生于斯长于斯,山里人那种最原始的淳朴贞洁观念,他已经根深蒂固,牢记在心。他觉得人生最美好的那一刻应该留在新婚之夜。《圣经》上说,夏娃和亚当经不起引诱,偷食禁果,成为人类原罪的开始。既然偷食禁果是罪过,说明这种行为是被鄙夷的。

芳菲远离父母,孤身一人跟着自己来到禹山沟,自己无论如何也不能乘人之危,做出不地道的事情。而应该给予她最基本的尊重。没结婚之前,他舒山根就是护着她的哥哥;结了婚,他就是那个拼尽全力去爱她的丈夫。山根就是这么想的。

芳菲也把她见到的情况告诉了山根。

同事们的风言风语着实让两人心里不痛快,但生活的实际困难摆在那儿,他们实在是没办法解决。

芳菲从大城市初来乍到,短时间内适应不了山区的生活。尤其是到了晚上,校园里到处一片漆黑,四周有许多叫不上来名字的昆虫,发出不同的声音在鸣叫;晚上甚至还有一些毒蛇和蜈蚣出没在校园。没有人做伴,芳菲胆小不敢入睡,平时尚有女同事陪伴,到了周末只好让山根过来陪伴。常常是她躺在床上,山根坐在办公桌前读书备课,实在困倦了,就趴在桌子上,头枕着胳膊睡觉。芳菲一觉睡到清晨醒来,看到山根如此睡觉,也是心疼不已。心疼归心疼,但也想不出一个能够解决问题的妥善办法。

她心说两人情投意合,朝夕相处,处于一室,生活在一起,这样下去,终究也不是一个长久之计,同时也担心人们说长论短,造成负面影响。

诚如墨菲效应所昭示的,真的是怕什么就来什么,该来的到底还是来了。

芳菲暗自思忖，她和山根已经相恋这么多年了，为什么不可以尽快结婚？山根今年二十四，她二十三，两人都超过了国家规定的法定结婚年龄，没有必要再拖延。两人结了婚，不仅方便了生活，流言蜚语也会自生自灭。约定俗成的规矩是，男女相爱，占优势的一方应该主动向另一方提出结婚。因为异性之间相亲相爱，彼此给对方最大的尊重和赞美就是同他（她）结婚。

想到这里，芳菲索性决定来个快刀斩乱麻：马上结婚！

她走到山根跟前，爱怜地抚摸着他的肩膀，轻柔而坚定地说："山根，我们结婚吧！"

山根认为这个决定太过仓促，可是芳菲告诉他只有结了婚，才不用担心人们在背后说长论短，不受外界闲言碎语的干扰，可以静下心来专注地做好教育教学工作。

"可是，你爸妈同意吗？再说我也拿不出彩礼！况且咱们连婚房也没有，怎么结婚？"

山根提出了一连串的问题，当然也是实际情况。

"舒山根，我们真心相爱，何必计较那些身外之物？"芳菲在他的后背上轻轻捶了一下，算是打断了他的一连串疑问，"难道我是为了彩礼和婚房才跟你来到禹山沟，才提出跟你结婚的吗？如果我是物质至上者，我会这样做吗？"

山根的心里猛然一颤：什么是真爱？真爱就是哪怕你低到尘埃里，贫穷到一无所有，她也照样义无反顾地跟着你，无怨无悔同你结婚。而他认为芳菲应该有更好的归宿，而不是跟着他吃尽千般苦，遭受万种罪。山根一刹那间感动得涨红了脸，一时语塞，不知道说什么好，心里唯有惭愧。

"明天我们就进城领结婚证！"芳菲眨巴着细长的眼睛，说得一本正经，打断了山根的思绪。

"我当然求之不得，但我还是怕岳父大人揍我！"山根故意抱着双臂，装出一副可怜兮兮的样子。

芳菲"扑哧"一声笑了："揍你活该，瞧你那点儿出息！"

……

两人婚后的生活是甜蜜幸福的。芳菲再也不用担心晚上睡觉害怕、不敢上厕所了。因为她可以随时喊上她的老公、她的贴身侍卫——舒山根陪伴。

一天晚上，芳菲身子不甚舒服，山根劝她早点儿上床休息。芳菲想让他陪着她睡，却不愿直接说明，而是半真半假、很委婉地说，她一个人睡在床上，害怕小老鼠唧唧叫。

山根不无风趣地说，那是小老鼠在为她唱赞歌！

芳菲娇嗔道："我不，我就要你这只大老鼠为我唱赞歌，还要你陪伴我一起睡觉。"

山根站起身，走到坐在对面的芳菲身旁，半弯着腰把头伸在芳菲脸前，故意对她做了一个鬼脸，张大嘴巴压低声音唱道："小老鼠你真坏，为什么要吓唬我老婆？你知道她是多么美丽和可爱，难道你对她也产生了爱？"

芳菲笑了，笑得那么开心快乐，笑得那么爽朗欢畅，笑得那么无忧无虑，笑得如同一个天真烂漫、活泼可爱的顽童。笑完之后她伸出手连连拍着他的肩膀，嗔怒地喊道："舒山根！"

山根立马来了一个立正的姿势，"到！"

"听老师的话，立刻去睡觉！"

山根故意做了一个滑稽的敬礼动作："是，山根这就陪老婆大人去睡觉！"

两人笑呵呵地挽着手向床铺走去。

花开花落，雁去雁归。时间在流逝，人生在成长。

山根和芳菲送走了一批又一批学生，转眼之间他们已经在禹山沟度过了五年时光。他们的孩子志远也已经四岁。两人已由五年前的大学生，成长为禹山镇乃至全市的优秀教师。

2018年3月6日这天，镇里召开年度先进教师表彰大会。全镇几百名教师和村镇干部代表齐聚一堂。

中心校史文俊校长在会上大张旗鼓地表彰舒山根和柳芳菲夫妻，说他们是全镇这次所有获奖者当中唯一一对优秀夫妻教师，也是禹山镇唯一一对被镇、市两级政府授予"优秀人民教师"光荣称号的夫妻教师。舒山根同志还被省政府授予"优秀人民教师"称号。他们夫妻对教育教学工作的热爱和无私奉献，值得所有同志学习！

山根所教的班级有五名学生，在市教育局举办的"小发明、小创造、小制作"科技竞赛中获得一等奖。芳菲指导的三名学生，在市文广旅局举办的"小主持人"竞赛中获得优秀奖，两人的教学成绩也在全市名列前茅。在全省优质课大比武中，他们夫妻都获得了小学段一等奖。

山根和芳菲胸前戴着大红花,走上主席台,向台上台下恭恭敬敬鞠躬施礼。镇里主抓文教的副书记王道来亲自给他们二人颁奖。

两人眼睛里闪着喜悦、自豪、激动、幸福的泪花,恭恭敬敬伸出双手接过获奖证书,再次鞠躬施礼。

会议主持人用铿锵有力的声音,读出了颁奖词:有一种伟大来自平凡,有一种高尚来自奉献。三尺讲台,诠释着舒山根和柳芳菲无悔的人生!

台上台下顿时响起了热烈的掌声,人们向山根和芳菲投去了赞许钦佩的目光。

可是,会场里有一个本来最该为山根夫妇喝彩的人,却例外地没有鼓掌。他非但没有鼓掌,而且愤怒得满脸通红,一直红到耳根,眉毛竖起,根根头发直立,豆大的汗珠沁满了他的额头,嘴巴两侧深深的八字皱纹,从两个嘴角气势汹汹地向下延伸过去。

此刻,他似乎是为了掩饰自己的尴尬与不满,点燃了一支烟卷,含在嘴里,不停地用劲儿抽着,就像一个愤怒的火车头,喷出一缕缕呛人的浓烟。

他听着台上领导同志对山根夫妻不绝于耳的赞誉之词,以及台下的热烈掌声,感到浑身很不自在,甚至心生嫉妒。嫉妒之火在他心里熊熊燃烧,烧得他十分焦灼难受,烧得他即将失去理智。他恨不得立刻走上主席台,当着全镇教师的面把山根夫妻赶下台来。

这个人不是别人,乃是山根和芳菲的同事,也是他们的领导——禹山沟学校的虞潜校长。

8

四月的校园里,月季吐蕾,那些茂密旺盛的青松翠柏,更是给校园平添了几分春的绚丽色彩。树枝上鸟儿发出快乐的鸣叫声,到处呈现出一派生机勃勃的盎然景象。

五星红旗在校园上空高高飘扬。学生们欢乐的嬉笑声,清脆稚嫩。洪亮悦耳的唱歌声、读书声,弥漫了整个校园,汇成一首优美的交响曲。

上课的钟声响过,山根精神焕发,手持教案,健步走进六年级教室,登上讲台，开始上课。随着班长喊出的一声"起立！"全体学生迅速站起，昂首挺立，齐声用不太标准的普通话喊道："老——师——好！"

山根给全体学生颔首施礼。大家坐下后，他迅疾扫视了一下全班学生，目光定格在最后一个空着的座位上，十分关切地问："鹏飞呢？高鹏飞同学今天怎么没有来上学？"

班长站起身回答道："舒老师，今儿早上我约他来上学，高鹏飞说他不再上学了。"

山根听了班长的回答，脸上露出一丝淡淡的忧伤。转瞬之间，灿烂的微笑又重新回到他的面容上，只听他语速缓缓，声音温柔而亲切地说："知道啦，你请坐下吧！"

他接着说："同学们，今天我们学习课文《中华少年》。"

然后转过身子，用粉笔在黑板上板书课题："中华少年"。全班学生跟着老师一起诵读课文……

下课了，学生们像山雀一样蹦蹦跳跳、叽叽喳喳飞出教室。山根坐在讲台旁的一个小凳子上，满脑子都是高鹏飞的身影。他那么爱学习，怎么可能不上学呢？会不会是家长不让他上了？很有可能，听说他家里有许多困难。

想到这儿，山根又想起自己的父母。小时候家里多么贫穷啊！到现在他还清楚地记得，父亲左胳膊衣袖上补着一块和衣服色调不同的补丁，裤子上有大小不一许多补丁，甚至是补丁摞补丁。但是为了供他上学，父母什么苦都肯吃。无事可做时，父亲也给建筑工地打短工：挖土方，扛水泥袋子。母亲给民工们蒸馍做饭。父亲每次扛完水泥袋子，他的头上脸上身上都是青灰色的水泥粉面，只有他的一双黑眼珠子还在转动。

小时候的山根看到父亲一身的水泥粉面，觉得他多么滑稽可笑，长大后一想起来他就伤心流泪。贫寒的家庭，父母的劳累也是他发奋读书考上大学的动力。

父母还在空闲时间走乡串村，贩卖农产品和山野产品。家里那个锈迹斑斑的农用三轮车，深深印在山根的脑海里。那是父亲掏两千元买的二手车，不光外表破旧，机体内的许多配件也都老化了。每次启动车辆的时候，父亲总是坐在驾驶座上，母亲却在后面一个劲儿地推车，直到三轮车发出"突突突"的声音，才算是启动成功了。这时候母亲才坐在后面车厢里，两人一起做着收购买卖。

后来，车身锈得实在不像样了，地板和四周烂了大小不等许多洞。父亲就在车厢里铺了几块木板,母亲又为它刷了油漆,算是勉强说得过去。最后一次是在收罢山货往回走时,父亲开着三轮车,母亲坐在旁边,在下一个陡而长的山坡时,刹车突然失灵,连人带车侧翻,掉进山谷,等到被人发现时,两人都已停止了呼吸。

山根想到这儿,眼泪不自觉地流出来了。

"读书改变命运,知识成就梦想。"山根揉了揉眼睛,自言自语说了这么一句,又向教室外望望。学生们兴高采烈,全身心地投入玩游戏的活动中:有的在玩跳绳,有的在玩踢毽子,有的在玩老鹰抓小鸡,有的在玩拔河比赛,还有的在玩"跳山羊"。所谓"跳山羊"就是由一个同学弯腰弓背扮作山羊,让其他同学从他身上跳过去。

他们无拘无束,无忧无虑,蹦啊,跳啊,打啊,闹啊,说呀,笑呀,呐喊着,歌唱着,呼叫着……是多么天真可爱,无忧无虑,活泼快乐呀!

愿快乐伴随他们的一生。山根如此想着,觉得自己肩上的担子更重了。

上课的钟声再次响起,学生们一个个迅疾走进教室,静静地坐下,又一堂课开始了。

下课的铃声再次响起,山根突然听到校园里人声喧哗,伴随着吵吵嚷嚷的声音。他急忙走出教室,循声望去,发现吵闹地点恰巧发生在自己的住室前。那里已经围了一些老师和学生。

山根看到一个身材魁梧的山乡壮汉,指手画脚冲着芳菲高声叫喊:"我的孩子我还不能管了?我让不让他上学,你能管得着吗?"

芳菲被这个人嘲笑奚落得脸颊通红,但她还是不忍心让这么小的孩子辍学在家。她只能忍耐着,赔着笑脸,不住地给对方讲道理,说不让孩子上学,会毁了他的一生。

"毁了他的一生,也比跟着你读书强!"那个汉子依旧气势汹汹,话也说得理直气壮。

芳菲被这个人抢白得流出了眼泪,其他老师也在劝说这个汉子。可他就是不听,一直苛刻地责备芳菲,说梁柱自从升到四年级进入柳老师的班级,一点儿也不听父母的话。农活忙不过来,让他回来帮着干个活,他难受得就像驴子身上割疗痴;让他请假,他也不请假。他在学校里读书,回到家里也不打猪草,只顾趴在桌上写作业，真把上学当成一回事了，而这一切都是柳老师挑拨教唆的结果。

山根走上前，认出这个人是前山屯名字叫丁洪波的村民。

芳菲看到山根走过来，委屈的泪水如同开闸的小溪一个劲儿地往外涌。

苏弘阳路见不平，生气地向山根诉苦，说这个人不顾芳菲在课堂上讲课，竟然窜进教室，如入无人之境，当着全班学生的面，吵闹着说不让儿子上学了，然后拉起他儿子丁梁柱就往外走。谁知父子俩刚一走出教室，他儿子梁柱就挣脱他逃跑了。这真是太不像话，影响太坏了！

山根也听到了丁洪波说的难听话，但他并不与之计较，反倒冲着他微微一笑，谦恭而温和地说："洪波哥，有什么话，咱们进屋里说，好吧？"

"进屋说就进屋说，谁怕谁啊！"洪波也认出了山根，但他还是别着头牢骚满腹地说，"她当老师的挑拨我们父子关系，还不让说了？"

山根把洪波让到屋里，芳菲也跟着走进去。弘阳和另外几位老师带着学生离开了现场。山根让洪波坐下，给他倒了一杯水，微笑着说："洪波哥，芳菲如何挑拨你们父子关系了？说出来，我批评她。"

洪波望着山根，说他儿子梁柱如今一点儿也不体谅父母，让他帮着家里干点儿活，他说柳老师不让请假；让他走亲戚，他说柳老师不允许耽误功课；他吓唬梁柱说让他辍学在家带弟弟，腾出他妈去镇上打工挣钱，他却说如果不让他上学，就离家出走，宁可讨饭也要上学读书。这娃子现而今就是把老师的话当成了圣旨，把他老子的话当成了耳旁风！

洪波最后气呼呼地说："孩子张口闭口就是柳老师说的这规矩那纪律，你说我不找柳老师，还能找谁？"

山根对他拱手作揖道："恭喜你，洪波哥！梁柱知道用功读书是好事！说明你们这个家族后继有人，大有希望呀！"

"啥好事？啥希望？山里的娃子读几天书认几个字，会写自己的名字就行了。"

"洪波哥，现在都什么年代了，你咋还这样说话呢？"山根生气地批评了丁洪波。

洪波强调道："读书多少一个样，反正将来都是外出打工挣钱。搬砖、拎灰，还有流水线上那些眼见的活，这跟读书有多少关系？"

"那些高级打工者你知道吗？举个例子说吧，那些给高耸林立的楼房设计图纸的工程师，却基本不到建筑工地去出力流汗；还有那些通过使用控制器进行遥控指挥，而不去流水线上进行具体操作的蓝领；或者坐在电脑旁敲击键盘，制订实施方案的管理者。他们拿着比在工地、流水线上操作人员高得多的工资。当然他们创造的价值，也远比在流水线上打工的创造得多！但这是他们读了十年甚至十几年的书，才有这样的本事和能力，这样的待遇！"芳菲说得够直爽了，面前这个人眼界狭窄，鼠目寸光，让她很是生气。什么眼界呀！孩子生长在这样的家庭，遇到这样的家长太倒霉，这才真正是输在了起跑线上！

山根暗自思忖：看来要留住丁梁柱这个学生，必须首先做通这个家长的思想工作。如何做通他的工作？一番简单思考之后，他决定把高之雨在省城印刷厂打工发生的事情，隐去真实姓名，讲给丁洪波。

讲完之后，山根又说那位大学生出于义愤，为了使家乡的下一代有理想、有知识、有文化、素质好，不再受人嘲笑、侮辱，毅然决然放弃在省城高薪就业的机会，带着女朋友回到家乡——一个山脚下的小学当起老师来。

洪波很有感触地说："这两个大学生的事迹真是太感人了！"

山根告诉洪波："这两个大学生不是别人，乃是……"

洪波迫不及待地问："是谁？"

山根提醒说："远在天边，近在眼前。"

洪波明白了："莫非就是你和柳老师？"

山根点点头。

"啊，原来真的是你俩？你们真是太了不起，太……高尚了！"丁洪波迫不及待地问，"那个遭受老板歧视的打工者，又是谁？"

"咱村的高之雨。"

丁洪波既惊异又惭愧，慌忙站起身，走到芳菲跟前，深深鞠了一躬，不好意思地说："柳老师，对不起，请你原谅我这个粗人！"

芳菲大度一笑说："没关系，这会儿认识到读书对孩子有好处，还不晚。只是以后一定要支持孩子读书学习呀！"

山根强调说："洪波哥，科技发展日新月异，一个人如果没知识缺文化少智慧，可以说连打工也没地方要。"

"是的，是的，打工也需要有知识，今天我算长见识了。"洪波连连点头，"从前我想，打工不过就是帮小工：挖水沟、拎灰桶、码砖头之类眼见的笨重活！不需要知识和技术。现在我算明白了，我的娃不能再打这样的工了，应该去当一个高级打工者，对吗？"

山根和芳菲都笑了。

芳菲又耐心地对他讲解一番，俗话说出力不挣钱，挣钱不出力。单靠下气力打工效率低，当然也挣不到大钱。随着自动化的发展，现代企业逐渐呈现出智能化、网络化和集成化趋势。如果一个人没有文化，缺乏知识和技术，根本适应不了用人单位的需要！简而言之，让孩子上学读书就是为他今后就业创业作准备，然后通过劳动获得财富。

丁洪波重重地点了点头，郑重其事地承诺，他今后保证支持孩子上学，再也不拖梁柱读书的后腿了。

9

放学的钟声刚响过，芳菲无精打采地走出教室，径直回到住室躺在了床上。山根利用放学时间，又给学生唠叨了一些安全常识才走出教室。

四岁的儿子志远在住室门前玩耍，看到爸爸走近，如同一只快乐兴奋的小鸟，张开双臂跑向山根，一边跑一边亲切地喊："爸爸，爸爸！"

山根高兴地拖着长腔回答："哎——我的乖儿子。"

山根说话的同时抱起他的"小棉袄"，一边在他的脸上亲了又亲，一边往住室里走。人们都说儿子是"皮夹克"，好看不保暖，女儿才是"小棉袄"。但山根固执地认为：他的儿子就是"小棉袄"。儿子对他真的很贴心。每次从教室里回来，儿子总会递给他一杯茶，奶声奶气地说："爸爸，您喝茶！"

这小家伙，竟然知道爸爸口渴了要喝茶！第一次儿子说这话的时候，只有三岁，那一刻，山根的泪水竟然滑落下来了。

儿子会跟他分享自己爱吃的零食。会在他醉酒的时候，给他送来湿毛巾、垃圾桶，还会给他拿来拖鞋……儿子就是个小暖男，是个小棉袄。

山根和芳菲的住室属于那种开间窄、进深长的房屋，虽然略嫌拥挤，但收拾得干净整齐，简单得体。侧面的墙壁上挂着一家三口人的幸福合影照，前窗下摆放着两张办公桌和两把椅子。房屋一侧的墙根儿放着炊具和餐具，另一侧放置一套简朴的木质沙发、茶几和餐桌。靠右边后墙根则是一张双人床，床边是一个摆满书籍的简易书柜。

这样整洁有序的屋子，一般得益于女主人的收拾。而在这个家里却恰恰相反，整洁的屋子是山根天天打扫收拾的结果。房子虽然陈旧些，但整洁是必需的。山根尽量让芳菲这个从大城市来的姑娘少受些委屈。床单是一周洗一次，水泥地板山根也是天天拖了又拖，垃圾桶里的袋子也是天天换的。就连办公桌上的书籍，灶台上的碗筷，山根都一定要摆放整齐。苏弘阳有一回走进来开玩笑说："斯是陋室，惟吾德馨。"

这会儿，芳菲看到山根抱着儿子走进屋里，娇嗔地翻了他一眼，故作生气地埋怨道："看看你把儿子惯得没规没矩的！"

山根凝视着芳菲，心头掠过一股幸福的暖流，一大堆的赞美之词就从口中流出来："娇惯了好啊！科学研究表明，娇惯的孩子心情好，精神愉快，发育健全，长得高，智力好，情商高，聪明勤学，长大后一定能成才。"

芳菲没好气地说："耍贫嘴，我说不过你。你可是成才了，还不是在这深山沟里当个孩子王，受苦受累受煎熬，有什么意思？"

山根半真半假地回应道："当个孩子王怎么了？都不当孩子王，教育振兴就实现不了。教师是太阳下面最光辉的职业。等志远长大了，我还让他当老师。"

芳菲狠狠瞪了山根一眼，不想跟他理论。还光辉职业呢？自欺欺人！人常说家有糊口粮，不当孩子王。当老师有什么好？要钱没钱，要权没权。家长一点儿也不理解、不体谅、不尊重。正上课时，人家丝毫不惧，大摇大摆，窜进教室拉起孩子就走，又在校园里大吵大闹，打死她也不让儿子当老师。这些年当老师，她早厌倦了。

想到这里，她不禁向舒山根诉苦说："这驴曳磨似的日子，一天天，一月月，一年年，周而复始，循环往复，何时是个头啊！"

山根赔着笑脸，耐心地开导芳菲，教书育人，培养祖国的下一代，不是没意思，而是意义深远！

芳菲颇不耐烦了，生气地说："有意思，你就永远干下去，反正我是厌倦了！"说着一把抓过被子蒙在头上。

山根明白她是昨天受到丁洪波来学校吵闹的影响，心情不好所致，也就没再接她的话茬儿。他顺手拿起一柄木质宝剑递给儿子玩耍，自己洗手拌面轧面条。

芳菲是大城市的姑娘，父母对她从小娇惯，不让她干活。她刚到禹山沟时什么家务活也干不好，山根就主动承担起了做饭洗衣裳等琐碎活。开始他也不会做，但为了深爱的妻子，他愿意学，愿意做。这就是爱情的力量，无与伦比的力量。

面条轧好，菜也洗干净了，山根又拉着儿子志远来到床前。芳菲听见他们父子的脚步声，故意把头埋向床里面，不理他们。

山根弯下腰，十分关切地问："芳菲，不舒服吗？"

芳菲忽地推开被子，坐起身子，怒气冲冲地回怼山根："问啥问，难道我连躺一会儿的自由也没有了？我是卖给禹山沟了，还是卖给你舒山根了？"

"有，有，有，你什么自由都有，都是我的错还不行吗！"山根宽厚地笑笑，伸手轻轻地拧了拧芳菲的脸蛋，连声说，"你睡吧，好好睡一觉。"

芳菲娇嗔地瞪他一眼，又躺回被窝里了。山根站在床边告诉芳菲，他想趁中午这个时间，去半山屯高鹏飞家看看。他已经两天没来学校了，再这样耽误下去，今年升初中都是问题。面条轧好了，等水烧开，把面条丢在锅里，面条浮上来，把菜叶放进去煮一下，放点儿盐兑点小磨油、辣椒油，就可以吃了。只做他们母子两人的饭，他回来了再重新下面条。

"我连面条都不会下吗？你啰唆那么一大堆干什么？"芳菲不耐烦地又掀开被子，朝山根翻了个白眼。

山根愣住了。是啊，芳菲已经学会了许多家务活。可山根呢？总是把这茬儿给忘了，他依然包揽所有的家务。他宁愿芳菲还是他心中那个十指不沾阳春水的女神。但是，她跟着他还是什么都学会了，整天也是忙碌得歇不下来，而他能做到的只能是尽力去呵护她，减少她的烦恼。

芳菲不同意山根去做家访。在她看来不是每个孩子都能考上大学，有个好前程的。

"咱们做老师的，尽心尽力就好！"山根说得很有耐心，"能帮一个是一个。"

芳菲摆出了高鹏飞家的实际困难：他妈死了，爹在外打工，爷爷有病，上学的事情，跟他哪有缘分？

山根接道："那不是还有咱们当老师的吗？算了，不跟你说了。你把志远照看好，我赶紧去，下午还要给三年级代语文课哩！"

"又是三年级，你跟三年级的班主任老师苏弘阳走得近啊！"芳菲尖刻地挖苦说，"平常我喊你替我上节课，你总是推三阻四，慢得跟摸鳖一样，还说怕影响不好。可是只要苏寡妇一喊你，你答应得比百灵鸟唱歌还好听，跑得比兔子还要快！"

山根听了笑笑也没说话。

苏弘阳是本校的一名青年女教师，年龄和山根夫妻相仿。她和丈夫感情深厚，两人结婚后依然是你侬我侬，甜蜜如初恋。不幸的是夫妻两个在一次旅游时，他们居住的家庭旅馆意外发生火灾，丈夫为救她而遇难，她从此成了寡妇。

日常工作中，不管哪个同事需要山根帮忙代课，他总是欣然应诺，芳菲也从不阻拦。让他困惑不解的是，唯独他答应给苏弘阳帮忙代课时，芳菲却显得很不高兴，甚至给他甩脸子，恶语相向。

这会儿，山根自然也听得出芳菲话语里的讥讽。他不明白结婚后的芳菲，为什么变得如此心胸狭隘，多疑善妒？是女人善妒的天性使然，还是爱情的排他性所致？

"我跟爸爸走得近，跟苏老师走得不近，我要跟爸爸一块儿去找鹏飞哥哥玩儿。"志远听得懵懵懂懂的，以为妈妈在批评他，当即否定了妈妈，算是岔开了爸妈的话题。

芳菲听了儿子的话，也不好再往下说什么，只是现出一副无精打采的样子。她让山根把儿子志远带上，她要趁这个时间，给她爸妈写封信，发个电子邮件。

山根拉着志远向外走去，谁知到了门口儿子却挣脱爸爸的手，又回到了床前，握着芳菲的一只手，说："好妈妈，乖一点儿，躺在床上歇歇，我和爸爸去鹏飞哥哥家。"

芳菲听着儿子稚嫩的话语，心头顿时涌起一股幸福的暖流，所有的烦恼都消失不见了。

群山苍茫，逶迤起伏。

山根背着儿子向居住在山里的高鹏飞家走去。抬头眺望远处，青山连绵，云雾缭绕，飘飘纱纱，若隐若现，如同传说中的仙境一般，而天空仿佛就在山峰之巅，似乎触手可及，让人禁不住产生一种想要攀登上去，一看究竟的冲动。若在夜晚，说不定还能够伸手摘星辰呢！

越往山里行走，脚下的路越发显得蜿蜒崎岖，慢慢地，竟变成了羊肠小道。向上仰望，一边是悬崖绝壁，怪石嶙峋。向下俯瞰，另一边则是深沟险壑，急水湍流。大自然的鬼斧神工，造就了一幅幅天然奇观，让人产生一种人在画中，画中有人的感觉。山根此刻哪有心思欣赏这些美好景象，他满脑子都是高鹏飞这个酷爱学习，上课专心听讲的男孩。他的钢笔字是班上写得最好的，行书和瘦金书兼而有之，形神兼备。

鹏飞平素穿的衣服都是陈旧过时的，还有一件套在身上就像大衣一样的半旧中山装，看上去显得滑稽可笑。但他却从未因此自卑过。为什么呢？那是因为他心中有梦想，对未来充满希望。山根发现他走路时身子挺得笔直，目光中有那种经历过时事沧桑磨炼的淡定。每当下课时，同学们蜂拥向操场玩的时候，他总是静静地趴在桌子上读书，有时是一本旧连环画，有时是一张旧报纸。有一回，山根发现他竟然在读一本没有封面的《三国演义》。那一刻，山根忽然觉得他就是大学图书馆里的自己！

山根还专门送给鹏飞一本行书字帖。他接到手里如获至宝，一有空就临摹练习。山根看到后，总是爱怜地摸摸他的头。他认为这孩子就是大山的希望。

鹏飞怎么会突然不上学了？家中肯定有摆布不开的困难，但这也不应该成为他不上学的绊脚石。

想当初，父母遭遇车祸身亡，自己不也是困难重重，上不起大学？可是乡亲们还不是想方设法，克服千难万难，也要供他上大学？山根觉得高鹏飞今天的困难，自己责无旁贷，理应帮助，必须帮助。

"孩子，不要怕！"这句话突然从山根心里蹦出来。他一时间感到热血沸腾，激情满怀。

志远看到爸爸有点儿气喘，额头上也沁出了汗珠，懂事地说："爸爸，你停一下，让志远下来自己走。"

儿子的话打断了山根的思绪，他看看脚下的路面稍稍宽阔，也就停住脚步放下志远。他牵着儿子的小手，两人并排向前走。山根忽然兴奋地说："儿子，给爸爸说个上山下山的绕口令吧！"

小小的志远听了，丢开爸爸牵着的手，连跑带蹦地欢呼道："好！"

接着，志远用稚嫩的声音朗诵道：

上一山，下一山，
走了三里三米三，
登上一座大高山，

山高海拔三百三。

上了山，

大声喊：

我比山高三尺三。

山根兴高采烈地夸赞道："儿子真棒！"

志远自信满满地说："爸爸，我长大了要当一名宇航员，带着爸妈飞向太空。"

"为什么呢？"山根欢喜地问儿子。

志远挥舞着两只小手天真地说："从天上往下看咱们的禹山，那才叫雄伟壮观呢！"

"行，行，行。爸爸也想到太空中俯瞰咱们的禹山大地！"山根说得很痛快，"好好上学，爸爸等着你实现崇高理想呢！"

山根父子说说笑笑向远处走去。

走着走着，志远唱起了儿童歌曲《山路弯弯》。

山根陶醉在儿子童稚的歌声里。他觉得自己是世界上最幸福的人，不是吗？有深爱的女人朝夕相伴，有聪明活泼的儿子延续着未来和希望，还有一群天使般可爱的学生。他们是家乡的希望，家乡的明天……想到这里，山根也对着大山吼了一嗓子："我就是世界上最幸福的人，人生多么美好……"

这声音回荡在大山深处，余音袅袅，不绝于耳，荡漾在这连绵不断的大山之中，越过山谷，飘过山峰。

若善手里拿着一张写满字的信札，心里顿时像绽开了一朵花，那感觉真如大旱之天看到云霓一般让他兴奋。他一阵风似的跑进厨房，抑制不住内心的激动，大声喊道："芳菲她娘，芳菲她娘，快过来，有好事了，有好事了！"

鲁敏瞅着老头儿不屑地问："有什么好事了？看把你高兴得跟得了外财一样。"

"你不是整天想闺女吗？芳菲发来邮件了。这难道不是天大的好事吗？"若善不满意老太婆不屑的表情。

虽然当初芳菲跟山根一起去禹山沟时，鲁敏对女儿说了一些绝情绝义的过头话，但她们母女毕竟血脉相连，亲情难断。一听到女儿来信了，她一下子喜极而泣，激动得话也说不连贯："这个没……没良心的死妮子，总算想起咱们了。她在邮件上都写了什么？快……让我看看！"

若善说："我都抄下来了，念给你听听。"

爸妈，不养儿不知二老养育我辛苦。如今我的儿子，你们的外孙志远已经四岁了。虽然他还没有见过你们，可是早已会喊外公外婆了。爸妈，请原谅当初女儿的任性和无知，现如今我完全明白了，当初你们都是替女儿着想，为了女儿好，为了女儿的幸福。都怨我当时年少轻狂，以至于和二老反目决裂。几年来，女儿无时无刻不在想念你们，多少次魂牵梦绕回到老家，飞到了二老的跟前……

鲁敏只是一个劲儿地流眼泪，半天也说不出话来。她赶紧把沾满水的双手在围裙上擦了擦，夺过丈夫手中的那张纸，仔细地看了又看，生怕漏掉一个字，脸上写满了惊喜，高兴得哭出了声音。

若善也是不住地用手绢擦拭脸上的泪水。芳菲离开家已经五年了，也不曾回来一次看望爸妈。每到春节也只是发两句不疼不痒、不咸不淡的问候，从来没有写过这么情真意切、感人肺腑的话语。她今天写得这么热乎，究竟是怎么了……若善深感意外的同时，也开始胡思乱想起来。

这时，若善听到老婆鲁敏叹息道："唉，芳菲一定吃了不少苦，受了许多罪。唉，我可怜的心肝宝贝呀！"

"不吃苦受罪，她焉能回心转意？"若善忽然面带不悦。

鲁敏听到丈夫话语里带着一丝幸灾乐祸的讽刺味道，当下就生气了。她骂丈夫这个老东西，到现在还阴阳怪气，冷嘲热讽，真是太不像话！她最近就想去禹山沟，把闺女和外孙接回来，好好弥补弥补这些年对他们的亏欠。

若善颇有城府地摆摆手，理由是芳菲没有发出邀请，他们突然出现在她面前，会弄得她措手不及甚至尴尬，还是稳妥一些好。

鲁敏不理解，她用询问的目光望着他。

"等等再说！"若善显得很沉稳。

"你就是铁石心肠，一点儿也不知道心疼孩子！"鲁敏咬咬牙，指责丈夫，"天下哪有你这样做父亲的？"

若善望望她，没有说话。暗暗自忖道：女人家就是头发长见识短，一点儿也不理解他是从长远考虑的。

"都怪你！"鲁敏朝若善翻了个白眼，生气地埋怨道，"女儿当初执意要跟山根一块儿走，我的意思是给她一些钱，最起码她的手头会宽裕一些。可你这个老犟驴非说要逼她吃吃苦受受罪，让她自己醒悟回头。"

若善理亏似的望了鲁敏一眼，仍是默不作声。

鲁敏质问丈夫："五年了，芳菲回来了吗？你可算是把女儿害苦了！"

若善依旧没吱声，而是点了一支烟自顾自地抽着。

"芳菲在那穷山沟，会是一个什么样子？"鲁敏又流泪了。

若善无声地走到阳台上，独自抽烟去了。

10

半山屯坐落在群山环绕的禹山深处，二十几户人家稀疏地分散在半山腰里。山根带着志远来到一个院墙坍塌、房子陈旧的人家门前。他小时候曾跟父亲一块儿来过，依稀记得这个破旧院落就是德石老人的住家。如今，二十多年过去了，面貌依旧。山根在心里暗暗叹息。

山根和儿子站在院门外一侧往屋里看：墙上正中挂着一张发黄的毛主席画像，条几上摆放了许多瓶瓶罐罐等杂物。屋里摆放着一张老式木床，德石老汉躺在床上，不停地咳嗽。鹏飞用砂锅在火炉上给爷爷熬药，一个穿着不十分得体、服装样式陈旧、头发蓬乱的六七岁小女孩儿，一瘸一拐地走过来，站在鹏飞旁边，两眼睁得大大的看着药罐儿。

志远欲要张嘴呼唤鹏飞，山根连忙给他做出一个闭口不要声张的手势。

过了一会儿，鹏飞把熬好的汤药滗在碗里，端到床前对老人说："爷爷，药熬好了，您坐起来喝吧！"

鹏飞一边和爷爷说话，一边把汤药放在床前的凳子上，搀扶爷爷起来。小女孩看到后，急忙过来帮忙。兄妹俩帮着老人披上棉袄，戴上绒毡帽，让他的脊背靠在身后的屋墙上。

鹏飞端来一碗冒着热气的汤药递给爷爷。老人伸手接过来，喘着粗气自言自语地说："还是有点儿烫。"

鹏飞要去拿扇子扇，让碗里的药凉得快些。

老人摇摇头，用手轻轻地不停地晃动着药碗，又反复吹了几次，然后分两次把一碗汤药喝完了。

山根这才带着志远走进去。他的心里唏嘘不已：多么可怜的一家人呀！老人不能颐养天年，孩子没有快乐的童年。上天真是捉弄人，命运竟是如此不公啊！

由此他想起了上大学时，学校对面的附属幼儿园。每当他站在教室门口，总能看到那些家长开车接送那些"小皇帝""小公主"们。他们那华丽的衣着和幸福的笑脸，山根至今难忘。什么时候禹山沟的孩子也有那样的幸福生活？

鹏飞看到老师带着志远来了，有点儿出乎意料，连忙给他搬来一个凳子，请山根坐下。山根接过凳子坐在床前。

鹏飞轻轻拍了拍志远的肩膀，夸赞他说："志远长得真快，个子都这么高了！"

志远笑笑，然后拉住站在床前那个小女孩的一只手，两人一起到后墙根儿玩耍去了。山根十分关切地问老人得了什么病，老人告诉山根，他得了哮喘病。这是多年的老毛病，每到春季树木发芽或者秋叶凋零的时候就要犯病。这几天吃了药，已经好多了。

山根对老人说，既然他的病好了，就应该让鹏飞去上学，再耽误下去恐怕会影响他今年升初中。

老人有气无力地说，这几天他一直催促鹏飞去上学，可他就是不肯去。

山根听了甚是疑惑。鹏飞平时上学那么积极，读书也是那么刻苦，怎么回来几天就不想上学了？他转过脸问鹏飞为什么不愿意上学了，鹏飞低头不语，搓着两只手只是一个劲儿地抹眼泪，也不说什么原因。

山根灵机一动，采用信念激励法对鹏飞说："你脑瓜子聪明，天赋好，又肯吃苦，作业也做得好，各科成绩齐头并进，数学一科甚至在班级数一数二。只要你努力，一定能考上一所理想的大学，成就一番事业，为家庭争光，为禹山大地争光。不能因为一点儿困难就辍学，停滞不前。你把困难讲出来，老师和爷爷想方设法帮你解决问题。"

老师的信任，最终让鹏飞说出了问题的症结：如果他去上学，生病的爷爷怎么办？跛脚的妹妹怎么办？老黄牛又该怎么办？以前爷爷健康的时候，这些都是爷爷来管的。现在谁来管？打电话让打工的爸爸回来吗？不！爸爸那点微薄的工资是全家的经济命脉啊！他不上学没什么，但全家人要吃要穿要活着这才是最重

069

要的。鹏飞认为只有他不上学了，一切问题才会迎刃而解。他说这话的时候，瞅了瞅爷爷，又瞅了瞅妹妹，最后把目光停留在门口的那头老黄牛身上。

鹏飞把小脑瓜子里这些无可奈何的东西向老师表达清楚了。山根一下子全明白了：穷人的孩子早当家！鹏飞这是把家庭的重担和苦累，都挑到了自己的肩上！山根轻轻叹了一口气，也感到很无奈。

就在这个时候，老人气喘吁吁地强调说，他的病已经好了，家里的事情还跟以前一样全由他来管，鹏飞只管去上学就行。

鹏飞不说话，他知道这是爷爷想让他去上学而说的谎言。看着爷爷那咳喘得要命的样子，这又能骗得了谁呢？

山根拉起鹏飞的手往外走，想和他单独聊聊。鹏飞一把甩开老师的手，伤心地哭着说："老师，我是真没法上学了！家里的情况你都看见了！家里真的是离不开我呀……"

是啊！如果他去上学，回来还得做饭，做好饭吃罢，洗刷了锅碗瓢勺，还得把老牸牛牵到山坡上啃草，等做完这一切跑到学校，已经快放学了。这学他实在没法上！

山根沉默无语了。

"舒老师，这娃不听我的话呀！不光是我支持他去上学，就连老牸牛都想让他去上学！舒老师，你不知道，我家的老牸牛通人性呢！"老人满怀欣喜地跟山根讲起这件事儿，"就在今天早上，他要鹏飞去上学，鹏飞却要去放牛，老牸牛站在牛棚里，鹏飞怎么也牵不走它！我很奇怪，它从来都没有过这个样子。不走就不走，我们爷孙俩就在屋里吃早饭，不再管它。"

早饭后，鹏飞走出屋外对爷爷说："老牸牛已经吃饱了，肚子吃得滚圆滚圆的！"

老人仔细一看，是真的呢！原来老牸牛自己挣脱了缰绳，跑到山坡上啃草喂饱了自己。

爷爷说："鹏飞，老牸牛想告诉你，它自己能吃草，让你去上学呢！"

山根跟着鹏飞走到屋外，他要亲自看看这头灵性十足的老黄牛。鹏飞看到老黄牛，紧紧地抱住它的脖子，感动得放声大哭。老黄牛的眼睛里也闪着晶莹的泪花。

山根拉着鹏飞又走进屋里，老人颇感无奈地对山根说："可是这个犟娃就是不肯去上学！"

这时,那个小女孩却一瘸一拐走过来,拉着爷爷的手来回摇晃着祈求说:"爷爷,我也要上学,我也要上学嘛!"志远看到后走上前,来了一个东施效颦,见样学样,他拉着老人的另一只手摇晃着说:"爷爷,我也要上学,我也要上学嘛!"鹏飞兄妹俩看到志远这副天真的样子,忍不住捂着嘴笑起来。山根的表情愈发凝重。

"唉——"老人长长地叹了一口气。

山根蹲下来拉住小女孩的手说:"小姑娘,告诉老师,你叫什么名字?"

"俺叫二丫。"小女孩怯怯地说。

可爱的志远又一次鹦鹉学舌一般笑着说:"嘿嘿,俺叫二丫!"他这副调皮模样,惹得几个人都笑起来,冲淡了满屋的愁云惨雾。

山根很想对她说:"二丫,老师带你去上学。"

但他还是理智地咽下了这句话,他不是那种轻诺寡信的人。这个家庭,四肢健全的哥哥求学之路尚且如此艰难,现在让走路不方便的妹妹再上学,那就更困难了。一日几遍上下学接送她谁来管?他舒山根来管吗?不是他不愿意管,也不是担心芳菲跟他发火闹别扭,主要是他没有时间管。他自己的娃,可以置之不理,可学校那一大堆娃,他必须管,而且得管好。想到这儿,山根有点儿心灰意冷。

"不让禹山沟的任何一个孩子掉队、辍学!"多少个夜深人静的时候,他都在日记中写下这样的豪言壮语,这样的诺言。此刻,他感到羞愧难当,茫然无措,什么也说不出来。他为自己的孱弱无力而难过。

二丫忽闪着两只大眼睛看着山根。这让他一下子想到了自己读小学时,曾在一份旧报纸上看到大眼睛女孩苏明娟的故事。在那张《我要上学》的照片里,她穿着破旧的衣服,黝黑的小手紧紧握着铅笔。她学习刻苦努力,最终考上了大学,毕业后取得了不凡的成绩。山根明白,他之所以能考上大学,也正是受了苏明娟精神的鼓舞。

此刻,山根多么希望眼前这个小女孩也能够像苏明娟那样,有个美好的未来。可是这个小女孩每天只能看看天空,望望山野,帮着爷爷做做家务。而他舒山根也只能眼睁睁地瞅着这一切,却无能为力。他感到痛苦,无比的痛苦。

"我该怎么办呢?"山根反复地问自己。

鸿鑫和曼丽大学毕业后结了婚,一起进入他爸的房地产公司。鸿鑫他爸主动让贤,把董事长兼总裁的职务让给了儿子。几年里,鸿鑫和曼丽把学到的现代管理知识、财会知识，运用到企业经营之中，加之他又占尽了天时地利人和，所以他把公司经营得风生水起，红红火火，成为省城房地产行业首屈一指的龙头企业。

这天下午开完董事会，鸿鑫拖着沉重的脚步，心情灰暗地走出会议室，来到董事长办公室前。门口两侧摆放着绿萝、富贵树、月季、牡丹等花草。可是，这些一点儿也提不起他的兴致，他仿佛没有看到似的。若是往日，喜爱花草的他必定要观赏一番，然后给它们浇浇水、施施肥，或是掰掰芽子掐掐尖儿。

鸿鑫推开屋门，装修豪华的天花板下悬挂的流苏水晶灯，把金色的光芒倾泻在铺着赭灰色花纹地毯的地板上。精致的书柜、组合式真皮沙发、高档桌椅、摆放得错落有致的花草盆景，这些都是他精挑细选来的。若在平时，他一定会抚摸或者好好观赏一番。但是今天，由于心中不胜其烦，刚一进门，他竟一巴掌打在滴水观音的叶子上。打完之后，突然意识到自己的粗暴。长期以来，优渥的家境，事业的顺风顺水，在他眼里只有岁月静好的感觉。事业的那盘棋，任凭他怎样信马由缰都是胜券在握，怎么可能会有他方鸿鑫举棋不定、犹豫不决的时候呢？

他把文件夹搁在案头，刚在老板椅上落座，便迫不及待地拿起话筒拨号。对方接通后，他声音低沉地指使道："老婆，过来一下。现在。"

曼丽在电话那端，没有感觉出丈夫声音的异常，依旧清脆而轻柔地嬉笑道："亲爱的，有什么重要事情吩咐？我这就过去。"

鸿鑫放下话筒，长长地叹了一口气。

不大一会儿的工夫，曼丽过来了。她烫了一头波浪大卷发，时髦又显气质；轻妆淡抹，长长的睫毛，衬托出一双大而明亮的眼睛；上着咖啡色貂皮大衣，下穿一条青色长筒裤，脚蹬一双棕色高跟儿皮鞋，走起路来发出嘎嗒嘎嗒的声音；佩戴着金耳环、金戒指和翡翠手镯，满身的珠光宝气，活脱脱的一个贵妇人打扮。

她掀开门帘走进室内，两手向鸿鑫做出一个抱拳施礼的动作，微笑着不无幽默地调侃说："贱妾罗曼丽前来聆听夫君之令，敬请吩咐！"

"别闹了！"鸿鑫站起身，隔着老板桌与她面对面站着，郑重严肃地说，"现在有一个火烧眉毛的事情，需要我立刻外出一趟，你帮着梁董他们打理公司，看好家。"

曼丽满不在乎地说："有什么大不了的事情！是天塌了？还是地陷了？"

鸿鑫压低声音，故意作了一番渲染，这个事情比天塌地陷还要严重。天塌下来，有高个子顶着；地陷了，无非是再重建一次。可是这个事情，他要是解决不好，那些董事们是决不会答应的！

曼丽不以为然地说："你是董事长兼总裁，谁敢在太岁头上动土，老虎嘴里拔牙？胆子不小啊！我看这些人是不是发财发得不耐烦了，竟敢对你说三道四？"

鸿鑫现出一副哭穷相，他对曼丽说，"载舟之水还覆舟"，没有董事会，哪有他这个董事长？

曼丽听了也感到事态严重，急切地说："你就不要给我卖关子了，快说有什么重要事情？天塌了，我也可以助一臂之力呢！"

鸿鑫离开老板桌，来到曼丽跟前拉过她，两人身子挨着坐在长条沙发上。鸿鑫告诉芳菲，董事会要求公司尽快配备一名财务总监。

"为什么？"曼丽半是惊异半是不满，"这不是明摆着对我这个财务经理不信任、不满意？说白了就是对你这个董事长兼总裁设防？他们这是以小人之心度君子之腹，咱们是那种值得提防的人吗？假公济私、贪占便宜的事情，这么多年在咱们身上发生过吗？哪怕一次也没有！"

曼丽气得红头涨脸。

鸿鑫耐心地解释说，话不能这样说。仔细想想，董事会这个决定也对着哩。咱们平时也确实发现一些分公司的财务报表，在真实性、合理性方面存在着一些问题。如果配备了财务总监，这些问题都可以得到有效控制了。

"难道我胜任不了财务总监？"曼丽终于说出了心里话。

"你完全可以担当这个职务，但是夫妻两人一个是董事长，一个做财务总监，不符合财经纪律规定呀！"

曼丽理解地点点头。接着，又试探性地问他想请谁做这个财务总监。

按照规定，财务总监不仅要懂得财税方面的法律法规，还要有丰富的财税知识，更重要的是道德修养要好。一句话，得绝对靠得住。鸿鑫想到这里，用手拍了拍自己的胸脯，蛮有把握地说："你放心，我已经有了合适人选，保证会让董事会满意！"

曼丽嬉笑道："选的谁呀，这么信任？"

鸿鑫用手轻轻地在她鼻峰上点了一下，把问题推给了曼丽，幽默风趣地说，这是他留给她的一道思考题，不动脑筋，是肯定猜不到的。

曼丽正经八百地调侃道："呵呵……你不说，我也知道你要请谁来当财务总监，你心里的那点儿小九九，我岂能不知道？"

两人开心地笑起来，鸿鑫轻轻把她揽入怀中。

山根把碗筷端到小餐桌上，解下勒在腰里的围裙，拿起勺子准备盛饭。

芳菲挨着志远和鹏飞在小餐桌旁坐下。她亲切询问鹏飞："这几天在老师家里生活习惯吗？老师做的饭菜合不合你的口味？"

"老师做的饭菜可好吃了，我每次都禁不住吃了许多许多。"鹏飞不好意思地说，"爷爷说，就是给两位老师添麻烦了。"

山根笑呵呵地接道："不要说麻烦不麻烦，只要习惯就好！节约点儿时间，抓紧把你耽误的功课补上，千万不能掉队。"

鹏飞用力地点了点头。

这时，鸿鑫开着一辆猎豹越野轿车，停在禹山沟校园大门口附近。他倒是打扮得干练随意，留着寸发平头，戴着一副墨镜，背着一个昂贵的真皮男包，手里拎着东西，身材虽然高大魁梧，却一点儿也不显得大腹便便，脑满肠肥，反倒给人一种超酷帅的感觉。

鸿鑫放眼望去：一排瓦房和两排平房组成的校园，掩映在苍翠树木之中。瓦房的前面是一片菜园，也许是因为没有污染，又得到及时灌溉的缘故，这片青菜居然长势良好，一片葱绿。两排平房之间是一个不大的操场，其中一头支着一个用木材做成的篮球架子。

看到如此陈旧的校舍，简陋的设施。鸿鑫不禁打了一个寒战，感慨良多，若是旅游，便觉这里古朴清静；若是天长地久居住在这里，却显得太过偏僻与寒酸。

鸿鑫拎着两个礼品盒，走到山根和芳菲的住室门前，刚好捕捉到山根盛饭的镜头，不禁心中一动，把"孟光举梁鸿"这个典故反其意而用之，大声调侃说："好一个'梁鸿举孟光'，真是让人羡慕嫉妒恨！"

山根循声望去，原来是鸿鑫站在门外，他赶紧放下饭碗走过去，把鸿鑫拉进屋里。

芳菲以一种独特的形式对鸿鑫表示热情，只见她不无揶揄地回怼说："有什么好羡慕，有什么好嫉恨，我的方大董事长？今天什么风把你这位款爷吹到这荒山野岭来了？你和曼丽不也是缠缠绵绵，恩恩爱爱，如胶似漆吗？今天怎么没舍得让她和你一块儿过来，叙叙旧聊聊天？"

鸿鑫幽默地打趣说："当然舍不得让她来，在保险柜里锁着呢！"

山根笑容满面地说:"江山易改,本性难移。你俩这刀子嘴,几年没见,一点儿也没改变,见面就干仗!"

芳菲微微一笑:"见面不说他几句,嘴角就感到痒痒的。"

"条件反射呀!"鸿鑫油腔滑调地说,"时光流转,习惯不改,说明情谊没变。这才显得亲切自然!"

芳菲接过鸿鑫手里的礼品盒,指责鸿鑫来就来了,还非要带些礼物,多见外呀!

鸿鑫故意埋汰她说:"别自作多情哦!我可没给你带礼物,只给我的宝贝侄子志远带了一包点心和糖块,一套儿童绘本《孙悟空大闹天宫》。"

芳菲饶有风趣地开玩笑说:"志远分明是你的外甥,为什么非要说是侄子!"

"无亲不叫舅,叫舅有论头。"鸿鑫笑着辩解,"再说我和山根是哥们儿,志远不是我侄子是什么?"

芳菲故作失望地说:"唉,看来还是山根你们哥俩走得近啊!"

鸿鑫脸上带着笑意,把一个大大的红包递给志远。志远只喜欢《孙悟空大闹天宫》,不喜欢红包,接过红包就交给了妈妈。

芳菲笑着指导儿子:"志远,快谢谢方叔叔。"

志远高兴地说:"谢谢方叔叔!"

鸿鑫爱怜地抚摸着志远的头,夸赞说:"志远真聪明!"

山根一边说抱歉,一边埋怨鸿鑫,难得他大老远从省城赶来,事先也不招呼一声,没什么拿得出手的东西招待他这位多年不见的贵宾。

鸿鑫粲然一笑,轻松愉快地说,常言说来得早不如来得巧。他这刚一来就赶上了吃饭,真是口福不浅啊!他要趁这个机会,享受一下他们这田园美食!

说完自觉地端起一碗面条,狼吞虎咽地吃起来。

"这面条里兑的什么菜?黑乎乎的,这么好吃!"鸿鑫一边嚼着面条一边问山根。

"芝麻叶!"山根笑着说,"是你这个城里的大亨没见过的。"

"噢,原来你们在山里吃这么好的东西!"鸿鑫故意埋怨他,"走时给我装一包,带回去,让曼丽也尝尝!"

"没问题,没问题!"山根和芳菲笑得那么灿烂。

鹏飞端着饭碗只是默默地吃饭,一句话也接不上。

11

鸿鑫和芳菲坐在一个简易茶几两侧。芳菲泡了一杯茶,放在他的面前。鸿鑫轻轻呷了一口茶,望着芳菲大发感叹:"岁月匆匆,时光如梭。不知不觉,我们大学毕业已经五年了!"

芳菲颇有同感:人生如白驹过隙,一眨眼工夫就到了而立之年!

谁说不是呢?想当初,同学们都是风华正茂,英姿飒爽,有理想有抱负的热血青年。谁知,仅仅过了五年的光景,岁月就磨平了一个个同学年轻气盛的棱角,时间冲淡模糊了每个人的面目轮廓。再也看不到当初大家那种意气风发、昂扬向上的精神面貌了,有的甚至变得萎靡不振、老气横秋,成为安于现状的一员。

鸿鑫想到此,随口说出了一句名言:"这个世界上唯一不变的就是变。"

芳菲不住地点头。社会是个大染缸,时间是把无情的刀,在这两者面前,哪个人能不发生变化呢?比如鸿鑫,他一直生活在优越的家庭里。大学毕业以前他一直享受着安逸舒适的生活,毕业后一直奔波在追求理想和进步的路上。这是一件多么美好的事情。可是也有的人为了自己的利益抛弃了良知,向罪恶的道路上越走越远。这是芳菲所鄙夷的。

当然,像山根这种不通时务扎根山乡的人呢,芳菲也是不赞成。

芳菲知道自己走神了,想得远了,赶忙把思绪收回来,对鸿鑫称赞道:"咱们那些同学,如你这么有作为的,毕竟是凤毛麟角,少之又少!"

鸿鑫极不自然地笑笑:"你是夸我还是损我呢?咱们之间用不着这样。"

芳菲心说,你干这么大的事业,身价超过若干个亿,难道还不算成功吗?她不由得感叹道:"我说的都是肺腑之言呀!"

鸿鑫掏出一支香烟衔在嘴上,点着后狠狠抽了几口,接连吐出几口烟雾。这些烟雾在他面前盘旋环绕,打着转转,留恋着不愿散去:"实事求是地说,我是子承父业,起点高。如果没有我父亲最初的铺垫,我也干不到今天这个地步!"

"秉性没变,还是爱说实话。"

"这几年,回过省城吗?"鸿鑫忽然问起这个问题。

芳菲无奈地摇摇头。这个话题不是芳菲不想说,她是真的不知道该怎么说,从何说起。父母当初的拼命阻拦，让她和父母结下了怨。她现在有了孩子，对父母当时的心情完全理解。那时候，她固执地认为父母只是把她当作一件会说话的物品，不给她自由。现在她明白了：父母是怕他们的心尖儿宝贝吃苦受累！不过，她已经吃了千般苦，受了万般累。若是父母现在看到她比实际年龄苍老许多的模样，一定会心疼至极。明明知道是伤疤，鸿鑫还是没忍住想揭开看看是否愈合了。

"鸿鑫，你喝茶。"芳菲故意把话扯到别处，捂上伤口不让他看，但他已经十分明白问题的答案了。

鸿鑫只得转换一个话题，向她询问工作情况："这几年扎根山区，投身教育，收获不小吧？"

"不准埋汰我们！再埋汰就不让你喝茶了！"芳菲佯装生气，又给鸿鑫的茶杯续满了开水。

鸿鑫十分关切地说："人挪活树挪死。既是这样，你们何不更换一个职业？"

"更换一个职业？你倒是说得轻松。山根热爱家乡，痴迷教育，不是轻易就能调换的。"芳菲话语中流露出深深的无奈，想到鸿鑫当年曾放言，不出三年两载，山根一定会乖乖离开禹山沟回到省城。可是整整五年过去了，却看不出山根有一点儿要离开的意思，也就狠狠向鸿鑫将了一军，"看来，你当年的预言，要落空啊！"

"山根不主动，咱们何不助力拉他一把？"鸿鑫有点儿不好意思。

"如何助力？你又不是不了解山根这个犟脾气。"芳菲对鸿鑫的话不抱任何希望。

其实鸿鑫这次是无事不登三宝殿，他此行来的目的就是要劝说山根辞职，到他的房地产公司做财务总监。许多人都在觊觎这个职务，鸿鑫却对他们不理不睬，他在心里认定这个职位非山根莫属。说是因为他赏识山根的才华，或者说是因为他和山根之间的深情厚谊都对，但更重要的是要让他当年的预言成为现实。

芳菲只是摇头，她认为山根只要认准的事情，那是九头牛也拉不回的。先不说大学毕业前夕，他谢绝了鸿鑫的邀请。后来，还有两个实力雄厚的大企业也欢迎他去，也都被他拒绝了。但是，在这个穷山沟里，他倒是安贫乐道，一干就是五年，而且无怨无悔。芳菲讲起这些也是满脸的无可奈何，不住地摇头叹息。

鸿鑫不住地安慰芳菲，说他尽量说服山根，只需要她去吹吹枕边风，这样里应外合，他坚信这次能够一举拿下山根。

芳菲听了只是苦笑。

她想起了丁洪波窜进教室，拽起他儿子丁梁柱和她大吵大闹的情景。她伤心地告诉鸿鑫，在山窝窝里当老师，她是早厌倦了。但山根就不一样了，他是满腔的热爱，全身心地投入，每天都有使不完的劲，任凭一座大雪山也无法扑灭他对教育的挚爱热情。别人的努力是为了光宗耀祖，为了挣钱，为了一家人的幸福。他倒好，是为了家乡的学生，家乡的教育，家乡的明天……

芳菲的话匣子关不上了，生活的艰苦，工作的艰辛，柴米油盐酱醋茶的琐碎，山根一心扑在教学上的忘我精神等等，一股脑儿都倾诉给了鸿鑫。

"你能坚持这么久，的确出乎我的意料。"

鸿鑫对芳菲跟着山根能够绝壁生根，暗暗称奇。芳菲是谁啊？她是在温室里长大的，是大城市里的一个公主。但是，如今的她任凭风吹雨打，烈日骄阳炙烤，寒霜肆意凛冽，绝不轻言放弃，一直傲然屹立在禹山大地上，不屈不挠，如同禹山山坡上那一株株昂然怒放的山里红，坚韧不拔，顽强生长！一年又一年，不停地开花结果，从不衰退！

"还不是嫁鸡随鸡！"芳菲现出一脸的无奈，不经意间又将了鸿鑫一军，"当初你推测，山根很快就会离开禹山沟回到省城，谁知他却越干越有劲儿，一直向前冲！"

鸿鑫不自觉地低下了头，脸上现出羞惭之色。

芳菲佯装没看出来他脸色的微妙变化，继续列举山根一心扑在教学上的那些事情。

鸿鑫像是故意要岔开话题，打断了芳菲的滔滔不绝："刚才那个叫鹏飞的大孩子是怎么回事？"

"他是山根班上的一个学生。"芳菲颇有点儿扫兴，"妈死了，爹外出打工，爷爷又老又病，没人做饭，山根担心他辍学，让他过来和我们同吃同住，一起生活。"

鸿鑫赞赏地说："难得，难得，你们夫妻真是爱生如子呀！"

"想起来了，他就是当年在省城南郊印刷厂打工，被老板嘲笑的高之雨的儿子。"芳菲补充了这么一句。

鸿鑫心想，看来一切都是缘分，皆是命中注定。

芳菲忽然想起了儿子，站起身对鸿鑫说："老同学，你先坐。我出去看看我儿子志远到哪里玩去了。"

鸿鑫也站起身，着急地说："快去，看看志远是不是跟山根一块儿去了？"

鸿鑫的着急紧张，源自这几年拐卖儿童的人贩子越来越多，他们把目标锁定在山区。为此，中央电视台专门设置了一个栏目叫《等着你》，帮助被拐卖的儿童寻亲回家。曼丽最喜欢看这个栏目，鸿鑫有时候有空了也看。看这个栏目的时候，曼丽总是哭：亲人找到了，她激动地哭；找不到亲人，她焦急地哭。

因为这个节目，他们把自己的孩子看得格外紧：上学送，放学接，一点儿也不敢让他出现在没人照看的"空当时间"。

学校门前一里外那条蜿蜒曲折美丽的小河，河水常年清澈，静静地流淌，在阳光的照耀下闪着点点星光。子在川上曰：逝者如斯夫，不舍昼夜。河水不停地向前流去，渐渐消失在大山的转弯处。鱼儿成群结队地在水中游玩，张大嘴巴呼吸着新鲜空气，偶尔也有个别鱼儿跃出水面，又翻身落入水中，激起一圈圈小小的涟漪。

志远和鹏飞挨着身子坐在这座横跨小河两岸没有护栏的便桥上，入迷地看着《孙悟空大闹天宫》。

这个故事志远已经听妈妈讲了许多遍，绘本却是第一次看到。他一页一页翻着，每翻一页，都按照自己的理解讲给鹏飞听。他讲得声情并茂，奶声奶气，逗得鹏飞咯咯直笑。

志远把画册翻完，央求鹏飞哥哥把画册上的文字读给他听。他仰起的笑脸上满是对那些文字内容的渴望。

鹏飞亲切地拍了拍志远的后背，用不太标准的普通话读给志远："孙悟空腾空而起，飞向天空……"

志远听得津津有味，激动得抱紧了鹏飞的胳膊，脸儿都快贴到画本上去了。

鹏飞亲昵地捏了捏志远的脸蛋："小文盲，认识这些字吗？"

志远摇摇头。

鹏飞赶紧安慰他："等上学了，认了字，就能读这本书了。"

志远骄傲地说："我长大了也要上大学，上完大学，像爸爸妈妈一样，就在咱们禹山沟当一名老师！"

"我也是。"鹏飞激动地握住志远的手。

志远显然没听过瘾："鹏飞哥哥，你接着读。"
鹏飞念道：

悟空腾空而起，飞向天庭。一路上他把天兵天将打得落花流水，抱头鼠窜。一直打到了玉帝的灵霄殿。
猴王喊道："玉帝，这天宫的宝座该我坐了！"
玉帝躲在一个角落里发抖着说："快去西天请如来佛祖！"

志远听罢激动不已，突然站起身，急切地将自己模仿成孙悟空的样子，要去天庭与玉帝作斗争，主持正义。只见他双臂平伸向前，双脚离地，"嗖"的一声飞了出去。还没等鹏飞明白是怎么一回事，却听到"扑通"一声，水花从河中飞起来，溅在了鹏飞的衣裳上，也溅在了那本画册上。

山根站在二年级教室的讲台上，手持教鞭，指着黑板上板书的数学儿歌，领着几个学生大声诵读：

一个数除几位数歌诀
先看被除数最高位，高位不够多一位；
除到被除数哪一位，商就写在哪一位；
不够商1就写0，商中头尾算数位；
余数要比除数小，这样运算才算对。

这时，芳菲神色慌张，捂着"咚咚"直跳的胸口，走到教室门口，朝山根招了招手。

山根向门外望了一眼，交代学生把除法歌诀齐读几遍。然后他来到教室门口，站在芳菲面前。

芳菲生气地问他怎么辅导起二年级的学生，难道人家没有老师？讥讽他干脆把全校老师都赶走，一个人教得了！

山根解释说，二年级老师放学时对他说，这几个学生除法学得不好，让他给他们补补课。

"你吃罢饭，碗一推嘴一擦就走了，原来是替别人上课来了！不陪你的老同学也就罢了，为什么连你儿子也不照看？你迟暮之年这群娃会照顾你吗？"芳菲手往教室里指着，越说越生气。

"不是还有你吗？"山根赶紧讨好芳菲，"谁都知道你是这个家庭的顶梁柱，这个家离开你可不行！"

芳菲不无嘲讽地说："别人的一句话，比你老婆儿子还重要！比你的老同学来了还重要！你是张思德、白求恩，还是活雷锋？你干脆不要这个家算了！你的好朋友千里迢迢来了，你也不把人家当一回事，你还是以前那个有情有义的舒山根吗？"

山根赶紧把笑容堆在脸上，不紧不慢地说："你都看见了，班里学生在等着我呢！"

芳菲告诉他，外面风起云涌，天气陡然变化，马上就有可能下雨，催促他赶紧出去看看，鹏飞把志远领到哪儿了。

山根再次对芳菲强调说，他这会儿在给学生补课，走不开。不言而喻的意思就是要芳菲赶紧去寻找儿子。

芳菲说她满校园都已经找遍，也没见着鹏飞和志远。慌张之下，两条腿都有点儿发软。

山根听了也莫名其妙地紧张起来，他让芳菲辅导这些学生，他立刻去寻找鹏飞和志远。安排妥当，他这才迈着大步，急匆匆向校外走去。

山根走了，芳菲后面絮絮叨叨又说了些什么，他一句也没听到。

近来芳菲的怨言越来越多。她并不是抱怨山区的艰辛困苦，生活的平淡无味，工作的繁忙辛苦，而是抱怨山根完全把心放在学校里，冷落了他们母子，忽视了家庭，令她生气烦恼。

不是芳菲不热爱教育这片热土，只是她认为无论做任何事情都要有分寸，爱也要有度。比如说芳菲教四年级，她的标准是力求把课讲得由浅入深，由表及里，声情并茂，生动活泼，由感性到理性；讲得学生听得懂，乐于听、愿意学、能学会。她认为，这对于一个老师来说，无疑是天经地义的，也是最起码的。

可是山根除了教好课，班级学生所有的事情他都要管，学生没吃早饭他管，发烧了他管，衣服穿单薄了他管，不来上学他也管……甚至连全校学生的事情他也要过问也要管。如此，家庭的事情他就无暇顾及了。

这令芳菲很寒心，有一次她故意损他，说："你是校长还是教导主任？"

"都不是。"山根回答得心平气和，他的意思是，那些家长们把孩子托付给学校，他作为一个老师，有义务也有责任维护学校的声誉，决不能辜负这种信任！

芳菲讥笑他就是一个不懂人情世故，不会察言观色的笨蛋！他倒是和老师学生打成一片了，喧宾夺主他却不知道。可是虞校长看到他，脸上的表情都不一样了。芳菲不止一次提醒他。

"你想多了。"山根不以为然，"工作那么忙，别把心思花在胡思乱想上。"

芳菲每次啰啰唆唆，没完没了，说一大堆话的时候，山根总是笑着敷衍她。

"知道了，遵命！"

"放心，我会按你说的去做！"其实芳菲说的他都没注意听，不过是打发芳菲的耳朵受用而已。若是芳菲知道他根本没听进去她的善意提醒，只是在拿好听话搪塞应付她，她一定饶不了他。

12

鹏飞张大嘴巴，惊呆了，好半天才回过神来，语无伦次，自言自语地说："志远掉进河里了……志远掉进河里了，快来救人啊！"

"志远，志远，志远掉进河里了！救命啊，救命啊！"鹏飞一个鲤鱼打挺，从桥面上跃起来，疯了一般蹦跳着拼命哭喊。

志远的一双小手扑打着水面，他的头时而浮出水面时而下沉。可能是救人心切的缘故，只听扑通一声，鹏飞就纵身跳进河水里去救志远。

山根紧张地跑到学校大门外，四下里张望，不住地呼喊："鹏飞——志远——你们在哪里？"

这时，山根突然听到从便桥上传来鹏飞急促的呼救声，他顾不得多想，也跟着大声呼喊："快来人啊，志远落水了！"

山根用尽力气，拼命向距离学校一里外的便桥上飞跑而去。等到他气喘吁吁跑上便桥时，却没有看到鹏飞和志远的踪影，只有一本《孙悟空大闹天宫》小人书落在便桥上。他急切地向河里望去，只见鹏飞在靠近河岸一侧的水里，伸出两只手，不断在水中挣扎。再看看儿子志远已滑到河中心位置，渐渐被河水淹没，只露出一绺黑发在水面上漂浮着。他纵身一跃和衣扑进河水里,快速就近向鹏飞身边游去。很快,他就抓住鹏飞的头发梢,奋力拉向岸边。

山根几经努力,才把鹏飞扛到肩膀上,放到河岸上。

"躺在地上,不许动!我去救志远!"山根朝鹏飞吼了一声,一头扎进河水里。儿子,我的好儿子,你一定要挺住!山根在心里呐喊。他后悔平时陪伴儿子太少,没有教儿子学会游泳。

山根在水面上寻找着志远刚才还漂浮着的一绺黑发。可是,哪里还有儿子的发梢?他睁大眼睛,急切地在水面上张望。

"儿子——志远——你在哪儿?在哪儿?"儿子,那可是山根的命呀,如果儿子有个三长两短,他怎么能活得成?他扯开嗓子,疯了一般歇斯底里地哭喊着,"志远,志远,你在哪里?爸爸来救你了。"

惊慌失措中,山根把身子潜入水底,脚蹬手摸,双管齐下。此刻,他多么希望能够触摸到儿子那软软的滑滑的身体。那是他生命的延续,那是老祖宗留下的传家宝,是老舒家血脉相传的唯一一颗种子。山根一分钟也不敢耽搁,除了偶尔急急回到水面上缓一口气,就是钻在水下寻找儿子。这一刻,他心中只有儿子,他恨河面太宽,河水太长,流水无情。

鹏飞躺在河岸边,身子不停地打着哆嗦,口里不断地呼唤着:"志远,志远……"

他十分着急地望着河面上时而没入水里、时而浮出水面的舒老师。他真想再次下水去打捞志远,但最终没有下去。因为他知道自己不会游泳,如果他下水,只能给舒老师添乱。

无奈、伤心、着急,煎熬着鹏飞。他怪自己太小,硬是帮不了舒老师。我真傻!为什么不去学校喊更多的老师来救志远?

想到这里,鹏飞忍受着寒冷,忽地站起身,拼命向学校跑去。

阴云蔽日,冷风嗖嗖。

天气陡然变化,四月天突然来了一场倒春寒。狂风呼啸着,好像是从山顶上刮过来的。狂野的东北风,掀起漫天黄土粉末,尘沙飞扬,只刮得遮天蔽日,刮得人睁不开眼睛。一些青嫩的树叶儿和红黄蓝紫白等颜色不同、形状各异的嫩枝和花朵,也被这无情的狂风吹落枝头,坠落下来,随风飘散,而后归于尘土。这本不该是它们凋零的季节，怎能不让人遗憾痛惜？

寒气伴随大风的侵袭，带给人的不光是寒冷，还有一种倒噎气的感觉。

老师们听到志远掉进河水里的坏消息，立刻扔下手中的粉笔，飞快往河边跑；山民们听到这个不幸的意外，撂下手头的事情，以千米赛跑般的速度向河边狂奔。到了河岸边，男子汉们听说还有一个孩子没救上来，二话不说，抢下外套，顾不得脱下内衣，"扑通扑通"如同下饺子似的往河水里跳。时间就是生命，大家此刻切实感受到了这句话的含义和分量。大伙排成一排，笊篱一般在水里进行着拉网式打捞。

女人们在河岸上焦急地跺脚、搓手、拍着大腿，乱嚷嚷地指挥着河水中的男人们……而那些孩子，则扯开嗓子，一个劲儿地呼喊着志远的名字。

校长虞潜在乱糟糟的人群中镇定自若地指挥着："女老师们，带上学生回学校上课！"

他转过身又对在河水里打捞志远的男人们说，"快，先把舒老师拉上来。他待在水里太久了，已经筋疲力尽了！"

"不，我要救我的儿子！"山根一边在水中摸索，一边哭喊，"志远，你在哪儿？爸爸一定要救你！"

两个山村汉子，每人拉住山根的一只手，对他哀求道："舒老师，你先上岸歇一会儿，救志远有我们呢！"

"不，不救出我儿子，我决不上岸！"山根一边哭一边拼命在水里挣扎。他想尽力挣脱山民们拉着他的手，但是已经完全虚脱的他，怎么能撑过那些身强力壮的男子汉？他最终还是被几个汉子连拥带拖，拽到了河岸上。

山根刚被人们拖到河岸上，就听到一个令人欣喜若狂的消息：孩子找到了！迅疾，两个山民就把志远从河水里抬到河岸上。

一个膀大腰圆的汉子单腿跪地，另一条腿弯曲着，让志远头朝下俯卧在他的大腿上，好把灌到肚子里的河水倒出来。

不幸的是，经现场的村医确认，孩子已经没有了生命迹象。

山根听到这个噩耗，当下昏迷过去。在场的人无不伤心落泪，人们以最快的速度把他送进村卫生所进行紧急救治。

省城，金水大道上大小车辆、行人川流不息，络绎不绝。街道两旁高楼林立，鳞次栉比。

在一个十字路口，四条立交桥宛若一条条巨龙盘桓交错，横跨于街道两端，组成一个气势磅礴的井字形空中方阵。

游人如织，一群群打扮得帅气靓丽的红男绿女、老人小孩，或从立交桥上匆匆而过，或流连徜徉，或照相留影。

年届花甲的若善急匆匆回到家里，心急火燎地对鲁敏说："老太婆，芳菲那边来电话了，说是有紧急事情，要我们立马赶到她那里。你简单收拾一下，出租车这会儿在马路边等着，我们赶紧过去！"

"怎么说你也是六十岁的人了，说个话含含糊糊，不清不白，到底是芳菲打来的，还是姓舒的打来的？"鲁敏看都没看丈夫一眼，很生气地责备着，"电话上说的啥？让你慌张得找不着北了？"

若善摇摇头，不停地眨巴着眼睛，似乎还在思考什么："不是芳菲打的，也不是那个姓舒的混蛋打的，而是他们的同学方鸿鑫打来的。他让我们今天无论如何要赶到禹山沟。"

"看你都一把年纪的人了，说话做事怎么烧得跟炒豆子一样，急得乱蹦乱跳！女儿难道不是咱们的命根子？这么重要的事情，你也不问清楚！咱们就是去，哪能说走就走？至少也得准备准备，着急叫什么出租车？"

若善望着她没吱，仿佛有点儿不屑于解释。

"这都下午后半晌了，现在动身起程，还要赶夜路啊？"鲁敏生气地责备着丈夫，"你看看，真是老糊涂了，一遇到事情不是瞎慌张，就是乱咋呼，这咋能解决问题？"

若善不耐烦地说："少啰唆，肯定有重要事情，而且我预感到也不是什么好事儿？"若善焦急地在屋里走来走去。

鲁敏斥责他："你咋会恁死板？直接打芳菲的电话问问，不就清楚了？"

"电话打了几次，都是无法接通。你说急人不急人？"

鲁敏听了，眨巴眨巴眼睛，预感事情不妙，吓得心口咚咚直跳。她在心里胡乱猜测着，不会是女儿发生什么意外了吧？但却没敢说出来，也不想说出来。

"什么也别说了，带上必要的东西赶快走！"若善来了个快刀斩乱麻。

别看鲁敏平时对丈夫呼来喝去，嚣张跋扈，表现出一副很强势的样子，关键时刻却没了主见，最终还得听男人的。不过，她认为着急也不在乎这三两分钟。

她要把这几年来对女儿的亏欠全部打包带上。她急忙拿过来一个行李箱,打开衣柜,里面一大堆衣服,都是她给女儿和外孙买的。

鲁敏平素还给外孙买了许多玩具。她每次逛街看到玩具,总是忍不住要买买买,仅乐高玩具她就买了三套。每次她都在超市的玩具摆放区挑挑拣拣,耗费大量时间。若善总是站得脚麻腿疼,就跟她吵:"你买那么多玩具做什么?屋里都堆成山了。一个孩子能玩得过来吗?芳菲小时候不就几个布娃娃,长大了不也照样聪明伶俐?难道外孙比女儿还亲?"

若善的唠叨没完没了,鲁敏也不去理会他,自顾自地在那玩具架上看来看去,拿起又放下,放下又拿起。她的脸上始终带着微笑,好像宝贝外孙就跟在她身后,绕着她的腿在转圈圈。那一刻,鲁敏觉得自己是那么的幸福,迟暮之年,孙儿绕膝,还有什么比这更美满幸福的吗?

是啊,不管她们母女之间过去曾发生了什么,闺女、外孙血管里也流淌着他们老两口的血,打断胳膊连着筋呢,血脉相连是任谁也斩不断的。行李箱很快塞满了,女儿爱吃的零食和外孙的玩具,却还没有装进去。她又拿过来一个行李箱接着装。

"你干啥呢?这是有急事,可不是外出旅游,你这样磨磨蹭蹭,慢慢腾腾,咋能行?"若善走进屋里,抓过装好的那个行李箱,掂起来就往外走。

鲁敏固执地坚持着内心的信念:这些都是芳菲爱吃的零食,估计这几年她也很少吃到。还有这些玩具,乡下根本买不到!她动作麻利地往箱子里塞这些宝贝,全然不顾若善的催促。

"催啥呢?催命呢?"盖上箱子的时候鲁敏剜了老头子一眼,又顺手把几包烤肠装进手提袋里,这才往外走去。

若善急得直跺脚。

13

不知什么时候,狂风就像屏住了呼吸一样,戛然而止。大风过后,天上阴云浓重,大地静谧。一时间天愁地惨,到处是一片凄楚的景象。

河面上同样是风平浪静,平静得几乎让人窒息。志远的遗体被停放在便桥附近的河岸边，用白布围着，极像一个又细又短的包裹。人们把它团团围住，似乎要把凶险同这个可怜的孩子隔离开来，但很快发现这一切都是徒劳，寂静的人群里只剩下唏嘘、叹息、哭泣、流泪。芳菲疯了一样冲进人群，两腿不听使唤，筛糠似的颤抖着，一下子瘫坐在地上。她掀开布单把儿子的头紧紧搂在怀里。她用手抚摸着儿子的面容，不住地念叨着："我可怜的儿呀，可怜的儿……"

芳菲的泪水像小河的流水一样湍急，嘴巴张得跟苹果一样大，接连咽了两三口唾沫，好像喉咙发干似的。她哭得肝肠寸断，伤心欲绝。她想起来志远曾给她说长大要当宇航员，带着爸妈遨游太空，可是这会儿他却毫无生息、身子僵硬，一动不动地躺在这里。

她两眼发直，目光呆滞，只有无限的空洞，仿佛被掏空了灵魂一样，又惊又怕，不断地自语着："我的儿啊，你睁开眼睛看看，妈妈就在你身旁。你怎么一声不吭就走了？我是一个不合格的妈妈，没有尽到做妈妈的责任，你是不是生气了，说走就走，故意惩罚我呀？我的儿呀！你也不想想，你走了，让妈怎么活呀？"她就这样絮絮叨叨，无休止地向儿子忏悔着自己的过错；一遍又一遍地抚摸着儿子的躯体，一寸又一寸，不放过任何一个地方，包括头发和睫毛。

她耷拉着眼睛，脸上除了泪水，还有鼻涕。她似乎虚脱了，但是一双手还在志远冰凉的脸庞上颤抖着揉搓。她想让儿子感受到她哪怕是一丝一毫的温暖也行，她在等待着儿子醒来，叫她一声妈妈，在她怀里踢腾撒娇……

弘阳听说芳菲哭得伤心欲绝，人们劝不下她，带着几个女老师再次从学校飞奔而来。她感觉今天发生的事情，仿佛是一场梦。早晨，她路过舒老师门口的时候，还听见志远甜甜的歌声：

门前大桥下游过一群鸭
快来快来数一数
二四六七八
……

歌声让弘阳那一刻匆匆的脚步变得轻盈了。弘阳一天的好心情就此拉开了序幕。谁也想不到，仅仅过了短短几个小时，竟会发生这种意想不到的飞来横祸！此刻，弘阳望着芳菲哭得欲死欲活的痛苦模样，心里也如同刀割一般难受。她看着志远那安详平静的面庞，就像睡着了一般。弘阳感觉这孩子真是太懂事了，即使死去也要呈现给人们一副美好的形象。弘阳的泪水止不住了。它漫过眼角，漫过脸庞，不住地往下流淌。

弘阳不知道该做什么，该怎么劝说。她把芳菲的胳膊揽在胸前，想拉她起来，但她自己却也瘫软得犹如一团棉花。

有个老奶奶要芳菲把志远的遗体放开。不然的话，眼泪掉在志远的遗体上，会拴住他的灵魂，亡灵难以安息升天，就会漫无目的地游荡，变成孤魂野鬼。芳菲哪里肯听，哪里肯依，她只是死死地把儿子抱在怀里。

鸿鑫蹲在芳菲的身边，耷拉着脑袋，泪水一个劲儿地往下流，找不出一句合适的话去安慰芳菲。他觉得任何劝说的话，此刻都是苍白无力的。若是失去儿子的是他方鸿鑫，他也要抖尽所有力气去唤回儿子的一抹气息！

这就是痛彻心扉，鸿鑫能够感同身受。哭吧，让她酣畅淋漓地哭吧！

芳菲脸色惨白，有气无力地说："志远走了，我要跟他一块儿去！"

说罢，芳菲拿头往地上撞，鸿鑫赶紧把她拉住了。

这时，山根好似醉汉一般，两条腿软得如同面疙瘩儿，又像被抽去筋骨一样，步履蹒跚，踉踉跄跄，跌跌撞撞，从村卫生所跑来。虞潜飞跑过去挽住他的胳膊。

"志远，志远，志远……"山根的声音哆嗦着。

虞潜急忙腾出一只手，拍拍他的后背想去安慰他。他更想说一句话，哪怕说出一个字去安慰山根也行。但是，怎么可能呢？哪怕你学富五车，才高八斗，哪怕你讲起话来滔滔不绝，口若悬河，也难以准确地找到一个词语，或是一个字能够抚慰山根那颗被悲伤戳得稀巴烂的心。

看到志远的尸体，山根两腿一软，跌倒在地。他死死地拉住儿子的一只手，放声大哭，哭得撕心裂肺，天愁地惨，悲痛欲绝；他的哭声刺心扎肺，似乎有一种穿透人心的感染力，令铁石之人闻之，也会伤心落泪。

"志远，志远，志远……"山根只剩下了口中的喃喃自语，衣服上的扣子也没扣，裤子上沾满了污渍，一只鞋子也走丢了。他终于再次见到了心爱的儿子，是谁把他的身子变得这么冰凉？山根的眼泪止不住地唰唰往下流。

虞潜想努力掰开山根的手。山根怎么肯依，他把志远的手攥得紧紧的，再也不肯松开。儿子，爸爸永远陪着你，以前是爸爸错了。山根的心千万遍地在呼喊，在忏悔。

"松开,你把志远的手攥疼了!"虞潜以为这样劝说,山根就会乖乖松开手,谁知却是徒劳。他想朝山根怒吼,可是没等吼出声来,他自己反倒哽咽了,大颗大颗的泪珠从他脸庞上滚落下来。

这时只见芳菲突然愤怒得像一头失去幼狮、受到严重伤害的母狮,披头散发,睁着一双血红的眼睛,迅疾放下搂在怀里的儿子,转过身子抓住山根,踢腾撕打,愤怒地咆哮道:"舒山根,你这个吃里爬外的丧门星,都是你惹的祸,你害死了我儿子。你还我儿子!还我儿子!"

芳菲一个劲儿地捶打,才使山根松开了儿子的手。

虞校长示意两名女教师,把芳菲搀扶起来送回学校。

芳菲哪里肯依,她挣扎着,哭泣着,呼喊着:"不,我死也要和志远在一起,在一起!"

她那凄厉的声音划破长空,传到云天之外。

若善夫妇乘坐一辆豪华轿车,经过一夜的劳累行驶,天将明时终于进入禹山区域。他们夫妇长夜不眠,一直处于疲惫不堪、恹恹欲睡、似睡非睡的状态之中。

禹山脚下这一带的地形是上上下下,高低不同,山岗丘陵相连,沟壑纵横。山路的崎岖程度远远超出了若善夫妇的想象。"路不平而经丘"的诗句是对这里道路的最好注解。

自打轿车驶入禹山的便道上,两人的睡意就一扫而光。不是他们不想睡,而是睡不着。

轿车在这里根本跑不起来,非但跑不起来,而且随着道路的一上一下,高低起伏,坑坑洼洼,它一直处于一种摇晃颠簸状态之中。

鲁敏先是埋怨司机把车开得摇摇晃晃,一点儿也不稳当,弄得她晕头转向,眼花缭乱,翻肠倒肚,只想呕吐,只差把五脏六腑都颠簸出来。她又指责司机把车开得慢慢吞吞,拖拖拉拉,猴年马月才能赶到禹山沟?

轿车司机听了"扑哧"一声笑了,他似乎是为了驱除车内的哀怨气氛,打哈哈地说:"叔叔、阿姨,这种路况可不敢开快。若是开得快,早把咱们的骨头颠簸得散了架!"

若善老两口听了,像是默认了司机的说法,也就不再催促。

"开快开慢,不在我这个司机,而是取决于路况的好坏。要不人们怎么说,泥泞路上的奔驰，永远也跑不过高速路上的夏利。环境和平台真的很重要！"司机于不经意中又做了补充，老两口还是没有接腔。

不料司机的无心之说，却触及了他们老两口心中的痛点。联想到女儿这些年生活在这种恶劣的环境中，不知吃了多少苦，遭了多少难，受了多少罪。两人暗暗心疼不已。

"苍天哪，也不知道我柳若善上辈子干了什么缺德事，这辈子你要如此惩罚我！"若善仰头呼喊，然后又愤愤地骂道："舒山根你算把我这一家人害苦了！"

鲁敏现出满脸的凄楚，发牢骚说："这鸟不拉屎，鬼不下蛋的荒凉之地，哪里是人居住的地方？"

环境决定命运，人是环境的产物。若善此刻算是对这些说法有了深刻的理解，他不由得叹息一声："唉，这次回家，一定要把外孙带回省城。让他在这里生活久了，吃苦受罪不说，不憨也变憨了。"

鲁敏有些担心地说："不知道那个死筋头舒山根会不会答应放行？"

"山西的骡子不曳车——由不得它（他）。他放也得放，不放也得放！"若善显得信心十足，"我把女儿都给他了，他有什么理由不放行？这孩子也不是他的私有财产，外孙毕竟和我们有一半血缘关系，身上也流淌着我们的血！"

"说得也是，他要是不放行，到时候我替你们主持公道。"司机适时地接了这么一句。

司机讨好的话刚落音，鲁敏突然用尖厉的声音向他喊"停车，停车"的要求。说她实在受不住了，她要下车去透透气儿，呼吸一点儿新鲜空气。

司机只好把轿车靠在路边，徐徐停下。

三个人从车上下来，看到从对面晃晃悠悠走来一个扛着锄头、噙着旱烟袋的老农。

若善掏出香烟点了一支，深深吸了一口，迎上老农，询问这儿距离禹山还有多远路程。

老农回答他，这里就是禹山。禹山绵延几十里，问他们究竟要去禹山哪个地方。鲁敏抢先回答，说他们要去禹山沟学校。

老农望着她，不无好奇地问："到禹山沟学校找哪个人？"

若善抢先答道："柳芳菲。"

老农摇摇头又摆摆手，表示不知道。

鲁敏不满地说:"我们找舒山根!"

老农当下两眼放光,顿时来了精神,放下锄头,朝他们竖起大拇指说:"舒山根那可是一个大好人,是个难得一遇的好老师!"

若善没好气地问:"老哥哥,他怎么就是一个大好人,好老师?"

老农不由得提高了声音:"他是一个见义勇为的大英雄啊!"

鲁敏仔细品味老农这句话的含义,突然惊疑地问老农:"莫非山根他……?"

她的问话暗含着不言而喻的潜台词就是,莫非山根他发生意外或者光荣牺牲了?她不愿往下想,也不敢再追问。

"唉,"老农叹息一声,"山根对学生比对自己的儿子还要亲还要爱,他跟古代的义士程婴一样,舍下自己的孩子,却把学生从河里救出来。"

若善十分警觉地问:"老人家,您的意思是……?"

老农讲出了舒老师的儿子和一个学生同时掉进河里,他把学生救上来,自己的孩子却淹死了。这样的大好人,如今去哪里找?

鲁敏迫不及待地追问老农:"您说什么?您说什么?"

她话还没说完,两眼一黑,就晕倒在地。

若善和司机赶忙把她扶住。

老农见这架势,一边抽耳光惩罚自己,一边悔恨不已地说:"都怨我多说话!"

若善夫妇乘坐的轿车在学校大门外停下。两人哭丧着脸从轿车上下来,打发走出租车司机,又向门卫询问了芳菲的住址方位,提着行李箱一前一后走进校园。

两人进了芳菲的住室,看到女儿衣衫不整,头发蓬乱,面容憔悴地躺在床上。床头一旁的小柜子上放着一碗小米粥,上面已经凝结了一层皮。还有盛着土豆丝和馒头的一个碟子,里面的土豆丝已经僵硬。

若善呆立在那里,目光停留在女儿的脸上。芳菲离家时是一张白皙的面庞,如今却变成了黑红色,这明显是山风吹日头晒的结果,特殊的地理位置赐予的,若善可以不去追究。但是,这张脸在睡梦中都是满满的泪痕,头发也打了结,抿在一起……这哪里是他那个漂亮乖巧的女儿柳芳菲?再看看她身上盖着的那床颜色灰暗的半旧被子,剥落的花纹,竟是那么不堪入目。床下面地上的一双白球鞋,一看就知道是廉价的地摊货,而且上面沾满了尘土。他这个做父亲的看了,禁不住潸然泪下。

鲁敏坐在床边，她的目光无力地从饭碗上移到女儿的脸上，禁不住轻轻地抚慰着她的脸。

芳菲睁开了眼睛，一下子坐起来把头埋在母亲怀抱里。当妈的轻轻揽着女儿，看到她这副可怜落寞的样子，不禁悲从中来，大放悲声，心如刀割一般难受。"我可怜的儿呀，你咋会变成了这副模样……"

母女俩抱头痛哭，一递一声哭喊着、倾诉着，满屋里是一片"爸呀""妈呀""儿呀""乖呀""孙呀"的惨痛哭喊声。

从不轻易在人前掉眼泪的若善，望着女儿竟也忍不住哽咽地说："昨天从家里来时，你妈给你娃儿带了许多玩具和好吃的。"

鲁敏流着泪对女儿说："在路上，你爸和我商量，这次回去一定要把外孙带回省城老家住一段时间，没想到却发生这样的惨剧。"

芳菲听到父母提起她儿子，一下子昏厥过去，没有了声息。

鲁敏不停地呼喊，若善急忙掐住芳菲的人中。过了好长一阵子，她才慢慢苏醒过来，缓缓出了一口气，眼眶里溢满了泪水。

这时，忽然从门外走进来两个中年男人。一个西装革履，身材魁梧，方面大耳，气度潇洒。若善看出他是女儿的同学方鸿鑫。另一个则显得面色灰暗，双眼无神，目光呆滞，穿着打扮寒酸猥琐，不用猜就知道是他那个丧门星女婿舒山根。

山根张嘴喊道："爸妈，您二老……"

若善看到山根，分外眼红，剑眉倒竖，不等他把话说完，忽然挥动老拳，用力砸在山根的脊背上，一下就把他砸了个嘴啃地。

若善用手指着山根，嘴唇哆嗦，老泪纵横："看看你把我女儿……折磨成什么样子了？"

"老世叔，请息怒。谁也不愿意看到这样的悲剧发生。"鸿鑫拉着若善的手劝解着，让他坐在椅子上。

鸿鑫稳定住若善，又把山根从地上扶起来。鸿鑫看到鲜红的血液顺着他的嘴角不住地往下淌，真是既心疼又无奈。他急忙把山根拉到外面水池边清洗。

少许，若善看到山根跟着鸿鑫回到屋里，怒视着山根破口大骂："世上还真没见过你这样吃里爬外的蠢货，简直是一个白痴，一个傻瓜！"这个老年知识分子往常的斯文形象，此刻消失得一点儿也看不到了。

"我可怜的女儿真是瞎了眼……"鲁敏哽咽着，再也说不下去了。

"爸、妈，您二老打得对，骂得好。志远的死，我有着不可推卸的责任。"山根流着泪，"您二老狠狠地打我，骂我吧！"

若善鄙夷地看着山根，说："人死不能复生，你如何承担得了这个责任？"

不等山根回答，鲁敏也絮絮叨叨骂开了，辱骂山根作为男人，给不了妻儿老小幸福，保护不了他们的生命安全，活在世上，真是枉掴个男人头！

山根傻傻地站在那里，不敢出声。

鲁敏拍着大腿，哭诉叱骂说，他们一家人，也不知道上辈子造了什么孽，坏了什么良心，自从芳菲遇到山根这个扫帚星，全家人一天安生日子也没过上！

山根在劝说鲁敏的同时，不断做着检讨："妈，您老息息怒，都怨我！"

鲁敏说得绝情绝义，怒吼道："姓舒的，你给我靠边儿站，谁是你妈？我不认识你是谁！"

山根没有吱声。

若善站起身瞪着山根，嘲笑他装傻叫苦，故作可怜！还说他们一家人已经商量好，明天就让芳菲和他去离婚，两人从此一刀两断，再不来往！他犹嫌说得不够狠毒，伸出一只手做了一个狠狠向下砍去的动作，仿佛他手里真的拿着一把锋利无比的杀猪刀，要一刀砍断维系着山根和芳菲婚姻的红丝带。

鲁敏也对山根说："离了婚，芳菲跟我们一起回省城，你们两人从此井水不犯河水，鸡犬不相闻，老死不相往来！"

鸿鑫感觉若善夫妇的做法有点儿不近人情太过分，也就劝说道："叔叔、阿姨，您二老再生气也不能说这种话，山根和芳菲离不离婚，只有他们两人说了算。"

芳菲可能是为了维护父母的尊严，也可能是对山根失望透顶，她听了鸿鑫的话，低沉而平静地说："我爸妈说得对，这日子没法过了，离婚！"

山根听到芳菲如此决绝的说法，脸色突然变得惨白，浑身颤抖，打着哆嗦，好像被人施了定身魔咒，僵在那里一动也不动，心里乱成了一团麻。

第二章

14

　　星期天的校园里冷冷清清，别无他人。早饭后鸿鑫以散步为名，把若善老两口带到校园的操场上，意在调虎离山，支开他们，从而给山根和芳菲留个单独说话的空间，缓和一下他们夫妻的紧张关系。

　　山根习惯性地洗刷了锅碗瓢勺，擦干净了桌椅，解下勒在腰里的围裙，洗了一把脸，站在芳菲对面。

　　屋里虽然只有山根和芳菲两个人，他却不知道该如何面对她，如何开口和她说话交流。他对她产生一种陌生感，一种手足无措、站立不是、无所适从的感觉。而这一切皆源于昨天她父母提出离婚的事情，而她又跟着积极应和所致。

　　芳菲看到山根一副蓬头垢面、胡子拉碴、狼狈不堪的可怜模样，内心突然涌起一种不知是痛苦酸楚、心疼难过、悲愤交加，还是其他一种说不清道不明、无法言喻的复杂感情。

　　"对不起！"山根怯怯地看着芳菲，声音低低地说。他觉得纵使有千言万语也不足以表达他的负疚之感。他也不是在乞求芳菲的原谅，倘若芳菲打他骂他，他心里也许会好受一点儿。

　　芳菲没有理会他，而是默然地坐到沙发上，泪水倏地从她脸颊上滑下来。过了很长时间，她颤抖着嘴唇，声音微弱，艰难吃力地再次吐出两个字："离婚！"

　　山根蹲在芳菲身旁，两手握住她冰凉的手，满含热泪地说造成志远溺水身亡都是他的错,他请求芳菲不要离婚。

芳菲轻轻抽回手,抹了一把眼泪,哽咽着说:"让我们都放过彼此吧!"

"不,芳菲,我说什么也不能和你离婚!"山根急急地抓住芳菲的一只手去打自己的脸,哀求道,"芳菲,你打我吧!"

"不必了!"芳菲挣脱了,泪水流得像一条小溪,"离了婚,你就可以无牵无挂,无拘无束,一门心思扑在那群学生娃身上了!你也不必再处心积虑敷衍我了!从此以后,你舒山根就可以完完整整属于禹山沟学校了!"

山根怔住了。昨天晚上他和鸿鑫睡在六年级教室里合并在一起的桌子上,两人抵足同榻,深情地回忆了读大学时在一起相处的美好时光和真挚友谊,慨叹现实生活的心酸和无奈。鸿鑫不住地安慰他,说熬过人生的至暗时刻,一定能做最成功的自己。又说一切都会好起来的,孩子还会有的。还说芳菲的绝望之举也是暂时的,要相信爱是无所不能的。山根静静地听着,心里的波澜起伏似乎稍有平静。说着说着鸿鑫的鼾声响起来了。山根瞅瞅时间,是深夜一点半。他就那样躺着,眼前尽是儿子志远天真活泼的可爱模样,芳菲憔悴苍白的脸色、忧郁呆滞的目光和痛苦绝望的神态,以及岳父岳母对他怨恨交加,拳打脚踢的愤恨表情。它们好似幻灯片一样交替出现,折磨得他怎么也无法入睡。

既不能入睡,又不敢翻身动弹,甚至连大气也不敢出,因为山根生怕打搅了鸿鑫睡觉。连日来,鸿鑫实在太辛苦了,为他和芳菲的事情操心出力,还要遭受若善老两口恶毒言语的攻击抢白。

山根只好蜷曲在那里,耳朵嗡嗡嗡乱叫像一窝蜂,脑袋迷迷糊糊,什么事情也想不清楚,理不清楚。他就这样一直折腾到凌晨三四点,才有一丝睡意。蒙蒙眬眬中,他却糊里糊涂同芳菲一起去民政局把婚离了,看到芳菲拿起离婚证,笑嘻嘻地把它一撕两半,抛向了空中,嘴里念念有词地说:"离婚了,我终于自由了,我要去找志远,我要跟我儿子在一起……"

芳菲一边嬉笑,一边跑向校门外,许多人都跟在她身后看热闹。山根看着芳菲,心如刀割。这可怜的女人,终于自由了,终于摆脱了生活的枷锁!

此刻,他突然听到有人叫喊道:不好了,芳菲往小河上的便桥方向跑去了!

山根的脑袋轰的响了一下:我真傻!我怎么把这茬儿忘了?她不是一直念叨着要和志远在一起吗?山根一边想一边撒开脚丫子往河边跑。芳菲,你可千万不能做傻事!他祈求上苍保佑!

095

山根知道这种祈求是封建迷信那一套，只是求得心理上的安慰。但情急之下，他还是说了出来。等他紧赶慢赶喘着粗气跑到便桥上时，芳菲已经"揽裙脱丝履，举身赴清池"——跳河自尽了。

山根大声喊着："芳菲！"然后双脚跳起，也跟着扑进河水里。

鸿鑫被山根的一声大呼小叫惊醒了，他叹息一声，什么也没说。

此刻，芳菲还是坚持要离婚，山根的心就像被针扎一般，疼痛丝丝缕缕地向全身弥漫开去。他恨自己无能，伤透了心爱的女人的心。他把日子捅了天大的一个窟窿，又不知道如何去补救。他爱芳菲，却把灾难抛给了她，"我不是一个好男人！"山根狠狠扇了自己一记响亮的耳光，也放声大哭起来。

在操场上漫步的鸿鑫和若善老两口听到两人的哭声，哪里还有心思散步？他们慌忙奔跑着回来，走进屋里看到山根拿着毛巾，轻轻地擦拭着芳菲脸上的泪水。

若善老两口当下就愤怒了。他们认为，山根和女儿马上就要分道扬镳了，竟还如此缠绵亲切，顿时气得脸色铁青、浑身发抖。

若善定了定神，走上前对山根吹胡子瞪眼，阻止命令道："快把你的脏手拿开！你们马上就要离婚了，你没有资格再靠近她，请你自重！"

鲁敏也是满脸怒火，瞪大眼睛，憎恶地怒视着山根，气急败坏地说着侮辱性话语："你这个丧门神、扫把星！别碰我女儿！不要把你的倒霉晦气沾染到芳菲身上！"

山根听了岳父岳母的话，如同祥林嫂被鲁四爷呵斥不准她碰触祭祀的物品一般，又像突然遭到雷电狠狠一击，整个人变得像一根竖立的木桩，一动也不动，只是怔怔地呆立在那里，连他那只拿着毛巾的手也一下子僵在了半空中。多亏鸿鑫及时提醒，他这才后退一步，放下毛巾，挨着鸿鑫坐在长条沙发上。

若善看看女儿，转眼又用无比锋利的目光逼视着山根，恶毒地说："今天是星期天，婚姻登记处不上班，明天我们跟你俩一同进城办离婚手续！"

鸿鑫对若善老两口的说法很不满意。他皱着眉头，但尽量放缓语气对他们说："叔叔阿姨，你们都是过来人，一定深深地爱着对方，应该明白一个人爱一个应该爱、值得爱的人没有错！咱们不能棒打鸳鸯，生生拆散他们！"

若善听了鸿鑫的话，现出几分尴尬。他和鲁敏意味深长地对视了一眼，突然转移话题，提出他们一家三口要到附近的浪冲镇走走转转，看看那里的"一坝连三山"——半是自然半是人造而成的山湖相连的美好景观。

鸿鑫自告奋勇,说他开车送他们过去游览。若善摇摇头,他要芳菲打电话从镇上叫来一辆出租车。

芳菲下意识地看了一眼山根。他心领神会,即刻用手机联系了镇上的出租车公司。

半个钟头后,一辆蓝色出租车开过来了。可是从内心深处来说,芳菲却不愿同父母一起去,她宁可昏昏沉沉地躺在家里床上睡一觉,也不愿观赏什么湖光山色,但她硬是被她妈鲁敏拽出去拉到车上了。

芳菲暗暗在心里责备爸妈,在她悲伤哀痛的低谷时刻,父母竟还有游山玩水、观景赏花的闲情逸致?可见他们并没有把女儿的伤心痛苦放在心上。芳菲的难过又加了一层。

芳菲以前看《宝莲灯》的时候,记得有句歌词是"娘痛苦儿就不幸福",芳菲坚定地认为她痛苦父母也畅快不起来。现在看来父母分明是自顾自乐,哪里把女儿的痛苦放在心上?

其实,芳菲哪里知道,爸妈带她去浪冲镇并不是要观景游览,也不是要她散心消遣。"醉翁之意不在酒,在乎山水之间也。"他们这是要借游玩为名,故意避开山根和鸿鑫,私下撺掇芳菲抓紧时间同山根离婚。

浪冲虽然是一个小镇,但它毕竟有山有水,山清水秀,是一个依山傍水的美丽地方。附近来赶集的、外来旅游观光的,人来人往,熙熙攘攘,川流不息,让这个山区小镇越发显得商业发达,热闹繁华。

下车后,若善打发走了出租车,却没有带着一家人去游山玩水,观光赏景,而是走进了附近的一家广式茶餐厅。他们在一个雅间里坐下,服务员问他们喝什么,若善说随便。服务员是个喜欢打哈哈、幽默诙谐的年轻人。他嬉笑着说:"大叔,这里没有'随便'这道茶。"

若在平时,小伙子这句话准能逗乐这一桌子人。但是,今天这三个人都是沉甸甸的满腹心事,沉重得连眼皮也没抬。若善略一思索说:"来一壶红茶吧!"

小伙子给他们泡了一壶港式红茶,又在每人面前放了一只小巧而精致的陶瓷茶盅。茶水焖好后,服务员热情地给每个人倒上茶,徐徐退出了雅间。

若善端起茶杯,轻轻喝了一口,润润嗓子,老谋深算的他讲出了自己对禹山沟和对山根的看法。他说禹山沟这个地方环境恶劣,荒凉偏僻,贫穷落后,生活不便……这些客观条件差倒也罢了，关键是舒山根这个人吃里爬外，胳膊肘往外拐，宁死不悔，芳菲跟着他除了吃苦受累，哪有幸福可言？

"芳菲，你不是属于禹山沟的，你是属于大城市的人！如今，这里已经没有什么值得你好留恋好牵挂了！"鲁敏不甘落后，盯着女儿，话也说得十分刻薄，"在这里，吃顿饭也要乘车几十里。当初我和你爸就不看好这个鬼不下蛋的穷地方，不看好舒山根这个圣人蛋，你却对他一往情深，坚持要嫁给他……最让人气愤和想不通的是，这个傻瓜，硬是眼睁睁地看着自己的儿子被活活淹死，去救别人家的孩子，哪个当父母的能这么狠心，这么残酷？"

鲁敏的脑海里立刻幻化出一张活泼可爱漂亮的小男孩的样子：圆圆的脑袋，大大的眼睛，高高的鼻梁，四肢都是圆滚滚肉乎乎的，一张小嘴巴能说会道。他像个尾巴一样跟在她身后，"外婆，外婆"叫个不停，声音很好听……鲁敏忍不住抹眼泪了。她无比的后悔和心疼，我怎么就没见过这小家伙呢？哪怕见一面也行！

若善非常恼火，一只手用力地拍在了面前的茶桌上说："我算看清楚了，舒山根除了热爱这个穷山沟，热爱这群山里娃，他谁也不爱。高尔基曾经说过：连老母鸡也知道爱自己的孩子。可是他倒好，自己的亲生儿子都能舍弃，还有谁他舍弃不了？"

"唉，如果你继续跟着他过日子，我担心将来有一天，为了这群山里娃，他也会舍弃你！"鲁敏缓了一口气，看着女儿一个劲儿地劝说，"闺女啊，你要明白前面是火坑，千万不能再往里面跳了！"

芳菲两眼红肿，早已听得泪流满面。她一句话也没说，一句话也说不出来。父母的说法虽然有些偏激，但她也不愿驳斥他们。她知道，二老都是为她好。志远的离去，让他们伤透了心，他们本来对山根就没有什么好印象，此刻他们对他更是恨之入骨，恨不得他立刻凭空消失了才好。

若善再次强调说："女儿啊，不要犹豫，不要踌躇。当断不断反受其乱，你要坚定不移地和他离婚。跟着这样的人，一辈子也不会有出头之日！女儿啊，咱们回家吧，还是过咱们一家三口的日子。你可以什么都不做，爸妈养活你……"他再也说不下去了，不禁百感交集，老泪纵横。鲁敏紧紧地把女儿抱在怀里，母女俩伤心地痛哭起来。

15

  若善一家去了浪冲镇。鸿鑫也想借此机会带着山根出去，或到野外，或上山，或进城，走走转转，看看玩玩，散散心，说说话，目的是让山根尽快驱散心头的愁云惨雾，振作起来。

  真实的情形是，山根大门不出，二门不迈，默默无言，眼睛呆滞木讷，仿佛灵魂早已跟着儿子志远飞走了。鸿鑫担心这样下去，山根迟早会闷出病来，那就更麻烦了。

  孰料，鸿鑫的话刚一说出口，即刻遭到了山根的拒绝。山根没有理解鸿鑫的意图，让他独自去散心，说他哪有外出游玩的心情和兴致。这些天，他总是感觉神情恍惚，睁开眼闭上眼，看到的都是他儿子志远的面容和身影，要不是放不下家乡这群学生娃，顾念芳菲可怜，他真想一死了之，去天堂寻找儿子！

  鸿鑫非常理解他的心情，但又不敢完全苟同。他劝说山根不应该一味沉溺于过去，更不能目光短浅，胸怀狭隘，陷入无边的悲伤之中。世上历经猝不及防的意外，甚至遭遇天灾人祸、生离死别的人，不在少数，他们一个个不都是咬着牙挺了过来？

  鸿鑫讲了《三国演义》中的袁绍，因为小儿子病重将死而贻误战机，最后落得一个失败惨死的可悲下场。

  山根原本不想接鸿鑫的话，他只想静一静，把这噩梦一般的灾难捋一捋。可是鸿鑫再三唠叨说他陷入悲伤不能自拔，又把他比喻成三国时期志大才疏、优柔寡断，终至失败的袁绍，让他感到很不舒服。他脸上不自觉地现出愠怒之色，语气也显得冷淡："事情没发生在自己身上，那是无法感同身受的；你没有亲自经历这种灾难，怎么能体会到我的伤心绝望？鸿鑫，你这是站着说话不腰疼哇！"

  山根的抢白，让鸿鑫顿感耳根发烧，同时产生一种好心被人当作驴肝肺的感觉。但他转念一想，山根这两三天猝然遭遇儿子意外离世，妻子逼其离婚，岳母谩骂，老丈人暴打等多重灾难。这种悲剧无论发生在谁身上，能不痛彻心扉，心如刀割吗？

  赫尔德说：面对不幸，了解朋友。自己作为山根的好朋友，应该多了解他，设身处地为他着想，开导他劝说他关心他，让他尽快走出这种悲伤痛苦的情感困境。可是，自己非但没有好好安慰他，反倒去苛求责备他，这哪里像一个好朋友的所作所为？

鸿鑫完全释然了。他苦口婆心，侃侃而谈：人这一生，要经历太多的聚散离别，甚至生离死别。灾难一旦来临，只有坚定、坚强、理智才能挺过来。他劝诫山根别胡思乱想，好好活着，发奋图强，才是对志远最好的纪念和告慰。再说许多活着的人还指望他呢。

山根听明白了鸿鑫的话，似有所悟。是啊，再不能这样沉沦了！儿子没了，这是无法改变的事实。但是自己的背上还有沉甸甸的责任呢！自己首先是社会的一分子，学校的一个老师。一群嗷嗷待哺的小学生，犹如一群雏鹰，渴望着知识的哺育，还指望他给他们指明方向，用知识的甘露滋养他们那幼小的心田，丰满他们的羽翼，让他们展翅高飞；他更是自己家庭里的一棵大树，他要为芳菲和岳父岳母遮风挡雨，给他们安定幸福的生活。虽然他们曾令他失望，因为他们固执地认为山根只爱他的大山。但在他心里还是坚定地认为，他和他们是不可分割的一体。

想到这儿，山根苦笑了一下。那群学生娃他是不能不管的，那是乡亲们的希望和大山的明天。有一回芳菲骂他说，山民们不就给他交了几年学费，怎么能没完没了、无休止地做牛做马做劳役？山根没法跟她说明白，他觉得自己就是撒在大山里的一颗种子，是大山里的空气、土壤、水分滋润着他长成如今枝繁叶茂的样子。那么，当酷暑炎热到来时，他必须拼尽全力为这块大地撑起一片阴凉；当风雨到来时，他必须用自己的能力，为他们遮风挡雨。所以，山根觉得自己不能倒下，他必须去撑起自己应该撑起的天空。

"走吧，走吧！"鸿鑫拍了一下他的肩膀。

"走！"山根站起来，握紧拳头，伸了伸胳膊，做出了一个舒活筋骨、抖擞精神的样子。

鸿鑫一直把车开到禹山地质公园的大门附近。两人站在山脚下，向上仰望，看到满山里树木枝叶一片碧绿，苍翠茂盛；半山腰以上青烟缭绕，神秘异常。山根心里顿时敞亮了许多。

两人起始爬山时，一点儿也不感到劳累，但越往上攀登越感到力不从心，累得气喘吁吁，汗水涔涔。两人几经歇息，分段攀爬，这才达到禹山的最高处。他们站在山之巅，俯瞰四周景色，确乎有种"会当凌绝顶，一览众山小"的感觉。

接着，他们又来到山顶的大禹庙广场上，凝望着大禹双目炯炯，浑厚古朴，象征着我国古代人民勇于战胜自然的金色塑像，两人的崇敬缅怀之情，不禁油然而生。

山根告诉鸿鑫，传说四千多年前，洪水滔天，神州大地一片汪洋。大禹为天下老百姓治理洪水，三过家门而不入。他率领民众开山劈岭，疏通河道，曾经驻扎在此山头。人们为纪念这位先贤的丰功伟绩，更好地传承他为了百姓的利益而牺牲个人利益的高尚精神，就把这座山起名叫禹山，并建造一座禹王庙，以表达对中华民族这位大英雄的崇敬之情。

鸿鑫半开玩笑半是认真地说："原来你这个坚强勇敢的邓州人，也是有渊源的啊！"

山根羞涩而谦虚地说："不敢当，不敢当，我岂敢与古圣先贤大禹相提并论？"

"英雄都是逼出来的，事业全是闯出来的！"鸿鑫借题发挥，鼓励山根尽快振作起来，"我坚信，你无论扎根在哪个行当，都能干出一番辉煌的事业！"

两人一边说着话，一边慢慢向山下走去，一边观望着不同山段的美好景象。到了山脚下，两人坐在石凳上歇息。鸿鑫心想，难得山根有这么好的心情，我何不借此机会打探一下，他对芳菲一家提出离婚的要求有什么看法，作何打算。

鸿鑫掏出一支烟卷含在嘴角，掏出打火机点上，深深抽了一口，正要开口相问，却听到山根说："也给我一支烟。"

鸿鑫下意识地瞅了山根一眼，觉得很意外。山根一直不抽烟，他是曼丽批评鸿鑫让其戒烟的正面典型。但是鸿鑫嗜烟如命，每天至少抽掉两包。所以，平素他也希望山根能抽一点儿烟，至少能让曼丽减少一些唠叨。可是，这会儿他还是不想让山根抽烟。因为，他偶尔会感觉自己的肺功能在下降，呼气时能明显感觉到满嘴的烟草焦油味。他也曾试着去戒烟，可是用了许多办法都是徒劳，他不想让山根步自己的后尘。

"我只抽一支。"山根似乎看透了鸿鑫的心思。

鸿鑫递给他一支烟卷，给他点上。山根猛抽几口，燃烧的烟草味呛得他又是咳嗽又是流泪，他急忙掐灭扔掉。

"不会抽烟偏要抽，逞什么能呢？"鸿鑫于责备中包含着关心和爱怜。

其实鸿鑫明白，抽烟对山根来说只不过是一个幌子。他的真正用意是要借抽烟来掩盖内心的痛苦和焦虑，借抽烟思考一些事情。

此时无声胜有声。山根也完全明白了鸿鑫今天约他出来游览的良苦用心，深深地叹了一口气，直言道："芳菲在她父母的诱导、威逼，抑或是支持、挑拨、教唆下，坚决要求离婚。"

鸿鑫问道："你打算怎么办？"

山根摇摇头没有吱声，流露出一种既悲伤又无奈的情绪，心说这样一味地拖延下去，也不是解决问题的好办法。

鸿鑫再次催促："你说话呀？"

"如果离婚能使芳菲解除痛苦，如果离婚能让芳菲获得幸福，你说我该不该成全她？"山根的眉头拧成了一个疙瘩，像是问鸿鑫又像是问自己。

痛苦？幸福？鸿鑫一时间陷入了迷惘，这两个词交替在他脑海中闪烁。什么是幸福？什么是痛苦？离开山根，芳菲会幸福吗？就目前来说，芳菲是痛苦的，这是可以肯定的，丧子之痛任谁一时半会儿也难以从痛苦中走出来。但是芳菲想要的幸福是什么样子？鸿鑫不知道。他们说没说过"天地合，乃敢与君绝"的表白？但是他相信他们之间是"问世间情为何物，直教人生死相许"，天荒地老式的坚贞爱情。

"你们长相守就是幸福！"鸿鑫看着山根的眼睛认真地说。

"可是，我明明感觉到了芳菲的痛苦！看到她痛苦，我更痛苦！"山根不停地摇头。

"生活的大雾罩住了爱情的模样，你为什么不相信云开雾散，阳光明媚时？"鸿鑫哼起电视剧《一剪梅》的插曲，"总有云开日出时候，万丈阳光照耀你我……"

"我让你开心！"山根结结实实地在鸿鑫背上拍了一巴掌。

"真是狗咬吕洞宾——不识好人心。我难道不是为了逗你一乐？"

"别逗了，鸿鑫，我还是需要你的帮助。"

"没问题，包在我身上！"鸿鑫说着话拍了拍自己的胸膛。

曼丽原以为鸿鑫这次去禹山沟，很快就能把山根请到公司做财务总监。因为财务总监这个位置，工作既体面又实惠，薪资也高，远比他在山沟里当个小学老师强得多。就算山根不为所动，芳菲也会在他身后尽力推一把。如果山根来做财务总监，芳菲能留在大山里吗？不可能，她肯定会随之而至，公司给她安置一个工作岗位，那也是小菜一碟。曼丽想到他们四个老同学又可以在一起，心里充满了快乐和期待。

出乎意料的是，鸿鑫一连去了几天，却不见有一点儿消息。情急之下，她打电话询问鸿鑫，才知道芳菲因为儿子意外离世，执意要和山根离婚。曼丽坐不住了，她觉得必须亲自过去调停这件事情。

当曼丽跟着鸿鑫走进屋里时，看到室内弥漫着一种紧张气氛和火药味儿。若善老两口板着脸子，狠狠地瞪着山根，眼睛里燃烧着愤怒的火焰，恨不能一口把他生吞活咽下去。

芳菲脸色苍白，忧伤的目光呆呆地投在水泥地板上，根本不去看谁走进屋里，谁走出屋外。

山根呢，则表现出一种嗒然若丧，惶惶不安，一种被批斗被审判的恐慌和紧张，好像世界末日来临了一样。

长期以来，芳菲和曼丽虽然一直有电话联系，但毕竟相见苦稀。这会儿相见，芳菲却没有同她寒暄叙旧，只是看了她一眼，用手指了指不远处的一个凳子，示意她坐下，一句话也没有说。

不过，作为闺蜜好友，曼丽也不介意芳菲的冷淡，她怎么能不理解同情芳菲呢？她太不幸了。儿子的意外离去对芳菲的打击实在太大太大，可谓是灭顶之灾。曼丽也有儿子，比志远大一个月。在曼丽看来，儿子就是她生命的全部。她简直不敢想象一个女人一旦失去儿子，能否还有勇气活在这个世上。

若善夫妇看了看鸿鑫和曼丽也没言语，满屋里死气沉沉，死一般的寂静。

山根忍着痛苦，给两人端来洗脸水，又倒了两杯开水递过来。

"别忙乎，一路上也没少喝水，再说女士不卸妆也不能洗脸。"曼丽婉言谢绝山根的同时，很直白地说，"我和鸿鑫如果在这儿没什么妨碍，你们继续谈论说话。"

鲁敏抢答道："哪有什么妨碍？一直等着你俩过来评说呢！"

芳菲面无表情地望着山根，嘴角露出一丝冷笑，刻薄地挖苦道："舒山根，这下你该满意了吧？用你儿子的生命，换取一个'见义勇为'的桂冠！"

山根顿时哑口无言，他此时的表情就像霜打的茄子——蔫了。

"怎么回事？"鸿鑫生气地拿手臂狠狠捅了山根一把，"什么见义勇为？"

山根无奈地瞅着眼前的地板。水泥地板几天都没拖了，阳光中他能看见那些灰尘在空气中跳舞，他的白球鞋和裤腿上那些污渍足够令人生厌。此刻他也顾不上管这些。他一直在思考如何回答芳菲提出的这个莫须有的罪名，这个令山根既厌恶又窒息的话题。他本想逃避，不予理睬。但是，面对强大的对手或者卡在咽喉的威胁，山根还是想进行辩解，努力抗争！

"我……"山根张张嘴，才发现自己已经词穷。

今天一大清早，鸿鑫去高铁站接曼丽过来。山根送他到校门外。目送鸿鑫的车驶出视线，他没有着急离开。他倚在身后那棵歪脖子柳树上。初升的太阳刚露出半边脸，距离孩子们上学到校还有一段时间。山根闭上眼睛，想理一下头脑中混乱的思绪。

不知什么时候，山根突然听到汽车驶过来的声音。他懒懒地睁开眼睛，看到一辆厢式货车后面跟着六七辆轿车进入校园。

有什么事情吗？山根略加思索。他感觉有些恍惚，突然又想到了芳菲，想到了儿子志远，想到了岳父岳母那凶巴巴的面孔。大脑里是一团乱麻……

学生们开始零零星星来上学，山根这才拖着沉重的脚步往校园走。

"山根，去哪儿了？让我们满校园找你！"

山根刚走进校园，就听到了老支书急切地询问，然后他被老支书高德亨和校长虞潜架着胳膊来到一群人面前。他们个个西装革履，面孔陌生。

"这是要做什么呀？"山根心里正在疑惑，洪仁贵镇长向他说明了情况。这些到来的人有一多半是省市的领导同志。其中，教育厅和民政厅各来了一名处长，邓州市委书记、市长也来了，市委宣传部、教育局以及工会、人社、工信、民政、共青团等相关部门，以及禹山镇的有关领导同志都来了。其他则是省市和地方电视台、报纸的记者、通讯员。这些人有的扛着摄像机，有的手持采访话筒、录音笔，也有的手持笔记本和速记笔。

山根看到校园里的操场上搭起了临时会议主席台，背景墙上悬挂着一条红色横幅，用黑墨庄重地写着：舒山根同志见义勇为表彰大会。

两侧竖立的标语牌上写着一副对联：

古有义士程婴救遗孤，今有侠义山根救学生。

山根明白了，这是要给我舒山根开表彰大会啊！他的泪水夺眶而出。

"我……我没有……没有见义勇为……"山根一下子扑到老支书的怀里，像个孩子一般伤心得放声大哭，"我心疼啊！儿子……儿子的离去是我永远的伤痛……求求你们……千万不要这么做……"

"山根老师！"洪镇长郑重地说，"省市决定召开这个表彰会，意在让你的见义勇为精神，在禹山沟和更多的地方发扬光大，扎根开花！志远的离世，我们都很悲痛，但是我们决不会让英雄的泪白流！"洪镇长表情严肃，他亲自为山根擦去泪水，紧紧握住山根的手。山根已经泣不成声。这些日子，悲伤一直在心里，但被岳父母和芳菲强加给他的另一种痛苦掩盖了。今天突然而至的表彰会，一下子为他的心灵打开了一个出口，悲伤痛苦就像岩浆一样喷薄而出。

这时候，虞潜已经组织全体师生来操场上参加会议。其他前来参加会议的代表也陆续到场。老支书一边为山根擦眼泪一边领着他到主席台前就座。山根不住地摇头拒绝，却也无济于事，最终还是被摁到主席台上坐下。

之前，山根也曾多次坐在主席台上，那都是他作为特邀的优秀教师代表出席的。那时他是激动喜悦的。今天却是他悲痛欲绝的一次。他克制不住自己，只是一个劲儿地任凭泪水肆意横流。

山根听到虞潜在讲述他舍弃儿子，成功救起学生的感人义举。他几次欲站起来纠正：他当初救人只是想先救出距离河岸最近、最容易救出的那个，救一个是一个，并没有考虑被救的是学生还是自己儿子。他想站起来说明，可是老支书就坐在他的身旁，在桌下拉着他的手，一点儿也不给他这个机会。

一位领导同志站起来说，决不能让英雄流血又流泪，省市决定授予舒山根同志见义勇为光荣称号。他接着宣读了文件，又把奖牌和存有十万块奖金的银行卡交到山根手上。

山根眼含泪水，手捧奖牌和那张存有十万块的银行卡，颤颤巍巍地站起来，抽泣着说："我舒山根不是英雄，也不曾见义勇为，奖金十万块，我决不能接受。我提议成立禹山镇见义勇为基金会，我把它捐献给基金会，奖励那些见义勇为者！"

人们听了山根的说法，以为他是在推辞谦虚，都被他的高风亮节所感动。所以，掌声骤起，经久不息。

山根的泪水哗哗地流着。恍惚之中，他又听见一位领导同志在宣读《关于在全省教育系统开展向舒山根同志学习的决定》，接着是各系统代表的表态发言。山根如坐针毡，想站起来打断他们。他不愿意当这样一位用儿子生命换来的英雄。他当时真实的想法就是先就近把鹏飞救出来，然后再把儿子救起来。可是，苍天却不成全他！

芳菲即使坐在住室里，会场上扩音喇叭里传过来的清晰讲话声，她也听得一清二楚。听得她伤心难过，犹如万箭穿心。她真想冲向会场，一把揪住山根的衣领，狂扇他一顿。她觉得自己这一颗心终究还是错付了！可怜的孩子，怎么会有这么狠心的爸爸？

此刻，若善见山根迟迟不肯回答芳菲的话，突然站起身，攥紧拳头，气急败坏地反问道："难道奖牌比你儿子的生命还重要？"

鲁敏看到山根满脸愁绪，痛苦不堪，低下头不出声。她声音尖厉地吼道："这会儿你认怂服输了？坐在领奖台上那会儿，看你那副神气得意、不可一世的丑陋模样，让人恨不得狠狠地踹你几脚，方解心头之恨！"

这时，几个小学生忽然跑过来站在门口，好奇地伸颈注目看热闹。

鸿鑫用手势向若善一家三口做出一个打住的动作："咱们去陶岔渠首闸，找个空旷的地方，坐下来好好谈谈！"

16

午饭后，鸿鑫带着一行人来到陶岔渠首闸不远处，选择一个向阳半坡的绿色草地坐下。

导火索永远都是若善拉开的。他城府颇深地说，事到如今，他们一家人也不想再跟山根争辩什么了。不管山根是想效仿程婴救孤流芳百代，还是来不及抢救志远。总之，是他把他们的外孙弄没了。就算从前把他女儿拖入苦海的旧恨不提了，失去外孙的新仇，他们却是原谅不了。当然他们也不能杀掉山根，或者让他偿命，但是他们可以选择遗忘。

"我们带上芳菲离开这里总可以吧？"若善眼睛里闪烁着浑浊的泪花，他的声音哽咽了，哽咽中包含着乞求和绝望。

山根的心跳得厉害，岳父这是要动真格的。这跟报仇雪恨没有关系，岳父要他们全家远离不幸告别痛苦，这也在情理之中。这是人们保护自己和捍卫自己权益的最基本方法，没有一点错。这一刻，山根看到了岳父心中的脆弱和无奈。

愧疚就像一条大毛毯把山根卷起来，从头到脚裹得严严实实的，连气也透不过来，似乎马上就要缺氧窒息了。

"你是想出风头的心态在作怪，没想到却把事情玩大了，玩砸了，把自己的儿子也玩丢了，玩到阴曹地府里去了！"鲁敏的冷嘲热讽，又惹得芳菲不停地抽泣。

"妈，不是这样……"山根极力争辩。他记得上午表彰会议结束后，一群记者围着他，有个记者问他："舒老师，当时看到自己的孩子和一名学生同时落水，你是如何在这两难之中做出选择的？"

山根满脸悲戚，根本不想说话。有个记者启发他，说："听说你是想先救起学生，再来救自己的孩子，结果救上来了学生，却来不及救自己的孩子！"

"说嘛！"更多的记者一窝蜂似的催促他，"说话嘛！"

山根感觉特别难受和别扭，被逼问急了，他只好实打实地说："救人要紧，没有时间去思考做选择！"

山根连日来吃不好饭睡不好觉，身心遭到致命的摧残打击，身体本已十分虚弱。那一刻，这些记者不断地吵吵嚷嚷，他感到有些头晕目眩，疲于应付，就想尽快摆脱他们的纠缠。可是记者们意犹未尽，嚷嚷着让山根讲讲当时的情景。

"没有什么好说的，自己的孩子、别人的孩子，都是孩子，生命一样重要。"山根有些不耐烦，"如果绕过学生高鹏飞去救我的儿子志远，淹死了鹏飞，我的良心，这辈子同样不会安生的，谁家的孩子都是孩子！"

山根的说法，被一个记者引申写成了《幼吾幼以及人之幼——舒山根老师舍弃儿子救学生纪实》一文，这篇厚重而有深度的纪实通讯，后来被刊登在省报显要位置上。

山根把问题说清楚了，没想到鲁敏又发起新一轮的进攻。说山根想显摆也好，沽名钓誉也罢，为什么要对自己的老婆、亲人落井下石，栽赃陷害，来衬托自己的高大形象？

"我没有。"山根委实不知道这是怎么一回事。

"你敢说没有？"若善急忙跳出来，伸出一只手，指着山根，咧开嘴巴，大声嚷嚷。

若善其实是不想多说话了，他只想尽快带着他的宝贝女儿离开这个伤心地方，永远不再回来。但是只要山根一开口说话，他就气不过，忍不住拿出他的"机关枪"扫射一通。

"听说你这种舍己为人的义举，不被一些乡邻理解，甚至连你的爱人和岳父岳母也不理解？"

山根恍惚记得当时有个记者这么问他。那一刻，他是多么烦闷、痛苦、焦急……他本不想说什么。所以，记者的问话他还清楚地记得，他压根就没回答。

"如果你不说出来，那些记者怎么会知道这些？"鲁敏发出尖厉的声音，同时又狠狠推了山根一把，"就你高尚，就你伟大，就你光荣，你为什么不让自己淹死？你为什么让我的外孙……"她说不下去了，又伤心地大哭起来。

山根险些被推倒，痛苦地木着一张脸。他不知道该怎么办。他把求助的目光投向了芳菲。她正在抹眼泪……

"你为什么要捐出人家奖励的十万块？是不是你嫌名气不够大，再用钱来买？"

听见岳父这气急败坏的声音、血口喷人的话语，山根忍不住也哭出声来。如果真如岳父所说，那他舒山根还算个人吗？但山根这一刻并不是因为受了委屈而难过，他是想起了儿子遭遇的灭顶之灾而痛心。他的心在流血，身子瑟瑟发抖。但是此刻，他的痛苦和伤心，若善夫妇是一点儿也体会不到的。

"你没有权利把那些钱捐出去！"若善那苍老的声音又低下去，颤抖中有些哽咽，"那是我外孙用命……"

若善的眼泪滚下来，鼻涕也流下来，抽搐得快要承受不住了。鸿鑫赶紧过去拍拍他的后背，平复他的情绪。

看着一家人的凄惨情形，鲁敏实在受不了了。她拿手狠狠地戳着山根的头，吼出了似乎能够拯救他们全家于水深火热之中的声音："离婚，明天你们就去离婚！"

曼丽赶紧过来搀扶住鲁敏的胳膊，劝她消消气，去码头上喝点水。鲁敏显得很不配合，曼丽几乎是强拉硬拽着她往前走，鸿鑫拉着若善紧跟着。山根过来拉芳菲的胳膊。芳菲甩开了，自己一个劲儿地往前走。山根只好低着头，跟在她身后。

这一行人在一家茶社里坐下来。

鸿鑫暗自揣想，不能让他们没完没了地争吵下去。茶社里人多嘴杂，也是各类消息的汇集中心和传播中转站。如果这样没完没了地吵闹下去，人们就会把他们几个当猴耍，当成把戏看。想到这里，他提出了自己的见解：现在重要的是解决问题，不是争吵，再说离婚也不是解决问题的神奇妙方。

"说的是，说的是。"曼丽也随声附和着鸿鑫的说法。

可是，鲁敏却突然拍着面前的桌子，怒视着鸿鑫嚷嚷道："你们说说，有什么让我们全家不再痛苦的灵丹妙方？"她的声音又哽咽了。

曼丽赶紧把一杯茶送到鲁敏的手上，笑着说："鲁阿姨，您请喝茶。"

鸿鑫瞅了瞅若善，深感这两位老人都不是善茬儿，终止这场战争确乎不是一件容易的事情，想要速战速决几乎是不可能的。但他和曼丽都不是闲云野鹤或者无业游民，公司里还有一大摊子事情等着他们回去处理，在这儿一直耗下去，他们确实耗不起。想到这儿，一丝忧愁掠过了他的眉梢。

"老话说，宁拆十座庙，不毁一桩婚。"鸿鑫望着若善老两口，语调虽然平缓却包含着斥责，"我认为，您二老在这事上，应该充当和事佬才是，而不应该推波助澜，擂鼓助阵，摇旗呐喊！"

"我的婚姻我做主，离婚的事情，与我爸妈没有什么相干！"芳菲突然站起来，把茶杯放在桌子上表明了自己的态度。鸿鑫一时语塞。他把目光投向山根，山根也把求援的目光投向他。

鸿鑫感到了压力和无措。芳菲这是怎么了？她下定决心要和山根一刀两断吗？他觉得这是不可能的，他感觉他们两人的爱情就像《孔雀东南飞》中刘兰芝和焦仲卿那样，蒲苇韧如丝，磐石无转移，坚贞不渝，天长地久，地老天荒。可是，现在芳菲却把离异的话撂这儿了。他得把它收起来，重新交给芳菲。

鸿鑫把笑容绽放到脸上，说："好了，大家都要冷静，平复一下心情，不能太激动了。今晚咱们就在渠首宾馆住下，明早再商议。"

"我们肯定不会改变，早晚都是这个决定！"鲁敏说得坚定而决绝。

"好了，鲁阿姨，你和叔叔都累了，先休息吧！"曼丽赶紧赔上笑脸。

鸿鑫一共开了三个房间。他认为夫妻没有隔夜的仇，老话说床头打架床尾和。山根就是再老实，他也一定会把握利用这个机会的。想到这儿，笑容就洋溢到他的脸上了。

哪知鲁敏一直紧紧攥着芳菲的手，好像稍一松开，女儿就会消失不见了似的，她就这样径直把女儿拉到自己的房间去了。

芳菲随爸妈进屋后，房门砰的一声关上了。门外的三个人都僵在了那里。

17

次日清晨，天尚未亮，一辆小型客货两用汽车行驶在山岚雾霭笼罩下、通往禹山沟的山间道路上，一直行驶到禹山沟学校大门外慢慢停下。

芳菲从车上下来，叫开大门，让司机把车辆直接开到她和山根的住室前。她掏出钥匙打开住室门，挑拣属于她的个人用品。

鲁敏的本意是不用回学校拿东西了，直接回省城得了。"那些过时陈旧的破衣烂衫能值几个钱？就是拿回去也穿不出去，大街上的乞丐都比你穿的好！回家了买新的！"她对芳菲如是说。

若善随声附和说："对，回去让你妈带你到商场的成衣专卖店里，想买啥就买啥！我和你妈工资卡里的钱，你随便花！赶紧离开这倒霉透顶的地方吧！"

芳菲想想也是，就想点头应允。突然想到身份证、户口本及其他各种证件都没带出来，更重要的是儿子的相册，她也想带走。她说到儿子相册的时候，空气仿佛突然停滞了，大家心里都有一种说不出的难受。还有一点芳菲却没敢说出来，就是她想当着山根的面离开，做到来去分明。这跟"堂堂正正""偷偷摸摸"无关，也算是一种告别，好聚好散吧。想到这里，她就有些黯然神伤。

若善老两口也在帮着女儿忙活。他们把芳菲挑拣出来的东西包好，然后手提肩扛，送到汽车跟前交给司机，由他把物品码在车厢里。

芳菲能够带走的东西本来不多，加之担心山根和鸿鑫夫妻回来阻拦，一家三口人也就把时间抓得格外紧，动作也格外快。几个人经过一阵儿紧张忙碌，很快就收拾完了芳菲的东西。

芳菲要带走自己和儿子的照片，可是一家三口人在一起的合影照，以及她和山根的合影照片该怎么处理？正在她犹豫不决拿不定主意时，鲁敏捡出一张她和山根的合影照，拿出剪刀咔嚓咔嚓剪成了两半，顺手把山根的照片扔了出去！接着鲁敏又要取下那幅挂在对面墙壁上一家三口人的合影照，被芳菲哭着拦住了："妈妈，这个不能剪！"

鲁敏反问道："有啥不能剪？只要是他的照片统统剪掉！"

芳菲当然明白母亲所说的"他"指的是谁。她泣不成声地告诉母亲，她儿子志远站在两人中间，如何剪呢？

鲁敏听了这才作罢。

芳菲抽噎着把她和儿子的照片放到行李箱里，然后又拿起儿子那把木质宝剑，一边含着泪水仔细端详，一边把它放在行李箱里。这把木质宝剑是山根牺牲了多少休息时间，花费了许多精力，特意给儿子制作的，是儿子生前最喜爱的玩具，一定要保存好，留作纪念。

司机把汽车开到大门口，不想门卫又把大门锁上了。司机接连按了几声喇叭，却不见门卫出来开门。

芳菲感觉这里不是久留之地，她急忙下车走进门卫室，看到门卫坐在那里纹丝未动，仿佛没有听到司机按喇叭鸣笛似的。

她向门卫勉强挤出一个比哭还难看的笑容："大叔，请你打开大门，我父母急着回家，我陪着他们回去住一段时间，安抚一下他们的情绪。"

"你先坐车上，我去拿钥匙。"

芳菲听了门卫的话，顺从地坐在副驾上等待。谁知等了好长时间，也不见门卫出来。她只好再次下车来到门卫室前，只见门卫走到屋外，满脸堆笑，拿着钥匙，用手轻轻敲了敲前额，对芳菲说："噢，想起来了，老支书发过话，这段时间，凡是往校外拉东西的大小车辆，须经他允许才能放行。"

"我怎么没听说过这个规定？"芳菲话一说出口，就感觉这句话说得不太合适，急忙改口说，"车上也没装什么贵重东西，不过是我的几件换洗衣服和日常用品。"

门卫正要开口说话，却看到老支书高德亨来到大门外。他急忙打开大门，让老支书走进校园。

老支书东看看西瞅瞅，仿佛一无所知地问门卫："这辆汽车来学校拉什么的？"

芳菲赶忙从车上下来，走到老支书面前，把刚才对门卫说的话，又重复了一遍。

若善夫妻听说是老支书来了，明白应有的礼节还是应该有的。两人也急忙下车。芳菲对他们作了相互介绍。

"两位亲家来一次不容易。"老支书一镢头一块地说，"走什么走，先到会议室里喝茶。"

闻听老支书的话，芳菲突然恐惧紧张起来，不由得暗自嘀咕："是谁走漏了风声,让老支书前来拦挡?"

芳菲正在疑惑不解之时,又看到老支书主动伸出双手和她爸妈握手,热情有加地说:"亲家公、亲家母,这些天,我只顾忙于村里贫困户的危房翻新建设事情,也没顾得上招待你们这两位贵客,请多包涵!"

老支书说的是实际情况,做好贫困户危房改造,难度大,麻烦多,它是扶贫工作的重要组成部分,也是一个热点问题。贫困户基本上不需要花钱,政府帮助他们把旧房推倒建设新房。这不是天上掉馅饼的事情吗?所以很多人眼红了,不正当的现象也就出现了。有打电话请吃饭的,有上门送礼的,有的干脆在微信上发红包。多么傻的人啊!老支书是谁?他是当官为发财的人吗?他是为禹山沟、禹山大地谋福利的人!看到这种歪风邪气,老支书发怒了。他们不仅连一个笑脸都没得到,还受到了他的讽刺、挖苦和嘲笑。所以支部和村委的干部一齐上阵,力求做到公正公平公开,让村民们满意。他解释完毕,又朝若善老两口竖起大拇指,说:"两位亲家教子有方!女儿女婿都是好样的,为禹山沟的教育事业作出了巨大贡献。今天村里决定宴请你们这两位立了大功的人!"

老支书的话一落音,就紧紧牵着若善老两口的手,拽住他们往会议室里走。老两口只想回家,不愿耽误时间,害怕夜长梦多,撒谎说家里有急事,需要尽快回去,可是却挣不过老支书那双有力的大手。再说人家盛情难却,也不便翻脸闹掰,只得老实顺从地跟着老支书一块儿往前走。

芳菲也只好温驯地跟着他们去会议室里。

那么,老支书缘何不早不晚,不急不缓,偏偏在这个时候赶来?其实,这都是门卫的有心之作。他知道,自打儿子溺水而亡,他们两口子一直在闹矛盾,看到芳菲一家人带着车辆进校园拉东西,却不见山根,他心里明白,这家人是要背着山根没在学校之机逃之夭夭。于是,他赶紧给山根通风报信。山根接到电话甚是吃惊,恳求门卫大叔无论如何将芳菲拦住,他很快就回到学校。

门卫大叔挂了电话,大脑迅速运转起来,用什么理由阻拦他们?自己人微言轻,芳菲会听吗?还是请校长来拦挡,他住在校外。前段时间在整治校内商业活动时,他采取了一个变通的办法,把自己开的小卖铺挪到校外不远处,一家人都住在那里。电话打了,情况讲了,谁知虞潜听罢却重重叹了一口气:"唉,每个人都有他的自由,我管不了个人私事,随他去吧!"

虞潜说完挂了电话。

校长置之不理，门卫略一思考，又拨通了老支书高德亨的电话。老支书听了门卫说的情况，明白若善老两口这是借山根没在家之机，钻空子带走芳菲。他冷静沉着，镇定自若，机智应对。如此这般，这般如此，在电话里对门卫吩咐了一番。

　　头天晚上，鸿鑫和曼丽听了山根说也舍不得芳菲离开的感人肺腑的话语，夫妻两个都被他对芳菲的痴爱深情所感动。两人走出山根的房间，要直接去见芳菲一家三口，把山根对芳菲的一片真情告诉他们。不料，却怎么也敲不开他们住房的门。

　　客房装修密封得严实隔音，两人站在门前根本看不到房间里的亮光，也听不见里面的说话声音。鸿鑫弯曲着右手食指，反复敲门，却不见里面有任何反应。他只得拨打芳菲的手机，提示音说：你所拨打的电话已关机。

　　他和曼丽交流了一下眼神，那意思是说既然人家已经关机睡觉，也不好再喊门打扰了。

　　曼丽略一思索做出决定，明早以约芳菲出来晨练为由，喊她到外面好好谈谈，向她讲讲山根对她的一片痴爱深情，相信芳菲一定会感动的。鸿鑫说他也要跟着敲敲边鼓，帮帮腔。

　　翌日清晨，两人洗漱完毕，曼丽拨打芳菲的手机，提示音仍然是：你所拨打的电话已关机。

　　曼丽不禁提出了疑问："六点多了，芳菲一家怎么还不起床？"

　　鸿鑫接道："咱俩过去看看，也许人家早已起床，只是没开手机。"

　　两人一遍又一遍地敲门呼喊，却不见里面有一点儿动静，不免有点儿惊慌失措。两人暗自揣想，这家人该不会发生什么意外吧？

　　这时候，碰巧一位值班的女服务员走过来，告诉他们106的三位客人早上五点就已经走了。

　　曼丽觉得不可思议，芳菲竟然同他们玩起失踪来了？这似乎不像她的行事风格。看来她是真的伤透了心。难道她和山根分开已是板上钉钉的事情？曼丽忽然感到一阵悲凉，原来爱情这么经不起考验！她眨巴着眼睛瞅着鸿鑫：我们会有这么一天吗？她的心狂跳了一下。

　　山根这时上气不接下气地从二楼跑下来，呼喊着说不好了，学校门卫打来电话，说芳菲和她父母雇了一辆客货两用汽车，去学校拉芳菲的东西。

鸿鑫明白了，芳菲这是真的要走了。

"快去办理退房手续，咱们去追赶他们！"曼丽每临大事有静气，头脑异常清醒。

鸿鑫办完退房手续，把车辆驶出宾馆后院，挂上五挡，加大油门一个劲儿地往前飞驰。曼丽提醒他安全第一，沉着冷静，不能超速。

鸿鑫调侃道："汉初萧何月下追韩信，快马加鞭往前行；而今咱们是清早起床撵芳菲，加大油门赶路程。"

"不错啊，方先生！"曼丽笑着对鸿鑫说，"想不到，这一急竟把你的诗兴催生出来了！"

"急中生智。"鸿鑫像一个经不起夸奖的孩子，给点儿阳光就灿烂，看到月光就浪漫。他当即指派山根，"给门卫打电话，拦住芳菲别让她走！"

山根不安地说："我说了，不知道门卫能不能拦住。"

鸿鑫进一步为山根支招儿，门卫拦不住，让校长拦，校长拦不住让老支书拦，总有一个人能拦住！

山根给门卫打了电话，脸上的表情立刻变得舒展起来。原来，门卫真的把芳菲一家拦下了，又叫来了老支书，这会儿都在会议室坐着呢。

曼丽于贬低中表扬，于表扬中贬低着鸿鑫："我以前还没发现呢，你不光是四肢发达，原来头脑也挺发达啊！"

"鸿鑫的脑瓜子肯定发达管用。"山根接道，"要不然怎么能做董事长兼总裁！"

说话之间，轿车在校园附近停下来。三人下车直接走进会议室。芳菲和她父母看到山根进来，瞅也不瞅他一眼。

鸿鑫为了活跃现场气氛，故意以调侃的口吻轻描淡写地说："芳菲真是童心不减，都快到而立之年了，还和我们玩起了猫和老鼠捉迷藏的游戏！"

"我陪着爸妈回去，在家里住一段时间。"芳菲接过鸿鑫的话茬，借机做了说明，"早晨从宾馆出来时，担心打扰你们休息，也就没敢惊动诸位。"

曼丽直截了当地问她："回去住一段时间，何必带那么多东西？芳菲你这么做就不对了！我和鸿鑫远道而来，你没把我们当客人呢！哪有客人还没走，主人就不辞而别呢？芳菲，你这种做法真让我生气了！"曼丽故意抿着嘴巴，装出一副生气的样子。

芳菲一时不知道该说什么好。母亲鲁敏十分老练地替女儿打圆场："带的都是芳菲的一些生活必需品。再说我们也没走啊！芳菲刚才还说一定要等曼丽和鸿鑫回来，交代一声再走！我们不是坐在这里等你们嘛！"

众人你瞅瞅我，我瞅瞅你，都没有说话。

老支书指派山根："你去把车上的东西卸下来，咱们去镇上聚餐，我请客。"

未等山根应腔，鸿鑫提出不让他卸车上的东西，还要老支书和他一起去城里，中午在大酒店设下饯行宴，欢送芳菲一家回省城。

不唯老支书对鸿鑫的说法感到费解，同样感到不理解的还有山根和曼丽。他们也弄不明白，这家伙葫芦里究竟卖的什么药？所以也没敢轻易提出反对意见。

鸿鑫系好安全带，正要启动车辆。不意山根来到轿车跟前，他透过车窗招呼鸿鑫和曼丽下车。两人随他走进住室，山根先对他们作了一番叮咛嘱托，而后又交给曼丽一个鼓囊囊的布兜，两人走到轿车跟前，把它放在后备厢里。

芳菲看到鸿鑫夫妻和山根在一起叨咕了好长一阵子，当下就有些不满，心说好话不背人，背人没好话。不管你们如何密谋，主意在我心中，你们岂能强迫我改变？

鸿鑫和曼丽上了车，山根走过来，隔着车窗，对一车人挥手示意，含泪相送，依依不舍。

老支书摇下车窗玻璃，劝他不要悲伤，要豁达，凡事都要想开些："芳菲回去住一段时间就回来了。"

芳菲看着山根这副狼狈可怜相，心如刀割一般疼。她故意把眼睛转向别处，殊不知犹如泉水一般的泪水，早已暴露了她的留恋和不舍。当初两人相爱时的誓言犹在耳畔，难以忘怀，只可惜如今琴弦已断，心已伤透，两人却要中道分开，天下恐怕没有比这更残酷的事情了。

鸿鑫又要启动车辆，不料从学校大门外急匆匆闯进来一老一少两个人，忽然来到轿车前面"扑通"一声跪下。老支书认出这是德石老人和孙子鹏飞，只好下车。山根看到后也走了过来。大伙问他们爷孙俩有什么话，站起来好好说。

两人一声不吭，就是不肯站起来。

芳菲和她爸妈本不想下车，可是当看到车上只剩下他们一家三口人时，感觉再不下车，太难堪了，只好慢慢腾腾从车上下来。德石爷孙俩看到芳菲终于下了车，站起身疾步来到芳菲面前，"扑通"一声又跪下。

德石老人指着鹏飞，对芳菲求情说："志远的死与山根无关，都是这个畜生惹的祸，该打该骂任你处置，可是你千万不能走，不能和山根离婚，山根可是个大好人呀！"

鹏飞伤心地哭着说："柳老师，这事都怨我，你不能责怪舒老师啊！"

芳菲泪如泉涌。当然，这并不是爷孙俩的言语行动感动了她，而是爷孙俩提到了儿子志远，让她感受到了撕心裂肺的伤痛，而这种伤痛几乎将她击倒。她犹如眩晕一般倒在爸爸身上。

若善看到女儿嘴唇惨白，不住地颤抖，赶紧抱住她的肩膀。

鲁敏一下子明白过来了，山根救起的就是这个孩子！"谁让你们提起这件事……这是我女儿的……伤痛啊！"她失声痛哭着要去撕扯眼前这爷孙两人，被鸿鑫一把拽住。

德石和孙子鹏飞在老支书、山根的反复劝说下，慢慢站起身。

"赶紧开车走，我女儿一刻也不能留在这里，这里是她的伤心之地！"鲁敏的哭声低下来，是那么可怜无助。

鸿鑫和曼丽听得眼圈发红。

曼丽缓缓走过来，和若善一起挽住芳菲，慢慢往车跟前走。

鸿鑫一手拉着鲁敏一手拉着老支书，来到轿车跟前。

"我可怜的外孙，可怜的女儿！"鲁敏坐在车上老泪纵横，不住地喃喃自语，那情景，让人看了伤心欲绝。

18

当天中午，鸿鑫在邓州宾馆安排了一桌丰盛的酒宴。菜肴之丰盛，烟酒之高档，礼数之周全自不必说。

出乎芳菲一家意料的是，无论是鸿鑫还是曼丽，酒宴上绝口不提山根和芳菲的事情。鸿鑫只是叮嘱他们一家三口人路上小心，注意安全，到了家打个电话报平安。就连老支书听了也是一团迷糊，不知道该怎么说话才好。他生怕说错了，打乱了鸿鑫的计划，唯有缄口不言。

饭后，鸿鑫让老支书陪同若善老两口抽烟喝茶说话。他和曼丽带着芳菲去商场转转，买些水果、糕点、纯净水之类的，给芳菲一家路上充饥解渴。

老支书一下子从座位上站起来，一把抓住鸿鑫走出屋外，他再也按捺不住心中蹦出来的问号："你真的让芳菲走吗？若是计谋，这也是一步险棋呀！你到底准备怎么处理这件事情？"

鸿鑫拍拍他的肩膀，微微一笑说："大叔，你放心，我心中有数！"说完他意味深长地望了老支书一眼。鸿鑫的眼神里满是自信，老支书的眼神里则充满了疑惑和不安。两人回到屋里。鸿鑫迅疾把目光投向若善夫妇，乐呵呵地跟他们说："叔叔、阿姨，你们先喝水，我们和芳菲到商场采购点儿东西，马上就回来。"他一边说一边跟着她俩往外走。

三人走出宾馆，曼丽对芳菲说："你熟悉这里的环境和路径，前面带路去附近的超市给你们买点东西，路上用。"

芳菲原以为两人说要带她去购物，只不过是一个打马虎眼的幌子，借以掩盖他们的真实目的。想不到他们竟当真要给他们一家买东西。其实，她心里一直在琢磨着早晨临上车时，山根把他们夫妻叫下车都说了些什么，临行前山根还给他们送了一大兜子什么礼物。

芳菲发话了："什么东西也不要，找个地方说说话就行。"

鸿鑫佯装不解："说什么呢？该说的都说了。"

"芳菲就要和我们分别了，说些惜别祝福的话吧！"曼丽适时地补充了这么一句。

"中，就按你俩说的来，咱们找个茶楼坐下慢慢谈。"鸿鑫现出一副顺从听话的样子，走在前面带路，来到对面的一家茶社里坐下。服务员泡好茶，放在他们各自的面前，悄无声息地退了出去。三人都没有说话，似乎各有各的心事。

过了一会儿，鸿鑫首先打破了沉默。他似笑非笑地说为了山根和芳菲的事情，闹得他昨晚失眠，一宿都没睡好觉。芳菲听了表示抱歉，说这一切好像一场噩梦。还好，事情总算有个眉目，过去的就让它过去吧！

曼丽听出了她话语里的悲伤和无奈，还有一丝丝不舍和眷恋，也就有意打趣说："真是没良心，连我们一并都要成为你的过往了？"

芳菲勉强挤出一丝微笑，刚想找出一些理由来解释，鸿鑫抢着说了一句石破天惊的话："我感觉芳菲的离婚决定既英明又正确！"

芳菲听了，脸上仅有的一丝笑意立刻消失得无影无踪了。她简直不敢相信自己的耳朵，他们夫妻昨天还在苦苦劝她不要离婚，怎么今天说变就变了？这到底是怎么一回事？难道这就是早晨来时，他们和山根商量的事情？她瞅着鸿鑫，眼中满是疑惑不解，迫不及待地想要听他往下怎么说。

鸿鑫发表了他的高论：上大学时，他觉得山根踏实勤奋，好学上进，有理想，有抱负。怎么也没想到，这么多年过去了，山根竟变得失去了自我，没有一点儿上进心，说话做事婆婆妈妈的。他这一生啊，也就适合当个小学老师，很难再有大的作为！

鸿鑫的话语说得一本正经，一点儿也不像调侃说闲话。

鸿鑫看到芳菲听了他的话，脸色微微发红，甚至有些愠怒之色。此刻，她完全忘记了山根是站在她对立面的一个人，只听她不自然不满地质问道："何以见得？你这不是落井下石，墙倒众人推吗？"

鸿鑫却不回答芳菲的问题，而是把山根昨晚讲的舍不得芳菲、不愿同她离婚的话转述出来。芳菲听了，当下就流下了眼泪，抽泣起来，连曼丽也陪着流泪。

"你俩都不要哭，听我把话说完就明白了。"鸿鑫装憨作痴地说，"我感觉山根这人太没志气，不应该低三下四地去祈求一个对他绝情绝意的人。何必呢！人格尊严都不要了吗？"

芳菲怨恨地翻了他一眼。鸿鑫却不理不睬，自顾自地说："我怀疑他担心离婚后找不到老婆，我劝他说大丈夫何患无妻？只患功名不立。只要你辞去教师这份工作，到我的公司干，我保证你三年之内，房子、车子、票子、女人样样都有。谁知他却说，房子车子票子乃身外之物，至于女人，对于他来说再美的女人也比不上芳菲！可是芳菲却铁了心要跟他离婚，这让他不知所措。"

两个女人哭得泣不成声。可是鸿鑫却故意来个视而不见听而不闻，自顾自地进一步阐释道："要说山根死脑筋吧，可是他却善用头脑风暴法、逆向思维去思考问题，想象力丰富极了，产生了许多奇思妙想。说什么他绝不能如鲁迅《伤逝》中的涓生那般自私虚伪，不负责任，一任子君在孤独痛苦中抑郁死去。如果芳菲有个三长两短，他也不会独自活在这世界上！"

鸿鑫说完这段话的时候，自己也落泪了。

曼丽擦了一把眼泪，瞪着猩红的眼睛，怒斥鸿鑫："你假惺惺哭什么？这不都是你口无遮拦招惹的！山根是让你来拆散他们婚姻的？你走吧，离开这儿！事情让你越办越糟！"

"我哭我自己有眼无珠，怎么结交了山根这么一个鼠目寸光、胸无大志的朋友？我哭山根有眼无珠，枉把一腔热血痴情错付于人。连我都替他伤心难过，羞愧害臊！"鸿鑫根本不把曼丽的话放在心上，自顾自地往下说，像是在责备山根，又像是在讽刺芳菲。

"滚，别说了……住嘴吧！"芳菲大哭不止，"我们的事情不用你来管！"

可是，鸿鑫索性来个看报庙的嫌孝子哭得不够伤心，故意拿话刺激芳菲："你们说说，山根把自己的全部心思花费在一个女人身上，能有多大出息？所以，我认为芳菲的离婚决定，英明又正确，属于深谋远虑，看得清楚而有远见！"

"你滚……你滚……你滚……哪儿凉快到哪儿去！"芳菲哭喊着，狠狠地拍打着桌面，茶水溅了一桌子。

鸿鑫也不理会她，而是怒气冲冲地走出了茶楼。

鸿鑫走到外面待了一会儿。他一边散步一边抽烟一边思考往下如何进行。他估计芳菲的怒气消得差不多了，打开轿车后备厢，从里面拿出上午进城前山根交给他的那个鼓囊囊的布兜，拎着上了茶楼。

曼丽看到鸿鑫回来了，当着芳菲的面，声色俱厉地挖苦道："你又来干什么？没有金刚钻，别揽瓷器活儿。净干些出力不讨好的事儿，看你把芳菲气成什么样子了？出去，出去，快出去！"

鸿鑫听了曼丽的埋怨嘲笑，也不理会她。芳菲呢，眉头紧蹙，板着脸子，一言不发。鸿鑫知道她正在沉思。

鸿鑫故意不作解释说明，反倒流露出一种满不在乎无所谓的神态："怎么了？我又没说错什么，没虚构，也没添油加醋，只不过是实话实说而已。"

鸿鑫接着又说："常言说，信言不美，美言不信。芳菲坚决要求离婚，山根却热得难舍难分，哭天抹泪。这种剃头挑子一头热的事情，咱根本协调不了管不好，不如索性把事情摊开，打开天窗说亮话。事情办成办不成还在其次，关键是咱们不落埋怨。"

曼丽拿眼睛瞪着鸿鑫，说："你千万别再张口说话，显摆你的能处了。我认识你十几年，今天才发现你的沟通和办事能力竟然这么'强'！针鼻儿大的事儿，你就能把它戳成一个天大的窟窿！方鸿鑫，我真佩服你，佩服得五体投地！"痛斥自己的白马王子，曼丽这是第一次，但她还是觉得没有怒吼出自己的满腔愤怒。

鸿鑫干脆来个视而不见，听而不闻，仍旧自顾自地说："山根这个人不识时务，常常是直上南墙不拐弯。今早临上车时，他让咱们捎给芳菲一兜山里红。我对他说：'送这一兜不值钱的东西，有什么用？'他却说：'你甭管，这对芳菲很有用处。'我说：'你们马上就要离婚了，从此以后，你东她西，她走她的阳关道，你走你的独木桥。你又何必管她的闲事？'"

鸿鑫说到这里瞅着芳菲："你猜山根怎么说？"

只见芳菲突然抬起头，揉了揉眼睛，两眼睁得大大的，直直地盯着鸿鑫，期待知道山根是怎么回答的。

没想到，鸿鑫却不管不顾，自个儿大口大口抽起烟来，故意停下来卖了个关子，不理睬芳菲。

芳菲生气地站起来，用脚去踢鸿鑫坐的椅子。她咆哮着："方鸿鑫，你捣什么乱，有话就说，有屁就放！我藐视你……"芳菲又哭了。

鸿鑫虽然受到责备，心里却笑了，嘴里说："山根说：'山里红这东西消食健胃，活血化瘀抗衰老，尤其对芳菲的慢性胃病，疗效特别好。即使她跟我离婚了，我也照样给她寄。她对我的好，我这辈子也报答不了！'"

说到这里，他把一兜山里红放到芳菲面前的桌子上。

芳菲听到这里，好不容易止住的泪水又像破闸的河水，一个劲儿地往外涌。透过模糊的泪眼，她仿佛看到了烈日当空之下，她和儿子志远坐在禹山脚下的一棵树荫下，而山根胸前挂着一个提包，攀缘在悬崖绝壁上采摘山里红的感人情景。

山里红具有顽强的生命力，它是禹山大地的一大特产和一道美丽景观，具有极大的药用价值。每到秋天成熟时，漫山遍野的绿色丛中，悬挂着红红的小果实，美艳了整座山。它具有强心降血压，消积食化瘀滞，健胃祛痰等功效，尤其是老年人食用好处多。人们都争相去采摘。

山根平时忙于教学，只有假期才能走出来。可是等到放假时，容易采摘的地方，早被附近的山民摘过了。他只能小心翼翼地攀登到高耸险峻的山崖上采摘。诚如王荆公所言："世之奇伟、瑰怪、非常之观，常在于险远，而人之所罕至焉。"

芳菲看到山根攀爬到那么高峻、那么陡峭的山崖上，非常担心，一个劲儿地大声呼唤："山根——舒山根——小心——注意安全！"

山根大声回答："放——心——吧！我——是——大——山——的——儿——

120

子！登——山——爬——高——有——经——验！"

"天——太——热！回——家——吧！"

"山——里——娃——不——怕——热！多——摘————一——些——给——咱——爸——妈——寄——过——去！"

……

他们那传递爱的声音在空旷的大山里久久回荡：附近的路人听过，山楂树听过，狗尾草听过，紫丁花听过，偶尔飞过的鸟儿也听过……

还有一次，山根怀里抱着志远，芳菲跟在后面，一家人要去陶岔渠首闸玩。走到半道上，一条长期干涸的小河，突然涨了半河槽子水，拦住了他们的去路。估计是上游下雨所致，要不怎么会突然发水，而且是浑浊的泥水？

芳菲提议，干脆打道回府，不去得了。

儿子志远却不依不饶："不行，不行，我要去渠首玩。"

山根只好撸起袖子，挽起裤管，把志远抱在怀里，又背起芳菲，蹚水而过。

志远高兴地拍着一双小手，兴奋地说："狼背娃，公狼背母狼，老狼抱小狼。"

……

往事历历在目，她和山根共同生活的情景，如同放电影似的浮现在眼前，所以她哭得格外伤心。

鸿鑫感到芳菲伤心凄惨的哭声，没有丝毫的矫揉造作和虚情假意，这正是她向外界发出的一个愿意同山根和好的信号！说不定她那颗本已麻木绝望的心，听到山根对她的痴情关爱，已在慢慢苏醒。

"芳菲，你和山根的事到了该下决心的时候。"鸿鑫想测试一下自己的判断究竟是否准确，"如果你心已死，梦已碎，情已断，泪已干，对山根没了感情，就应该早下决心早做了断，你俩谁也不耽搁谁！"

芳菲突然停止了哭泣，愤懑得满脸绯红，一直红到耳根，愤怒地睁大双眼，怒恨地盯着鸿鑫，出人意外地吼道："你凭什么说我和山根没有了感情？你这乌鸦嘴……一天到晚……能说出来什么好听的……"

鸿鑫立刻明白了，由此可以看出芳菲对山根还是有感情的，有感情就割舍不断，有感情事情就好办得多。他虽然明白了，但必须把"孬人"做到底："既是有感情，你为什么还要坚持离婚？"鸿鑫现出一副疑惑不解的样子。

"我恨他……"芳菲说完这三个字，失声痛哭起来。

"你刚才还说和山根有感情，怎么会恨呢？"鸿鑫佯装不解，"这不是自相矛盾吗？"

"别问了！"曼丽打断了他的话，"没有爱哪来的恨？你就是个粗人不懂得女人丰富细腻的感情！你走吧，你除了让芳菲更加难过还能干什么？"曼丽扯着鸿鑫的衣袖把他往外推。

"我恨他……是他把我的儿子弄没了……"芳菲的哭声令人肝肠寸断。

曼丽闻之，赶紧丢下鸿鑫折回来把芳菲拥入怀里，身体不自觉地颤抖一下，心也跟着战栗起来。

说到底还是因为孩子，孩子说没就没了，这事儿无论发生在哪个人身上，都是不好解脱的。这一刻曼丽彻底明白了。她拍着芳菲的后背说："哭吧，哭吧！"而她自己的眼泪早已滴在了芳菲的肩上。

鸿鑫沉默了一会儿，说芳菲把孩子溺水死亡的责任全部推到山根身上，有失公允。因为这是一场飞来横祸，谁能料得到呢？

芳菲的理由是，如果山根不让他班级的学生高鹏飞和他们同吃同住，志远那天就不会跟着他走上便桥，不走上便桥也就不会溺水而亡；如果山根那天吃过饭不去给二年级的学生补课，而是照护好志远，事情也不会发生。

"按照你的逻辑推理，志远的意外伤亡，你我也难辞其咎。因为当时我们正在聊天，我们也没有照顾好志远啊！"

芳菲不愿接受鸿鑫的说法："我算看透了，到现在你还袒护他，一直为他开脱！"

鸿鑫说得实在："你们是夫妻，我没必要袒护他。"

曼丽插言道："说到责任，你和山根，甚至鸿鑫都有责任，但都不是故意的，而是麻痹大意造成的。"

"好，咱们姑且抛开这些不说，如果山根在施救过程中，先搭救志远，志远会逝去吗？"芳菲还是接受不了两人的劝解，"这是我最想不通的，一个连自己儿子都不爱的人，怎么能指望他爱老婆？"

芳菲下意识地讲出了父亲曾经对她说的话。她当时觉得父亲是在危言耸听。今天当她自己说出这句话的时候，她竟然有点儿相信了。她的心开始隐隐作痛，眼睛的前方是无尽的迷惘和愁绪。

鸿鑫看了芳菲一眼，给她讲起了卢浮宫失火抢救艺术瑰宝的竞答题。在数以万计的读者来信答案中，一位年轻画家的答案被认为是最好的——选择离门最近、最容易救出的那一件。所以，成功的最佳目标不是选择最有价值的那个，而是选择最有可能实现的那个。山根当时救人就是这样。再说自己的孩子，人家的孩子都是一样宝贵啊！

芳菲听了鸿鑫的话摇摇头说："可他还是不能把心放在家里。"

曼丽语重心长地说："你是怪他把心放在学校里，一心扑在了学生身上？如果他是一个彻头彻尾自私自利的家伙，你怎么会从上大学起就爱上他？"

芳菲无语了，因为她觉得两人说的都有一定道理。

鸿鑫借机回到了劝说的本体上，又作了一番阐释：芳菲这几天，张嘴闭口就要离婚。离了婚，她不一定就幸福。到了这般年龄，谈爱太老，谈死尚早。且不说好不好再找一个对象，假使她再找一个对象，也不说对方的地位高低，长相如何，财富多少？单就神和灵的高度契合，就达不到她柳芳菲的要求。

鸿鑫称赞芳菲是一个有学识、有品位的大学生，深知爱情是人类灵魂的一种美好交流，是精神感应，是一个人的生活支柱。男女结合主要是精神的契合，是心心相印，息息相通，精神伙伴，灵魂伴侣，而不仅仅是搭伙吃饭、睡觉做爱那么简单。

鸿鑫的这番话让芳菲陷入了沉思，她想起曾经读过的一句话：高尚的爱情只能从高尚人的身上获得。如果自己的另一半是一个没有学识没有品位、粗鲁而庸俗不堪的土豪，即使他对自己唯唯诺诺，言听计从，经常厮守在一起享受荣华富贵，又有什么意思呢？她明白自己几乎犯了一个错误，或者说差点儿犯了一个非常严重的错误。

鸿鑫接着说："到那时，你会在内心深处，动不动拿山根与这个人做比较，结果越比越没了信心，越比较越后悔，甚至有可能使你失望丧气，痛苦抑郁或者再次离婚，从而陷入更大的痛苦之中。如此，你这一辈子永远都不会幸福。难道你和山根的事情，除了离婚就没有更好的解决办法？"

曼丽接着说："芳菲，鸿鑫说得够实在了。你应该好好想想，人这一生很短暂，最幸福的事情，莫过于两个志同道合、相互理解、趣味相投的男女能够成为夫妻。其实，我们女人同男人结婚，不只是为了吃饭穿衣、生儿育女、享受荣华富贵，更重要的是找到一个精神支柱、心理依靠，希望她的男人能够疼她爱她。所以，我们一定要珍惜眼前深爱的人，且行且珍惜，共创美好未来。"

芳菲暗自思忖：曼丽说得对啊。人生不过是一场短暂的旅行，能够携手心爱的人风雨同舟，共度一生，相互滋养，也算是不虚此生！

鸿鑫让芳菲思考一个两全其美的解决办法，让这个事情能够取得一个皆大欢喜的结果。

"要么离婚，要么让山根辞职或者调进城。让他两选其一。"看来芳菲心中早已有了一个成熟的方案。

19

轿车行驶在宽阔的柏油马路上。鸿鑫驾车，曼丽坐在副驾位置上，芳菲和她爸妈坐在后排座位上。他们先后游览了邓州境内的邓国春秋园、仲景故里、花洲书院、雷锋纪念馆、月牙池、阿里风情园等景点，最后来到人民公园。

轿车在大东门外徐徐停下。几个人下了轿车，鱼贯而入，走进公园。他们分别在两张长条石凳上坐下。

鸿鑫坐在几个人的对面，他望着若善和鲁敏微笑着说："伯父伯母，不是我偏爱夸口，山根的确是个人才，读大学时就是一个尖子生，财经大学无人不知，无人匹敌。只要把他放到对的地方，可以说是鹏程万里，前途无量。不瞒您二老说，我这次来就是请他出山，做我们公司的财务总监。"

若善听到鸿鑫夸赞山根，当即把脸扭向别处，现出一脸嫌弃厌恶的样子。若善夫妻对女儿突然改变决定，极不满意。他们怪女儿心肠太软，不听老人言，吃亏在眼前。况且已经吃了大亏，还不吸取教训。鲁敏直接拿手敲在女儿的头上，愤愤地斥责道："俗话说，好了伤疤忘了疼，你是伤疤还没好，就忘了疼。回到省城，找一个比舒山根强一百倍的人，易如反掌！"

"女儿啊，当断不断反受其乱！听爸的话，跟过去告别吧！"若善的声音在哽咽中显得那么苍凉悲伤。

芳菲抽噎得气都上不来，一任泪水如小河的水一样往下流淌。鲁敏双手叉腰怒视着芳菲，意在让她与山根彻底划清界限。

毕竟十指连心，骨肉情深。若善看着女儿可怜痛苦的样子，心都疼得揪在了一起。他祈求似的望着鲁敏，无奈地说："算了吧，都听芳菲的，她心里苦啊！"

说完，泪如雨下。

鲁敏一点儿也不为所动，仍是变脸作色，表现出十二分的愤恨，没完没了絮絮叨叨地说个不停。大意是说山根这个人，一根筋认死理儿，从来也不会替别人着想。标准是长着一头犟筋的"二火山"，谁也拿他没办法！

曼丽微笑着说："芳菲拿他有办法。"

芳菲摇摇头，叹了口气说她根本没办法说服他，她不敢高看自己。

鲁敏气急败坏地扯着大腔调吼起来："芳菲若是有办法，咱们今天还有必要坐在这儿谈论这个话题吗？这头犟驴，我踢他九九八十一脚，也难解心头之恨！"

鸿鑫语调缓缓地向两人介绍了他们昨天临上车前，山根把他和曼丽叫过去那感人的一幕。芳菲坚持要离婚，而山根却一直在关心着她的身体，拿出一兜山里红让他们转交给芳菲。他故意挑拨山根，说两人马上就要离婚了，不让他管芳菲的闲事，操这份闲心。想不到山根却说离婚了，他也照样给芳菲寄。

鸿鑫看着若善老两口，特别强调说山根查了药书，知道山里红健胃强心降血压，抽空多采摘一些，让他们二老也食用。

"两位长辈，当今这种生死不渝、誓死不二的爱情是多么少见！"曼丽大发感慨，"山根对岳父岳母的孝心也极其难得！"

鲁敏却不以为然。在她看来"贫贱夫妻百事哀"，贫穷的爱情什么也不当，贫穷的孝心也只能是心有余而力不足，最终什么也兑现不了。再说，他舒山根孝与不孝，他们也不在乎。他们还能活几天？大半截儿都入土了，但是他们在乎的是女儿的幸福。女儿来日方长，他们不得不从长计议。

"我想利用山根对芳菲这份感情，引他离开禹山沟。"鸿鑫压低声音和他们商量，"只要他肯离开禹山沟，就能够大显身手，一展雄风！"

若善沉默无语，他眨了几下眼睛，声音低低地问："你的意思是先让山根离开禹山沟，一步一步来？"

鸿鑫微微点点头，显得城府极深。

"对！"鸿鑫摇摇头，"让他先到邓州市区工作。"

若善打开他手中的杯子开始喝茶，一口又一口，吞咽着自己的无奈和忧伤："那怎么能行？到一个县级市能做成什么？"

"老世叔，你是只知其一不知其二。"鸿鑫嘴上这么说，心里却在暗暗埋怨若善，你这是嘴上绑灯草，说得倒轻巧，山根的脾气有多倔，你又不是不知道。"假

125

如让山根去省城,他就会一口拒绝,说什么也不会答应。让山根到邓州市区工作,距离他的家乡近,他可以随时回到禹山大地,他也许能够接受。"

接着,鸿鑫细数了邓州的自然条件和人文景观。邓州地处豫西南边陲、鄂西北交界部位,位于郑州、武汉、西安大三角和南阳、襄阳、十堰小三角腹地,起着承东启西的桥梁作用;作为全国数一数二的人口大县(市),邓州享有中原天府、丹水明珠之美誉。这里四季分明,气候温和,适宜人居,境内还有许多名胜古迹。邓州很快就会发展成为一个中等文化旅游城市。他决定在这里投资开发商品楼,建旅馆,办学校,聘请山根和芳菲负责这些项目,山根还须兼着总公司的财务总监。

鲁敏鄙夷不屑地说:"邓州有这么好吗?我怎么横看竖看左看右看上看下看,也没看出来!"

曼丽没有直接回答鲁敏,而是先提问题,然后给出答案。她说邓州这个地方究竟如何,她也不太清楚。但听说历史上有好几个朝代,都曾有过迁都邓州的动议。由此可以看出,邓州的确是一个不同寻常的地方。

鸿鑫说他昨天看到微信上的一个帖子,觉得不错,细细思虑,颇有同感。接着他翻开手机读给他们听:

要想活得久,就往邓州走;要想活得顺,就到邓州混;九八年洪水,〇三年非典,〇六年禽流感,〇七年雪灾,〇八年地震,一二年暴雨,一三年H7N9,邓州都没有。

古语说,邓州一年四季不断青,这里是真正的风水宝地。上有天堂,下有苏杭,邓州最强。

宁要邓州一张床,不要都市一套房,宁要邓州一棵树,不要海滨小别墅。哪儿也不去,就待在邓州。天下大难,此地无忧,天下大旱,此地有收,这就是我们美丽的大邓州!

曼丽忍不住笑了。
芳菲也乐了:"这个顺口溜,简直把邓州夸成了一朵花!"
听话听声,锣鼓听音。若善老两口听了女儿的话,都沉默了。

次日早饭后，鸿鑫叫了一辆计程车，让司机去禹山沟接山根过来，要他当着芳菲一家人的面做出二选一的决定。

鸿鑫人在宾馆，心却像十五个吊桶打水，七上八下的。山根不同意离婚，这倒是千真万确的，但却从没听他说过同意辞去教师职业，或者同意调出禹山沟的话。大家见了面，如果他执着于自己的意愿又该怎么办呢？如果衡量胜败的话，这件事到现在还真不好下结论。

为了把这件事办得更稳妥一些，鸿鑫决定在山根和芳菲一家人见面之前，他须先和山根见上一面。若是电话里说，山根一气之下关了手机，沟通不成，事情怎么往前推进呢？想到这里，他立即打电话给计程车司机，给他指定一个停车地点，说他在那里候着山根。

如何让山根心悦诚服地接受芳菲提出的条件？鸿鑫那真是挖空了心思，绞尽了脑汁，想尽了办法。他和山根一见面，就大力渲染芳菲冒着与父母决裂的风险，苦口婆心，耐心劝导，才勉强说服二老，接受她和山根不离婚的决定。目的是让山根能够珍惜芳菲为他争取来的极难得的大好机会，从而答应芳菲一家提出的条件。

什么条件？鸿鑫当然是清楚的。但他现在不能说出来，说出来，万一山根退缩了怎么办？另外，他还得把山根推到前面，让他直接面对这件事情，感受这件事情的麻烦、困难程度，让他骑虎难下，进退维谷，不得不答应那个苛刻的条件。

两人见面后，山根听了鸿鑫的陈述，连连点头，表示同意。

鸿鑫拍了拍山根的肩膀，微笑着鼓励他说："进宾馆吧！好好把握机会，机不可失，时不再来。祝你一帆风顺，旗开得胜！"

山根没想到，两人刚走进房间，尚未坐定。若善就黑着一张老脸，立刻向山根甩出了问题。他说芳菲和山根离婚这件事情，原本是没有商量余地的，可是他们一家人看在鸿鑫和曼丽的面子上，给山根两个选项：要么选择离婚，要么选择辞职或者调出禹山沟。

山根吃惊于若善提出的问题，一下子陷入了不知所措的进退两难之中。该怎么办呢？山根沉默了。他如芒在背，心神不宁。离婚？这怎么能行？调出禹山沟？这不是明摆着让他跟这个学校决裂吗？这不可能！他爱芳菲，但他不能离开脚下的这片土地，这是他的使命。这不是谁交给他的使命，但他觉得他必须完成这项使命！还有，芳菲爱他，没有他，芳菲也不会幸福，这是他坚定的信念。虽然她嘴巴上喊着离婚，说了一些过激的话，但他相信她对他爱的希望之火还没有完全熄灭。她的怒吼是想唤回他。如果有一天她沉默了，那才是心死了！如果人生只有儿女情长，那便是最简单不过了。但是男儿必须挺起脊梁，去撑起一片晴空……如何做到两全其美，统筹兼顾呢？山根几乎要流泪了。

"有话快说，有屁就放！磨磨蹭蹭不说话，哪像个男人的样儿！你这样二锅水温着，不阴不阳，不死不活，我们干脆一走了之！跟你这样的人，有什么好说？"鲁敏那大嗓门打断了山根的惆怅。

"爸、妈，婚姻和事业是两回事儿，怎么能对立起来呢？"山根吞吞吐吐，说得低声下气。

"明知故问！"鲁敏带着怒火，立刻做出了回击，"那个穷山沟，那么差的条件，我们是不会让芳菲再回去了！你以为你是谁呀？综艺里的演员——啥也不是。哪值得我的女儿为你上刀山下火海？你是下雨天不打伞，自我感觉不错。"气急败坏的鲁敏把山根骂足骂够，转身又用二拇指猛戳女儿的头，"你是安嘉和遇上柯镇恶，心盲眼瞎吧！"

山根的头低下去了，千言万语也跟着咽下去了。他明白，他要是胆敢说出一个不字，立刻就会引爆这一家三口人的火药桶。

曼丽推心置腹地劝说山根。让他想想芳菲为他做出的牺牲。当初她舍弃父母双亲，离开大城市，跟着他来到这深山沟，吃饭、走路、上厕所、睡觉甚至工作，哪一样都不习惯。她硬是排除万难、受苦受累，在这儿陪着他坚守五年，容易吗？

可是，现在发生了志远意外伤亡这件事，让芳菲还待在那里，目之所及皆是回忆，心之所想皆是过往。她在那里会睹物思人，她会……她会想到许多许多，倍增伤心。曼丽说着说着哽咽得几乎说不下去了。

曼丽的话触动了山根，他忽然鼻子一酸，觉得自己是多么自私。一个大男人不能为他所爱的女人着想，是多么可耻。《孟子·离娄篇·齐人有一妻一妾》中说："良人者，所仰望而终身也。"好男人就应该承担起对妻子的责任，活出担当来！

曼丽哭，芳菲哭，鲁敏也跟着哭。若善对山根怒目而视，厉声发问道："一句话的事情，你表态吧！"

鸿鑫望着山根，讲起几天前他说决不能如《伤逝》中的涓生那般自私，只顾自己，眼睁睁地看着子君陷入痛苦之中，孤独地死去。

曼丽看着山根，说他不能只做语言的巨人，行动的矮子，要言行一致。当下最要紧的是，尽快为芳菲创造一个良好的生活环境和条件，而不能只考虑他对乡亲们的感恩报答，对教育的奉献。

曼丽还说政府规定特岗教师，服务五年就可以调动。他和芳菲在禹山沟的服务年限，已经达到了上级规定的时间。况且山根又是省市镇三级优秀教师。他现在提出辞职或者调动，是无可非议的。

是啊！自己带着芳菲回乡援教已经五年有余。五年里为了工作，吃苦受累都是些小事，关键是把一个聪明活泼的儿子弄丢了，这也太伤芳菲的心了。

山根的泪水忽然滑落下来。感觉自己的确有些自私和薄情，为了成全自己所谓的感恩报答——禹山沟的乡亲们，他从来没有站在芳菲的角度去考虑问题。自己已经失去了儿子，难道还要再失去爱妻？想到这里，他狠狠心咬咬牙，小声嗫嚅说："我同意调出禹山沟！"

刚才紧张的场面一下子缓和下来。鸿鑫安慰山根调出禹山沟，照样可以为家乡作贡献。山根又开口说话了，而且声音比刚才铿锵了许多。他答应调离禹山沟，不过还有两点需要说明。似乎是要对他刚才同意调出禹山沟做个补充。

"你已经同意调出来，其他都是小事。别说是两点，就是三点四点我们也答应！"曼丽说得干脆利索。

山根的想法是，他熟悉教学，调出来以后，仍然做教学工作。再就是当初他要求回到禹山沟，振兴山乡教育，到现在也没有干出一个什么名堂，却要离开这里，而且是中途撂挑子卸担子，灰溜溜地走了。他觉得说不过去，他想把这一学期教完再调进城。

若善生气地说："非黑即白，绝无过渡期！"

鸿鑫思考了片刻，说他要在邓州这个城市做房地产开发。把山根调进邓州城，名义上仍然是老师，实际上是让他负责分公司的财务，兼任总公司的财务总监。

山根推辞说鸿鑫高看他了，他精力有限，没有三头六臂，分身乏术。他推荐芳菲担任这两项工作，能力应该是绰绰有余。如果需要他帮助的话，他会在所不辞，利用业余时间全力以赴。

鸿鑫沉默了一下，拍板定案："好，就这样。前提是你必须辅助芳菲做好鸿鑫公司的财务工作。"

山根略作思考，还是点头答应了。

若善提出让山根当场把申请调动报告写好。不然，空口无凭，等于没说！

山根看了若善一眼，心说姜还是老的辣，老头子这一招真够损。不过转念一想，自己既然答应了，就应该履行诺言。他痛快地接过曼丽递过来的笔和纸，伏案疾书。不出十分钟，就把一份调动申请匆匆写就，递给鸿鑫先阅，其他人也做了传阅把关。

大伙心中的一块石头终于落地了，人人显得轻松愉快。鸿鑫做东，在宾馆安排了一桌丰盛的酒宴，一个个敞开肚皮，大吃二喝，直到太阳落山，月出东海这才散席。

鸿鑫虽然酒喝得头晕眼花，步履蹒跚，可是心里却异常清醒。他让服务员安排了三个双人间，又要芳菲和曼丽把若善老两口送到房间歇息。

芳菲和曼丽返回来后，鸿鑫说他和曼丽站在走廊里，要亲眼看着山根和芳菲一块儿走进房间。两人拗不过他，带着满面羞涩，不好意思地顺从了。

两人走进房间关上门。山根轻轻地握着芳菲的一双手，与她十指交叉，紧紧扣在一起，再也不肯松开。好像这双手他已经找了许久，现在总算寻到了。他无比深情地对芳菲说："生死契阔，与子成说；执子之手，与子偕老。芳菲，我舍不下你呀！"

芳菲害羞地白了他一眼。

山根把她拉入胸怀，轻轻地吻了一下她的额头。芳菲抡起棉花团一般的拳头，软弱无力地捶打在他的肩头上。

乌飞兔走，时光如梭，不知不觉日子又过月余。

一天傍晚，鹏飞从学校放学回来，放下书包，气呼呼地对爷爷说："爷爷，我再也不上学了！"

德石老人不明就里，当下就问孙子，上学上得好端端的，为什么说不上就不上了？

鹏飞十分委屈地向爷爷诉苦说，许多同学嘲笑他四肢发达，头脑简单，不长心不长肝不长肺，说白了就是一个大傻瓜，硬生生把志远带到河里淹死了，害得柳老师和舒老师一个住城里一个住学校，一直闹着要离婚！

他刚想解释，一群同学冲过来，不分青红皂白，对他就是一顿拳打脚踢。他一个人哪里是这些人的对手？一会儿他就被打成了迷头老鼠。

老人对孙子既生气又心疼，开导他说："同学们教训得也没错，你看你把舒老师的家弄成什么样子了？同学们也是心疼舒老师。你要是不把志远领到河边，走上便桥玩耍，或者你稍稍留点儿意，志远也不会掉进河里淹死！吃一堑长一智啊！"

　　鹏飞觉得很冤枉，辩解说那是志远自己要模仿孙悟空一飞冲天的动作，他也拦不住，咋能怪他？

　　爷爷突然火冒三丈，心说志远年龄小不懂事，你这么大了还不懂事？老人家拄着拐杖，怒冲冲来到孙子面前，伸出手就在孙子的脸上狠狠扇了两个耳光。愤愤地训斥道："还敢犟嘴哪！让你上个学，咋会这么不省心？不上了给我滚！滚得越远越好！"

　　"滚就滚！"鹏飞双手捂住脸，哭着向门外飞跑而去。屋外天色已暗，漫山遍野一片墨绿，树林也化成了一个褐色的面团。不一会儿，鹏飞就消失在苍茫的夜色里。

　　老人心里窝着一肚子火，也没理会鹏飞。自从志远掉进河里溺水身亡，老人一直很自责。他怪鹏飞这么大了还不长心，做事马马虎虎；怪自己当初不该同意让鹏飞吃住在山根家。给人家带来麻烦不说，关键是把人家的孩子弄没了。老人不知道该怎样向山根赎罪，虽然山根并没有抱怨他。

　　长期以来，折磨老人的是生活的苦难。这些日子让他遭受的则是巨大的精神摧残：内心的愧疚和无处排解的压力。他饱经风霜的脸上的皱纹也因此变得更深更密了。他食不甘味，整夜整夜地失眠。他觉得自己这条老命快要撑不下去了。

　　今晚孙子的诉苦、抱怨和争辩，终于使他心中的怒火燃烧起来，彻底爆发了。"啪啪"两个耳光打在孙子的脸上，老人竟没了心疼，而是一种宣泄和释放的轻松。他觉得孙子合该挨这两记耳光。这对他是应有的惩罚，也是一种赎罪。如果山根或芳菲能扇他两个耳光，那是最好不过的。一个人犯错了，就应该承担责任。可是孙子犯的错，是他们全家承担不了的责任。虽然山根并没有让他们承担责任，但是仅仅愧疚就已经压得他喘不过气来。

　　志远发生意外那天，德石老人还是给儿子之雨打了电话，告诉了他这个不幸的消息。很久很久，他都没听到儿子之雨说话，听到的是他粗重的喘息声。过了很久，他才听到之雨伤心地哭着说："我对不起山根……"然后就挂掉了手机。老人听得出儿子声音里的悲伤和无奈。老人哆嗦着把手机放在床上，他不知道儿子是为志远而哭，还是为山根和芳菲而哭？抑或为负债而哭？

老人在门口的石凳上坐下来，望着眼前绵延不断的苍茫群山渐渐被黑夜吞噬，他的心不由得揪在一起，重重地叹了一口气。

说心里话，老人还是希望孙子能够学有所成。大道理他也说不出来多少，但是看到山根大学毕业，在家乡教学，安安稳稳地生活，也挺好的。

他儿子高之雨，虽说比山根大几岁，但两人打小就在一个学校上学，是形影不离的好朋友。

家里本来就穷，老人又有哮喘病，干不了重活。收庄稼时需要肩挑背扛，都是之雨妈干的。得亏她天生一副好身板。可惜呀，那天下雨，之雨妈背着一袋子刚摘下的绿豆荚往家赶，一脚蹬空就从山坡上滚了下去。等到人们找到她时，她已经一命呜呼，一双眼睛还睁得老大，流露出对这人世间万分的不舍和留恋。

老人想到这儿，几滴泪水从眼里涌了出来。儿子之雨就是那时辍学的。老人也没勉强让他继续上学，毕竟家里也需要劳动力。那年之雨十三岁，跟他妈一样，身子骨长得结实健壮，干起活来像头牛。后来之雨出门打工去了，他得挣钱建房，还要挣到彩礼钱，才能娶妻生子。之雨就是带着这样的使命，外出打工的。

老人不知道的是，儿子没知识没文化没技术，单靠下气力干活，工资就低，挣到的钱相对于买房和订婚需要的彩礼钱，那真是杯水车薪。他就凭着自己的踏实，在一家工厂里干着繁重的体力活。

后来，之雨遇到了一个和他一样贫穷的姑娘。两个苦命人天天朝夕相处在一起，同病相怜。这姑娘竟慢慢爱上了他，她没有向他索要房子，也没有要彩礼钱，两人就在出租屋里相互取暖。工资虽然微薄，但两人相亲相爱。她怀孕后，之雨把她送回来生下了鹏飞，这让德石老人高兴得整天合不拢嘴。不幸的是，这么好的一个儿媳妇竟在生下二丫后，大出血去世了。

之雨从此成了光棍汉，难道这就是命吗？老人的泪水流过脸庞。这么些年，他一直把希望寄托在孙子鹏飞身上，希望他努力学习，将来能有一份安稳的工作，像山根一样，在山沟里当一个老师也是不错的。

20

  一个星期日的午饭后,山根收拾好一应行装,准备骑上摩托车去禹山沟学校上班。芳菲躺在床上似睡非睡,听到山根拾掇东西,起床来到厨房,从冰柜里拿出来一篮儿蒸馍,装在一个布兜里。山根在学校生活,平时没有馍吃,多是吃泡面。有时忙起来一天就吃一碗泡面。自从她去了城里,山根一百四十斤的体重硬是少了二十斤。这个又傻又笨的家伙,快三十岁的人了,愣是照顾不好自己,谁也拿他没办法!

  山根从芳菲手里接过鼓囊囊的馍兜,放在身边。两人面对面坐下,对视了一眼。他拿住她的手,轻轻握着。

  不知怎么的,芳菲说她突然有一种头昏脑胀、浑身无力的感觉。她急忙抽回手捂住头,表现出一副难受痛苦的样子。

  "芳菲,你怎么了?"山根不由得大吃一惊。自从儿子志远溺水而亡,芳菲一直吃不好饭睡不好觉,身体十分瘦弱。有时明明睡得好好的,她却突然惊叫而醒。山根听到后,总是拉住她的手,感觉她的两手冰凉冰凉的,浑身都是冷汗。这会儿,她又说头晕乏力,会不会是得了什么严重疾病?

  如此一想,他就有几分忐忑不安,急忙扶她躺在床上,又给她喂了一些红糖水。谁知,不喂不打紧,糖水刚喝下去,芳菲却感到恶心难受,翻肠倒肚,一个劲儿地呕吐起来。山根吓得又是给她捶背又是按摩,折腾了好长时间,还是不见好转。

  山根有些担心和害怕了。失去儿子的恐惧再次向他袭来,他不能再失去芳菲了。

  "芳菲,打120去医院吧!"山根强作镇定,从兜里掏出手机,就要拨打电话。

  "不用,不用!"芳菲无力地摆摆手,说她还没那么娇气,让山根骑着摩托车带她去医院就行,不必大惊小怪,兴师动众。

  山根忽然感到内疚和自责。是啊,自从芳菲跟她来到禹山沟,她什么苦没吃过?更让山根难过的是那些捉襟见肘的窘迫日子,也让芳菲养成了精打细算,锱铢必较的习惯。

山根不记得芳菲已经有多久没买过新衣服了。记得去年春节，山根提出让芳菲买一件羽绒服，她却说衣服多了占地方还得收拾，有换洗的就行。

山根知道她一直穿的那件蓝色羽绒服，还是刚生志远时买的。因为坐完月子，芳菲一下子胖了二十斤，之前的衣服都穿不上。没办法，芳菲才咬咬牙，花四百多块买了那件羽绒服。为此，芳菲心疼了好长时间。

没来禹山沟之前，芳菲可不是这样的。虽然那时候她也不喜欢光顾服装店，但这并不影响她的穿着总是光鲜亮丽。因为她是公主啊！妈妈给她买的衣服不计其数，她三天两头换衣服，每星期不重样绝对不是吹牛！

但是现在，她就是这副模样了。有一回天下大雨，芳菲从外面回来说："真倒霉！每次穿这双鞋都要下雨，不知道鞋底有个洞吗？不长眼的老天！"

有好几回，山根劝她扔掉那双鞋。芳菲都舍不得，还说那双鞋穿着合脚舒服，又说那鞋是牛皮做的。总之，这双鞋到现在芳菲还在穿着。

芳菲还有各种节俭之"能事"：春季里的星期天，她会与女伴们一起去禹山脚下挖芥菜，掐老婆针，回到家用清水反复冲洗后，晒得半干儿，装在黑釉子缸里腌上，能当咸菜吃，或者窝成酸菜，做酸面条吃，还说它们具有清热解毒等保健功能；有时她还会带上一个长把钩子去山坡上捋洋槐花、葛桦花、榆钱，包饺子，蒸包子，或者拌上炒面蒸着吃；山上的竹笋、香椿也会成为她和山根饭桌上的佳肴，盘中的美食；夏秋的新雨过后，山谷里空气清新，她迎着凉爽的清风，去山坡上捡拾营养丰富的地曲莲，回家拌上鸡蛋炒着吃；剜蒲公英熬茶喝，清热败毒。

生活就这样竟然把她这位从大城市来的公主，摔打历练成了一位泼辣能干的"灰姑娘"。图啥呀？为谁呀？山根的泪水又在眼眶里打转了。

就在山根一路的纷乱思绪中，他们来到了医院。原来，芳菲怀孕了。山根又惊又喜！这是上天再次送给他们的美丽天使！山根紧紧地握住芳菲的手。

医生告诉山根，母体虚弱，需要增加营养，注意多休息，饮食清淡，不断变换食品品种，调剂好生活，多给她点儿关爱，减轻她的压力，缓解她的痛苦。比如给她提供一个舒适温馨的生活环境，适当活动，带她到空气清新的地方休闲散步等等。

山根连连点头答应，表示一定要按照医生交代的去做。

夫妻两个回到家里，山根谨遵医嘱，给芳菲买了鸡蛋、挂面、奶粉、柴鸡、鲢鱼、排骨、瘦肉以及蔬菜等营养品，把冰箱塞得满满的。晚上，山根亲自下厨，给芳菲做了一盘红烧排骨和一碗由红枣、枸杞、冰糖搭配熬制而成的银耳汤。

两人吃过晚饭，山根收拾了锅碗瓢勺，匆匆来到芳菲跟前，急得手足无措，抓耳挠腮。芳菲看到他眉头紧皱，汗珠顺着脸颊往下淌，明白他这是急着要去学校。她的怒火又升起来了，心说学校里是有他的魂，有他的命，还是有什么牵挂？以至于她肚里的新生命也拴不住他的脚步！

可是芳菲这次却不把窗棂纸戳破，索性来个假痴不癫装糊涂，装作什么也没看出来，什么也不说，非等他开腔说话。她等了好长时间，只听山根以怨怼的口吻给自己找理由说："也不知道工作调动的事情什么时间能办妥？调令一天下不来，咱还得当天和尚撞天钟！"

芳菲明白山根这是正话反说，说能话，找借口要去学校，只是不便明说。所以，她愣惊似的检讨说："唉，你不说我还真忘了，曼丽昨天打来电话说，你调进城的事情，鸿鑫已经办妥，随时都可以去教育局办手续。明天上午你去把调动办了吧！"芳菲说话的同时，悄悄观察他有什么反应。她心里暗暗得意：看你还有什么好说的。

山根听了心里一惊，但为了掩饰，故作糊涂地说："不到学年结束，也能办理调动？"

"你是省级先进教师，这是特批特办！"芳菲装作一副若无其事的样子。

山根木讷的脸上现出一种忧戚，不说话了。

鹏飞被爷爷打了两巴掌，恼恨之下离家出走了。

当晚，天已经完全黑下来，鹏飞还没有回来。德石老人拄着拐杖，孙女二丫一颠一跛地搀扶着他。爷孙俩来到村外路口，打着手电筒朝附近的树毛子里、路边的沟沟岔岔里面照照，却没见到鹏飞的踪影。

德石老人情急之下，扯开嗓子连连呼喊："鹏飞哎——鹏飞哎——"

爷爷的声音刚落，二丫也扯开嗓子大声呼喊："哥哥，哥哥，你在哪里？"

二丫喊了几声，生怕别人听到引起误会，索性不喊哥哥，而是直呼其名："高鹏飞，你在哪里？爷爷喊你回家睡觉哩！"

爷孙俩交替喊了几遍，也不见有任何回应。德石老人越想越生气：这孩子，怎么能这样不分糯儿，吃屎不知道香臭？做错了事，爷爷还说不得你？不管怎么说，你已经读六年级，也是十几岁的人了，却糊涂得大理不通，竟然和爷爷置起气来！这大晚上的不回家，爷爷能不着急吗？你不知道爷爷走路不方便？爷爷还有病呢，爷爷着急之下，一口气上不来，伸腿了，谁来管你们兄妹俩？

黑暗中，二丫听到爷爷上气不接下气地发喘。老人此刻，既生气又牵挂着孙子：天这么晚了，鹏飞能去哪儿？一旦遇到坏人、狗熊、豺狼可咋办？

是啊，这些年植树造林，封山育林，狼虫虎豹渐渐多起来。鹏飞一旦遇到害虫，那就糟了！

老人开始后悔不该扇孙子两个耳光，孙子毕竟是孩子，谁能保证不做错事？成年人也有失误做错事的时候，何况是孩子？再说，十三四岁的孩子自尊心也开始变强了，自己扇那两巴掌的确是有些冲动，欠思量。这会儿，孙子在哪里？若是他赌气不回家还好，如果孙子想不开寻短见了，那老高家的香火就彻底断了。

农村条件差的男人，打光棍已是常态。况且儿子是结过一次婚，有儿有女的男人，恐怕这辈子要单身到底，很难再结婚了。这倒不是他希望自己的儿子永远单身，现实就是这样。前些年计划生育政策特别严格，人们传宗接代的陈旧观念又泛滥起来，生不下儿子不罢休。怀孕三个月就做B超，是男孩就生下，是女孩就打掉，从而导致男女比例严重失衡。许多人家当初生下男孩喜气洋洋，如今却变得无比沮丧。所以这年头只有剩男没有剩女，所谓的剩女其实都是女子主动剩下的，只要她们肯放下身段，点点头就能嫁出去。

每到过年的时候，在外打工的人都回来了，可是站在村头的几乎是清一色的大龄小伙子，却很少看到年轻姑娘。就是离了婚带着小孩的女人也是抢手的。个别家庭为了传宗接代花大价钱从缅甸买来女人做媳妇。老人也曾动过这样的念头，为儿子买一个媳妇。可是家里哪里有钱呢？他也曾试探过儿子。之雨说缅甸女人黑不溜秋的，说起话来叽里呱啦的，一点儿也听不懂，咋过日子？再说，他如今儿女双全，把一切希望都寄托在他们身上！可是，如果鹏飞有个三长两短，该怎么办？

想到这里，老人不禁有些后怕。但他很快又自我安慰起来，这孩子聪明得很，应该能够明白爷爷也是为他好才扇他耳光的，他还不至于憨得去寻死觅活吧。

至于说遇到害虫的可能性，几乎为零。鹏飞这么机灵的一个孩子，怎么可能往山里跑呢？他懂得保护自己哩！

二丫劝老人不要担心，一个劲儿地给他说宽心话："爷爷，我们回家吧！我怕您站久了会累着，被风刮得着凉了。说不定哥哥去了学校，晚上住在那里，或者去了同学家里。咱们干脆回家等候。"

老人想想二丫说的也在理儿，爷孙俩转过身。二丫搀扶着老人，两人慢慢腾腾回到家里，晚饭也没做，每人啃了半块儿馍，喝点儿凉开水，算是对付过去了。

二丫要去关门，爷爷阻拦说："今晚敞开房门睡觉，不关门。"

"这怎么能行，后山的狼跑过来可咋办？"二丫有些担心。

说到狼，老人的心又一次揪紧了。他拄着拐杖在屋里走来走去，焦躁不安地说："二丫，你睡吧，我等着你哥回来！"

老人说完，在敞开的门口坐下来，椅子旁放了一把铁锹。

不知为何，老人又想到了山根，想给他打个电话问问孙子在不在学校。可是，就在拿出手机的那一刻，他犹豫了，退缩了：若是孙子在学校，山根肯定会说"老伯你放心，鹏飞在我这儿"。若是孙子没去学校，电话打去就害苦了山根，他会一夜不眠，甚至翻山越岭去寻找的，肯定是找不到不罢休！不，自己决不能给山根带来这么大的麻烦，他已经够累够烦了。

那么，委托谁去找鹏飞呢？老人翻遍了所有电话号码，一无所获，因为山村里除了有几个留守妇女，尽是像他这样年岁的老人，年轻人大多外出打工去了。

老人决定给儿子打个电话。想想还是作罢。儿子远在千里之外的小工厂里打工，每天把一堆原材料推进车间，又把包好的机器零件推进仓库，每天工作十多个小时。这时候估计该下班了。若是儿子接到电话，问题同样解决不了，而他今晚的觉也就睡不成了，明天怎么能上班干活？

老人心急如焚，站起来坐下，坐下又站起来，一时间拿不定主意，不知道究竟该怎么办。情急之下，他索性把手机扔在床上，心想无论如何，也要等到天明再做决定！

翌日清晨，天色微明，芳菲就把山根喊起来，催促他吃过饭早点儿去教育局办理调动。谁知道山根刚放下碗筷，他的手机突然爆响起来，铃声一声紧似一声。

他瞥了一眼手机屏幕，感觉这个号码有些眼熟。他的大脑飞快地旋转思考着，很快想起来了，这是鹏飞爷爷德石老人的手机号码。

山根心想，老人平时很少给他打电话，现在猝然打来，一定有什么重要或者紧急事情。而且第六感觉告诉他，也一定不是什么好事情。

山根按下接听键，故意把"喂"字拖得老长，然后借机走到门外接听。他这样做为的是不让芳菲听到。他知道她对这一家祖孙三代高德石、高之雨、高鹏飞，厌恶反感到了极点。她曾经说，这祖孙三代就是他们一家人的克星，他们一家人所有的不幸，都是由他们造成的。

德石老人在电话里简略地告诉山根，昨天鹏飞在学校和几个同学打架，回来后又受到他的训斥打骂，离家出走了，到现在也没回来。他问山根，鹏飞在不在学校？

老人的问话，无疑给山根出了一道难题。该怎么回答呢？山根颇费脑筋。给老人说自己昨天有事请假了，让他去找校长，或者跟他说自己正要办理调动，禹山沟学校的事情他不管了，如此一推六二五敷衍老人，也完全说得过去。可是，老人为什么给自己打电话，而没有给其他人打？这完全是一种信任。自己作为一个山民的后代，一位人民教师，决不能辜负这种信任，而且必须把这件事情处理好才是。

山根略一思索，顺口编造了一个善意的谎言："老伯，您放心，鹏飞在我这里。我们刚吃过早饭，他这会儿在门口的小桌子上趴着练书法呢！你就放心吧！他昨晚是哭着来的，经过我的劝解，他已经不难过了。先让他在这里，随后我送他回去。"

老人一迭声地说着感谢的话。山根赶紧挂了电话，生怕老人要跟孙子说话，这可如何是好？谎言被戳穿事小，老人焦虑之下，血压升高，得了病可就不好了。

山根稳住了德石老人，装起手机，走进屋里。面对芳菲他却难以启齿。芳菲看到他接了电话后，脸色大变，神情也不自然，显得局促不安。她狐疑地看着他，问他究竟发生了什么事情？

山根苦笑了一下，很不连贯地向芳菲说明了事情的大意，请求她放他一马，把这件事情处理好，再回来办理调动。

"舒山根，你不能言而无信，出尔反尔，自食其言！"芳菲的嘴上又挂起了小油壶。

"事有终始，物有本末。知所先后，则近道矣。"他引经据典，意在让芳菲明白做事有先有后，分得清轻重缓急，善始善终。

接着，他又文绉绉地向她晓之以理，而后把话锋一转，来了一个以退为进的恐吓战术。"咱说要调走，毕竟还没有走，一旦鹏飞失踪了，影响不好还在其次，如果上面追究责任，麻烦可就大了。"

芳菲确实不想让山根插手高鹏飞的事情，她觉得这一家人晦气不吉祥。可是想想山根说的也有一定道理。如果不答应，似乎还真有些不妥当。于是，她不得不同意山根去做好他离开禹山沟前的最后一件事情。

山根露出一脸的感激，向芳菲竖起大拇指称赞说："我舒山根的爱人真是一个明白人！"

芳菲不耐烦地催他快走，速去速回。

山根走出屋外，不敢回头再望芳菲一眼。他觉得自己对芳菲做得不够诚实，不够地道，不够光明磊落。前些时间，他答应芳菲调出禹山沟，也是真心实意的，主要是害怕芳菲和他离婚。他舍不下她，死心塌地地爱着她。

可是，现在德石老人的一个电话，使山根再次明白，禹山沟离不开他，他也离不开禹山沟。如此想着，调进城的想法就有些动摇。他想反悔，不愿离开禹山沟。殊不知，他的允诺给芳菲带来了无尽的期待和希望。可是，他却在利用她的善良，利用她对他的信任，一次次愚弄她，欺骗她。

这样欺骗辜负芳菲，他真的于心不忍。可是，他也不是故意要这样。多少次他都在暗自揣想，假若失去了芳菲，他真不知道自己还能不能活下去。

他爱芳菲，也爱禹山沟的孩子们。他知道解决了高鹏飞离家出走的事情，学校还有那么多学生，他怎么能走得开？又该如何向芳菲交代？

老话说，拔个萝卜就是一个坑，吐口唾沫就是一颗钉。这也是他做人的准则。

调走，还是不走？山根处在这两难之中。他忽然想到曾经读过的一段话：在这个世界上，最重要的人就是眼下需要你帮助的人，最重要的事就是需要你马上去做的事情，最重要的时刻就是当下。所以，他一点儿也不能延宕。

算了，走一步算一步。车到山前必有路，船到桥头自然直。办法总会有的，先把鹏飞找到再说其他。

"这孩子，上哪儿了？一宿都没回家！"山根自语着，眉头拧成了一个"川"字。

21

公司董事会议结束时，鸿鑫接到芳菲的电话，言称山根以学校工作忙为由，一推再推，不肯办理调动手续。

鸿鑫挂了电话，叹了一口气，告诉大伙他打算最近去一趟禹山沟，督促山根办理调动事宜。让他没想到的是，他的话一落音，即刻遭到了董事会一些人的反对，言辞最激烈的当属他的老婆罗曼丽。

她看着鸿鑫半是生气半是埋怨地说："当初山根要回乡援教，你说不出三年两载，他一定会乖乖回来。这么多年过去了，你也没少在他身上投入精力、财力，却丝毫不见成效。上次你去请他，在禹山沟住了十几天，事情没办成，反倒惹了一身麻烦！"

"你记住，山根早晚会回省城的。"鸿鑫依然不肯改变当初对山根的断定。

"天下之大，难道除了舒山根，就请不来一个财务总监？现在公司的事情千头万绪，繁忙有加，你不能再把精力花费在无用的事情上了！"看来，曼丽对聘请山根彻底失去了耐心。

鸿鑫不想当着众人的面驳斥曼丽，他压低声音对她耳语道："人才当然有许多，但究竟才气有多大？人品如何？肯不肯为咱出力？这就很难说了。再说咱们也是为芳菲着想。"

这时，面相周正，胖胖的脸上长满了络腮胡子，既显得热情奔放，又透出几分硬汉气质，年纪大约四十几岁的梁安董事，直言不讳地问鸿鑫："方总，你一直说邀请山根当公司的财务总监，这个人究竟如何超群绝伦，你却没有给大伙详细说过。"

鸿鑫听了，没有从正面介绍山根如何出类拔萃，与众不同，富有智慧。他只是对在座的人说，大学毕业前夕，山根带着七个同学代表中原财经大学，参加全国大学生财务决策与管理创业大赛的故事。

从表面上看，这仅仅是一次创业大赛，但作为一个团队参赛的领导人，必须熟知整个创业流程：从最初的市场调查分析、确定项目、了解顾客需求和竞争对手、做好市场营销、企业人员组成、法律形态、法律环境和责任、启动资金预测、制定销售和成本计划、制定现金流量计划，一直到协助总经理制定公司发展战略、拟定财务预算、控制风险、避免失败、监控公司各项重大经济决策等等。

一个团队的领导人，只有对这些创业流程达到稔熟的程度，具备扎实的专业功底与过硬的心理素质，才能做到得心应手，左右逢源，举一反三。如果稍有生疏，表现迟钝，就不可能立即回答出面试老师提问的各种刁钻古怪问题。可是，山根硬是做到了。

况且，每一个参赛代表队，都是由全国不同的著名财经大学的优等生组成。就是在这高手如云的角逐竞赛中，山根像一个运筹帷幄、指挥若定的大将军，带领自己的团队一路披荆斩棘，过关斩将，顺利通过了初赛、复赛、决赛三轮激烈比赛，最终脱颖而出，一举夺魁。

鸿鑫讲完了，董事会的几个人向他竖起了大拇指。

韩强面含微笑，说："厉害，山根果然厉害！"

郑正称赞道："中，山根确实中！"

潘兰赞美鸿鑫说："方董思贤若渴，我们的事业一定会蒸蒸日上，欣欣向荣！"

梁安出主意说，千军易得，一将难求。公司何不出重金，把山根收买过来？

鸿鑫阐明自己的主张：从古到今，凡是有思想、有追求的人，都是有节操，有个性的。对待这种人只可"智取"，不可"强夺"。汉高祖设坛拜韩信为将，刘备三顾茅庐请诸葛亮为军师……所以，这事千万不可操之过急，最好是温水煮青蛙，让山根在他们给他的尊重、礼遇、奖赏中，不知不觉被感动，被温暖，被收服。话是这么说，但鸿鑫对这件事的结果他还真没把握。但是他必须朝这个方向努力，因为他曾经夸下了海口。

可是，梁安还是有一事不明白，他说既然公司聘请的是山根，为什么要让他爱人柳芳菲做公司的财务总监。她一位女士，能否当此重任？

曼丽认为梁安的话里含有轻视女性的意思，心里就有些不悦。于是她抢着对梁安说，当初山根带领团队参加全国挑战杯大学生创业大赛，赢得了冠军，有两位女性也是功不可没，其中一个就是柳芳菲。

"那么，另一位女性是谁呢？"梁安也许是明知故问。

曼丽把右手食指放在自己的鼻峰上，毫不谦虚地告诉梁安，当然是她这个大美女了。

梁安双手合十，向曼丽作揖道："佩服，佩服，在下实在是佩服得五体投地，无以复加！"

鸿鑫接过话锋，自信满满地回答梁安刚才的问话：山根和爱人柳芳菲感情深厚，让他爱人做公司的财务总监，其实跟山根担任这个职务是没有本质区别的。打个不恰当的比方，只要逮住了母狼，公狼自然会撵来！

曼丽羞涩而不满地驳斥鸿鑫：堂堂一个总裁，瞎比喻什么！怎么能把人比作狼，再说人只有男女之分，哪有什么公母雌雄之别？大庭广众之下，不准说这么粗鲁的话！

鸿鑫瞥了曼丽一眼，饱含深情地说，狼是动物界里用情最专的动物。它们一生只有一个异性伴侣，即使伴侣去世了，另一个也不再改嫁或者重娶，宁愿孤独终老。母狼有身孕时，公狼一直坚守在她身旁。山根对待芳菲的感情，就像公狼之于母狼那般忠贞专注，情深义厚，始终如一。

"还说公狼母狼！"曼丽生气地在鸿鑫的胳膊上拧了一下。

"不，不，不。方总绝不是瞎比喻，他是在借助公狼母狼，赞美忠贞不渝的爱情。"潘兰向曼丽作着解释。

停了一会儿，梁安故作明白似的对鸿鑫夫妻开玩笑说："我这才知道方董为什么对罗经理这么专情，原来你们都是狼啊！"

在座的听了，都哈哈大笑起来。梁安一只手捧着下巴，却把眼睛转到窗户外面去了，眉宇间却有了淡淡的哀愁。

韩强说："我昨天在微信上，看到了一个关于公狼和母狼感人至深的爱情故事。大家不妨听一听。"

一个狂风大作、大雪纷飞的日子，满世界一片银白色。公狼耐心地说服母狼在家休息，它自己则要外出为夫妻两个觅食。公狼出去没多大一会儿工夫，母狼突然听到从远处传来一阵恐怖而愤怒的吼叫声。她听清楚了，那是丈夫怒吼的声音。她循声找去，想不到她的夫君却摔进了猎人布下的陷阱里。母狼绕着陷阱飞跑几圈，焦急地吼叫着，并用爪子扒着陷阱边松动的泥土，不停地往里面填土。然则陷阱太深，母狼杯水车薪的填垫根本不起作用。

公狼也是奋力地挣扎着往上跳跃，可是一次次跳跃都失败了。母狼看在眼里急在心里，长吼一声安慰了丈夫，转头走了。

天将黑时，她叼来了一只野兔。母狼静静地守在井畔，看着丈夫吃完。公狼又经过多次跳跃，仍然没有成功。就这样过去了好多天，母狼每天都会为丈夫送来寻觅到的食物。

　　有一天，母狼在觅食返回来的路上，听到丈夫怪异的吼叫，原来是在提醒她：你快别过来，这里有猎人！而母狼则回应道：快别叫了，让猎人听到会杀你的！

　　公狼非但没有停止吼叫，反倒叫得更急了：你快走，走得越快越远越好！

　　生死之际，这对狼夫妻相互关心，彼此记挂着对方的安危，都把生的希望留给对方，这种忠贞不贰的深情厚谊，实在令人感动，让人动容！

　　母狼回头走了几步，突然转身飞跑过来，一头扑向陷阱，摔断了脖子，死在丈夫的怀抱里。公狼也被猎人射杀。

　　"从这对狼夫妻至死不渝的爱情上可以看出，狼比许多人都高尚高贵！"韩强讲完这个故事，语气深沉，不无感慨地补充了这么一句。

　　"不要这样蔑视我们人类！"郑正对韩强的说法有些不满。

　　"不是吗？看看当下一些趣味低级的男女，背着伴侣，到外边寻花问柳去偷腥，反倒连狼都不如！"韩强坚持自己的观点。

　　就在众人七嘴八舌争相发言时，梁安却低下头一言不发。韩强当然不知道，他的无心之说，却戳到了梁安内心的伤痛。就在最近，梁安发现老婆陶蕊背着他养了一个小白脸，实实在在背叛了他。

　　梁安作为公司负责日常事务的副总裁，难免有诸多应酬，常常是多在外少在家。他每天天不亮就起床上班，到家时已是深更半夜，也就对老婆陶蕊疏于陪伴。她不但不理解不包容，反倒常常抱怨他，有时甚至发展到吵嘴斗气的地步。

　　可是，最近一段时间陶蕊却突然不再抱怨吵闹了。他原以为她成熟老练懂事理解他了，知道他在外打拼的艰辛和不易了。然而，令他意想不到的是前天晚上，他提前回到家里，却没看到陶蕊。只听到洗澡间水龙头的流水声，他这才知道她在洗澡。就在这时，他听到她的手机响了一下。梁安平素养成了一个习惯，听到老婆的手机来电总是喊她来接。可是，这会儿她在洗澡间出不来，他担心是孩子的老师有事发来的短信。拿起手机看了一下，不料却看到屏幕上赫然写道：

  宝贝：到家了吗？你今晚的表现真是太棒了，让人感觉销魂蚀骨啊，我爱你。

  梁安这一刻头都大了。这还用去当面质问吗？老婆这是在外养了小白脸出轨了。他拿着手机怔在那里。不一会儿老婆从卫生间出来了。她披着性感的浴巾，从容地从梁安手中拿过手机。那一刻梁安想拼了命吼出一连串的脏话，但是他愤怒得嘴唇哆嗦，牙齿打战，根本说不出来话。陶蕊一边擦着头发一边平静地说："既然你什么都看到了，我也没必要再藏着掖着：咱们离婚吧！"条件是要么他要一双儿女和房舍，要么他得家里的存款。要他二选其一，尽快做出答复。
  梁安心说看来她这是早已深思熟虑，谋划好了啊！这个淫荡而精明的女人，这是抓住了他的软肋啊！梁安平素把一双儿女看得比自己的生命还重要。两个孩子可谓是才貌双全，从相貌到智商都毫不含糊地遗传他这个做父亲的基因。
  可是，梁安冷静下来仔细想想：夫妻两个离婚，孩子是首当其冲的受害者，所以他宁愿包羞忍辱也不同意离婚，尤其是女儿年龄尚小，所以他不同意马上离婚。以前，他曾经劝说他的一个表弟：为了孩子有一个完整的家，决不能离婚！就当她死了！具有讽刺意味的是，如今竟然轮到他做这样的决定了。还有一个问题也让梁安困惑不解：自己一个有学历有事业、上进心强、肯顾家、相貌堂堂的大男人，竟然会被一个游手好闲、无所事事的娘儿们给甩了，真是滑天下之大稽呀！

  山根把摩托车直接骑到校长办公室门前停下。他取下头盔，揉揉眼睛，慌慌张张走进去，向虞潜汇报高鹏飞出走的事情。他略一思考，故意来个先声夺人，意在引起对方的重视："虞校长，出事了，出大事了！"
  虞潜坐在办公桌前看着一本书，猛地听了山根的话，确实吃惊不小，立刻现出满脸的疑惑，仿佛在问山根到底出了什么大事。
  "高鹏飞逃学出走了！"山根显得万分焦急。
  虞潜听罢，绷紧的神经突然松弛下来，讥诮而轻蔑地说："走就走了，有什么大不了的，我还以为是天塌了地陷了呢！"
  山根望着虞潜一副漫不经心的样子，确乎有些生气动怒了。他责备虞潜作为校长，不该如此轻描淡写地对待这件事。要知道，一个学生就是一个家庭的希望！如果离家出走的是他虞潜的孩子，而他所在的学校不管不问，置之不理，他还不怒得一蹦八丈高！山根这不甚恰当的比喻，让虞潜听得心里窝了一团火，真想拍桌子踢凳子把他轰出去。但是想到山根马上就要调走了，常言道君子绝交不出恶言，没必要在他临别之时大吵一架。于是，他拿起桌子上的茶杯，漫不经心地喝了几口，勉强压下心头之火。

虞潜耐着性子听完山根的话，说出了他对这件事情的认识。首先，他不是那种不讲道理的人。如果他儿子离家出走了，那就跟学校没有半毛钱的关系，他不会给学校增加一点儿麻烦。另外，高鹏飞总是旷课迟到，打架斗殴，惹是生非。特别是最近，考试成绩一落千丈，在班级垫底，势必会影响学校今年的升学成绩。从目前的情况看，他根本不可能考上初中。这样一个问题学生出走了是好事，省得学校对他做出开除的决定！

山根皱了一下眉头，心里说鹏飞这一个多月学习成绩滑坡，完全是因为志远溺水事件对他的影响，他过去可不是这个样子。山根不紧不慢、不动声色地向虞潜阐述了他对这件事的看法：对于一个学生来说，考上初中、高中乃至大学，只是一个过程而不是目的，真正的目的是让他们都能够成为德才兼备、人格健全的人。

况且，教育扶贫明确要求，决不允许任何一个孩子因为贫困或者其他原因而失学。作为学校的负责人，应该不折不扣地执行国家政策，决不能让任何一个学困生和所谓的问题孩子掉队。

从长远看，成绩优秀的学生考上大学走了，毕业后大多选择留在了大中城市就业工作，组建家庭，不再回来。只有这些学困生，长大后才是当地建设的主力军，乡村振兴还得靠他们！而且，学困生也不是一成不变，是完全可以改变的。

关键是，任何一个青少年离开家庭和学校流浪到社会上，很快就会染上种种恶习，从而导致违法犯罪。我们做教育当老师的，如果看到学生流失却不管不问不动心，岂不是感情麻木，失职失责？

虞潜对山根的说法，当然不买账，也不认可。他认为山根的这些说法，理论上讲没错。可是教育从来就不是万能的，作为一名老师，山根对高鹏飞已经仁至义尽了。

虞潜对山根采取既拉又打的办法，热情有加地同他套近乎，言称两人是很好的同事关系，他才对他实话实说。反倒是山根没必要拿大道理训斥他，更不应该给他扣上一顶失职失责的大帽子。

山根连忙解释："我也只是摆摆这个理儿。毕竟高鹏飞也是他家里的希望，关乎着他家至少三辈人的幸福。我们当老师的理应尽力而为。"

虞潜对山根说："你想挽救高鹏飞，那就抓紧通知他的家人去寻找吧！"

山根解释说："鹏飞他妈早年去世，他爸外出打工，爷爷又老又病，行走也不方便，如何去寻找？"

虞潜掏出一支烟卷点着，狠狠抽了两口，笑眯眯地盯着山根："你的意思是让全校老师都去找他？我也和你一起去找？"

听着虞潜阴阳怪气的话，山根不想再跟他多说什么了，而是向他请求道："麻烦把我的课程调整一下，我去寻找高鹏飞。"

虞潜告诉山根上星期中心校已经通知，教育局调他去城区学校上班，让他还是早点儿过去为好。然后夸奖山根为禹山沟学校已经付出了很多，也该为自己和芳菲做些事情，把小家庭弄好。高鹏飞出走的事情，发生在家里，不属于校方的责任。

"姑且不说责任不责任，"山根着急地说，"关键是寻找鹏飞在急不在缓呀！"

虞潜颇有怨气地说："有什么可急呢？这种调皮捣蛋鬼离开学校也好，省得他在学校搞得老师、学生谁都不安生。想想你的家庭灾难，你就不要再管他了！"

"校长，一码归一码，咱不能因私废公啊！"山根听出了虞潜对鹏飞的厌恶。他巴不得鹏飞永远离开学校，少给他这个校长惹是生非。所以，虞潜不希望山根去寻找。谁知，山根却表现出前所未有的执拗，坚持要把鹏飞找回来。

"我毕竟没有调走，还是他们的班主任，对这件事情理应负责到底！"山根望着窗外的青山，坚定地说。

校长摆摆手，颇不耐烦地说："你想去就去吧！"

山根转身就往外走。他原本指望虞潜以校长身份助他一臂之力，共同去把鹏飞找回来。此刻，山根才明白他这个校长要的是四平八稳，闲来无事一身轻。他把这个界限划得很清楚，不属于他管理范围的事情，他是无论如何也不会承担丝毫的责任。就算擦肩而过的事情，他也要赶快抖抖身子，生怕沾到他身上一星半点麻烦。如果人人都为自己着想，谁还肯为他人？山根心里万分沮丧。

虞潜望着山根远去的背影，陷入莫可名状的烦恼之中。说实在的，他不喜欢这师生两个，不愿意看到这两个人在校园里晃悠。先说高鹏飞吧，没娘的孩子，整天浑身上下脏兮兮的不说，今天迟到，明天旷课，不是说家里忙，就是说天要下雨了，老牤牛拴在山坡上啃草，得赶紧拉回去……简直没个学生的样子。

再说山根，就是爱管闲事，喜欢出风头，整天嚷嚷着要搞什么素质教育，简易智慧，点亮学生的心灯，唤醒学生的……又要建议设立学生寄宿部。希望他能有点儿自知之明，校长到底是他还是我？

想到这儿，虞潜气呼呼地喘着粗气。更让他生气的是，上级领导对山根却很赏识。每次来学校检查工作，那些领导总是主动伸出手，先跟他亲切地握手。那笑脸，那关心温暖的话语……作为校长，虞潜怎么能视而不见，听而不闻？所以，他恨山根，恨他总是喧宾夺主。

如今，山根终于要走了，虞潜终于可以松一口气了。谁知，临走还要多此一举，非要把高鹏飞这个不定时炸弹安放在他身边。

22

山根带着满脸的焦虑和不安，近似小跑一般行走在城市街道上稠密的人流里。他的两只眼睛四下里张望，生怕遗漏任何一个地方。

在一家人流拥挤的商场前的广场上，山根向一位年轻人打听询问，有没有看到一个穿着蓝色校服，身体壮实，年纪约十三岁的男孩。

年轻人听罢摇摇头，摆摆手。

山根拖着沉重的脚步向门口走去，两手鼓起一个喇叭状，安放在嘴上，大声呼唤着高鹏飞的名字，一遍，一遍，又一遍。

可是回应他的却只有大街上汽车马达的轰鸣声，逛商场人流匆匆的喧哗声。

山根越来越着急，鹏飞这孩子到底能去哪里？

网吧？家里没电脑，更没拉网线，他爷爷用的又是老年手机，根本上不了网。再说山里的孩子很少有机会接触到网络。他去游乐场？这倒是有可能的，爱玩毕竟是孩子的天性。

想到这儿，山根朝附近的一家游乐场——大象游乐场走去。天色已是傍晚时分，游乐场早已关了门。隔着铁网院墙，山根看见许多娱乐设施静静地站立在那里，似乎在回忆着白天的热闹景象。

　　山根下定决心，就是大海捞针，也要把鹏飞找到。于是，他一条街一条街逐个店铺去寻找。他在"学海无涯阅览室"门前站住了：那不是鹏飞吗？穿着蓝色上衣，系着红领巾，正端坐着看书呢！山根冲进去，快步走到男孩面前。

　　"鹏飞！"山根急急地喊道。

　　男孩抬起头，看见一个双眼布满血丝的男人站在自己面前，吃惊地问："叔叔，你怎么了？"

　　原来不是鹏飞，山根尴尬地一笑，不好意思地对小男孩说："叔叔也是来看书的。"

　　说完他走到书架旁，装模作样地抽出一本书，翻开又放下。

　　而后，他转过身子，拿出在课堂上的习惯动作，背着双手踱着方步向里面走去，迅疾扫视了整个阅览室，却没有见到鹏飞的踪影。目之所及皆是系着红领巾的少年儿童，他们把书包放在面前的桌子上，手里捧着一本书，专心致志地默默阅读，还有的在笔记本上留下了思索的痕迹、智慧的火花。

　　在阅览室的一角，有两个交头接耳的学生，在低声谈论着什么，及至山根走近才听明白，两个人为恒星、行星和卫星如何发光、如何运行的问题，争论得喋喋不休，面红耳赤。

　　山根心说既然已经走进来了，何不顺便看看这些孩子课余时间都读的什么书？他一边漫步向前走一边观察，这才看到这些孩子有读古今文学名著的，有看连环画的，有读未来世界的，也有读奥数，读科幻的……可以说，他们是凭着自己的兴趣爱好，有选择地读，自由自在地读。多么幸福的孩子！他们有着如蜜糖一般的童年。这些年，社会上曾有一种"别让孩子输在起跑线上"的说法，山根一直不怎么相信，他觉得只要努力，什么时候都不晚。但是现在山根觉得山里的娃们得坐火车才能追上这些城里的娃。可是他们怎么可能拥有一张火车票呢？山根很想和这些红领巾聊聊他们的学习和生活，可他知道自己还有寻找鹏飞的重任在身，只好匆匆向门外走去。

　　山根为鹏飞感到惋惜，为山里的娃们叹气。他们每天学习的，只是有限的课本知识，而城里的孩子却能够涉猎阅读更多的课外书籍，广泛地阅读，增加更多的见识，扩大了视野。教育真的不公平！可是，一味地叹息抱怨又有什么用处？自己作为一个有知识的大学生，一个共产党员，一个人民教师，一定要想方设法改变这种落后面貌才是。

"这也是我辈的责任。"山根觉得肩上的担子更重了,浑身的热血在沸腾。他觉得振兴家乡,打造美丽家园,应该先从培养高素质的下一代做起。

山根低着头只顾想心事,孰料,他刚从人行道上走下来,却被一辆突如其来的电动三轮车撞倒在地。裤子膝盖处被剐了一个大口子,皮肉也被蹭掉了一大块。钻心地疼痛,像是正在被虎狼噬咬着一样!山根禁不住龇牙咧嘴,脸上的肌肉扭成一团。开车的老汉吓坏了,立即把车停在路边,慌慌张张把他搀扶起来。"对不住啊,年轻人,赶紧……去医院看看吧!"

山根疼得连眼睛都睁不开了,他连连摆手说:"没事儿,没事儿!"

"啥没事,血都把裤子染红了!赶紧去医院!"老汉用力拉住山根的胳膊,试图把他拽起来。

山根依然龇着牙,艰难地说:"大叔,真没事儿,你走吧!我坐着放松一会儿就回家,我家里有碘酒,清洗一下就好了……年轻人没那么娇气……"山根一边说,一边扭了扭裤子的布摁在流血的伤口上。

"不中!用碘酒洗根本不中!伤得太重了!年轻人不要不听劝告,赶紧去医院!"老汉说着又去拉山根。山根扶着受伤的这条腿艰难地站起来,说:"大叔,你看,我真没事儿,谁还没有过皮外之伤?你赶紧走吧!我叫的网约车马上就到了,我还有重要事情呢!"山根佯装生气。大叔无奈地走开了。山根坐在路沿石上,自己用纸巾包扎了伤口。疼痛还在包围着他,焦急也紧跟着他。他把手放在伤口上,迷茫地望着前方:前方的路无穷无尽地向前延伸着,道旁的树木显得越来越矮。鹏飞,你在哪里?他一手捂住自己的伤口,艰难地站起来,一瘸一拐地往前走去。

芳菲傍晚下班回来,仍然没有看到山根回来。她打开窗户往下看,车位上也不见山根的摩托车。见不到人,连个电话也不打,气人又急人!芳菲一屁股坐在沙发上。高鹏飞呢?高鹏飞找到了吗?他失踪差不多一天一夜了。芳菲心里开始着急。打个电话问问山根吧,她决定给他打个电话。

芳菲也不是真的为鹏飞着急,关键是高鹏飞的事儿和她的事儿连在一起,成了一回事。找不到高鹏飞,山根能回来吗?不是不能,是他根本不可能回来!

"喂,山根,高鹏飞找到没有?"芳菲拨通了电话问道。

山根在电话里告诉芳菲，他正在邓州城里的大街小巷寻找呢！

芳菲埋怨山根，马上就要调回城了，何必做这种出力不讨好的事情？再说像高鹏飞这种学生，终究也成不了大气候，何必花那么大的力气，做这些无用功？

山根可不是这么想的。他认为辍学具有传染性，寻找鹏飞也不完全是为了鹏飞，而是为了更多的学生。如果不把鹏飞找到送回学校，就会有更多的学生效仿，问题就会扩大。这就是著名的"破窗理论"所昭示的：发现问题要防微杜渐，立即整改。一旦蔓延开来，禹山沟的明天还有什么希望？

"不要说得那么严重，不是每个学生都可以教好的！"芳菲生气了。

"你说得没错！"山根笑着回复芳菲，"学生一旦流失到社会上就有可能变坏，或者被居心叵测的人利用甚至被拐卖。所以我们要尽可能把他挽救过来。应该说每教好一个学生，就挽救了一个家庭，为社会减少了一个败类。"

芳菲不想听山根讲大道理。她觉得他永远是那么不自量力，高估自己。她不止一次劝说他：就凭你舒山根，有多大能耐，能把禹山沟换个天！山根总是呵呵一笑。她真拿他没办法！

芳菲生气了："别给我上纲上线，说那些遥远不着边际的话！到天黑时还找不到的话，你就报警吧！"

"好，好，好！老婆大人教导得极是，我今晚尽量回去和爱妻团圆。"山根赶紧讨好芳菲。他并不是刻意要这样做，自己屡屡令她失望，他不知道该怎么办才好。

芳菲一直等到夜晚十点，仍然不见山根回来。她拿出手机，还想再给山根打电话。想来想去还是作罢。她明白他对教育对禹山沟对学生，主意拿得可正了！任凭你把电话打爆，他也照样我行我素！芳菲无力地躺在床上，半是休息半是等待，不知不觉竟睡着了。一醒来，看看墙壁上的挂钟，已经夜晚十一点多了。她皱了皱眉头，不由得叹息一声，只好拉灯睡觉。

可是，芳菲躺在床上却翻来覆去睡不着，索性把山根调进城的事情想一想，理出一个头绪，弄出一个眉目来。她让山根调进城和她爸妈的目的大同小异。父母让山根调进城，主要是担心他再次把女儿拉扯到那个穷山沟吃苦受罪。而她让山根调进城的目的，就是两人能够相亲相爱，幸福地生活在一起。

她怀念上大学时的生活，多想让时光永远定格在那一段。那时候山根总是陪伴着她，就连去大阶梯教室上公共课，他也和她坐在一起；那时候，山根事无巨细地关心她呵护她；那时候，她每天都被幸福快乐包围着。

而今，山根却只爱那个穷山沟，爱那群学生娃，学校的事情总是把他忙得团团转。以前，他们在一起教书，两人吃饭时可以相见，晚上睡觉时可以相见，甚至工作时也可以相见。现在呢？他经常不回来，不着家，如何见面？如何相爱？结婚的目的是什么？不就是为了和相爱的人幸福地生活在一起吗？如果不幸福，还结婚干什么？事实证明，她柳芳菲只是和孤独寂寞结了婚。

自从志远意外溺水以来，芳菲一直痛恨着高鹏飞。今天，这种痛恨达到了巅峰。此刻，细细想来，是自己错了。就算是没有高鹏飞，也会有张鹏飞、王鹏飞、李鹏飞、赵鹏飞……说到底山根是一个有抱负、有追求的人。他爱的是家乡，是学生，而她已经找不到他爱她的感觉了。

所以，芳菲迫切希望山根尽快调离禹山沟，尽早回来。只要每天能看到他，她就能感觉到这份爱的真实存在，她的心里也就踏实了。

夜晚，邓州火车站站台上灯火辉煌，一列客车刚刚驶进车站缓缓停下。

广播里播放着上车下车须知，旅客们上上下下，来来往往，匆匆忙忙。

鹏飞决定远离家乡，去一个没有人认识他的地方，哪怕是给饭店扫地打杂，端盘子刷碗，或者拾荒捡废品，过着乞讨一样的流浪生活，也比整天身上背着一个沉重的十字架，被人讥笑，被人打骂强得多。

他想乘车，兜里却没有钱，只能逃票。只见他小心翼翼，东张西望，蹑手蹑脚，躲躲藏藏，走到车厢的另一面，想翻窗而入，可是车窗玻璃关得严丝合缝，根本无法翻越。他又朝前面望望，看到一列货车停在不远处，就向那边小跑而去，来到一节平板车厢前，左右看看没有人注意。他突然伸开两手，十分迅疾地抓住车厢板，就要往上爬。

这列火车要开往哪里？鹏飞根本不知道，他也不需要知道，去哪里都行！等混出个人模样再回来，报答为救他而失去幸福的舒老师。

突然，从远处传来一声吆喝："小鬼，干什么呢？多危险啊！"

鹏飞闻听，放开手，一下子摔倒在地，顾不着揉一下摔疼的膝盖，站起身拔腿就跑。一个铁路警察在后面穷追不舍。

深夜的火车站，没有了白日里的喧嚣嘈杂。疲惫的旅客，有的坐在椅子上等车，有的躺在连椅上以逸待劳，一边休息一边等车；售票窗口依然有三三两两的人在排队买票。山根拖着沉重的脚步走进候车大厅。他向一名车站警察描述了鹏飞的模样。警察听后领着他向车站派出所走去,让他辨认派出所收留的那个想扒车外逃的少年,是不是他所要寻找的人?

山根看了看,只见鹏飞满脸灰尘,忽闪着一双明亮的大眼睛,衣服脏兮兮的,右胳膊袖口撕扯了一个大口子,一个人蹲在屋角。山根扯着鹏飞的破袖子,把他拉过来,扯着嗓子喊:"你这娃,上哪儿去了?你知道吗,你爷爷都担心死了?看看这袖子,是咋回事?"

山根由爱生恨,生气地拽住他的衣袖,抖了又抖,又去拧他的脸,真是又恼火又爱怜:"看看你这张脸,脏成啥样子?"山根的声音哽咽了。

鹏飞听了说不清是后悔还是委屈,一头扎进老师的怀抱里难过得大哭起来。

山根搂住他,轻轻地抚摸着鹏飞的头,和蔼可亲地说:"以后可不能这样了!好了,别哭了,走,咱们回家!"

山根与那名值班警察握手作别,连声说着致谢的话,然后拉着鹏飞的手走出屋外。在院里的水龙头前,他把鹏飞的手和脸洗得干干净净。

"看,多么帅气的孩子啊!"山根笑了,"可是,刚才那个少年哪里是你,简直是电影上从贫民窟中走出来的流浪儿啊!"

鹏飞不好意思地低下了头,却看到山根的裤子扯开了。

"老师,你也像贫民窟里逃出来的难民!你的裤子怎么也破烂成这个样子?"鹏飞也笑了。

山根嗔怪地瞪着鹏飞,又在他背上轻轻拍了一巴掌:"还不是因为寻找你这个调皮鬼?吃屎的娃子还搞什么离家出走?害得舒老师踏破铁鞋去找你!看看吧!一不小心裤子就刮到人家的三轮车上了!这不?好好的裤子就变成这样了!你得给我好好学习,长大了挣好多钱给老师赔一条金裤子!"他故意说得气呼呼的,把大道理都包含在里面了。鹏飞知道自己又给老师找麻烦了,心里有说不出的难受。

子夜,师生两个手拉手行走在寂静无人的大街上。昏暗的路灯,映照着空荡荡的街道,让人不免感到落寞寂寥。山根就想活跃一下气氛,提议让鹏飞给他唱支歌。

鹏飞说他从昨晚出来到现在都没喝一口水,嗓子像着火一般干疼,实在唱不出来,要不他说一段绕口令吧!山根点了点头。

鹏飞嗓子沙哑着诵道：

上一山，下一山，
走了三里三米三，
登上一座大高山，
山高海拔三百三，
……

山根听着听着，眼前忽然出现了那条美丽而弯曲的山路，儿子志远奔跑着的活泼身影，耳边回荡着儿子奶声奶气的声音……山根的双腿向前迈不动了，他蹲下来，十分痛心地大哭起来。

"老师，您怎么哭了？"鹏飞也蹲下来了。

山根拍了拍鹏飞的后背说："没事儿，老师只想大哭一场。"山根说着抹了一把眼泪就要站起来。忽然伤口撕裂一般疼痛，他禁不住哎哟一声，赶紧又蹲下去。

"怎么了，老师？你哪里疼啊？"鹏飞搀扶着山根的胳膊，焦急地问。

山根忍着疼痛，在鹏飞的搀扶下艰难地站起来，故意说得轻描淡写："刚才不是跟你说了吗？走路时不小心剐在三轮车上，绊倒在地崴了脚了。"

鹏飞就这样心疼地搀扶着老师的胳膊，师生两人慢慢朝禹山镇方向走去。

23

若善老两口对山根调进城一事非常关心。说白了他们也不是关心山根，而是关心他们的女儿。他们不住地打电话询问女儿，山根调进城的事情办妥了没有？芳菲不想让爸妈为此事生气煎熬，故意压下山根拖着不肯办理调动的真相，只是笼统地跟他们说：最近就办。

若善老两口是何等聪明、深谙世故之人！他们从女儿吞吞吐吐的话语里，明白山根的调动之事还没有办理。若善心中的一股无名之火直冲脑门儿，当下就打电话质问鸿鑫这是怎么回事。

尽管鸿鑫也听出了若善的不友好，但他仍是笑着向他解释说，教育局经办人员外出考察，一俟回来，即刻办理！

若善不无埋怨地说："救火须救灭，救人须救彻。当初要不是你从中说和，说不定芳菲和山根离婚的事，早已经办妥了……"

鸿鑫对若善这种倚老卖老的强势和不讲道理的说法，很不满意，但也不愿听他牢骚满腹地絮絮叨叨，说个没完没了。"您老尽管放心，这件事我一管到底！"他挂了电话，不住地埋怨山根：山根啊，山根，放着阳关大道你不走，非要去走独木桥！你分明是置老同学的脸面于不顾！

他不自觉地拨通了山根的手机，可是没等铃声响起，又迅疾挂了。他心想：多少次面对面，苦口婆心地劝说，也没能让山根回心转意，打一个电话又能解决什么问题？

鸿鑫叹了一口气，把目光投向眼前的电脑屏幕。屏幕上满是新设计的高耸林立的楼房图形和密密麻麻的数字。他看得眼花缭乱，忽然感到了疲惫。电脑屏幕上怎么幻化出若善的面孔？这是一张愁苦而容易动怒的老头脸，鸿鑫开始同情起这个小老头来。

是呀，二十世纪八九十年代，计划生育那么严格。作为男人的若善，传宗接代的思想也是相当严重，他何尝不想生个儿子？可是偷生，他们夫妻就有丢掉饭碗的风险。他不敢冒险，十年寒窗，获得一份工作不容易。没有儿子养老，他们希望将来女儿、外孙能够承欢膝下。没想到他们竟遇到了山根这个扎根山乡的女婿，让他们失望至极！这还不说，更重要的是山根把他们的宝贝女儿拽到水深火热之中，却难以搭救出来。这让他们愤恨交加。

鸿鑫扪心自问：我为什么非要请山根出山？是友谊，还是为保护他们夫妻的婚姻？还是让若善老两口膝下不再荒凉？还是为了让我的公司具有更好更大的发展前景？或许都是吧！不管怎么说，已经答应了管这件事情，还是要管它个圆满。

一辆蓝色出租轿车，停靠在禹山沟学校大门外。芳菲下车径直走进校园，来到山根住室前，看到房门紧闭，伸手推了推门，没有一点儿动静。就在她转过身子的时候，却看到虞潜从东边走过来。

两人面对面地站在那里，虞潜望着她说："柳老师怎么有空回来了？舒老师这两天是不是没回家？"

"你派他出去寻找高鹏飞，他怎么回家？"芳菲一脸的冰霜，仿佛千百年的幽怨都挂在脸上。

虞潜这才想起山根去找鹏飞的事儿。他张张嘴，想把山根主动寻找高鹏飞的过程告诉芳菲，想想还是多一事不如少一事，迟疑了一下，又把嘴闭上了。

芳菲半真半假地说："我今天就是来问你要人哩！"

虞潜笑着说："你放心，山根不会有事的。"

"没事就好，一旦有事，我可让你下不来台！"

芳菲说话的同时，掏出钥匙打开山根的住室门走进去。她看到办公桌上摆满了各类教学参考书籍，床上的衣被弄得乱七八糟的。她叹息了一声，皱着眉头先把这些书籍摆放好，又把衣服被子叠好。她在床上坐下来，对面墙壁上挂的那张全家福照片就在她的眼前了。志远睁着两只大而明亮的眼睛，仿佛要和她说话似的。她的眼泪禁不住像小河的水一样哗哗流淌。

往事浮现在芳菲的眼前。

这张照片是志远四岁生日时照的。当时她和山根坐在餐桌两侧，志远坐在他们中间，桌上摆放着一个精致的蛋糕，上面燃着蜡烛。《祝你生日快乐》的音乐，在屋内回旋盘绕，一家三口人拍着手跟着和唱，都有一种说不出的幸福和快乐。

歌曲唱毕，山根提议说："许个愿吧！"

芳菲笑着说："祝福儿子身体健康！"

山根高兴地说："祝福儿子生日快乐，聪明活泼！"

志远笑呵呵地用稚嫩的童声说："祝福爸爸妈妈身体健康，工作顺利！"

夫妻两个分别从桌子下面拿出一个多功能游戏机和一个简易风琴，齐声说道："志远，这是爸爸妈妈送给你的生日礼物！"

志远一手接过一件，高兴得蹦跳起来："噢，真好玩，谢谢爸爸妈妈！我特别喜欢这些玩具。"

山根和芳菲齐声问道："宝贝儿子给爸爸妈妈送个什么礼物？"

志远歪着头略一沉思："我给爸爸妈妈唱支歌吧！"

志远把游戏机放在一旁，抱起简易手风琴，一边弹琴一边饶有兴趣地唱起儿歌《我爱爸爸我爱妈妈》。弹唱的同时，还不停地摇晃着脑袋，显得那么痴迷那么投入，那么天真可爱。芳菲无比爱怜地亲了亲儿子的脸蛋。

一家三口人沉浸在甜蜜和幸福之中，其乐融融。

夜色越来越浓。房屋啦，树木啦，田野啦，小河啦，大山啦，仿佛一下子都掉进神秘的黑暗里。

屋内灯光明亮，鹏飞低着头坐在餐桌前，愁眉苦脸，一副心事重重的样子。

山根把做好的饭菜端到鹏飞面前，以慈父般的眼神凝视着他，说："鹏飞，这两天你都没怎么吃饭了，再不吃会饿坏身子。吃罢饭，我把你落下的功课补一补。"

鹏飞眼眶里含满了泪水，听了舒老师的话，终于忍不住哇的一声大哭起来。他边哭边说，同学们耻笑他是个大傻瓜，爷爷也不喜欢他。他真的不想上学了，不愿待在家里了。

山根耐心地开导鹏飞："同学们都是和你闹着玩的，爷爷也很喜欢你。听说你出走的当天晚上，爷爷和二丫站在村头不停地呼唤你、寻找你。那晚你没有回去，爷爷一宿都没合上眼，坐在门口等着你。现在你回来了，爷爷就放心了。"

末了，他还鼓励鹏飞说："通往成功的路上，肯定会有许多意想不到的坎坷与碰撞，但你一定得设法克服，千万不能浪费自己的良好天赋和聪明才智，记住：'我是独一无二的！''天生我材必有用！''我一定能够成为国家和民族的栋梁之材！'只要你坚定信念不动摇，盯准目标不放松，最终就能够成为一个大有作为的人。"鹏飞想想也是，心里好受得多了。

这就是信念的神奇力量，一种不可抗拒、不可战胜的、所向无敌的强大力量。山根在教学中，时时注意把信念的种子播撒在学生幼小的心灵里，让每个学生都看到自己身上的闪光点，认为自己是独一无二的人。人世间再也没什么力量能超过信念的力量了。

山根的鼓励，使鹏飞的心情不再那么沉重了。可是，他抬起头却看到墙壁上挂着老师一家三口的幸福合影，特别是志远那天真活泼、惹人爱怜的神态，让他想起志远溺水而亡的凄惨景象。

志远留在人世间的最后形象，是模仿孙悟空蹦跳起来，一飞冲天的动作。许多小男孩都无比仰慕这一刹那间的动作。当志远做出这个动作的时候，鹏飞也是心驰神往，跃跃欲试。但他怎么也没料到，这对志远来说竟是一个灭顶之灾。它让鹏飞明白：神话故事中英雄们的飞天动作只可以欣赏畅想，却不可以盲目模仿。

还有那可恶凶险的河水，它吞噬了志远的生命，淹没了一个美好的故事。也许它葬送的是国家和民族的一个栋梁之材。流水无情，无情的流水。

鹏飞经历了这件事情，仿佛一下子长大了许多。他的话语明显少了，他喜欢独处和沉默。在他无声的沉默里映现的都是志远那天真可爱的灿烂笑容，还有柳老师那惨不忍睹的痛苦绝望、舒老师的黯然神伤。

如果时光能够倒流，鹏飞多么希望自己能够陪着志远，在学校操场上表演《西游记》中孙悟空打妖怪战群魔的故事。表演场上，应该有绿草、鲜花、树木、阳光、微风、歌声，还有志远那甜甜的笑声和灿烂的笑脸。

但是，一切都晚了，永远也回不到从前了。此刻的鹏飞，唯有泪流满面。

"舒老师，都是鹏飞不好，都是鹏飞惹的祸。鹏飞把老师的家也拆散了。老师如今家没了，儿子也没了，就让鹏飞给您当儿子吧！"

山根听了，流着泪对鹏飞说："所以，你要听老师的话，好好上学读书。"

鹏飞抽抽搭搭地说："老师，只要你答应我，我就好好上学读书，决不辜负老师的一片苦心！"

山根擦了擦眼泪郑重地说："好，从今往后你就是我舒山根的儿子！"

鹏飞强调道："一言为定，永远不许变！"

山根含泪点头："一言为定，永远不许变！"

24

鸿鑫最近忙得焦头烂额，甚至连电话也无暇接听。

这段时间，他要接二连三迎接几项重要检查。省住建厅要对他的公司所属的建筑工地进行安全检查；质检处要来对他新开发的楼盘做质检验收；审计部门则要对他公司的财务状况展开全面审查。每一项检查都需要他这个董事长亲自接待陪同，亲自汇报。所以，他一点儿也不敢疏忽怠慢。

鸿鑫像被打了鸡血一般亢奋紧张，马不停蹄，一刻也停不下来。就在这节骨眼儿上，他突然接到了一个陌生电话，听声音还是一个女性打来的。鸿鑫此刻不想接听这些不熟悉的电话，也就顺手把它挂了。

谁知对方却不依不饶，又把电话打进来。鸿鑫按下接听键焦急地说："喂，哪位？请讲！"

"方大董事长：我是柳芳菲的母亲鲁敏！对不起，打扰了！占用你的宝贵时间，十分抱歉！"

　　鸿鑫从对方慷慨激昂、戏谑挖苦的口吻里听出了牢骚和不满，当下回嗔作喜说："鲁阿姨，有什么事情您请吩咐！"

　　鲁敏话里有话地说："你这大老板太忙，我有话就说，有屁就放，不敢耽搁你的宝贵时间！"

　　鸿鑫赶紧打哈哈说："鲁阿姨，您是长辈，尽管下命令做指示，晚辈洗耳恭听。"

　　鲁敏不无讥讽地说："原想着你是一个赫赫有名的房地产大亨，家财万贯，一言九鼎，说一不二。谁知道竟也自食其言，说话不算账，到现在舒山根的工作调动还是一个没鼻儿针！"

　　鸿鑫听闻此言，不由得怒从中来："鲁阿姨，您记住，近期内山根调动工作的事办不妥，劣侄任凭您发落！"

　　鲁敏听了他这句很有分量的话才算挂了电话。

　　难怪鸿鑫发怒，自己作为省会城市一个相当有实力的房地产老板，何曾遭受过如此轻蔑、嘲笑和奚落？他责怪自己，为什么非要把这个烫手山芋接到手里？可是，若善老两口也确实不把自己当外人。无论咱们之间的关系多么亲近，也不能对管事儿的人呼来喝去，指手画脚呀！

　　"方总，总结报告呢？"

　　"在这儿，我正在看。"听见文员问他，鸿鑫这才想起自己把报告看了半截儿，被鲁敏的来电打断了。

　　山根啊，山根，真拿你没办法！鸿鑫在心里埋怨起山根来。

　　鸿鑫接着把报告看完递给了文员，身子斜靠在沙发上。

　　鸿鑫思忖着，等这几项检查结束，我得立马去一趟禹山沟。前两天是芳菲爸打来的电话，今天又是芳菲妈的电话，这老两口轮番轰炸，看来是不达到目的不罢休啊！

　　鸿鑫无力地闭上了眼睛。去一趟禹山沟算不了什么，屁股下坐着一辆豪华越野轿车。事情若是顺利还罢，若是没有结果麻烦就大了。芳菲还好说，就是不知道该如何向她爸妈交代。早知如此，当初就不该大包大揽管这件事情。

　　山根再次来到半山屯德石老人的家里。老人坐在院门外的树荫下，十分专注地编着箩筐。二丫坐在他一旁的小凳子上，手里捧着一本书，用右手食指指着书本上的字大声读着。听着孙女不怎么恳切的读书声，德石老人的眉头一点点在舒展。不远处一个半截儿树桩上拴着那头老黄牛，悠闲地卧在树荫下，两眼半闭，上下牙齿在不停地咀嚼反刍。一些蚊蝇和蠓虫绕着它飞来飞去。它不时地扑棱着两只耳朵，翘起尾巴驱赶这些飞虫儿。

老黄牛看到山根来了，仿佛认识他似的，立刻竖起两只前蹄，很有礼貌地站起来，两只铜铃一般的眼睛温和地瞅着山根，尾巴悠然自得地甩来甩去，好像在说："贵客来了，欢迎，欢迎！"

山根这才看清楚，这头牛又高又大，膘肥体壮，红黄油亮的皮毛有如光滑漂亮的绸缎一样。德石爷孙几人都把这头牛当作宝贝一样看待，不光是因为它模样周正端庄，更重要的是深山里的田地多数是自然开垦，东一垄西一片，农用机械车辆根本进不了地块，一家人耕田犁地的重任就全靠这头忠实的老黄牛了。看着它一副威武有力的样子，山根仿佛看到它进入田间曳起犁耙，翘起尾巴，蹄下生风，健步如飞的样子。他微笑着，忍不住爱怜地抚摸着它光滑的脊背，算是夸奖，也算是对它回以礼节。

山根跨着大步，朝德石老人走去。

山根满含笑意地说："大伯，您老真是勤快，整天都闲不住。您老编的箩筐看起来又结实又美观啊！"

德石老人抬起头，看到是山根，站起来拍拍身上的灰尘，热情地让座。山根坐在椅子上，转过脸问身旁的二丫："看的什么书？"

二丫站起来，怯生生地回答说："哥哥读过的一年级语文课本。"

山根现出满脸的不解，仿佛在问：二丫没上学，怎么认识字呢？

德石老人似乎看出了他的疑惑，立即抢答道："一个女孩子家，上什么学？她跟着鹏飞认几个字，就行了！"

山根乐了，笑呵呵地夸奖二丫真是一个聪明用功的孩子，如果上学，一定是个好学生。

二丫流下了眼泪，可怜巴巴地说："爷爷说我走路一瘸一拐，走路不方便，不让我上学。"

山根问她："二丫想不想上学？"

二丫哽咽着说："天天想，做梦都想！"

山根转过脸，对老人说："大伯，让二丫上学吧？"老人没有回答，不但没回答，还生气地猛一转身，留给他一个冰冷的脊背。山根大惑不解，刚才大伯不还是笑脸相迎吗？自己又没招惹他，仅仅一会儿的工夫，他的态度怎么就来了个一百八十度的大转弯？

山根百思不得其解，但又不便直接相问。这时，只见老人指派二丫回屋里去扫地，二丫说早晨起了床，里里外外都扫过了；老人又让她去刷锅，二丫说锅碗瓢勺都刷了；老人又对二丫做了新的安排，让她去烧点儿水把干萝卜缨泡上，他们中午吃干菜糊汤面。

看到二丫进屋了，老人这才转过身，语气缓缓地对山根说："不是老伯我生气，二丫整天哭着闹着缠磨着说要上学。你这么一引逗，我怕她闹得更凶，更麻烦了。"

山根说二丫应该去上学。他今天就是专门过来动员她上学哩！二丫有上学的权利，谁也不能剥夺！

德石老人的头摇得像拨浪鼓：别说什么权利不权利，反正山根讲的他也听不懂，但他还是认为这个女娃子上学没啥用处。

"大伯，您可不能重男轻女啊！"

老人没有说话，只是重重地叹息一声，看来他也是有难言之隐呀！山根两眼温和地望着老人，鼓励他尽管把困难讲出来，他们一起想办法克服。老人这才说，不是他重男轻女，也不是他不喜欢女娃娃，二丫这孩子实在是命苦呀，出生后母亲大出血死了，三岁时得了一场小儿麻痹症，高烧不退，最终成了一个残疾人。你说这学她怎么能上得成？上学读书对她来说又有什么用处？

山根终于弄清楚了问题的症结，原来老人是有所顾虑有所担心。山根给他作了耐心详尽的解释：越是身体有残疾的小孩，越需要特别关爱，学校和家长一定要保证他们平等享有受教育的权利。等到二丫读完初中或者高中，再去读一个中职或者高职，掌握一至两门现代技术，就能成为一个对社会有用的人。如果现在不让她上学，长大了没知识，没技能，又干不了地里的农活，她将来的生活会更加艰难！

老人还是摇了摇头，说二丫走起路一瘸一拐，行动不方便，走得太慢，等她吃过饭走到学校，放学的铃声都响了。这学她咋上？所以，让鹏飞闲时教她认几个字就行了。

"大伯，二丫上学的事情，你不用担心。学校准备开设一个寄宿部，让身体有残疾的学生食宿在校，如此一来，特殊儿童上学困难的问题就彻底解决了。"这是山根临时想起来的主意，行得通吗？虞校长支持不支持？山根不知道，但他觉得自己必须朝着这个方向努力。山根这次往德石老人家来的时候，曾和弘阳商量过让二丫和她住在一起。弘阳也满口答应了，还说这样的话，她儿子也有了玩伴。但是现在山根忽然想到了一个彻底解决村里残疾儿童上学难的问题：那就是成立特殊群体儿童寄宿部。无论有多少艰难坎坷，他都打算走下去。

山根的话像是给老人吃了一颗定心丸。只见他微笑着说："听你的，不行明天让二丫去学校试试？"

"不，我现在就带她去学校，读书还是要趁早。"

"到底行不行？"老人还是有所顾虑。

"老伯，你尽管放心，二丫到了学校，我会把她当成自己的孩子一样对待。"山根做了明确表态。

老人听了眉开眼笑地说："去吧，去吧。二丫交给你，我放心！只是又给你添麻烦了！"

鸿鑫虽然答应若善夫妻，他会尽快督促山根办理调动手续。可是连续几天，若善老两口心里还是很窝火。夫妻俩认为山根如此不讲信用，就是没有把调动这件事放在心上。恼恨之下，若善拨通了山根的手机。

下午刚放学，山根正在给鹏飞补数学课。他在黑板上用图形演示环形面积的时候，手机的铃声响了。他赶忙叮嘱鹏飞："你先预习课本，我接个电话。"

说完，他走到教室外面掏出手机，按下接听键。还没等他弄清楚是谁打来的电话，就听到对方十分严厉地质问道："舒山根，你为什么迟迟不肯办理调动手续？你这是江湖骗子卖膏药——欺骗人啊！"

"高鹏飞同学离家出走了，我刚把他找回来送到学校，这几天就去教育局办理调动手续。"山根听出是岳父大人若善的声音，赶紧毕恭毕敬地回答。

若善闻听山根提到高鹏飞，心中的怒火立刻燃烧起来，破口大骂："高鹏飞是你爷还是你爹？你们两人都是一路货色的妨主精、扫帚星！不是你俩，我那聪明活泼的外孙志远，怎么可能掉进河里淹死？"

若善这已经不仅仅是在骂人了，它比骂人的语言还要恶毒百倍千倍，甚至万倍。这简直是在往山根的伤口上撒盐,往他的心口上捅刀子啊!

若善这几句话,如同一梭子连珠炮,几乎要把山根打趴下。他的身子在颤抖,眼在流泪,心在滴血。但他强忍悲愤,哭泣着说:"爸,您训斥得对,都是我的错!"

"舒山根,不要给我装出一副可怜兮兮的穷苦相!老实说,你这种把戏我见多了,也早把你看透了:你是外表老实,内心阴险,做事狡猾。"若善无情打击,残酷讽刺,"你记住,孙悟空七十二般变化,终究也跳不出如来佛的手掌心!"

山根正要张口说话,不承想手机却掉线了。

需不需要回拨过去?拨过去还要继续挨骂,不拨过去却有点儿不礼貌。正在山根犹豫不决时,忽然听到手机铃声又急促响起来了。他立刻按下接听键,芳菲的母亲鲁敏那尖利刻薄的声音直冲山根的耳廓:"好你个舒山根,真是胆大妄为,竟敢把我们的电话挂了!"

山根想要解释,鲁敏却根本不容他插嘴,"你这个自作聪明的乡巴佬,也敢狗眼看人低,耍弄老子们?你娃子不识字,也摸摸招牌;你去访访问问,看看老娘我好惹不好惹?"

"我没有。"山根小声做着辩解。

鲁敏采取穷追猛打的策略,一点儿也不肯放松:"怎么没有?你说过的话答应的事情,为什么磨磨蹭蹭、拖拖拉拉不肯兑现,你到底想干什么?拿石碜往人眼里揉啊!"

"您二老误解了,我最近就去办理调动手续。"山根一边解释一边赶紧给出承诺。

"你别狗子坐轿不识人抬举!一星期之内,调动办不了,老娘我去把芳菲接回来,你一个人永远待在禹山沟吧!"鲁敏叨骂完了,"啪"的一声挂断了电话。

山根愣在那里,握着手机,一动不动,呆若木鸡。

25

初夏的一个下午后半晌,微风习习,树影婆娑。鸿鑫和曼丽借着周末走出拥挤不堪的城市,来到郊外。他们身儿相挨手儿相牵,漫步在杨柳飘拂的金水河岸边，沐浴着凉爽的微风，脸上写满了惬意。

知了在河岸边的杨树上声声叫着夏天，堤岸边芳草碧连天。许多叫不上来名字的花草盛开着红、黄、白、蓝、紫等不同颜色的花儿，几只可爱的小蜜蜂亲昵优雅地围着花蕊上下翻飞，发出嗡嗡的声音。它们辛勤忙碌，采花酿蜜。

鸿鑫和曼丽夫妻两个，真可谓男的潇洒，女的漂亮。两人随意打扮一番，就显得异常出众。鸿鑫头戴一顶复古礼帽，鼻梁上架着一副宽边大片墨镜，上着白色衬衫，下穿浅蓝色裤子，衬衫扎进裤子里，腰间系着一条棕色的高档时尚皮带，把成功男人的成熟魅力展现得淋漓尽致。

曼丽呢，长发披肩，两个耳垂上戴着金色耳环，鼻梁上架着一副金丝眼镜，身着一袭深蓝色渐变露肩长素裙，曲线迷人端庄，足蹬一双高跟儿绿色皮鞋。这一切无不彰显出她亭亭玉立的身姿和优雅不凡的风度气质。

两人结婚以来，相濡以沫，恩爱有加。他们的婚姻不仅顺利地度过了三年之痛、五年之冷，到今天依然是恩爱有加，让人艳羡不已！

公司接连几项大型检查顺利通过，让鸿鑫有一种如释重负、轻松愉快的感觉。两人走了一段路程，在一个石凳上坐下来。鸿鑫轻轻喊着亲爱的人的名字——罗曼丽，同她亲切地交谈，说他想趁公司这段时间不甚忙碌之际，去一趟禹山沟，督促山根把调动手续办了。芳菲父母催得急，话也说得难听。

曼丽望着丈夫柔柔地说："你去吧，早去早回，不要耽误。"

鸿鑫伸出一只手，轻轻抚摸着曼丽的长发，嬉笑着不无暧昧地对曼丽说，把她这个大美人留在家里，他到哪里也待不住。事情处理完，就立马回到她的身边。说完又调皮地哼起来那支"对你爱爱爱不完"的歌曲。

曼丽看到鸿鑫的眼睛里是满满的对自己的宠溺，顿时沦陷了。但她还是故作严肃，批评他嘻嘻哈哈，把谈正经事当成儿戏开玩笑。说他五音不全，还要唱歌！又说她料定，他这次去禹山沟还是竹篮打水一场空，无功而返。

"说点儿好听的，行吗？"鸿鑫佯装生气。

"好听没好话，好话不好听。"曼丽笑着给他刮了一个鼻儿。

鸿鑫信心十足地说，他这次去禹山沟肯定是马到成功，旗开得胜，然后欢欢喜喜与爱妻团聚。

"又吹牛皮！"曼丽撇了撇嘴，"牛都被你吹到天上好几回了！"

鸿鑫满怀信心地说出了他的打算。他要利用山根舍不下芳菲这种心理，对他来个突然袭击、下马威的心理战术，威逼他当场答应，立刻就范，避免夜长梦多。

曼丽对鸿鑫实施这个攻心策略基本赞成，但告诫他凡事都要适可而止，话不可说得太满，事情也不可做得太绝，一旦过头弄撑，谁都难以下台，反把好事变坏事。再说人各有志，不可勉强。山根是个直撞南墙不拐弯，不见棺材不掉泪，甚至见了棺材也不掉泪的人，恐怕鸿鑫也难以说服。她要他有一定的思想准备，给自己和别人留点儿退路。

鸿鑫对曼丽的一番良苦用心，非但不领情，反而觉得她的话有些刺耳。他不满地说："曼丽，你应该多说一些吉祥激励之语，以壮此行！"

曼丽笑着说："你也要学会虚心纳谏，听取不同的意见啊！"

鸿鑫自信满满，他要曼丽尽管放心，言称他这个高情商的人当然会见机行事，管控住事态的发展趋势，把握好进退分寸；也深知何可言、何能言、何时言、何处言；明白哪些话不可说、不能说、不必说、不须说；更知道该怎么说、如何说，必要时也可以旁敲侧击，欲言又止，或者话不说完留半句，甚至打比方举例子，设言托意，咏桑寓柳。最终达到不虚此行，给芳菲一家交一份满意的答卷。

"不要夸夸其谈，耍嘴皮子。你如今，怎么连自己人的实话也听不进去了？"曼丽对他的说法深不以为然，"真正管用的还是魏征的直言敢谏，而非李林甫的口蜜腹剑！"

曼丽的善意提醒，让鸿鑫突然产生一种醍醐灌顶、异常清醒的感觉。他立刻做出一副肃然起敬的样子。这就是鸿鑫不同于常人的地方，关键时刻能够听进去反对意见。

他风趣地称赞曼丽："老婆大人博古通今，明白事理，堪比长孙皇后，只可惜我不能与唐太宗相提并论！"

两人相视一笑，挽起胳膊，款款向前走去。

星期五的傍晚，芳菲从公司下班，推门进屋，看到山根还没回来。那真是破蒸笼蒸馒头——气不打一处来。她气呼呼地走进卧室，感觉浑身无力，疲惫不堪，顺势倒在床上和衣而睡。可是，脑子里乱糟糟的，眼皮光光的，却怎么也无法入睡。

不知过了多久，她于迷迷糊糊，似睡非睡中，忽然听到了开门的声音。知道是山根回来了，她索性装作睡着了，躺在床上一动也不动。

山根拉开灯，没见着芳菲，估莫她在睡觉，径直走进卧房，看到她果然躺在床上，被子也没盖严。他拉拉被子帮她盖好。在灯光的照射下，看到芳菲满脸泪痕，难过和愧疚一下子弥漫了他的心房。我为什么总是让她难过？我明明很爱她，为什么只能带给她痛苦？当初在岳父面前许诺给芳菲幸福，为什么做不到呢？为什么不能抛开一切给她幸福？山根的心被搅得乱七八糟的。他忽然很想抽一支烟，让忧愁随着烟雾飘散。可是他知道家里根本没有烟。山根在床上坐下来，一任思绪飘飞。

"你回来干什么？就在禹山沟安家落户好了！"芳菲冷冷地说。

"芳菲，你醒了？"山根欣喜地站起来，爱怜地抚摸着芳菲的脸蛋，"饿了吧？我去给你做蜂蜜炒鸡蛋！"

蜂蜜炒鸡蛋是芳菲的最爱，这是山根每次从学校回来，必给她做的一道菜。芳菲总是吃得津津有味，不住地点头称赞，脸上洋溢着微笑。那一刻，山根觉得芳菲是幸福的。

"不用了，我要你在我和禹山沟之间做出选择！"芳菲说得那么认真。

山根赶紧把所有的微笑都堆在脸上讨好芳菲。他说在其位，就要司其职，尽其责。拿着国家给的薪资，必须把工作做好。再说，禹山沟是生养他的地方，怎么可能说抛弃就抛弃呢？

芳菲明白了，她不想再说什么，说也没用。从前，她觉得他是可以改变的，现在发现这是不可能的。正应了一句老话说的"江山易改，本性难移"。尽管她努力去争取，却发现一切都是徒劳。如果不肯放手，对自己除了痛苦和折磨，还能有什么好处？

"我们离婚吧！"芳菲无力地说，可是不争气的眼泪却又夺眶而出。

"不，我不离婚！"山根不假思索地说。

"为什么不？"芳菲忽地掀起被子从床上坐起来，大声哭着怒吼，"你不觉得这种勉强凑合、干耗着的婚姻……没意思吗？既拖垮了我……也耽误了你的工作……"

山根愣住了，芳菲的哭诉是他们婚姻的真相吗？是的，真的是这样！但他不能没有芳菲，也不能不管禹山沟那些娃。山根觉得他的心被撕扯得七零八落。但是目前最重要的是抚慰好芳菲，她有孕在身，一定不能让她生气伤身。

想到这儿，山根赶紧扶着她让她慢慢躺下，连连道歉说都是他的错。为了腹中的胎儿，让她大人不记小人过。

说到孩子，芳菲的心一下子软了。是啊，生命中还有一份期待呢！芳菲忍不住抚摸着自己那还没有隆起的肚子。

"你不知道，你不在家的时候，我是多么担心，担心这个孩子有什么意外。"芳菲瞅着山根，眼神里是那么无助，没一会儿，眼里就充满了泪水。

山根暗暗责怪自己粗心大意。以前他觉得自己多么了解芳菲，觉得她无比强大，强大到足以撑起这个家。他不知道，恐惧是她生命里如影随形的一部分。他刚想说还有他呢，但他赶紧把话咽下去了。他觉得空口许诺很无耻！他在哪儿呢？他总是到周末才踩着夜幕回来，帮她做一点儿家务，他就挨着她睡着了。而芳菲就在他的身边，听着他的鼾声，吞咽着泪水。芳菲也不止一次跟他哭诉过，他也一千次地发誓要改正。后来，每次睡觉，他都把芳菲搂在怀里，跟她亲切地交谈。可是不一会儿，芳菲就听不到他回应的声音了。有一回，芳菲拼命地把他摇醒，哭着说："你知道吗？我也需要你！可是我怎么才能找到你！我梦里都在找你！可是，你的梦里有我吗？"山根也哭了。

"芳菲，我必须在学校干完这一年。当老师是个良心活，中途撂挑子是不负责的表现！"山根说出了他的真实想法，"咱们先雇个保姆吧！等你临产时，我请假陪你，行吗？"

"说到底，你还是离不开那个学校！"

山根没吱声。

"你是不是在恋着寡妇苏弘阳？"芳菲连眼睛也懒得睁开了。

"又胡说！"山根为她掖了掖被角。

26

鸿鑫突然出现在芳菲面前，让她惊诧不已。他这是怎么了？有什么重要事情吗？事前也不吱一声，又搞起了突然袭击。

鸿鑫说他把搬家车都找好了，让芳菲跟他一起去禹山沟给山根搬家。

"你竟然说服了这头犟驴！"芳菲确实有点儿大喜过望，眼睛里放射出兴奋的光芒，忍不住又摸了摸她渐渐鼓起的肚子，似乎是要把这个喜讯告诉给肚里的孩子。

鸿鑫说还没跟山根通气呢！但这次他铁定要把山根带出禹山沟。虽然鸿鑫说得有鼻子有眼，十拿九稳，但芳菲听了兴致骤减，一个劲儿地摇头说不可能。

鸿鑫又说芳菲只管跟着他走，关键时刻见机行事积极配合就行。芳菲虽然将信将疑，但也不想扫了鸿鑫的兴致，毕竟人家为这事专门跑了大几百里，也就点头答应了。心想姑且来个"死马当作活马医"，说不定事情会有转机呢！

两人又做了一些具体商量。鸿鑫这才驾着越野车，芳菲坐在副驾座位上。一辆厢式小货车载着三名装卸工紧随其后。一个小时后，两辆车在禹山沟学校大门外停下了。

鸿鑫和芳菲走进校园，径直来到山根的住室。看到山根和弘阳坐在一起，不知道在讨论什么。山根滔滔不绝地说，弘阳专心致志地听。他们的目光始终对视着。芳菲的气就不打一处来，她平时最忌讳山根和这个年轻寡妇在一起。可是，两人却偏偏纠缠在一起，不离不弃的，真叫人生气！

弘阳站起身，落落大方地跟鸿鑫和芳菲打招呼，热情地让座。

鸿鑫向弘阳友好地颔首示意。芳菲当下就拉长了脸子，话中有话地说："不好意思，打搅了你们的好事！"

弘阳天生丽质，长得漂亮。脸上不施脂粉，却依旧白里透红，梳着一条简短而精致的马尾辫，显得精致而干练；一双大而明亮的眼睛充满了慈爱和善的光亮，说话不紧不慢，总是能站在别人的角度看待事情，思考问题。所以，一直以来，她总是受到师生的爱戴和尊重。可是，芳菲却认为她天生长着一副狐狸精模样，是一个勾引男人的高手。

弘阳这会儿从芳菲对她鄙视的眼神和讥诮的话语中，看得出也听得出芳菲对她的厌恶憎恨，但她装作一无所知的样子，依然表现得从容淡定。俗话说：寡妇门前是非多，弘阳已经习惯了。总不能因为担心遭到人们闲言碎语、无端的猜疑攻击、无故的泼脏水，就不与男同事来往打交道，在一起共事了吧！有道是：清者自清，浊者自浊。自己行得端，走得正，有什么好怕的？

"哪里，哪里，你们聊。"弘阳对芳菲的话佯装不解，说得热情又含蓄，回过头对山根说，"舒老师，你接待柳老师和客人，工作上的事情咱们随后商量。"

山根点点头。弘阳又给几个人各倒了一杯茶，然后落落大方地走向门外。鸿鑫十分欣赏地看着她飘然而去。

芳菲听着弘阳嗲声嗲气的声音，恶心得浑身都要起鸡皮疙瘩儿。她真想朝弘阳狠狠吐一口唾沫，以解心头之恨。

山根当然明白鸿鑫和芳菲的来意，却假装不解，只是一个劲儿地表示亲切热情：让茶，递烟。芳菲依计行事，一声不吭。加之她刚才看到山根和弘阳在一起，这会儿确乎是生气了。她气呼呼地盯着山根。

鸿鑫点着烟卷，深深抽了几口，显出一副严肃的面孔，以一种公事公办的口吻对山根说，大家都是自己人，没必要兜圈子说客套话。他此行来，主要是解决上次遗留的一个问题，当然也是他舒山根红口白牙，当着众人的面，信誓旦旦答应过的事情——调进城和芳菲一起生活！

芳菲没好气地接一句："调走还是不走？一锯两扇瓢。"

山根心说不答应，将失去芳菲，不想失去芳菲就要调离禹山沟。离开这里，他当初立志把禹山沟打造成一所德、智、体、美、劳全面发展的智慧学校的梦想将成为泡影。他在心里慌忙为自己找理由，急得额头上都爬满了汗珠，说话也有点儿结结巴巴，极不连贯。

"这学期还没结束，怎么……调回去？学年结束再调走……行不？"

鸿鑫敦促山根把所有的理由统统讲出来。

山根当真又说起来："学校人手少，离不开。"

"好一个堂而皇之的理由！"芳菲终于被激怒了，用手指着山根，愤愤地说，"舒山根，地球离了谁都一样转，禹山沟学校离了你也照样开办！不相信的话，咱们可以打个赌！"

鸿鑫听了山根的话也是义愤填膺，怒不可遏，但还是不忘以理服人。他说人无信不立，国无信不强。做人应当言必信，行必果，恪守诺言。可是他山根却屡屡自食其言，反复无常。从今往后，山根的事他不管了，让芳菲起诉离婚好啦！鸿鑫说完这一番话，站起身立刻就要走人。

芳菲的斥责和鸿鑫的决绝，逼得山根没了退路。但他这会儿必须立刻做出抉择。看到鸿鑫当真要走，山根一边起身阻拦，一边信誓旦旦地说："我说过，对不起芳菲，我这辈子枉为男人！"

看到两人没有答应，山根又急急地说："我一诺千金，保证履行诺言——同意调进城！"

"既然同意调进城，这会儿就把东西装车拉走，明天我陪着你去教育局办理调动手续！"鸿鑫顺着山根的话，说得十分果断，干脆利索。

面对鸿鑫的快刀斩乱麻，山根一下子傻眼了，不知道如何是好。

说时迟，那时快，鸿鑫一个电话，就把停靠在学校大门外的厢式货车叫进了校园，停在山根的住室前。随车同来的三个装卸工，没费多大一会儿工夫，就把山根的全部家当装上了车。山根目瞪口呆地看着这些人闪电一般的动作，整个人都傻掉了。这迅雷不及掩耳的操作，根本没有给他留下一点儿思考回旋的时间。就在这么一瞬间，他们就像在他和禹山沟学校之间劈出了一条鸿沟。他慢慢移动脚步往办公桌前走，缓缓拉开抽屉，满满的全是获奖的证书。这上面洒满了他的汗水，记载着他辛勤工作的坚实履历，见证了他的每一步成长。他的泪水倏地滑落在证书上。他小心翼翼地一本一本拿起来，艰难地装到提包里。

山根转过身子往外走，可是脚步沉重得几乎挪不动，心里乱糟糟的，一点儿也不安宁。他伸出颤抖的双手抚摸着面前的墙壁，眼前涌现出他和芳菲曾经面对这堵墙，一遍又一遍地试讲新课的情景。他和它似乎已经成了不可分割的朋友关系。但是今天，他却要离开它。山根心里隐隐作痛。

司机和装卸工坐上车，鸿鑫和芳菲站在厢式货车旁等着山根走出住室，然后三人一起去校门外乘坐轿车。两人的脸上满是喜悦，这件一拖再拖的事情总算有个结点。他们的目光对视了一下，禁不住会心一笑，击掌庆贺，沉浸在喜悦之中。

不料，这时忽然从大门外拥进来许多山民，鸿鑫和芳菲赶忙躲在汽车后面避开人群。

山根拎着提包，从住室里走出来，放慢脚步，朝四周看了又看。他想把禹山沟的一切，包括天空、山川、河流、土地、校园，甚至一草一木都记录在心。他留恋这里，这里有他和乡亲们的希望，有家乡的明天。但他还是要离开了，离开这片生养他的土地，为了个人的小家庭小幸福而离开。

"为什么我的眼里常含泪水？因为我对这土地爱得深沉。"他的脑海里忽然涌出了艾青的诗句。他开始后悔自己怎么就轻易地答应了鸿鑫和芳菲，羞愧和负罪感使他闭上了眼睛。再睁开时，他恍惚看到乡亲们向他走来。

山根揉了揉眼睛，看真切了，真的，是真的。老支书和乡亲们，站在厢式货车前，手里拎着山枣、山里红、山核桃、山野菜、地瓜干、豇豆、绿豆面、柴鸡蛋……

山根张张嘴，想说点儿什么，喉咙却哽咽得厉害。他本想背着家乡的人偷偷溜掉，可是乡亲们还是知道了他调进城要走的消息。这一刻，他觉得自己辜负了这片热土和淳朴善良的乡亲们，羞赧和慌乱让他感到不知所措，不知道说什么好。

"对不起，对不起……"这声音在山根的心里重复了一千遍。

突然，他泪如泉涌，双腿像灌了铅一样沉重，每向前挪一步，都是那样的艰难吃力。一步、两步、三步……他终于来到乡亲们面前。这些人皆敛声屏气，谁也没有说话。他们的脸上和眼睛里流露出千般无奈和万般不舍。

此刻，空气仿佛凝固了一般。

过了片刻，山根声音嘶哑地说："老支书、乡亲们，请原谅山根吧！山根辜负了你们的期望和养育之恩。"

他手里的提包"吧嗒"掉在了地上。随即，他忽然双腿一软，跪倒在地上，不住地磕头作揖，不无愧疚地说："父老乡亲们，山根在这里给大家赔不是了。"

几个站在人群前面的乡亲，努力拉住山根不让他跪下。

"使不得，使不得！"老支书连连阻拦道，"山根，乡亲们没有其他意思，大伙过来就是为你送别的。你为禹山沟的孩子们已经尽力了，乡亲们感谢你啊！"

老支书和乡亲们的淳朴、善良、大度和通情达理，感动得山根再次泪流满面，泣不成声。

天晴得像一片蓝色的海洋，几片薄薄的白云在天空慢慢飘浮着。阳光从疏密有致的树木枝叶间投射下来，地上印满了大小不等、极不规则的粼粼光斑。

青年舒山根坐在自家屋内，胳膊肘支在面前的小桌上，双手捧着脸，两眼时而向门前张望，时而注视着放在小桌上的大学录取通知书，陷入了无边的忧愁和无奈之中。

老支书虽然说过山根上大学的学费由他负责筹措，不用山根操心，可是毕竟离去大学报到的日子一天近似一天，却没看到老支书有所行动。山根又不好意思催问。他为此愁得唉声叹气，不知不觉流下了难过的泪水。梦寐以求的大学梦就这样破灭了吗？山根是多么不甘心，但是有什么办法呢？爸爸妈妈你们在哪里？那一刻，山根感到是多么的无助。

忽然，山根听到不远处响起了一阵阵急匆匆的脚步声。他抬起头，看到老支书带着乡亲们走过来。他们一个个脸上带着喜悦和笑容，脚下好像生了风一样，走得轻快而有力。

山根慌忙擦掉眼泪，站起身很有礼貌地说："老支书、众乡亲，你们来了，屋里坐……"

众人走进屋里，未等山根把话说完，老支书朗声问道："山根，哪一天去大学报到？"

山根迟疑了一下，泪水又流出来了："我打算放弃上大学，外出打工去。"

一个乡邻惊奇地问道："考上大学多不容易，大山里能够走出一名大学生更是不容易，你无论如何也得去上学！"

山根没吱声，只是默默地揉了揉眼睛。

老支书生气地质问山根："为什么不去上大学？你爸妈生前对你寄托了那么大的希望，你这么做对得起他们吗？"

山根仍然没有吭声。

老支书见他一直不说话，有些生气了，严肃地说："你爹妈为供你上学，东奔西忙，走乡串户，做买卖挣钱，不幸发生车祸，命丧黄泉。如果你现在不去上大学，怎么告慰他们的在天之灵？你这娃怎么不听人劝？"

山根想说学费的事儿，但还是咽下去了。乡亲们帮他是情分，不帮他是本分，他没有资格苛求，更没有理由提出来。再说自己已经二十岁了，完全可以独立生活，自食其力了，怎么能够依赖乡亲们？

"乡亲们听说你的学费无着落，两天时间为你捐助几千块钱。"老支书语气中带着兴奋和自豪。

山根的眼睛里满是喜悦和惊奇："凑齐了？"

一个老者说："怎么可能凑不齐？咱们禹山沟还供不起一个大学生？"

山根想了想推托说："可我还是不想去上大学。"

穿着灰色短袖的村民代表何志奎老人，气呼呼地批评山根："你这娃儿怎么这么倔！禹山沟出了你这么一个大学生容易吗？你去上大学，就是给咱禹山沟的后生们带了个好头，就是咱这里的希望，你切不可辜负了大家的一片心意！"

"小子，你是禹山沟的骄傲和自豪！"老支书显得语重心长，"上学去吧！禹山沟还指望你哩！"

山根把自己的意思表达清楚了：乡亲们都不富裕，为了他上大学，搅扰得村

171

里家家户户不安生，他心里有愧呀！

一个年轻的大叔安慰他说："山根，你想到哪儿了！俗话说：众人抬一人易，一人抬众人难。每家每户为你捐百儿八十块钱，伤不住脾胃，也算不了什么大事！"

老支书从提兜里掏出厚厚一摞百元钞票和许多零钱，显得热情豪爽而又有点儿生气。他要山根闭上嘴巴什么也别说了，只管到大学好好学习，不要辜负了乡亲们对他的期望，为禹山沟的父老乡亲争气争光就行！

"难为大伙了，谢谢，谢谢！"山根接过钱，激动得泪水哗哗往外流，他向在场的每个人躬身施礼，"乡亲们的大恩大德，山根永志不忘，他日定当厚报！"

"嘿嘿，谁也没想着让你回报！"

"只要你好好上学，我们支持你！"

"别想那么多，乡里乡亲的，理应互相帮助。"

……

几个乡邻也打开话匣子，说开了。

山根把思绪从往事记忆的屏幕上拉回来。他闭上眼睛，哇的一声大哭起来，"乡亲们，你们省吃俭用供养我上大学，我欠你们的实在太多了！"

老支书走向前，把他拉起来，大方而爽朗地劝道："山根上车走吧，你已经为禹山沟的教育作出了很大贡献。禹山沟不会忘记你的！记住，大家小家都得顾！"

乡亲们纷纷把他们带来的山野产品往山根的手里塞。他推辞不要，可是乡亲们不答应。他只好让三个装卸工替他收下礼品，装进车厢里。

三奶奶牙齿脱落，话语虽然说得含糊不清，却也说得情深义重："山根，进城了，可不要忘记咱们禹山沟，闲了常回来看看，乡亲们想你啊！"

山根听了三奶奶的话更加伤心悲戚，泪眼婆娑。想到当初他和芳菲一起回到禹山沟，村民们在老支书的带领下，敲锣打鼓放鞭炮，欢迎他和芳菲回来的动人场景，他再次流下了伤心的泪水。

山根紧紧握住三奶奶的手，哽咽地说："您老放心，无论我在哪里，我的根我的魂永远在禹山沟，我一定常回来！"

山根弯腰把掉在地上的提包拎在手里，刚准备移动脚步，却看到学生娃们从不同的教室里拥出来。二丫、改焕、狗蛋儿、红雅、梁柱、鹏飞从后面挤到了人群的前面。

山根有点儿生气地责备学生们:"你们不在教室上课,跑出来干什么?"

七岁的改焕用她稚嫩的声音,俨然一个小大人似的,说:"舒老师,听说你要走了,我们出来送送你。我们舍不得让你走!"

狗蛋儿说:"舒老师走了,半夜里我害怕,不敢起床上厕所,尿床了咋办?"

二丫突然哭起来:"舒老师,你走了,周末、放假谁来接送二丫?"

"舒老师,你走了。我们什么时间还能见到你?我们想你了怎么办?"红雅现出一副可怜难过的样子,说完话抽泣着哭起来。

鹏飞站在那里低着头一声不吭,只是默默地流泪。

梁柱从人群后面挤到前面,望着山根流着泪水说:"您和柳老师都走了,这学我也不上了,回家带弟弟,好让妈妈去镇上打工挣钱!"

梁柱说出了大多数学生的心声,他们也跟着说:"舒老师,你走了我们也不上学了!"

山根轮流抚摸着他们的头,不住地安慰他们。

改焕、狗蛋儿、二丫、二柱子不自觉地哭出了声音,百十名学生也都跟着哭了起来。山根没忍住,眼泪一下子就掉下来了。山民们也忍不住开始哭鼻子抹眼泪。现场哭声一片,让人不忍卒听。

老支书尽量克制着不让泪水流出来,故意使厉害发脾气,训斥在场的学生说:"都给我进教室,上课去!"

从来在村中说一不二的老支书,他的威严此刻竟在这些学生面前失灵了。现场的学生听了却一动也不动,七嘴八舌只是一个劲儿地哭诉。

有的说:"我们舍不得让舒老师走!"

有的说:"舒老师走了,我们不知道什么时间才能见到他!"

更多的学生则挽留说:"舒老师您留下来吧!"

……

山根永远也忘不了这一天——2018年6月20日。这是他人生中做出最艰难抉择的一个日子。

此时此刻,山根有一种千斤重担和责任压在肩上的感觉,这是一种不可推卸的责任。他的思想斗争异常激烈。他走了,这些学生该怎么办?如果他们真的因为他的调走而辍学,那么他就成了千古罪人!可是留下来,芳菲和鸿鑫那边如何交代？山根很痛苦。他犹豫了，徘徊了，彷徨了，动摇了。何去何从，他真的拿不定主意。

山根忽然想起伟人毛泽东为了民族的解放，革命的胜利，弃小义从大义的感人故事。革命初期，敌人威逼毛泽东放弃伟大的革命理想，竟使出阴招，逮捕了他的妻儿作为人质。伟人在万分悲愤、千方百计营救没有成功的情况下，毅然做出了牺牲家人，为劳苦大众的解放和幸福而奋斗的抉择。而他舒山根作为一名生活在幸福中，成长在红旗下的共产党员，更应该不忘初心，弃小家为大家，弃私义从公义。

就在这一瞬间，山根明白了禹山沟需要他，这些学生们需要他。

就在这一瞬间，山根做出了一个重大决定，留下来永远不再调进城。

山根运足底气，铿锵而有力地说："老支书、乡亲们、老师们、同学们，我决定永远留下来，继续为禹山沟教育教学贡献自己的微薄之力。"

全场鸦雀无声，老支书和这些老实憨厚的山民们，以及在场的师生们静静地听着，一个个都被山根的话所震撼。山根的话刚一落音，现场就爆发出一阵雷鸣般的热烈掌声，久久回荡在校园上空。

"山根，你不能意气用事！"老支书说得严肃而认真，"家庭也得顾！你对禹山沟的奉献，村民们知道，禹山大地知道；你的这番心意，大家领了。"

山民们听了老支书的话，也纷纷劝慰山根。

"你为禹山沟的教育尽心尽力，已经付出了很多！"

"对，你不能意气用事！"

"回去吧，家庭更需要你！"

……

山根凝望着远方的群山，心潮起伏难平。多么善良淳朴、善解人意的乡亲们，总是为别人想得多，为自己想得少！自己只是做了一点儿应该做的事情，他们就如此理解和感动！此刻，他的胸中充满了信心和希望，脸上闪现出一种坚毅的光芒。他坚定有力地说："家乡的明天更重要！"

在场的每一位山民，无不被山根那震撼人心的话语，感动得流下了热泪。

第三章

27

　　鸿鑫和芳菲看到许多山民拥进校园，即以小货车作遮挡，巧妙地避开这些山民，绕道走出校园，开上轿车回城了。

　　接近中午，山根拖着沉重的脚步，踏着楼梯台阶，极其艰难地一步一步往上走。仿佛这是一段长长的拾级而上的山路，他走了好长好长时间才来到门口。

　　山根无力地推开房门，看到鸿鑫和芳菲坐在客厅里等着他回来。他上午在学校，当着老支书、乡亲们和全校师生所表现出的一腔热血、豪情壮志此刻一点儿也不见了，取而代之的是满脸的愧疚和无奈。一时间他不知道该对他们说什么好，感觉自己在这两个人面前，真正成了一个言而无信的罪人。

　　生活啊，为什么总是荆棘丛生，充满坎坷，矛盾重重？此时此刻，山根并不怨怼芳菲。他觉得芳菲要求他调进城，两人一起生活，这是最基本的要求，一点儿也不过分。因为每个人都有追求爱的权利。想当初为了爱，她与父母决裂，告别大城市跟自己一起来到禹山沟；后来儿子溺水死亡，尽管她一时想不开也闹腾过，但最终还是选择跟他一起生活下去。她对他够宽容大度，情深义重了。倒是他屡屡失信，没有成为她的依靠。

　　山根的鼻子有点儿酸。在爱情、婚姻、家庭方面，自己确实做得不够，是自己对不起她。不过话又说回来，自己为了改变山乡落后的教育面貌而留下来，应该也没错吧？这两个方面相互矛盾，弄得他不知道该怎么办才好。一颗心乱糟糟的，被撕扯得稀碎稀碎。

鸿鑫热情地跟山根打招呼："回来了！"

他"嗯"了一声，慌忙在沙发上坐下来。此时此刻，他就像一根勾头弯腰的黄瓜，把脸埋在自己的两个大手掌里，很像一个做错事情的孩子。

芳菲看到山根一副懊丧落魄的样子，料想事情没有想象的那么顺利。她刚想询问，司机和三个装卸工却提着许多山野产品走进屋里。她还需要问什么吗？她什么都明白了，山根那少得可怜的生活用品是不可能搬上来了。不是她稀罕那几件破东西，而是预示着山根留在了禹山沟。芳菲一时间心灰意冷。她想跳起来，把山根轰出去，但发现自己竟然疲惫得连一点儿力气也没有了。

屋里一时间陷入了静默。鸿鑫瞅了瞅司机和那些装卸工，也把头低下去了。他曾向曼丽夸下的海口，他想象中十拿九稳的事情，就在即将兑现时，却又突生变数。这给他方鸿鑫上了实实在在的一课：不管做什么事情，不到最后一刻绝不能把话说得太满，吹嘘自己已经成功了！鸿鑫的脸此刻有点儿发烫。

打破静默的是戴眼镜的装卸工李东，他把山民们送别、学生哭诉、请求不让山根调走的情景描绘了一番。山根听得再次泪崩。鸿鑫依旧沉默。芳菲闭着眼睛，把耳朵捂上了。李东却不管这些，自顾自地叙述着事情的经过，表达着自己的感受，说他从小到大，从没见过这么受家长、学生尊敬爱戴的老师。言语之中，流露出他对山根十二分的敬重。

胖胖的装卸工姜大山也表示，这么好的老师，他也是第一次遇到。他说他的儿子若能遇到像山根这样的老师，那是他一生的幸运。说不定能够改变他一生的命运呢！

留着八字胡须的装卸工王月宇，幽默风趣地笑着说，他还以为是在拍电影呢！那场面实在太感人了。他那会儿只顾感动流泪，竟忘了拿手机拍下来发到网上，那点击量过千过万肯定是很快的事儿！那场景，堪比电影大片呢！

一直坐在那里抽烟，默默无语的汽车司机丁海聪，望着芳菲缓缓地说："那么多老乡和学生哭着诉说不愿让舒老师走，那场面真的是壮观感人，催人泪下。这情景放在谁头上也走不开，关键是不忍离去，连我也忍不住流泪哭泣了。"

"那就让他和禹山沟的山民们过日子去吧！"芳菲黯然神伤。

丁海聪抽了一口烟，又说："大妹子，不知当讲不当讲，有这样一位好老师做丈夫，应该知足了，你就得饶人处且饶人吧！有许多人也想使自己变得高尚伟大，但他们就是做不到啊！那'人不为己，天诛地灭'的思想在禁锢着他，满脑子里都是自私自利在作祟，怎么高尚得了？比如我看那水滴筹上得重病的人很可怜，我也想把他的医疗费给付了，但我穷啊，即使不穷，就算我富足，我肯定还是少捐一点儿，表示一下心意即可。因为我总是患得患失，生怕损害了自己的利益！"

"山根做得对，几位兄弟说得好，这种情况下山根确实难以抉择。"鸿鑫想起此次临行前，曼丽跟他说"人各有志，不可勉强"之类的话，感觉曼丽还是有先见之明。

鸿鑫板着脸子说出了自己的看法，"山根的事情让他自己决定吧！"

山根也开腔说话了，他只是一个劲儿地称赞芳菲深明大义，善解人意，同时请求她再多一分宽容和谅解，等他完成了自己的使命他一定会调进城！

这就是山根的高明之处，善于欣赏和赞美别人。他在和芳菲相处的日子里，每当她生气发火，他总是三言两语就能稳住她的情绪。可是，今天却一点儿也不奏效，她依旧虎着脸儿，一言不发。

山根望着鸿鑫说，芳菲怀孕处于关键时期，他打算给她雇一个保姆。其实，他是说给芳菲听的，意在让芳菲知道他对她的事情是有所安排，记挂在心的。

"算了，还是让我爸妈过来陪伴他们的女儿，谁让他们摊上了这么一个不着调又不靠谱的女婿！这也许就是命吧！"芳菲仍是满脸愠怒，话语里带着讥讽。

"那也好，芳菲好久没见爸妈了。他们二老来了，一家人好好亲热亲热，享受一下天伦之乐。"

鸿鑫说完话，掏出一沓钱递给汽车司机丁海聪，说这是他们几个今天的工钱和放空费。说他们靠着自己的力气养活一家人，也不容易。虽说搬家的任务没完成，但工钱还是一定要付的！人性的光辉一定要在这人世间闪耀，给生活困难的人一些勇气和力量。鸿鑫是这么想的。

丁海聪再三推辞不肯收钱。

鸿鑫说："不收钱，那就请你们去饭店撮一顿，咱们兄弟边吃边聊。以后若是去省城，需要兄弟帮忙的事情，一定吱一声。"鸿鑫说着话拿出手机，加上了他们的微信。

戴着近视镜的搬运工李东饶有风趣说："哥们儿几个虽然是粗人，但也喜欢跟有文化的人打交道。"

晚上，山根把厨房收拾得干净利索，刚到卧室坐到床上，芳菲就问他："说吧，为什么不愿意离开禹山沟？"

"还在问？"山根嬉笑着轻轻拧了拧芳菲的脸蛋，"你不是已经知道了嘛！"

"恐怕是舍不得离开寡妇苏弘阳吧？你俩是不是已经到了难舍难分的地步？"芳菲故意把话说得很难听。

山根把双手枕在头下，张张嘴本想做一番辩解，但最终还是把话咽了下去。

芳菲步步紧逼，说："你以沉默无声应对，是表示认可还是不屑辩解？"

"你还是不相信我，该说的我已经说了。"山根觉得无可奈何，"你为什么总是提起苏弘阳呢？就因为她是寡妇？其实弘阳是个什么样的人你也很清楚，在教学工作中，她从来都是勇挑重担，她把学校的孩子当成自己的娃。她会为孩子们绑鞋带、系扣子，缝补破了的书包和衣裳，还会拿着自己的茶杯给娃们喝水。她那么善良，尤其是她的漂亮……不应该成为你攻击她和对我不信任的理由吧？"

"看来你对她是欣赏有加啊！"芳菲的话里满是醋味。

上午芳菲和鸿鑫去学校，看到山根和弘阳在一起亲切交谈，误以为两人关系暧昧，实在是天大的冤枉。其实，两人是在一起商量特殊群体儿童寄宿部的事情。

前段时间，山根把二丫及其他身患残疾的学生动员到学校，同时向虞潜提出成立特殊群体儿童寄宿部的建议。可是对方却以条件不成熟为由果断拒绝了。

没办法，山根又向老支书汇报。他略一思索觉得这个建议很好，当即予以肯定和支持，并和山根一起来到学校，走进校长办公室，同虞潜商量。

老支书向虞潜说明来意后，肯定山根这一提议是个善举。不料，虞潜却以学校资金紧张为由婉拒了。老支书倒是爽快，主动提出这个项目由村里出资，学校只需要腾出房舍，安排人员管好这件事即可。

虞潜却以学校人手紧张，抽不出人来管理这件事情为由，继续推托。

山根自告奋勇地说他要尽义务兼管这件事。但虞潜就是不同意，他的意思是山根只能负责男生的事情，女生的生活起居还是没人管。

山根脱口而出说，让苏弘阳来兼管这件事情。说完他就后悔了，人家同意吗？山根还不知道呢！再说人家又不是自己的兄弟姐妹，他怎么能替人家做主呢？退一步说，就算是自己的兄弟姐妹，他也做不了主啊！他只能做自己的主。想到这儿，山根心中的希望之火有些黯淡了。

"这事太麻烦，她一个年轻寡妇哪会管这种事情！"虞潜又在山根的希望之火上浇了一盆冷水。

老支书看到虞潜在这件事上态度不明朗不积极,甚至有阻碍的意思。他算是明白了:虞校长这是不求有功,但求无过!开办寄宿部当然有一定的麻烦,甚至还有安全隐患。这是傻子都知道的。前几天他刚刷到一个视频,说是一个乡村的寄宿学校,有一个小孩半夜的时候肚子疼痛,宿舍管理阿姨及时通知了班主任和孩子家长,同时拨打了120。虽然120及时赶到,孩子还是在被送到医院时停止了呼吸。家长就把孩子的棺材和花圈放到学校门口。这样的视频他虞潜肯定也刷到过。但是,不能听风就是雨,因噎废食啊!造福百姓的事情还是得尽最大的努力去做!

他拿出一贯做事雷厉风行,速战速决的作风,让山根去把弘阳老师喊来,当面把话说清楚,行与不行,不留遗憾。

出人意料的是,弘阳进屋后爽快地答应了。她说事情山根刚才已经跟她讲了,反正她也吃住在校,多干点儿工作也不算个啥!再说,我还是禹山大地的子民呢!不过,最后一句话弘阳没说出来。但她确实是这么想的。

"好一个敢作敢当的女子!"老支书竖起大拇指,当面夸赞她,弘阳不好意思地羞红了脸。

山根看出虞潜心中的怒火在脸上熊熊燃烧。他竟然当着老支书的面,对山根和弘阳强调说,特殊群体儿童寄宿部的一切事情和责任,都由他和弘阳来承担,学校概不负责!由此可以看出,虞潜对开办寄宿部这件事情是多么反对!

虞潜的话惹怒了老支书,他的脸色变得十分难看。他拿眼睛狠狠瞪着虞潜,刚要张嘴责备他,但看到山根和弘阳欣然应诺,也就忍忍作罢。

开办特殊群体儿童寄宿部的经过大抵如此。

山根在给芳菲叙述事情的过程时,隐瞒了是他提议开办寄宿部,也是他主动要承担这项工作的真相,同时也省略了他推荐苏弘阳的情节。

"你是忠于你家乡的教育事业了,可是我呢?你把我放到什么位置了?"芳菲满是失望,"我这一生就这样没完没了跟着你守活寡吗?我没有得到属于一个女人的幸福。"

山根无语了。这是他对芳菲最大的亏欠,也是他无法弥补的亏欠。沉默代表着他的理亏、自责和愧疚。不管芳菲理解不理解,它都摆在那里,不增不减。

芳菲从纸盒里抽出一张湿巾,擦了擦眼泪,盯着山根,愤愤地诘问道:"到底是你自告奋勇要承担寄宿部的工作，还是校长安排的？"

山根闻听此言，估摸芳菲已经知道了事情的真相，他害怕她去找虞潜了解情况，当面对质。虞潜一定会向她陈述开办寄宿部的种种不利，他们两人甚至会结成同盟对付他。这样的话，于学校不利，于家庭不利，于开展工作更加不利。他舒山根是想抛开一切杂事，一心扑在工作上。寄宿部的事情终于有眉目了，他得去筹划这部剧目，一步一步走，一点一点做，他需要一个全身心投入的自己。

想到这儿，山根索性不再隐瞒。但他还是有所选择和保留地告诉芳菲，承认是他主动要求开办特殊群体学生寄宿部的，也是他主动要求承担这份工作的。说到这儿，山根心里坦然了。说谎还得用谎言掩盖，花费大量的心思，他觉得不值。相比坦诚，虽然伤害了芳菲的心，但他至少还拥有真实的自己。而且对芳菲撒谎，他觉得是一种罪恶。虽然没说谎，却把推荐苏弘阳协同他管理寄宿部的事情，故意省略了。

"你这样铺排，是不打算调回城了？"芳菲的声音低下去了，话语里饱含着绝望。

"我想把这一学年干完再调回来，也算是为家乡尽一份微薄之力。"

山根怨恨自己又对芳菲空许诺，给了她一张兑现不了的支票。他实在接受不了芳菲那无穷无尽的失望。那失望让他心疼，让他于心不忍，而那失望又是他给的。山根心里被无奈和惭愧灌得满满的。

"我问你，咱们在禹山沟干了五年，算不算为你的家乡作了贡献？"芳菲的声音冷冷地传过来，接着又逼问他，"你说实话，到底是谁推荐苏弘阳兼管寄宿部的？"

芳菲向他提出的这两个问题，让山根感到羞惭。"千重山遮不住我这满面羞"。山根恨不得拿一块"驴蒙眼"，挡住他满面的羞愧。他觉得自己就是那个言而无信，掩耳盗铃的小丑，为什么不是那个光明磊落的自己？刚才为什么不把自己推荐弘阳协助自己的事情一并说出来？反倒让芳菲感觉他和弘阳之间当真不清不白。真是弄巧成拙，自作自受呀！山根的呼吸开始急促。她真想拿起芳菲的手打自己一个耳光。

就在刚刚，芳菲借上卫生间之机，拨通了校长虞潜的电话。不待对方回话，她就端起"机关枪"对他扫射一排，可以说她对虞潜是连诈唬带恫吓，怒斥他做事不动脑筋欠思量。山根马上就要调进城里上班，还非要给他安排额外工作。安排工作也罢，还故意给他配个女老师。配个女老师辅助也行，那么多女同志你都不安排，偏偏安排一个寡妇做伴。你让他们孤男寡女在一起做事，到底是何居心？倘若不出事儿还罢，若有了什么事情和负面影响，她会到上级部门状告他这个校长居心叵测，故意使坏，让他下不来台！

虞潜经不住芳菲的威胁，大呼冤枉的同时，将实情和盘托出。还说整个事情从头到尾与他姓虞的没有一点儿关系！

芳菲见山根迟迟没有反应，哭得泪人儿一般："你是打算以后和苏弘阳一起过日子了？她是你的好帮手，而我柳芳菲是个拖后腿的，对不对？舒山根，难道我说得不对吗？"

"芳菲，你应该相信我，尊重我；你不相信我，不尊重我，就是不相信不尊重你自己。我心里只有你，你是知道的！"山根义正词严地为自己发声了。

28

又过了一些日子，老支书把虞潜约到村支部会议室，热情地同他握手寒暄，递烟泡茶。

两人面对面坐下，老支书直言不讳地向虞潜陈述，昨天和山根相遇，他问起学校寄宿部的情况，山根说办得很好，还说最好能扩大一下，让更多的学生住进学校。

虞潜听了不解地问："寄宿部刚成立，还不算稳定，马上就要放暑假，山根怎么又想起来要扩大？"

老支书回答道："山根说许多家长也想让孩子食宿在校。孩子们每天跋山涉水，家长多有担心。把寄宿部扩大一下，能够方便更多的学生和家庭。比如我们的邻居高大山就很高兴啊！他说如果他家三个孙子都住校的话，他就养一大群羊，满山坡去放羊，靠养羊发家致富，过几年就把家里的大瓦房拆了，盖一座小楼房。你看，愿望多好啊！山区人民的生活水平提高了，不也给国家减轻负担了吗？"

虞潜听了不由得火冒三丈，心说好你个舒山根，竟然越过我，做小动作，私下直接和村支部联系对接，是不是想篡权当校长，抢班夺权？人心隔肚皮，虎心隔毛尾。这还真难说！但他忍耐着，表面上装作没事人一般，立刻编造了一个谎言，巧妙策略地对老支书说，寄宿部目前尚在试验阶段，也存在不少问题，随后等待时机成熟，酌情考虑扩大事宜。

老支书虽然没有要求他尽快扩大寄宿部，但却郑重其事地提示道："做好这个事情一举多得，对学生、家庭、学校和社会都有好处，你再考虑考虑！"

虞潜点点头，不但把心里的愤怒掩藏得严严实实，而且故意王顾左右而言他，说镇中心校明天组织抽考评比，他得赶紧回学校召开全体教师会做准备，老支书的建议他会认真考虑的。说完走向屋外，一溜烟地跑了。

老支书也没起身相送，望着他远去的背影摇了摇头。若山根是校长就好了！老支书想。多好的后生啊！心里全装着学校，装着禹山沟，唯独没有他自己。如果虞潜也是这样的人就好了！

虞潜骑上电动车行驶在返回学校的路上，车子开得很慢。他一个人不住地生闷气，暗自责怪山根无事生非，非要开办什么特殊群体儿童寄宿部。开就开了，竟然得寸进尺还要扩大！就算你山根、弘阳两个人不计报酬，无私奉献，可是寄宿部扩大以后，你们能忙得过来吗？烂摊子还不是由我这个校长来收拾？安全责任还不是由我来承担？虞潜此刻恨不能狂扇山根几个耳光，再踹上几脚，方解心头之恨！

村民也是想得美，把学校当作自己的家，把老师看成保姆，扔俩小钱把孩子撂到学校，自己当大爷，孩子的吃喝拉撒等所有问题，一概不管不问。或者自己腾出时间去挣大钱，或者乐得逍遥自在。我才不揽这破瓷器活儿呢！历来学校只管教学，不负责哄娃子伺候人。难道不办寄宿部的校长就犯法了？整个禹山镇不就这禹山沟一个学校有特殊群体儿童寄宿部吗？都怪舒山根这家伙净出风头，没事找事儿！真想把他撵滚蛋！

"哼，哼，真是异想天开……"虞潜不自觉地发出一阵冷笑，你的千条计，我的老主意。管你山根找村支部还是村委会？只要我虞潜在禹山沟干一天校长，你就别想扩大寄宿部！

若善老两口在一起生活了大半辈子，很少红过脸。这会儿接到女儿的电话，说她怀孕了，让他们二老过去陪伴她生活一段时间。老两口为此事，意见发生了严重分歧，大呼小叫，吵得不可开交。

鲁敏一脸抱愧地对丈夫说芳菲怀第一个孩子时，他们就没有去伺候，她一直觉得亏欠着女儿。这次芳菲发出了邀请，如果他们再不过去陪伴，于情于理都说不过去。她可不想让女儿再吃苦受罪了，一定要让她吃好喝好，把女儿伺候好！

若善听了老婆的话，突然变得执拗起来，嚷嚷道别说是芳菲邀请，就是姓舒的邀请他也不会过去！此时此刻若善对女儿也有几分不满：当初说好离婚的，谁知道女儿竟然优柔寡断。他本来想永世不复和山根相见，一家人开启新的生活。谁知女儿却再次让他苦不堪言。若善越想越生气！

鲁敏好言好语抚慰若善："别生气了！这又怨不得别人。你女儿若是铁了心要离婚，谁能挡得住？不过，话又说回来，一日夫妻百日恩，百日夫妻似海深。咱们的女儿又不是冷血动物，这也是人之常情。所以，你怨不得姓舒的。关键是咱女儿舍不下姓舒的。要恼就恼女儿，恼自己。儿女不听话，根源在父母！"

若善听了老婆的话，怒色稍解。鲁敏以为丈夫听进去了她的话，于是又劝说道："你退休了在家赋闲也没事，一个人待在家里，寂寞无聊不说，一天三顿饭还得自己爬锅燎灶做。一起过去给女儿做个伴，享受一下天伦之乐有什么不好？"

"爬锅燎灶我情愿，我喜欢！看见那姓舒的，我就烦！"若善板着脸子，依旧坚持他的意见，"你要去，你就去，反正不要拉扯我！"

鲁敏心说这家伙竟然敬酒不吃吃罚酒，蹬鼻子上脸了。于是，她心生一计，突然换成一副怒睁眼睛，十分凶恶的面孔，对他大发雷霆，来了一个下马威："老舅倌难不成有什么外心？要是有外心，咱俩离婚，家产一人一半。离了婚，我去陪伴女儿，哪怕你再找个十八岁的姑娘都行！"

"离婚？我可舍不得你这个半老徐娘！"若善看到老婆发火了，赶忙改口，赔着笑脸，故意把话说得幽默轻松，"不是我不愿去，我们去伺候女儿，给他姓舒的腾出时间在学校图清净，我真不愿意！"

鲁敏看到丈夫气消了，立刻换成一副亲切和善的面孔，笑着跟他说："你跟姓舒的置气不去，坑的不还是咱们的女儿？你想想啊，那姓舒的只顾忙学校的工作，肯定对咱们的宝贝女儿疏于照顾。可是咱们的女儿坐月子，身体弱，需要大补。如果女儿身体落下了月子病，那可是一辈子受罪的事儿！这可是你一时赌气造成的后果。到时候你若后悔，可就来不及了。"

若善的火气又上来了，说他一想到姓舒的把女儿坑得这么惨，总是意难平，气就不打一处来，心里是满满的愤恨！

鲁敏耐心地对他说，姓舒的在学校没在家，你想见也见不着。

若善却钻起牛角尖儿来:"姓舒的星期天能不回来?我看到他就恼火!"

鲁敏一个劲儿地给丈夫泻火去怒。她对若善说:"他回来了,你去旅游、逛公园、下象棋、下食堂、住旅馆,躲开他不见他。"

"咱这样做,姓舒的该不会产生一种咱在将就他的错觉吧?"

"绝对不可能,他还能不知道自己几斤几两?"鲁敏回答了丈夫,话一转折又说,"再说咱们过去了,也好督促姓舒的尽快调进城。"

若善想想老婆说的也有道理,也就不再坚持他的意见。其实,说不去伺候女儿,也不是他的本意。自己辛辛苦苦几十年就要了芳菲这么一棵独苗,她是自己的心肝宝贝。这些年,虽然因为她的婚姻事情和家里闹别扭,可是作为父亲,他无时无刻不在思念心疼着女儿。他只是把这种爱女之情都埋在了内心的最深处,不肯轻易表露出来。他责怪女儿鬼迷心窍,不听父母言,吃亏在眼前。这倒不是说他当初一定要让女儿嫁入豪门,哪怕是嫁入省城一个寻常的百姓家,也远比跟着山根去禹山沟吃苦受罪强得多!

但若善对女儿怎么也恨不起来,而对山根这个穷小子,这个顽固分子,他恨得咬牙切齿,只想狠狠地扇他两个耳光。这个穷小子把女儿骗得团团转,让他的女儿和家庭陷入痛苦的万丈深渊。虽然,往上数三代大家都是穷人,但女儿毕竟是含着金钥匙出生的,他岂能愿意让女儿受苦受累?

且不说女儿受苦受累,也不说山根把所有心思都倾注在禹山沟那所偏僻破烂的学校里,单是他把外孙弄没这道坎儿,若善总是过不去。想到这儿,若善的心不由得揪疼揪疼的,泪水马上弥漫了眼眶。隔辈儿亲,这些日子,他执拗着嘴上不说,心里却一直思念着那个未曾见过面的外孙。

"舒山根,你这个狗日的!"若善骂出这句狠毒的话,仿佛解了不少气。骂完之后,他一个人朝阳台上走去。就在那个阳台上,他一个劲儿地抽起烟来。

29

这些天,虞潜一直纠结于老支书提出扩大寄宿部的事情,感觉自己在这件事上对老支书说话有些冷淡,也不够恭敬,甚至多少带点儿敷衍应付的意思。几天后,他以汇报工作为名,设了一个饭局,把老支书单独宴请到饭店,意在弥补这种亏欠。他的另一个目的就是，要借助宴请老支书，同他说说话套套近乎。

老支书提出让山根也过来，一起参加饭局。这几天他一直在想扩大寄宿部的事情，越想越觉得这是一件有百利而无一害的好事。山民们若是没有了照顾孩子的后顾之忧，那荒凉的山坡不就成了他们施展才华的舞台？养殖业、林业、种植业，做哪一样都行。老支书想着想着眼前就幻画出一幅风景画：满山坡的牛羊，挂满了果子的果树，油绿的庄稼，长势良好的药材……

但是，虞潜不同意。他说有些话他只能跟老支书单独讲，别人在场不方便。老支书只好作罢。

等到酒菜用得差不多了，虞潜带着些许酒意，这才开腔说："老支书，前些天您提出打算扩大寄宿部，我没有立即答应，也是事出有因的。"

老支书放下筷子，瞅着虞潜，急忙问道："什么原因？"

"是一种不可言明的原因。"虞潜故弄玄虚。

"秉公办事，有什么不好说？"老支书说得直来直去，"虞校长，你年岁不大，说个话怎么遮遮掩掩，吞吞吐吐？"老支书有点儿不高兴了。

虞潜犹豫了片刻，身子向前倾斜，压低声音，故作神秘地对老支书说，有人议论说山根和弘阳一起管理寄宿部不太合适。

"谁说的？有什么不合适？"老支书颇感意外，不免有些动气，"两人任劳任怨，不计个人报酬，你去哪里找这样无私奉献的老师？"

虞潜大概担心被饭店的其他人听到，把声音压得更低，说人们风言风语议论两人的关系过于密切，走得太近，不太正常。

"作为校长，你如何看待这种说法？"老支书对虞潜的话越来越反感，所以也问得直爽，话语里甚至流露出些许鄙夷。心说虞潜的胸怀和格局令他汗颜，他忽然觉得上级派虞潜来禹山沟当校长，是个错误，而且大错特错！

虞潜说出了他的理由和看法：老师们谁不是挤着抢着想调进城，毕竟城里的物质条件和文化生活比山区好得多，哪怕是调到镇上也比在山沟里强。可是山根却放弃大好机会远离老婆，宁愿一个人独守在这深山沟，过着苦行僧一般的生活，死活也不肯进城，不能不让人想入非非，感到反常。

老支书告诫虞潜，把问题弄明白考虑清楚了再往外说。从来都说捉贼拿赃，捉奸拿双。哪个人如果胆敢无凭无据，口无遮拦，嚼舌根瞎说乱讲，出了问题由他负责！

虞潜听了，脸上流露出一种不以为然的漠视，似乎在告诉老支书，从来都道无风不起浪，是话都有因，空穴来风的说法不能说没有，但毕竟少之又少。

虞潜满不在乎的模样一下子激怒了老支书。他弯曲起右手食指狠狠敲在桌子上，厉声说道："作为一校之长，你一定要树立正气，不能听风就是雨，被一些别有用心的人散布的流言蜚语所左右。"

老支书说着说着动气了，点上一支烟连着抽了两口，不自觉地提高了嗓音："山根和弘阳是什么人，难道你心里没个数、不清楚？他们不计报酬，无私奉献，你难道没有看见吗？如果好人备受指责或者诟病，那就让人太心寒了！"

老支书拿眼睛瞪着虞潜，他还想说："你的眼睛是树窟窿，还是瞎了？"想想还是把话咽下去了。

看到老支书生气发火了，而且话语里似有所指，虞潜的额头上不觉沁出了一层细密的汗珠。他一个劲儿点头称是，当下就改变了说法："您说得也对。是我思虑不周，还请您原谅！"

老支书语重心长，谆谆告诫虞潜，来说是非者，必是是非人。要他对这些人加强教育，管好自己的嘴巴。同时要求虞潜召开一个老师会，他要亲自去学校讲讲这件事情。

虞潜听了吃惊不小。他担心把事情闹大了不好收场，也就信誓旦旦地表态："小事一桩，这只是一半个人的片言只语，哪能劳您的大驾，小题大做？请您相信我，我一定能把这件事情处理好！"

老支书稍作停顿，又对虞潜说，山根是一个知恩图报的人。他留在禹山沟，一是要答谢乡亲们的恩德；第二呢，山根曾跟他说过，实施教育扶贫，乡村振兴，不能完全依赖外援，要发挥好当地人的优势。如果连他这个本地人都走了，别人谁还愿意来支援禹山沟？他留下来，就是为了培养好下一代，让他们成为振兴禹山沟的主力军。他有远大的理想，我们都得支持他。其实，我们也不是在支持他，我们是在支持禹山大地的千秋大业！谁付出了，谁奉献了，禹山沟的父老乡亲们都在看着呢，禹山大地都在看着呢！须知善有善报，恶有恶报！

老支书的一番话，语重心长，含义深刻。说得虞潜面红耳赤，羞愧难当。

虞潜装作理解似的点点头说："老支书，经你这么一提示，我才彻底明白了山根不愿进城的良苦用心。您放心，在这件事上，我保证把话说得滴水不漏，把事情处理得天衣无缝，不留任何痕迹。"

老支书满意地笑了笑，美美地抽了一口烟："这才像那么一回事嘛！"

虞潜也可能是要堵老支书的嘴，也可能是向老支书表忠心。只听他文绉绉地补充道："流言止于智者，这事儿到此为止，权当我没有说。"

老支书没吱声，站起身头也不回地走了。虞潜望着他远去的背影，心里暗暗叫苦不迭，真是偷鸡不成蚀把米呀！本想给老支书烧把底火，两人搞成统一战线孤立山根，从而取消山根扩大寄宿部的建议，甚至赶走他。这下可好，目标没达成，反倒碰了一鼻子灰，给老支书留下了不好的印象。

虞潜把手中的半截儿烟狠狠摔在地上，用脚踩了个稀碎。

"舒山根，我×你八辈祖宗！"虞潜嘴里不干不净骂着往外走。

新学年开学后的一个星期五晚上，天已黑定，街上行人稀少，街道两旁的路灯显得格外明亮。山根骑着摩托车，穿过宽阔的大街，拐弯抹角驶入新近搬进的小区。他把摩托车停在车棚下，拎着头盔，疲惫不堪地走上楼，推门进屋。

年近三十岁的山根，却早已谢顶，满面风尘，胡子拉碴，脸上挂满了汗珠，给人一种沧桑和落寞落魄的感觉。

记得有一天早上，山根慌里慌张下楼去上班，忽然兜里的手机响了。他急着去掏手机，却把口罩也带出来掉在地上。这时旁边一个正要推电动车的小女孩对他说："爷爷，你的东西掉了！"山根怔住了，尴尬地摸了摸自己的头发。苦笑了一下："我有这么老吗？"

这会儿，芳菲看到他这副可怜兮兮的模样，一股无名之火从脚底直扑脑门儿，严厉地质问他："周五下午，学校只有两节课，你这个积极分子怎么磨蹭到现在才回来？你就这么讨厌这个家吗？"

山根不想解释，因为芳菲不喜欢听他说学校里的那些事情。他说得越多，她越生气。

鲁敏轻蔑地奚落山根："还不是做活雷锋去了？你就是雷锋附体，就是雷锋二世三世！"鲁敏把牙齿咬得咯咯响。

山根疲惫的脸上尽力挤出了一丝微笑，一边把头盔挂在置物架上，一边对岳母调侃嬉笑道："恭喜您老猜对了。放学的时候，我把身体有残疾、走路不方便的学生送回家，这才开始往家赶。学生不送完，我怎么能走得开？"

芳菲抢白道："你住在学校好了，何必回来？这样学生也不用接送了，你当完他们的老师，再当他们的爹，岂不是更好！"

山根本想跟她讲讲道理，可是一想到芳菲跟他结婚以来，一直遭受痛苦困顿，没有幸福可言，不免心生愧疚。另外，又看到她孕肚已经明显出身，山根内心顿生爱怜，什么难听的话他都接受得了。他对她温柔一笑："挂念着你，我怎么能住在学校呢？把学生送回家，我就赶忙回来履行做丈夫的义务和职责。一码归一码，家庭和学校我还是能分得清的！"

芳菲嘲笑他什么时候变成巧嘴八哥了，说的比唱的还动听，可是事实胜于雄辩。挂念着她，一天到晚也没个电话？星期五晚上还要拖延到黑天半夜才回来？

芳菲的说法让山根感到理屈词穷，无话可说。芳菲说的是实话，山根确实是没事儿不打电话。周末总是耽误到天黑才到家。他口中所说的挂念，真的是空口无凭，毫无依据。再说他也不能和她拌嘴，不能让她生气，尽量让她保持一个平和快乐的心情。这对她的身体和胎儿都有好处。而且，他觉得自己已经亏欠了芳菲许多许多。

山根"嘿嘿"一笑说："口里没有心里有。不信，你扒开我的心看看，上面写满了'柳芳菲，我爱你'。"

山根说的是心里话。他怎么能不挂念呢？爱一直都在，而且芳菲的身体里还孕育着他们夫妻新的希望，说不挂念那是假的。

但芳菲还是白了他一眼。

芳菲看到她妈走进卧室，压低声音指令山根，往后每周至少回来两次。她腆着个大肚子，做事多有不便。比如今天下午，芳菲看到太阳大大的，挺暖和的，就想洗澡。几天没洗了，总感觉身上黏糊糊的不舒服，只能让母亲过来帮她。鲁敏在卫生间放了一个小方凳，让芳菲坐在上面。鲁敏就那样慢慢地给女儿洗头发，搓后背。母亲的手已经有些粗糙。若干年前，为她洗澡的那双手已经不在了。芳菲有点难过，岁月何曾饶过谁？比如母亲，即使她生活得那样精致，保养得也好，但年轮还不是让她的双手慢慢长满老茧，脸上布满了皱纹？

"女儿啊！日子仿佛回到了你小时候啦！"母亲给芳菲洗着澡，话语中带着欣喜。芳菲的泪水禁不住滑落下来。

忽然，母亲脚下一滑，险些摔倒。芳菲赶紧从凳子上站起来去扶母亲，谁知一个趔趄，她竟倒在母亲怀里。母亲拼命一手撑墙，一手紧紧护着女儿。芳菲吓坏了，她慌忙用左手托着她的肚子，右手顶住墙面。母女俩缓缓地挪动着彼此的脚。好一会儿，她们终于化险为夷。

山根听得心儿咚咚直跳，他赶紧把芳菲拥在怀里，不住地说："宝贝，对不起，都是我不好，我一定努力做好！"

芳菲说："饭菜给你留着，吃罢了帮我剪脚指甲。"

山根顺从地去了厨房，看到锅里有菜、汤和馍。菜是炒西蓝花炖牛血，汤是酸辣肚丝汤，馍是千层饼。这都是山根爱吃的。自打志远出事后，他就没吃过这些了。忽然之间，一股幸福的暖流涌上他的心头。他感激芳菲，感激岳父岳母不计前嫌过来照顾女儿，而最大的受益者却是他这个女婿。虽说二老对他冷言冷语，甚至对他不理不睬，但说到底，帮助芳菲就是帮助他这个穷女婿。

都说一个女婿半个儿，山根发誓一定要孝顺他们二老，让他们有个幸福的晚年，不让他们感到膝下无子的荒凉，不在人世间留下任何遗憾。

30

鸿鑫房地产公司接到通知，国家税务稽查局要对房地产企业实施专项检查。一旦发现某个企业存在偷税漏税逃税现象，一定严惩不贷，加倍处罚。

鸿鑫感觉压力巨大，有如泰山压顶一般沉重。他立刻召开董事会议，传达上级通知精神，号召大家集思广益，围绕如何做好检查的准备工作，献计献策。

董事们听了七嘴八舌，发表了不同的意见。

留着偏分头，戴着一副近视镜，年龄大约五十几岁的韩强董事，率先说出了他的意见。他说公司应该按照文件要求先自查，然后聘请一位精通账目的专家，全面系统地审查公司的账目。这毕竟是一次大型检查，务必慎重。韩强可称之为公司的元老级人物，他和鸿鑫的父亲方大帅白手起家，从无到有，从小到大，一步步把公司发展到今天如此繁荣强盛的地步。所以，韩董一直以来都受到公司上下的尊重和爱戴。

作为财务经理的曼丽，肯定了前辈韩董的说法，同意在做好自查的基础上查漏补缺，迎接上级的检查。

潘兰董事的意见是，公司应该聘请税务或者会计部门有权威的专家，对账目先行审查，发现问题及早补救，万万不可掉以轻心。

郑正董事却有点儿不以为然。他认为上级每次通知检查都是雷声大雨点小，这次检查充其量也不过是一次例行检查罢了，没必要小题大做，搞得惊天动地，说不定这又是一次"狼来了"。

梁安董事对这两种意见都不赞成，他当即否定了三人的说法，斥责他们不左就右，简直是豆腐渣贴门神——一点儿也不粘板。

话一出口，梁安就意识到自己说得有些过分，怎么可以随意堵塞言路，全部否定呢？他明白自己是把对老婆陶蕊的私愤发泄到同事身上，真是千不该万不该啊！

最近梁安心里确实很窝火，老婆出轨了，主动提出要离婚也就罢了，还给他提出不平等的离婚条件，这真是屎壳郎戴着面具——臭不要脸。可是他却不愿同她计较，更不愿与她针尖对麦芒，相见于法庭，闹得满城风雨，声名狼藉。再说两人毕竟在一起共同生活近二十年，她还给他生下了一双聪明伶俐的儿女，只要她不同自己争夺儿女的抚养权，他什么条件都答应她。因为他清楚，无论儿子或女儿哪个跟着她生活，都会被她这个"三观"不正的母亲给带坏。他之所以对她忍耐拖延，是不想让一双儿女失去母亲，特别是女儿梁丽还小，也就刚刚读小学二年级。

可是这个可恶的女人，不但什么事情都能做出来，而且什么话也都能说出来。明明是她忍不住寂寞出轨了，却来个猪八戒抡家伙——倒打一耙子。声称她的出轨都是拜梁安所赐，因为他为了事业总是多在外少在家，对她缺乏关心和呵护。

梁安在公司历来以直言敢谏著称，可是今天的话明显说得不合适。当着诸位董事的面，鸿鑫也不便对他提出批评，只是翻了他一眼。其实梁安此刻也想向大家道歉，却又不好意思说出来。

郑正却直接向梁安表达了不满，冲着他嚷嚷道："这个说得不行，那个讲得也不中，你倒是说说，如何才能做得恰到好处？"

"愿听梁董高见。"潘兰话也说得很含蓄。

"罗经理负责财务，咱们听听她的意见。"梁安再也不敢牛皮烘烘了，他把皮球踢给了曼丽。

曼丽委婉地发表了她的意见，她认为公司财务账目本来不存在什么问题，但也不敢肯定没有一点儿问题。反过来说，如果大惊小怪，兴师动众，别人会误以为公司的财务账目真的存在重大问题，做过什么手脚。一旦传出去，有损公司声誉。再说，这样做也不利于财务账目的保密。一句话，在这件事上既不可以夜郎自大，太过自信，也不能一味消极地等待。这次专项检查毕竟是一次很严肃的事情，应该提前准备，做到未雨绸缪，有备无患。

梁安微笑着问曼丽："请问罗经理，如何才能做到有备无患？大家需要知道的是过程，而不是结果。也不对！大家需要的是达到有备无患这个结果的路程。"梁安打着手势，尽力去把他要表达的意思说清楚。说完，他郑重严肃地瞅着曼丽。

"当然是请税务、审计方面的专业人员了。"曼丽说得胸有成竹，"最好让山根先审查一下账目。"

梁安这人有个特点，就是认准的事情一定要坚持到底，直到让事实证明他是正确或者是错误的，才肯罢休。这会儿只见他故作高深地点点头，又摇摇头："不行，山根只有空头理论，毕竟缺乏实战经验。在这件重要的事情上，冒险主义不可取。"

梁安拿不出主意，又不接受别人的方案。鸿鑫不禁皱起了眉头，忍不住相问："梁董的意见是——"

"还是请有实战经验的专家先行审查。"梁安直接说出了他的意见，"就算多花一些经费，咱们也图个心安。"

韩强则主张先由公司财务自查，然后请董事长的老同学舒山根，全面系统地审查一遍账目。如果发现财务账目上确实存在偷、逃、漏税现象，要及时整改，立即补缴。如此，既能解决问题又利于财务保密。

"我很怀疑，山根能不能担此重任？"梁安仍然坚持他的意见。

"有什么好怀疑？"韩强说出了和梁安完全相左的意见，"任何实践都需要理论作支撑！"

"此事非同小可，不可视作儿戏！"潘兰善意提醒说，"山根在山沟里教学，不一定有时间过来查账，咱们这可是迫在眉睫的事情啊！"

梁安随声附和，深表赞同。

"可是，你们不要忘了，咱们名誉上请的是山根的爱人柳芳菲做财务总监，其实是由山根做后盾做支撑。"韩强提醒几位董事，"人常说：打虎亲兄弟，上阵父子兵。紧要关头，不让山根出面，让谁出面？"

郑正关键时刻也做了表态发言。他也同意让山根审查账目，毕竟是自己人。

几位董事在这个问题上，形成了两种不同的意见，气氛明显有点儿紧张不太和谐。人们都把目光投向了鸿鑫，要他这个总裁表态。千锤打锣，一锤定音。鸿鑫当下拍板定案：就让山根对公司的财务账目进行初审！

最后，全体董事一致同意由曼丽带上账目去邓州面见山根，哪怕是加工挤时间，也要让他认真细致地审查一遍账目。一旦发现问题，便于及早补救。

山根研发的《简易智慧教育》，初具雏形。

连续几年，他和弘阳私下利用课余时间带领学生作智慧教育训练，成效显著。他想找个机会向校长虞潜汇报一下，征得他的同意，正大光明地运用到教学中，让更多的学生受益。

一次晚饭后，山根约上弘阳来到虞潜的办公室。山根先向虞潜说明两人的来意，然后对他研发的项目做了简单介绍。虞潜听后迟疑了许久也没吱声。

弘阳看着虞潜不阴不阳、不哼不哈的神态，就有点儿紧张，担心他草率地否定。她连忙插话说："舒老师研发的这个课题很实用！"

"怎么个实用？"虞潜拿眼睛直直地盯着弘阳，露出满脸的不悦。虞潜在心里咒骂弘阳：一个寡妇家家的，跟着山根瞎掺和啥哩？一个山根已经把学校折腾得波涛汹涌了，又紧跟着一个寡妇。这个寡妇，也不怕人们说闲话啊！唾沫星子淹死人！其实，虞潜关心的不是人们说不说闲话，他关心的是山根和她联合起来，形成的一股力量，一股让他不得不屈服的力量。他为此懊恼生气。

"我认真看了《简易智慧教育》，感觉它的内容和方法都很好，相信效果也会好。"弘阳说得很谨慎，生怕说漏了嘴。

山根接道："过去这个项目还不太成熟，也没给你透露，今天正式汇报，以求得你的支持！"

虞潜望着山根，批评他为什么总喜欢标新立异，别出心裁？上级在这方面没指示没号召，他一个小学校长，怎敢轻易表态？如果是上级红头文件提倡的，他虞潜一定会积极响应，连个屁都不会放。他的言外之意不就是说，你舒山根算老几，十八层人屁股后都排不上号的人，有什么权利吃三喝四？

山根对虞潜的说法当然不满意，但还是一本正经地畅谈了当前分数至上教育体制下的种种弊端：许多孩子因为学习压力大导致同父母老师对立、离家出走、沉迷于网络、神经错乱，或者高分低能、动手能力差、不善于思考和解决问题，或者自私冷漠，大学毕业后不就业不结婚，成为宅男宅女、啃老族……更为严重的是个别青少年甚至具有自杀倾向，实在令人感到震惊！

"山根你别忘了，咱们教的可是小学生！"虞潜不耐烦地打断了山根的话，"你所说的这些问题，对小学生而言，有些是心理问题，而更多的则是遥远的事情，现在都可以不管。你还是操心如何提高学生的考试分数吧！"

虞潜目光里一片冰冷，张张嘴还想继续再说些什么，却发现无话可说。

山根直视着虞潜的眼睛，讲出了他的见解。这些小学生距离大学毕业不就业、不结婚、啃老的确还早，但学生读死书死读书，总归是学校和教师面临的现实问题吧。这些问题的产生，也包括学生的心理问题，固然与现行的社会环境、舆论导向、教育体制、教育方法、选人方式有关，根源则是孩子素质低、缺乏诸多优秀品质所造成的。

而他研发的《简易智慧教育》，坚持以爱为本，运用各种优秀品质点亮孩子的心灯，启迪他们的智慧，唤醒他们的"内驱力"。孩子一旦拥有了智慧，就会方向明确，目标清楚，就能够看懂看清楚事物的根源、问题的本质，也就不会产生心理问题甚至困惑迷惘。从这个意义上说，我这个智慧教育包含着心理疏导。

虞潜望着山根，一脸冷漠地说："你想如何点亮孩子的心灯？"

山根回答得很流畅，智慧教育说白了就是对学生进行品质教育、素质教育，进而培养他们的良好品德，塑造美好心灵，让他们拥有智慧。只有如此，学生才能够真正做到内心强大，不怕挫折，轻松克服人生路上遇到的诸多艰难险阻！直白地说，就是让学生既能顺利通过各类考试乃至高考，又能赢得人生未来的社会大考！

"志向远大，厉害！"虞潜说完用手挠了挠头，不阴不阳地说，"不过智慧看不见摸不着，你让学生如何拥有？我也想拥有智慧，你就先让我拥有吧！"

山根优雅地一笑，简明扼要地说，其实智慧并不玄妙。它是许多优秀品质在一个人身上的体现，并融入性格或灵魂之中，化为一种自觉的品德和能力，呈现出一种对立统一的关系。打个比方说，它就像一个绝世美人，施朱则嫌赤，施粉则嫌白，增之一分则长，损之一分则短，是一种适可而止，恰到好处。比如说勇敢，它不是单纯的暴虎冯河，冲锋向前，死而无悔。在许多情况下，它必须辅之以冷静、沉着、机智等品质，还有必要的变通、退让，得饶人处且饶人。

所以，每一项优秀品质，都是智慧的源头。当然，如果一个人仅仅具备个别优秀品质，虽然也是智慧，却不是大智慧。

"不要故弄玄虚，你只说说如何让学生拥有智慧。"虞潜显得很不耐烦。

"运用故事思维，以肯定赞美为中心，实施学生参与，利用互动、启发、诱导、点拨、练习、提高、概括、总结、实践等教学方法，把课堂学习和课外拓展训练结合起来，唤醒孩子心灵深处的'内驱力'，也就是要解决人生奋斗的动力问题。它是人生的动力之源。"山根停顿了一下，又补充道，"我打算，学习训练时间选在课外活动，不占用上文化课时间。"

虞潜静静地听着没表态。他拿出一支香烟点上，美美地抽了几口，在一片烟雾缭绕中，随意问道："你这样做，要达到一个什么目标？"

虽然虞潜问得模糊不清，山根还是对他做了认真回答。他说目标可分为近期目标和长远目标。

近期目标就是让学生具有良好的道德品质，成长为适应社会需要的有用人才；让学生形成良好习惯，用理想、希望、前途、责任、兴趣激发学生的学习热情，培养其自觉性。最终由老师和家长的教育激励，变为学生的自我教育和自我激励，使其由"被动消极应付""要我学""强迫学"变为"我想学、我要学""主动学、自觉学"，人人受理想、希望、兴趣和责任的驱使，而奋斗，而学习；学生不必再上辅导班，不仅减轻了学生的学习负担，也减轻了家长的经济负担。尤其注重培养学生独立思考、提出问题和解决问题的能力，使其终身受益。

长远目标呢？学生通过系统地学习和老师引导，达到人生方向明确，目标清楚，具备正能量和成功者应有的特质；能够自觉主动地运用多元化思维思考问题，高情商控制情绪，能够与人良好沟通，轻松克服人生路上遇到的障碍和问题，顺利达到人生的巅峰、成功的彼岸；甚至有望成长为策略家、创新发明者或者某个地方或行业的领袖人物。

智慧能够改变人的性格和命运；智慧是成功之本、胜利之源；智慧能使人克服诸多困难和挫折。一句话，通过这样的教学，让我们的教育变得更有价值，而不仅仅是为了单纯的知识积累。

"概念，抽象。我这个校长尚且听得云里雾里，学生如何能听得懂？"虞潜在否定的同时，也提出了他的担忧和怀疑。

"我这是从理论上给你阐述的。"山根辩解说。

虞潜回击道："学生能听得懂理论？学得进去吗？"

"其实我研发这个《简易智慧教育》，一点儿也不抽象，更不是靠概念作支撑，也不讲什么空头理论，它是让学生通过阅读经典故事和剖析经典案例，从而有所思，有所得，有所获，进而实现开悟觉醒……"

"我听你不止一次说到激励。那么，我问你，学生一旦犯了错误也需要激励吗？"虞潜直视着山根，以为找到了其中的把柄。

山根肯定地点点头，显得胸有成竹："让他（她）承担犯错造成的后果的责任，比如让他（她）赔偿损失或者检讨认识，改正错误，指出努力方向，培养其责任意识和担当精神。这其实也是一种激励，只不过是负面激励。需要说明的是，不管是正面激励还是负面激励，爱都是其前提，因为没有爱就没有教育。"

不等山根把话说完，虞潜就粗暴地打断了他的话："不要没完没了地说了，你给我送一份简短的说课稿。只要能说明问题，越短越好。"

山根同意了。

31

曼丽带着公司的使命来到邓州，适逢山根周末回来。她直截了当地说出了此行的目的——让山根帮着查看鸿鑫公司的财务账目，找出存在的问题。

山根对曼丽提出的任务和要求，于不经意间流露出畏难情绪。说他对公司的基本概貌以及收入支出、销售方面的优惠折扣、赊销等一揽子事情都不了解，恐怕难以胜任，有负重托。其次，专业人士做专业的事情，大学毕业后，他从未做过财务工作。再说，如今学校工作忙，他一个人身兼数职，既是班主任又教毕业班，还要负责寄宿部的事情。最近教导主任调走，上级让他负责学校教学业务等诸多工作。他一天到晚忙得像个陀螺，累得浑身无力，腰酸腿疼，头晕眼花。不好意思，实在没工夫给他们帮忙。

山根的话一下子激怒了曼丽。只见她嘴角露出一抹轻蔑嘲讽的笑意："哎哟哟，舒山根，你要是不说劳累辛苦还好，你要是说起来，连我都替你害羞害臊。你夜以继日，争分夺秒地忙碌，好像挣下了八百万江山一样。可事实怎么样？我真是替芳菲抱不平，看看如今的她吧，且不说没有轿车别墅，甚至连高跟儿鞋、化妆品也省略了，身上穿的衣服，也都落后了若干年。你的忙碌创造了什么财富？你到底在为谁辛苦为谁忙？"

曼丽稍作停顿，拿出了她的撒手锏："要知道，当初聘请芳菲为公司财务总监时，你可是表态支持的！"

山根被曼丽嘲笑得满脸通红，连连摆手求饶："口误，口误，我这个人有时候词不达意，也担心自己做不好，耽误你们的大事！"

"心理学家说过，这个世界上没有绝对的口误！一个人心里想什么就会口误什么，故而所有的口误都是潜意识的真实流露！"曼丽一吐为快，说得毫不留情，但又担心芳菲不悦，转过脸对她说，"我的言辞过激了，老同学你不介意吧？"

"我感激还来不及呢！他这人就是这样，敬酒不吃吃罚酒。"芳菲说得半真半假。

"唉，你这张伶牙俐齿的嘴啊，我永远都是你手下的败将！"山根苦笑着说。

"甘拜下风了吧？"曼丽故意露出了得意的微笑，"那就言归正传吧！"说着把一大包账本放在山根面前的桌子上。

山根稍作浏览，就提出了指导性意见。说他们三人分工合作，通过查看账目，弄清楚基本问题。一是所有收入是否全部入账，所有购置、支出条据必须是增值税发票；二是核算准确每年的营业额、营业税、企业所得税、个人所得税以及城市建设附加税、教育附加税等数字。这些数字必须与国家规定的、本企业应该交纳的税务数额相一致；三是自查企业是否有虚列支出情况，包括虚构支出、虚增支出、虚增利润、虚构损失等现象。所有这些核实之后，若有不足，要及时完善补救。最后，形成一份书面自查报告，交给税务稽查部门，以备查询时使用。

曼丽听了赞不绝口："到底是行家里手，一开口就出语不凡，条理清楚，切中肯綮，抓住了关键，点明了要害。"

曼丽又对山根抱拳施礼："佩服，佩服，在下实在佩服得五体投地！"

山根微微一笑，显得腼腆而羞涩。

星期日这天，芳菲又和山根吵了一通。虽然山根一直和颜悦色，但惹得芳菲生气，他还是很愧疚的。

早饭是山根做的。和平时一样，闹钟一响，山根就跳下床，尽管他小心翼翼，还是惊醒了芳菲。芳菲没说话，艰难地翻了个身继续睡。她以为他是去卫生间呢！

山根做好饭，匆匆扒了几口就要下楼。卧室的门开了，芳菲探出头来，揉着朦胧的睡眼，小声问他："你干嘛去呢？"山根愣了一下，轻手轻脚走到芳菲面前说："咱们以前骑摩托车经常路过的麻树庄，就是山路拐弯处那个石头房子，你还记得吗？"

"记得呀！"芳菲点点头，眨巴着眼睛在思索，"他们家的孩子十五六岁了，一直瘫痪在床，难不成你去动员他寄宿在校？你想把老师们都累死！舒山根，我看你的脑子真是被驴踢了……"

山根笑了，他满脸无奈地打断了芳菲的话："你倒是听我说呀！是你猜错了！是你错怪你的夫君了！"

"有话就说，别绕弯子，磨磨唧唧！"芳菲在他的胳膊上打了一下。

"是这样的，"山根说，"今天是学校的送教下乡日，那个石头房子里的孩子叫范仲天，是我送教的对象……"

"什么？"芳菲听不进去了，"去给一个瘫子送教！你靠点谱行不？就算他考上清华北大，还不是瘫痪在床上，能为国家作什么贡献？"

山根认真地说："教育扶贫路上，一个也不能少，一个也不能遗忘！范仲天现在是瘫痪在床上，但是我们国家的医疗水平也在不断提高，以后的事情都是很难预料的！"山根一边说，一边掏出手机看时间，"七点五十了，我得赶紧走！"山根说。

"你不能去，曼丽急着让你帮着审查账目呢！"芳菲一把抓住他的胳膊。

"可是送教下乡、送教入户的事情绝对不能耽误！"山根一边掰开她的手往外走，一边央求一般地说，"好芳菲，你饶了我，等晚上回来你再揍我！"

"你晚上不准回来！"山根听见她声音中的哽咽，但是他顾不了那么多了，径直往楼下跑。

当山根骑着摩托车追风逐电一般赶到石头房子的时候，石头房子的门还在紧紧关着。房顶上的几株枯草的断茎当风抖着，根部生出的嫩芽正快乐地朝春天点头。"春风吹又生"，希望总是有的，山根还是这么想。

门"吱呀"一声开了，一位满脸皱褶的老人出现在门里边。她的头发梳得十分认真，没有一丝半点儿凌乱，下陷的眼窝里，一双深褐色的眼睛诉说着岁月的沧桑。她端着一盆水，看见山根，脸上立刻盛开着一朵菊花。"舒老师，你早啊！知道你要来，我一大早就给孩子洗了脸，喂了饭。"老人一边往门外走，一边说，"舒老师，你屋里坐。"

"好，没事儿，你忙你的！"山根谦让着往屋里走。老人把孙子的洗脸水倒在门前的石榴树下，就往屋里拐。

石榴树的故事山根听过好多次。二十年前，在她儿子还没有结婚的时候，老人从禹山镇上折下石榴枝插活的。那天，她赶集回来，在一户人家的门前，她发现了一棵盛开着红花的石榴树。都说石榴是多子多福的植物，老人毫不犹豫地折了一枝，她希望自己孙子满屋，因为儿孙满堂已经不可能了。儿子她只有一个，连个女儿也没有。那年儿子只有两岁，她那狠心的丈夫就撇下他娘俩撒手人寰。那天吃晚饭的时候，不到三十岁的丈夫还好端端的，半夜的时候她听见丈夫叫"他娘，他娘"。她拉亮电灯，丈夫的手就从肚皮上耷拉下去了，眼睛睁得老大。许多年以后，老人讲起来还如在梦中一般不敢相信。是她一个人艰难地拉扯大了儿子，她希望石榴树护佑她有一群孙子。然后某个春节，他们就在石榴树下拍全家福。

她精心呵护着石榴树，给它浇水、施肥、修枝、打掐。"后来的故事，你都知道了。"老人无奈地笑笑。孙子从一出生就没站立起来过，一直躺在床上。他的那个娘啊，说是出去打工挣钱给娃治病的，从此再也没有回来过。孩子他爹在城里的工地上搬砖拎灰。

山根在范仲天的床前坐下来。奶奶搂着孙子的脖子，尽量将他往床边移，好离山根近一些。山根也过来帮忙。奶奶笑着说："我这大孙子有福气喽！老师亲自上门来给你上课喽！"

孙子的面孔还是僵着的，眼珠倒是骨碌骨碌转，看上去挺机灵的。

可怜的孩子，太不幸了！山根想。

"每天，我都陪着我的大孙子，可开心了！"菊花又盛开在老人的脸上。不知为何，山根心里还是隐隐作痛。

山根掏出课本，对范仲天说："孩子，跟我读'a'。"孩子张张嘴，山根赶紧鼓励他："对！对！对！口型正确，张大嘴巴a、a、a。""a。"男孩发出声音了。山根一遍又一遍地纠正他的发音，奶奶在一旁不住地为孙子鼓掌欢呼。

32

一个周末的下午，两个阳光少年相约在前山口碰面。年龄稍大的，是在禹山镇读初中的鹏飞，刚从镇上放学归来。年龄小的是在禹山沟学校读六年级的梁柱。

今年本该读五年级的他，跳级读了六年级。

梁柱为什么要跳级呢？这还得从今年放暑假说起。梁柱只用了一周时间就完成了暑假作业。怎么办呢？已经养成良好学习习惯的梁柱，怎能容许自己浪费时间呢？于是，他向鹏飞借来了五年级课本。他一点一点地理解记忆，不怕炎热，不惧熬夜，不怕蚊虫叮咬，凭着自己的满腔热爱，愣是一个暑假学完了五年级的全部课程。开学的时候他找到了舒老师，兴致勃勃地说："舒老师，我可以跳级读六年级吗？"

"跳级？"山根吃惊地问他，眼睛里满是疑惑："怎么想到了跳级？这样行吗？"

"舒老师，我已挤时间把五年级的课程学完了。"梁柱指了指身旁的凳子说，"我可以坐下来说吗？"

"可以，可以。"山根开心地笑着，把这个懂事的孩子摁在凳子上，"只要你能跟上，小学段是完全可以跳级的。"

梁柱就这样跳了一级，直接读六年级。还别说，六年级的每次考试他都没下过前五名！就这样跳级的梁柱一下子就成了学校的名人。

两个少年相见后，表达亲切的方式简单而淳朴，既没有相拥，也没有拉手，更没有热情的话语，仅是相视一笑。微笑过后，鹏飞从挂包里掏出一本青少年版小说《钢铁是怎样炼成的》。

梁柱接过书本，翻了几页，激动地对鹏飞说："鹏飞哥，我听舒老师说过，这是一本励志和催人奋发向上的好书，你读过没有？"

鹏飞热情而又自豪地说："读过，真是一本好书，我专门给你买了一本。"

鹏飞又对这本书做了大致介绍：书中的主人公保尔·柯察金有理想有抱负，把个人的追求同祖国、人民的命运联系在一起，在艰难困苦中战胜敌人，也战胜自己，创造出了许多奇迹，最终成长为一名共产主义钢铁战士。还说将来他们两人也应该像保尔·柯察金那样，为祖国为家乡建设作出贡献。

"谢谢你，鹏飞哥，我也要像你那样多读书，读好书，向保尔学习，做一个对家乡有用的人。为了早日实现这个目标，我今年直接跳到六年级了！"

鹏飞直爽地问："五年级课程怎么办？"

"我已全部学完！"梁柱拍了拍自己的胸脯，"你知道，我暑假时借了你的课本。"

"不错！"鹏飞狠狠地在梁柱的肩膀上拍了一下，表示无比赞赏。

"远的不说，咱俩也要像舒老师那样，努力学习考上大学，毕业了回到家乡教书育人。"鹏飞的目光中充满了坚定和对未来的向往。

"一言为定，一起努力！"两双手紧紧地握在了一起。

鹏飞忽然想到了舒老师，想到了他终日忙碌得像一只蜜蜂。他问梁柱，舒老师现在过得怎么样？

提起舒老师，梁柱立刻打开了话匣子。他说舒老师既要教学又要负责特殊群体学生寄宿部的事情，还要加班给寄宿部的学生做饭、洗衣。夜晚还要看寝陪护，一天到晚忙得坐不下来，连理发刮胡子都顾不得。有时学生把饭吃完了，他就泡点儿快餐面。舒老师瘦了，看起来那么憔悴。

鹏飞听了既心疼又敬佩，还有愧疚。这愧疚源于志远的意外离世。这种伤痛无穷无尽地伴随、折磨着鹏飞。他忐忑不安地向梁柱打听舒老师和柳老师的关系怎么样。

哪知梁柱叹息一声，说舒老师离婚了。他如今除了禹山沟这群学生娃，什么也没有了。

鹏飞的悲痛从心头升起，一直升到头顶，悔恨和自责将他的心揪在了一起。他顿时泪眼婆娑，抽抽噎噎。

"都怨我，是我把志远弄没了！"鹏飞喃喃自语。

梁柱安慰鹏飞不要太过于自责，说他也不是故意的。再说像舒老师这种情况，他们作为学生也是爱……爱莫能助，只有好好学习，以此来报答舒老师。

鹏飞双手抱住头缓缓蹲下身子，陷入苦思冥想之中。舒老师为了救自己，失去了救儿子的机会，把儿子的命也搭上了，可我能为他做些什么呢？鹏飞禁不住流下了眼泪。梁柱站在他身旁，直愣愣地望着他，也没言语。

过了好长一阵儿，鹏飞突然站起身来，兴奋地说："我有一个办法，可以帮助舒老师。"

"快说！"梁柱喜出望外，两眼放射出喜悦的光芒。

他用手搂住梁柱的肩膀，极神秘地低声耳语一番。

梁柱微笑着点点头，又朝鹏飞竖起大拇指，表示很赞成。

鹏飞强调说："这件事除了天知地知，你知我知外，再不能让第三个人知道。"

"好，咱们一言为定。"梁柱说得十分痛快，"咱们也要像革命先烈刘胡兰那样,任凭遭受严刑拷打,也不说出一点儿机密!"

鹏飞满意地拍拍梁柱的肩膀。

两天后,山根和弘阳走进校长办公室,向虞潜提交了一份简短的说课材料。他接过来,当场就看起来。山根和弘阳面对面坐在连椅上,忐忑不安地等着虞潜看后表态。

同学们好!这节课我们学习《简易智慧教育》中的《人生规划之方向篇》。

一、激发兴趣,导入新课

我们为什么要学习这一课?我讲一个故事,大家听听就明白了。

著名导演张艺谋在陕北拍电影时,遇到一个八岁的牧童。他骑在牛背上,哼着陕北小调。

张导问:"娃,你在干啥?"

孩童悠闲地回答:"在放牛!"

"为啥放牛?"

"放牛挣钱!"

"为啥挣钱?"

"挣钱娶媳妇!"

"娶媳妇干吗?"

"娶媳妇生娃!"

"生娃干吗?"

"生娃放牛!"

……

我们从这位八岁的小孩身上看到,如果一个人没有很好地规划自己的人生,他只能重复着祖辈的足迹。从祖辈放牛到他放牛再到他儿子放牛,一直处于"放牛—挣钱—娶媳妇—生娃—再放牛"的循环当中。这是一个没有规划的人生。由此我们可以看出,人生的规划是多么重要!

人生是可以设计规划的，而且应该从童年开始。有了科学理性的人生规划，就可以按部就班地有预见性地获得自我认识意义上的必然成功。

青少年是人生的重要阶段，亦称为黄金阶段。他们对未来充满憧憬和希望。人生就像一张画纸，可以尽情地泼墨挥毫，画出最新最美的图画。可这也是一个人承受能力脆弱的特殊时期，稍有偏差，将会贻误终生。

做好人生规划，能够使青少年目标明确，激发其向上进取的热情，促进其人格健康发展。记住，凡是成功的孩子，都是在家长或老师的帮助下，提前做好了人生的规划和设计。

二、学习新课

（一）阅读短文《新生活是从选定方向开始的》。

老师范读（也可以指定一名学生朗读）之后，每个同学阅读三遍，然后分小组讨论下面的问题，各组选派1—2名代表发言。

1.比塞尔人多年来为什么走不出沙漠？

2.阿古特尔后来为什么能够走出沙漠？

3.为什么说新生活是从选定方向开始的？

比塞尔是西撒哈拉沙漠中的一个小村庄，它靠在一块一点五平方公里的绿洲旁。从这儿走出沙漠一般需要三昼夜的时间。可是在肯·莱文发现它之前，这儿的人没有一个走出过大沙漠。据说他们不是不愿意离开这块贫瘠的地方，而是尝试很多次都走不出来。

英国皇家学院院士肯·莱文，不相信这种说法。他向这儿的人询问原因，结果每个人的回答都一样：从这儿无论向哪个方向走，最后都还要回到这个地方来。为了证实这种说法的真伪。他做了一次试验，从比塞尔村向北走，结果三天半就出来了。

比塞尔人为什么走不出沙漠呢？肯·莱文非常纳闷，最后他只得雇一个比塞尔人，让他带路，看看到底是怎么回事。他们准备了能用半个月的水，牵上两峰骆驼。肯·莱文收起指南针，只拄一根木棍跟在后面。

十天过去了。他们走了大约八百英里的路程。第十一天早晨，一块绿洲出现在眼前，他们果然又回到了比塞尔。肯·莱文终于明白，比塞尔人之所以走不出沙漠，是因为他们不认识北极星。

在一望无际的沙漠里，一个人凭着感觉往前走，会走出许许多多大小不一的圆圈，最后的足迹十有八九是一把卷尺的形状。比塞尔人处在浩瀚的沙漠中间，方圆上千公里，没有指南针想走出沙漠，确实不可能。

肯·莱文在离开比塞尔时，带了一个叫阿古特尔的青年，这个青年就是上次和他合作的人。他告诉这个青年，只要你白天休息，夜晚朝着北面那颗最亮的星星走，就能够走出沙漠。阿古特尔照着去做，三天之后果然来到了大漠的边缘。

现在比塞尔已是撒哈拉沙漠中的一颗明珠。每年有数以万计的旅游者来到这儿，阿古特尔作为比塞尔的开拓者，他的铜像被竖在小城的中央。铜像的底座上镌刻着一行字：新生活是从选定方向开始的。

（二）阅读故事《南辕北辙》，思考并回答如下两个问题。

1. 这个故事说明了一个什么道理？
2. 结合这个故事说说"方向不对，努力白费"的含义。

春秋战国后期，曾经称雄天下的魏国，国力逐渐衰退，大不如从前。但此时的魏王却仍想出兵攻打邯郸。魏国的谋臣季梁本来已经奉魏王的命令出使其他国家，在半路上听到这个消息，立刻原路返回，风尘仆仆赶来求见魏王，劝阻其伐赵。季梁为了打动魏王，根据自己的经历，来了一个现身说法。"这次我从外地回来，在太行山脚下遇见一个人，正面朝北面坐在他的马车上，然而他却告诉我他要去楚国。"

我对他说："你去楚国，楚国在你的南面，你为什么向北走呢？他回答说：'我的马好，路费也充足。'"

我说："你的路费充足，马也很好。但这并不是去楚国的路径！"

他却说："我驾车人的本领很高。"

他不知道方向错了，赶路的条件越好，距离楚国的路程就会越远。

现在大王您一心想称霸诸侯，办任何事都想取得天下人的拥护。可您依仗自己国家强大，军队精锐，就想攻打赵国，扩大领土，抬高魏国。您这样的行动越多,距离您称霸天下的目标就越远!魏王思考片刻,立刻取消了攻打赵国的计划。

(三)全体学生默读《没有目的的行程》,思考一下它说明了一个什么道理?并作交流。

大家一定坐过出租车。那么,今天你出门请再乘一次出租车,做一个试验。上车后,你不要讲话。

司机如果问你:"去哪里?"

你就说:"你看着办吧!"

你信不信,开了许多年出租车的老司机,这个时候也没有任何办法把车开走。为什么呢?因为司机只是知道怎样选择最佳路线把你送到"你想去的地方"。他知道怎样做,他知道方法、手段和技巧,并且把它做好。可是连你都不知道你想去哪里,司机当然就不知道往哪里开。

三、课堂总结

各小组代表发言后,老师运用启发、点拨、总结、引导等方法,让学生获得正确答案(略)。

四、课堂练习

大家讨论一下该如何确定自己的人生方向。

教师首先做好提示:选择什么样的人生方向,体现了一个人的志向。对个人来说,一是遵照革命导师马克思所说的,选择最能为人类幸福和社会需求做出贡献的努力方向,而不是为了个人可怜的、有限的、自私的乐趣选择努力方向;二是要顺应社会发展潮流,最大限度发挥自身的潜能、兴趣、爱好,利于个人发展;三是要量力而行,在一定时间内能够达到,给自己以信心和鼓励。

五、课后作业

1.请同学们下课后把今天学习的三个故事,讲给父母和其他小朋友听。

2.短文《新生活是从选定方向开始的》,引起了你怎样的联想和思考?根据你的理解,结合自己实际,写一篇短文,题目自拟,字数不限，但不能写成诗歌。

六、补充说明

教学方法为本项目所采用的方法（略）。

使用教具为投影仪、图文并茂的彩色课件、黑白板、彩纸、水笔；课堂自始至终体现以学生为主体，经典故事为依托，教师为主导的过程。

讲好课标，突出确定人生方向的重要意义，以及怎样确定自己人生方向这两个重点。

人生成功是从选定方向开始的。人生前行的方向依次是：理想—志向—目标。

人生方向，靠理想体现，而实现人生理想，必须要有志向和切实可行的目标。反过来说，有了目标才有坚定的志向；有了志向才能沿着明确的方向，朝着理想的目标不懈努力。

老师提示至此，让每个学生思考自己的人生理想、志向和目标。反过来说，人生的理想和志向就是从确定目标开始实施的。这样，就很自然地过渡到下节课所要学习的课程——《人生理想和目标》。老师在这里要运用章回小说悬念式设疑方法，向学生提出这个问题，引起学生的期盼和思考。

虞潜看罢课件，什么也没说，当然也没置褒贬。但他跟山根强调说不能占用正常上课时间，只能利用课余时间带领学生进行《简易智慧教育》实验教学。如果学生的文化课受到影响，考分下滑，那就按下暂停键，永远不准再跟他提简易智慧教学的事儿。

山根和弘阳相视一笑，智慧课在禹山沟学校算是名正言顺开始了。

33

深夜，万籁俱寂。

鹏飞和梁柱坐在一张长条桌前，鹏飞摊开纸张，开始誊写。他一笔一画写得十分认真，就是觉得有点儿慢，慌得额头都挂了一层细细的汗珠。梁柱也感到他一个人抄写得太慢，主动提出帮助鹏飞抄写。

鹏飞听了怀疑似的望着梁柱，那神情似乎在说："你行吗？"但他还是被梁柱那祈求的目光所打动，就让梁柱先试写一份，看看怎么样。

梁柱很快誊写一份，鹏飞拿起来仔细审视了一番，惊讶地说："好家伙，你的字写得这么好，几乎超过我了！看来，我还得加油哦！"

"舒老师让我们每天临摹一篇字帖，不想写好都不行。说实话，许多同学比我写得还好。"梁柱满脸骄傲。

鹏飞深有感触地说："多亏了舒老师的严格要求，镇一初中的老师都说禹山沟考去的学生，整体素质明显比其他学校的学生高。"

梁柱一边抄写一边说，那是肯定的。舒老师要求大家每天读十页课外书，每天给大家讲一个有意义的小故事，每天做一件好事，每天写一篇日记，每天晚上进行思考作小结；班级每周一总结，每月一评先。这些活动的开展，在全班同学中形成了人人争先恐后、个个不甘落后的良好局面。他还打算今后每个星期都抽出时间，给同学们上《简易智慧教育》课呢。

鹏飞停下来，歪着脑袋惊奇地看着梁柱，说："你这家伙了不得啊，说起话来有条有理，一套一套的。"

"还不是跟你学的？我一直在向你看齐！"

鹏飞笑了："你这个小家伙，真会说话！怎么是跟我学的，我得向你学习才是。"

梁柱慢慢腾腾解开了谜底。舒老师经常在班里号召同学们向高鹏飞学习，说他的字写得好，有神韵；说他勤劳节俭爱学习，孝敬老人，将来一定会有大的作为。

鹏飞的故事同学们都耳熟能详了。每次舒老师讲他的故事时，同学们都是认真地听，暗暗把他当作榜样，当作标杆，向他看齐。

鹏飞听了梁柱的话，颇有点受宠若惊的感觉。原来在舒老师的心中他不但不是罪人，而且还无限放大了他的优点。激动、感谢、敬爱交织在鹏飞的心头。他心想舒老师对我有再造之恩，如果没有舒老师的关心鼓励，我早就成了一个流浪儿，不知道这会儿在哪里乞讨呢！

……

梁柱看看手表,提醒鹏飞:"咱们不能再说话了,凌晨三点了,得抓紧誊写。"

"好,咱们继续战斗!"鹏飞的心中充满了无穷的力量。

梁柱不无担心地说:"咱们把这些贴出去之后,一旦有应征者打来电话,如果舒老师拒绝怎么办?"

"你放心,我自有办法。"鹏飞说得蛮有把握,"相信哥哥吧!"

天还未明,两个少年就提着一应物品走出了村庄。

隆冬的早晨,两人迎着凛冽的寒风,乘着晨雾,踏着从树上掉下来的残枝枯叶,神神秘秘地向禹山镇汽车站走去,乘车要去城里。

小晌午时分,山根听到手机短信提示音响了一下。他拿起手机对着屏幕看了一眼,只见上面写道:

舒老师:

您辛苦了!

望着您日渐瘦削的身影和憔悴的面容,想到您为禹山沟教育事业失去了孩子和家庭,我们感到万分痛苦。我们认为,您应该寻找一个新的生活伴侣,开始新的生活。

最近,可能会有一些阿姨打电话联系您。请您不要拒绝,好好和人家谈谈,遇到合适的就答应下来,赶快建立一个新的幸福家庭。

您如果不按我们说的去做,我们就要和您斗争到底。

此致

敬礼!

尊敬关心您的人

山根默念了两遍。暗自思忖,这是谁写的?究竟要干什么?这岂不是打着关心的旗号搞恶作剧吗?这事若是让芳菲知道了,岂不要闹得天翻地覆?

他跟芳菲和曼丽打个招呼,谎说他要出去透透气,活动一下。其实,他是要去尽快把问题弄清楚,予以阻拦,不让事态扩大蔓延。

山根来到外面,一个人低着头,反剪着手,时而在公司的院墙外走来走去,不断地用手敲打着脑袋;时而又驻足停步,低头沉思,现出一副"抵牙儿猜,皱眉儿想"的神态。尽管他苦思冥想，绞尽脑汁，却仍然百思不得其解。就在他感到山重水复疑无路时，心头却突然展现出柳暗花明又一村的大好转机。

他自嘲般地笑笑：我怎么聪明一世，糊涂一时，拨通发信息的手机问问，岂不是什么都明白了？

电话打通了，对方是一个他不认识的陌生人，告诉他那是两个长得虎头虎脑，膀宽腰粗，壮壮实实的半大小伙子，给他一块钱，借用他的手机发的短信。

山根央求对方告诉他，这两个孩子这会儿在什么地方？干什么哩？能不能让他们接个电话？

对方回答说，两个孩子在城东南一带张贴征婚启事，他现在根本看不见他们的影子，没办法让他们接电话。

刚发现的线索又中断了，山根又陷入茫然无措中。他心说，这两个孩子究竟是谁呢？是鹏飞、王亮，还是梁柱、张帅？如今生活条件好了，小孩子发育提前，在连续几届学生中，身体健壮的还真不少。

他估摸着最有可能是鹏飞和梁柱干的。梁柱在学校总爱黏着他，问一些他永远也问不完的问题。每逢周末，山根在校门口护送放学路队与大家告别的时候，数他挥别的手举得最高，"老师，再见"的声音也喊得最响。有一回，山根咳嗽得厉害，梁柱在山沟里挖了许多叫作蛤蟆皮的草药给他送来。梁柱的笑脸红扑扑的，手上沾满了泥巴，紧紧攥着一把蛤蟆皮，激动地说："舒老师，我们找到了这种蛤蟆皮的草药，兑鸡蛋炒炒吃，止咳效果可好了！"

山根听了心里热乎乎的，激动得连话也说不出来。

而鹏飞呢，每当周末他送走最后一个走路不方便的学生，或者忙完最后一件事时，总会看到他从镇中放学归来。那一刻，他开心地笑了，山根也笑了。可就是不见他走进校园，山根为此感到疑惑。后来问他为什么不进校园同老师聊聊，鹏飞回答说看到舒老师，就很开心，走进校园聊天，会耽误老师回家的时间。柳老师还在等着他回家呢。山根听后心里暖暖的。而鹏飞又和梁柱走得最近，两人关系也最铁。

无论是哪两个学生，怎么能突发奇想做什么征婚启事？这不明显是在添乱吗？他必须立刻想方设法去制止这种荒唐行为。

按照陌生人在电话中告诉他的大致方位，山根带着焦急的心情，骑上摩托车来到市郊区。这里虽然不是闹市，街道上依旧人流稠密。他睁大眼睛，四下观望，却没有见着两个张贴广告的孩子的踪影。

山根慌忙地向一位老人询问,见没见过两个张贴广告的孩子?老者听后摇了摇头。他索性把摩托车停下上了锁,拖着沉重的脚步向前走去。他一边走一边把两手握成一个喇叭状,大声呼唤:"两个张贴广告的孩子,你们在哪里?"

路边许多行人都向山根投来好奇的目光。有人给他支招儿,说寻找张贴广告的人,最好到小区看广告,然后按图索骥,顺着广告找。

山根连声致谢。他来到一家居民院落附近,看到对面墙壁上贴着一则用硬笔书法书写的征婚启事。他大致浏览了一遍,果然是学生为老师写的征婚启事,连广告上留的联系电话,竟然也是他的手机号。他的头当下就有点儿大了,这件事情假若让芳菲和曼丽知道了,他岂不是百口莫辩,说不清楚?

少许,就有几个人凑过来看热闹。山根慌忙把广告揭下来,装在兜里。

一个围观者不满地质问道:"我们正看呢,你把它揭下来干什么?"

"乱贴小广告是一种不文明的行为,我把它揭下来,净化环境。"山根随便找个理由搪塞对方。

"文明不文明与你有什么相干?说不定有人正需要这张广告呢!真是狗拿耗子——多管闲事!"一个时髦女郎说得毫不客气。

一个毛头小伙子欲要发火:"大家都看呢,你把它拿出来贴上!"

众怒难犯,山根担心把事情闹大,不好收场,只好实话实说,讲出了事情的真相。

毛头小伙听后说:"看来你真是一个好老师,深受学生爱戴。"

山根摇摇头,表示否定。自己怎么能算一个好老师呢?智慧教育还在襁褓之中,寄宿部的扩建工程八字还没一撇,送教下乡成效也不够显著。教育之路还是一片泥泞,他日日都在思索这些事情,为这些事情难过。

一位拄着拐杖的老大爷说:"不是好老师,学生怎么能这么关心你?别谦虚了,年轻人。"

时髦女郎撇撇嘴:"但不是一个好丈夫。人心换人心,四两换半斤。他把一切都给了学生娃,受苦受累的肯定是女人!"好像她自己也深受其害,说起话来一副苦大仇深的样子。

山根颔首同意,对家庭的失职深感歉意,一切尽在不言之中。

大爷用生气的口吻,爱怜地催促山根:"那你还愣怔啥哩?赶紧顺着广告往前走,一定能找到那两个张贴广告的学生。赶紧制止他们别继续干傻事了!"

山根一边往前走,一边揭下广告。大约走了一华里的光景,远远看到两个半大小伙子正在贴广告。他轻手轻脚走到跟前,仔细看了看,不是鹏飞和梁柱还能是谁?两人都解开棉袄的扣子歇着怀,分工合作:一个往墙上抹胶水,一个往墙上贴广告,配合得十分默契。虽然是隆冬之际,却累得满头大汗,气喘吁吁。

"你们这是干什么呢?"山根压着心头怒火,"娃儿们,你们以为这是在帮舒老师吗?你们这是在帮倒忙!"

两个学生突然听到老师的声音,吓得打了个冷战,结结巴巴地说:"老师,我……我们想帮……你成个家。"

山根哭笑不得地说:"我和柳老师日子过得好端端的,怎么能再成一个家?"

两个学生羞愧得面红耳赤,你看看我,我看看你,不知道该如何向老师说明情况。

山根明白,此刻还不是批评责备他们的时候。重要的是得让这两个学生带路,赶紧把贴出去的征婚启事揭掉,收回来。不然,一旦让芳菲知道,那就不好收场了!

34

曼丽感到很奇怪,山根说出去透透气呼吸点儿新鲜空气,怎么迟迟不见回来呢?她随口问芳菲:"快吃午饭了,山根干什么去了,这么长时间还不回来?"

芳菲朝曼丽摇摇头,心想他说出去活动一下身子骨就回来,谁知道一出去,竟和她们玩起失踪来,真是撒兵不由将啊!

"给他点儿自由,由他去吧!反正账目已经审查完毕,提前完成了任务。"曼丽反过来安慰芳菲,"我这会儿出去,到街头看看有什么可口的风味小吃,给你买几样尝尝。不要总是说怕吃胖了,孩子不容易出生,要知道营养更重要!"曼丽一边说一边往门外走。

曼丽走出公司大门往左拐,看到公司院外墙根儿围了许多人,十分专注地看着贴在墙上的一张类似于布告或者广告的东西,议论纷纷。

有的说:"奇葩,真是奇葩,竟有学生给老师做征婚广告!"

有的说：“大千世界林林总总，无奇不有。不过，学生为老师征婚还是第一次遇见！"

还有的说："学生关心老师也在情理之中。"

曼丽听着人们的议论，也急忙凑到跟前，想一看究竟。她抬眼看到，上面赫然写着：

征婚启事

征婚人今年32岁，男，重点大学本科毕业，人民教师。他是一位爱生如子的好老师，一心扑在教学上，课教得特别好，被授予省、市、镇三级"先进教师"光荣称号。

因爱人与其志不同道不合，两人已经离婚。现欲征22—35岁，有一定文化程度，贤惠且大方的女性为伴。有意者请与＊＊＊＊＊＊＊＊＊＊＊联系，非诚勿扰。

我们作为征婚人的学生，特此保证，本征婚启事句句属实，字字真诚，没有半点儿虚言妄语。

曼丽一边浏览一边思忖，这个征婚者的情况与山根大致相同，只是他和芳菲尚未离婚。继之细看了一遍联系电话，方才看清楚留的就是山根的手机号码。原来，这些学生就是为山根张贴的征婚启事。

"志不同，道不合？乳臭未干的孩子懂个屁！"曼丽生气之下，一把揭掉了那张贴在院墙上的广告。

可是看广告的人不满意了，当下就有人提出抗议："大家都在看，你为啥把它揭掉？你辜负了那些孩子的一片心意！"

人群中有个穿着奇装怪服，留着长发，流里流气的小伙子，对着曼丽打趣道："噢，明白了，这个揭广告的美女，原来是要去应征，看年龄你俩倒是天生的一对，挺般配哪！"

"给，你去应征就给你！"曼丽恼怒地把手中的广告纸直往小伙子怀里塞，"拿去吧，拿去吧，你去应征！"

小伙子吓得直往后退，脸色一下子红得如泼血，不敢抬头直视曼丽，连连说道："我，我又不是女的怎么去应征？"

曼丽狠狠回击道："男的也可以，如今同性恋结婚多的是，我看你俩更般配！"

人群中发出一阵哄笑，小伙子低着头溜掉了。

曼丽拽下搭在脖子上的那条红色围巾，把广告纸卷在一块儿，愤愤地迈开步子往回走。

芳菲趁曼丽出去的间隙，连着给山根打了两个电话，告诉他已经到了吃午饭的时间，早点儿回来。山根答应说马上就回去。

曼丽返回公司，颇有点儿正气凛然、义愤填膺的意味，却忘记了讲究策略，讲究方法，顺手把广告塞给了芳菲。絮叨着说她走到院外，听到许多人连连说着"奇葩，奇葩"，原来人们都在看这则征婚广告。她要芳菲自己看看这到底是怎么回事。

芳菲看罢广告，气得满脸通红，浑身发抖，腆着一个大孕肚子在室内来回晃动。

曼丽突然意识到自己盛怒之下，犯下一个严重错误，就是不该把广告拿回来交给芳菲看。意识到自己犯错后，她就赶忙抚慰芳菲："孕妇动怒生气，容易伤及胎儿。你可不能生气！"

"气死我了！这个该死的舒山根，玩这么一个花招，到底想干什么？"

曼丽对芳菲说，妇女怀孕期间不宜生气愤怒，得赶紧打电话让山根回来，当面锣对面鼓把事情弄清楚。既不能冤枉一个好人，也不能放过一个坏人。

"冤枉？事实摆在那里，怎么能说冤枉？"芳菲朝曼丽吼叫起来。

曼丽此刻倒是淡定沉着，她让芳菲坐下来，冷静思考。她提出假设，如果这件事是山根指使人做的，可他为什么要这么做？

"这还用说吗？"芳菲的泪水一下子涌满了眼眶，"现在的柳芳菲年老色衰，色衰而爱弛！"

"胡说什么呢！"曼丽替她擦去了腮边的泪水，"山根那么爱你，这你是知道的。但是他为什么要这样做呢？真是一个谜啊！"

"从前我总以为他和苏弘阳走得近。但是，为什么不是苏弘阳呢？他不可能舍近求远去征婚啊！"芳菲说出了自己的疑惑。

"难道是挑拨？是陷害？是迷惑？是声东击西，混淆视听？芳菲，你想想吧！山根平素同别人有没有矛盾，结下了梁子？"曼丽探寻似的提醒芳菲。

芳菲对曼丽说，虞校长一直嫉妒山根，对他持有戒备心理，其他情况她也不了解。但她相信作为一名堂堂的校长，也不至于干这种下三烂的事情吧！

"山根不会是主谋吧？"

曼丽说出了她的猜想，然后用一种疑惑的目光盯着芳菲，仿佛要她来回答这个问题。倒不是曼丽要把问题抛回去，这件事她心里确实没有底，不敢随便接腔，也不敢没根据地胡说乱道。

芳菲认为这件事情如果山根不指使，谁敢这样大胆妄为？假使他不知道这件事情，他出去这么长时间干什么去了？她已经给他打了两次电话，他光说回来却迟迟不见人。结论是："我觉得这件事一定同山根脱不开关系。"

曼丽这会儿头脑倒是异常清醒，缓缓说道："有这种可能，但也不敢完全确定。还是让山根回来解释清楚吧！"

芳菲再次拨通了山根的电话，盛怒地质问道："舒山根，你到底在干什么？为什么迟迟不肯回来？我要你口中的一句大实话！"芳菲觉得自己已经到了崩溃的边缘。

此刻，山根在鹏飞和梁柱的带领下，顺着两人张贴广告的路径，正在逐一揭掉贴在墙壁上的"征婚启事"。他按下接听键，随口说道："我不是说了吗？临时有点要紧事情，需要处理一下。处理完毕，马上回去。你们先吃饭，别等我了！"

山根在电话那端回答得言之凿凿，一点儿也不像在说谎。

"编瞎话，什么要紧事情？你是不是还在张贴征婚启事？"芳菲简直气疯了，暴怒地吼叫着，"十分钟之内，你如果还不回来，我立刻跳楼自杀成全你。"

"我回去给你解……解释。别……别……你可千万别犯傻，做傻事！"山根闻言吓得心惊胆战，脸色苍白，浑身瘫软，话也说得不连贯，"不……不出十分钟，我一定会出现在你的面前。"

山根挂了电话，还未从惊恐中回过神来，芳菲又打来电话催逼。他在电话里再三对芳菲发誓赌咒起保证，说事情并非如她想象的那样。他好说歹说才算安抚住芳菲，急忙转身对两个学生说："广告先不揭了，你俩坐上摩托车，跟我一块儿回家。"

两个学生面露难色，有点儿不大情愿。山根生气了，这才把真相揭开：他俩贴广告的事情，柳老师已经知道，让两人快点儿跟他回去澄清事实，当证明人！

两个人面面相觑，惊慌恐惧得不知所措。

213

"走吧！走吧！"山根着急地催促两人。

两人这才顺从地坐上摩托车。行驶至鸿鑫邓州分公司大门前，山根让两人下车等候在外面，嘱托他们千万不要乱跑再添乱子了，一会儿他就过来喊他们上楼进屋向柳老师说明情况，解释清楚。

芳菲看到山根进屋，肚子气得鼓鼓的，胸膛剧烈地一起一伏，不断地喘着粗气，一团团热气不断从她口中呼出。

曼丽没好气地把她揭下来的广告塞到山根手里，斥责他千不该万不该，不该乘芳菲怀孕大月份之际，在外面到处张贴征婚启事，实在匪夷所思，可恼可恨！女人怀孕期间情绪不稳定、生气是最大的忌讳，严重的可能导致早产或者流产。山根这样招惹她生气，芳菲母子一旦有个三长两短，那将使他后悔莫及。

山根本想解释说明，当他看到芳菲双手捂住脸，抽噎得泣不成声，也就没敢再出声。

这时财务科同事孙姣走到门口，看到屋里的几个人都是一脸怒气，她停下脚步怔了一下，转身下楼去了。她想涉及家庭或者个人隐私，外人轻易介入，会造成对方难堪或者下不来台。

山根把两手放在一起搓了搓，以排解他焦急不安的情绪。没一会儿，他就把事情的头绪理清了。不能一味着急，只要把事情的前因后果说清楚，不就云开月朗，雨过天晴了吗？他这就把事情的前前后后，左左右右，弯弯曲曲，星星点点，一点儿不留讲给了芳菲和曼丽。

两人听了山根的叙述，不由得倒抽一口冷气。

曼丽大发感慨，如今这些小屁孩真是异想天开，人小鬼大成精了，小小年纪竟给老师张罗起婚事来！

芳菲似乎有点儿不愿相信，她用一种怀疑的目光打量着山根，说他像是在编故事说瞎话。

山根为了证实自己的清白，转身向屋外走去，说是让两个熊孩子过来，把事情澄清说明白。

曼丽看到芳菲不停地长吁短叹，用拳头轻轻敲打着胸脯，明白芳菲的身体不舒服了。她赶紧打开柜子，从里面拿出一床被子，铺在沙发上，扶着芳菲躺下。

山根带着鹏飞和梁柱走进来。两人一句话不说，低头站在芳菲面前哭泣着，流下了悔恨的眼泪。

芳菲满眼都是愤恨，连瞅都不瞅两人一眼，气呼呼地质问两个学生："你们听谁说我跟舒老师离婚了？"

梁柱低着头说，同学们都在私下讲柳老师跟舒老师离婚了，离开了学校。

芳菲无奈地笑笑说："傻孩子们，柳老师不在学校里，是因为工作变动了，并不是和舒老师离婚了。"

曼丽笑得前仰后合，山根也跟着笑。两个孩子的脸更红了。

曼丽止住了笑，又问："两个小人精，怎么想起来给舒老师做征婚广告来？"

鹏飞如实回答道："梁柱说舒老师离婚了，日子过得很不好，也太辛苦。我知道这都是我一手造成的，就想帮他成个家。怎么帮呢？我也不知道。我绞尽脑汁思考了好长时间，想起曾经读过一个小女孩为她父亲张贴征婚启事的故事，就决定通过贴征婚启事帮助舒老师成个家。"

"既然你们办的是好事，为什么不和我商量？"山根如此相问，也有进一步洗白撇清自己的意思。

鹏飞倒是回答得直爽，如果事先告诉老师，他肯定不会让他们这样做，不如来个先斩后奏。

"柳老师，实在对不起！"梁柱拉着哭腔，"您是我最敬爱的老师，您和舒老师劝我爹支持我上学，您指引我要努力读书，而我却严重伤害了您，辜负了您，实在对不起！"

曼丽语重心长地说："教训深刻，你们是好心办了坏事。看看柳老师都气成什么样子了！"

山根意味深长地对两个学生说："记住，不要说是听到的，就是眼睛看到的也未必是真实的。今后但凡遇到问题，不能只相信感觉，要透过现象看本质，一定要先调查了解，然后向自己多提几个为什么，反复思考，最后确定能不能做。"

曼丽让两人坐下来说话。

两人站在原地，一个劲儿地祈求芳菲原谅他们，请求两位老师千万不要把这件事告诉家长和学校。

山根点头以示答应。

鹏飞和梁柱仍然站在原地一动不动，不言而喻的意思是要等芳菲开腔说话，才算原谅了他们。

芳菲的眼神变得柔和多了，似乎也看出了两个学生的心思。她宽宏大量地说：

"坐下吧，今后再不能这样了。"

鹏飞声音低低地说，他俩要赶紧去把剩余没揭的广告揭掉。

山根叮嘱他们，路上小心，注意安全。

35

鹏飞和梁柱走出屋外。曼丽很抱歉地对山根说，造成这么大的误会，真是冤枉了山根。

"完全可以理解，换作我也许更加恼怒。"山根大度地笑笑。

曼丽振臂高呼理解万岁！她说爱情婚姻对夫妻双方来说都是排他的，彼此之间最起码要做到坦诚相待，相互尊重。

"今天得亏岳父岳母游览花洲书院去了，要不然，真够我吃不了兜着走呢！"山根说着话假装擦了一把冷汗。

曼丽和芳菲微微一笑，三人冰释前嫌。

芳菲躺在沙发上，以手抚摸孕肚，说是肚子突然有点儿疼。

山根和曼丽听了赶忙来到她跟前。芳菲却感觉越来越疼，一阵儿赶着一阵儿疼。两人看到她惨白的脸上满是汗珠，显得异常痛苦。

山根蹲下身子，攥住她的一双手。曼丽拿过一条毛巾，弯下腰给她擦汗，不料她竟疼得大呼小叫起来。

曼丽推测芳菲可能要提前分娩了。她当机立断，指使山根赶紧拨打120去医院。

不一会儿，一辆救护车闪烁着警报灯，鸣笛而来。

山根和曼丽帮着两名医护人员，把芳菲抬起来放在医护床上，直接推上了救护车。

医护人员推着芳菲走进手术室之前，医生要山根在一张住院登记表的家属签字栏里签上他的名字。一个身穿白大褂，头戴卫生帽的女医生问他："关键时刻，保大人还是保小孩？"

山根愣住了。他怎么也没料想到，自己竟还有如此艰难的人生抉择。不，他的答案只有一个："大人小孩都要保！"山根喊出声来。他的眼睛直直地瞅着医生。

医生对亲人之间这种生离死别的无助和绝望，当然是司空见惯，不足为奇。他和颜悦色地告诉山根，一般怀胎十月，才能正常分娩。这个产妇怀孕月数不足，而且看上去身体还那么瘦弱。只要能保住大人就不错了，婴儿能否成活，尚是一个未知数。

山根哪里能听得进去这些说法？他紧紧地抓住医生的手不停地絮叨，大人小孩都要保，这个小孩如同他们夫妻的生命。而他的妻子则是他的生命。他的眼眶里蓄满了泪水，声音里充满了哀求，让人听得格外揪心。

医生瞅了瞅山根，没有说话。

曼丽强行把山根摁在一旁的长条椅子上坐下，向医生简单介绍了山根见义勇为，失去第一个孩子的原因，又说孕妇年龄偏大，恐难再次怀孕。另外，民间一直有"七成八不成"之说。也就是说，七个月早产的婴儿，完全可以成活，请医生尽最大的努力！

医生听了曼丽的介绍，用敬佩的眼光望着山根，安慰山根，让他放心，他们一定会尽力尽责！

山根感激地望着医生，望着渐渐关上的产房门，他一下子瘫坐在门口的椅子上。他在内心里不断假设着，若是芳菲和孩子都没有了，他可怎么办？他有些后悔娶了芳菲。她生在温室里长在蜜罐中，应该有一个好男人疼她爱她呵护她，为她遮风挡雨给她幸福。可他却没有做到。而她，不顾生活的风刀霜剑严相逼，坚定地跟着他来到禹山沟吃苦受累。想到这儿，泪水不知不觉流过了他的脸庞。

幸福，芳菲没得到，痛苦倒是没少遭受，还失去了儿子。如今她和腹中的胎儿生死未卜……"她要我这个男人有什么用呢？"山根的心在疼痛，灵魂在呐喊。他用手捶打着自己的头，开始呜咽了。

"芳菲呢？"忽然一个恶狠狠的声音传过来，接着一只黑色的皮鞋狠狠踢在山根灰色的运动鞋上。山根慌忙站起身，原来是岳父岳母听说女儿早产，匆匆赶来。山根顾不得擦去脸上的泪水，赶紧用手指了指产房的门。

"看看你那窝囊的样子，什么也指望不上！"岳父厌恶地瞪了山根一眼，朝产房门口走过去。

岳母在山根背上狠狠打了一巴掌，气势汹汹地训斥山根，芳菲若是有个三长两短，他们跟他没完！

冬日的午时，太阳躲在云层里，清冷的风凛冽而迅猛。可是鹏飞和梁柱却没有感到一丝寒冷，相反他们的身体是热乎乎的，甚至脸上也沁出了一层薄薄的细汗。

一个买菜的大爷斥责他们，这么大的娃子不干好事，净干坏事，别人好不容易把广告贴上，他们不应该把它撕掉！

鹏飞沉着冷静，对老爷爷说，广告是他们贴的，内容写错了，揭下来重新写好再贴上。

老爷爷听了也没再说什么，拎着他的大白菜走开了。

时间已是午后两点钟，劳累、疲倦、饥饿一齐向他们袭来，两人表现出一副有气无力的样子。他们走到一处僻静地方，梁柱一屁股瘫坐在地上，两只手掌按在地上："歇歇，歇歇，累死我了。"

鹏飞毫不客气地命令道："谁不累？咱们得抓紧时间，把剩余的广告揭完，把错误降到最低限度！若是真有人应征打电话，被柳老师听见了，心里不是又添堵吗？柳老师腆着一个大肚子，咱们再惹她生气，不是罪上加罪吗？"

"可是，鹏飞哥，我的肚子饿得不答应，它在咕咕叫呢！要不咱们先买点儿饭，吃了再揭！"

"不行！"鹏飞说得异常坚决，"看看咱们干的啥事！舒老师和柳老师也没惩罚咱们，咱们今天中午就用饿肚子来个自我惩罚。如果犯了错误还心安理得的话，那就太没良知了。"

"都怨你，算是把人害苦了！"梁柱开始抱怨，"还说是好主意，明明是馊主意！"

鹏飞恼火了："怎么都怨我？难道你没有责任？"

"我有什么责任？我不还是听从你的吩咐！"咕咕乱叫的肚子把梁柱的心情搅得一团糟。面前的那张征婚广告纸上的文字一会儿就幻化成了一堆面包和鸡肉。

鹏飞翻着白眼怒斥梁柱，说舒老师离婚的是他，举双手赞成拥护写征婚启事的也是他，这会儿突然变卦了！一点儿也不像男子汉，还说要跟刘胡兰一样坚定！

梁柱别着头，乜斜着眼睛反问道："我怎么不像一个男子汉啦？"

"舒老师说过，男子汉顶天立地，遇到困难和麻烦是不会推卸逃避责任的！"

梁柱低下头，想想也是，自己确实有点儿不够仗义，不应该推卸责任。他想了想，给自己找了一个下台的理由："鹏飞哥，我累得又渴又饿，情急之下说出了不应该说的话，还请你原谅！"

鹏飞朗声诵道："故天将降大任于斯人也，必先苦其心志，劳其筋骨，饿其体肤，空乏其身……曾益其所不能。"

然后又给梁柱批讲说，如果一个人怕吃苦，遇到一点儿困难就克服不了，打退堂鼓，将来是不可能做成大事的！

梁柱认为鹏飞说得有道理，他想起来了，舒老师给同学们讲过这段话，也让大家抄写过。他也很喜欢，只是没有用心记着。所以，他感觉很惭愧。

鹏飞像个小老师似的要求梁柱，读书学习一定要先背诵记忆，然后才能理解运用。

梁柱没有言语，羞愧地低下了头。

"你知道咱们今天为什么好心办了坏事吗？"

梁柱摇摇头。

鹏飞笑笑："看你这么聪明，怎么不注意听老师说话呢？"

梁柱辩解说："老师每次讲课，我都认真听啊！"

鹏飞说："舒老师今天说咱俩犯错的原因，归纳起来有两个：一是读书不多，二是不注意调查思考，这才好心办了坏事。"

"鹏飞哥，你把舒老师说的话都领会了。"梁柱向他竖起了大拇指，"我佩服你！"

鹏飞想到妹妹二丫曾跟他说过，寄宿部的男生看到舒老师每晚都读书工作到深夜，这才值得人佩服呢！他脱口而出："你应该佩服舒老师，他才是咱们学习的榜样！"

梁柱点点头："那是，那是！"

接着，鹏飞给他讲了舒老师曾给他讲的一个故事：有一个记者问世界篮球巨匠科比·布莱恩："你为什么能够如此成功？"令人意外的是，科比没有直接回答，而是反问道："你知道洛杉矶每天清晨四点钟的情景吗？"记者摇摇头，表示不知道。科比挠挠头说："满天星星，寥落的灯光，行人很少。"两人的对话，也成了一个经典佳话。

"什么经典佳话？"梁柱听得糊里糊涂。

"一个人的成功，必须能够自觉做到刻苦勤奋。科比的成功就是如此。远的不说,你看看舒老师满腹经纶,还坚持读书,咱们这蒙学娃,没有理由偷懒啊!"

梁柱听到这里,立刻站起身,说:"鹏飞哥,你讲的故事,把我的肚子饿都治好了,我这会儿不饿了,咱们继续揭广告吧!"

说到这里,两人挽着手高高兴兴地向前走去。

山根透过窗户看到外面的天已经完全黑了,夜幕笼罩着华灯闪烁的城市,大街上热闹喧哗的声音渐渐没有了。天气越来越晚,芳菲被推进手术室已经好长时间了,也不知道是什么情况。他低着头,两手抱着臂膊,焦急地在手术室门前的过道里走来走去,时快时慢,心里急得如同火烧猫抓一般疼痛难受,怎么也安宁不下来。

记得儿子志远出生的时候,他也是焦急无奈地守候在产房外面。那时候他是满心的喜悦,满心的憧憬:是男孩还是女孩?他都喜欢。模样随自己还是随芳菲?最好是像芳菲一样漂亮!最好是一个小男孩,山根觉得他还肩负着老舒家传宗接代的重任呢!

后来……想到后来,山根的眼泪唰唰流了下来。

而此刻,山根的心里除了焦急还充满着恐惧。他现在才明白,女人生孩子就是在鬼门关走一遭,并非如有些人说的那样容易:女人生小孩如同老母鸡下蛋一样,稍一用力就可以了。他心疼芳菲,但也知道这是无可替代的事情。初来医院时,大人小孩都要保的说法显得那么狭隘和自私。如果这会儿要他在两者之间必取其一,他会毫不犹豫地选择保芳菲,他要让她感觉活在这个世界上的温暖。

若善老两口黑着脸坐在一旁的连椅上,曼丽不停地看手表,这让山根感到更加着急。

时间在一分一秒地流逝,芳菲被推进手术室三个多小时了,却仍不见推出来。山根和曼丽不约而同来到手术室门前,隔着玻璃门不住地向里面张望,但里面的布帘子遮得严严实实的,什么也看不到。

山根的眼眶溢满了泪水,强忍着没敢让它流出来,生怕岳父岳母看到骂他扫把星。然则,许多时候好事的到来却让人猝不及防。就在几个人急得团团转,一筹莫展之时,手术室的门突然从里面拉开了。一位穿着白大褂的年轻漂亮医生从里面走出来。几个人同时迎了上去。

医生说手术很成功,病人已经脱离生命危险,母女平安!

山根长出一口气，悬着的一颗心终于放下，口里不住地说："谢谢医生，谢谢医生！"

若善接道："这孩子真是吉祥命大，能使母女转危为安，就叫她吉安吧！"

鲁敏提出了疑问："怎么像个男孩的名字？你会给孩子起名吗？芳菲的名字就是你起的，看看让女儿遭了多少罪？这回说什么也不能听你的，随后去找个高人给孩子起个名。"

若善辩解道："吉安这个名字肯定好，多么吉利啊！"

曼丽笑呵呵地打圆场，女孩起个男孩的名字，大气活泼，能够平安健康，茁壮成长。

山根接道："对，就叫吉安，寓意吉祥平安。"

鲁敏白了山根一眼，但是芳菲母女化险为夷，让若善老两口脸上还是掩饰不住灿烂的笑容，那表情如同三月里盛开的鲜花一样，开心欢快。

山根和芳菲的喜悦自不必说。

36

省城，鸿鑫房地产公司。

董事们端坐在装饰豪华的会议室里。鸿鑫拿出一个快递件，向大伙介绍情况说，山根、芳菲和曼丽对账目做了认真细致地审查。芳菲凑巧生孩子，曼丽在医院照看她，暂时回不来。她要求公司把他们审查出来的两个问题尽快解决了。

"这么快，短短一星期时间就审查完了！"梁安感到很意外，"审查出了什么问题？如何解决？"

鸿鑫听出梁安话里含有轻蔑、不信任的意思，作为总裁他无须跟他计较。只见他淡定而从容地说，一宗是纳税数量不足，另一宗是漏交税额，两项加起来也就几万块钱。虽说数量不大，但毕竟是问题。他建议由潘董负责催促财务人员，尽快补缴完善。

梁安面带讥讽，流露出一种不太信任的神情。可笑，仅仅查出这么一丁点儿问题，就能过关？听说一些公司聘请市内有名的会计和审计人员帮助审查，账目尚未查完，就发现了几十万块的偷税漏税问题，他们这么大一个公司，补交区区几万块，能解决问题过关吗？

想到此，他就大胆提出了质疑："几万块钱倒是容易交，只怕问题解决不了！"

郑正则认为凡事都应该实事求是，不能盲目做对比。他诘问梁安："你不会是想让公司问题多、问题大、多交钱吧？"

潘兰望着郑正意味深长地笑笑，没有说话。

韩强习惯性地扶了扶眼镜框，现出一种文质彬彬的气度，微微一笑，说："梁董肯定不是想让公司多交钱，他是话中有话。"

鸿鑫很清楚，梁安属于那种"个人英雄型"兼有"工匠型"的领导性格，做事有魄力，善于开拓新局面，可以说他为公司立下了汗马功劳。但又过于自负，不太相信别人，甚至有些刚愎自用，凡事追求完美，事无巨细都要亲力亲为。他把每天的大部分时间都投入公司的事情上。虽然他对公司出力很大，但同事关系却处得相对紧张。鸿鑫在与他的相处中，总是能够让他扬长避短，把握好分寸，让他把能力和优势发挥到极致。

这会儿他同样是不直接说出对梁安话语的不满，而是顺着韩强的话茬，佯装不解地问："梁董话里有什么意思？"

梁安说得直截了当："我觉得我们应该审慎、理智地对待这次大检查，而不能感情用事，把它视作儿戏，草率地对待！"

"我看也是。"潘兰用手拨弄了一下额前的刘海，发表了她的意见，"山根财税理论功底固然扎实，关键是他从没在财税审计部门工作过，不清楚房地产企业账目在哪些方面容易出现问题，发生差错！"

梁安又跟着说："我担心的也正是这点。"

鸿鑫对梁安和潘兰一唱一和的做派当然不满意，但他知道作为一把手必须做到肚大量宽，而不能和他们斤斤计较，发生争论。作为公司总裁，他在任何行动中都起着决定性作用，一锤定音。所以，他表现出一种镇定自若、和颜悦色的悠闲神态。他虽然声音不高，但却重若千斤："诸位尽管放心，山根审查过的账目肯定没有问题。如果还有其他问题，一切责任由我来承担！"

听到总裁如此表态，那些对山根持有怀疑态度的董事，也只好闭上了嘴巴。

这是个星期五的傍晚，夕阳西下，暮色苍茫，连麻雀都停止了叽叽喳喳的叫声，悄没声儿地归林入巢了；大山显得格外沉稳，河水在静静地流淌，仿佛它们也准备进入夜晚的休眠状态。

学校的老师和学生们大多回家了。禹山沟校园里的花草、树木、房屋都陷入一片寂静中。作为一校之长的虞潜,满怀心事地坐在办公桌前的老板椅上。他的右手食指与中指间夹着一支香烟,不停地抽着。此刻,他在等待着一个人的到来。

时间在一分一秒流逝,天色渐渐暗下来了,眼看越来越晚。可是,仍然没见他相约的人到来。他只好拉开电灯继续等待,着急得坐卧不安,站立不定,生气和不满也在不断增长。

过了好长时间,终于从外面走进来一个人,一个年纪三十出头的女性。她不是别人,乃是本校老师苏弘阳。

"虞校长召见我,有何吩咐?"弘阳一脚踏进门里,一脚还在门外,询问的声音就飘了进来。

看到弘阳姗姗来迟,听到她戏谑的问话,虞潜感到自己受到了轻视和戏弄,立刻现出满脸的不悦,张口责备道:"让你过来说点事情,怎么耽误个把钟头才来?你这样拖拖拉拉,如何能把工作干好?再说,我作为校长,就像把自己卖到了学校里一样。周末还不能回家处理一下家里的事情,你就这样磨磨蹭蹭,拖拖拉拉让我久等着,合适吗?"

弘阳听到虞潜的批评抱怨,她一边说不好意思,让他久等了,一边解释说今天是星期五,她需要安排好寄宿部学生回家的事情,确保每个人都能够平安到家。谁知道却耽搁了校长的宝贵时间,还请他大人大量海涵见谅!说着话还做出一个抱拳施礼的诚恳动作。

虞潜从弘阳的话里,感觉出了她对他的态度不够尊敬和友好,同时也听出了她话中有话的讥讽。他连忙改口,说她这半年为寄宿部的事情操大心出大力了,他都看在眼里记在心里。

弘阳居功不自傲,反倒十分谦卑,要说为寄宿部操心和出力,山根当属第一,她只是跟着帮忙打杂。

"你俩都一样。"虞潜说了这一句,突然把话锋一转,"唉,如今这世道真是反常,出大力做好事的人反倒不落好,落的是埋怨和责难!这两天就有家长到学校反映寄宿部的问题。"

"什么问题?"弘阳感到吃惊和意外,"我和山根倾力付出,尽全力去托举寄宿部,家长们怎么还不满意?"

虞潜显得十分严肃，拉着长腔，故意把声音的分贝压到最低。他说家长们反映寄宿部生活费用高，学生吃不好，要求学校认真清算寄宿部的账目。

弘阳顿时义愤填膺，怒不可遏："狗咬吕洞宾，不识好人心。这些人真是辜负了舒老师的一片良苦用心，多少次都是他自掏腰包给学生改善生活！连自己的工资都贴进去了！指不定柳老师怎么跟他吵闹呢！我多次劝他不要这么做，他说这些孩子们正处于长身体时期，营养不能缺少……"

虞潜不耐烦地摆摆手，示意她停下别说了。他说："我想同你商量一下，为了平息民怨，咱们先把寄宿部撤了！"他说的话似乎经过了深思熟虑。弘阳怔怔地看着他，什么思路啊，明明是家长发生了误解，作为校长本应该深入下去摸清原因，进行解释说明，打消家长的顾虑才是。谁知他却来了个在高粱上点火——顺着杆子往上爬，借机打起了取消住宿部的主意。开办寄宿部本来就是一种善举，所以她和山根才积极奉献，乐在其中，而你作为校长，不管不问也就罢了，还说要撤销，真不知道是什么用心！

弘阳很恼火，立刻诘问虞潜，寄宿部撤销了，那些残疾学生怎么上学？

"家长不是有意见吗？就让他们自己想办法，各操各的心。"虞潜虽然声音不高，却说得毫不客气。

弘阳把心一横，干脆来个一推六二五。她说寄宿部撤销不撤销，让他和山根商量，她不参加意见，也管不了这些事情！

虞潜不高兴了，他说寄宿部是学校的，又不是山根个人的，大可不必同他商量，同她苏弘阳商量不也一样吗？

弘阳显得执拗而直爽，告诉虞潜正因为寄宿部是学校的，才需要和山根商量，他毕竟是上级任命的教导主任，学校领导班子成员。而她既不在僧也不在道，没必要同她商量，她只有服从的份儿！弘阳还想说，寄宿部虽是山根提议创办的，但也是征得老支书的同意，深受村民拥护的。你得去问问他们答应不答应，如此随意撤销未免有些草率。弘阳没有把话讲出来，但还是摇了摇头。他觉得跟这个固执而狭隘的人讲道理不起一点作用。他这人平素就是听不进去别人的真心相劝，只是一意孤行！

虞潜向弘阳陈述了不需要征求山根意见的理由：芳菲生小孩了，山根还来不来上班，尚是一个未知数。再说他这大半年，人在曹营心在汉。他所担任的班级接连出事，最近就有不少学生家长要求把孩子转到镇上读书。所以他作为校长，打算把六年级合并到镇一初中预科班，总比让山根把它弄垮了强得多！

弘阳明白了，虞潜这是要假借和她商量工作，撤销寄宿部，合并六年级，目的是赶走山根。说心里话，她是坚决反对的，但她不敢插嘴，担心虞潜拿她的话无限发挥，造她的谣言，对她栽赃陷害，嫁祸于她。更重要的是她担心这个心眼长歪了的人，会诋毁她和山根的清白。虽说"身正不怕影子斜"，但被人无端地陷害毕竟是一种伤害。思来想去，还是决定自己不与他正面交锋！

弘阳不亢不卑地拒绝了虞潜。她的意见是寄宿部撤销不撤销由他们领导决定，她不参加意见，其他事情与她无关，她更管不着。

虞潜突然换成一副友好和善的面孔，微笑道："其实，我还有一个想法。"

"有什么想法你尽管说出来。"

"我思忖着山根调走之后，由你担任教导主任一职比较合适。"

"谢谢你的一番好意，不过我可不是当官的料，你还是另选高明吧！"弘阳话说得非常委婉，但拒绝的态度却异常坚决。

虞潜见弘阳对封官许愿不感兴趣，立刻改变了话题："其实，这些事情尚在酝酿阶段，我信任你才和你商量，还请你保密为好。"

弘阳点了点头说："天晚了，我得赶紧回家。"

虞潜不满意地望着她的背影，没有吱声。

一星期后，芳菲母女平安出院，这让山根、曼丽和若善老两口欢喜不已。当然，最高兴的人莫过于山根了。他抱着心爱的女儿在屋里晃来晃去，嘴里哼着小曲儿。女儿正在熟睡，她粉嫩的脸蛋儿，高高的鼻梁像极了芳菲。山根越看心里越喜欢，不由得轻声唱起了歌谣："不哭不闹睡觉觉，你要做个乖宝宝；外面大风刮又飘，吹不醒你的好梦哟……"

"快把闺女放在床上！"芳菲呵斥他，"抱习惯了，以后你去上班谁来抱？"

山根自知理亏，顺从地把女儿放到芳菲身边。

没一会儿，山根的眉宇间笼罩起一层淡淡的忧愁和哀伤，说明他的内心深处还隐藏着不愉快、不开心的事情，那就是他要急着去上班。虽然，芳菲已猜到了八九不离十，但还是想听他亲口说出来。

昨天，芳菲父母有事回省城了，曼丽刚才去分公司处理点儿事情。家里只剩下他们一家三口人。刚出生不久的吉安当然什么也听不懂，芳菲想借此机会盘问一下山根，把问题弄清楚。

芳菲头戴蓝绒帽，坐在床上，背靠床头护栏，呼唤山根过来。

他从客厅走来，问她："有事吗？"

"有事没事，你不是很清楚吗？"芳菲说得毫不客气。

山根嬉笑道："我又不是你肚子里的蛔虫，怎么知道你要说什么？"

芳菲冷着脸子说："你心里的那点事儿，我可是知道得一清二楚！我想问什么，你还不明白？何必揣着明白装糊涂呢？"

山根微笑着辩解，她和吉安母女平安，他心里只有高兴和欢喜！

芳菲显得十分严肃，要他看着她的眼睛，有什么心事直接讲出来，不准说瞎话！

山根迟疑了一下，暗自思忖，既然芳菲看出来了，倒不如实话实说，这样做，也许会惹得她不满意或者生气，但对他这个襟怀坦荡的人来说，讲实话心里踏实。

山根告诉芳菲，他连续一个多星期没有去学校了，也不知道他所担任的毕业班、学校的教学和寄宿部诸项工作是个什么样子。一想到这些，他就有点儿心急火燎，烦躁不安。

不出山根所料，芳菲听了大发雷霆，大吵大闹。她拿起放在床头的鸡毛掸子，狠狠地敲打着床头柜，厉声叫嚷道："舒山根，你这人怎么如此言而无信？当初你答应调进城，我才与你和好；和好了，你却说把那一期工作完成就调回来，我又答应了；我怀孕时让你请假陪伴，你说等到我分娩时，请一个月的假，专门在家伺候我，这会儿怎么又变卦了！"

山根慢言轻语地劝她冷静息怒，不要发火。月子里生气发火对身体没好处。再说任何事情都可以通过沟通协商来解决。

"有病了好，早死早安生！"芳菲恼羞成怒，歇斯底里般地吼叫着，"我死了，你就解脱了！"

山根走近床边，攥着她的双手，哀求似的说："芳菲，不是你说的那样，你听我说。"

芳菲挣脱他，两手捂住耳朵，显得固执又任性："我不听，我不听，你就是要想方设法折磨死我，然后和你相好的女人一起生活在禹山沟。"

山根一边给她擦拭眼泪，一边解释，说他这一生只有她这么一个知心爱人，再不可能有第二个女人！

芳菲依旧坚持她的看法：骗三岁小孩呢？没有外心，怎么连老婆孩子的死活都不顾，非要往那个破烂学校里跑？

山根顿了顿，终于向她说出了自己的真实想法。他就是想要在培养好禹山沟下一代的同时，努力把他研发的《简易智慧教育》试验成功，然后推而广之，遍及全国，惠及更多的孩子！

"你心里还是没有我和女儿。"芳菲呜呜大哭起来。

37

曼丽从公司回来，推开屋门听到芳菲伤心无助的哭声。她怒气冲冲地闯进两人的卧室，瞪了一眼山根，质问道："你为什么要招惹芳菲？难道你不知道女人月子里不能伤心生气？落下病根儿，芳菲可是要受一辈子罪！"

山根木着脸儿，双手握在一起，显出一副无所适从的样子，不知道该怎么回答曼丽或者向她解释。是山根的冷淡激怒了曼丽，还是芳菲可怜哀痛的哭声，引起了曼丽的同情？她训斥山根太过分太不像话！上次因为征婚广告的事情，惹得芳菲生气愤怒，致使她血压飙升，动了胎气，诱发重病，险些使她们母女双双丧命。这会儿刚出院不久，竟又让她生气。

她大声质问他："舒山根，你究竟要干什么？我看你是不打算把芳菲从痛苦中解脱出来了！"

芳菲的哭声低了，但仍在呜咽。山根为了阻止她的伤心哭啼，灵机一动，对曼丽说："让芳菲告诉你吧！"

曼丽瞅了瞅芳菲，只见她拽了拽被子，把脸捂上，不愿说话。

"光哭有什么用？"曼丽转过身抚慰芳菲，"你把来龙去脉跟我说清楚，山根胆敢欺负你，我替你出气！"

芳菲不愿说，山根只得说出事情的原委。曼丽不听则已，听罢勃然大怒，对着山根怒目而视，声色俱厉地指责道："芳菲以前说你外表老实，内心狡猾，真没说假！"

山根真诚地说："曼丽，不是你说的那样，大学同窗四年，你还不了解我？"

"此一时，彼一时。"曼丽此刻不仅仅是生气，而是怒火满腔！她严厉地谴责山根在对待芳菲这个问题上，总是言而无信，得寸进尺，一次次拖延，一次次欺骗。他这样再三愚弄芳菲，愧对了她对他的信任和一片深情，弄得她和鸿鑫这些管事人，也是尴尬无语。诚如芳菲爸妈说的那样，只要山根不离开禹山沟，芳菲的苦难就会无穷无尽！曼丽不住地叹气。她忽然对芳菲的爱情婚姻失去了信心。如果山根执拗地把心搁在禹山沟，芳菲往后余生怎么能够幸福？以前她和鸿鑫尽心尽力撮合他们两人的婚姻，现在看看有可能是在坑害芳菲！曼丽的大脑一时间乱成了一团麻。

山根肯定曼丽批评得对，也知道这是为他好，但事情并不如她所说的那样。他也不是故意要耍小聪明，更无意欺骗愚弄芳菲及任何一个人。

他从衣兜里掏出一张纸巾，擦了擦眼睛。他进一步阐释说，他而今坚持留在禹山沟，并不单纯是为了报恩，也不是沽名钓誉，而是为了满足乡亲们希望孩子就近读书的心愿，满足禹山沟孩子们对知识的渴求。当然，还有一个更重要的使命，就是在教学的同时，把《简易智慧教育》试验成功，让更多的学生受益，促进教育良性发展！

"哎哟哟，舒山根，真看不出，原来你是一个救世主啊！"曼丽尖酸刻薄地讽刺山根，"你救救芳菲！救救你自己吧！可笑不可笑，自己尚且驴尾巴苦不住驴屁股，家庭的事情都处理不好，家人照顾不了，还当什么救世主呢！醒醒吧，舒山根！"

山根却不理会她，十分诚恳地说："我的生命由两个板块组成，一块是芳菲母女，另一块则是我的教育教学事业。这两个板块，支撑着我的全部生命，失去任何一块，我将不复存在。"

"教学对你有这么重要吗？"曼丽于大惑不解中耍笑着他，"你的意思是说，你宁可失去芳菲，失去家庭，也要把教学放在第一位？"

"不，我一样也不能失去！但是做好教育教学事业，是我今生最高的追求，我愿为此奉献一切。"山根第一次公开向别人讲明了他的理想和志向，"我认为，人生没有梦想和追求，就失去了生命的动力和意义，活着无异于行尸走肉！也许在别人看来，我孤单地坚守在禹山沟，贫穷可怜，寂寞难耐。可对于我舒山根来说，这是一种幸福和快乐，因为我在为理想而奉献，虽苦犹甜，虽穷犹富。诚如苏格拉底所说：'世上最快乐的事，莫过于为理想而奋斗！'"

曼丽讥讽他头发辫上绑西瓜——抡得大！叨骂他是圣人蛋，无可救药，不可理喻！她怒不可遏地对他下了严厉指令："芳菲坐月子，你必须伺候！"

"我不但要伺候，而且要伺候好，"山根来了个先肯定后转折，巧妙地说出了他的想法，"只是伺候的时间需要调整一下。"

芳菲从被窝里探出头来，不满意地问道："什么意思？你把话说明白！"

山根说岳父岳母明天过来，他要和二老商量一下，让他们白天照顾芳菲，他夜晚伺候。两班倒轮流伺候，谁也不过分劳累。

芳菲紧追不舍地问："那么，你白天要去哪里？"

山根朗声答道："我要去学校上班！"

芳菲断然否定说："不行，你应该履行当初对我许下的诺言！食言而肥，你还是个男人吗？"

"这对芳菲不公平！"曼丽路见不平，拔刀相助，"大丈夫一言既出，驷马难追。你不能出尔反尔，自食其言！"

这时候，山根的手机突然爆响起来，他赶紧按下接听键，去客厅接听。

须臾，他又急匆匆地走回来，一脸恐慌地对两人说，他必须尽早尽快去学校。

曼丽皱起眉头，两眼直直地盯着山根，等待他接着往下说。

山根告诉两人，虞校长说要撤销寄宿部，把六年级合并到镇一初中预科班。

芳菲听了也感到震惊，慌忙坐起身子，探询似的望着山根，仿佛在问，虞潜为什么要这么做？

山根情绪低落，怏怏地给芳菲解释，虞潜说寄宿部存在严重的经济问题，六年级许多学生都想往镇上转，与其自动解散，不如提前合并，免得丢人难堪！

山根现出满脸的焦灼：如果虞潜的图谋得逞，他和芳菲几年来为禹山沟所做的一切努力都将化为乌有，而这些身体有残疾的孩子又将失学了！

芳菲着急地催促山根赶快去禹山沟了解情况，看看姓虞的是不是做了什么手脚，以达到挤走和否定山根的目的。此刻，她完全忘记了自己强烈要求山根调离禹山沟的心思。关键时刻，她还是和丈夫站在了一块儿。

山根哭了，他是被芳菲的这句话感动哭了。说明芳菲还是理解他，支持他投身教学工作的。这是自儿子志远发生意外以来，她对他说的最暖心的一句话。

鸿鑫特意摆下庆功宴，庆祝本公司在这次税务稽查中，成为金水区房地产企业中的标杆企业，而且受到了市政府的嘉奖和税务部门的表彰。

公司大院内外，彩旗飘飘、鼓乐齐鸣、礼花飞绽，呈现出一片欢乐祥和的气氛。每个董事的脸上都洋溢着欢喜的笑容。庆功宴上，大家酒喝得多了，话就渐渐多起来。

梁安朝曼丽竖起大拇指，说她为公司立下了汗马功劳，应当重重奖励才是！

韩强扶了扶眼镜框，十分优雅地说，用对一个人，走活一盘棋。曼丽在这个事情上发挥的作用就是如此。

潘兰的体会是，熟悉业务，精益求精，同样是在创造财富！

郑正把他获得的信息也讲了出来："听说个别公司被罚款的数目还不小呢！咱们公司不仅没被罚款，反倒受到嘉奖，这一反一正、一进一出，差距可不小啊！"

韩强说税务部门对这次自查不认真、纠错不力、补缴不及时的企业，不仅仅是罚款，甚至要追究单位主要负责人的刑事责任。看来有人要坐不住喽！

梁安慢条斯理地说："而咱们公司却巧借东风，把这次检查变成树立企业良好形象，增强政府、社会和民众对咱们信任的良好契机。真好啊！"

潘兰提议今天先给曼丽奖励三杯庆功酒，然后再商量如何奖励。

大伙齐声说："好！"

曼丽慌忙站起身，做出一个打住的手势："使不得，使不得。"

郑正反问道："为什么使不得？你是公司的大功臣，受到嘉奖理所应当。"

"无功不受赏，无过不受罚。我不敢将贪天之功据为己有。"曼丽说得文文气气，话里有话。

梁安不解地望着曼丽，意思是要她说清楚。

曼丽说出了事情的真相："实不相瞒，发现咱们财务账目上存在两宗问题的人，不是我，也不是芳菲。"

其实几位董事已经清楚是谁了，但还是故作不明白地问："那是谁？"

曼丽一字一顿说出了谜底："舒——山——根，要奖就奖励山根，他才是公司的真正功臣，理应受到奖赏！"

梁安不无赞叹地说："山根果然身手不凡！佩服！佩服！"

潘兰望着鸿鑫说："董事长慧眼识英才！"

梁安羞赧地说："打脸了，山根凭实力让我们佩服。"

潘兰说："被打脸的还有我。我当初不应该隔着门缝看人，把山根看扁了。"

郑正爽快地说："事实证明，董事长的决策是英明正确的。"

梁安请求鸿鑫再去邓州时一定要带上他，让他见识见识这个能力不凡的舒山根。鸿鑫答应了。梁安能够放下尊严，去禹山沟里拜见一个陌生人，可以看出他对山根的深深敬佩和愧疚。

鸿鑫郑重地点点头，表示同意。

山根起早做好月子餐，把饭盛到碗里端给芳菲。看着她吃完，又洗刷了锅碗瓢勺，这才戴上头盔，穿着棉袄，骑上摩托车去学校。他想尽快把耽误的课程给学生补上。

山根走进校园，看到虞潜的办公室门敞开着，突然想起弘阳昨天电话中说他要撤销寄宿部，合并六年级的事情，就想去问个清楚。他停下摩托车走进屋内，当面质问虞潜为什么要撤销寄宿部、合并六年级。

"学校的决定！"虞潜理直气壮，说得一点儿也不含糊。

"学校的决定，你和谁商量了？学校里是一言堂，你一个人做主吗？"

"校长负责制，我说了算！"虞潜显得霸道而蛮横。

山根坚持给虞潜摆事实讲道理：寄宿部办得好端端的，解决了特殊群体学生上学难的问题；六年级办在本校，方便山区学生上学，为什么非要撤销、合并？

虞潜摆出一副不屑置辩的傲慢姿态，什么话也不说。

山根怒不可遏，气得脸都扭曲了，不自觉地提高了嗓音，责备虞潜如果是从方便禹山沟学生上学出发，他一个人做主也就罢了，可是他做出这个决定对学生有百害而无一利，不知道他到底是何居心？

往下的话，山根也不想说了。有些话，点到为止就行了，没必要说得太露骨，使他难堪得下不来台！

虞潜嘴角露出一抹冷笑，说他本来不想把问题揭穿，既然山根苦苦相逼，那就休怪他不客气，话也说得难听了——有部分家长反映寄宿部克扣学生生活费问题，六年级有许多学生要求往镇上转。难道要眼睁睁地看着他舒山根败坏学校的名声，耽误学生的大好前程吗？

山根终于发飙了，怒吼道："你胡说八道，颠倒黑白！"他压根儿就不相信虞潜的话。这根本就是捕风捉影的事情，他相信禹山沟的父老乡亲不会说谎，更不会随意编派。他相信他们的淳朴，他们的善良，他们的诚实，以及他们对他舒山根的信任！事情只有一种可能，那就是虞潜一个人在买鸡毛卖鸡毛——倒鸡毛。他对此坚信不疑。

山根犹嫌说得不解恨,又愤恨地说:"作为校长,你嫉妒心作怪,打击陷害!"

虞潜阴阳怪气,皮笑肉不笑地说:"可笑,你有什么优势和长处值得我这个当校长的嫉妒、陷害?"

山根拿起拳头狠狠砸在虞潜面前的桌子上:"老佛爷念素珠,你心中有数!"他愤怒得真想把这个拳头砸向虞潜的眼睛。这个瞎了眼的家伙,就让他成为一个真正的瞎子吧!但理智还是占了上风。

但山根终究还是惹怒了虞潜,他气得上蹿下跳,朝着山根大吼大叫:"想撒野吗?你以为你是坐地炮,我就怕你?信不信我会把你赶出禹山沟?"虞潜拍着胸脯,脸色煞白,瞪着一双血红的眼睛,那真是气急败坏呀!

山根看着虞潜张牙舞爪的样子,不由得皱起了眉头,忍不住拿手指着他:"看看你现在这个样子,还有没有一点儿校长的风度?"

……

两人高一腔低一声吵吵嚷嚷,引来许多师生的围观。同事们看到校长和教导主任吵架干仗,连拉带拽,总算把两个人拉开了。

山根气呼呼地往教室里走,一路上连着踢飞了好几个小石块。

快到教室门口的时候,山根站住了。他知道作为老师不能带着负面情绪走进课堂,更不能把愤怒的脸色呈现给学生看。他决定在教室门前的一棵蜡梅旁,快速平复一下自己激愤的心情,把一切不愉快都弃置身后,以笑脸面对学生。

校园里,隆冬的蜡梅生机勃勃,傲然挺立在凛冽的寒风中。花朵开得是那么鲜艳夺目,花瓣润滑透明,股股清香,沁人心脾。

山根立刻对眼前的蜡梅生出一种敬佩之情。梅花不怕天寒地冻,不惧风刀霜剑严相逼,不畏冰袭雪侵,不屈不挠,昂首怒放,独具风采。这种精神难道不正是我舒山根所需要的吗?

此时此刻此地,我就是蜡梅,蜡梅就是我舒山根!我要像蜡梅那样能够经受住冬雪苦寒,风吹雨打!虽然没有蝶舞蜂绕,也要装点冬日,迎接春天!

我要勇敢地战胜困难,我要说服虞校长。虽然此刻山根尚不知道如何说服虞潜,但他抱定如同蜡梅一样的信念,"以一抹余红换来春满大地"之坚定,已荡漾在他胸中。

这一连串的想法,在山根的心里化作坚定的信念。不知不觉,微笑竟洋溢在他的脸上了。就这样,他微笑着走向教室,走向那群可爱的学生。

38

无论是北风呼啸,还是雨雪飘洒、天寒地冻,山根都履行着他对芳菲许下的诺言。每天晚上,等到寄宿部的学生睡下,他就骑上摩托车穿越黑夜往家赶。回到家里,刚好赶上给芳菲做前半夜的月子餐。

他利用芳菲吃饭的间隙,择菜、洗衣裳、拖地板、擦灶台、倒垃圾……一点儿也不肯闲着,凡是能干的活他都提前干了。

山根忙完这一切,差不多到了深夜。他躺下来休息三四个小时,就起床给一家人熬粥烙饼炒菜做早餐。

清晨六点,他驾着摩托车准时出发,刚好七点进校园。这个时间点,弘阳已经给寄宿部学生做好了早餐,准备开饭。他二话不说,戴上卫生帽,勒上围裙,摆好餐桌和椅子,同弘阳一道给学生们铲菜打饭,忙得不亦乐乎。

紧接着,山根又投入紧张而繁忙的教学之中,一天也难得歇息片刻。他暗自庆幸:得亏自己有这副好身板,要不然每天这么大的工作量,这么高强度的劳动,他怎么能吃得消呢?如果不是这副好身板,这么多需要他做的事情,恐怕早就心有余而力不足了。那岂不是天大的遗憾!所以,他一定要抓紧时间,去做好所有的事情。

山根连续利用几个下午的放学时间,对六年级和寄宿部的学生做了家访。一方面了解六年级有哪些学生想转学,为什么要转学?一方面核实一下个别家长反映孩子在寄宿部吃不饱的问题,是真是假?也好做到心中有数。

山根在走访的大部分学生家庭中,没有发现虞潜所说的两个问题。星期五下午放学早,他决定把剩余的七个学生家庭全部走访完毕。孰料,当他访问最后一个家庭时,竟然耽误了好长时间。

最后走访的这个学生是住在虢家坞的虢多,他的一只脚有残疾,走起路来一颠一跛的。据说是小时候被自家养的老母猪咬坏的,从此成了跛足之人。山根来到他家时,虢多表现出一种慌乱不自然,甚至手足无措的窘态。

山根暗自寻思,这个学生平时极是外向活泼,今天这是怎么了?难道他不欢迎老师的到来,还是另有原因?

虢多的爸妈在外打工，他跟着爷爷虢山茂生活。山茂看到山根到来，十分热情，慌忙站起身张罗着给他让座倒茶。山根看到这个身材一向十分板正的汉子，在无情岁月的摧残下，如今已经变成了一个驼背老人。他指派孙子去附近小卖部买烟买酒，招待山根。虢多却推托着不愿去。爷爷就有些不高兴。多亏山根说他不抽烟也不喝酒，这才使虢多免受爷爷的责骂。

虢多坐在跟前，山根和山茂都不好开口说话，因为不管谁先开口说话都要涉及孩子，给孩子造成难堪。老人眉头一皱，计上心来。他要多子去菜园里薅点儿菜，顺便把他五奶奶喊来，帮着炒俩菜，留舒老师今晚在他们家吃饭。

山根看出了老人的用意，也就没加阻拦。山茂看到虢多走出院外，压低声音对山根说，前些天他去学校没见到山根。

山根很有礼貌地问："虢伯，你找我有事儿？"

"多子说在寄宿部吃不饱，经常问我要钱买零食，这是咋回事？"

"寄宿部管吃饱，除非他不想吃。"

"唉，想不到这孩子竟然撒谎说瞎话！"老人颇感意外，接着话锋一转，"那天没见到你，我去见了虞校长，他说随后问问情况。"

山根问他："您反映寄宿部克扣学生的生活费了？"

"说哪里的话，我能信不过你？"老人回答得很干脆。

"好，我知道了。"山根一边说话一边站起身往外走。山茂把他送到门外，山根叮嘱老人，"老伯您不要训斥批评多子，随后我慢慢开导他。"

山茂几乎没假思索，就爽快地答应了。

家访结束了，虞潜的谎言也被戳穿了。可是，虞潜为什么要这么做呢？六年级是山根负责的，寄宿部的事情也不需要虞潜操心忙碌，他为什么要把这当成眼中钉、肉中刺呢？难道这就是他口中所说的要撵走他舒山根吗？山根摇了摇头。他是不会走的，六年级也不能合并，寄宿部更是不能撤销！只要他舒山根在，六年级和寄宿部就在，他誓与阵地共存亡。他舒山根已经在禹山沟深深地扎下了根，他要为禹山大地献上他的绿荫、鲜花，还有果实。

山根半夜回到自家门口，掏出钥匙插进锁孔，却怎么也旋转不动打不开门，门铃也按不响。没办法，他只好一边用手拍打防盗门，一边喊芳菲起床开门。

门开了。不过，开门的是岳父若善而非芳菲。他挡在门口，不让山根进屋。

或许是灯光反射看不清的缘故，或许是若善故意为之。只见他身子前倾，伸着头，瞪着眼睛望了望山根，就像面对一个陌生人那样，连连发问："谁呀？你谁呀？是不是摸错门了？"

"爸，是我。我是山根！"山根强作笑颜。

"你是山根？我怎么没认出来？"若善看到山根满脸血迹，棉袄棉裤烂得缕缕絮絮，甚至不如一个乞丐的穿着打扮。他好奇地嘲笑揶揄说，"你是做强盗了，还是和人打架了？抑或是化装参演谍战片了？"

拿着钥匙打不开门锁，门铃也按不响，山根原本就怀疑若善做了什么手脚，及至听了他阴阳怪气的发问，心里就有些不悦。但他还是装作一副若无其事的样子问岳父："爸，是不是门锁坏了？"

"门锁没坏。为安全起见，我在里面上了保险。"若善说得很直爽。

果然是老丈人做的手脚，山根不自觉地责怪道："本来就是防盗门，哪里需要再加保险？若是加了保险，我回来还得喊你们开门，寒冬腊月的天冷得不行，岂不是打扰了你们休息？"

若善很不满意，大声小气地怒吼着说深更半夜的，山根怎么弄得人不人鬼不鬼的？把他老汉吓得失魂落魄，随便问问，至于生气发牢骚吗？

山根明白，若善大呼小叫是故意说给鲁敏、芳菲母女俩听的，意在让她们出来看看他这副狼狈不堪的模样。鲁敏和芳菲穿着睡衣，披着棉袄从不同房间出来。

芳菲看到他这副狼狈可怜相，惊讶地问："怎么回事？是汽车碰了，还是遇到拦路抢劫的？抑或被人欺负了？"

山根今晚走出虢多家时，天气阴阴的，冷风凛冽。四围灰褐色的山峦现出模糊的轮廓，仿佛是一幅精美绝伦的国画。一些人家的屋顶上升起袅袅炊烟，慢慢随风散去，让人有一种烟火气息扑面而来的感觉。更加衬托出这个环山而居的小山村是如此的和谐、宁静和惬意。

路边的树上偶尔有几只小松鼠站在光秃秃的枝头上，它们一定是想看看春天是不是快要到来了。那些总喜欢在林中歌唱的鸟儿，这会儿也不知道都飞到哪里去了。树下的小草披着枯黄的外衣在寒风中瑟瑟发抖。

山根把挂在车把上的头盔取下戴在头上，然后骑上摩托，迎着料峭的寒风向前驶去。谁知，刚上了公路还没有行驶多远，摩托车就抛锚了。他下车仔细检查一下，发现是链子断了。他无奈地站起身子向四周看看，这里前不巴村后不着店，根本没有维修店铺。山根不禁叹了口气，只得推着摩托车往前走。不知道过了多久，走了多远的路程，终于看到一个过路店，他叫开了路边的维修铺。维修师傅翻箱倒柜，总算找到一个配件，将就着把摩托车链子接上。山根这才又骑上摩托车飞快往家赶。

当摩托车行驶至一个拐弯路段时，对面汽车灯照射得白茫茫一片，山根什么也看不见。他担心撞上过往的机动车辆，事情就大了。于是，就把车把向右转动一下，想靠近路边行驶。不料用力过猛，竟连人带车钻到路边儿右前方的树林里，头盔也甩掉了。树枝和刺尖儿挂烂了他的棉袄棉裤，划破刺伤了他的脸颊、手脚、肚子和后背。所幸刹车踩得及时，他虽然体无完肤，毕竟只是受些皮外之伤。设使摩托车再向前蹿一米远，连人带车就会摔下路边一丈多深的河沟里。他即使不被摔死，至少也要摔残废。山根吓出了一身冷汗，想想都有些后怕。

山根索性趴在那里歇一会儿，然后忍受着钻心的疼痛，慢慢爬起身。他费尽力气把摩托车拽到路上，扶起摩托车，双手攥住摔歪的车把，两腿夹住前轱辘，算是做了一个简单矫正。他艰难吃力地爬到摩托车座上，低挡慢行，缓缓向前驶去。

鲁敏听了山根的述说，板着脸没说话。芳菲流露出一脸的愁苦和忧伤，数落道："唉，说来说去，这都是你自讨苦吃！"

山根苦笑着对芳菲说："这就是你的不对了，我都摔成这样了，你不心疼安慰也罢，岂能再埋怨责怪？"

若善幸灾乐祸地反问山根："你哪里值得人心疼怜悯？你要是早点儿调进城里，哪会发生这种事情？你恋着禹山沟，可是穷山沟给你带来了啥好处？又连带给我们一家人带来了啥好处？"

山根低下头，没敢吱声。

若善盯着山根盛怒地说："我们不管你受罪不受罪，可是黑更半夜的，你搅得我们一家人也睡不成，真是令人憎恨！"

芳菲朝她爸妈摆摆手，示意他们回卧室去休息。若善老两口走进他们的卧室，芳菲带着山根回到两人的卧室。她打开空调，放开暖气，帮着他脱掉衣服，看到他的头上、脸上、身上、腿上、胳膊上，到处是往外浸血的伤口。她心疼地皱起了眉头，拿出碘伏、棉签和一把镊子，一根做针线用的大针，极像一个外科医生。

她轻轻地为他擦洗去伤口上的血迹，看到扎进皮肉里的刺尖儿，用针慢慢拨出来。

山根疼得龇牙咧嘴，心里却感到甜蜜幸福，忍着疼痛一声不吭。芳菲给他清洗了身子，又用热水给他洗了头，拿起剃须刀为他刮去头发和胡须，为的是方便清洗头皮儿上的伤口。

"学校里什么情况？"芳菲往他头上涂碘伏的时候，似乎是不经意地问道。

"我已经告诉了虞潜，六年级不能合并！寄宿部也不能撤销！山里娃上个学不容易！"

山根回答了芳菲，感觉阵阵暖流在他心里激荡。从前芳菲是不喜欢听他说学校的事情的，甚至希望他和禹山沟一刀两断，但是当禹山沟的孩子们遭遇不公的时候，她还是支持他的，希望他能够为他们伸张正义。芳菲，仍是一个是非分明的女人！

"没事儿，都好着呢！"山根安慰芳菲，"都是虞潜一厢情愿，禹山大地怎么会答应他呢？"

芳菲做完这一切，从衣柜里为他取出一套睡衣，帮他穿上，又找出山根天明要穿的衣服，拿出他去年冬季戴的蓝色圆顶礼帽，放在床头柜上。山根傻愣愣地望着芳菲一直为他忙碌，为他辛苦，心中百感交集，有一种说不出的感动。"去睡吧，时间不早了。"芳菲催促他。

山根突然想起昨天是女儿满月的日子。早晨去学校时，他和芳菲说好晚上早点儿回来，一家人一起吃顿团圆饭庆祝，没想到他竟把这件事忘到九霄云外了。而她却是如此宽宏大量、谅解包容。他在心里默默地说：多么宽厚，多么善解人意的贤妻，我将何以报答呢？

山根突然有种想哭的冲动，一下子扑进芳菲的怀抱，就像儿时扑进母亲的怀抱，依偎着她温暖的胸膛，犹如一个在外受了委屈的孩童，低声哭泣："芳菲，你是世界上最伟大的女性，最伟大的妻子。可是，我却不配拥有你！"

芳菲也哭了，她用一只手轻轻堵上他的嘴："怎么净说傻话呢？我和女儿都离不开你！"

山根极其温柔地拿起她那只盖在他嘴上的纤细小手，对她说："天明时我给你们做好早饭还得去学校，这两天学校有些特殊事情。"

"你满身都是伤痕，还要去学校？"芳菲充满爱怜地问，"星期六还上班？不是要上门送教吗？"

山根告诉她，这个周六学校正常上课，送教是周日。再说，他也只是受些皮外之伤。

芳菲沉默了好长一会儿，轻声柔语地说："你住学校吧，晚上不要再回来了。来回跑，路上不安全。就像今晚，幸亏只伤了皮肉，若是伤了胳膊腿儿可咋办？"

山根感动得泪如雨下。此刻他终于明白了芳菲以离婚为要挟，逼他进城的一番良苦用心！她不光是为了自己的幸福，也是为了他舒山根，因为他受苦，她怎么可能幸福呢？

清晨六点，山根骑上摩托车去学校。不料刚驶出城，行驶到一个十字路口，摩托车链子又断了。他赶忙把它推到附近的维修部，催促维修师傅手脚麻利一点儿。他害怕耽误时间长了，会影响上第一节课。

不料，修车师傅检查后告诉他，链子老化，需要换新的。

山根快快地说："换就换呗。"倒不是山根心疼换链子的钱，他是心疼他的宝贵时间。若是早到十分钟，他会和学生一起诵读经典。不管是读故事，还是诵《道德经》或《论语》，山根都觉得是一种精神成长。晚到十分钟，虽然有班长带领着同学们预习新课（这是约定俗成的），但他觉得还是错过了一日中的一场读书盛宴。

山根很欣慰孩子们养成了阅读的习惯。课间十分钟，三餐后，哪怕是蹲在厕所的时候，山根都会碰到手捧一本书的孩子。那恬静自信洋溢在他们的脸上。那一刻，山根相信他们正在享用一顿精神大餐；那一刻，孩子们是幸福的，山根也是幸福的。

修车师傅让他等着，自己去城里批发部取一副新链条，很快就回来。

山根答应了。可是，眼看时间过了早上七点，仍然不见修车师傅回来。山根干着急却也没办法，他一次又一次地掏出手机看，除了看时间，他还在关注着禹山沟学校的工作群。孩子们开始吃饭了，早饭是小米粥、白馒头、西蓝花和咸鸭蛋。瞧，孩子们吃得多香啊！二丫的小米粥喝完了，坐在对面的王小蒙又帮她盛了半碗。真是一个助人为乐的好孩子！山根笑着把这段视频转发到禹山沟学校家长群里了。

时间一分一秒地过去：弘阳老师收拾干净炊具、餐具和餐厅；学生们开始打扫教室和卫生区，然后开始读书了；预备的铃声响过，教室里歌声响起；上课的铃声落音后……

　　山根盯着学校工作群，心急如焚。

　　修车师傅终于回来了，三下五除二就把链条装上了。山根看了一眼时间：八点一刻。再有十分钟就要上课了，看来第一节课是上不成了。

　　他跨上摩托车，加大油门向学校行驶。不意，进入校园却看到许多山民围着虞潜在吵闹。这些人山根都认识，不唯他们是土生土长的禹山沟人，盖因这群人全是六年级和寄宿部的学生家长，他和他们经常见面打交道。

　　山根停下摩托车就要上前劝解，转念一想，还是要先听听他们围着虞校长，说些什么？为了什么？要求什么？了解了情况，他才好发话。

　　这些家长对着虞潜吵吵嚷嚷，说："你要撤掉寄宿部，等于是不让这些残疾孩子上学了！"

　　另一些人则言语尖刻地质问虞潜："是不是寄宿部影响了你小卖部的生意？"

　　而更多的人则是一个劲儿地逼问虞潜："为什么要把六年级合并到镇上？"

　　这时，只见一个穿着中山装的老头对虞潜说："为人民服务是共产党人的宗旨，你要撤销寄宿部，把六年级合并到镇上，一点儿也不方便禹山沟的孩子们上学，这哪里是为人民服务？"

　　虞潜听了家长们的说法，生气地否定。他说学校没有做出撤销寄宿部和合并六年级的决定，这都是一些别有用心的人在煽动造谣！

　　有人抢白道："学生们说是你亲口讲的！"

　　虞潜矢口否认，坚持说自己并没有这样说过，他要这些家长先回家，他一定要把这个事情查个水落石出，还他一个清白！

　　可是家长们依旧站在原地不肯走，你一言我一语，说个不停。

　　适逢第一节下课，家长们的吵闹声，很快招惹来许多师生围观看热闹，却没有人肯上前劝说制止。还不是怪虞潜自己，平常总是板着一张脸，对老师们极其刻薄，而他自己又是那么自私自利，确实寒了老师们的心。山根心想再这样争论吵闹下去，终究对学校影响不好，自己一定要从维护学校大局出发来对待这件事情，做好协调工作。

　　再说，虞校长被二十多个家长围在那里，也显得十分尴尬。自己作为一个老师，维护校长的尊严也是必需的。尽管虞潜平时对山根总是百般刁难，压制或贬低，但他还是肚大量宽，坚持以大局为重，他决定想方设法劝说这些人尽快离开。

山根走上前微笑着对大家说："各位父老乡亲，大伯大娘大叔大婶们，虞校长已经把问题说清楚了，大家放心回去吧！你们在这里吵吵闹闹，会影响孩子们上课的。"

有人质疑道："虞校长说了什么？怎么把问题说清楚了？我们怎么没听到？"

山根笑笑："大伙反映的两个问题，虞校长是不是说他没说过？"

众人齐声答道："对，他是这样说的！"

山根一语中的："既然虞校长没说过，寄宿部就不会撤，六年级也不会往镇上合并，大伙还有什么好担心的呢？"

这个说："是这个理儿。"

那个道："对，对着哩。"

有的人点点头："一句话点醒梦中人。"

还有的赞扬道："还是舒老师水平高，一语道破天机。"

人们向山根摆摆手，然后嚷嚷着向大门外走去。

寄宿部和六年级的问题就这样轻而易举地解决了，连山根也觉得有点儿意外。这些日子，他不停地去找虞潜商量解决这两件事，大道理小道理给他讲了一箩筐，虞潜就是不点头，不松口。

可是山民们一来，估计虞潜担心把事情闹大，玩他的难堪让他下不来台不说，若是再到镇政府或是教育局去告状，他可就不好收场了。所以他立刻就答应了。无怪乎人们常说光脚的不怕穿鞋的，愣的怕横的。但是，如果所有的事情都需要靠武力或吵闹解决，那我们不是还生活在蛮荒时代？哪里能够体现文明，体现进步？

共产党的天下，人民利益至上。山根希望虞潜能从这件事中吸取教训，明白这个道理。

虞潜望着远去的人群，脸上一阵红一阵白，一句话也说不出来。

39

虞潜认为山根上次当着全校师生，指责他嫉贤妒能，玩他的难堪，这是故意冒犯他的尊严，公然向他这个校长发起挑衅！可以想象，他是多么气急败坏。所以，他一直寻机报复。

机会终于来了。这天，虞潜从中心校回来，立刻派人去课堂上喊山根来他办公室。山根以为虞潜从镇上开会回来，带回来重要指示或者商量什么重要工作，当即给学生布置一些作业，走出了教室。他匆匆忙忙来到校长办公室，看到虞潜满脸怒气，脸子拉得老长，不免有些疑惑。但他还是微笑着问："虞校，有什么指示，请讲！"

虞潜冷冰冰地说："少安毋躁，等弘阳过来一并说！"

"有什么大不了的事情，不能等到下课再说？班里学生发生了安全事故，谁负责？"弘阳人还未走进屋里，牢骚的话就飘了进来。

虞潜对弘阳的说法当然不满意，不等她站稳脚跟儿，虞潜就愤恨地拍桌子瞪眼怒吼道："学校都被你俩搞垮了，难道这不是一件大事？！"

两人不理解地看着虞潜，不明白他为什么发这么大的火，几乎是异口同声地问："校长，何出此言？"

"我这个校长，让你俩搅得也干不成了！"虞潜牢骚满腹，歇斯底里地叫喊，"我不干校长了，干脆你们来干吧！"

虞潜的恶言恶语彻底激怒了弘阳，她顿时火冒三丈，学着虞潜的样子，一只手用力地拍打着桌子，真的是怒不择言，顺嘴吐出了脏话："说人话，不能顺嘴啰麦糠说鬼话！如果学校垮了，也是被你虞潜搞垮的！老师们哪一个不是兢兢业业，不计得失，只有你满院子瞎转悠，还鸡蛋里挑骨头！"

山根对虞潜的恶劣态度和难听的说法，当然也很恼火。他本来要发作质问虞潜，可是，当他看到弘阳失去理智爆了粗口，知道自己在这时候，绝不能再火上浇油，而只能充当消防员的角色。他必须立刻抱起灭火器迅速灭火，一旦火势蔓延，就有可能引爆，发生灾难。只能大事化小，小事化了！

山根压低声音，试探性地问虞潜："你说，怎么是我俩把学校搞垮了？"

"你说说，作为校长，他讲的是人话吗？"弘阳怒得满脸通红，压低声音，极委屈地向山根哭诉，"咱俩为特殊群体儿童寄宿部的事情，起早贪黑，受苦受累，不计报酬，他却说学校被咱俩搞垮了！如果不是为了禹山沟的娃们，我真想调走了！"

弘阳向山根诉罢冤屈，转过脸瞪着眼怒视着虞潜："你说，咱们是去村里找老支书说理，还是让中心校派人来调查，或者你干脆把俺俩交到中心校？"

虞潜也许是担心弘阳把事情闹大，也许是意识到自己刚才的态度太粗暴，虽然挨了骂，却一点儿也不敢计较。他突然来了一个三百六十度大反转，就像什么也没发生一样，转瞬间变得喜笑颜开，诚恳地向两人道歉："怨我，不该信口胡言，盛怒之下乱发脾气，抱歉，抱歉！"

虞潜表面上这样说，内心却是一阵冷笑：待我虞某人拿出证据来，一定让你们这两个家伙口服心服！让你们这两个愣头青闭上嘴巴，哑口无言！

虞潜从公文包里掏出中心校下发的一份抽考简报递给山根，说他和弘阳所教学科，在全镇期末抽考评比中，分别占倒数第三和倒数第五。中心校在全镇对他俩提出通报批评。这是他当校长以来，禹山沟学校在抽考评比中最差的一次，羞得他连头也抬不起来。虞潜的话语和表情，此刻透露出的并非生气，而是得意，是一种见证山根和弘阳无地自容的得意！看看吧，刚才你们轮番的轰炸该收场了，下面就该我虞潜炮轰你们了。虞潜的嘴角露出一抹不易察觉的微笑。

山根拿着住简报浏览了一眼，却被弘阳一把抢过先睹为快。

山根平静地对虞潜说，用抽考成绩对老师的教学情况进行评比排名次，有一定的公正性，但局限性也大，而且也不准确，还有一定的弊端。

"怎么不准确？你倒是说说怎么做才能准确？"虞潜显得很生气。

"比如说这个班级的基础问题……"山根不再往下说了。

虞潜明白山根所说的基础问题指的是什么，他的脸色顿时变得难看了。去年，也就是山根现在教的这个班级五年级的时候，他们的张老师因为杜绝学生吃垃圾食品，造成虞潜小卖部的小食品销量骤减。当然这都是老师们茶余饭后的笑谈。从这以后，这位老师总在教师会上遭到虞潜的批评。比如说卫生区里的一片树叶，或者流动红旗被风刮落在地上，或者放学时学生走晚了，诸如此类的小事，虞潜就在开会时吹毛求疵，大肆渲染，大放厥词，严厉批评。这个老师最终无法忍受这种报复性的批评，情绪日渐低落，有时还对虞潜的无端指责批评接招，甚至吵嚷辩解。她的课堂从此失去了往日的生动活泼和良好的教学之风，学生们的学习情绪也明显低落。

下学期，她还是调走了，谁也不知道是她自愿的还是被动的。总之，学校失去了一位优秀教师，家长和学生们都为此感到惋惜。山根不久前在骑摩托车回家的路上碰到班上学生马小豹的爷爷，他说："听说张秀娥老师调走了，太可惜了！她对娃们可关心了，有一回我家豹子的衣袖扯线了，张老师给缝得平平整整的，小豹的毛笔字写得那么漂亮，也是张老师领上路的……"

老人的话匣子打开就关不上了，山根担心天晚路上不安全，就笑着说："大叔，随后到学校，我给你沏壶茶，咱俩坐下来慢慢聊。"这才把两人的谈话结束了。

虞潜以为山根在故意揭他的短，所以忍了忍没有说话，却向山根提出了另一个问题："你说抽考评比的弊端是什么？"

山根认为拿抽考成绩给教师的业绩排队，最明显的问题就是导致教师在教学中，把应付抽考放在第一位，只注意灌输知识，而忽视了学生的思想品德、思维方法和实践创新等教育，逼迫学生一味大量刷题和死记硬背。这样做，学生的考分也许上去了，可是最明显的危害就是造成学生缺乏学习动力，不愿也不会自觉自主学习。而他研发的《简易智慧教育》，就是解决学生学习动力不足的问题，可以说是学生学习的动力之源啊！

虞潜希望山根把抽考评比的弊端说出来，他好反映给中心校领导，让他们给山根穿小鞋！山根情商不低呀，搬起石头砸自己脚的事情，他怎么也不会干！所以，他只是笑而不语。如果他对这个问题提出了质疑，说三道四，虞潜立马就会去中心校打小报告。他只好以没有考虑成熟为托词，拒绝回答。

"如果不抽考，怎么知道弘阳这个跟班走、不存在基础问题的老师，考试成绩也这么差！"虞潜朝弘阳眨了眨眼睛，不动声色地把问题扯到她身上。

弘阳听着虞潜阴阳怪气的声音，心中的怒火不断往上升。她本来是一个上进心极强的老师，这次成绩没考好，她心里也非常难过。没想到作为校长的虞潜不但不安慰她，而且故意对她冷嘲热讽。她的心情真是雪上加霜啊！

"我听你们不止一次炫耀说《简易智慧教育》如何神奇，谁知道到了实践中却不管用！"虞潜看到两人无言以对，越发得意。

项庄舞剑，意在沛公。山根从虞潜对《简易智慧教育》的蔑视中，听出了他的意思是全盘否定他研发的《简易智慧教育》。他的愤怒怎么也遮不住了，都挂在脸上。这就像有人当着你的面一本正经地对你说，你的孩子又黑又丑又笨一样，你怎么能承受得了？你是不是当即就想给他一记响亮的耳光？他厉声反问道："你怎么知道《简易智慧教育》在实践中不管用？"

虞潜毫不留情地说："管用，全校只有你和弘阳做智慧教育实验教学，成绩却考得最差，分数最低！"

山根如实相告，这个班级除了刚才说的基础问题，这学期芳菲生育，他忙得家校两头跑，硬撑着没有请假，一天到晚疲于应付，哪有时间给学生上简易智慧课？学生成绩差也在预料之中。

弘阳也讲出了她带的班级成绩差的原因，山根家校两边忙，寄宿部只剩下她一个人，一天到晚忙得不可开交。她同样没有时间给学生上《简易智慧教育》课。假使每天能挤出三十分钟给学生上这个课，她的教学成绩早上去了。

"为什么这么肯定？天啊，事实摆在你们面前还想狡辩！"虞潜不住地摇头。

山根抢先回答虞潜，因为真正的教育就是对学生进行智慧训练，不是灌输给学生一堆死知识，而是教给学生一种思维方法。让学生学会生活，学会学习，学会生存，学会劳动，学会独立思考和独立行动，能够自我教育和自我激励，进而终身受益。如此教育，何愁学生学不会那么一丁点儿有限的书本知识？

弘阳做了进一步补充。可以这样说，学生一旦拥有了智慧，就等于拥有了开启人生的金钥匙。无论面对任何问题、麻烦和困难，都会有一种举重若轻，四两拨千斤的感觉。

虞潜倒也说得直言不讳。他说他不想听他们讲这些空言大话。作为校长，他要的是学生的考试成绩！摆在面前的成绩最能说明问题！

山根问虞潜知道不知道，禹山沟学校毕业班的升学成绩，为什么在全镇连年第一？镇一初中的校长、老师为什么多次称赞禹山沟考上的学生情商、智商、品德都是顶呱呱？

虞潜摇摇头，说这他就不得而知了。

山根对虞潜实话实说，几年前他和弘阳已经开始对所教班级的学生进行品质教育、智慧训练了。

"都怨我官僚。"虞潜表面上检讨，思想上却依旧固执，"不过，咱们丑话说前头，我不管黑猫白猫，逮住老鼠就是好猫，也不管你们采用什么教学方法，学生成绩和分数提高了，才是真本事。如果学生成绩上不去，说什么都是假的，我也不会同意！"

山根故意流露出一副满不在乎的神态，他要虞潜尽管放心，只要有《简易智慧教育》做支撑，想要抽考得高名次，那绝对是小菜一碟。

虞潜也可能不怎么相信，也可能是故意使用激将法。他告诉山根大话不宜说得过早，出水才见两腿泥。

当人们沉浸在欢度2019年春节的喜悦之时，山根骑上摩托车带上蒸馍、油条、酥肉、辣子酱、咸菜、挂面、方便面，提前回到学校。他打算趁此寒假闲暇之际，读书备课，完善一下他研发的《简易智慧教育》课件。临近开学，他要对寄宿部的里里外外做一次大扫除，把灶台、炊具、餐具洗得干干净净，迎接寄宿学生返校上课。反正芳菲带着女儿回娘家过年去了，这阵子他是一个人吃饱全家不饿。

出乎意料的是，他刚把摩托车驶入校园，却接到老支书要他中午过去做客的邀请电话。山根生怕浪费宝贵时间想要推辞，又觉得人家盛情难却，索性来个恭敬不如从命，也就顺从地答应了。

中午时分，山根骑上摩托车赶到老支书家。他推开屋门，看到校长虞潜、村支部委员赵鼎早已坐在客厅里。他暗自揣测，老支书今天这是唱的哪出戏？莫非要协调他和虞潜的关系？

山根清楚地记得，自六年级和寄宿部的学生家长对虞潜提出质疑后，虞潜就对他和弘阳是一种不冷不热的态度。尽管他对虞潜仍是毕恭毕敬，热情有加。

山根一如既往，主动而热情地同两人打招呼。可是虞潜并没有做出友好的回应，也不像赵鼎那样站起身示以礼节。他就像没有看到山根一样，跷着二郎腿，眼皮也没抬一下，只是微微欠了欠身子，一个劲儿地喝茶抽烟，显得傲慢不逊。

老支书从外面走进来，身后跟着村支部副书记李颖、村治保主任王群、民兵连长康卓。山根、赵鼎和虞潜站起身，向三人问好。紧接着，老支书的儿子高升手捧托盘，从厨房端上来美味佳肴八个菜，两瓶白酒。

果然不出山根所料，两杯酒下肚，老支书发话了，说他要借新年宴请大家之机，给大伙唱一出"将相和"。

李颖用手拢拢额前的刘海说："老支书，在座的都是共产党员，该怎么唱，听你安排。"

赵鼎接道："对对对，共产党员必须遵守政治纪律，不能犯自由主义，这是规矩。"

老支书开诚布公地对大伙说，虞校长年内跟他反映山根私下做小动作，以家访为名，煽动寄宿部和六年级学生家长到校闹事，玩他难堪！

老支书端起茶盅呷了一口茶又说，村支部对此十分重视。他和几位支委商量后，由他和李颖、赵鼎、王群、康卓分头对山根做过家访的家庭进行调查，家长们说山根没有跟他们讲过虞校长说要撤销寄宿部、合并六年级的话，也就不存在煽动闹事一说。

李颖赞赏道："通过这个事情，支部认为山根的品行端正，堪为人师。"

康卓接道："支部曾在一起议论，如果经过调查，确属山根煽动家长到校闹事，那他就不适合做一名人民教师。让人欣慰的是，结果却恰恰相反。"

虞潜的脸和脖子红成了一片。他有点儿不服气，又提出三点疑问。

王群站起身掇起保温瓶，一边给各位添开水，一边说出了自己的意见，"虞校长，不管有什么疑问，都必须以事实为依据。"

虞潜说出了他的疑问。一是为什么山根不早不晚，偏偏在家长们来校闹事前的几个下午，连续去做家访？对象恰恰又是寄宿部和六年级学生的家庭？二是山根平时上班总是提前到校，为什么家长们来学校闹事那天上午，他却到校得很晚？是不是他提前就知道这事儿，有意回避？三是家长们到校闹事那天，家长们反复质问他为什么要撤销寄宿部、合并六年级？他反复说没有的事情，可他们就是不听。为什么山根的一句话，他们就服服帖帖顺从地离开了学校？

人们都把目光聚焦到山根的脸上，仿佛在说：你一介堂堂的大学生，人民教师，该不会背后做小动作使绊子吧？只有老支书耷蒙着眼皮，一言不发，只是一个劲儿地喝茶。那份从容淡定仿佛是在告诉众人：山根是什么样的人，我高德亨还能看走眼了？我可是看着他从光屁股娃长大的！

只见山根从从容容，不紧不慢地回答说，他做家访主要是核实虞校长说六年级有学生要求转学，还说家长反映寄宿部克扣学生生活费的问题。家访的结果，这两个问题都不存在。

至于说家长来校找虞校长讨要说法的那天上午，他到校晚，是因为摩托车链条断了。维修师傅进城购买，耽误了时间，这才到校晚了。事情千真万确，支部可以派人去维修店调查核实。

链子安装好，他就飞快地赶往学校。进了校园看到许多家长围着虞校长质问他，为什么要撤销寄宿部、合并六年级？他虽然一再否定，但家长们还是追问个不停。为什么家长们听了他说的'既然虞校长没说过，寄宿部就不会撤，六年级也不会往镇上合并'的话，立刻就走了？因为他说出了家长们最关心的问题，抓住了问题的关键！

山根陈述完毕，人们又把目光转向虞潜。众目睽睽之下，他十分羞惭地低下了头，检讨一般说，木不钻不透，话不说不明。这是一个极大的误会，还请舒老师海涵！

几个支部成员望望他，没有说话。

老支书对虞潜和山根说："你俩搭班子，要相互信任，有什么问题及时沟通，不能存在心里生闷气，或者像螃蟹装进竹篓里——窝里斗！从今天开始，你俩要不计前嫌，为了禹山沟的教育事业，紧密团结，并肩战斗，我代表禹山沟人民感谢你们！"

山根抱拳施礼道："谨受教，一定照办！"

虞潜略显生硬地说："我也是。"

李颖笑着说："不光嘴上答应，更要落实在行动上。"

山根点点头，虞潜唯唯诺诺没有说话。其他人一个个端起茶杯开始喝茶。

赵鼎打哈哈地说："问题说清了，咱们喝酒，喝酒。"

春季开学，六年级和寄宿部的学生，没有出现辍学转学现象，一个学生也没流失。更让人欣喜的是，山根的班级还增加了十几个学生。他们都是舍近求远，从山那边翻山蹚水过来求学的。这是对山根工作的最大肯定和鼓舞。

一次晚自习后，山根和弘阳安顿好寄宿部学生睡下，来到宿舍一楼大厅，他们要商量一个重要事情。山根觉得这件事情势在必行，到了必须解决的时候。山根本想直接找虞潜商量，但他清楚虞潜对扩大寄宿部再三阻拦，就想和弘阳在一起商量一个万全之策，然后再去说服虞潜。

气象部门发布：今年汉江中上游汛期来得早，雨量大，降水多。山根向弘阳介绍今年雨汛的同时，提出了他的想法。他要向虞潜建议扩大寄宿部，让那些路途遥远和上下学路段有危险的学生，都能住进寄宿部。这样既可以避免他们路上发生安全事故，也可以使学生们腾出更多的时间读书学习。

"年内就有家长提出过这个要求，你不是曾给虞校长和老支书反映过？虞潜还不是不同意？我感觉他是坚决不会同意的！"看来弘阳对这件事情并不抱希望。

"现在情况不一样了。它涉及学生的生命安全问题，咱们不能眼睁睁地看着灾难发生在学生身上。要知道，一个学生背后就是一个家庭，承载着一个家庭的希望！'预防为主'是确保安全的重要方针，而防患于未然则是做好安全工作的必要措施。所以咱们还是要再次向老支书和虞潜反映，以引起他们的重视，尽可能做到有备无患。"山根的表情是那么的凝重，他的儿子是掉进河里淹死的，所以，他对水有一种敏感和畏惧，这种畏惧如影随形一般地伴随着他。他不愿因为水的原因，让禹山沟的孩子重蹈覆辙。

"难得你用心良苦，想法也很好，但还是不一定能得到虞校长的支持。"弘阳说出了她的担忧。

"尽力争取吧！"

这时候，只见虞潜在夜色里从校园那边猫着腰，蹑手蹑脚，向寄宿部这边小跑而来。到得宿舍门前，他迅疾伸出两手，猛然推开虚掩的房门闯了进来。看到山根和弘阳低语声声，也就不分青红皂白，劈头盖脸地质问道："天这么晚了，你俩不和学生住在一起护寝，却在这里窃窃私语说体己话？"

山根解释说："我们刚把学生送到寝室睡下，趁这会儿闲暇商量工作上的一些事情。"

虞潜说得毫不客气："什么工作，大白天不能说，非要等到深更半夜没人的时候商量？"

弘阳被虞潜的话激怒了："作为校长，老师们什么时间商量工作，几点钟睡觉也要你来管？"

弘阳本来是想光明正大地跟虞潜讲，她和山根是在商讨扩大寄宿部的事情。但是，一看到他那副心怀鬼胎的样子，她的心凉透了，跟这种人有什么好说？他如果不倒打一耙子，不拖后腿就算烧高香了。

虞潜理直气壮地说："不但要管，还要管教师的生活作风问题！"

"我们作风有什么问题？"弘阳满腔的怒火在熊熊燃烧，"我们无偿给寄宿学生做饭、护寝，竟被你无端指责？作风问题是你随便说的吗？你披着校长的外衣，竟然说出这么没素质的话！"

"姓虞的，你不要以小人之心度君子之腹。"山根终于愤怒了，他忽地站起身，用手指着虞潜的鼻尖儿，"你今晚过来事先不敲门，不打招呼，贸然撞进来，事后胡扯八道，满嘴喷粪，究竟要干什么？你不把话说清楚，我让你下不来台！"

山根的无法忍受是因为虞潜当着两人的面，诬陷他们有作风问题。这比街头个别说闲话的小市民，乡间一些长舌妇更可恶！山根决定不能和他轻易了结这件事情。

虞潜没想到自己大意之下，竟把内心的龌龊想法说了出来。但他却来个鸭子死了嘴巴硬，矢口否认，一点儿也不肯承认错误，不停地为自己遮掩，"口误，说错了，说错了。"

山根指责道："什么口误？你以为别人都是傻子？你在想什么，自己心里最清楚！"

弘阳痛斥虞潜多次在老师中造谣中伤两人，今晚又做出这种下三烂的事情，她立马就要去村里找老支书反映他的所作所为。弘阳把话讲完，愤然站起身，做出一个要走的架势。

"别，别，别。"虞潜一边伸手阻拦一边改口说，"天这么晚了，看到这里还亮着灯，我过来是提醒你们早点儿休息。身体是革命的本钱，可不能累坏了！"

"你刚才怎么说的？"山根再次质问虞潜，"我们行得端走得正，你半夜三更鬼鬼祟祟，偷偷摸摸撞进来，玩的什么鬼把戏？"

虞潜听了山根的问话，脸色一下子变得刷白，心想你们很清楚我来干什么，我就是来捉奸的，何须我点破？

虞潜为什么要来捉奸呢？因为他对两人充满了仇恨。他认为弘阳把他告诉给她的秘密透露给山根，出卖了他；山根则煽动家长围攻他，所以他才要到村支部告山根的状，没想到反被村支部、村委的领导走村入户做调查，弄清楚了事情的真相，狠狠打了他的脸，玩得他难以下台！

这些天，虞潜一直想寻两人一个不是，要么赶走他们，要么把两人的短处紧紧攥在手心里，让他们在他面前永远老老实实，服服帖帖。所以，当他看到寄宿部大厅的门缝露出一缕亮光时，不由得暗自窃喜，知道捉奸的机会来了。不料，奸没捉成却顺嘴说出了没质量的话，被二人抓住了把柄，穷追不舍。

常言道：大丈夫能屈能伸，能刚能柔，绵里藏针。虞潜立刻换成一副笑脸，说他过来是关心他们，情急之下竟把话说反了，还请二位见谅。

山根和弘阳会意地互相看了一眼，没有说话。

"你们刚才商量什么事情？若是工作上有什么难处尽管讲，我全力支持！"虞潜如同一条变色龙。

得饶人处且饶人吧！山根听到虞潜说支持工作，也就不再追究他刚才低级庸俗的言行，而把他和弘阳商量扩大寄宿部的事情说了出来。

"太好了，难得你俩想得这么周全！"虞潜赞美的同时，还竖起了大拇指，"你们考虑一个成熟方案，写一个扩建报告交给我，随后我向领导汇报。"

249

山根和弘阳看到虞潜答应支持扩大寄宿部，禁不住开心地对视一笑。

殊不知，这正是他的缓兵之计。当然这是后话。

40

鸿鑫和梁安来到邓州，也没跟分公司打招呼，开着轿车直接去了禹山沟。两人这次是趁着公司不太忙之机，专门为感谢山根而来的。

他们走进学校，刚好是吃中午饭的时间。在门卫的指点下，两人来到寄宿部。他们站在餐厅门口，看到头戴卫生帽，身穿白大褂的一男一女正在忙碌，女的在铲菜盛饭，男的则不停地往餐桌上端。两人的一招一式都是那么娴熟，那么老道，配合得十分默契。

不用介绍，鸿鑫知道那男的自然是山根。仔细辨认之后，他才看出来那位端庄、文雅、漂亮的中年女性是苏弘阳。他之前见过她。

"看见没？"鸿鑫悄悄碰了一下梁安的胳膊，低声说道，"那个忙碌的大美女就是苏弘阳。"

鸿鑫为什么要向梁安介绍苏弘阳呢？梁安在发现妻子陶蕊出轨后，两人的婚姻又拖延一年有余，最终还是离婚了。离婚后的梁安常常无精打采，似乎整个人都颓废了。作为一个同事兼领导，鸿鑫看在眼里，疼在心里，就想着帮着他牵线搭桥，认识一些合适的女性，尽快组建一个新的家庭。不过梁安并不知道鸿鑫的这番良苦用心。看来鸿鑫在路上向梁安讲弘阳的故事，也并非无心之说。

梁安目光灼灼，急忙探寻过去。噢，看见了，这会儿弘阳正笑眯眯地把一碗米饭放在一个扎着羊角辫的女孩面前。她和山根不住地在餐厅里穿梭，那么快乐，那么专注。是的，男的一定是舒山根。梁安这么想。两个人是如此用心，如此投入，以至于鸿鑫和梁安在门口站了好长时间，他们也没注意到。后来，还是一个学生看到来了两个陌生人，暗中告诉了他们的舒老师。

山根向门口望去，看到鸿鑫和一个手里拎着精致皮箱的陌生人站在那里，就向他们招手示意，让他们到餐厅里面来。

两人走进餐厅，来到山根跟前。山根微笑着说："二位老总请坐下，等我把最后几个学生的饭菜端上去，咱们好好聊。"

给学生端齐了饭菜，山根这才取下卫生帽，脱掉白大褂，来到两人跟前。鸿鑫对山根和梁安做了相互介绍。两人亲切热情地握手寒暄，并互致问候。

梁安客气地说："久闻大名，仰慕已久。"

山根谦敬道："彼此彼此。"

二人寒暄完毕，山根热情有加。他要鸿鑫开上车，带着两人去附近的浪冲镇共进午餐。

鸿鑫摆摆手，意思是说算了算了，还是就地取材，在这里随便吃一些就好。他们还有重要的事情对山根讲呢！

山根断然否定道："那怎么行，太寒碜了！"

鸿鑫反问道："那怎么不行？和孩子们在一起吃饭的机会难得，这让我仿佛回到了小学时代，找到了童年的快乐。多么幸福啊！你少啰唆，赶紧帮我拍张照片，我要发朋友圈。"说着话，鸿鑫把手机递给了山根。

山根一边拍照一边执拗地坚持自己的意见："你就别说了，梁董毕竟是初来乍到，哪能这么简单？"

梁安接道："体验一下山区的学生生活，也是难得一遇的事情。也给我拍一张照片，发给我宝贝女儿看看。"梁安说着话比画了一个"耶"的动作。

"那我就恭敬不如从命喽！"山根显得幽默风趣。

主随客便，山根只好因陋就简，在学生餐厅招待两位客人。吃过午饭，山根领着两人回到住室，茶还没泡上，他就急急地问两位老总不顾路途遥远、辛苦劳顿，驱车几百公里，来到这穷乡僻壤，有何指教？

梁安朝山根竖起大拇指，发自肺腑地说他是慕名而来。

山根对梁安的话将信将疑，故而来了个以退为进做好防备。他摆摆手示意梁安不可谬赞。他一个山村小学老师，有何德何才值得称赞呢？

梁安像是提前已经打好腹稿，说得极为连贯利索。大意是说，他仰慕山根的才学，敬佩他的务实敬业精神。特别是上次税务稽查，得益于山根兄的帮助，为他们公司审查财务账目把好了关。以致在整个稽查活动中，他们公司是省城金水区房地产企业做得最好的一家，受到了税务部门的通报表彰、政府的奖励！

鸿鑫接道："我和梁董这次过来，就是特意来表达感谢的。"

梁安拿起放在身边的密码箱，对山根说："这里面装的十万块，是公司专门感谢您的。请您笑纳！"

山根再三拒绝，坚决不肯接受这些馈赠。梁安颇感意外，以为他嫌少，赶忙补充道："今后还会感谢呢！"

山根把拒绝的理由说得既清楚又充分。君子爱财，取之有道。关键是贵公司财务工作平时做得扎实、准确、精细，受到表彰奖励，也是实至名归。其次他和鸿鑫夫妻是朋友。他爱人柳芳菲还是贵公司的财务总监，帮助他们理所应当。他哪能接受他们的馈赠？

鸿鑫接道："这个世界上没有一种帮助是理所应当的。"

"我有工资，不能接受这个钱。"

"这是两码事！"鸿鑫说得十分直爽。

梁安现出一副不依不饶的劲头，坚持要把密码箱往山根怀里塞。"这是你的劳动所得，理应收下。"

山根说什么也不肯接受。

鸿鑫了解山根的固执，示意梁安不可勉强，他不愿接受也就算了。梁安感动得连连称赞："山根兄居功不自傲，见财不动心，实在难能可贵，其君子风范，令人可钦可佩，可点可赞！"

山根也许是为了岔开话题，也许说的是内心真实想法："如果两位老板一定要感谢的话，等你们的事业发达了，气气派派给禹山沟建造一座图书馆，让这里的学子都能够阅读到更多的书籍。到时候我给你们树碑立传！"

鸿鑫豪爽地回答道："我们答应你，因为这是一件善事，我们一定会做到！树碑立传倒是没必要！"

三人同时站起身，把手紧紧握在一起，异口同声地说："一言为定！"

山根、鸿鑫和梁安刚说了一番话，村里的治保主任王群风风火火走来，对着鸿鑫和梁安很礼貌地微微一笑，算是打了招呼。接着开门见山地说，老支书刚刚得知方总、梁董到来，特备薄酒一杯，聊表心意，还望几位能够赏光。

虽然已经吃过了午饭，山根知道老支书的宴请，必得过去。鸿鑫也明白这件事难以推辞，也就痛快地答应了。因为志远溺水而亡的事情，他曾在这里停留好几天，同老支书已经结成了忘年交。鸿鑫望着梁安本想说些什么，谁知他却主动提出他不过去了。理由是他初来乍到，同老支书素不相识，再说下午回去还要开车，不能喝酒。他若是过去了，不喝酒又显得不成敬意，所以他说山根和鸿鑫过去就行了。

山根认为梁安说的也是实际情况，也就同意了。他走出屋外到学生灶上给弘阳招呼一声，让她过来陪着梁董喝茶说话。还说他们去见见老支书很快就回来，弘阳扬起嘴角，笑着逗他说："亏你想得出来，让我一个大美女陪着一个陌生男人喝茶说话，合适不合适？"山根微笑着说，都是自己人，有什么不合适？弘阳也没再勉强推辞，最终还是愉快地答应了。

弘阳收拾完炊具餐具，脱下围裙和工装，换上一套淡蓝色西服，里面配以白色衬衫，紫色的丝巾点缀在她的颈脖上，脚上穿着一双黑色高跟儿尖头皮鞋。就这么稍加打扮，就衬托出了她苗条修长的身材。看上去她就像一朵"出淤泥而不染，濯清涟而不妖"的莲花，给人一种清新漂亮、端庄高雅的感觉。

她走进屋里瞅着梁安微微一笑，然后拿起茶杯去外面水池上做了清洗，回到屋里给他泡了一杯清茶，毕恭毕敬地端给他。梁安双手接过，礼让她也坐下。恭敬不如从命，她索性照办了，在他对面落座。

梁安望着弘阳那慈祥和善的眼神，倍感亲切和温暖。她从容淡定，温婉大气，笑起来如春风拂面，让他痴迷，使他陶醉。

古人有言：有倾盖如故，有白头如新。他和她的接触也不过短短十分钟的光景，他就完全被她征服打动了。他觉得她是一个可以信赖的人，一个可以倾诉的人，一个可以托付的人。

当然，梁安之所以能够对弘阳一见如故，倍增好感，主要得益于从省城过来的路上，鸿鑫向他讲述了她的情况。鸿鑫重点介绍了她的不幸遭遇、坚贞不渝的爱情观、积极向上的人生态度。鸿鑫口吐莲花，妙语连珠，言语之间对弘阳是满满的赞誉和推崇。梁安耳朵听着，心里却暗暗拿弘阳同前妻陶蕊做比较，越对比，他对弘阳越感佩，对陶蕊越厌恶。

这两年，梁安被前妻陶蕊那匪夷所思的怪异、肮脏龌龊的行为，折磨得身心疲惫。他对她那么真诚，那么娇惯，那么信任，到头来她却背着他出轨养小白脸，他的心犹如滴血一般疼痛。"我可以向你讲讲我不幸的婚姻，请你帮我把把脉，看看问题出在哪里，以利于未来吗？"梁安盯着弘阳的眼睛，突然向她提出这个问题。弘阳听了现出一脸的惊诧，毕竟两人刚刚接触，怎么可以倾心交谈呢？

梁安明白弘阳吃惊的原因，也就直截了当地说，他了解她的人品，信得过她。从省城来时，鸿鑫董事长已经向他介绍了她的高风亮节。他听了是感动不已，佩服得五体投地。

弘阳有些困惑了:"我和方总充其量也不过是彼此脸熟而已,并无深交,他怎么知道我的事情呢?"弘阳甚是疑惑,脸上带着被称赞的娇羞,"这肯定是舒老师告诉方总的,他怎么可以随随便便讲我的隐私呢?"

"他哪里是随随便便,"梁安笑了,"他那是对你的敬重,包括我现在已对你敬重到无以复加的地步!"

"别瞎吹了!"弘阳也乐了,"再吹,我就飘飘然飞上天了。"

梁安催促她:"你还没回答我的问题呢。"

弘阳点点头:"你讲吧,我洗耳恭听。"

梁安心领神会,马上打开了话匣子,向她讲述了他的不幸遭遇。弘扬听了,在表示同情安慰他一番后,直击问题痛点:"恕我直言,你和陶蕊的婚姻就像一场交易,你看中了她的年轻美貌,而她则为你的房地产开发商的身份和钱财所吸引,你们两个是各有所图,各有所得!从骨子里讲,你们并不相互了解,也不相互欣赏。婚姻怎么能不出现问题呢?"

弘阳的分析可谓一语中的,抓住了要害。梁安低下了头,他和陶蕊的婚姻当初就是媒妁之言,一见钟情,闪电式婚姻。

梁安也许是为了掩饰自己的窘态,没等弘阳再往下说,就急急忙忙向她提出了第二个问题:"恕我直言,苏老师,你才貌双全,不可谓不优秀,丈夫意外去世已经四五年了,你为什么宁愿独身也不愿改嫁?同为女性,你和陶蕊为什么竟有云泥之隔?你的品行是那么高雅脱俗,冰清玉洁,而陶蕊却是那么龌龊猥琐,厚颜无耻?我百思不得其解,可否告诉一二?"

弘阳感觉梁安确实对她掏心掏肝又掏肺,以诚相待,也就毫不避讳地向他敞开心扉,向他讲述了自己不幸的人生遭遇。弘阳和丈夫李杰都是禹山镇人,两家本是街坊邻居,从小到大朝夕相处,形影不离,一起上学一块儿读书一同玩耍。"郎骑竹马来,绕床弄青梅。同居长干里,两小无嫌猜。"这些诗句是两人之间爱情的真实写照。

两人长大后,李杰考上了本省的一所大学。弘阳就近考上一所师范院校,毕业后就在禹山沟教学。李杰考上公务员后,为了能和弘阳厮守在一起,主动要求回到本市最偏远的禹山镇工作。

两人婚后恩恩爱爱,情深意笃。不幸的是在一次旅游住宿时,旅馆电线老化着火（这是后来有关部门查明鉴定的结论）。李杰最先发现了火灾，他连衣裳也来不及穿，牵住她的手就往外跑。两人走到门口时，她却不顾他的阻拦，又要拐回去，她的钱包和手机忘记拿了。当她找到这两件物品时，火焰熊熊，已经蔓延全屋。此刻她根本找不到门口儿在哪里了。

满屋里浓烟滚滚，火势凶猛。李杰用手捂住鼻子，忍受着满屋呛人的烟熏和火烧火燎的剧烈疼痛，闭上眼睛，又返回去寻找她。

此刻的她，根本睁不开眼睛，呼吸也很困难，只感觉晕头转向，不知所措！黑暗中，李杰置自己的生死于不顾，把生的希望留给了她，硬是凭着感觉找到了她，然后用尽全身力气把她推至门外。夫妻两个都倒下了，所不同的是弘阳倒在了门外，李杰却倒在了房间里，任凭烈火焚身。

消防车呼啸而来，很快扑灭了这场突如其来的大火。

李杰身上的衣服全烧了，通体都被烧焦，烧伤面积达百分之九十五以上，陷入重度昏迷。可是，他醒来后尚没睁开眼睛，断断续续说的第一句话竟是："弘阳……弘阳怎么……样了？"

弘阳听了感动得一下子晕过去，在场的医护人员也感动得流下了眼泪。

几天后，李杰终因伤势过重，不治而亡。弘阳拉着丈夫的手，声嘶力竭地喊着他的名字，再次昏迷过去。

半年后，弘阳对这场突如其来的、夺去心爱的人生命的灾难还是难以置信。这不是真的，这是一场噩梦！似乎就在昨天，他们还徜徉在河堤上，沐浴在幸福之中。父母健在，孩子可爱，夫妻恩爱，这不就是幸福吗？更重要的是，他们每天都奋斗在振兴禹山大地的道路上。这就是他们想要的幸福！两人曾说好：风雨同舟，携手到老。他怎么可能松开我的手呢？但是，亲爱的，你在哪里？每当午夜时分，弘阳总是惶恐地环顾四周，泪如雨下。是的。他走了。这是真的！但是，我苏弘阳就只能倒下吗？不！曾经同甘共苦的承诺还在耳旁回响，我苏弘阳不会选择逃避！我是儿媳！我是女儿！我是妈妈！我是禹山大地孕育的一颗种子！弘阳激情澎湃，泪眼蒙眬中，她仿佛看见亲爱的他正微笑着向她走来！就是这样的力量，支撑着她一路健步走来，风雨如歌。

日子久了，有好心人看到弘阳孤身一人，形影相吊，认为她寂寞可怜，就主动为她牵线搭桥。公公婆婆和爸爸妈妈也劝她趁年轻，再成一个家，说他们可以照顾她的孩子。可她说什么也不答应，因为她的生命是丈夫给的，她总感觉丈

255

夫还在陪伴着她。从某种意义上说，她就是在替丈夫活着，替丈夫为他的二老尽孝！另外，她也离不开禹山沟学校。她觉得禹山沟的兴衰她责无旁贷，这并不完全是在镇政府工作的丈夫活着时灌输给她的思想。她作为一个土生土长的禹山人，她的体内流淌着禹山大地清澈甘洌的泉水，是禹山大地哺育了她。

梁安不住地点头，朝她竖起了大拇指："这么说来，你是不准备再组建家庭了？"一丝不易觉察到的失落禁不住掠过梁安的面颊。

"当然，如果能够遇到一个知我懂我爱我、志同道合的男士，我也许会考虑了解的。这倒不是我把前任忘了，而是把他深深地埋藏在心底，一生一世都不会忘记！如果他有在天之灵，也一定会为我祝福的。因为他一直希望我能够幸福。"弘阳的泪水滚落下来，仿佛她真的走到了这一步。梁安赶忙为她递上纸巾。

"如果遇不到知音，宁缺毋滥，绝不拼凑将就！"弘阳擦干了泪水说了这么一句，想想又补充道，"我在婚姻上的主张是精神第一，物质其次。男女双方如果不能够互相敬佩、彼此羡慕和心灵上契合相通，哪还有什么幸福可言！"

弘阳对丈夫忠贞不渝和注重情投意合的爱情观，使梁安突然想起了流传几千年的俞伯牙摔琴谢知音的故事；想起了曹孟德《短歌行》中"月明星稀，乌鹊南飞；绕树三匝，何枝可依"的诗句；也想到了孟浩然"欲取鸣琴弹，恨无知音赏"的佳句。

是啊，品行高洁的人，在爱情婚姻上从来不仓促不草率不凑合，就像一个人投奔明主，结交朋友，寻求合作伙伴一样，必须慎之又慎，一点儿也马虎不得！诚所谓种不好庄稼一季子，找不着好老婆一辈子。反之亦然。

两人各自想起了自己往日的婚姻，止不住泪水一个劲儿地往下流，哭得一塌糊涂，只不过伤心的原因不相同罢了。

梁安暗想，这辈子如果能与如此重情重义、坚贞守节的女人结为夫妻，也算不虚此生。他突然有一种想向弘阳表白的冲动。

他幽幽地问她："苏老师，如果有一位符合你选偶标准的男士，向你抛出橄榄枝，你愿意接受吗？"

"知音难觅，谈何容易！"弘阳两颊绯红，低低地说，"男女双方必须相互了解，相互尊重，具有共同的志趣和追求，方可谈情说爱，谈婚论嫁。如果缺少这些，基础不牢，地动山摇，终究不可能长久。"

"你这么优秀，这么善良，这么博爱！"梁安说得很含蓄，"总会有一个符合你选偶标准的人，出现在你的眼前。"

弘阳不好意思低下了头。

不凑巧的是，这时候山根和鸿鑫走进屋里，他们看到梁安、弘阳都是满脸泪痕，眼泡红红的。两人似乎明白了些什么，却什么也没说，只是意味深长地交换了一下眼神。

轿车在返回省城的高速路上飞驰，梁安手握方向盘，心中却有一种说不出的高兴。阴差阳错，结识了苏弘阳这么一个有品位的女性，不能不说是人生的一件幸事。

41

六月的一天，雨后初晴，太阳火辣辣地照射着湿漉漉的大地，天气显得格外闷热。

禹山沟学校大门口放着一口黑色棺材，里面装殓着一个叫安峰的学生遗体。他是放学过河时被洪水冲走淹死的。学校大门口两侧各悬挂着一条白色横幅，上面用排笔歪歪扭扭写着黑色大字：

学校玩忽职守，造成孩子伤亡
人命关天不可小觑，还我孩子伸张正义

一个悲痛得几乎要发疯的老妇人，跪在棺材一旁，大放悲声，哭得伤心欲绝，令闻者伤心，听者落泪。

作为学校领导的虞潜和山根，被一大群山民气势汹汹地包围在中间。一个头发花白的老头，流着眼泪悲愤地质问两人："孩子爸妈在外打工，孩子淹死，说没有就没有了，你们让我如何向他们交代？"

"乡亲们，谁也不愿意看到这样的悲剧发生。可是天降暴雨，山洪暴发，河水陡涨，孩子在放学的路上被河水冲走淹死，实在是防不胜防！再说学校也不负责护送学生，怎么能把责任都推到学校？"

虞潜竭力为学校辩护，实际上是在为自己辩护，因为他是一校之长啊！他这种推卸责任的恶劣态度，一下子激起了众人的怒火。一个个村民无不悲伤愤恨，众人怒吼道："你们不负责护送？那要你们老师干什么?! 你们每月拿着国家给你们的工资，竟置学生的死活于不顾，责任心哪里去了？"

山根看到许多人愤恨得咬牙切齿，撸胳膊挽袖子，攥紧了拳头。有的人甚至扬起拳头，要揍这个昏庸的校长："今天，不把你这个混蛋校长揍一顿，实在难解心头之恨！"

更有人嘴里不干不净，骂骂咧咧："混蛋校长，二屎主任，视孩子的生命如儿戏！"

而更多的人怒吼着质问虞潜："姓虞的，放学路上，你为什么不安排老师护送学生？"

"为什么？"

"说，为什么？"

"快说，为什么？"

"这会儿你噎住豌豆糕，不说话了！"

这时，太阳更加恶毒地炙烤着大地，一丝风也没有。潮湿的大地在太阳高强度的照射下，不断蒸发着湿气，空气中到处弥漫着滚滚热浪，热得让人喘不过气来。虞潜脸上挂满了汗珠，低着头站在那里，一声不吭，甚至吓得连大气儿也不敢出。他的两只手不断地摸索着裤缝，显得局促不安。汗水也跟着啪嗒啪嗒落到鞋面上。

山根看到场面乱糟糟的，担心村民们情绪失控，发生意外。他只是一个劲儿地安抚山民："乡亲们，实在对不起，孩子在放学的路上被河水冲走淹死，学校是有责任的。"然后，他以接电话为由，走到僻静处向外拨了一个电话。

等山根走回来时，一些村民接着他刚才的话茬儿吵吵嚷嚷："你既然承认学校有责任，那就尽快把事情解决好！"

另一些人则指着山根和虞潜叫喊道："解决不好，先把这俩混蛋、二货领导揍一顿，出出气再说！"

山根劝慰、恳请众人冷静息怒，孩子的后事他们一定会处理好，但不是这会儿就能决定的，须得村、镇和学校、中心校、教育局领导及落水孩子家长五方坐下来，按照政策规定协商赔偿。

有人高声叫喊道："不要推脱责任，俺们这会儿就要结果！不能把学生娃的生命视作草芥和儿戏！"

跪在棺材一旁恸哭的老妇人断断续续地说："我只要我……我的孙子……没有了他……我活着还有什么劲头……我也不想活了……"

山根听着老人伤心的话语，泪水一下子涌了出来。在晶莹的泪光中，他仿佛看到儿子志远忧伤愁苦的面孔。失去孩子，家长都是一样悲痛的心境——宁可让自己代替孩子去死。可是，又有谁能让孩子死而复生呢？

忽然，山根被人推了一个趔趄，使他从冥想中回到了现实。他看见虞潜挣扎着从地上爬起来。他猜测虞潜一定是在这一瞬间被愤怒的人们推倒的。

虞潜站起了身，可是失控的人们仍对他推来搡去。他此刻犹如狂风暴雨中的一棵弱不禁风的小树，东摇西摆，跟跟跄跄，现出一脸的痛苦和惊惧。

这些悲愤的山民，一个个都变成了凶神恶煞的蛮汉。山根拉住这个又丢了那个，只能好言好语劝说大家：拳头解决不了问题，请大家冷静克制。

可就在这一瞬间，虞潜又被推倒在地，有好几只脚都踩在他的腿上、胳膊上、肚子上，狠狠地踢他……

山根感觉这种混乱局面如不及时制止，极有可能发展到失控的地步。

这时，从远处隐隐约约传来了警笛声，由远而近，越来越清晰。

片刻之间，一辆警车和面包车戛然而止，停在了现场。从车上走下来洪仁贵镇长和镇里主管文教的王道来副书记、中心校史文俊校长、老支书高德亨和几名警察。他们来到人们的面前，骚乱的人群顿时安静下来。

洪镇长阴沉着脸没有说话。他拿眼睛扫视着这个凄凉的场面，他的心比刚听到这件事的时候更加沉痛。这哀伤悲愤的场面揪着他的心。两年前他从市政府下派到禹山镇当镇长时，当轿车在蜿蜒的山路上行驶，他第一次领略了禹山大地的优美风景，感受到了陶渊明"采菊东篱下，悠然见南山"的意境。他当时陶醉了。后来，他才发现风景是自然的美，而人们的生活却是相对苦寒——他们在一片贫瘠的山上，收获着微薄的希望。山民们还在贫困线上挣扎。有多少个夜晚，他辗转反侧，彻夜难眠，因为他的心里装着禹山大地上老百姓的幸福与冷暖。而此刻，一朵尚未怒放的花朵却过早地凋零了，这让他无比痛心！他有一堆话要对那些满面愁苦的人们说，但又不知道怎么说才好。

王书记来到大家面前，语调深沉地抚慰乡亲们，发生这样的安全事故，确实不幸。镇党委和政府有没有责任？村支部、村委会和学校有没有责任？家长有没有责任？他认为都有。他这个主抓文教的副书记，应该负主要责任。讲到此，他向大家深深地鞠躬，表示诚恳的致歉、认错、检讨，向溺水而死的学生亲属表示深切的慰问。

史校长诚恳地说，说到责任，他这个中心校长是主要责任人！他愿意接受任何惩罚。

老支书面色冷峻悲戚，望着乡亲们，十分中肯地说，发生这样的事故，确实不幸。学校有没有责任？说有也有，说没有也没有！大家想想，学校六七个老师，百十名学生。这些孩子的住家遍布山里山外十几个村庄，一个一个送？咋送？也是一个大难题！再说山洪暴发，属于自然灾害。比如历史上那些涨洪水、泥石流、地震、火灾、沙尘暴、天降陨石……造成村庄淹没，吞没生灵，伤亡人畜等灾难，政府也只能尽力抢救，赈灾慰问，可是对死伤的人来说，也是无力回天……如果今天一定要讲责任的话，主要责任应该由他这个村支书兼村主任来承担！

他要乡亲们放心，村、镇领导一定会拿出一个合理的解决方案，接下来他们一定会解决学校管理中的疏漏，保证孩子们的安全。

最后，他吩咐指派赵鼎、王群和康卓三个村干部组织村民，把遇难学生的棺材抬走，停放在禹山脚下。他建议学校停课两天，让虞潜、山根和遇难学生的家长同他一块儿去镇上，具体划分事故责任，商讨赔偿事宜，保证给大家一个满意的答复。

老支书的威望依然不减。他的话一落音，几个村干部立刻带领村民，扯掉悬挂着的白底黑字横幅，抬走了棺材，其他围观助阵的村民也都陆续散去，各自回家。

洪镇长带着一群人，在山脚下的河坡上坐下来。他黑着脸，眼睛里布满了忧愁、哀伤，还有愤怒。他凝望着前方没有说话，慢慢从兜里掏出一支烟点着，猛抽一口。烟雾在他的眼前盘旋缭绕，久久不散。

四周死一般的沉寂，空气也仿佛凝滞了一般。

洪镇长一连抽了三支烟，终于狠狠地把最后一个烟头摔在地上，忽地站起来！

"虞潜！"洪镇长愤怒的声音划破四围的寂静。他的目光在人群中搜索着。他并不认识虞潜。虽然他曾到过禹山沟学校，但却没能记住他，而那个青年教师舒山根倒是给他留下了深刻的印象。他相信会有一个人从人群中走出来，而这个人必定就是虞潜。他还没想到怎么处罚这个失职的校长，他只是大口大地往外呼气，胸口不停地起伏。那些坐在地上或蹲着的人们也齐刷刷地站起来。虞潜低着头，唯唯诺诺地往前走。他的头低得几乎要和肩膀齐平，脸上还有刚才被山民们推倒在地擦伤的血迹。但这丝毫也没有增加洪镇长对他的怜悯同情。

"你说吧，怎么办？"洪镇长的手指着他，声音那么低沉有力。

虞潜的头低得更狠了。洪镇长双手叉腰，胸口还在起伏，目光里满是愤怒："党和政府交给你的任务是什么？是让你管理好禹山沟学校！你做到了吗？你辜负了上级对你的重托！你对不起禹山大地，你怎么向上向下交代？"

山根的心一下子揪得紧紧的。他舒山根明明是看到安全隐患了，他是跟虞校长提出过这些事情，但这有什么用呢？未雨绸缪，他不还是没做到吗？他担心洪镇长下一个怒批的人就是他。但是，如果能够换回安峰的生命，他舒山根宁可被洪镇长骂个狗血喷头，再踹上几脚都行！

"如果死的是你的儿子……"洪镇长的吼声打断了山根的思绪。

洪镇长哽咽了，他的手颤抖着抹了一把眼泪，话也说不下去了。

山根的眼泪又来了，"啪嗒啪嗒"……打在面前的河坡上。山根听见这声音此起彼伏……

不知什么时候，洪镇长迈着急急的步伐往前走。大伙谁也不敢问，都跟着洪镇长往前走。就在安峰出事那个山脚下的河岸边，他站住了。

"就在这里，面对这个冤魂，我们把一切都说清楚……"洪镇长的话语里充满了无尽的悲伤。

沉默，沉默，全场的人都在沉默着。

山根的目光一次次投向虞潜。他希望虞潜能够勇敢地站出来，就算他不肯承认过失，就算把责任都推到他舒山根头上也行。最主要的是作为一校之长，他应该说出补救措施，比如说老师们分包路段，扩大寄宿部，让上下学路段有危险的学生都住校……

时间一分一秒过去，虞潜依然不愿或者不敢抬起头，只把目光投在自己的鞋子上，这让山根无法忍受。

"是我们，"山根的神色有些难过，声音沙哑而且悲伤，"是我们管理中的漏洞，才酿成这次灾难。"说到这儿，山根无语凝噎。

停了一会儿，山根认真地说："我们甘愿接受惩罚，哪怕停发我的工资，我都愿意。我愿意把自己的有生之年献给禹山大地，来赎罪！"

"虞校长呢？你难道不应该检讨一下自己吗？"老支书的声音带着愠怒，这其中的来龙去脉他最清楚。

"我……"虞潜语塞了。

"虞校长是有难言之隐吧？那我替你说！"老支书一怒之下把山根提议扩大寄宿部，虞潜竭力搪塞阻挠的经过讲了出来。他并不是要落井下石，而是要做到是非分明，功过清楚。

"虞潜，你这是渎职！"纪委的一位领导愤愤地说。

王书记说："我建议撤销虞潜校长职务！"

"应当给他一些经济处罚！"

"让他坐牢都不为过！"

……

人们义愤填膺，众说纷纭，一片喧嚣。

山根走到人群前面说："各位领导，我想借三分钟时间说说我的看法。"

虞潜面色苍白，豆大的汗珠不停地往下淌。听到山根要发言说话，他更是彻头彻尾地绝望了。自己过去一直给山根穿小鞋挤对他，找他的不是，这会儿山根一定会揭发他的失职问题，把他一棍子打死，再踏上一只脚，让他永世不得翻身。他知道自己这次是死定了！

可是，山根的说法却大大出乎虞潜和在场人员的意料。

山根说，作为教导主任，学校发生这样的事故，他难辞其咎。虽然开学之初，他给虞潜递交了扩大寄宿部的报告，过后也曾催促过两次，但忙起教学来，他也没特别强调这个事情。另外，在这个事情上，他具有一种患得患失的心理，担心别人议论他僭越篡权，凌驾于校长之上；以至于他有些投鼠忌器，生怕别人说他是禹山沟的土著人、地头蛇，欺负从外面调来的校长。说到底，还是私心严重，为自己想得多，最终不敢坚持正确的意见，造成了淹死人的事件。所以，他和虞潜一样具有不可推卸的责任，恳请领导对他也做出处分或者惩戒，不能把事故责任都算到虞潜头上。

山根说到这里，稍作停顿，全场响起了一阵热烈的掌声。他用力做出一个阻止的手势,说:"我想再给大家做一个补充说明,不知该不该讲?"

"知无不言,言无不尽。"教育局领导鼓励他讲出来。

山根这就大胆讲出了他的见解,让人们听得目瞪口呆,深感意外。他说扩大寄宿部的事情虽然没有做成,但这也不是造成此次洪水淹死学生的唯一原因,恳请大家能够客观、公正、理智地对待。

几乎是在山根说完话的同时,虞潜也毫不犹豫地站起身,向众人躬身施礼,惭愧的眼泪像决了堤的洪水一样流出了眼眶。他抽噎着说,山根的担当精神让他感动佩服,更让他惭愧。

实事求是地讲,他虞潜当时不同意扩大寄宿部的真实想法有三点:一是嫉妒心理作怪,这么好的事情为什么总是由山根提出,而不是他虞潜?做好了,成绩是山根的。老实说,山根已经够优秀了,早已把他这个校长远远甩在了后面。所以,他心理上不平衡,也就产生了嫉贤妒能的想法。二是他认为开办寄宿部太麻烦,责任重大,他就是害怕承担责任,结果造成了更大的安全事故,需要承担更大的责任。再就是作为校长,他肤浅地认为只要把教学质量搞上去就行了。所谓的教学质量,就是在中心校组织的抽考和小升初考试中,分数高,名次靠前,就是一个好校长。

虞潜咳嗽了一声,清理了一下嗓子又说,这次事故的发生,与山根没有什么相干,由他虞潜承担全部责任好了。同时,他郑重其事地向组织建议,由山根担任禹山沟学校校长最为合适。

"我代表镇党委和政府,非常赞成支持虞潜的提议!"洪镇长气呼呼地拿眼睛瞪着虞潜说。全场又一次响起了热烈掌声。山根霍地站起来了,挥手示意大家停止鼓掌。人们猜想他一定是推辞不干,至少也要谦逊拉扯一番。出乎大家意料的是,山根面向大家弯腰躬身,恭恭敬敬地向在场的人抱拳施礼,并连连说道:"谢谢虞潜同志的推荐,谢谢组织的信任。我舒山根愿意当禹山沟的校长,如果我当上校长,决不辜负大家对我的期望,一定让禹山沟学校成为一座为国家为社会培养栋梁之材的教育大厦!"

散会后,老支书善意地提醒山根:"虞潜推荐你,大家拥戴你,你干校长那是板上钉钉的事,可是你怎么连一句谦让的话也没有?是不是有点儿太书呆子气了?"

山根认真地对老支书说："我只有当上了校长，才能按照自己的意愿推广《简易智慧教育》，才能把学校办得更好，所以别人说什么我也不在乎！"

他还想说，他当上了校长，不但自己有更多的自主权把学校办好，同时还要给老师们松绑，充分调动他们的自觉性，发挥他们的聪明才智，让他们相对自主地运用最适合自己和本班学生特点的方法教育好学生。而不是全校、全镇乃至全市都是同一种教学模式。如此，哪里还有什么创新教学呢？

老支书不等山根把话说完，十分赞同地拍了拍他的肩膀。山根也就不好意思再往下说什么了。

第四章

42

　　高之雨在省城南郊离开实惠印刷厂，一连找了三次工作，其中两次都没有成功，都是没知识没技术惹的祸。最后一次是应聘在一家工厂当保安，他倒是被聘上了。但是之雨思虑再三还是作罢。他看到其他三个保安都是六十多岁的人了，三个人加起来大约没有八颗牙，属于颐养天年的年龄。而保安，说白了就是看大门，工资每月一千多块钱。对于他们来说，只是充实一下老年的生活，挣钱是次要的。可是之雨和他们不一样，他不挣钱是万万不行的：全家人的衣食住行哪一样能离开钱？老父亲指不定哪一天就要被送进医院里，他两手空空怎么行？虽说现在都有合作医疗，但是医疗费的报销也是有比例的，他兜里没有钱是住不了医院的。这倒不是诅咒，这是必然。还有两个孩子，学是必须要上的。学费虽然免了，但笔墨纸张和生活费也是必须要出的。他自己已经吃尽了没文化的苦，就算砸锅卖铁、骨头锉成扣也要供儿女读书。但是砸锅卖铁能值几毛钱？骨头锉成扣也不现实。但他需要挣钱，却是千真万确的铁定事实。

　　之雨也想得到一份有点儿技术含量的工作，干得时间久了就能成为技术员，或者熟练工，工资会高一些。但是，已经碰了两次壁。之雨今晚是睡在天桥下面的，明天会怎么样呢？

　　夜深了，路上的行人和车辆少了，也没有了白天的喧哗之声，今晚可以睡个安生觉了。不像昨天晚上，他睡在火车站售票厅的墙角里。售票厅是不允许打地铺的。他就把行李袋子靠在墙角，然后席地而坐，整个后背都倚在行李上。他就那样闭上了眼睛。他希望就那样能够睡到天亮。但是售票厅里的嘈杂出乎他的意料，他拼命闭上眼睛也无济于事。就这样，白天他去应聘保安的时候，眼睛肿得只剩下一条缝了。

之雨把贵重的物品都枕在头下面，准备入梦了。所谓的贵重物品，也不过是手机和身份证。那些过了时的衣服就算丢在大街上，估计也不会有人捡。水泥地板上残留着白天烈日炙晒的余温，燥得他身上冒汗睡不着。虽然不时有凉爽的晚风吹来，但他还是无法摆脱烦躁。

怎么办呢？若是明天还找不到工作，这里还是我的栖息之地吗？之雨心里一片迷惘。时而有风，时而没风。没风的时间，蚊子将他的脸上、肚皮上、后背上、胳膊上、腿上、脚上叮满了红包。之雨不停地拍打，顾得上这里，顾不上那里。他索性坐起来，拿起白天在路边捡到的一张广告纸不停地扇。

不行！得给山根打电话！他是大学生，兴许会有办法的。之雨毫不犹豫地拨通了山根的手机。

那天，正值山根毕业前的狂欢之夜。山根、鸿鑫、芳菲和曼丽正在"或与远"吃饭。山根手机响了，他一边摁接听键，一边往外走。"之雨哥，工作找到了吗？看我这该死的记性！我还说给你打电话呢，竟忘了！"山根满怀歉意地说。

"还没呢！我就是想看看……看看你……有办法吗？"之雨吞吞吐吐地说。

"噢！我？"山根拼命在大脑中搜索可供之雨工作的地方。但是他的交际圈太小，根本解决不了这个问题。

"之雨哥，不如这样。"山根想了想说。

"山根，你说吧，我听着呢！"之雨把脸紧紧贴在手机屏上，满怀期待地等候着山根口中的结果。

好久好久，手机里静音了。"断线了吗？"之雨自语着，又晃了晃手机。

"没有，之雨哥，我在想办法呢！"山根失落地说。

其实，山根想说的是，既然城市容不下咱们，还不如归去呢！禹山大地会张开她温暖的怀抱招呼我们接纳我们。乡村振兴的号角已经吹响，不如我们一起回到家乡，投入这场改革的洪流之中，把我们的禹山沟建设得更加美好！我回去干教育，你可以养一大群牛啊，羊啊，猪啊，鸡啊，鸭啊，山鸡啊，雁鸭啊，甚至驴、梅花鹿、蚯蚓、蜈蚣都行！你也可以让山坡长满苹果树、橘子树、山楂树、梨树，或者药材都中。

但是，山根还是没有说出口。因为电话里的之雨哥没知识没技能，盲目乱干怎么能行？他还上有老下有小，一家人都指望他挣钱呢，他是赚得起赔不起啊！

山根思绪万千，最后山根说了现实的方案。他说："之雨哥，你放心，我的同学方鸿鑫会有办法的，我去找他，稍等我给你打电话。"

鸿鑫确实有办法。他表哥就是专门生产各种机器配件的小工厂的老板，第二天就安排之雨当上了包装工。

学校因为"安峰事件"停课两天，再次返校时，山根带着一些老师在大门口站成一排，亲切热情地向每位家长和学生施礼问好，迎接他们的到来。这道特殊的风景，让许多家长和学生倍感温暖亲切。

在众多护送学生的家长中，山根看到高之雨骑着摩托车也来送二丫上学。看到这张熟悉而又陌生的面孔，山根感到无比亲切和激动。两人自省城南郊实惠印刷厂一别多年，虽然其间也曾通过电话，但毕竟隔着时空，那份真实感还是有些恍惚。

今日相见，纵然有千言万语，彼此都明白此刻还不是说话叙旧的时刻，相互点点头算是打了招呼，一切尽在不言中。

之雨推着摩托车走进校园，看到迎面一个家长拉着孩子，背着大书包，从校园里面走出来。他不禁好奇地问："为啥要把孩子带走，是有事请假吗？"

对方见他也是来送学生的，自然也不回避什么，直接答道："学校没有安全保障，谁敢让孩子在这儿上学！"

之雨看到山根此刻也在询问另一个家长："大叔，还没到学期结束，怎么要把孩子带走？"

这位家长碍于面子，对山根撒谎说："家里农活忙，让孩子回去帮着做家务。"

山根劝解道："孩子正是上学的年龄，咋能因为做家务而耽误读书？"

"不上了，反正也上不了一个啥名堂！"那人看也不看山根一眼。

山根劝说了这边的家长，那边又一个穿着红衣衫的妇人带着孩子，手提书包往大门外走。山根同样是耐心地劝解："种不好庄稼一季子，耽误了孩子可是一辈子的事儿！孩子读书是大事儿，可不能当儿戏呀！"

"转学去镇上。"红衣衫妇人面无表情地回答。

山根微笑着问:"为什么要舍近求远呢?"

"我们乐意!"红衣衫妇人一边走一边嘀咕,"这还用说出来吗?"

山根接连受到抢白,也不好再接腔,转身看到更多的家长带着孩子往校园外面走。他不由得暗自吃惊,这该怎么办呢?

情急之下,山根同几个教师急忙汇拢过来,手拉手在校门口站成一排,试图拦下从校园里面走出来的家长和学生。"孩子们的学得继续上,有什么问题和打不开的心结,家长们可以留下来协商解决。"山根的话语中透出无比的真诚。

有人发言了:学校没有安全保障,谁也不敢拿孩子的生命安全开玩笑。

又一个家长说,孩子读书多少并不重要,关键是要活着,活着就能接续香火,活着比什么都重要!

山根苦口婆心劝阻人们不要走,反复解释说这次涨水淹死学生,纯属偶然意外。大伙不能把偶然当成必然,也不能把个案当成普遍,因噎废食是不可取的呀!

家长们听罢发表了不同的言论。

这个说,这样的意外偶然到谁家孩子头上,也不是儿戏。

那个讲,意外淹死一半个学生,就把人吓坏了,哪敢淹死更多呢?

一个光着脊梁的男子,话中带刺儿地说:"活着总比淹死强!再说往上追溯,人老几辈都没上过学,不也照样过日月?"

一个头发花白的老人拉着自己的孙子,接着光脊梁汉子的话茬说:"不读书也能种庄稼,还能外出打工挣钱。"

红衣衫妇人催促家长们:"走吧,走吧,废话少说!"

其他家长也可能是受这几个人的煽动蛊惑,拉上孩子就要走。山根和几个老师怎么也拦不住。

一直站在大门外,于暗中窥探的高之雨这时突然走上前,猛地伸开两手,做出一个拦截的姿势,提高嗓音大声吼道:"谁也不许走!要想走,留下孩子再走!"

人们突然听到这沉闷的吼声,不由得大吃一惊,这谁呀?怎么如此蛮横?

内中一个人冲着之雨吼道:"你谁呀?厉害啥哩厉害?谁怕谁啊!"

"哪来的人?要什么横?"打着光脊梁背着大书包的中年男子向之雨走来。他厉声质问的同时,恶狠狠地撂下手中的书包,似有与之雨单个打斗较量的意思。

大伙本是同一个行政村的人，人们怎么会不认识高之雨呢？盖因他长期在外打工，很少回到家里，难怪在场的家长不认识他。

之雨做了一番自我介绍，然后讲起自己家庭苦寒读书少，外出打工，能力有限，受人歧视嘲笑、欺负讹诈，以及山根和他的同学前去搭救他的亲身经历。

他接着又说，山根为什么放弃省城现成的挣大钱的差事，非要回到贫穷的禹山沟教书？那是为了咱们禹山沟的下一代不再受没知识、没文化、没技能的苦和难。

之雨又说，他妻子生下第二个孩子，大出血去世，父亲常年多病，家庭条件不好。可是他和父亲在山根的劝说影响下，坚持让一双儿女上学，为的是不让孩子再像他一样，因为没知识没文化没技能，被人耻笑瞧不起。这还不说，出去找工作也是难上加难！

最后他告诫人们一定要让孩子读书，不然外出打工也没地方要。

家长们听了，都被山根为乡亲们着想的高尚情怀所感动，带着孩子回家的念头已经有所动摇，人群一下子静默了。

稍许，人群中有人向山根提出了他们最为关心的问题，要他们把孩子留下也行，但山根作为一校之长，如何保证这些学生的安全呢？

"是啊，是啊！"其他人也立刻随声附和。

"也不是说我们故意要跟学校作对，故意不让学生在这里上学。谁愿意舍近求远啊？"一个年轻人发自内心地说，话语里满是真诚，"毕竟人命关天的事情，学校得制定详细的预防管理措施才是。"

山根朝年轻人望过去，他清瘦的面孔，一双又大又圆的眼睛里放射出深邃的光芒。后来，山根才知道，他也是一个外出务工者。他听说安峰事件后，连夜坐高铁赶回来的，一进家门，他就把一双儿女紧紧搂在怀里。

山根微笑着对他说，学校决定扩大寄宿部，让每个学生都能够吃住在校；周五下午放学，家长们各接各的孩子，从而保证学生放学路上的安全问题。

多数家长听了领首称是，表示同意；也有居住在学校附近的一些家长，提出了不同意见：他们的住家距离学校这么近，没有必要让孩子吃住在学校，多花一笔钱。

山根对大伙讲出了他的打算，学生寄宿在校，本着自觉自愿的原则。不过，走读学生仍然需要家长接送。不然，校外安全还是无法保证。他请乡亲们回家后，各自开个家庭会议讨论讨论，做出慎重的决定。

　　家长们听了，没有再提出异议，一个个松开孩子的手，让孩子们回到教室里去。

　　近段时间山根加班加点，为扩建寄宿部做了一份详细的规划，他还要亲自设计一张清晰的施工蓝图。

　　如果请设计师来绘图，又要多花一笔钱。能省下这笔钱，为什么不节省呢？所以，山根决定自己动手设计。

　　这天下午放学，他刚把绘图纸铺开，拿出自动铅笔、三角板、米尺、圆规和橡皮擦，准备动手设计施工蓝图，抬起头却见鹏飞满面含笑地走了进来，山根朝他点点头，示意他坐下。

　　鹏飞抑制不住内心的激动，还不等坐下来就兴冲冲地告诉老师，他向镇一初中提出跳级读初三的申请已经获得批准，并顺利通过学校组织的综合素质考核和学科考试。暑假后，他就可以越过初二直接读初三了。

　　这件事情，鹏飞曾同山根商量过，他却从未表态。从内心深处说，他对鹏飞此举不甚赞同。一是他感觉初中开设的科目比较多，不像小学那样主要是语、数、英三门主要课程；课程繁多，加工挤时间学起来也比较麻烦；再就是他希望鹏飞能够夯实基础，一步一个脚印，将来考上一所理想的大学，为山里人争口气，让山里人也可以骄傲自豪、扬眉吐气一回！没想到鹏飞却擅自做主跳了级。此刻，山根除了表示道贺和鼓励，其他什么也不能说了！

　　鹏飞本想等老师问他为什么要跳级时，再把自己决定跳级的原因说出来。谁知山根只顾忙碌，什么也没问他。作为一个尚未完全成熟的青少年，毕竟缺乏耐性，鹏飞最终还是忍不住把他跳级的原因告诉了老师。

　　原来，鹏飞看到山根不分昼夜地劳累辛苦，就想早点儿考上大学，然后回到本校当一名老师，好替自己的恩师分担一些工作。当然，他的好朋友梁柱的成功跳级，也是他产生跳级的动力之一。他要与梁柱做一番较量和比赛，于是来了个半夜拔河——暗中使劲儿。按照他对舒老师《简易智慧教育》的理解，采取"寻找规律，理清思路，突出重点，循序渐进"的学习方法，制订了一份较为完善的学习规划。他在读初一的这一年里，同时也学完了初二的全部课程。

　　山根听了不由地对鹏飞刮目相看，对他的良苦用心和刻苦精神也钦佩有加。

山根把施工图纸设计好后，连同施工计划一并交给上级。村支部和镇中心校领导看后批复道：同意按该规划设计施工。

山根决定利用暑假期间，实施寄宿部扩建工程。他先向村民发出了一份倡议书，号召村民群策群力建设寄宿部。令人欣慰的是，倡议书刚一发出即得到了村民的热烈响应和支持。大家纷纷表示要尽其所能，为扩建工程出力流汗。许多匠人怀揣着工匠精神和绝技，从打工的地方回到故乡，投身到寄宿部扩建工程之中。

这不，一辆红色"东风金刚"从校门外开进来。山根赶紧迎上去，没料想却看到高之雨从副驾驶上跳下来。之雨很仗义地告诉山根，车上的钢筋是他和丁洪波送给学校的，也算是为家乡教育做点儿贡献！洪波在厂里忙，顾不上回来，让他全权代理，一手操办。

山根拍拍他的肩膀："两位哥哥都是好样的！"

"小意思，这不算个啥！"之雨似乎经不起表扬似的，突然现出一副羞赧的神态。

山根用手指着满院的建筑材料，自豪地如数家珍般对之雨介绍说，这堆沙是赵鼎从河滩上拉来的，那堆石子是老支书儿子高升送来的，白灰是王群从自家石灰窑上捐赠来的，砖是几家窑老板无偿捐献，真是太感谢大家了！

之雨憨厚地说："这都是应该的。"

"人心齐，泰山移，咱们的学校一定能办好！"山根话未落音，两人的手就紧紧地握在了一起。

山根和之雨正说着话，校园门口又停下一辆前四轮后八轮的自卸车。山根和之雨赶紧迎上去。

"怎么是你呀！"之雨惊讶地说。车上先跳下来的竟然是鸿鑫。

"是啊！你怎么来了？"山根一边往车上看一边问鸿鑫，"车上装的是啥东西？"

"贝壳粉。"鸿鑫笑着说，"公司在市里东方红小区正在装修，用的这种贝壳粉，你那天在微信里不是说要扩建寄宿部吗？我一琢磨，给禹山沟学校也拉一车。你看，帮助了老同学，也为禹山沟出了一份力，一举两得，何乐而不为？"

山根笑着拍了拍鸿鑫的肩膀，又朝他竖起了大拇指。之雨紧紧握住了鸿鑫的手。

"禹山大地会感谢你的！"山根认真地说。

"是哩！是哩！一定会的。"之雨也笑了。

"对了！"鸿鑫似乎又想起了什么，慌忙从手提包里拿出一个牛皮文件袋，说，"这五万块钱，是陈远方捐给禹山沟学校的。"

"陈远方？"山根眨巴着大眼睛，半天也没想起来是谁？

"郭梦欣的老公。"鸿鑫提醒他。

"郭梦欣是谁？"山根还是有点儿蒙圈。

"看看你！标准的贵人多忘事！禹山沟的事再多，你也能拎得清清楚楚！"鸿鑫抱怨着扔出三个字，"或与远。"

"噢！'或与远'的学哥学姐啊！"山根很惊诧，"他们怎么也知道了？"

前天晚上，曼丽不知为何忽然想到了"或与远"，好长时间都没去那儿吃饭了，甚是怀念。于是，鸿鑫就开车拉着曼丽绕了半座城去了"或与远"。学姐郭梦欣一眼就认出了他们。她当时正坐在电脑旁向厨房发送菜单，一抬眼就看见了他们。她丢下鼠标站起来，一边骂着他们一边与曼丽紧紧拥抱在一起："该死的！这么长时间竟把学姐忘到九霄云外去了。"她一边骂一边又抱了抱鸿鑫，鸿鑫的脸一下子红到了耳朵根。

那天晚上，学姐让厨房把店里的特色菜上满了一大桌。曼丽一个劲儿地劝阻说别上了，吃不完浪费。学哥陈远方一本正经地说："可劲吃！吃不完学姐揍你们，我可不拉架！"大家都被他幽默风趣的话逗笑了。

那天他们聊到很晚很晚，直到店里所有的客人都走光了。他们聊了很多很多，当然更多的是聊到了山根和芳菲。陈远方和郭梦欣为两人能够放弃大学生的身份和大城市的优越生活，主动扎根山乡的事迹无比感动，无比敬佩，同时又为他们唏嘘不已。最后，学姐对鸿鑫说，建筑上的事情他们也不懂，让他捎给山根五万块钱，表示对山根投身山乡教育的支持，需要什么就让他自己购买。

山根把牛皮纸袋接到手里，泪水一下子掉在纸袋上。那些青葱的岁月一下子回到眼前……多少珍贵的友谊竟被遗忘在紧张的忙碌里，山根心里满是自责。

村中不同门类的能工巧匠，齐聚校园。他们依据山根的安排，依照图纸精心施工，做好自己承担的任务。泥巴匠施展出精湛的技艺，修灶台、垒墙壁、铺地板、搪涂料、粉刷屋子、改造卫生间；电焊工潜心于制作高低床、焊护窗和楼梯护栏；老木匠指导着几个徒弟按照工艺流程，利用锯、锛、凿、砍、镞等技艺，制作面案和床板。他们表现出认真细致、一丝不苟的工匠作风；油漆工小心翼翼地对钢铁制品、实木家具，做着喷漆防腐工艺；水电工严格遵守水电操作规程，规范操作。

　　山根既是设计师又是总指挥，一会儿去这边安排，一会儿又要到那边察看；有人向他询问尺寸，还有人急着问他造型……他真的是忙得焦头烂额，应接不暇。不过，再苦再累他也是高兴的。他仿佛看到了秋季开学时，学生们住进寄宿部的快乐情景，心中有一种说不出的快慰。

　　校园里人声嚷嚷，马达轰鸣，形成了一首热闹而快乐的交响曲，以至于装在衣兜里的手机连续响了好多次，山根也没有听到。

　　傍晚下工时，山根拿出手机，看到有好多未接电话，都是芳菲打来的。他暗自思忖，如果不是遇到紧急情况，她是不会接连不断地给他打电话的。再说，这种现象过去也从未发生过。

　　想到这里，他突然意识到情况不妙，立刻把电话回拨过去，却怎么也打不通。一个，两个，三个……连续回拨不下十次，仍然没有一点儿动静。

　　难道芳菲母女发生了什么意外不成？山根越想越害怕，一下子慌了手脚。他跟门卫交代了一声，骑上摩托车就往城里赶。

43

　　芳菲的爸妈回省城参加老干部座谈会去了，她只能带着孩子去上班。

　　午饭后，芳菲刚到办公室，却看到吉安不停地哭闹。起初她以为是女儿饿了，就把乳头塞进她嘴里。谁知她却不肯吃奶，只是一个劲儿地踢腾哭闹。她把孩子抱在怀里，用手缓缓拍着她的身子，嘴里轻轻哼着催眠曲，在办公室里来回走动。

　　吉安倒是不哭了，却"哗"的一声呕吐了一摊，连芳菲的身上也吐了许多奶瓣子。她赶紧抽出几张纸巾擦拭孩子的嘴、脸和身子。

　　芳菲刚擦拭完毕，吉安又一次呕吐了。然而，这次除了唾液和黄水，却吐不出其他东西。芳菲心里有点儿发怵，看来这孩子是着凉生病了！

　　这时候，她突然听到孩子肚子里发出一声"咕噜噜"的响动，芳菲立刻脱下女儿的纸尿裤，里面一摊暗黄的稀屎就呈现在她面前。再看女儿的小屁股上，也被稀屎糊满了。她皱着眉头，先把纸尿裤扔进垃圾桶，再用卫生纸擦拭女儿的屁屁，最后又用湿巾擦洗一遍。女儿一声不吭，眼睛也是那么无力无神。若在平时，妈妈的这番操作，女儿肯定是无泪的哭喊，以示反抗。芳菲慌得六神无主，急出了一身冷汗。收拾好女儿拉的一堆稀屎，芳菲慌忙给山根打电话，让他尽快回来。谁知接连打了好多次，他都没接。她气得把手机也摔了。

"这个混蛋，在干什么呢？"芳菲不知不觉骂出了口，"我要你这个只要工作不顾家的男人干什么呢？"

这可咋办？芳菲抱着女儿在屋里转来转去，急得像热锅上的蚂蚁一样。

这时正好财务科同事孙姣走进办公室，她听芳菲说吉安不停地呕吐腹泻，急忙问道："柳姐，孩子是不是患上肠炎了？"她赶紧放下手中的文件，把吉安抱过来。

"柳姐，你快点去换衣报！"孙姣指挥着芳菲，颇有临危不乱的大将风度。芳菲低头一看，胸前的一摊奶瓣子还没顾上擦，她赶紧往更衣室里跑。

芳菲换了衣服，愁眉不展地对孙姣说，她也不知道是怎么回事，这孩子从早上开始就这样了。孙姣赶紧去摸孩子的额头，滚烫滚烫的。她不无担心地说："高烧啊，估计吉安得了急性肠炎！"

此时，吉安闭着眼睛，脸色蜡黄，牙关紧咬，好像是休克了。

芳菲吓坏了，只是一个劲儿地哭着呼唤孩子："吉安，吉安，你醒醒，醒醒！"可是吉安仍是双眼紧闭。

孙姣看到情势紧急，立刻打电话让公司小车司机王展把轿车开过来，送孩子去医院。孙姣一路陪着芳菲母女。芳菲一会儿看着前面长长的马路，一会儿看看女儿苍白的面孔，心急如焚，恨不得生出一双翅膀，带着女儿飞到医院，出现在医生面前。

急诊科的医生诊断之后，不断地埋怨芳菲："怎么当妈的？这么小的孩子得了急性肠炎，竟耽误这么长时间才送来？这孩子不是你亲生的吧？"

芳菲说不出话，只是一个劲儿地流眼泪。

医生白了她一眼说："哭啥哩哭？签字吧！"

孙姣抱怨说："小题大做，小孩患肠炎至于这么认真？这么小题大做吗？谁家孩子没得过肠炎？"

"肠炎是小病，可是这个小孩得的是急性肠炎，再说你们已经把它耽误成大病了，难道你没看见这孩子到现在还处于半昏迷半休克状态？"

芳菲肠子都悔青了。吉安昨天精神就有点儿萎靡不振，她以为孩子没睡好，也没在意。没料想却演变成如此严重的疾病。孩子一旦有个三长两短，她这个当妈的就是罪魁祸首，第一责任人。

姑且不说责任不责任，女儿一旦没了，她这个当妈的就再也没有活下去的精神支柱了。

想到这里，她的哭声更大了，顷刻间涕泪滂沱，一边哭一边说："医生，我签我签。你一定要救救我的孩子，我们已经失去了一个儿子，再不能失去这个女儿了。她要是有个三长两短，我和她爸还怎么活下去？"

然后，她颤颤抖抖地拿起笔，在亲属签字栏里，歪歪扭扭签上了自己的名字。

"别哭了，医院也不是你哭诉的地方。我们会尽最大的努力抢救的！"医生听了她的遭遇，用充满同情的目光望着她。继而，又拍了拍她的肩膀安慰她。

孙姣也在不断地安抚芳菲："柳姐你放心，吉安福大命大造化大，这点小毛病，一定能撑过去。"

果然不出孙姣所料，一瓶点滴将输完时，吉安的体温已经降下来不少，人也清醒了许多。她睁大两只空洞的眼睛望着妈妈，慢慢伸出一双小手要她抱。芳菲喜极而泣，握住女儿的小手，不住地亲吻。

一位年轻美丽的护士过来测量了一下吉安的体温，微笑着说："疗效显著，已经明显退烧，放心吧，孩子会好起来的！"

稍许，医生走过来，翻翻吉安的眼皮，按压了一下她的腹部，让她们去办住院手续，住在消化内科继续观察治疗。医生给出的理由是，最近流行病毒性急性肠炎，患者的病情总是时好时坏，反反复复，所以一定要等患者完全康复，才可以出院。

孙姣办好一切手续，带着芳菲母女走出急诊室去住院部。芳菲抱着吉安，在孙姣的带领下，登上电梯直奔六楼。下了电梯走进病房，又一名护士也跟着进来，给吉安打上点滴。吉安不知不觉又沉沉睡去，孙姣帮着芳菲把孩子放在床上。

芳菲望着睡得十分安详的孩子，看着药瓶里的药液缓缓流入长长的输液管，慢慢滴进孩子的体内，心中有种说不出的平安感觉。此刻，她对孙姣是十二分的感谢："今天多亏孙姣妹妹帮忙，要不然后果真的不堪设想！"

"说什么呢，柳姐！同事之间相互帮助，太正常了。"孙姣说得很轻松，话锋一转问道，"给山根哥打电话没有？"

芳菲摇摇头，脸上立刻露出了愤懑："电话没人接。"

"回电话没有？"

芳菲赶紧拿出手机，看到是黑屏，反复按开关键，却怎么也打不开。原来是她下午盛怒之下摔坏了手机，难怪一直等到天黑也没接到山根的电话。

山根不顾夜色深沉，骑着摩托车开着近光灯，加大油门，一路狂飙。速度实在是太快了，平时至少需要行驶个把钟头的路程，今晚仅仅四十分钟就跑完了。幸亏路上罕见行人，否则就太危险了。

他上楼来到自家门口，房门紧闭着。他慌忙掏出钥匙打开屋门，屋里仍是漆黑一团。他拉开灯，到处看看，也不见芳菲母女踪影。这使他倍感紧张。这到底是怎么回事？莫非遇到了什么突发情况？

他于担心中不断假设着，也许是芳菲在公司加班，为避免女儿打扰，她下午才给他打电话，让他早点儿回来照看孩子。然而，实际情形究竟如何？他须得去看看方才放心。

一整天的奔波，超负荷的工作，劳心又劳力，山根实在太困倦了。但他咬紧牙关，骑上摩托车又去鸿鑫邓州分公司，看看芳菲是否在加班。

当他来到公司时，看到的却是大门紧闭，只有门卫室亮着灯光。他正要举手敲门，却看到公司小车司机王展从外面回来。两人本是熟人，山根急忙迎上去，询问对方，芳菲下午来上班没有？

"小孩得了急病，要死要活的，我开车把他们送进医院。都这个时候了，你怎么还在这儿晃悠？"王展于自夸中带着些许埋怨。

真是怕处有鬼，痒处有虱。山根突然感觉两腿发软，尻子发松，浑身瘫痪，眼睛一黑，几乎要一头栽倒。王展赶忙拉住他，带他来到一棵大树前，对他说："你靠在树干上镇定一下，我开车送你去医院。"

王展去开车，山根把身子靠在树干上，做了两次深呼吸，缓解一下剧烈跳动的心脏，稳定一下情绪。恰巧这时手机响了，山根拿出来看到是一个陌生号码。他按下接听键，却听到芳菲的声音："你这会儿在哪儿？还在禹山沟吗？不说我了，你心里还有没有女儿？"

医院楼道里人来人往，芳菲强忍着自己悲伤的心情，但是话语里还是流露出哽咽的气息。

"吉安现在怎么样？我马上到医院，你们住在几楼几号？"

"六楼消化内科 N613。"芳菲挂了电话。

一路上,山根焦急地催促王展把车开得快些再快些!司机是个性格稳重的人,他说这条路上有测速,限速七十迈。就不说限速了,安全重于泰山啊!得保证自己的安全,也得保证路人的安全。山根干着急却也没办法!

这条柏油路啊!怎么这么长?长得没有尽头!女儿那可爱的模样一直在眼前晃,晃得山根直想哭。似乎是一个世纪过去了,山根终于看见市中心医院几个闪光的大字。他打开车窗,长吁了一口气。

不等司机把车停稳,山根就跳下来,马拉松比赛一般往医院的大门里飞驰。爬楼梯还是坐电梯?山根在奔跑中思索,风在耳旁呼呼地响。真幸运,恰巧电梯到了,他一步踏进去,人也不多。他还在喘着粗气的时候,六楼就到了,山根的心口咚咚直跳。他迈开大步匆匆忙忙奔进病房。看到女儿还在打点滴,正在酣睡,也就没敢惊动,只是微笑着跟孙姣打了个招呼。

山根轻轻抚摸着女儿的脸蛋。正在这时候司机王展也进来了,他望着芳菲说:"舒老师突然听说女儿有病住院,吓得几近栽倒,多亏我及时扶住。"

孙姣接道:"十指连心,吉安是舒老师的心尖儿肉,岂能不疼?"

"那是,那是。"山根憨厚地一笑,"谢谢你们的帮助。"

看到山根回来了,孙姣和王展说了几句客气话一起走了,病房里只剩下这一家三口人。芳菲沉默不语,脸上没有任何表情。山根问长问短,她也不接腔。

"芳菲,你倒是说话呀!哪怕是骂我几句出出气也行,你这样会把自己憋出病来。"山根又心疼又着急。

"你心里只有学校和学生,吉安是死是活,你在乎过吗?更别说我了!"芳菲现出一脸的冷漠,"你现在违心地说着关心的话,有意思吗?"

"芳菲,你是一个通情达理的人,最理解我对你和孩子的感情有多深!"山根一边说话一边把茶杯端起来递给她。芳菲接过茶杯又放在床头柜上。

"你如今连我的电话也不接了。"芳菲压低声音,生怕隔壁病房里的人听到,"知道我给你打了多少电话吗?"她的声音哽咽了,多少心酸和委屈尽在其中,泪水夺眶而出。

"天大的冤枉!"山根赶紧解释,"学校扩建寄宿部,机器马达隆隆响,人声鼎沸吵吵嚷嚷。你就是跟别人说句话,也必得大喊大叫,对方才能听到。等到天黑收工时,我看到你打了五六个电话,知道有紧急事情,回拨给你不下十遍,怎么也打不通，急忙骑上摩托车飞驰着往家赶。"

芳菲又是沉默不语。

她不想说了，说来说去还是学校在他的心中占第一。她这样争风吃醋有什么用呢？她怎么可能和禹山沟学校抗衡呢？她柳芳菲怎么也没想到她争风吃醋的对象不是什么"小三"！而是她看不见、摸不着、来无踪、去无影，连她自己也说不清道不明的——山根那深深的教育情怀！他的这种情怀让她痛苦，让她无奈，却又无法解脱。她宁可折磨她的是所谓的"小三"，这样的话，她就会对舒山根充满鄙夷，弃之如敝屣，毫不可惜。或者她可以骄傲地面对"小三"讲述他们一路走过的风雨、坚贞的爱情。总之，她会是精神的胜利者。但是现在，她只能失败，只剩下失败。

"芳菲，千错万错都是我的错，女儿病情这会儿怎么样？"山根说完想去拥抱她，温暖一下她那颗受伤的心，但他竟然胆怯了。他恨自己为什么总是伤害心爱的女人。

芳菲的眼泪又涌出来，她哽咽着讲出了吉安住院的前后经过，话语里充满了无奈、无助和自责。

山根始则听得目瞪口呆，继之泪水也不知不觉流下来。他为女儿遭受病痛折磨伤心难过，也为芳菲的艰辛和不易心疼不已。他流着泪水缓缓站起身，伸手将她拥入怀中，抚摸着她的秀发，愧疚而感激地说："芳菲，辛苦难为你了！"

芳菲什么也没说，唯有泪流满面。

翌日一早，天尚未亮山根就起了床，他对芳菲说："我得去学校。"

芳菲瞪大眼睛质问道："女儿有病住院，你还要去学校？你还有一点当爸爸的责任吗？你现在心里只有学校，这是千真万确的！"芳菲的目光黯淡下去。

"不去不行，一干人马都在等着我！"山根的语气中带着焦急、祈求和坚决，"寄宿部扩建工程不能停下来！不能出差错！芳菲你是个明白事理的人，孰轻孰重你是知道的！"

芳菲冷冷地说："你走吧，走了就别回来，就当你从来没有老婆孩子！"芳菲后悔自己刚刚又白白挣扎了一回。明明知道结局，又何必去争取呢？芳菲气恼自己：为什么总想着改变别人呢？都说男人为了爱会改变自己。难道他是不爱自己和孩子吗？芳菲的心一下子掉进了冰窖里。

山根心里忽然一阵揪着疼。他抬腕一看手表：快六点了，那么多工人都在等着自己，不能去晚了。他把心一横，迈着坚定的步子走出门外，下楼来到外面。天才蒙蒙亮。

天气虽然阴霾，但七月的天，大清早就闷热闷热的。山根发动摩托车的时候，他的泪水竟然滑落下来。谁说男儿有泪不轻弹？他真想大哭一场。山根怪自己怎么像一个小女子，动不动就哭鼻子抹眼泪，哪里像一个做大事的坚强大男人？

生活啊，为什么总是如此艰辛？明明很痛，但必须做出抉择。

这些问题搅得山根心里如同一团乱麻，剪不断，理还乱。

接连几天，山根大清早起来去学校，晚上回到病房陪伴芳菲母女。他走时，芳菲也不阻拦，他回来她既不显得高兴，也没有片言只语的埋怨，更不主动和他交流说话。

倒是山根主动向芳菲询问女儿的治疗情况，可她就是不理不睬不回答。山根又说寄宿部扩建工程马上完成，寄宿的学生多了，招聘两个炊事员。到时候他就不再那么忙碌了，就可以回来多陪陪她娘俩。

山根还说学校终于告别旱厕了，贴着地板砖的卫生间，比以前他们在学校的住室还要豪华。如果芳菲再去上厕所的话，怎么也不会恶心得往外哕了。

芳菲以为山根在揭她的短嘲笑她，就狠狠地瞪了他一眼。山根赶紧住嘴了，他意识到自己的比方打得不好，忽然想起他们从前的住室可是三合一——寝室、办公室、厨房。他怎么能把卫生间和这些生活的房间相提并论呢？山根暗暗觉得好笑，嘴角不知不觉上扬了。

山根想了想，又说学校用上自来水了，是纯净甘甜的丹江水，烧开水也没有水垢了，喝起来清冽甘甜，异常爽口。山根的喜悦之情溢于言表，禁不住又瞅了瞅芳菲。

芳菲听了不接腔，也不置褒贬。他知道在她的沉默里，包含着多少五味杂陈和百感交集，也可能是对他的彻底失望。山根不知道该怎么办才好。

常言说：沟通是双方互动的过程。芳菲绷住嘴不说话，山根心里不只是着急，还有恐慌。女儿醒来时，他抱着她逗她玩，寻开心；女儿睡着了，他借故去卫生间，其实是为了掩饰他的这种窘态。

夫妻俩的这种僵持关系，一直持续到吉安住院的第五天。

这天早晨天麻麻亮，山根穿好衣服，洗漱完毕，站在芳菲跟前，轻言慢语地对她说:"我去学校了。"

芳菲淡淡地说:"明天吉安出院,需要办出院手续,报销药费,照看小孩诸多事情,我一个人忙不过来。"

虽然,芳菲只是把问题摆出来让他抉择,山根听了还是有点儿喜出望外。她毕竟主动开腔和他说话了,向他发出一个谅解和好的信号,山根是这么认为的。

山根兴致勃勃地说:"你放心,女儿痊愈出院是一件大好事,我一定全程陪护!"

次日上午,山根专门请了假。两人在医院办完出院手续回到家里,山根亲自下厨,做了一桌丰盛的饭菜慰劳芳菲。饭桌上,他热情地给她夹菜添饭。

芳菲显得很冷淡:"我自己会夹菜,不用麻烦你!"

这下轮到山根无语了,他夹菜的手也僵住了。

饭后,山根洗刷了炊具餐具,又拿起拖把开始拖地。

芳菲把吉安哄睡放在床上,又回到客厅,说:"你坐下,我想和你谈谈!"

山根看到她一副严肃认真的神态,预感到她有重要事情要跟他说。他没有吭声,而是期待她把话说出来。山根希望他们之间能把话说清楚,话说开了,日子回到从前去。现在的日子他非但不喜欢,而且觉得苦不堪言。当然,他的感受并不重要,主要是芳菲不开心。他发自内心地心疼她,他希望芳菲能够快乐。

芳菲欲语泪先流,他望着她不知道该如何安慰。他把两只手放在一起,搓了半天,才吭哧着说:"芳菲,有什么话你就说吧……你要是不想理我……你打我骂我也行……"

芳菲哽咽着说,孤独寂寞她可以忍受,劳累吃苦她也无所畏惧。可是吉安得的这场病,让她突然产生一种恐惧的感觉。她让山根手搭胸膛想一想,志远走了,假使吉安再有个三长两短或者什么意外,她还怎么能活得下去?

山根感同身受地说,是啊,没有吉安,他也没法活了!他禁不住把芳菲搂在怀里,想给她一点儿温暖。

"不,你和我不一样,你的心属于你的家乡,属于你的教育事业。为了别人家的孩子,你可以舍弃自家的一切,包括自己的娃!"芳菲在晶莹的泪光中,透着洞悉一切的绝望。她轻轻地把山根的胳膊推过去。

山根认为芳菲母女和教学是他生命的两个支撑点,失去任何一方,他的生命都将黯淡无光,活得没有意义。古语说:皮之不存,毛将焉附?如果没有芳菲和吉安的陪伴，他就没有活下去的信念和勇气。没有了生命，事业当然无从说起。反过来说，没有了对事业的追求和钟爱，浑浑噩噩，行尸走肉一般活着，也没有任何意义。

芳菲却认为，山根现在对事业和家庭表现出来的是一头沉，是撂天地里烤火一面热。他对家庭这个支撑点，根本就是忽视。他长年累月生活在学校，不年不月，没节没假，她跟着他吃苦受罪、守活寡，她都认了。可是对孩子的伤害可就大了。因为两人的疏忽大意，造成儿子志远意外伤亡，现在夫妻二人应该吸取教训，努力把女儿吉安培养成人。

山根赞同芳菲的说法。

芳菲进一步阐释了她的观点。山根是做教育的，应该清楚父母的陪伴，不仅是绝佳的教育，也使孩子赢在了起跑线上。对孩子来说，父爱缺席，就会造成孩子性格畸形，长大后性格要么懦弱，要么强势，要么孤僻。可是他经常不在家，陪伴不了吉安，让她输在了起跑线上。须知，她从小缺失父亲的陪伴，就不会有幸福的童年，没有幸福的童年，哪有幸福的未来？

"我不是给她买了许多玩具吗？"

"玩具和书本怎么能够代替父爱？"芳菲忍不住又发火了。

山根若有所思地点点头。

芳菲继续说："许多成年人的心理问题，往往都是在童年或青少年时期落下的痼疾。"

山根点点头："你对儿童心理学研究得透彻，说得完全正确。"

芳菲怀疑山根父母出车祸离世这件事，对他影响很大，甚至在他的心头造成了亲情缺失的阴影。而乡亲们对他的捐助，又让他对他们产生了强烈的感恩报答心理，以至于他对家庭、亲情看得淡薄。她希望山根在这两者之间，能够寻求到一个平衡点，从而使家庭和学校都能兼顾。不然，麻烦就大了。

山根没有言语，而是陷入了深思。

44

夜深深，雾蒙蒙。

在这夜深人静的校园里，唯有山根的房间还亮着灯光。一盏不很明亮的灯光下，他正在孜孜不倦、一字一句地批改着学生的作业，灯光把他瘦长的身影投射在窗子上。这成了校园里一道独特的风景，印在了孩子们的心上。日复一日，年复一年，年轮更换，奉献不变。

当他批改完最后一本作业时，疲惫的脸上绽放出欣喜灿烂的笑容。他站起身，打了一个哈欠，伸了一个懒腰，接着做了一个全身心放松和深呼吸的动作，然后又揉揉眼睛，感到浑身轻松了许多。

山根走出屋外，一股凉爽的微风让他感到无比清爽。朦胧的月光笼罩着四野，天地之间万籁俱寂，只有蟋蟀在悠闲地弹琴鸣唱，应和着从附近禹山上传来的阵阵低低的松涛声，偶尔也能听到从丹江湖上传来的浪涛冲击、拍打湖岸的细小声音。"清风明月本无价，近水远山皆有情"。山根觉得惬意极了

驻足片刻后，他来到男生宿舍。屋子里模糊一片，孩子们的呼吸均匀而平静。他打开手机上的手电筒，顺着两侧床铺的中间过道往前走。这些孩子睡相各异，姿势不同：有的正睡，有的侧睡，有的蜷曲着睡，有的抱着头睡，有的趴着身子睡，还有的横梁睡。他为没有盖好被子，或者把被子踢腾开的孩子重新盖好。

"小栓，起床上厕所！"山根用手轻轻拧了拧这个总是尿床的学生的小脸蛋，脸上的笑意无论如何也遮掩不住。

小栓眼也没睁，翻身又睡着了。

"小栓，起来上厕所，别让大水把自己冲跑喽！"山根不停地摇晃着小栓的身子，慈祥地笑着，用手轻轻拍了拍孩子的臀部。

小栓慢吞吞地坐起来，眯着眼睛瞅了瞅山根。山根抿着嘴笑，小栓嬉笑着趿拉上拖鞋，朝卫生间走去。山根望着他的背影，突然想到了儿子志远。如果志远不出意外，也该有这么高了。山根此刻有点儿埋怨上苍的不公，自己这么一个踏实敬业的人，苍天怎么忍心带走他唯一的儿子？还好，幸亏我还有这么一大群天真活泼的学生，还有善良的妻子和可爱的女儿。山根自我安慰着。

狗蛋和鲇鱼把衣服、被子都蹬到了地上，光着身子睡。狗蛋的一条腿正压在鲇鱼的肚子上，山根轻轻地把他的腿挪回去。

"两个调皮可爱的小家伙！"山根笑着摇了摇头。

他走到两人的床前，先把衣服捡起来搭在床掌上，又拿起被子，轻轻拍打掉上面的灰尘，慢慢地盖在他们的身上。这是一对双胞胎，刚出生的时候全家开心

极了，特别是爷爷奶奶。因为儿子媳妇早就把话放那儿了，生多了养不起，不管男孩女孩只生一个。他们说的是社会现实：生养一个孩子代价太大了！奶粉费、早教费贵得离谱，幼儿园的学费高于大学的费用，从小学开始又是各种辅导班、特长班，全是钱砌出来的，光大学四年花费不得有个十几万？还不说考研考博。所以一个孩子从出生到大学毕业至少需要八十万。若生的是男孩，还得备婚房、婚车、彩礼，差不多又得近二百万。这岂是寻常家庭负担得起的？所以，三十多岁还打着光棍的男子比比皆是。这也是近几年出生率极低的直接原因。

说远了，还是说狗蛋和鲇鱼这对双胞胎吧！在他们刚刚出生一星期后，他们的爸爸买回了一箱奶粉。就是那种很普通的奶粉，一箱就要一千七百元。这一箱奶粉可以维持多久？一个月一箱够吗？一想到这儿，他们的妈妈哭起来了。以前是她和丈夫一起打工，每人三千的工资，两人每月省吃俭用可攒下来四千。但是现在工资只剩下一个人的了，奶粉钱够吗？他们的妈妈越想越伤心。生双胞胎的快乐荡然无存，为钱困顿的阴云一直笼罩在这个家里。

那天送狗蛋和鲇鱼来寄宿部的，是他们的妈妈。她很高兴，说安置好儿子们，她也可以去打工了。她表面上是说可以解决钱的问题了，而实际上还有她对丈夫的思念。她也想跟丈夫在一起，但孩子跟爷爷奶奶在一起她还是不放心。隔辈只管亲，不管教育。这下好了，孩子放在寄宿部，不用担心孩子的学习辅导了。

这位妈妈的脸上布满了笑容，山根也很开心。临走的时候，她说等孩子初中毕业，个子长成了，她就带他们出去打工，得挣钱去城里买房子、娶媳妇。她说这话的时候还在笑，山根的笑容却僵在脸上。

"没文化没知识没技能，怎么可能挣到昂贵的房子钱和彩礼钱？"山根冷冷地说。

"那怎么办？难道我的娃生来就是打光棍的命？"女人生气了，她是对山根的话生气了。

"种花！花开了，蝴蝶自然会来！"山根的话语还是一片冰冷。

"鬼才信呢！在这山沟里，花值钱，还是蝴蝶值钱？"女人简直怒不可遏了。

山根笑起来了，明白这位家长没有理解他说话的意思，也就解释说："读书改变命运，当你的孩子有知识有文化有技能了，就容易找到好工作，就能遇到志同道合的女子，她有可能不要房子，不要彩礼。而且他们还会幸福地生活一辈子。"

"是吗？"女人半信半疑，但语气里还是有一种遮掩不住的惊喜。

"当然了！我就是一个鲜活的例子啊！"山根骄傲地拍了拍自己的胸膛。

察看完男生宿舍，夜已经很深了。山根这才回到住室，关灯在床上疲倦地躺下。山根还在想他对狗蛋和鲇鱼妈妈说的话。芳菲是没要房子和彩礼，但她的确没有得到幸福。是我不知道珍惜吗？山根问自己。但是我分分秒秒都陪在她身边，那禹山沟的娃们怎么办？

山根这会儿想起了芳菲和女儿。说实在的，从早到晚高强度的劳累，她们母女还真没机会挤到他的脑海里。此刻女儿一定睡得很香。山根拼命去想女儿那可爱的模样，可他眼前总是一片模糊。他努力挣扎着，还是徒劳无益，感到万分沮丧。

他不敢去想芳菲，她多半是在埋怨中辗转反侧，难以入眠。以前，他曾经抱怨她不理解他，甚至为此有些伤心难过。现在他明白了，诚如曼丽所说，没有爱哪来的恨？芳菲是在深深地爱着他。我为什么总是让芳菲难过？山根觉得自己的确很笨，这么一丁点儿事情就搞不定，自己是不是太缺乏智慧了？他就这样，在自怨自艾中入睡了。

弘阳和山根发生了激烈的矛盾冲突。

虽然，山根想方设法说服弘阳放弃个人成见，可她却固执地坚持自己的意见，一点儿也不肯改变，甚至要求调出禹山沟学校。调出禹山沟这样的话，弘阳从前从未发自内心说过。此刻她竟实实在在说出来了，可见她的内心是怎样的愤懑！

事情缘于山根同意接受虞潜调回来任教的事情。

纪检监察机关调查研究后，本着"惩前毖后，治病救人"的原则，对虞潜做出开除公职留用一年，以观后效的行政处分。意思是只要他在这一年中表现良好，没有再犯错误，即可撤销开除处分，继续留用，恢复公职。

虞潜心悦诚服地接受了这个处分，并请求中心校史校长尽快分配他到新的工作岗位。可是，没有学校愿意接受他这个曾经做过校长、嫉妒心强、搞不好团结的人。

史校长对此也很犯难。无奈之下，只好去征求虞潜的意见。不言而喻的意思是，要他本人寻找一个愿意接受他去任教的学校。

虞潜反复思考后，做出决定：从哪儿跌倒，从哪儿爬起来。我还是回禹山沟任教吧。

虞潜的说法或许有一定的道理，然而却给领导提出了一个大难题。他因为刚愎自用，一言堂，造成工作严重失误，在禹山沟负面影响很大。按照纪律规定，给予他处分的同时，应该调离原单位。再说，他和禹山沟现任校长舒山根、教导主任苏弘阳，关系也相处得不怎么融洽。

然而，既然他提出来了，姑且试一试，也未尝不可。不然，虞潜是不到黄河不死心呀！

史校长把虞潜的意思告诉给了山根。他听了几乎没假思索，脱口而出："我个人没有意见，但需要征求一下学校班子成员和村支部的意见。"

史校长用怀疑的口气问："没有推辞的意思吧？咱们现在是在商议解决问题，有什么困难或意见当面说，没必要藏着掖着，这样不利于开展工作！"

"没有，绝对没有推辞的意思。"山根肯定地摇摇头，"回去向村支部汇报，征求学校班子成员意见也不是借口。毕竟群众对'安峰事件'的反应也很强烈，再加上虞潜以前在学校的时候处理问题常常欠妥，大家对他颇有成见。如果我做主应承下来，也不能体现民意啊！"

史校长点点头，夸赞山根办事稳妥，思虑周全。

山根从镇上回来，第一个征求现任教导主任苏弘阳的意见。她听后皱着眉头，一脸不悦地表示：让一个犯错误受过处分的人，回到原单位上班，社会影响不好，村民感情上也接受不了！

山根朝弘阳微微一笑说，如果她同意接受虞潜回来，他去跟老支书汇报，让他做村民的工作。

弘阳板着一张脸说："我不在头不在尾，我的意见不重要，你是学校掌舵人，你说了算。"

山根假装没听出弘阳话中的挖苦，他迟疑了一下说，还是接受他吧，每个人都不容易。他在管理教学上也有一定的经验，让他回来主管教学工作，也算是咱们给他一个将功补过的机会！

山根刚来禹山沟学校时就听说，虞潜师范毕业后分配到禹山镇中心小学任教。因为他在教学中注重狠抓"双基"，突出课堂练习，取得了优异的成绩，组织上这才把他提拔起来，调到禹山沟当校长。山根觉得，不管什么时候看人论是非，不能一棍子打死，全盘否定。而要全面客观辩证、一分为二地看待，是是是，非是非。虽然虞潜在工作中犯了错误，但也不能否认他在工作中取得的成绩。

山根的话无异于点燃了弘阳心中的满腔怒火。不等他把话说完，她就"霍"地一下站起来，彻底爆发了，一巴掌拍在面前的桌子上，愤愤地怒吼道："这会儿你来装好人了，难道你忘记了虞潜夜晚以检查工作为名，对咱们两人实施突袭捉奸的卑鄙行为？"

虞潜背地里造谣说她和他一个鼻子窟窿出气，伙穿一条裤子。作为校长，他如此散布谣言，同事安得不信？弄得他们两个声名狼藉，更让她一个寡妇家抬不起头来！

听到弘阳说这些，山根的心里就像吃了红糖拌辣椒——很不是滋味。但他还是示意弘阳不要高声喊叫，有话慢慢说。

"哼，原来你是嫌我教学工作抓得不好，让姓虞的回来负责教学？"弘阳不理睬他，照样大声小气地吼叫，"既如此，我调走，这会儿你就给我签字放行，我立马走人，再不和你这种不识好歹、过河拆桥、忘恩负义的人一起共事！"

山根苦笑着，祈求弘阳，不要大声小气嚷嚷叫！让学生们听到了影响不好！

她努力克制着，却克制不住自己低声饮泣。她痛斥他良莠不分，真假莫辨，装腔作势，充当好人。当初他提出开展《简易智慧教育》实验课时，是她鼎力支持他，和他一块儿切磋琢磨，积极履行，大胆实践；当他提出创办特殊群体学生寄宿部时，也是她全力支持投入，陪着他义务照顾寄宿学生；当他向虞潜争取同意他们公开讲《简易智慧教育》时，也是她陪着他去。今天，他反倒要把她挤走，真是可恶！而那个事事处处跟他作对的人，他却要欢迎他回来。这分明就是不识好歹嘛！弘阳越想越生气，从前和他并肩作战的日子也让她感觉不值。

山根向弘阳说明他答应接受虞潜回来的理由："虞潜犯了错误不假，但主观上没有故意，况且也没有违背道德底线，更没有触犯法律。他顶多算是犯了'躺平式'错误：不求有功，但求无过。但是他绝对没想到会铸成淹死学生的大错。这也给我们敲响了警钟：我们的工作一定要做细，千万不可麻痹大意。他现在请求回到禹山沟，表明他已经无处可去，没有了退路，也说明他对禹山沟感情深厚。如果学校接受他，给他一个改过自新的机会，不也是一件善事？智者说，宽容是一种美德，一种雅量和胸怀。"

弘阳一时沉默无语。

然后，山根着重向她讲述了战国时楚庄王《绝缨会》的故事。

讲完之后，他强调说楚庄王因为宽容保全了自己，战胜了敌军，强盛了国家。

生活在二十一世纪的我们，胸怀难道还没有古人宽广？

弘阳正要张嘴说话，山根却抢先说，他让虞潜负责教学工作，那是有更重要的使命让她担当！

弘阳擦了擦脸上的泪水，用一种狐疑的眼光望着他，仿佛说学校除了教学，还能有其他什么重要工作？

山根认为，培养学生道德品质和智慧训练，远远重于知识的传授。所以，他决定让弘阳以他研发的《简易智慧教育》为内容，实施培养学生良好品质，树立学生的高尚道德，最终使他们成为富有智慧、适应社会需要，会学习、善思考、会生活、能创新的学子。在他心里，只有她苏弘阳才能担此重任。

弘阳没有说话，仿佛在咀嚼品味着山根话语中的意思。

"你一直赞成拥护我研发推广《简易智慧教育》，在这方面你是我的知音和同行者。学校政务工作，学生品质教育舍你其谁？"

"算了算了，不要说那么多了！"弘阳没有正面回应山根，而是很策略地选择了弃权，"虞潜回来任教的事情，我不持意见，你和老支书做决定吧！"

山根听了，十分感激地望着弘阳。

虞潜搬回老家，居住在村子里。他忍受不了赋闲在家的落寞，也忍受不了人们对他投来的异样目光和背后的说长论短、流言蜚语。他渴望能够尽快回到禹山沟学校上班。哪怕禹山沟的每一个人都给他冷眼，他也不怕。他要重拾他的一线教学工作，把他的满腔热情都献给禹山大地，尽其所能去弥补自己的过失。他要按老支书说的去做，和山根一条心，支持山乡振兴，虽然他的力量很微薄，但他要竭尽全力。

但是，他还有机会吗？问题又回到了起点上。如果禹山沟学校不接纳他，禹山沟人民不接纳他，那他刚才心中的宏伟蓝图，不就是一座虚幻的海市蜃楼，实现不了吗？虞潜懊悔不已，他不停地在屋子里踱来踱去。可是碍于面子，他不想直接催促中心校史校长，也不愿打电话询问山根，更不愿让别人看出来他想要回到禹山沟工作的愿望多么迫切，多么强烈。多少次虞潜拿起电话又放下，无奈和虚荣一个劲儿地折磨着他。

他想起以前上班的日子，也有许多烦恼，多得就像天上的星星数也数不清：各级领导没完没了地检查工作，上交各种各样的材料，举行每个月的主题班会，考试评比，投身教育扶贫……有时候他甚至加班加点到深夜，厘清有关材料。

那时候，他几乎天天骂形式主义害死人。考试评比名次靠后，他得去中心校说明情况做出保证，说白了就是变相作检讨。倘若课间操有一名学生摔断胳膊腿儿，家长闹学校不说，上级的通报批评让他连想死的心情都有……那时候，他是多么厌恶痛恨自己的工作！

"拿着卖白菜的钱，操着卖白粉的心"几乎成了虞潜的口头禅。

如今想来，那都是多么有意义的工作，多么充实的生活，他却让它们在抱怨中度过。想到这儿，虞潜感到无比的悔恨。假若时光能够倒流，他一定会加倍珍惜。但是，晚了，一切都晚了。

人啊人，拥有时不知道珍惜，失去了才感觉可贵。

思虑重重，烦躁难安的虞潜，难免头痛上火，咽干鼻塞，他明白自己感冒了。感冒了，本来很正常，也属于一个小毛病。可是他却借此来个以退为进，正话反说，想从领导那里探听一下禹山沟对他回校任教的态度。

虞潜从医院出来，带着医生给他开的感冒药，直接去了镇中心校。见到史校长，他故意表现出一副无精打采病恹恹的样子。

史校长看到他精神不佳，对他嘘寒问暖，十分关心。他顺势提出请假治病的要求。史校长审慎考量之后对他说："有病治病，天经地义。不过，需不需要请假，你一定要考虑清楚。一旦请假，你的留用察看期满，组织上拿什么给你写恢复公职的申请报告？"

虞潜听了突然像个泄气的皮球，觉得特别沮丧。再也不敢提请假治病的事儿了。他怯生生地说出了来自他心底的发问："山根那边有没有回话？"

"唉。"

听到史校长重重叹息一声，虞潜心里"咯噔"一下，明白他想要回禹山沟任教的愿望终成泡影。心说这能怨谁呢？要怨就怨自己平时心胸狭隘，自以为是，嫉妒心太强不搁人。

唉，早知如此，何必当初呢？没有行下春风，哪能望到秋雨？

此刻，他再也顾不得什么脸面和尊严了，几乎是低三下四地恳求史校长："领导，您干脆把我留在中心校，让我给你们端茶倒水，扫地打杂都行。我什么都能干，保证干好！"

史校长沉默了好长一阵儿，委婉地说："安心治病，其他随后再说。"

虞潜缘何如此惶恐呢？那是因为他的儿子虞雄。唉，说白了也不能怪他儿子，要怪还得怪他这次惹下的这个祸端。虞雄大学毕业，在一家外企工作，还没有结婚。儿子的婚事本来就是他的一块心病：儿子的工作也不错，长相也不赖，相亲差不多四五十次，高不成，低不就。归结起来，这年头许多人都把物质当成了婚姻的根基。虞潜清贫了半生：年轻的时候因为家贫，娶了个农村姑娘，婚姻成了所谓的"一头沉"。教师的工资本来微薄，儿子上大学后就花光了家里所有的积蓄。因为生活艰难困顿，虞潜的妻子就在校门口开了一个小卖部，后来因为校园环境整治，又挪到了校外。

虞潜发现，若是城里没房子，儿子的婚事根本没戏。所以他在城里买了房子。十万首付，其中四万块是借来的，然后每月供两千七的房贷。房子安置妥当了，他打电话对儿子说："房贷你不用操心，你的工资自己攒，将来当作彩礼钱……"那语气颇有点儿像交代后事那般认真悲壮。彩礼动辄三五十万，儿子何时能攒够？还有车呢？虞潜真糟心，不过这些话他也没跟儿子讲。

现在先不说物质和财富的事情，单说他因为犯错被开除公职、赋闲在家，还有谁家的女儿愿意给他当儿媳妇呢？世界忽然在虞潜面前坍塌了。

虞潜患的本是一个伤风感冒的小毛病，让人没想到的是，他从中心校回家的第二天竟然病倒了。妻子看到他突然连床也下不了了，吃惊不小，急忙雇车，要拉他进城到医院就诊。

不意，在此关键时刻，老支书高德亨和山根、弘阳乘坐一辆客货两用汽车，来到虞潜的住家门前，接他回校上班。

虞潜听到这个消息，疾病一下子全没了。他忽然坐起身跳下床，轮番握着三个人的手，激动得什么也说不出来，唯有泪眼双流。

此时无声胜有声。彼此之间，一切了然于心。

45

"纤云弄巧，飞星传恨，银汉迢迢暗度。金飞玉露一相逢，便胜却人间无数。"芳菲和山根一如牛郎织女两地分居，相见苦稀。日子就在两人的怄气、争论、纠结中，又安度一年，时间进入2020年。

学校放寒假了，山根安顿好学校的事情，终于回到家里和妻女团圆。芳菲一想到全家人可以在一起开开心心、快快乐乐过个美好幸福的春节，颇有点喜不自禁。

腊月二十九晚上，山根从电视上突然看到武汉发生新型冠状病毒肺炎封城了，并且很快蔓延至全国。这场突如其来的新冠疫情，让全国人民产生了一种前所未有的恐慌。举国上下，大江南北，迅疾打起一场全民消灭新冠病毒的阻击战。

大年三十晚上，芳菲刚把年夜饭端在餐桌上，山根的手机铃声就骤然响起。中心校来电要求各学校领导班子成员立刻回校到岗，部署本校的防控抗疫工作。生命重于泰山，疫情就是命令，防控就是责任。山根一点儿不敢怠慢，他跟芳菲交代一声，在女儿吉安的脸蛋上亲了亲，装了几件换洗衣服，戴上口罩就要出发。

芳菲要山根吃了年夜饭再走，他说担心时间来不及，抬起脚就要往外走。她端起一碗饺子，吹了又吹，接连往他嘴里塞了几个，又把一盘热气腾腾的油条装在一个食品袋里，又从冰箱里捡了一袋酥肉和油炸鱼，让他都带上。山根接过食品袋，饱含深情地望了妻子一眼，连声说道："谢谢，谢谢！"话一说完，转身就向门外走去，一点儿也不顾吉安在屋里奶声奶气地喊着"爸爸，爸爸……"

芳菲望着丈夫的背影，眼圈红红地埋怨道："别人过年往家跑，唯独你过年往外跑；疫情来了别人都是往屋里躲，你却是疫情来了迎头上。真没见过你这样不着调的拼命三郎！"

山根只想着尽快赶到学校，至于芳菲在后面抱怨嘟噜了些什么，他也不管不顾。一个钟头后，他骑着摩托车驶进校园，走进办公室，打开电脑，又烧了一壶开水。

不大一会儿的工夫，弘阳和虞潜相继到来。山根给每人倒了一杯开水，就把中心校发在校长群里的通知转给两人。告诉他们今晚的重要任务就是填好每个学生的家庭状况调查表，询问每位家长在微信群里绑定的手机号，逐人上报，今晚十点以前必须完成。

三个人分工合作，对学校所有班级实行老师包班督促落实责任制，如果遇到疑难棘手问题，实行协同作战。总的来说，这项工作相对比较单纯，主要是靠打电话询问了解情况，可是许多家庭一家老少围着电视看春晚，电话打得没遭没数就是没人接听；老师们把这一情况反馈给他们，三个人也是干着急却也没办法。山根忽然心生一计：采取车轮战术，亦即三个手机轮流充电轮流拨打，相信家长们总有看到或者听到的那一刻。果不其然,他们紧打慢打,总算都打通了。可是,一些留守儿童同爷奶一起生活,爷奶用的都是老年机,没有微信功能,个别具备这种功能的,也不会使用。山根只好让老师们把电话打给那些在外打工未回来的父母。一直拖到夜晚十点,才算完成了这项任务。

次日,上级要求填报《学生健康信息日报表》。可是单就让学生家长扫微信二维码,加入钉钉群这些事情,就把老师们搞得头晕脑涨,眼花缭乱。尽管山根给老师们讲清楚了,老师们又是发微信又是打电话,不厌其烦,一而再、再而三地对家长讲,可是有个别家长就是不会操作。毕竟隔着屏幕和时空,又不能手把手地教他们。最后还是山根给他们支了一招:采取烟袋锅里炸爆米花——一个一个来。虽然缓慢一些,但最终还是完成了任务。

上级下发通知,要求各校抽调一名领导同志到村头、路口的执勤点值班。山根第一个报名,踊跃参加。他对弘阳和虞潜说,自己是校长又是党员,理应投身到抗疫第一线。白天值班,天不亮他就戴上口罩和小红帽,穿着红坎肩,戴着红袖章,手持小红旗,站在执勤点上全天候值班。他对每一个外出闲逛和外来人员,都耐心地做着宣传劝返工作;而值夜班就是通宵达旦不休息,瞌睡了,困乏了,他就拿清凉油或风油精涂抹在脑门上、眼皮上、鼻子上,刺激自己清醒;天气变化了,东北风夹着雪花,山根依然如同一株青松红梅,傲然屹立在漫天风雪中的防控棚门口,站岗执勤。

"哪有什么岁月静好,只不过是有人替你负重前行。"这话说得真好。抗击疫情就是一场没有硝烟的战争,在凶猛的疫情面前,有无数个像舒山根一样的"逆行者",舍小家为大家,牺牲了假期和休息,日夜坚守在抗疫第一线,守护着人民群众的生命安全。

中央电视台播放了各行各业在做好本地区、本单位防控抗疫的同时,还积极踊跃驰援武汉抗击疫情的感人事迹。山根感动得心潮澎湃,激动不已。当晚握管挥毫,酣畅淋漓,一口气写下了《向英雄致敬》这首诗。

(一)

2020年春节前后
是一段不平凡的日子

注定要载入共和国的史册

载入人类的史册

一个小小的新冠病毒

猖狂于九衢之通的中国武汉

让这座英雄城市陷入灾难

同时也席卷了神州大地

有人感染

有人倒下

（二）

中华儿女

在新冠来袭的紧要关头

团结一心众志成城

无所畏惧从容面对

地不分东西南北

家不论贫富贵贱

门不讲高低大小

人无论男女老幼

都投入这场

消灭新冠的保卫战

（三）

党中央高瞻远瞩

统筹全局运筹帷幄

制定出战胜疫情的宏伟谋略

决胜于中国大地

人民领袖操心操劳

百姓冷暖记心间

国家领导人智勇双全

身先士卒亲临一线

奔赴灾区视察疫情
深入现场抚慰指导

（四）

武汉虽是新冠重灾区
却不是一座孤城
新冠无情人有情
十四亿人民和你们心连心
八十多岁的老院士钟南山李兰娟
临危受命逆行抗疫一线
共产党员一马当先
个个冲锋抢在前
人人都是志愿者
甘愿捐躯赴国难

（五）

防化部队闻令而行驰援武汉
各地派来了医疗队
各省送来救援物资
工人送来优质生活用品
农民运来粮食蔬菜
各界人士纷纷捐款捐物
当年抗美援朝保家卫国
争上前线的情景今又现
最令人感动的是——
一个八岁的女孩
给灾区寄来了——
奶孙俩连明彻夜制作的
十个象征平安吉祥的同心结
寓意着新冠尽快消亡

人民幸福安康

　　　　（六）

曾记得哟

勤劳智慧的中国人民

多年抗战消灭了日本侵略者

抗美援朝打败了美国为首的多国敌人

2003年战胜了非典的肆虐

今天也一定能够战胜

看似来势汹汹的新冠

打赢这场没有硝烟的特殊战争

展望明天

胜利就在眼前

　　　　（七）

十四亿同胞

在这场横扫新冠的战役里

涌现出了

千千万万个可歌可泣

可点可赞的英雄楷模

白衣天使是英雄

驰援部队的官兵是英雄

科研工作者是英雄

……

每一个积极参与这场战斗的人

都是英雄

可敬可爱的英雄们

历史不会忘记

人民不会忘记

我们向你们致敬

真诚地致敬

山根每天都在教师群发布上级下发的文件及有关疫情的宣传材料，由他们转发到各自班级的微信群，对学生进行疫情防控教育和心理疏导。鼓励师生增强信心，减少他们的恐惧心理，适时锻炼身体，积极参与家务劳动，宅在家里读书学习，同样是抗击新冠疫情。

眼看到了春季开学的日子，新冠恶魔还是没有被完全赶走。教育主管部门要求各校开展网上教学讲课，做到"停课不停学，停课不停教"。根据上级的安排部署，各校组织老师们利用班级钉钉群和河南省教育云直播课堂载体，开展在线教学。山根带领老师们加班加点搜集资料，备课试讲，同学生们一起交流互动，答疑解难，耐心辅导，确保学生的学习不因疫情而受到影响。

夜深了，山根辗转反侧难以入睡。老师们今天都开始给学生上网课了。顷刻之间，他们都化身为博主，在直播间给学生直播上课。可是山根呢？他得坚守在室外的疫情岗位上，学生们的网课常常被耽误。怎么办呢？山根想到了宅在家里的妻子。芳菲也是老师，她也精通电脑啊！山根一下子兴奋起来。他随即拨通了芳菲的电话。

"你终于想起我们了！"电话那边是芳菲失落的声音。

当山根把事情说清楚的时候，电话那端沉默了，过了许久，芳菲说："以前我失去你，是因为学生。现在我失去你，是因为疫情，但归根结底还是为学生。而且，我还得搭上自己帮你上网课。你真是刮大风吃炒面，张得开嘴啊！"

山根不好意思地说："这不是没办法的事情吗？学生娃们学习耽误不得，种不好庄稼一季子，娃们耽搁了可是一辈子。谁让你是舒山根的爱人呢，对不起了！"山根在电话这头深深地向芳菲鞠了一躬。山根知道芳菲也是刀子嘴豆腐心，说归说，忙是肯定要帮的，活也是肯定要干的。就这样，芳菲的网课一直受到家长们的好评。最好的评语就是：柳老师的普通话优美动听，像中央电视台主持人李思思的声音呢！

山根自从大年三十晚上接到抗击疫情通知离开家，一直到五月份疫情缓解才回去一趟。为此，他也落下芳菲的不少埋怨。

46

  人们常说婚姻是男女之间的一种承诺，一种责任。可是我，既兑现不了承诺，也履行不了责任，即便是在新冠疫情肆虐的情况下，自己也没能回来陪伴她们母女共渡难关，算是一个什么丈夫？长期以来，山根一直在思考这个问题。

  山根认为，芳菲怎么要求他都不过分，都没有错，因为任何人都有追求幸福的权利。可是，他根本给不了芳菲母女幸福，这样无休止地拖延下去，就是一种自私心理在作怪。这明显是一种自私行为，也是对芳菲母女最大的伤害。

  放手，只有放手，才是最好的选择；只有放手，她们母女才会幸福，而放手的唯一办法就是离婚。

  这样想着，连山根自己也吓了一跳。失去芳菲，这可是他想都不敢想的事情。但是让心爱的女人长此以往跟着自己，受苦受累受磨难，他一千个不答应，一万个不愿意。

  山根一想到离婚是为芳菲母女好，最终还是放弃了犹豫，断然决定放弃这段婚姻。

  一个周末的晚上，山根看到芳菲吃过饭，放下饭碗。他鼓足勇气对她说："芳菲，咱们离婚吧！"

  芳菲听到山根提出离婚的时候，惊呆了。她以为是自己听错了，或者是他说错了。原本前年她向山根提出离婚时，他死活也不答应。虽然当时她提出离婚，一方面是伤心之至，另一方面则是作为一种手段、一种策略提出的，故意做个样子给爸妈看，同时威逼山根脱离教学岗位，至少离开那个令她无比伤心的地方——禹山沟学校。

  芳菲问他："刚才说什么来着？我没听清楚，你再说一遍。"

  山根放慢语速说："我们——离婚——吧！"

  "离婚？！"芳菲怎么也没想到山根居然会主动提出离婚，她感到既震惊又意外。这让她突然想起爸妈曾对她说过的话，"为了这群山里娃，早晚有一天他也会舍弃你！"难道真的让他们二老言中了？

  虽然心里这样想，但还是有点儿不大相信："你是说要跟我离婚？我没听错吧？"

"是的，你没听错！"山根显得很认真。

"这是让我给寡妇苏弘阳腾位置吧？"芳菲腾的一下从沙发上站起来，恨恨地说，"你终于露出庐山真面目了！"

"芳菲，你又来了！"山根坐直了身子，手掌撑在沙发上，"说这话，不说别人信不信，首先你自己相信吗？"如果我是因为婚外恋和你柳芳菲离婚，那我舒山根还是舒山根吗？

"那么，你为何突然提出离婚？前年我要离婚，你为什么不答应？"芳菲不理解，眉头拧成了一个大问号。

山根说他当时有心魔。大学毕业时，他要回来投入山乡教育振兴之中，她为了他不顾父母反对，甚至不惜同二老闹翻，跟着他一起来到禹山沟吃苦受累，劳心劳力，他对她心存感激，这是其一。其二呢，她当时提出离婚的时候，志远刚刚意外离去，如果他答应，她就什么也没有了，他怕她承受不了这个打击，发生意外。其三呢，两人彼此相爱，彼此珍惜。他当时肤浅地认为，芳菲只有跟他在一起生活，才会拥有幸福。

"现在提出离婚，是因为想明白，不爱了，还是你以为我这几年已经历练成金钟罩铁布衫了，可以抗击所有的风吹雨打了？"芳菲期待着山根的回答。

"现在爱得更成熟，爱得更深沉，爱得更高尚，而且不自私，不浅薄了，所以选择了放手。并且，现在不管你是不是金钟罩铁布衫，家庭生活的所有重担你都得承担。我连一个摆设都不是，你连我的人影都看不见，除了给你徒增烦恼，能有什么用呢？"

"人们常说：夫妻相爱的最高境界就是，一直相互搀扶陪伴到白头偕老。"芳菲乐了，抿嘴一笑，"你这完全是歪理邪说，一派胡言！如果你爱我，下班就回来分担我的重担，我不是就没有烦恼了吗？我现在不是非要强求你放弃禹山沟，我是希望你能够像别的老师一样正常上下班，而不是抛弃我们母女。"

芳菲说着话走到卧室，拿起早晨给吉安换下来的脏衣服要去洗。她对山根说，去睡吧，明天还要早起呢。

山根心想，芳菲这是把他说的话根本没当成一回事，或者以为他在同她开玩笑呢。他霍地站起身，一把拉过她重又坐下，面色凝重地说："芳菲，我想和你认真聊聊。"

芳菲挨着山根在长条沙发上坐下。山根伸出胳膊，芳菲顺势倚在他的肩膀上，两人就这样懒懒地躺着。过了一会儿，山根再次向芳菲讲出了他内心深处的想法。他说教育家夏丏尊强调：教育之没有情感，没有爱，如同池塘没有水一样。没有水，就不能称其为池塘，没有爱就没有教育。可是当前这种把学生当成机器人、冷冰冰的纯粹灌输知识、说答案、要分数的教育教学模式，能有多少情感和爱贯穿其中呢？他打算把这种情感教育和爱贯穿于《简易智慧教育》始终，并以禹山沟学校为试点，利用课外时间对学生进行《简易智慧教育》训练，把乡亲们的后代培养成为道德品质好、有理想有抱负、有知识有技能、有家国情怀……德才兼备的社会主义建设新型人才。这种方法一旦得到学生、家长、社会的认可，就可以推而广之，让更多的学生受益。这就是他此生的崇高理想、远大抱负！

芳菲回答说："这我知道。"

山根顿了一下，理了一下思路，说："现在的问题是——我需要全身心投入，全力以赴……"

"你不是已经全力以赴了吗？"芳菲打断他的话，坐直身子，瞪大双眼朝山根吼叫，"你彻底不回家也行！你和我离婚也行！难道你非要把命搭上才行吗？"芳菲明白了，山根是要把所有的障碍都推开，表面上是为了妻子不痛苦，实则是为了自己工作起来更顺畅。不是吗？离婚了，连她的唠叨也不用听了。那他自己的健康呢，也不要吗？芳菲是真生气了。

山根急急地握住芳菲冰凉的手，否定了他的说法。意思是说，他把全部心思都扑在了学校，把情感和爱都投入教育上了。而她在家里又忙又累，孤独地生活着，丧偶式地育儿。他却没有对她们母女付出应有的关爱，也给不了她们幸福。而她为此常常生气，这对她们母女不公平。

离了婚，她对他眼不见心不烦，也就没有了怨恨之气，还可以寻找到意中人，而他也可以真正做到全身心投入教学之中。这岂不是一举两得的事情？

山根把意思表达清楚了，心里却没有如释重负的感觉，反而是撕心裂肺一般地疼痛，泪水一时间又流了出来。

"放屁！人不是畜生，哪能随随便便找一个异性做伴侣？"芳菲叱骂的同时，愤愤地捶打着那个泪眼模糊的山根，"你是嫌家里拖累，图个清静去全力以赴？"

山根把脸伸到她的面前，哽咽地说："芳菲，你捆我两巴掌吧！"

山根将芳菲她爸当年说的话转告给她："当年我从省城回来时，你爸劝我放弃你时曾说,'你一个大学高才生,应该懂得放手也是一种爱。有人说这样的爱,无我,才懂了你;这样的爱,有你,却不要你;这样的爱,放你,故能成就你。'"

"他还引经据典对我说,'泉涸,鱼相与处于陆,相呴以湿,相濡以沫,不如相忘于江湖。'各自安好!"

当时山根很不理解,以为他嫌贫爱富,一味地想拆散俩人,现在却完全明白了。爸爸早就看清楚了:芳菲和山根在一起不会幸福的,不光是物质的贫穷,还有爸爸眼中的山根"不识时务"。老人洞悉两人未来的目光是准确无误的。

"无情无义,冷血动物!"芳菲用手指狠狠敲在山根头上,"禹山沟真是埋葬你的地方!"

山根辩解说,不是他冷血,也不是他无情无义。因为他爱芳菲,所以选择放手。有时候坚守意味着失去,而放弃意味着拥有。禹山沟养育了他,给了他知识和能力,所以他最后的归宿只能是这里。

"胡言乱语,混蛋逻辑!"

"不,我说的是真心话。"

"别说得那么动听,你一定是外面有人了,要么是为了苏弘阳吧!"

山根给她表态,现在没有,将来没有,永远也不会有。苏弘阳之说更是子虚乌有,无稽之谈,纯是她主观臆想出来的!

他要芳菲记住,离婚后她还是他的爱人,只不过是精神上的爱人。山根说得淡定而从容,没有半点说谎的意思。

"既如此,为什么还要离婚?难道,难道你是要逃避照顾妻儿的责任和义务?"

山根在她满是疑问的脸上,看到了她的失望,也就爽快地说:"责任、义务我照样履行,我把工资的三分之二交给你。"

芳菲灵机一动,来了一个以子之矛攻子之盾:"你抚养吉安,我把工资全部交给你。"

山根哑口无言。

距离山根向芳菲提出离婚大半年的一个晚上,山根忙完一天的工作,正准备脱衣上床。孰料,手机短信提示音响了几下。他慌忙打开一看,原来是芳菲发来的一个电子邮件。

老公：

你好！

请允许我如此称呼你，长期以来我俩无论说话还是打电话，都是直呼其名。今天，我为什么要改变称呼呢？不是撒娇也不是讨好，而是提醒你咱俩是夫妻，而不是其他什么关系。

当你看到这封信，也许会说，如今通信发达方便，有什么事情打一个电话就解决了，何必劳神费力长篇大论写信呢？其实，写这封信我也是思来想去，踌躇许久，才决定以书信形式同你沟通。

我们俩是大学同学，两情相悦，自由恋爱。我佩服你看问题的眼光独到、勤奋刻苦的钻研精神和追求梦想的坚定执着，更敬佩你诚实守信的美德，相信你无论在哪个领域奋斗，都能够取得不凡的成就。

唯一没有想到的是，大学毕业时，你却选择了回乡投身教育。因为爱你相信你，所以我不顾父母的反对，顶着他们的压力，毫不犹豫地跟着你一起来到禹山沟。如你所说，做一个辛勤的园丁，而且无怨无悔，一干就是五年。

可是志远的意外离世，打破了这种宁静与和谐，悲愤交加中我向你提出了离婚。

实事求是地说，我提出离婚，一半是真一半是假。为什么这么说呢？你应该理解，儿子的意外离世，对于我来说，打击是残酷的甚至是致命的。我愤恨，我绝望，除了提出离婚，没有其他任何可以宣泄的办法。

从这一点上来说，我当时是真心实意要和你离婚。而假的呢？后来在你的不断哀求和鸿鑫、曼丽的劝说下，我已经能够客观理智地看待这件事情。这时候，我之所以仍然坚持离婚，其实已经演变成了一种手段，目的是威逼你脱离教育，或者至少离开禹山沟。

可以这么说，如果没有发生志远溺水伤亡这件事情，我这辈子注定要跟着你在禹山沟，把一名光荣的人民教师永远当下去，直到退休。

诚如你劝解我所说，志远走了，我要是和你离婚了，你就什么也没有了。我思来想去，感觉还是不能同你离婚，一旦离婚，你一个人怎么生活？所以，我毫不犹豫地同你和好，再次为你怀孕生子。

吉安去年夏天患急性肠炎，昏迷休克住进医院，着实把我吓得不轻。这件事情让我感到父母养活一个儿女真的不容易，尤其重要的是父母一定要陪伴孩子，孩子才能幸福快乐地成长。如果孩子缺失父亲的陪伴，就会缺乏安全感，长大后性格容易叛逆不自信，缺乏责任感。这件事，也使我又一次萌生了威逼你离开禹山沟的想法。

仔细想想，在这件事情上，我对你的态度也不够友好，说法也有些欠妥，但也不至于使你提出离婚吧！

如果你为追求理想而抛弃家庭，说明你就有点儿太幼稚了。大千世界，芸芸众生，你见过有几个人为了事业而抛弃老婆孩子的？钱学森、钱三强、钱伟长、于敏、李四光、袁隆平等大科学家，从事那么大那么重要的研究，也没有同老婆提出离婚！说明你既不老练也不成熟，亏你还是研究智慧教育的呢！

需要补充的一点是，夫妻一旦离婚，最受伤害的是孩子。因为我们的疏忽，造成志远的意外离世，你能忍心让我们宝贝女儿的身心再受到伤害吗？是男人，你就应该勇敢地活出担当来！

你这个傻家伙呀！难道不知道我有时候跟你吵跟你闹，是想让你在乎我，也说明我在乎你。我看出来了，教书育人才是你心中的头等大事，我已经认了，不是也在成全你吗？

屈指算来，截至今天，你已经十六天没有回家了。不是我不支持你的工作，拖你的后腿。你多少次信誓旦旦地说，我和吉安是你生命的一部分。可是，你扪心自问，你是怎么对待生命中的这一部分的呢？

我不图你为家里作多大贡献，只希望你能够忙里偷闲经常回来看看，陪着我们娘俩吃顿饭，陪着女儿说说话。抛开我自己不说，我为女儿鸣不平。晚上，我拉着她在小区草坪上蹒跚走路时，她看到许多父母一起拉着孩子的小手，吉安就问我："妈妈，爸爸什么时间回来？"

我该怎么回答呢？我只能转过脸背着孩子无声地流泪。说实在的，我羡慕那些和和睦睦、热热闹闹生活在一起的人家。我认为那就是幸福。

我希望你在关心禹山沟孩子们的同时，也考虑一下你女儿吉安的幸福。希望你能够运用智慧，处理好事业与家庭的关系，寻找到一个平衡点。

就此打住，希望你能够三思。

你的妻子：柳芳菲

山根把芳菲写的信反复看了几遍，脸上一阵儿红，一阵儿青，一阵儿白，流露出万分的惭愧。

连日来，山根为自己的教育理念、教育思想、教育主张、教育方法，得不到一些人的理解和支持而苦恼。尤其是芳菲的来信，在他的心里掀起巨大的波澜。他为这些陷入极大的痛苦之中。

他明白，这个世界上为理想而奋斗的人不在少数。不同领域、不同岗位，不断涌现出许多精英翘楚，难道他们就没有遇到困难和挫折？应该说，同样有许多阻碍他们前行的绊脚石。只是他们想尽办法克服了，这才是他们成功的根本。

我也应该寻找到这样一种有效的方法，宣传我的教育思想和行动方案，说服持不同意见的人，特别要说服芳菲、弘阳、鸿鑫和曼丽接受我的教育主张，处理好个人与学生、家长、社会以及家庭、朋友之间的关系，从而得到人们的理解支持，实现我的梦想。

山根记起一位智者的名言：这个层次的问题，很难靠这个层次的认知和思考去解决。只有想方设法把自己的认知和思考提高一个层次，寻求到新的、行之有效的解决问题的方略。

夜深人静，他烦躁不安地在住室里走来走去，急得抓耳挠腮，摇头晃脑，思虑求索，自言自语，念念有词，却想不出一个万全之策。无意中，他来到后墙根的一个小型穿衣镜前，看着镜子中的他，低声问道："舒山根，你当前存在的主要问题是什么？"

只听镜中的山根悄悄地说："问题是你智浅德薄，说服不了别人。"

镜外的他望着镜中的他羞惭地笑笑："那么，你说说如何才能提高自我，解决问题？"

镜中的山根瞅瞅镜外的山根，友好地一笑："古人说志不强者智不达，又说智不圆者志不达，你要坚定信念，向社会、书本、古人和教学实践要答案，问题就会迎刃而解。"

镜外的山根皱起眉头，陷入沉思，向镜中的山根提出疑问："我怎么从这几个方面寻求到答案呢？社会大得很，从古至今的书籍和有识之士也是不可胜数，我该如何向他们学习，学习什么呢？"

镜中的山根回答："做好调查研究，勤奋读书，深入思考，借鉴以往成功和失败案例中的经验教训，了解家长、学生、家人、朋友的想法和需求，结合实际，融会贯通，采取行之有效的方法说服他们，让他们理解支持你。"

山根转身来到书柜前，就想找到对自己有用的书籍赶快阅读。当他看到《战国策·秦策一》时，顺手就拿了出来。他坐在办公桌前，掀到《苏秦始将连横》篇，不顾天晚夜深，连续默念了几遍。特别把"说秦王书十上而说不行……此真可以说当世之君矣"朗读了许多遍，几乎到了可以背诵下来的地步。他深为苏秦锥刺股的刻苦精神所感动。

读完之后，他伏在案头沉思默想，却看到一个身着古代官服的智者，骑着高头大马，迎面走来。

许多人站在道旁围观，私下议论说："此君就是佩挂六国相印的苏相国。"

山根拨开人群，走至跟前，深深施了一礼，毕恭毕敬地问："请问先辈，晚辈读书虽不及您，但也算得上下功夫，为什么总是不得要领？"

苏秦一阵冷笑："有道是一个人一生要养成诸多好习惯，唯有刻苦勤奋最重要，因为它是一个人获得知识的基础，但必须是自觉自愿为之，而不是靠外力干预强迫，牛不喝水强按头。然而，凡事都要有个度，切不可陷入读死书、死读书、读书死的泥潭，只有把书读活才是！"

山根怯怯地问："请问先辈，如何才能把书读活？"

苏秦微笑着对山根讲出了一番真知灼见："我'幸得太公《阴符》之谋，伏而诵之，简练以为揣摩。……期年，揣摩成'，这个揣摩才是读书和开悟的根本要领，不是靠单纯读书读成的，而是读书加揣摩而成的。

"目前，许多学者以为得到一些好书，一味地模仿我的锥刺股精神，一个劲儿地下苦功夫死记硬背。读了这本读那本，忙得不亦乐乎，甚至终其一生，皓首穷经，最后至多不过是一个寻章摘句的老雕虫。

"如今许多老师教学，要求学生不断地刷题，做了这套做那套，背了这个背那个，以为多多益善，就能培养出优等生。殊不知，古今中外的好书浩如烟海，任谁也读不完；从事文化教育用品的商人们，随意按下印刷机上的电钮，学生们就会有永远刷不完的练习题。

"其实，读书只需要精读古今中外有代表性的经典名著，钻研与自己专业相关、努力方向一致的书籍即可；学生做练习呢，也只需要做好具有代表性的类型题，起到巩固和举一反三的作用。就像我读书时那样，反复揣摩、感悟、思考、变通和灵活运用。记住，只会机械诵读记忆，不会因人因时因地因事而变通的人，永远也明白不了其中的道理，更别提举一反三，触类旁通了。"

"先辈，您以四两拨千斤，轻松说服六国君主，以至挂六国相印。而我却连身边的人也说服不了，故而得不到家人和朋友的支持，做起事来，步履维艰。晚辈愚钝，烦请您不厌其烦，再次赐教，使我顿开茅塞！"

苏秦告诫山根，他只需要弄明白这几个问题即可，一是家人、朋友、同事为什么对他的教学理念不理解不支持？怎样才能使他们理解支持？二是学生们为什么不喜欢甚至厌恶学习？怎样才能让他们喜欢读书、自觉学习？三是他的教育理念和主张，对学生、学校、家庭乃至社会有什么不同凡响之处？如何做才能受到他们的欢迎？弄懂了这几个方面的问题，做起来就会得心应手，左右逢源！

山根看到苏相国严肃地提出了这些问题，面带似笑非笑的讥讽之色，然后策马向前，扬长而去。

他醒来之后，方知是梦中穿越。可是这个梦境为什么如此清晰真实呢？梦中拜谒苏相国的场景依然历历在目，他说的启迪性话语，依旧回响在他的耳畔。

山根甭提有多么激动和高兴了，他似乎从苏秦的话语中领悟到了许多许多，感到柳暗花明又一村，豁然开朗。

47

鸿鑫和梁安再次来到禹山沟，还是想拉山根入伙共创大业。

如同上次到来一样，两人站在学校餐厅门口向里面张望，偌大的餐厅里，就餐学生安静有序地坐在一张张餐桌旁，却听不到一点儿杂乱的声音。不一会儿，两个炊事员把几扇蒸笼和一个大大的饭盆抬到餐厅，开始为学生打饭。

几个头戴卫生帽、腰里勒着围裙的老师，按着顺序把一份份饭菜，摆放在每个学生的餐桌前。鸿鑫认出,这其中就有山根、弘阳和虞潜三人。梁安第一眼就看到了弘阳,他的目光就再也没有离开她:看着她轻盈灵活地在餐厅里穿梭往来;看着她脸上始终洋溢着浅浅的微笑;看着她偶尔亲切爱怜地抚摸着那些小孩的脸蛋……梁安陶醉了。

山根忙完之后,看到鸿鑫和梁安站在门外。他慌里慌张地来到两人面前,惊奇而高兴地埋怨说:"你俩怎么又搞起突然袭击来啦?"

鸿鑫接道:"不想打电话麻烦你嘛。谁不知道你日理万机,比共和国总理还忙!"

山根搓了搓手,不好意思地笑笑说:"我跟两位主任交代一下,咱们去镇上饭店用餐。"

鸿鑫说:"不,咱们去城里共进午餐。"

山根以为鸿鑫说的不过是一句客套话,强调道:"还是就近吧!"

鸿鑫听了却说:"吃饭不是目的,主要是想和你商量一件重大事情。"

山根一时不知所措,心说我怎么能走得开?学生吃饭时烫着了怎么办?还有,吃过饭休息片刻,就是学生们的课外阅读时间,他还得和两位主任一块儿进行检查指导。他急得不停地眨巴眼睛,可是一想到两人驱车几百公里,估计一定有什么重要的事情同他商量。所以,他二话没说,返回餐厅对弘阳和虞潜做了一番交代,走出来跟着鸿鑫和梁安上了车。

梁安驾着轿车,前往邓州城方向行驶。他还在留恋这个地方,还在依依不舍。他后悔刚才没有走过去同弘阳说话,哪怕打个招呼也好。可是,刚才为什么不过去呢?是弘阳正在忙着,但更重要的是他没有勇气走过去。为什么呢?是羞涩,还是怕人耻笑?对,两者兼而有之!老男人了还这样!梁安在心里嘲笑自己。

山根问两人:"有什么重要事情,还值得披着藏着,赶紧打开天窗说亮话吧!"

梁安手握方向盘,两眼眺望前方,笑容还挂在脸上,故作神秘地说:"该说的时候一定对你说。"

山根望着鸿鑫严肃郑重的样子,又开始胡思乱想起来,该不会是芳菲母女发生了什么状况吧?自从女儿吉安患急性肠炎休克以来,他就变得有些神经质。只要看到有人从邓州城里过来找他,他的精神就会变得紧张兮兮,以为人家是来告知他,芳菲母女发生了什么意外或是不测。

鸿鑫仿佛看透了他的心思,故意把话题转向别处:"当校长了,还亲自帮灶?"

山根告诉他，为了减少成本，灶上只请了两名炊事员。学校提倡老师们开饭时都到餐厅义务服务，无论谁去都是自愿的，反正大家都在灶上就餐。值得庆幸的是老师们个个都踊跃参加呢！

鸿鑫不无感叹地说，有山根这样率先垂范走在前面的领导，老师们谁能不愿意尽义务呢！

山根太疲劳了，说着说着竟然迷糊了过去。等他醒来，看到轿车已在邓州城里一家大酒店门前停下。他糊里糊涂跟着两人上了楼，走进一个装饰豪华的雅间，发现芳菲早已等候在这里。

山根看到芳菲安然无恙，连忙问她："吉安呢？"

"明知故问！吉安在幼儿园，中午不回来。"

芳菲回答得虽然不甚友好，但山根听了还是很高兴。他哪里是明知故问？家里的事情都是芳菲安排的。有时候芳菲跟他讲了，他也记不住，禹山沟的事情已经把脑子塞满了。但这千万不能让芳菲知道，否则，她又要生气了。他故意转移话题，略带责备地说："芳菲，有事说事，何必让人家破费呢？"

"谁知道是咋回事，我还想问你呢！"芳菲也是满脸疑惑。

"坐下，坐下，都坐下！"鸿鑫微笑着，没事人似的，"别担心，什么事也没有，今天咱们聚在一起就是吃饭闲聊。"

"不可能吧？"山根有点儿难以置信，话也说得直爽，"你们都是大忙人，不可能驱车几百里吃饭闲聊吧？"

梁安回答山根："有什么不可能？方总思贤若渴，特意带着我来拜访二位。"

"还贤呢！"芳菲白了山根一眼，"你们这样恭维一个穷山沟的老师，让他受之有愧啊！"

"又撒狗粮秀恩爱，傻子也看得出芳菲这是明贬实褒！"鸿鑫笑着说。梁安和山根也笑了。

几个人说话时，走进来一男一女两个年轻服务员。男的端着一个四方托盘，里面放着六菜一汤和一白一红两瓶酒，女的接过酒菜，慢慢摆放在桌子上，微笑道："各位请慢用！"

言毕，两个服务员徐徐退出。

酒席上自然少不了推杯换盏，互相敬酒。

酒过三巡，菜过五味，梁安开腔发话了："光喝酒不说话，我总觉得憋闷。"

山根微笑着说："有话尽管说。"

"唉……"梁安叹息一声，"像山根兄这样优秀的人才，真是稀少。"

鸿鑫接道："谁说不是呢！"

"不可阿谀奉承！"山根既是谦让也是防备。

鸿鑫诚恳地说，这是实实在在的赞扬，哪里是奉承？读大学时山根就聪明好学，才华横溢，如今仍是卓尔不群。他虽然远在几百公里之外的省城，每遇大事，还得向他请教。

山根委婉地表达了他的意思。有什么问题，大伙一起探讨，请教可不敢当啊！他长期蜗居山沟，寡闻少见，已经到了"不知有汉，无论魏晋"的程度了，哪值得他们这些大老板向他请教？

芳菲娇嗔地翻了山根一眼，半真半假地说："行，还有点儿自知之明！"

鸿鑫望着两人笑笑："过分谦虚就是虚伪和骄傲。"

梁安美美地抽了一口烟，说他们公司决定在仲景故里邓州市，开发现代中医农业。前期需要组建团队，扎扎实实做好市场调研，董事会一致推荐，由山根带领团队做这个事情最为合适。

山根摇摇头，断然拒绝道："对不起，我胜任不了。"

梁安提出了疑问，"怎么没等我把话说完就拒绝，是不是有些过于急躁？"

山根又要说话，却见鸿鑫摆摆手："先吃饭，吃过饭再说事儿！"

午饭后，鸿鑫一行四人走出酒店，来到附近的一家茶社。每人尽着自己的喜好挑选茶水。鸿鑫、梁安各要了一杯绿茶，芳菲点了一杯姜枣枸杞加红糖，山根来了一杯红茶。

鸿鑫轻轻呷了一口茶，看着山根不理解地说："我知道，你认识和接受事物，常常是调查不清楚不发言，了解不明白不表态，考虑不成熟不说话。可是，刚才在餐桌上，你为什么不等梁董把话说完，就抢着表态发言？"

没等山根回答，梁安这次又抢先发言了，说他们公司要向"中医农业"进军，欲聘请山根来负责这个项目。这是响应政府发展现代农业，弘扬古老中医，造福人民，实现共同富裕而实施的重大战略转移，意义深远。

山根笑笑，他想说他根本不了解这些，也没有时间进行了解，他有自己的事业去追求。但是梁安不容山根表达自己的意见。他抽了一口烟又开始滔滔不绝了，他们之所以请山根来领衔这个项目，是因为他身上有一股子常人无法比拟的激情和坚韧不拔、勇于奋斗、不成功不罢休的执着。

这个事情前景广阔，关乎着公司的未来、前途和命运。他们公司的董事们一致认为，在所有熟知的人当中，由山根率领这个团队最为合适。当然，公司也为他开出了丰厚的待遇：工资年薪制，每年五十万；无偿送给他一套别墅和一定比例的干股，他是稳赚不赔，百分之百盈利。

梁安以为开出如此丰厚的条件，一定能打动山根夫妻。只见他不停地转动着眼珠子，观察山根和芳菲的反应，期待着夫妻两人能够尽快说出来他想要的答案。芳菲只顾低头喝茶，似乎这件事情跟她无关。而实际上，这件事她根本无法当家做主。山根若是肯听她的，他现在会待在禹山沟吗？所以，芳菲此刻也奢望他们能够说服山根。

山根微微一笑，说："谢谢贵公司对我的信任，可是你们高看了我这个门外汉。我向来只做我懂得、我熟悉、我喜欢、应该做、符合理想信念，而且能够做得好的事情，不做那些不懂得、不喜欢、不熟悉、做不好、可做可不做，或者没把握做好和违法乱纪的事情。"

"不懂得没关系。"鸿鑫说得简单轻松，"请你来做领军人物，又不是让你做具体研究。"

芳菲看了看鸿鑫和梁安，叹息一声说："唉，你们怎么可能说服这个顽固分子？"

山根明白了，这两人今天来还是要以高薪为诱饵，说服他脱离教育。既然如此，我何不主动向他们宣传我的教育思想、教育方法？一来可以婉转地拒绝，二来也尽量争取他们对我的支持。只听他淡淡地说："对不起，我只想当一名老师！"

"大材小用，太屈才了。"梁安说得很直白。

山根的看法是，要给学生一碗水，老师须有源源不断的一渠水，做到"为有源头活水来"。学无止境，不存在屈才一说。

梁安眯缝着眼睛，说得毫不客气，一个小学教师有什么好当？从来都说有能力的人去做事，没能力的人照本宣科去教书。

山根很惊讶地说："教师是太阳下最光辉、最神圣的职业，你怎么能这样看待教师这个职业？"

"教师是太阳下面最光辉、最神圣的职业？"梁安重复着山根的话，笑了，

"真佩服山根兄，到如今依然没有被生活的烟尘浸染，书生气十足啊！"

山根也不管梁安的嘲笑，还是讲出了他发自心底的认识。教师塑造人的灵魂，不仅要用自己的光和热温暖照亮别人，还要教给学生追求美德和知识。一个教师，如果没有正能量，没有知识和能力，如何做到这些？

梁安又抽了一口烟，长篇大论地发表了他的见解。从目前的教育现状看，当老师无非就是运用填鸭式方法，给学生灌输死知识，逼着学生背概念诵定义记公式，大量刷题。这样的老师有什么好当？按照这种教学模式，初中生能教小学，高中生能教初中，大学生能教高中……

他的结论是：如此教育教学模式，但凡上过学的人，谁都可以当老师！

"非也，非也。"山根不同意梁安的说法，"教育是一棵树摇动另一棵树，是一朵云推动另一朵云，是一个灵魂唤醒另一个灵魂；是激励，是启发，是鼓舞，是点燃一把火。而不是逼迫和灌输，也不是注满一桶水……"

鸿鑫发言时注意讲究说话策略。一方面他采取先扬后抑的手法，肯定山根说得不错。另一方面却说如今的教学奉行的大多是死记硬背。这种记问之学，不足以为人师；这样的教育严重扼杀了孩子的天性和创造力！这实际上是变相否定了山根。

山根说得很直爽："现今的教育教学模式固然有弊端，比如教育教学内容陈旧，方法落后，重数量轻质量、重成绩轻能力、重分数轻品德，严重扼杀了孩子们的天性和创造力……"

"这样的情况，教育还有什么希望？你坚守在这样的教育征途上，又有什么意义？指望你一个人单枪匹马就能扭转教育局面？"梁安的面孔一时凝重起来，话语里充满了对教育现实的不满和无奈，"到最后你会发现，你的一腔热血会化作满腔失望。"

山根笑了，他说："梁安兄忧国忧民的情怀，确实可圈可点，可喜可贺，但是悲观失望就是你的不足喽！"

"旧中国是个什么样子？帝官封三座大山，三重压迫，老百姓处于水深火热之中。可是伟大领袖毛主席和无数革命先烈一点儿也没有失望，不是星星之火，最终燎原了吗？我研发的《简易智慧教育》就是中国教育的星星之火！我相信总有一天它会燃遍中国教育的天空！如果许多人都在茫然埋怨，我为什么不可以擎起火把，照亮教育之路！"山根的目光充满了自信，是那种不得不令人佩服的自信。

鸿鑫和梁安听明白了，山根这是以退为进，借题发挥，巧妙地拒绝了他们。一番唇枪舌剑根本无法动摇山根的初心。

"蚍蜉撼大树，可笑不自量！"芳菲冷笑一声，"舒山根，你是教育局领导，还是教育部长？你不过是一介草民，深山沟里的一个小学教师，人微言轻，指望什么大言不惭，牛皮烘烘的？"

山根还想高谈阔论一番，不意鸿鑫却拦截了他的话："举世皆浊我独清，世人皆醉我独醒。你一个人坚守着这样先进的教学理念，毕竟力量微弱。"

山根端起杯子喝了一口茶，说他大学毕业时，曾发誓要把他研发的《简易智慧教育》用在教学上，逐步改变时下这种教育教学状况。通过这些年的实践，他认为效果显著！也相信《简易智慧教育》的力量！相信它一定能改变教育的现状。

梁安不无怀疑地问山根："如何改变？说说你的打算！"

山根也不推辞，对他的见解做了一番论述：革命导师马克思曾说，教育绝非单纯的文化和知识传递。教育之为教育，在于它是一种人格心灵的唤醒。所以，他认为教育的核心就是要点亮孩子的心灯，做老师的要善于运用孩子的兴趣、良知、理想和希望以及长大后对父母、家庭、社会所承担的责任，唤醒他们的"内驱力"，激励孩子自觉向善向上，最大限度地发挥他们的潜能！

鸿鑫十分赞同地点点头说："唤醒孩子的'内驱力'，用理想和希望激励孩子的做法特别好！"此刻，他的心中荡起了记忆的涟漪：伟大的人物正是通过唤醒、激发大众内心对未来的希望，从而利用大众；世界上绝大多数人无不是为理想和希望而生活……希望更是挑起人的高贵动机、打动人、激励人的神奇妙方。

梁安步步紧逼追问山根："那么，你准备如何点亮、唤醒和激励呢？"

山根滔滔不绝，侃侃而谈："柏拉图曾说，'一个人从小接受的教育决定把他往哪里引导，决定他后来往哪里走。'我研发的《简易智慧教育》就是以爱为本，运用引人思考、促人奋进的经典故事和案例启发学生，使他们在潜移默化中受到影响，并逐渐融入习惯和性格之中。

"反之亦然。美国作家斯蒂芬·金的小说《夏日沉沦——纳粹高徒》，讲述一个十三岁的优秀高中生托德，意外结交了纳粹战犯杜山德。这个少年受恶魔杜山德的影响，效法其恶行，最终也变成了一个和杜山德一样的杀人狂。诚如伊索所说：对于一个尚未成熟的少年来说，坏的伙伴比好的老师起的作用要大得多。

"所以，我们要让好故事伴随孩子的一生，成为他们一生的财富；让好故事中蕴含的好经验、好思想、好方法，影响、感动、唤醒、滋养孩子的灵魂，使其成为一个人格健全的人。"山根富有磁性的声音，独到而有见地的认识，寂静了全场。

山根又说，《简易智慧教育》以各种优秀品质（亦即善良和智慧）为内容，涉及文学、天文、人文、历史、地理、军事、商业、教育学、心理学、社会学、谋略学……可以说是古今中外，现实生活，无所不有，包罗万象。其方法是运用故事思维，以肯定赞美为中心，用优秀品质唤醒孩子的内驱力，用优秀品质激励孩子设定目标，走向目标，用优秀品质点亮孩子的心灯，用优秀品质塑造孩子的灵魂。这里的灵魂就是孩子的道德和智慧。因为任何一项优秀品质，都是道德和智慧的源头与基石。

"既然是智慧，为什么要冠以简易两字？"梁安提出了新的问题。

山根的眸子里闪耀着智慧的亮光，浸润着他对智慧的深信不疑和坚定追随。他有理有据地做了一番阐释：老子说大道至简，这里的至简主要指简易，简易就是简单易懂易学易用，其核心是对立统一。学生通过阅读一个个智慧故事，提出问题，思考问题，然后在老师的启发、点拨、指导下，通过实践和拓展训练得到巩固、提高、完善和创新。

"太好了，老同学！"鸿鑫激动地称赞山根的做法。称其是真正的品质教育、道德熏陶、智慧训练。说山根探索到了智慧的源头，追踪到了智慧的真谛，寻找到了智慧教育的金钥匙。用这种内容和方法培养出来的学生，一定会富有智慧，所向披靡，无往而不胜！

鸿鑫概括地讲了他的理解，忽然站起身来，紧紧握住山根的手。

"过奖了。"山根现出一副谦谦君子风范，顺势抽出被鸿鑫攥着的一双手。

鸿鑫十分真诚地说，他不会谬赞。接着又引用经典名言：教育本身并不能为孩子带来改变性影响，但教育内容和教育方式，却直接决定孩子是走向善的一面还是恶的一面，是成为思想独立的智者还是沦为人云亦云的庸众。山根研发的《简易智慧教育》，就是引导孩子走向善的一面，这是由它独特而实用的内容和方法决定的！

山根被鸿鑫的赞誉所感动，为他的激情所感染，站起身挥舞着双手，兴奋地说，他舒山根并不是王婆卖瓜，自卖自夸。这些年禹山沟学校升学成绩，稳占全镇第一，就是得益于《简易智慧教育》。学生受理想、希望、志向、目标、前途、责任、兴趣等的激励，由过去的要我学、被迫学，变成了我要学、主动学、自觉学。

学生不唯成绩显著。其道德水准，认识事物的方法，解决问题的能力以及情商、待人接物、处理人际关系、解决问题的能力等，也不是其他学校同年级学生所能比拟的。

鸿鑫激动得两眼放光，向山根竖起大拇指，夸奖他做得好！还说这种教育一旦推广开来，山根就是为国人做了一件大好事。他们公司欲向"中医农业"转行的初心和他一样，也是为强国富民作贡献！

山根听了鸿鑫的称赞，禁不住动情地朗诵起革命导师马克思的话："如果我们选择了最能为人类谋福利而劳动的职业，那么，我们所感到的就不是可怜的、有限的、自私的乐趣，我们的幸福将属于千百万人，我们的事业将默默地，但是永恒发挥作用地存在下去，而面对我们的骨灰，高尚的人们将洒下热泪。"

"别卖弄了，酸死人！"芳菲笑着在山根背上拍了一巴掌。

鸿鑫和梁安都为山根的教育理念和无私奋斗精神所折服，禁不住鼓起掌来。

鸿鑫拿起一张湿巾，擦去激动的泪水。他亲切地拍了拍山根的肩膀，称赞他这些年扎根山乡教育，收获颇丰。

接着，他又无比感慨地说："老同学，我赞成你，佩服你。我打算由我们公司投资推广《简易智慧教育》，让更多的学生早日受益！"

山根流出了感动的泪花，又生怕鸿鑫和梁安看到讥笑，他借故有事带着芳菲走出了房间。

"方总，咱们原本是来说服山根放弃教学，共创大业，没想到反倒被他征服了。你可要慎重考虑，这个项目是否可行？"看来梁安对鸿鑫的表态颇有微词。山根夫妻刚一走出房间，他就提出了疑问。

"你放心，我并不是一时心血来潮，更不是把公司的利益视作儿戏。山根当年上大学研究智慧教育时，我就有所了解，又经过这么多年的完善实践，效果肯定好。"鸿鑫显得信心十足，"再说，我们选择项目，不仅要看它的经济价值，更要看它对社会的造福程度！"

梁安竖起了大拇指："儒商就是儒商啊！"

山根和芳菲从外面回来，鸿鑫挽留山根今晚不去学校了，一起共剪西窗烛，话巴山夜雨。山根摇摇头说，身不由己啊，学校的工作一点儿也耽误不得！他要鸿鑫和梁安睡一夜解解乏，明天好赶路。梁安劝说山根留下来，等酒劲儿过去了，明早他开车送山根回禹山沟。

鸿鑫对山根说："你就成全梁董，满足他的心愿吧，不能让他这次禹山沟之行留下缺憾！"山根笑而不语。梁董急忙遮掩说，这次最大的缺憾，就是山根拒绝了他们的聘请，让他失望了。鸿鑫以开玩笑的口吻说，恐怕梁董更失望的是没能和弘阳老师谈心说话吧？

"领导的好心好意，我领了！"梁安羞涩得脸色一片通红，急忙掩饰，"我现在是把心都扑到了事业和两个孩子身上，哪有时间考虑其他呀！"

芳菲听得一愣一愣的，一直不明白这三个人打哑谜说的是什么意思，直到听了梁安最后说的一句话，她才恍然大悟，明白了其中的意思。她开口直夸弘阳花容月貌，德才兼备，能说能干，简直是女子中的一个伟丈夫。

鸿鑫和山根听了，耐人寻味地对视一笑。

48

星期日晚上，山根和弘阳在一起商讨如何上好《简易智慧教育》观摩课。不料，虞潜却突然闯了进来，变脸作色地质问山根，他这个教导主任，还是不是学校领导班子成员？

山根微笑道："当然是，谁说不是了？"

"既然是，商量工作为什么不让我参加，这不是要故意撇开我吗？"

山根说他和弘阳商量的是讲授《简易智慧教育》观摩课，不涉及常规教学，也就没打扰他这个教导主任。

"讲观摩课难道不是学校教学工作？"

虞潜这种步步紧逼，请君入瓮，后发制人的招数，弄得山根瞠目结舌，无话可说。山根略一思索，觉得虞潜说得也在理，立刻承认错误："对不起，虞老师，是我虑事不周，请你谅解！"

虞潜并不接受山根的道歉，转而问道："观摩课由谁来讲？"

山根回答说由弘阳主讲。

"不。"虞潜在否定的同时，提出了自己的要求，"这个课应当由我来讲。"山根愣住了，他怔怔地瞅着虞潜，一时间不知道该如何说才好。

"怎么？难道我不可以讲吗？"虞潜盯着山根的眼睛说，"我当年也是讲优质课的高手，就在禹山镇，我讲过大大小小许多场优质课。我相信我能讲得好！"

弘阳以为虞潜在开玩笑，就想调节一下这种紧张气氛，她半开玩笑半是调侃地说："虞兄大概是想在全镇刷一下存在感吧？"

"我不仅仅是想刷存在感，我要将功赎罪，这是一个难得的机会。让全镇老师都知道我姓虞的一直在努力工作，表现很好，及早恢复公职。"虞潜说得倒也实在。

当弘阳明白了虞潜真的要讲这次观摩课时，立刻现出满脸的不悦，不过，却也没有说什么。她倒要看看，作为校长的山根如何处理这件事情？

山根对虞潜晓之以理，讲明镇中心校对举办这次《简易智慧教育》观摩课非常看重。几位领导三番五次来禹山沟听课、调研、与学生座谈。他们认为这个课程，对培养学生道德品质，塑造灵魂，健全人格，激发学习热情，效果显著。这才决定组织各校政务主任、语文、道德与法治课老师来听《简易智慧教育》观摩课，然后在全镇推广。

虞潜依旧坚持自己的意见："正因为这次观摩课规格高，场面大，听课人员多，很重要，我才要授课。"

山根耐心地对虞潜说，他过去一直没有接触过这个课程，弘阳已经做了几年《简易智慧教育》的试验和推广。她现在又是学校政务主任，由她上这堂观摩课会更稳妥一些。若是他想讲，以后有的是机会。

虞潜认为这个智慧课没什么不好讲，无非就是指导学生阅读、分析、理解、感悟，该有何难？还强调说他过去没有接触过这个课，现在可以学习，通过这几天的准备，他不相信自己会失败！

山根认为这次观摩课如他所说，太重要了。小而言之，它关乎着禹山沟学校的声誉；大而言之，它关乎着《简易智慧教育》这个新生儿能否顺利面世，闪亮登场！他耐心地劝说虞潜："你愿意学习想进步是好事，机会以后有的是！"

虞潜突然变得恼羞成怒，气急败坏。他指责山根言行不一，嘴里口口声声说要帮助他，提挈他，遇到机会却不信任他，反倒挤对他，限制他！

弘阳对虞潜这种蛮不讲理、强词夺理的霸道行为实在不满，她忍无可忍地回怼说："过去你一直打压《简易智慧教育》，关键时刻，却要争功抢赏。你是不是别有用心，故意要把这次观摩课弄砸？"

弘阳的话一下子惹怒了虞潜，他毫不客气地说："你们不让我讲，不给我进步的机会，观摩课那天，我就把你们挤对我、限制我进步的种种做法公之于众！"

话一说完，他突然站起身怒气冲冲地向门外走去。

山根也认为，虞潜长期以来不看好、不支持《简易智慧教育》，也从没有接触过这个课程。在这个特殊时刻，这个节骨眼儿上，却突然提出要讲观摩课，这不是明摆着要搅局吗？此刻，他甚至后悔当初接受犯错误的虞潜回到禹山沟。

谁知，山根却心口不一。他让虞潜慢着，说是可以给他这次讲课机会，但他必得先做试讲，听课的老师和学生认可了，他才能够讲观摩课。

本已走出门外的虞潜，听到山根的话顿时停下脚步，转过身回到屋里，瞪大两眼直视着山根，仿佛在问，此话当真吗？

山根点头应允，并没作声。他此刻怎么也想不到，自己究竟为什么说出如此言不由衷的话？怎么就轻易答应了虞潜的过分要求？可是覆水难收，话已出口，是不可能再收回来的！

山根的决定令弘阳太失望了。她气得涨红了脸，身子瑟瑟发抖，咬着嘴唇一句话也不说。山根仿佛大脑突然短路了，不知道往下该说什么好。

虞潜见山根迟迟没有言语，就主动开口向他索要讲课题目。听到虞潜的问话，他这才反应过来，示意弘阳把课程目录拿过来，让他选择。弘阳没好气地把课程目录扔在山根面前，愤愤往外走了。

虞潜仔细看了一遍课程目录，挑选了《学会感恩》这个课题，又向山根索要了课件。两人商定，周三晚自习课由虞潜试讲，学校全体老师来听课，只要老师们听了满意，周五的公开观摩课就由他来上。

让山根没想到的是，第二天晚上虞潜就又来到他的办公室。看上去他有些闷闷不乐。

山根望着虞潜萎靡不振的样子，微笑道："虞兄，何事？"

虞潜瓮声瓮气地答道："舒校长，你让弘阳过来，我有话对你们说。"

山根虽然有些狐疑，但还是照办了。

弘阳走进办公室，看到虞潜也在场，冷冷地问："到底是行家里手，这么快就准备好了课程？"

虞潜面无表情地摇摇头。

弘阳深感意外不解。她不知道虞潜又要玩什么花招，还是要故意拖延课程准备时间，进行捣乱，从而达到报复她和山根的险恶用心？

　　虞潜眼睛望着门外，检讨似的说："我不配讲这个课！"

　　弘阳似乎没有听明白他话里的含义，不满地指责道："你想讲就讲，不想讲就撂挑子，这不是把工作当成儿戏吗？"

　　山根向虞潜说出了他的猜测："你是不是听到什么闲言碎语了？"

　　虞潜迅速向山根做出一个制止的手势，说他认真看了山根做的这个《学会感恩》的课件，让他的灵魂受到了震颤与洗礼。如同山根的感恩课件所说，羚羊要感谢狮子，长颈鹿要感谢非洲豹，绵羊要感谢豺狼。强大的生死竞争对手，从相反方面促进了弱者身心的自我完善和发展。更何况，他们二人还是他的恩人！

　　山根不解地问："何出此言？"

　　"今天我与老支书相遇，他什么都对我说了。我受处分赋闲在家，好多学校不愿意接受我，你和弘阳却不计前嫌，同老支书一块儿把我接回来，给足了我面子。而我却自私自利，贪得无厌，得寸进尺，没有丝毫的感恩之心，争着抢着要讲观摩课，甚至不惜以玩你们难堪为要挟，确实辜负了你们的一片善心善意！"

　　"看了这个感恩课件，我的灵魂震撼了，深为自己的狭隘卑鄙、争功抢赏而惭愧。做事先做人，我一定要加强个人修养，发奋努力！"

　　山根和弘阳看到虞潜眼圈发红，声音沙哑，不停地安慰他。

　　仲秋时节。星期一的早晨。天气已有些许凉意，树上的黄叶开始飘零，地上那些不再葱茏茂盛的荒草上挂满了晶莹的露珠。它们在朝阳的照耀下，闪闪发亮。

　　山根起床后，一个人走出屋外，来到校门外的大路上，迎着初升的太阳，顺着往前不断延伸的道路，散散步伸伸胳膊抬抬腿，拍拍打打全身的穴位，做做深呼吸运动。而从附近的果园里飘来阵阵苹果的香味和大鸭梨绵甜的味道，不断向他袭来，给他一种特殊的享受，让他感到异常的陶醉和惬意。

　　这是一个忙碌而快乐的收获季节。山根远远地看到，村里的大叔大婶们牵着牛赶着羊，拉着架子车，带上镰刀、镢镰、箩筐去田野里收割已经成熟的高粱、苞谷、黄豆、黍子。那些耕牛一边走一边快活地甩着尾巴，发出"哞哞哞"的叫声，好像是在不住地赞叹：早上好！早上好！温驯的山羊、绵羊如同呼朋引伴一般咩咩叫个不停。树上的鸟儿也像要赶趟凑热闹似的唱着欢乐颂……这一切构成了一曲美妙的乐章。

　　山根本想等这些大叔大婶走近时再和他们打招呼，向他们表达亲切诚挚的问候。谁知，远远地，他们已经腾出右手向他招手，争先恐后地跟他打招呼。他们脸上的笑容正如初升的阳光一般明媚灿烂。

　　"舒老师好！"

　　"舒校长早"

　　"山根早！"

　　"山根好！"

　　……

　　虽然大家对他的称呼不同，但对他的爱戴和尊敬却是相同的。山根又是点头，又是微笑，又是招手，心里被喜悦和幸福溢得满满的。谁说教师社会地位低，收入贫瘠？这种热情的问候难道不是最高的礼遇吗？

　　山根望着他们走远了，这才满怀喜悦地走进校园。刚好寄宿部也到了开饭的时间。他直接走进餐厅，看到弘阳、虞潜和其他老师已经开始帮着炊事员忙碌了。他二话不说，穿上白大褂就和几位老师拉桌子摆凳子，铲菜端饭。

　　早饭后，全体师生站着整齐的队列，集中在校园内操场上，开展两项活动。第一个程序是升国旗，雄壮的国歌奏响了，大家看着鲜艳的五星红旗冉冉升起，庄严地向国旗敬礼。第二项是，全体师生整整齐齐站在操场上读书。每人选择一本有意义的课外书，认真地读。低年级学生哪怕是选择一本看图说话或者绘本读也可以。半小时的读书时间，同学们都是专心致志，争分夺秒，惜时如金。山根认为早晨是人一天中最清醒的时刻，最适合读书。师生们在这里齐聚一堂，让书香浸润他们的心灵，这才是真正的早读。让早读成为校园的一道亮丽风景！自从山根担任校长这三年来，学校的面貌、制度在与时俱进，不断地发生变化，唯有早读不变。这成了一种良好的校风，一种传承。

　　今年春季开学到现在，山根就是在操场上又一遍阅读了奥斯特洛夫斯基的《钢铁是怎样炼成的》、吴运铎的《把一切献给党》，又阅读了由李延国、王秀丽合著的《张桂梅》……所以，你不要忽视每天半小时的读书时间。古语云："不积跬步，无以至千里；不积细流，无以成江海。"你读过的书，都会融进你的血液里，成为你生命里的一部分，照亮你人生前行的路。可以毫不含糊地说：一个人读书的厚度决定其思想的深度。

今天早上，山根读的是由夏丏尊先生翻译，意大利作家埃迪蒙托·德·亚米契斯创作的长篇日记体小说《爱的教育》（原名《心》）。他在上大学的时候就读过这本书。近来重读，不是为了重拾记忆，盖因爱是这部小说的主旨，在平实的字里行间，融入了种种人世间最伟大的爱：老师之爱、学生之爱、儿女之爱、同学之爱……每一种爱都不是惊天动地的，但却感人肺腑。山根认为《爱的教育》不仅能够教育孩子，而且能够教育那些教育别人的人，尤其是那些正在教育孩子的老师和家长。作品中的老师在课堂上宣读的一个个感人肺腑的"每月故事"，竟和他舒山根研发的《简易智慧教育》不谋而合，出奇地相似，都是通过对学生进行有效的故事思维引导，强化故事对学生的教育。

上午第二节，弘阳要在四年级大教室里讲授《简易智慧教育》观摩课，中心校领导带着各校派来的教师代表在现场听，录像刻成光碟后，发至各校让其他老师观看。所以，这节课不管是对智慧教育的推广，还是对于禹山学校的发展都至关重要，稍有不慎就会满盘皆输。山根虽然不讲课，也知道弘阳的智慧教育课讲得不错，但其紧张程度，忐忑不安的心情，却不亚于弘阳本人。这样大的场面，这样的阵容，她哪里经历过？一旦慌乱稳不住阵脚可就麻烦了。

大教室里座无虚席，鸦雀无声，人们都对传说得神乎其神的智慧教育课充满了期待。只见弘阳落落大方，满面笑容地登上讲台，向大家鞠躬、施礼、问好。

弘阳今天选择的课题是《习惯的力量》。山根看到她既没有展示课件，也没有开宗明义直接点题，而是让学生回答他们平时都喜欢做哪些事情，山根心里不由得犯起了嘀咕：怎么能这样讲授呢？这不是跟平时上课一样平淡无奇吗？

学生们哪见过这么多陌生人和他们一起听课的阵势？一个个吓得小心翼翼，缄口不语，谁也不敢发言回答。弘阳微笑着启发他们说：鲁迅先生说第一个吃螃蟹的人是勇士，今天敢于第一个回答问题的同学也是勇士。不等她的话落音，班长吴峰就猛地站起来作了回答，接着是第二个，第三个……同学们情绪高涨，课堂气氛活跃，弘阳顺势对学生的回答做了归类：

勤劳节俭、诚实守信、喜欢读书、刻苦勤奋、谦虚谨慎、卫生清洁、尊敬老师、团结同学……

然而，同学们的回答几乎是清一色的正面喜好，却没有说出他们的不良嗜好。

这应该是一种美中不足。弘阳进一步启发道：古人言，知人者智，自知者明。勇者不惧批评，懦夫掩盖错误。一个人只有全面了解自己，敢于直面自己的不足，才能超越自我，脱颖而出。

学生们也许是没有理解她讲的意思，反正不见有人回答。于是，她采取以身说教的方式，说她年轻时喜欢睡懒觉，后来在父母的提醒下，她意识到这是一个不良嗜好，就痛下决心改正。还没等她的话语落音，劳动委员谢俊就霍地站起身，语速极快地说他有一个做事拖拉的不良嗜好。其他同学见此七嘴八舌地说开了。弘阳把这些问题归纳板书在黑板上：

  做事拖拉、抱怨牢骚、说话粗鲁、痴迷于网络、喜欢打游戏、吃饭剩碗底儿、不体谅父母和爷奶、有抄袭作业现象、自卑和胆小怕事、推推动动、读书学习和做事情没有主动性、有应付完成作业的现象、害怕吃苦受累、缺乏理想和信念……

山根对弘阳的做法很赞赏，这让他想起了《论语》中"不愤不启，不悱不发"的名句。弘阳的启发式教学真是运用得恰到好处，他暗暗向她伸出了大拇指。

弘阳对学生们的回答，做了肯定和赞赏，然后把话锋一转说：无论是正面喜好还是不良嗜好，只要长期不间断地重复，就会养成一种不自觉的活动，成为一种习惯。无论是好习惯还是坏习惯，都有一种强大的力量。此刻，弘阳打开了投影仪，大屏幕上展示出课题——《习惯的力量》。

山根听到这里，一颗悬着的心终于落地了。原来弘阳这是让学生思考，巧妙地提出问题，引导学生在思考参与中走进课程。

弘阳作了简单讲解：学习和生活中，一些细小看似不经意的习惯，实则蕴藏着无穷的力量，足以主宰人生，轻易地将人举起或者放下。然后她在大屏幕上展示出几个故事。

故事一：有位记者问一位诺贝尔奖得主："在您的一生里您认为最重要的东西是在哪所大学或者在哪所实验室学到的？"这位白发苍苍的诺奖得主平静地回答说，不是在大学也不是在实验室，而是在幼儿园里。

他的话让在场的人为之震惊。

记者又问他在幼儿园学到了什么，诺奖得主说："把自己的东西分一半给小伙伴们，不是自己的东西不要拿，东西要码放整齐，吃饭前要洗手，做错了事要表示歉意，午饭后要休息，学习要多思考，要仔细观察大自然。从根本上说，我学到的就是这些。"

老人并不是低估从大学里所学到的知识，而是想要告诉人们：受用一生的东西，是在幼儿园里学到的简单处世道理和做人的基本准则，并养成了良好习惯，使之受用一生。

故事二：2020年高考分数线陆续出炉后，湖北省高考状元出来了！她就是华中师大一附中高三（25）班理科学生唐楚玥，高考成绩高达725分。湖北采用的是全国A卷，也就是公认作文最难的一卷。即使这样，唐楚玥的语文146分、数学149分、外语143分、理科综合287分。她是学霸中的学霸，简直令人惊叹！

当初，唐楚玥以武昌区最高分数考入华中师大一附中后，在华中师大一附中成绩一直领跑。因为其从小就养成上课认真、笔记记得清晰、知识点详尽的好习惯，她的笔记多次作为该校学霸笔记进行阳光义卖。这也养成她从小就不盲目刷题及学会问问题、善于思考的良好习惯。在唐楚玥妈妈眼里，唐楚玥不是盲目刷题的那种学生，遇到问题，总爱提问，并找出其中的规律，达到最终掌握。

据报道，唐楚玥可谓文武双全，曾经是学校歌咏比赛的钢琴伴奏手，还在《赵氏孤儿》（庄姬托孤）课本剧中饰演托孤的庄姬，表演可圈可点。更令人想不到的是，她竟然还能在学校运动会200米短跑项目上，拿到年级第二名的成绩。

唐楚玥的成绩和光环背后，有她刷过的题，看过的书，熬过的夜，流过的汗。一次的高考成绩并不能说明什么，但是命运的改变，就是从她养成的好习惯及坚持执行开始的……

故事三：有一个寓言故事说：一位没有继承人的富豪，临终前将自己的一大笔遗产赠送给一位常年靠乞讨为生的远房亲戚。乞丐接受遗产后立即身价大增，成了百万富翁。记者采访他："你继承了遗产之后，最想做的第一件事是什么？"乞丐回答说，他要先买一只银碗和一根结实的木棍，这样他以后讨饭就方便一些。

故事四：有个叫二子的孩子，在师傅家学剃头，开始学时，用冬瓜当脑袋练习技术。练习时，师娘常唤他买东西、哄孩子。每当这时，二子就得停下刀，去给师娘帮忙。可刀又没处放，只好剁在冬瓜上立着，回来了接着干。半年后手艺学好了，可往冬瓜上剁刀的习惯也养成了。这一天，他给师傅家的邻居剃头，初试身手格外小心，正剃半截儿，师娘又招呼二子去干活，结果二子把剃刀往邻居头上一刹……

弘阳首先用她那纯正动听的普通话，朗读了这几则故事，接着让同学们分小组讨论每个故事告诉我们一个什么道理。在小组代表发言的基础上，她又做了总结：好习惯，能够改变、成就一个人；坏习惯，足以毁掉一个人。

可以这样说，人生不过是无数习惯的总和。著名教育家叶圣陶指出：教育的本质就是培养习惯，重复习惯，习惯成自然，自然成个性，个性成命运。威廉·詹姆斯则说：播下一种行为，收获一种习惯；播下一种习惯，收获一种性格，播下一种性格，收获一种命运。亚里士多德说：每天反复做的事情，造就了我们。然后你会发现，幸福不是一种行为，而是一种习惯。这些名人名言虽然说法不同，但都道出了习惯的重要性。

山根注意到，弘阳在课堂上表现出一种沉稳大气的风度、优雅成熟的气质、淡定从容的神态。她面带笑容，自然而亲切地和学生讨论、启发、互动，博得了听课领导和老师们的高度认可。他们不断地向她颔首、示意、赞许。他发现，弘阳这节《习惯的力量》课运用启发、引导、点拨、总结的方法，讲得非常成功。课后教研讨论时，大家一致对弘阳赞赏有加。

弘阳接着说，习惯的力量如此强大，请同学们课下认真思考一下，如何培养良好习惯，摒弃坏习惯？这是我们下一节课所要讨论学习的内容；二是熟读今天学习的几个小故事，把它熟练流畅地讲给家长、同学或者朋友们听；三是每人利用课余时间，搜集两三个有关习惯的经典故事。

课程结束了，台下掌声雷动，经久不息。

49

丹桂飘香秋风爽，又是一年中秋时。

2022年中秋节的晚上，山根带着五个年岁不同，高低不等的留守儿童，登上禹山，观景赏月。

师生六人来到禹王庙前，手拉手站成一排，遥望一轮明月从东海冉冉升起。银色的月光渐渐倾泻下来，天地之间是一种梦幻般的朦胧状态，很像一幅令人遐思无限的幽美画卷。

山根想起了唐代诗人张九龄《望月怀远》一诗，禁不住朗声诵道："海上生明月，天涯共此时。"

二柱子听了不解地问："舒老师，你朗诵的诗句是什么意思？"

山根告诉他，意思是说，今晚天涯海角的人们都在赏月度中秋。

山妮子乞求道："舒老师，你给俺们讲讲嫦娥奔月的故事吧！"

山根呵呵一笑，说："天晚啦，咱们早点儿回学校，吃月饼，吃柿子，唱歌跳舞。"

几个学生同时乞求道："讲吧，老师，讲完再回学校。"

相传远古时候，天上有十个太阳，晒得庄稼枯死，民不聊生。一个叫后羿的大英雄，力大无比。他同情受苦的百姓。有一天，他登上昆仑山，拉开神弓，一口气射下九个太阳，只留下一个为民造福。

王母娘娘有感于后羿的正义善良，奖赏给他一包吃了能升天成仙的药。后羿舍不得妻子嫦娥，就把这包药交给她保管。嫦娥将药藏进百宝匣里，不料却被小人蓬蒙看见，他想偷偷吃下这包药成仙。

后羿率众外出狩猎，蓬蒙假装生病，留了下来。他手持宝剑威逼嫦娥交出仙药。嫦娥知道她不是他的对手，危急时刻，转身打开百宝匣，拿出仙药一口吞下。她的身子立时飘离地面，飞向月亮成了仙。

后羿回来，听了侍女们的哭诉，又惊又怒，拔剑去杀恶徒。蓬蒙却早已逃跑。后羿思念妻子，却怎么也追不上她。无奈之下，只好在后花园摆下蜜食鲜果，遥祭在月宫里眷恋着他的爱妻。

百姓听闻嫦娥奔月成仙后，不分白天黑夜，为天下苍生捣杵治病之药。他们纷纷摆下香案，为善良的嫦娥祈求平安。

山根讲完了嫦娥奔月的故事，孩子们都没说话，仿佛陷入了沉思。周围一片静谧，静得连树叶轻微的飒飒声和晚风微弱的沙沙响都能听见。

山根声音低低地问几个学生，听了这个故事有什么感想？

高年级学生鲍国说他长大了要像大英雄后羿那样，为民除害！

华昇说他理解嫦娥此刻的心情，古诗说："嫦娥应悔偷灵药，碧海青天夜夜心。"

二柱子说他想跟着后羿学射箭技术，将来专治坏人。

山妮子声音柔柔地说，她长大了要做个宇航员，飞向月球给嫦娥送点儿好吃的，然后跟着她一起为人们捣杵治病的药。

低年级学生二蛋说他长大了去把小人蓬蒙揪出来，交给警察叔叔收拾这个坏蛋！

"愿望很好。"山根夸赞之后，顺势诱导，"不过没本领可不行。"

几个学生异口同声地说："老师，请您放心，我们一定会有本领的。"

山根有意问他们本领从哪里来。

"上课专心听讲！"

"按时完成作业！"

"积极参加体育锻炼！"

"多读书，勤思考！"

……

几个学生七嘴八舌，各说各的，但表达了一个相同的意思，那就是要努力学习，将来做一个对社会有用的人。

孩子们说啊笑啊，山根也跟着说啊笑啊。师生六人显得无比快乐！

华昇祈求山根，他们师生六人一起在这高山之巅唱支歌吧！

山根答应了。他拿起放在身旁的小提琴，用琴声起了个头。他一边拉琴一边和学生唱起《中秋月夜》。琴歌交融，相和而歌，组成了一曲悠扬婉转、美丽动听的六重唱。歌曲从这高山之巅，飞向远方、远方。

悠扬的歌声中，山根想到了芳菲和吉安。她们在干什么呢？是在隔窗赏月，还是在小区里孤独散步？不管怎样，山根心想芳菲肯定是不快乐的。他后悔没把她们母女接到学校，和孩子们一起登高赏月，岂不两全其美？芳菲说得没错：他心里就是没有她们母女。最起码，他真的是欢乐荡尽，曲终人散才想起她们。山根忽然很想跟芳菲和女儿打个视频电话。但他很快打消了这个念头。他想看看女儿，看看妻子。但是她们却看到他和别人家孩子一起欢度节日的笑脸，这不是往她们的伤口上撒盐吗？这不是让她们的心口滴血吗？一时间，山根竟痛苦不已。

一轮圆月悬挂在高远的天际，犹如一个玉盘，又圆又白，缓缓航行在天空之中，让人感到它是那么的美不胜收，让人陶醉，让人迷离，令人心驰神往，更使人产生无限遐想。皎洁的月光静静地向人间洒下无限的清辉，如同轻纱一般温柔朦胧。

天空中云淡淡的，风轻轻的，月光很美，展现出一幅有声有色的美丽画卷。诚如古诗所说："天上一轮才捧出，人间万姓仰头看。"在这个约定俗成的团圆夜晚，许多人家都是全家老老少少聚集在一起，团团圆圆，热热闹闹，说说笑笑，发出阵阵欢声笑语。他们或徜徉于月光下，一边散步一边赏月；或围坐在阳台上的一张餐桌周围，一边望月一边吃月饼吃柿子，喝着桂花酒，品尝着美味佳肴；或隔窗望月，吟唱着"今人不见古时月，今月曾经照古人"的佳句，抒发思古之幽情。

芳菲为迎接山根回来过一个团圆的中秋节，早已把做好的美味佳肴摆放在餐桌上，同时还摆放着一盘月饼和一瓶红酒。沙发的一端躺着早已熟睡的女儿吉安，芳菲坐在沙发的另一端。她抬头看看墙上的挂钟，已经是晚上七点。她不由分说拿出手机拨给山根。谁知电话响了一会儿，话筒里却传来：你所拨打的电话暂时无人接听。

山根不回家已是见怪不怪的事情，芳菲早已是司空见惯习以为常了。但今天是中秋节，是一个阖家团圆的特殊日子，说明这个家，说明她和女儿在他心目中占着什么位置。芳菲的心凉透了，她绝望地蜷缩在沙发里。她爱这个人，可是这个人爱他的事业，她曾经努力想把他的心拉回来，三十六计几乎都用上了。

上次山根回来她甚至还用了美人计。以前她听小姐妹们在一起私下说过情趣内衣。芳菲属于保守派那种类型，她觉得穿着这种衣裳实在难为情。但是前不久，她还是偷偷买了一套。那晚，她穿上那套内衣，无比羞涩甚至尴尬地出现在山根面前时，他朦朦胧胧望着她那若隐若现，白白嫩嫩的肌肤，惊呆了，嘴里小声念诵道："降绡缕薄冰肌莹，雪腻酥香……"

他脸红着一把把她拉进怀里，柔柔地说："这是我的老婆吗？"

那一晚，她把心底的柔情全部带出，两人缠缠绵绵，像极了新婚。但是，第二天清早六点，手机铃声刚一响，他便毫不犹豫地揭被而起。她佯装酣睡，听着他小心翼翼地在卫生间里洗漱，听着他轻轻地关门下楼，她的泪水稀里哗啦流了一脸。

从原则上说，山根没有错，他所做的事情也没有错，而她却拼命地把他从"前线战场上"往回拉，是不是错了？她在问自己。

芳菲想，我从前是错了。从今儿开始我要把家里的事情做好，把吉安照看好，让他没有后顾之忧，轻装上阵实现他的理想。

吉安醒了,她用一只小手揉着眼睛,问她:"爸爸回来没有?"

吉安的话让芳菲回到了现实。她哄女儿说:"爸爸工作忙,回不来。"

"爸爸说过,中秋节回来陪我吃月饼。"吉安噘起小嘴,不满地说,"坏爸爸,不讲信用,欺骗人!"

山根呢,此刻带着几个学生已从禹山顶上下来,回到学校餐厅里。他给每个留守儿童发了一个月饼、一个柿子。几个学生拿起月饼和柿子大口大口地吃着,每个人的脸上都洋溢着幸福的笑容。

山根拿起手机咔咔咔拍了好几张特写,发送到寄宿部家长微信群里。不得不说,互联网真的让世界变成了一个地球村。一会儿工夫,天南海北的家长都看到了:一下子堆积了两百多条回复,有点赞的,送花的,各种表示赞赏感谢的表情包都有,还有留言说"谢谢舒老师""感谢老师真情陪伴""孩子们有福了"……山根翻看着微信留言,脸上荡漾着幸福的微笑。

八月十六午饭后,曼丽坐在梳妆台前精心打扮一番。对站在身边的鸿鑫说,她要去邓州一趟,看看他们的干女儿吉安。鸿鑫让曼丽等几天,忙过了这阵子,他们一起去。他要同山根商量一下,如何推广他研发的《简易智慧教育》。

曼丽却不肯接受鸿鑫的建议,不耐烦地朝他摆了摆手。她的意见是他们两人各去各的。她就是想利用中秋节假日,去看看他们的干女儿——吉安这个小可爱。很长时间都没见着她了,着实想她。

她一点儿也不赞成甚至反对鸿鑫掺和山根的事情。因为对于中国这种唯分数论的教育方式,曼丽觉得推行智慧教育是无效的。就像十几年前媒体一直宣扬的"快乐教育",孩子是快乐了几年,但高考面前还不是哭了?所以,曼丽认为,中国这样的高考制度,家长眼睛盯着分数,还是最明智的选择!她在数落他的同时,还翻起了陈年往事,责备他过去一直坚持请山根做公司的财务总监,结果逮不住黄鼠狼——惹了一身臊。不知道他到底图的是什么。

鸿鑫虽然听不进去曼丽的意见,但还是很讲究说话的策略。他首先引用曼丽曾经的说法"人各有志,不必勉强"的话,从而达到以子之矛攻子之盾的效果。然后从道理上进行诠释:过去他们一直都是劝说山根放弃自己的理想和追求,来投奔他们。山根不接受不买账实属正常。鸿鑫认为:曼丽不看好山根的智慧教育也是很正常的,关键是她对这个项目不了解。山根的智慧教育说白了就是国家喊了一年又一年的素质教育。这个课程的实施，让孩子人生方向明确，提高基本素质，唤醒内驱力，增强他们抗击挫折的能力，变得内心强大，胸怀宽广，乐观向上，有思想有观点有创意。由过去老师和家长的"强迫学""要我学""逼我学"变成了"我想学""我要学""自觉学"……这样，学生在人生的道路上怎么会战胜不了艰难险阻呢？

相反，那些整天在微信群里喊着"生活不易"的大学生，大多是高分低能的巨婴。他们在社会实践和实际运用中，一旦遇到问题只能束手无策。这样的"人才"，当然不受用人单位欢迎，因为他们没有竞争力，也不会发明创造。

今天，鸿鑫去禹山沟是要帮助山根推广智慧教育，实现他的梦想，造福更多的人，他欢迎还来不及呢，哪能拒绝！

曼丽哪能听得进去鸿鑫的说辞？她对他冷嘲热讽，挖苦奚落："你说这话，也不脸红害臊？当初山根回乡时，你只差发誓赌咒，说山根很快就会回到省城。可是到现在也没有回来，没有回来也罢，没想到你现在反倒去迎合、支持人家。亏得你方鸿鑫能说出口，难道你不知道世上尚有'羞愧'二字？"

"古希腊哲学家亚里士多德说：吾爱吾师，吾更爱真理。一个尊重自我的人没错，但更应该尊重正确的东西，摒弃错误的观念。山根研发的智慧教育是正儿八经造福社会的事情，理应得到支持。我佩服山根无论面对怎样的挫折打击，都能够不屈不挠，朝着选定的方向努力前行。所以，我对山根敬佩有加！"

尽管鸿鑫说得头头是道，但曼丽一点儿也听不进去。她走到穿衣镜前，一边梳理头发一边揶揄他：墙头草，随风倒。说他这个没有主见的人倒是来回装好人。

"什么随风倒装好人？"鸿鑫不乐意了，"我从来只支持正能量的人做正能量的事儿！"

"我不管你支持正能量还是负能量，我要趁着八月十五放假，去看看咱们可爱的干女儿吉安。"曼丽说得干脆利索，也显得很不耐烦，"我俩各行其是，互不干涉。我不在家时，你只需要把儿子带好就行！"

鸿鑫没再吱声。

傍晚时分，曼丽一副贵妇人的打扮，拎着一包水果和一包点心，出现在芳菲的住家门前。

芳菲听到门铃响，从屋里拉开门，迟疑了一下，发现是老同学罗曼丽，颇有点儿喜出望外："哟，原来是一位贵客！这么晚了才赶来？"

曼丽答道:"临时做的决定,起程晚。"

芳菲俏皮地问她,今天来,还是要劝说山根那头犟驴走出禹山沟?

曼丽佯装生气地说:"别再跟我提山根!想起他我就来气,我今天专门来看看我们的宝贝女儿吉安,我想她了。"

"欢迎,欢迎贵宾光临!"芳菲在调侃的同时,转身向里屋轻轻呼唤,"吉安,快出来,看看谁来了?"

吉安从里屋探出头来,睁着一双黑黝黝的大眼睛,看到是曼丽,张开双臂,像一只轻盈的蝴蝶飞跑出来,用稚嫩的童声亲切地说:"干妈,我想您!"

曼丽蹲下身子拍着双手,笑道:"小可爱,让干妈抱抱!"

曼丽双手抱起吉安,她用两手揽着干妈的脖子,两人脸儿相偎亲了又亲,亲足亲够。曼丽打哈哈地问芳菲:"禹山沟娃们的舒老师呢?"

"在学校没回来。"芳菲立刻作了回答。

八月十五放假三天,今天已经是第二天了,山根为什么还没有回来?这让曼丽颇感意外。

芳菲见曼丽表现出一副吃惊的神色,现出一副波澜不惊的神态,轻松地跟她解释说,山根这个人就这样,自从她搬进城里,连着几个中秋节,他都是和留守儿童在一起,没有回来陪她们母女过一个团圆节!

曼丽做出一个沉思状。她真的不明白,更不理解,一个小学教师再怎么忙,中秋节也得回家和老婆孩子团圆呀。她觉得这很不正常,山根一定隐瞒着他的一些不为人知的事情。

芳菲不无自信地说:"他能隐瞒什么呢?就他那个老实本分的样子,除了教学什么也不会干!"

曼丽摇摇头:"芳菲,事情远非你想象的那么简单。这年头,外表越老实的男人越麻烦,背地里做起坏事来越不靠谱。我劝你不要被他老实憨厚的表象所迷惑!"

芳菲不以为然地说:"在那荒山野岭,人烟稀少的地方,他还能做出什么不靠谱的事情?"

常言说:深山出俊鸟。山根如果没有外心或者外遇什么的,老婆孩子热炕头他不恋,却宁愿守着寂寞,单单恋着那个深山沟?这不正常啊!我们这样的年纪,算不上风华正茂,却也绝对加入不了年老的行列。幸福和谐的夫妻生活,那也是爱的见证啊！就像鸿鑫，他几乎不在外面留宿。就算出差，他也是第一时间往回赶。但是山根这样的表现，还值得信任吗？曼丽觉得芳菲不长脑子，幼稚可笑！被人卖吃了，还在给人家唱赞歌哩！

芳菲望着曼丽疑惑的表情，感觉她有点儿过于敏感多虑了。她从骨子里相信山根，相信他不会在背地里做出有违道德和对不起她的事情。虽然有时候她也提到苏弘阳，但那只不过是找个借口，发泄一下心中的怨气。她不相信山根是那种人。当然也不是认为她在山根心中无人可以代替，而是山根的心思都扑在了教学上。

但是，这会儿她不想对曼丽做任何解释。相比曼丽的误解，她觉得说出真相，犹如在她的伤口上撒盐。因为在教育和妻子之间，山根始终倾向的是前者而不是她这个妻子。

50

人们常说十五的月亮十六圆。皎洁的月光下，曼丽驾驶一辆豪华轿车，急匆匆地行驶在邓州城通往禹山沟的公路上。

芳菲搂着女儿吉安坐在后排。吉安睁大眼睛看着芳菲："妈妈，这么晚了，我们去哪儿呢？"

"我们去找爸爸。"

吉安高兴得手舞足蹈，大声呼喊道："噢……我们去找爸爸喽！"

天黑时，山根让门卫大叔把钥匙交给他，催促他尽快回去和家人团圆。大叔说："今晚，整个校园就交给我，你回家吧！你太久都没有回家了！""大叔，别推辞了，赶紧走吧，儿孙们都念着你呢！我走不开，半夜还要查寝呢！"山根推着大叔往外走。"查寝有我呢！你是不相信大叔？你回去，女儿能不想你？"大叔试图说服山根。山根根本不容大叔拒绝，推搡着就把大叔推到大门外了。他顺手就把大门锁上往回走。"你成天不回家，媳妇有意见！"大叔还在大门外嚷嚷。山根头也不回继续走，泪水开始在眼眶里打转。走过留守学生的寝室，他看见孩子们都已经安然入睡。他这才回到住室，转身关上门。昏暗的灯光下，饥肠辘辘的他从墙角的一个纸箱里摸出两袋方便面，撕开袋子，把面和调料放进碗里，拿起暖水瓶，用开水冲泡。

也可能是他今晚做的饭太好吃的缘故，几个留守儿童争着抢着吃，饭最终被他们吃得一干二净。孩子们说啊笑啊，唱啊跳啊，却忘记了他们亲爱的舒老师还饥肠辘辘呢！

扎着羊角辫的二蛋儿把半块馍递给山根："老师，这个给你吃。"

山根笑了，装模作样地拍了拍自己的肚子说："老师早吃过了。"

山妮子看着老师滑稽幽默的动作，也跟着笑了。山根在椅子上坐下来准备吃泡面，顺便把这些年围绕着他的许多事情理一下。自从有了网络，人们的生活更加方便、快捷了。但同时，说人类这是作茧自缚也不为过。就说网络对学校的作用吧，家长身处外地，随时随地都可以了解学生的信息，哪怕天天跟孩子见面都可以做到；学生们查个资料什么的也方便得多了。同时，负面的东西也跟着来了。老师们会把作业布置在微信群里，方便家长核对检查家庭作业。学生们呢，也以看作业为借口拿到家长的手机，从此打开了网络游戏的窗口。后来，山根在教师会上规定：不准在微信群里布置作业。

但是，还有更多的网络事情需要家长们去做，比如安全学习、法制学习、心理测评、对老师们的评价、投票等等。家长们苦不堪言，怨声载道，还有的家长们直接在微信群里抗议。用山根的眼光来看，学生在学习上最好不用手机，但是上级要量化、要评比，还要以手机截屏为准。怎么办呢？山根叹了一口气。

曼丽把轿车停在学校大门口不远处。芳菲拉着吉安，三个人不声不响来到大门口。

曼丽伸手摸了一下大门，已经落锁。不知什么时候天阴了，薄薄的云彩遮住了月亮，大地一片灰暗，门卫室也没有灯光，里面是一片黑暗，大约门卫也回家和家人团圆去了。她悄悄问芳菲："可不可以从其他地方进入校园？"芳菲的心这会儿跟这门卫室一样漆黑：这么荒凉的地方竟能让山根产生无比的热爱之情，可见他要改变这里的意志是多么坚定！不是说她不支持他，再怎么支持能够看到希望吗？就像你驱车五千里，把满车的水都倒进沙漠里，而自己在返回的途中干渴而死，难道这不是无效付出吗？

芳菲没有说话，默默走在前面引路，曼丽抱着吉安跟在后面。他们绕道来到后角门。

原来，只有内部人知道学校后面那个小角门，平时不上锁，只插一个插销。

芳菲把手伸进门洞里拔开插销，顺利进入校园。

"干妈……"吉安的嘴刚张开，曼丽就给她捂上了，对着她的耳朵嘀咕道："不要吱声，看看你爸爸到底在干什么？"

曼丽轻手轻脚，小心翼翼，来到山根住室的窗户前。窗户上的一扇玻璃窗没有关严。芳菲和曼丽屏声息气，踮起脚后跟儿往屋里看。

屋内，山根已经把快餐面泡好，刚拿起筷子挑起面吃了一口。

屋外，芳菲看到这一幕，眼泪不由得流了出来。她在心里爱怜地痛骂，这个傻家伙，竟然在这里吃苦受罪！何苦呢？

在干妈怀抱里的吉安，透过窗户也看到了爸爸，"爸……"不等吉安喊出声，曼丽再次用手捂住了她的小嘴巴。

山根在屋内也听到了外面的动静，他放下筷子，大声问道："谁呀？"

门开了，吉安兴高采烈地张开双臂扑向山根，大声喊着："爸爸，我想你……"

"爸爸也想你！"山根把女儿紧紧抱在怀里，诧异地看着芳菲和曼丽，"天这么晚了，你们居然过来摸营，莫非有什么紧急事情？"

芳菲不满地回击道："难道非要等家里发生天灾人祸，你才肯回去？你心里稍微给我和女儿留一个针鼻儿大的位置行吗？"

"我们来看看你，"曼丽说得平淡自然，但又是一种质问的语气，"不允许吗？"

"你中秋节放假也不回家，看来是打心里把家抛弃了。"芳菲嗔怒地说，"我进城这几年，咱们从没在一起过一个团圆的中秋节。"

山根向他们解释了中秋节没有回家，是因为有几个留守学生假期没地方去，他需要留下来照顾他们。他本想把孩子们带回城里的家，可路程远，房子又小，想想还是作罢。

曼丽撇着嘴嘲笑奚落山根，真是一个好老师，时刻挂念着学生的冷暖，却把老婆孩子抛在九霄云外去了，大公无私啊！

山根很愧疚地看了看曼丽，诚恳地对她说，不管她是夸他还是损他，他都要感谢她！因为她的话让他想到了一个患病的学生！

曼丽有点儿丈二和尚摸不着头脑，讥笑山根这是条件反射。怎么一说起学生，他就想起了患病的学生，怎么就没想起芳菲母女？

山根说有个叫二柱子的学生下午得了病，他送他回去时，在卫生所包了几包药。医生交代说如果夜间发烧，就让他吃一包。谁知道他却把药装在口袋里，忘记给他爷奶了。山根一边说一边放下吉安，又摸了摸口袋里的药。

曼丽不满地说："你的亲生女儿吉安，你这样上心上意管过吗？"

"不就是几包药吗？何必那么认真，明早送去也不迟！"芳菲说得轻描淡写。

山根说二柱子爹妈在外打工，爷奶年龄大，柱子一旦夜里发烧，麻烦就大了！

山根急匆匆地说："你们等着我，我把药给他送去就回来。"

吉安伸开双手，撒娇地说："爸爸，我也要去。您说过带我去看渠首闸！"

山根抱起吉安，在她的小脸蛋儿上亲了亲，又把她放下。他骗女儿说外面天黑，有大灰狼。让她听话，跟两位妈妈一起等着他回来，明天去看渠首闸。

话音一落，山根就一头扎进夜幕里，那碗泡好的方便面也顾不着吃了。他刚走到外面，突然想到二柱子家距离学校至少六七里的路程，就想拐回去骑上摩托车。可是，上次骑摩托车赶夜路蹿进路边陈蛋树刺爬里，差点儿掉进沟壑的惊险一幕，又出现在他的眼前。这里山高路险，在山间小道上骑摩托车更危险，再说拐回去还怕芳菲和曼丽拦挡，不让他再出来。想到这里也就作罢。

山根行走在山间的羊肠小道上，不由得叹息："唉……这崎岖不平的山间小路，真难走哇，路旁的荒草连路都遮住了！"

山里的夜晚，凉森森的，到处是一片寂静，只有蛐蛐的鸣唱此起彼伏，间或从远处的山村里传来猎狗的犬吠声。

山根满脑子里都是这群可怜的山里娃。他们从小就与父母聚少离多。有的小孩甚至几年也见不到父母，及至相见，竟然与爸爸妈妈不相识，形同陌路，让人好不痛心！

他也不是要责怪这些孩子的父母心肠狠，或者不负责任，不把教育孩子当成一回事。其实他们也是情势所迫，不得已而为之。那些散落在山间的一小片一小片贫瘠土地，收获的粮食能否填饱全家人的肚子，尚且是个问题。所以，他们只有远离家乡，到外地去打工挣钱，当然顾不上教育孩子的事情。

可怜这些孩子，一出生就如同山里的野花野草一样，经受着风吹雨打，顺其自然地生长着，很少有人关注过他们。山根希望山村振兴，山里人可以在自己的土地上自由幸福地生活，跟过去的苦难告别。

"唉……"山根忍不住又叹息一声。就像二柱子，今晚若是发高烧，他的爷奶那么大年纪了，那么难走的山路，他们是没有办法送他到医院治疗的。想到这儿，他不由得加快了步伐。

走过二丫家，又过了三愣子家，往前面再走一里多的路程，就是二柱子的住家——槐树沟了。

山根怎么也没想到，农历八月的天气，怎么也像六月天一般说变就变。这会儿突然变得阴云密布，凉风飕飕。夜幕笼罩下的山村上空，很快飘起了山岚雾霾，灰蒙蒙一片，像是很快就要下雨似的。

起风了，风越刮越大。山根逆风而行，感到有点儿力不从心。

屋外狂风怒吼，电闪雷鸣。

屋内，昏暗的灯光下二柱子已经沉沉睡去，爷奶坐在他的床边。爷爷拉着他的手，奶奶不停地抹眼泪。

山根的头发被风吹得乱七八糟，也顾不得理顺一下。他推门走进屋里，径直来到二柱子床边，朝守候在床头的柱子爷——安庆太老人和柱子奶点点头，算是打个招呼。

山根慌忙从口袋里掏出温度计给柱子量体温。温度计显示，柱子的体温已经远远超出正常值。他赶忙掏出一包药，给柱子服下。柱子服药后，又沉沉睡去。山根拿出手机看着时间，对柱子爷奶说：“等候三十分钟，如果还不退烧，就得抓紧去医院。”

庆太点点头，紧紧握住山根的手。

半个钟头后，山根又测试了一下柱子的体温，非但没有下降反而继续上升。他的体表烧得滚烫滚烫的，上下嘴唇不停地打哆嗦，浑身抽搐，不断地呓语。山根明白：发烧就好像是锅里没加水，而锅下面的薪柴又在熊熊燃烧，锅怎么可能不被烧坏呢？山根赶紧扶起二柱子，十分艰难地给他喂了半碗温开水。

山根看到二柱子那副难受痛苦的样子，当下做出决定：马上送柱子去镇卫生院治疗，再耽误下去，恐怕要出大事。在这个传宗接代思想还很严重的小山村，二柱子就是这个家的传家宝，可不能有个什么闪失。

庆太忧心忡忡地说：“天气不好，我担心……下雨，山路不好走。”

“不碍事，光刮风打雷没下雨。”山根说罢背起二柱子就向屋外走去，“就算下雨，今晚也必须送这娃子去医院，这是人命关天的事情！”山根现出一脸的凝重。

庆太要求跟山根一块儿去医院。山根看他年岁大，再三劝阻，但老人还是坚持要同山根一起去。说是多跟个人，路上也好有个照应。山根想想也是，只得同意。老人说是这样说的，孙子这样的情况，他不亲眼瞅着，能放心吗？山根理解老人的心情。他又转头对柱子奶奶说："大娘，柱子没事儿，去医院输两瓶点滴，烧退下来就好了。"

柱子奶奶又抹了一把眼泪。

山根背着二柱子走出了院落，柱子奶奶拄着拐杖追上来，把一件夹袄盖在孙子身上。她说怕孩子路上冷。

山根背着二柱子，逆风前行，走起路来显得力不从心。不管怎么说，这孩子毕竟十岁了，要个子有个子，体重足有八十斤。刚行走没多远的路程，山根就有点儿气喘吁吁，体力不支了。

山根记起读大学时，带着芳菲一起去中岳嵩山游玩。每当她爬不上去时，都是他背着她往山上爬。没想到仅仅过了十几年的光景，他的体力就大不如从前了。

"上年纪了，不中用了！"山根在心里自嘲着。他想起前些日子监考时，自己竟然站在考场上睡着了。当时他只感到可笑，却没敢告诉芳菲。怕的是她大惊小怪，让他停课去医院检查身体。

此刻，芳菲和曼丽耐心地等候在山根的住室里。昏暗的灯光下，曼丽一只手捧着下巴，胳膊肘支在桌子上，芳菲坐在她的对面。两人坐在椅子上，显得疲惫不堪，瘫痪无力，甚至有点儿支撑不起身子，仿佛要陷进椅子里一般。

吉安坐在床上，瞪大眼睛，天真地说："爸爸不讲信用，到现在还不回来，不是一个好爸爸！"

曼丽对芳菲说："看到了吧，咱们一来，山根就找借口逃跑。这不是有问题是什么？深更半夜去哪个学生家里也早该回来了。怕是遁入温柔乡了吧？"

芳菲瞅了瞅曼丽，没说话，脸上也没有异常表情。

"活该你守活寡！"曼丽拿胳膊肘狠狠捅了芳菲一下，"好歹你也表个态。"

"他肯定是有事耽误了，花花肠子的事，山根不会有！"芳菲坚信不疑。

"那好，到时候你可别找我哭鼻子抹眼泪！"曼丽对芳菲的说法很不满意。

"但是——"芳菲神色戚然地说，"我败给了山根心中崇高的教育情怀，这是真的！"

乌云密布，雷声炸起；风越刮越大，越刮越猛，就像涨水的江海波涛一样，一波跟着一波，一浪赶着一浪。

山路弯弯，曲折盘旋。一边是黑乎乎的悬崖绝壁，怪石嶙峋突兀，一边是深不见底的沟壑。

山根背着二柱子，庆太跟在身后，一只手搭在孙子的背上。两人深一脚，浅一脚，艰难吃力地跋涉在槐树沟通往镇卫生院的山路上。冷风寒气逼得山根只差往后退，紧接着飘洒的雨点儿打在了他的脸上，瓦凉瓦凉的。山根浑身一阵哆嗦，上下牙齿突然打起冷战来。

又走了一段路，山根开始大口大口地喘粗气。雨水汗水混在一起，浸湿了他的衣衫。他背着已经昏迷的二柱子，拖着沉重的脚步，努力坚持着，一步一步向前迈。

"山根，让我背一会儿，你歇歇吧，看把你累的！"这已经是庆太第二次请求山根了。

"没事儿，大伯，我能行！"山根重复着刚才跟老人说的话。

不是山根非要咬紧牙关硬撑着，他是在为老人一家担心。这么大的风雨，这么黑的夜，这么难走的山路，若是让这弯腰驼背的老人背上二柱子，一旦摔倒，爷孙俩有个三长两短，这家人可怎么办呢？不是吗？如果大伯倒下，他儿子和儿媳的打工之路就结束了，只能回来同大山为伴，与贫穷为伍。二柱子的求学之路恐怕就此结束了。二柱子那个一直嫌弃婆家住在深山沟的娘，还会回来吗？山根不敢再往下想。

山根安慰老人说："大伯，马上快到了。前面不远处亮着灯光的地方，就是镇卫生院。"

庆太心说望山跑死马，我知道你是在安慰我，这里到镇医院至少还有三四里的路程。他不由得哽咽了："山根，你真是一个好人哪！自从你回到禹山沟，日子带给你的都是劳累和灾难！禹山沟欠你的太多了！"

"打住，打住！"山根不愿让老人再往下说，"大伯，你这话可是说错了，没有乡亲们当年对我的无私援助，我哪能上得了大学？没有禹山沟就没有今天的舒山根！"

"千万别那么说，你当时还不是没了爹娘嘛！"大伯一迭声地说，"可是——你为咱禹山沟付出的也太多，太多了！"

"都是理所应当，应该的！"山根不愿听他再说下去，"我就是禹山大地的儿子，禹山沟的困难，我有责任去承担！"

庆太发自肺腑地劝说山根："但是，你也得照顾好自己的小家庭，别让婆娘寒了心！人家也是爹娘生的，不能让人家跟着咱净是吃苦受累受罪！"

山根无语了，空气一下子沉寂了，只能听到两人双脚踩在泥沙上发出"扑哧扑哧"的声音。

翌日清晨，天麻麻亮，风停了，雨住了。

曼丽和芳菲满脸不悦地走出山根的住室，一人拉着吉安的一只小手，往轿车跟前走。

吉安身子往后挣着不肯向前走："妈妈，我们去哪里？"

芳菲没好气地说："回家！"

吉安想极力挣脱两人的手，哭喊着说："妈妈，我不走，我要等爸爸回来，爸爸说带我去看渠首闸。"

芳菲顺手在女儿的臀上打了一巴掌，吉安"哇"的一声大哭起来。曼丽心疼地把吉安抱在怀里："闺女不哭，不哭！妈妈坏！"

曼丽转过头，狠狠瞪了芳菲一眼，嘲讽她在孩子身上使厉害发脾气算什么能耐，有本事去把自己男人拉回来！

芳菲无言以对，一扭头钻进轿车里，伤心地啜泣着。

而此时此刻，二柱子正躺在禹山镇卫生院的一张病床上输点滴。天亮时，他睁开了眼睛，看到两眼布满血丝的山根，不禁惊问道："舒老师，我怎么会在这里？"

山根显得疲惫不堪，尤其感到头晕眼花，心跳加速。可是当看到二柱子转危为安，安然无恙醒来时，他高兴地问柱子，现在感觉怎么样？

二柱子说他很好，觉得非常轻松。山根听了流露出开心的微笑，攥紧拳头，张开两臂在空中连连挥舞了几下，欢喜地说："轻松就好，轻松就好！"

庆太看到孙子没事人一般，惊喜地对山根说："山根，二柱子的病已经治好。你赶紧回去休息一下，一宿都没合眼了！"

"我给你爷孙俩买完早餐就走！"

"快去快回！"庆太无奈地摇摇头，"看来，你是不安顿好俺们爷孙俩，不放心啊！"

山根乐呵呵地说："懂我者，大伯也！"

335

清晨，山根行走在禹山镇略显清冷的大街上，忽然想起芳菲、曼丽和吉安还等候在学校。他暗自埋怨自己昨晚只顾慌张，却忘了给她们打个电话告知一声，最起码不让她们为自己担心。想到此，他赶紧从口袋里掏出手机，这才发现手机早没电了。

山根用手搓了搓额头，努力使自己清醒一些。芳菲，对不起，请原谅，谁让我是禹山沟的儿子呢？这样想着的时候，他的鼻子就有点儿酸涩。

51

黄昏时分，山根从学校回来，出现在自家房屋门前。他从半掩着的门缝里看到芳菲正在屋里拖地，急忙推门往里面进。芳菲看到后立马走过来，用手挡着不让他进屋。山根一脚门里一脚门外，十分尴尬地站在那里。

"你还知道有家呀！"芳菲没好气地说，"你在学校好啦，回来干什么？"

山根满脸愧疚，觉得对不起芳菲和曼丽。他祈求芳菲听他解释，说明二柱子昨晚病情的严重性。如果不去医院治疗，高烧即使不把他烧死，至少也会把他烧晕烧昏甚至烧成残废，留下终身后遗症。谁也不愿看到这样的结局。

芳菲看也不看他一眼，就是堵住门不让他进屋。言称她没必要听他解释，也没有义务听他说明，他爱跟谁说跟谁说去！

"爸爸回来了，爸爸回来了！"吉安听到山根的声音，乐颠颠地从房间里跑出来，胖乎乎的小手拉住爸爸的大手往屋里走。她仰起笑脸望着爸爸，甜甜地问："爸爸，您什么时候带我去看渠首闸呀？"

山根连忙把吉安抱在怀里。芳菲狠狠瞪了他一眼，没再往下唠叨什么。

"明天，明天咱们和两位妈妈一块儿去看渠首闸！"看似山根是说给吉安听的，其实是故意说给芳菲听的。

"真的吗？爸爸，不许骗人，骗人是小狗！"吉安显得天真可爱，话一说完突然噘起了小嘴巴，头一扭，眼睛瞪着他说，"可是干妈等不到你，已经回家了。"

山根心里悸动了一下，觉得对不住曼丽。但为了不让女儿看出他的不安，他故意很热乎地在她光滑的额头上亲吻一下。

山根说着话放下女儿，就去抢芳菲手中的拖把。他要芳菲歇歇，他来干活，还说明天他把课程调一下,两人带着女儿一起去渠首闸游玩!

芳菲用力地从他手中夺回拖把,继续拖地。孩子在场,她不想多说什么。

山根只好讪讪地走到吉安身旁,强装笑颜地对她说:"宝贝过来,爸爸给你讲故事。"

父女两个坐在沙发上,山根声情并茂地给她讲起白雪公主和七个小矮人的故事。孩子睁大眼睛,津津有味地听着。虽然吉安不知道已经听了多少遍,但她就是听不够。听着听着,她的眼睛闭上了,沉沉睡去。

山根把女儿放在床上盖好被子,坐在她的身旁,凝视着她那可爱的小脸蛋,甜甜地笑了。忽然,芳菲走过来,一把把他从床上拽起来,推推搡搡把他推到卧室门外,从里面反锁了门。

稍许,卧室门开了,他的被子和枕头却从里面飞出来。门"砰"的一声又关上了。

山根站在门外怔怔地发呆,露出一抹苦笑。他弯腰捡起被子枕头,睡到客厅的沙发上。没多大一会儿,山根就领着一群活泼可爱的孩子来到了渠首闸。孩子们一个个兴高采烈,欢呼雀跃。忽然听到"扑通"一声,二丫掉进水里了。

"二丫!"山根惊叫一声坐起身来,吓得满头大汗。屋里漆黑一片。

虚惊一场,原来只是一场梦。山根暗自庆幸。

梁安最近又陷入巨大的烦恼之中。这熊熊的烦恼之火,焚着心,烧着肝,简直要把他焚烧掉。

同陶蕊离婚的事情被梁安拖了一年有余,可是她的那个小鲜肉却等不及了,威胁她说:"如果你再不离婚,我们的事情就此打住!"这让陶蕊彻底慌了,她对梁安说,只要他同意马上离婚,她宁可少要一些钱;如果他不同意离婚,她就来个破罐子破摔,到他的公司里闹,让他在公司抬不起头,做不成事。梁安原本是为了两个孩子,才同她拖着。现在听她如此说话,心说离就离吧,这种品行败坏的妈不要也罢!

离婚后,陶蕊同小鲜肉搬到这个城市的另一隅公开同居了。梁安和陶蕊从此井水不犯河水,各过各的日子,倒也相安无事。

可就在两人离婚三年后的一个傍晚,梁安下班回到家里,突然接到学校老师打来的电话,说他女儿梁丽上午去少年宫参加游乐活动时离队走失了。学校问他:

梁丽是不是回家了？校方已经组织人员把沿途寻找一遍，却不见梁丽的踪影，他们希望家长能够积极配合。

电话还说，这两天老师们感觉梁丽的情绪有些不稳定，是不是她在家受到了什么刺激？现在学校主要担心她发生安全事故。梁安赶忙告诉对方，女儿根本没有回来，她在家时一切正常。

女儿走失了，她能去哪里？梁安几乎被这个猝然而至的坏消息击蒙了。女儿十一岁，读小学五年级，寄宿在校，一直乖巧听话，好学上进，怎么会突然走失了呢？被拐骗？不可能啊！到处都有监控呢？

为了女儿的健康成长，离婚后这三年里有许多人为梁安牵线做媒，劝他再找一个伴侣，都被他拒绝了。他担心自己再成家了，一双宝贝儿女受到委屈和伤害。可是怕什么偏偏来什么。此刻，闪现在他脑海中的第一个想法就是，这也许是前妻陶蕊搞的恶作剧，故意捣乱所致！

他慌忙掏出手机拨给陶蕊，手机提示音说：你所拨打的电话已停机。

看来陶蕊是想跟他彻底了断，两人不再有任何瓜葛，所以才把手机号码换掉了。怎么可能呢？还有孩子这个纽带呢，怎么可能彻底斩断？再说，他梁安是去纠缠她的那种人吗？她把事情做到这种地步，梁安是不可能再接受她的！至于吗？还换手机号！有必要、用得着吗？

就在梁安环顾四周，茫然无措时，他的手机却突然响了。这是一个陌生号码打来的。他急忙按下接听键，不意却听到前妻陶蕊恼羞成怒、兴师问罪般的怒吼："梁安，你捣什么乱？想捣乱，这个世界还真没我陶蕊捣不了的乱！"

梁安听着陶蕊的狂妄叫嚣，深感莫名其妙："我不明白你在说什么，你是在侮辱我！我梁安是什么样的人，你难道不清楚吗？"

"你为什么让女儿来我居住的小区门前，败坏我的名声？"

梁安很愤怒，真想回击说她这么不要脸的女人，还要什么名声？但听到女儿有了下落，压在他心头的一块石头落地了，他把快要说出来的话又咽下去，而是急急地问："女儿在哪儿？"

陶蕊讥讽梁安吃得怪胖，装得怪象。如果他不在后面唆使梁丽，小小年纪的她，怎么会用如此狠毒的招数，来败坏她的名声？

梁安听得如坠云里雾里，他只想知道女儿这会儿在哪里？陶蕊要他起誓保证，绝对不再发生类似事情，她就告诉他女儿所在的位置。

救女心切的梁安，虽然不明白这是怎么回事，但还是答应了陶蕊：他一定要把女儿带好，不给她找麻烦。

陶蕊说得毫不客气，如果再发生类似事情，就休怪她不留情了！梁安唯唯诺诺，表示完全答应，她这才把女儿所在的地方告诉他。

其实，陶蕊确实错怪了前夫。两人离婚的始末根由，梁安从没有跟两个孩子讲过。他觉得父母之间的爱恨情仇，恩怨是非，不应该也不能灌输给孩子。在他们幼小的心灵里种下仇恨的种子，这不利于孩子的健康成长。另外，等他们长大了，会有心理阴影，甚至造成对婚姻充满恐惧，不愿意结婚，这将如何是好？再说连他都不知道陶蕊去了哪里？怎么能让女儿去败坏她的名声！

不过，他不告诉孩子不等于孩子就不会知道。多少天以来，梁丽不知道妈妈为什么要同爸爸离婚，也不知道离婚后的她究竟去了哪里。但随着时间的一天天过去，她听到人们私下里风言风语说，爸妈的离婚皆因妈妈生活作风混乱、放荡、不检点所致。从此在她的心中萌发了对妈妈实施报复的想法。但想归想，因为她根本不知道妈妈的下落，如何报复呢？

也是无巧不成书。一个偶然的机会，梁丽听一个叫许玫的同学说，她星期天去姥姥家，经常会看到梁丽的妈妈同一个叔叔勾肩搭背，也住在东方颐景小区。

梁丽不明白许玫为什么会认识她妈妈，转念一想，突然明白了，梁丽姥姥家和许玫姥姥家曾经是对门邻居，当然认识了。

梁丽得到这个消息，当下决定对她妈妈实施报复。第二天，她在跟同学们一起去少年宫参加游乐活动的路上，趁其他人不注意之际偷偷溜掉了。他乘车来到许玫同学所说的东方颐景小区，又把自己打扮成一个乞丐，脸上抹着灰，脖子上挂着一个牌子，上面贴着她妈陶蕊的一张四寸照片，并写着：

妈妈陶蕊抛夫别子，与人私奔；我要寻找她，得到母爱。

梁丽就这样站在小区门口一侧，她的跟前站了许多人，这些人不住地向她询问情况，她都一一回答。功夫不负有心人，下午后半晌时，她终于看到妈妈挽着一个帅哥，从外面往小区里走。她告诉围观的人，那个长发女人就是她妈妈，然后大声呼喊："妈妈，妈妈！"

陶蕊虽然好长时间没见女儿了，但还是感觉这声音非常耳熟。她转过身看了一眼，原来真是自己的女儿。三年不见，女儿的个子长了一大截儿。女儿为什么要打扮成一个蓬头垢面的乞丐，脖子上还挂着一块招牌？陶蕊走上前看清楚了，那上面写的是埋汰她、败坏她名声的文字。

她看了一眼拔腿就跑，也不管女儿在身后如何追赶呼喊，只是一个劲儿地奔跑。她跑进小区里面，寻了一个僻静地方，赶忙掏出手机给梁安打电话。她的手机没有保存梁安的手机号码，她也没有刻意去记。但是情急之下，她拨出的号码竟丝毫不差。陶蕊诧异了：难道过去是无法遗忘的吗？

当然，她这次打电话既是在告知梁安，也是在威胁他。

52

夜幕即将降临，深秋的冷风瑟瑟吹着，让人感到阵阵凉意，梁安急三火四地赶到东方颐景小区大门口。他看到一群人围着乞丐一般的女儿：有看热闹的，有劝说她回家的，也有谴责她妈陶蕊的。他用两手拨开人群扑向女儿，一下子把她搂在怀里，一只手轻轻地抚摸着她的头发，哽咽着说："女儿，走，跟爸回家！"

梁丽却显得十分任性和倔强，她的理由是既然她妈不仁，那就休怪她不义。今晚她要蹲在这里过夜，让人们都知道她妈是一个抛夫别子，把女儿摧残成一个疯子的坏女人，从道德上绑架她，从感情上折磨她，从舆论上败坏她……

梁安怎么也没想到，小小年纪的梁丽怎么会有这么多心眼儿？她是从哪里学来的？是社会进化、网络、视频的影响？还是如今小孩儿发育提前、成熟早的缘故？

他满含热泪劝说女儿，她这么做其实是在为难爸爸，同爸爸过不去！同她自己过不去！到头来受害的还是他们父女。梁丽疑惑不解地望着爸爸，仿佛在问这是为什么？梁安小声对女儿说："大冷天的，你待在这里过夜，我这个做爸爸的须得通宵达旦蹲在这里，受冷受冻守护着你。对于你妈陶蕊来说，一点儿罪都没受，一点儿损失也没有。她既然能够残酷无情地撇下我们爷仨儿离开家庭，当然也就不会在乎你、心疼你蹲在这里受苦受罪。你妈曾给我下通牒说，如果你再这样胡闹下去，她就会让我下不来台，闹得我声名狼藉，家神不安，让我从此抬不起头，挣不成钱，过不成日子。看看到底谁更厉害。"

梁丽听明白了，原来自己是在给爸爸帮倒忙。既然帮的是倒忙，那就干脆打道回府，不让这个坏女人的毒招儿得以实施。在她心里，她妈这个蛇蝎心肠的女人早已不是妈妈了，而成了她的敌人。她立刻扯下挂在脖子上的牌子，扔在了地上，踏上一只脚，又狠狠踩了踩，然后跟着爸爸上车回家去了。

父女两个回到家里，做父亲的打开暖气，从衣柜里拿出一身干净衣服，又放了一池子热水，让她到洗漱间好好沐浴清洗一番，然后换上干净衣服。

洗过澡的梁丽，顿感浑身轻松，神清气爽，舒服异常。她的情绪明显好转了，看上去就像一朵出水芙蓉，但就是沉着脸子不说话，也没有一点儿高兴的样子。

次日早饭后，梁安开车要送女儿上学，可是她说什么也不肯去，父亲问她这是为什么。

她起始说她学不进去，看见书本就头疼。父亲知道女儿在说谎，因为她的学习成绩一直在班里名列前茅。女儿被逼问急了，这才说实话，她为妈妈的不检点感到丢人，感觉自己在老师同学面前抬不起头。

梁安听了女儿的话，眼在流泪，心在流血。他当初之所以宁愿吃亏，也要痛痛快快答应同陶蕊离婚，就是想快刀斩乱麻，尽快把婚离了，不让别人知道他们离婚的真相，给孩子们留点儿脸面和尊严。孰料，陶蕊那肮脏混乱、令人不齿的婚外情，别人早已知道得一清二楚，连女儿也知道了。

梁安这会儿才明白，陶蕊这个荒唐淫荡、厚颜无耻的女人，对他和一双儿女的伤害实在太大了。可是女儿的学却不能不上，小小年龄的她不上学还能干什么？他要她像她哥哥梁亮那样安心读书。可是女儿却说她做不到。

他对她哭过求过，甚至跪下求她，可是她却不为所动。她威胁父亲说，如果硬要逼着她去上学，她就离家出走，让他再也找不到她。

梁安情急之下，去了一家心理咨询公司寻求解决办法，他向一位心理咨询师陈述了女儿的现状及原因。对方听后，停了许久只淡淡地说了一句话：时间是最好的心理治疗师，过一段时间自然就会不治自愈。然后闭上嘴巴什么也不说了。梁安心说这是什么心理医生，这不等于什么也没说吗？算是白白掏了五百块的咨询费。

梁安暗自思忖：女儿既然不想上学，采取强迫高压的态势肯定不行，不如顺其自然，循序渐进。这时候受疫情影响，学生放假宅在家里上网课，梁安反倒去了一块心病。

时光在走，日历在翻，2022年冬天，该死的疫情卷土重来，老师和学生再次重复着"停课不停教，停课不停学"的线上教学模式。作为一校之长的山根，除了吃住在校坐镇督促全校师生的教学情况和每天定时测体温，还要到禹山沟村核酸检测指挥中心忙碌。

……

2023年初春，艳阳高照，春光明媚。三年抗疫终于结束，抗疫最困难的时期已经过去，人们都有一种说不出的欣喜。新学期开学了，山根更加拼命，日夜操劳，他把全部身心都扑在教育教学事业上，决心要把疫情造成的损失尽快弥补回来。

2月10日早饭后，禹山沟学校六年级教室里鸦雀无声，全班七十多名学生，整整齐齐地端坐着，专注地看着黑板，认真听讲。

山根转过身子，拿着粉笔在黑板上刚写下"狼牙山五壮士"几个字，脸色煞白，挂满了豆大的汗珠，手也有些颤抖。他慢慢转过身来，勉强用手支撑住课桌，不断喘着粗气。

学生们看到后惊呼道："舒老师生病了，舒老师生病了！"

有几个学生冲到讲台上，赶紧把他搀扶住。一些学生惊叫着跑到教室外，向其他老师求救。整个教室乱成一团。

第一个被喊过来的老师是苏弘阳。她当时正在讲课，看到那个大惊失色的学生语无伦次，她着急地问："怎么了？到底是怎么了？"

女孩儿因为狂奔和紧张，上气不接下气，极不连贯地说："快……快……舒老师……"

弘阳明白是山根出事了。她向六年级教室飞跑而去，连手里的半截儿粉笔也忘了扔。她到了教室门口，看到一群学生把讲台围了个水泄不通。弘阳一边急急地吼叫着让学生疏散离开，一边挤开一条狭缝走过去。她发现山根正躺在讲台上，脸色苍白，眼睛紧闭，额头流汗。她不禁大吃一惊。

"舒老师，舒老师……"

弘阳在急急呼喊的同时，不停地用力晃动着山根的肩膀。看到山根有气无力地睁开双眼，弘阳那颗悬得老高的心，渐渐平缓下来。她把山根扶在椅子上，又吩咐那些手足无措的学生回到座位上。一切安排妥当，她对山根安慰说："我去调点儿糖盐水，你喝一点，会好些。"

"我没事儿！"山根现出一副有气无力的样子，腿脚挣扎着想站起来，却做不到。

"不能动！"弘阳生气了，"整天就你会说没事儿！没事儿，会有现在怕人的场面？看看你都病成啥样了？还嘴帮子硬！柳老师知道了，肯定是又心疼又生气！"

"弘阳，"山根喘了口气说，"你可千万不能告诉芳菲！"

弘阳没再理他。她急匆匆地回到办公室，调好糖盐水回到教室。

虞潜听说山根病倒了，也赶忙跑来。他坐在讲台上，把山根揽在怀里，弘阳一勺一勺地给山根喂糖盐水。

弘阳满脸愁苦，学校是发展壮大了：从前幼儿园到六年级，也就百十名学生。现在呢！超过一千了！每当下课的时候，那熙熙攘攘的人群都快把校园撑破了。还好，新的校区已经建好了，新校区建设了教学楼、住宿楼、餐厅楼、图书楼、实验楼、综合楼，一座又一座，山根和老师们再也不会为蜂拥而来的学生发愁了。

这一切的一切都凝聚着山根的心血，浸透了他奋斗的汗水。弘阳不想说，他把自己已经熬得油尽灯枯了。这种说法虽不吉利，但却是不争的事实。他即使身体羸弱到气若游丝，也依然要为学校的工作操心操劳。大家对他是又爱又恨，他总是说："学校一堆事情，我哪能离开呢？"

不是还有我们吗，还有我们呢！弘阳的心在呐喊，泪水蓄满了眼眶。

53

一辆蓝色出租车行驶到禹山沟学校大门外徐徐停下。还没等车停稳，芳菲就跳下了车，心急火燎地奔向校园，飞快冲进山根的住室。

早饭后，芳菲刚把吉安送到幼儿园，手机忽然响了。她看到是虞潜打来的，以为他是给山根当说客的，当下就挂了。

芳菲对山根长期奋斗在学校不着家，一直耿耿于怀。开过年，两人见面后立即展开了一场激烈的唇枪舌剑，尽管山根再三让步，但她就是难以平复心中的怒火。伤心之下，她使性子把山根的手机号码拉进了黑名单。

不料，手机又响起来，芳菲看看还是虞潜打来的，又把它挂了。如是几次，虞潜心里犯嘀咕了：怎么回事？难道我过去对山根的种种不好，芳菲还记恨在心？

虞潜的脸色变得有些难看，也有点儿想发火，但情况紧急，不容他多想。他对弘阳撒谎说："最近我的手机老断线，你和芳菲联系吧！"

手机铃声再次响起，芳菲看到这次是弘阳打来的。她按下接听键，听了弘阳的述说，吓得魂飞魄散。她一边接电话，一边招手要路过的一辆出租车停下。

芳菲对山根这种不顾身体承受能力，高强度超负荷、没明没夜的劳累，一直很担心，也曾多次提醒他注意身体劳逸结合。山根听了总是嘿嘿一笑，掀开衣裳故意露出肚皮，说他这八块腹肌，结实呢！加上他从未喊过苦、叫过累、说过不适，芳菲也真的忽略了关心他的身体。

芳菲心疼不已。这个傻家伙，为了工作苦苦硬撑着，竟连命也不顾！留得青山在，不怕没柴烧！这句话她说过多少遍！同事们也劝了他多少次，可他就是不听！

此刻，她难过而悔恨。她不该跟他闹情绪，这不是在加重他的心理负担吗？如果他有个三长两短……她不敢往下想，泪水漫过了她的脸庞。

芳菲流着泪催促司机："师傅，开快一点，我有急事！"

司机耐心地说，别急，前面是十字路口，过了路口就可以开快点儿了。

一路上，芳菲满脑子都是山根，是她和他在一起生活的点点滴滴，恩恩爱爱。可是它们却消失得很快，如同这车窗外的风景一晃而过，怎么也抓不住，怎么也留不下来。芳菲坐在后排座上，唯有一个劲儿流泪哭泣。

司机也不知道发生了什么事情，更不知道该怎么安慰她，只能默默地尽量把车开得快一点儿。

山根躺在床上，弘阳和虞潜以及其他老师站在跟前，一个医生正在给他听心脏测血压。芳菲慌慌张张走进屋里，看到这场面不由得心情紧张，神色恓惶地问："大夫，他这会儿怎么样了？"

医生转过脸回答她："暂无大碍，但必须住院，观察治疗。"

"小毛病，不必大惊小怪。"山根表现出一副若无其事的从容淡定，"也可能是早晨起得早，累着的原因。"

芳菲很生气，严厉地回戗他，什么小毛病？下午必须回城去医院治疗！成天说身体结实，可事实又怎样呢？

弘阳接道："柳老师说得对，应该进城去医院治疗才是。"

虞潜补充道："至少得去医院做个全面检查，做到心中有数。舒校长今天发病的样子，十分吓人。"

芳菲把目光投向医生，意思是要他做个权威解释。

医生倒也心领神会，表情严肃，郑重其事地对大伙说，舒校长主要是心肌缺血，根据他的判断，应该是营养不良或者过度劳累引起的。这种疾病应该抓紧治疗，多休息，少劳动，适当增加营养，不然随时都有可能发病。还是应该早预防，早治疗为好。

山根淡淡一笑，他想说哪有那么严重，大男人哪能像小女子一般娇气！但是他知道不能这样说，这么说的结果，只能是众人的苦苦相劝和芳菲的喋喋不休。罢！罢！罢！于是他说出了言不由衷的话语："好，谨遵医嘱，早做治疗，防患于未然。"

于是乎，皆大欢喜，众人相继散去。芳菲欢喜地端着一碗饭要喂给山根吃。山根无奈地瞅了瞅芳菲，"扑哧"一笑，还真拿他当病人了！然后接过饭碗又放在桌子上，迅速下床穿上鞋子。

"不饿吗？这都下午一点多了，还没吃午饭！"芳菲忍不住满腔怒火。

"谁说不饿？我早就饥肠辘辘了！"山根一边弯腰绑鞋带一边说，"我得赶紧吃饭，不能耽误下午上课！"

"上什么课？不要命了！"芳菲急得直跺脚，但是有什么办法呢？山根匆匆扒完一碗饭，就往外走。临出门时又嘱咐芳菲快快回家，吉安还在家里，他一个大男人能照顾好自己，让她把心放在女儿身上。

芳菲不想说话，她懒懒地在椅子上坐下来。女儿吉安寄宿在幼儿园，她完全可以放心。可是这个把生命置之度外的大男人却让她操碎了心。关键是他把自己的话当成了耳旁风，这可如何是好？芳菲满腹惆怅。

54

下课后，山根从课堂上下来，芳菲再次和颜悦色地劝说山根，去医院做个全面检查，查明病因了解病情，听从医生安排，该住院住院，不需要住院更好，至少可以丢掉心理负担。

可是，山根却坚决不肯去医院，他以小毛病为借口，讥笑芳菲没事找事，小题大做！人吃五谷杂粮，哪能没个头疼脑热？再说学校一摊子事儿，还有新校区搬迁在即，他根本走不开！

"头疼脑热，就能晕倒在讲台上？你就是不把自己的身体当回事儿！拿自己的生命开玩笑！离了你，这新校区还搬迁不成了？"

"没什么大不了的，今天的病不过是一个偶然现象而已。"山根说得轻描淡写，还故意攥紧双拳，展示出一个健康有力的样子给芳菲看。

"亏你还是一个大学生，难道不明白必然性寓于偶然性，并通过偶然性体现出来？你的身体虽是偶然出现问题，这说明你的免疫力低下，或者是身体的某个器官已经出现了变异或者退化。既然身体已经报警，咱们还是要抓紧修复治疗。"芳菲试图从辩证的角度说服山根。

山根却不以为然："大道理我懂。我岂能不清楚个人的身体状况？坚持到放暑假，有的是时间，打整工夫住在医院里治疗！"

"不行！"芳菲回答得十分果断，"现在春季才开学，拖到暑假小病都拖成了大病。"

"有什么不行？我的身体我还做不了主？我年纪轻轻的，就小病大养，羞死人了！"

芳菲听山根说得如此理直气壮，立刻予以驳斥。她说身体虽然是他的，但他却做不了主。因为他的身体既属于他的也不属于他的。

山根十分费解地笑笑，说他的身体，不属于他的能属于谁的？

"大而言之，属于这个社会和你的服务单位；小而言之，属于你的妻儿老小。"

山根不以为然地说："别总是上纲上线，说得那么严肃！"

芳菲搞不清楚山根是真不明白，还是故意拖延，索性给他说透彻："不是我上纲上线，因为你对社会、单位、家庭都有责任。如果身体垮了，你就履行不了责任！"

"老婆大人说得鞭辟入里，拙夫一定照办。"山根故意说得幽默诙谐，"你把话说到这般地步，放暑假了，我一定去医院治疗。"

"俗话说：小病不治成大病，大病不治要人命。无论如何也不能等到暑假再去治病！扁鹊为蔡桓公治病的故事，说明了什么？等到后悔就来不及了！"

"我懂，你说的我都懂！"山根双手合掌，向芳菲作揖求情，"可是，学校工作太忙了，一点儿也不能耽误！"

芳菲懒得理他，也就没再吱声。山根以为她接受了他的意见。接着又说："原计划这几天学校整体搬入新校区，年内新校区已经完全竣工，校园'三化'（绿化、美化、净化）建设也已完成，因为疫情耽误，推迟到现在。如果我去住院治疗，搬迁的事情还得往后再推迟，师生们都在期盼着呢！更着急的是家长们，学生娃们睡在桌子上也不是个事儿啊！"

山根的焦急是实实在在的。自从这些年推广《简易智慧教育》，广大学生方向明确，目标清楚，大大激发了他们的学习热情，形成了一种"我要学""自觉学""品学兼优"的良好局面，不断有教育系统的领导和兄弟学校组团前来参观学习。近年来，禹山沟学校无论是校风教风学风，还是学生的品德修养、良好习惯、自觉学习、善于思考的质疑探索精神，都是独树一帜，堪称典范。一个个参观者赞不绝口。这么说吧，如今的禹山沟学校，成了遐迩闻名的明星示范学校。

周边一些家长慕名而至，不顾路途遥远也要把孩子送来上学，造成就读学生暴增，人满为患。每个班级的人数都在七八十人，五年级一个班甚至多达九十六人。如此一来，就不仅仅是存在校舍陈旧的问题了，关键是根本不够用。三间又窄又小的房子坐了九十多个学生，拥挤不堪。学生根本无法走动，山根恨不能把桌子都扔出去，只留下听课的学生。情急之下，他不停地向上级反映这一问题，递交建设新校区的请示报告。

几年里，山根不间断反映校舍老化、房舍紧张的问题，这件事情终于受到了上级领导的高度重视。市委市政府经过考核考察决定，把禹山沟作为振兴山乡教育的一个典范，重点扶持，就在与原校址毗邻不远的地方划拨一块山间荒地，建设新校区，确保校容校貌也是一流的。另外，加紧建设的进度也被当作重中之重。

建设新校区当然是解决禹山沟学校困境的绝佳良方，但却不是一蹴而就的事情。可以说这两年学校困难重重，问题千头万绪。山根夙兴夜寐，一天到晚不是在旧校区抓教学，就是在新校区督促工程建设情况，忙得焦头烂额。他一直是在逆境中，带领大家负重前行。

桌凳不够还不是大问题，山根给中心校汇报后，史校长按照他的要求给予配置，很快送来几车。重要的是这些学生都是翻山越岭过来的，需要住校。学校根本没有多余的房舍，但又不可能让这些学生睡在空地上吧！

山根焦急啊！那些日子他整夜整夜睡不着觉，头发大把大把往下掉。山根多么希望自己是齐天大圣孙悟空，让新校区一时三刻就能建设好！

学生不可一晚不宿啊！山根决定让女生住宿舍，男生睡在教室的桌子上。每到晚上，各班级的男生把桌子并在一起，变成一个大通铺，全班男生就挤在这张"大床"上。

师资问题更是迫在眉睫，六个班只有七个老师，过去学生数量少，工作量相对小。如今都是大班额，每个老师硬顶一天真是吃不消。他几次去中心校请求调拨老师。中心校有什么办法呢？新分配的老师要等到每年的秋季才能上岗，代课老师一时半会儿也很难找到。可是，学生却在不断地增加。

山根无奈，一有空闲就去顶岗上课或者辅导学生，顶了这个顶那个，一点儿也闲不下来。

这样的工作量，今天累倒的是山根，明天会累倒哪位老师呢？还真说不定。

芳菲明白，她说服不了山根这个工作狂去医院治疗，于是采取曲线救国的策略。她以去禹山镇购物为由，然后去了中心校，请求史校长过来说服他。

史校长完全理解芳菲的一片苦心。他以探病为名，来到禹山沟学校，当着山根的面，向弘阳和虞潜及一些老师了解他的病情。同志们如实相告。史校长听后，当即做出决定，责令山根去市医院住院治疗，学校工作暂由弘阳负责。

山根虽然一百个不情愿，但不得不服从组织安排。他乖乖地跟着芳菲一块儿去医院，医生诊断后提出要求：必须立即住院。

开过年，疫情已经结束，各类学校都已开学，女儿还是不愿去上学。这让梁安一下子慌了神，他先是想带着女儿去游览一些名山大川，让她开心高兴，转移一下注意力，从而把她妈妈对她造成的心理阴影和伤害弃之脑后。

可是又一想，时间不等人啊，他得赶紧找个"高人"对她开导指点一下。那么，究竟去哪里？找谁呢？一番思考之后，他突然想到了禹山沟，想到了山根和他研发的《简易智慧教育》，当然也想到了那个上得课堂讲课、下得厨房做饭的苏弘阳。

梁安这就带着女儿去了禹山沟，想让山根用他的《简易智慧教育》给梁丽诊疗一番，看看被他吹得天花乱坠，神乎其神，又得到方总大力支持的《简易智慧教育》，效果到底如何？对女儿是否管用？

梁安带着女儿来到禹山沟学校，他告诉女儿自己要去禹山深处采购一些名贵中草药，让她和弘阳阿姨在一起，他去去就来。他的用意就是希望女儿能够和弘阳尽快熟悉起来，产生一种信任感，然后在她的劝说下早日走出阴霾。

屋里只剩下弘阳和梁丽。弘阳热情地给她倒水拿苹果，梁丽接过苹果又放下。弘阳用慈祥的眼神看了看梁丽，微笑着说，这孩子长得真像她爸爸：一头浓密的黑发，浓眉大眼，高鼻梁，四方脸，白里透红。一看就知道是一个才貌双全、知理懂事的孩子，长大必能成为家之希望、国之栋梁、民族之脊梁。难怪爸爸把她当成宝贝一样看待。

梁丽感觉弘阳的目光是那么的温暖，犹如冬日里的一缕阳光照耀在她身上，驱散了她眼前的雾霾，让她感受到了久违的母爱；而她动听的话语则像一缕缕春风，驱散了郁结在她心头的寒冷。

两人之间的距离一下子就拉近了，梁丽露出了难得一见的笑容。她开口告诉弘阳，她不光长得像爸爸，她更爱爸爸！

弘阳微笑着问她："说说你为什么爱爸爸。"

梁丽面带浅浅的笑意，打开了话匣子，就再也关不住了：她说爸爸把身心都献给了事业，献给了家庭，尤其是对她和哥哥无微不至的关心呵护，让他们兄妹感动不已，他们觉得爸爸是世界上最好最好的爸爸……

她们聊了很多很多：除了聊爸爸，还聊爱她的外婆、奶奶、叔叔、姑姑，聊亲爱的老师和同学们，聊许许多多开心的事情……不知不觉中，梁丽的心被温暖和关爱填得满满的。她们笑啊笑啊！把天都笑黑了，把灯也笑亮了。

弘阳接道："有人说，一个好父亲胜过一百个老师。从这一点上说，你们兄妹俩真是太幸运了！"

梁丽说她和哥哥曾多次在私下发誓说，长大后一定要加倍回馈报答他们的爸爸。

"蚂蚁啃骨头——精神可嘉，小小年龄就懂得感恩，实在难得！"弘阳望着梁丽一个劲儿地称赞，然后顺势而为，借机诱导，她把话锋轻轻一转，"你们兄妹打算如何感恩回馈呢？"

"等我长大了，挣好多多多的钱孝敬爸爸，满足他的一切要求，让他每时每刻都快乐！"梁丽的脸上洋溢着幸福的微笑，对未来充满了向往。

弘阳听了，觉得这孩子对父母的感恩理解，和大多数人一样，相对片面一些。她对梁丽因势利导，循循善诱说："其实，你现在就可以感恩报答爸爸！"

梁丽不理解似的望着弘阳,两只大眼睛忽闪忽闪的,似乎在问:我现在还这么小,拿什么去感恩回报我的爸爸?

弘阳看出了她的困惑,对她说一个人对父母的感恩回报,不一定非要等到长大,等到将来有本事有钱了才可以去做。诚如歌曲《奋进是对你最好的报答》唱的:"我怎敢放慢脚步?自强是对你最大的感恩,奋进是对你最好的报答。"一个人对父母的感恩,从他明白事理时就应该开始,感恩的内容和形式有很多种,并非仅仅限于孝敬。

其实,在人生的不同阶段,有着不同的感恩内容和感恩方式。譬如说,一个人在青少年时期做到积极上进,懂事明理,主动学习,成绩优秀,强身健体,保护自我,听父母的话,不惹是生非,不给父母找麻烦,不让父母为自己担心……这也是感恩。

成年后进入社会参加工作,努力做好自己的事业,成为一个好同志、好公民、红旗手、技术能手、发明家、先进工作者……让父母因为自己而感到光荣自豪,这对父母同样是一种感恩。

日常工作和生活中,不做出格和违法乱纪的事情,不让父母为自己担惊受怕,也是对他们的感恩。

反之,则不然。

至于说对父母的孝心,则应该伴随一个人的终生。弘阳说到这里,微笑着轻轻地捏了捏梁丽的脸蛋。

梁丽听罢愣了愣,心里咯噔一下,糟了,她因为虚荣爱面子,又把事情办坏了。她一下子难过得抽泣起来:"阿姨,对不起,可是我却没有做到这些。我年内就辍学了,让爸爸为我操碎了心。"

"为什么?"弘阳装作一无所知地问。

梁丽压低声音,诚恳地把家庭近年来发生的变故都告诉了弘阳。临了还特别强调说,她对妈妈陶蕊充满了仇恨,因为她把家庭拆散了,让她这个做女儿的也觉得无脸见人。所以她一直想报复她!教训她!

"不错,不错,小小年纪就能够做到爱憎分明。"弘阳先扬后抑,不断递进,"可是你要知道恨不能止恨,唯爱能止。而且一个人不仅仅要感恩父母、老师、同学、朋友,或者帮助过自己、曾经有恩于自己的人。推而广之,还要感恩我们的社会,感恩遇见,感恩对手,甚至感恩曾经坑害过我们的人。妈妈的所作所为固然不可取，但那是她的事情，是她和爸爸之间的恩怨。对你们兄妹来说，这也许是一种灾难，一种伤痛。古人说：知耻者近乎勇。你们兄妹应该以此为契机，为动力，让坏事变好事，发奋而为，坏事就成了好事。"

弘阳看到小姑娘还是眨着困惑的眼睛，明白她还没有完全听懂自己所说的话。就给她讲了一个故事辅助理解。

听说有位先生家中被盗，丢失了许多东西。一位朋友闻讯，赶忙写信安慰他，劝他不必太在意。这位先生给朋友写了一封回信："亲爱的朋友，谢谢你来信安慰我，我现在很平安，感谢生活。因为，第一，贼偷去的是我的东西，而没伤害我的生命；第二，贼只偷去我的部分东西，而不是全部；第三，最值得庆幸的是，做贼的是他，而不是我。"

对任何一个人来说，家中被盗窃绝对是不幸的事情，而这位先生却能从灾难中找到三条值得感恩和庆幸的理由。它启发人们应该感谢生活，具备一个积极健康的感恩心态，在不利的事情中看到有利的一面，发现我们身边许多美好的，于我们有利的东西。

弘阳讲完之后，期待似的看着梁丽："妈妈虽然抛弃了你们兄妹，但还有一个深爱着你们的爸爸，你们应该万分珍惜，努力拼搏，做最好的自己，这才是对自己的人生负责，对爸爸最好的感恩回报。你说是不是这样？"

梁丽满脸愧疚地说："谢谢阿姨开导。您让我明白了人生的许多道理。"

其实，梁安并没去深山里采购药材，他一个人登上禹山游览了一番。看看天快黑了，感觉弘阳和女儿应该早已对上了话，但他并没有期望能够有多么好的效果，毕竟《简易智慧教育》的研发者舒山根在医院治病，他也只能让弘阳帮忙为女儿"把诊"了。

出乎意料的是，当他双脚迈进弘阳房间的那一刻，女儿开口就说："爸爸，我们回家吧！"

"着什么急？咱们去游览几个景点，玩足玩够再回家也不迟，反正你也没啥事。"

梁丽听了爸爸的话，用力摇了摇头。

梁安有些疑惑，不知道女儿为何要急于回家，故意提出了与之相反的意见，"难道你不想游览禹山的美丽风景吗？

"不，我要赶快回去上学！"

梁安似乎有点不相信自己的耳朵。他转过脸看了看面带笑容、颔首称是的弘阳，知道这一切都是真的。

"爸爸我要去厕所！"梁丽蹦跳着出去了。"这孩子！只顾听弘阳阿姨说话，竟连上厕所都忘了去！去吧！"梁安微笑着说。

屋里只剩下梁安和弘阳，他不无激动地说："你真是一个名副其实的心理辅导专家啊！"他说着话朝弘阳竖起了大拇指，对她点赞。

什么是智慧教育？智慧教育是什么？此刻，梁安的心中已经有了清晰的答案。他不得不佩服鸿鑫的眼光，更加敬重山根的发现和研究。智慧教育的未来，在他眼前一片光明灿烂，通向远方。

梁安望着弘阳，认真地说，他决定和女儿沟通一下，如果女儿愿意，就把她送到禹山沟来上学。弘阳望着他吃惊地说："什么？让梁丽来禹山沟上学？开玩笑吧？净说些不着边际的话！人家都是头削得跟钉钎子似的把孩子往城里送，你倒好，把孩子往深山沟里引。你的说法让我大开眼界，也刷新了我的三观！"

"呵呵，这你就孤陋寡闻了！早在两千多年前，中国的第一所军校就开办在云梦山深处。著名的谋略家、纵横家鼻祖、兵法集大成者鬼谷子就隐居在此，培养出了苏秦、张仪、孙膑、庞涓和商鞅等一大批军事家、政治家和纵横家。几乎改变了中国历史的进程。"梁安引经据典，半开玩笑地对弘阳说，"而现在，这里有山根，有你，有《简易智慧教育》，禹山沟怎么可能没有辉煌的明天？我把宝贝女儿送到这里上学，难道不是有先见之明和深谋远虑吗？"

"孩子妈妈若是知道了，能饶得了你？"弘阳不想让他再说下去了，故意不接他的话茬，而把话题引向别处。

梁安为什么把《简易智慧教育》评价这么高呢？原来他也感受到了现如今教育中一些的弊端。这两年国家为了给学生减负减压，强令取消了校外文化课补习班、辅导班、培训班。可是上有政策下有对策，随之又出现了一些新的问题，许多老师把布置给学生的作业发到家长微信群里，要求家长下载打印成纸质卷子，监督孩子完成任务并签字。无语啊，无语，这年头孩子上学，竟演变成家长在上学！

这样，许多不会电脑操作的爷奶和保姆，也就担负不了辅导孩子这项工作。科技的飞速发展，本是给人们的工作、生活、学习提供方便的，没想到反而成了加重孩子和家长负担的工具，这给家长带来了极大的烦恼，搞得家长上班也不安生，专不下心来做事情。如此看来，往后的保姆，必须是有大专以上学历的人，方能胜任这项工作!

梁安看着弘阳又说:"而你们研发推广的《简易智慧教育》,一切都是从提高孩子的整体素质,唤醒孩子的内驱力,调动其自觉性、积极性出发。所以孩子无论是读书学习、刻苦勤奋、自我加压、劳动锻炼、思考质疑、创新创造,还是向上向善,以及动手做事、大胆实践……都是自觉自愿,自主为之。何须家长为他们操心费神,担惊受怕?"

弘阳微微颔首,十分赞同梁安的说法:"我之所以支持山根研发的《简易智慧教育》,因为它是对学生心灵的唤醒,促使学生自觉去行动,自觉去进取。这都是山根的潜心研究,而我只不过是山根的一个学生,一个忠实的执行者!"

梁安为弘阳居功不自傲的谦逊品格所感动,不自觉地向前跨了一步,紧紧攥住她的一双手,不知道说什么好。两人此刻唯有四目相对,他们的脸上都飞起了红晕。

山根在医院仅仅住了一个星期,病情稍有好转,他就背着芳菲,以学校开学工作忙、头绪多为由,向医生提出出院请求。医生告诉他:"你的身体还很虚弱,为什么急着回去?身体好了,工作机会多的是!"

可是,山根说现在是特殊时期,没完没了地对医生软缠硬磨。医生无奈之下,只好给他开了一些内服药,叮嘱他千万不能过分劳累,这才勉强同意他出院。

山根从医院回到禹山沟学校,立即投入疯狂的拼搏之中。他白天忙于工作,夜晚加班研究《简易智慧教育》。他的干劲比以往更大了,早把医生的叮嘱忘得一干二净。他要抓紧时间把生病住院耽误的工作夺回来。

同事们劝他说:"舒校长,你毕竟大病初愈,一定要劳逸结合,千万不能强撑拼命啊!"

他对大家的善意提醒,或点头认可,或报之以微笑,却依然我行我素。

弘阳看到山根这样不要命地工作,唯恐再有不测发生。下课的时候她郑重向他建议:"舒校长,你让柳老师过来住在学校,照顾你的生活起居。留得青山在,不愁没柴烧!"

"我对她唯恐避之不及,岂能让她住在学校?再说我这么一个大活人,肯定能照顾好自己。"山根听了弘阳的提议,马上急眼了。

弘阳愣了一下,不禁反问道:"你怎么能如此说话?柳老师为你的健康问题可是没少操心！"

山根明白弘阳误解了他的意思，赶忙补充说明：这些他都知道。可是芳菲来了，要求他遵守她的作息时间和饮食制度，不能越雷池一步。这样，他做什么事情都会受到限制。

弘阳听说山根每天只休息三四个小时，这样拼命，他的身体当然吃不消。她劝导山根说，身体是革命的本钱，有了一个健康的体魄才能更好地工作、生活和学习；大量透支身体，即使有所收获，也是得不偿失的。柳老师也是为他着想。弘阳还告诉山根，同事们都说他最近有些消瘦，她仔细看看也是。

山根赞同弘阳的说法，这些日子他确实觉得头晕气短有点儿严重，做事也感到力不从心。他一直以为是冬去春来，天气冷，气压低，身体发生反应所致，也就没有在意。现在经弘阳这么一提醒，他才明白自己的身体当真出了问题。

山根对她说："放暑假了，我立即去医院治疗。"

"疾病不等人，还是早治疗早预防为好。"弘阳说得十分真诚。

"我听你的。"山根违心地说。他就这样迫不及待结束了他和弘阳的谈话。

山根对待自己的疾病，总是心口不一，明知身体已经出现了问题，却一点儿也不顾惜。他每天照样起早贪黑，上课批改，加班加点，劳累到深夜，一旦发生气喘眩晕，总是服几颗速效应急类药物对付。

2023年2月27日早饭后，山根和往常一样走进教室登上讲台，面向全班学生说："上课！"话音未落，他突然感觉眼冒金星。

全体学生起立，齐声向他问好："老——师——好！"

山根顿了顿，用力支撑着身体，坚持给学生颔首还礼，学生们齐刷刷地坐下。他克制着眩晕，吃力地对大家说："同学们，今天我们学习……"

一句话尚未说完，他只觉得头晕眼黑，天旋地转，一头栽倒在讲台上。

学生们看到这情景，一边惊呼一边跑到讲台上搀扶他。"舒老师，您怎么啦？舒老师，您醒醒……"

许多学生看到老师突然栽倒在讲台上，没有了声息，吓得大哭起来。下课的钟声响了，全校许多学生一下子蜂拥过来。

弘阳和虞潜及其他同事闻讯赶来，立即疏散围观的学生，急急忙忙把山根抬到他的住室里。

55

医护急救车来了，跟车同来的医生和护士，原本要把山根拉到镇卫生院救治。可是，当医生看到病人气息微弱，呼吸困难，处于昏迷状态，再也经不起颠簸折腾时，断然决定让患者吸入纯氧，就地做应急救治。

医护人员打电话给医院，让他们送来了呼吸机、心电图检测仪和所需药物、输液架等医疗设备。

山根佩戴上呼吸机，曾一度醒来。他示意弘阳和虞潜靠近他。两人来到床前，一人拉住他的一只手，看到他的嘴巴一张一翕，明白他有话要说。两人急忙俯下身子，侧耳细听，只听他断断续续地说："我……我……不行了，你俩……记住……把留守儿童的事……事情……办好……坚……坚持……推广……简易……智慧……"

说到这里，山根又昏迷过去。

芳菲接到弘阳的电话，闻听山根再次晕倒在讲台上，慌忙打了一辆计程车，催促司机以最快的速度前往禹山沟学校。她忙里偷闲拨通了鸿鑫的电话，含悲忍痛，陈说了山根的病情。鸿鑫听了大吃一惊，说他会尽快赶到禹山沟。

芳菲走进校园，看到山根住室前停着一辆救护车。她急匆匆地走进屋里，满屋里的人，一个个神情严肃，情绪低落。其中有两名身穿白大褂的医务人员，坐在山根床前的不远处。而山根已被戴上呼吸机，心电图检测仪连接在心脏部位，鼻子里插着输氧管，脚面上扎着输液针头。

芳菲看到山根全身插满了管子，顿时吓傻了。她轻轻摇晃了山根一下，他还处于昏迷状态，没有做出任何反应。她紧张地哭喊起来："山根，山根，你醒醒，你醒醒……"

医务人员急忙站起身提醒她，要肃静，不要哭喊。芳菲只得强忍悲伤，把头枕在山根的头边，以手轻轻揽着山根的身子，吞声饮泣，一任眼泪泛滥成灾。

也可能是爱人之间心灵感应的缘故，过了一会儿，山根竟然慢慢睁开了眼睛。他看着芳菲，声音微弱地说："芳菲……不要哭……要坚强……我……我……这辈子……欠……欠……你太多了，下辈子……再……再……还你。"

"我……我不……我不……"芳菲哭喊着,拼命摇晃着山根的双肩,"我要你活着……我要你活着……你必须活着……"

护士用尽力气,才把芳菲摁坐在旁边的椅子上。芳菲泪如泉涌。周围的人也是泣不成声。

"芳菲……芳菲……"山根的声音显得微弱无力。

芳菲趴在床边,紧紧握住山根的手:"我在这儿!"她咬紧牙关,尽力控制着自己不哭出声音。

山根有气无力地说:"咱俩……分工,你照顾……吉……安……我去天堂……照顾志远……"

山根断断续续说完又昏迷了过去。

"我不!我要你和我一起照顾吉安!"人们听着芳菲凄凉无助的哭声,感到是那么熟悉。是的,这声音和上次芳菲守在儿子志远的遗体旁撕心裂肺的哭声一样悲惨。那一刻,她没了儿子;这一刻,她将要失去丈夫。以前,她曾经多少次抱怨命运的不公,这会儿她连抱怨的力气也没有了。她处于一片混沌之中,只感到天昏地暗,晕头转向,她的心里除了茫然就是绝望。

山根犹如在梦幻中一般,恍恍惚惚来到禹山深处。在一条崎岖蜿蜒的羊肠小道上,他遇到了一个衣衫褴褛,打扮寒酸的少年。他的脸上留下了道道伤痕,给人一种可怜兮兮的感觉。

看着眼前这个熟悉的陌生少年,山根觉得似乎以前在哪儿见过他,可是一时又想不起来。让他不可思议的是,当他打量少年时,对方却对他怒目而视,眉宇间流露出一种不满和仇恨。这使他十分纳闷,自己任教以来爱生如子,从没严厉批评过哪一个学生,更没打骂过他们。

可是,这个似曾相识的少年,为什么对我怀着深仇大恨?山根想不起来,也弄不明白。他疾步走近少年,他想先观察后询问,把问题弄清楚。

山根走近少年,仔细端详着眼前这个身材颀长,额头饱满,目光炯炯有神,鼻峰高耸,嘴唇宽厚,颇有几分英武之气的孩子。他终于想起来了,这幅肖像酷似一个人,那就是年少时的自己。莫非这个少年就是儿子志远?山根暗暗掐指一算,如果志远活着,今年应该已经九岁了。

激动之下,他脱口而出:"志远,我是你爸爸!"

不料，那少年竟然沉下脸来，断然而冷漠地否定道："我是志远不假，不过我却不想认你这个爸爸，我宁愿没有你这个爸爸！"

山根感到很意外："孩子，为什么？我是疼爱你的爸爸！我终于找到你了！"

志远哭着埋怨他："你不配做我的爸爸，我和鹏飞哥哥同时掉进河水里，你为什么先救他，却不先救我？是你让我成为一个游荡于山间野外的孤魂野鬼。"

山根听了志远的话，难受得心如刀割，眼泪扑簌簌地流下来。但他还是向儿子解释道："做人的美德是先人后己，谁让你是我舒山根的儿子呢？请原谅爸爸！"

话一落音，山根迅疾把儿子揽在怀里，父子两人抱头恸哭。

一番痛哭之后，山根擦了擦眼泪，望着儿子脸上的伤痕，吃惊地问："志远，你脸上怎么这么多伤痕？"

儿子说他一个人在这边，孤苦伶仃受人欺负。山根听了愤愤地说："儿子，你等着，爸爸去那边跟你妈妈交代一声就过来，谁要是胆敢再欺负你，爸爸我和他拼命！"

山根告别了儿子，却看到两位面带怒容的老人拦住他的去路。他定睛一看，原来是自己的爹妈。他立刻走上前，恭恭敬敬地问："爹、妈，你们怎么在这里？"

爹生气地教训道："作为男人，你照顾不了妻儿老小，真是枉掴一个男人头！"

山根感觉这句贬低挖苦他的话特别耳熟，他动了一下脑筋想起来了，岳母在听到志远意外离去后，也曾这样嘲讽挖苦过他。他感到自己确实愧对妻儿。于是，他赶忙向两位老人赔不是："爹、妈，都是孩儿不好。"

谁知两位老人，却连看也不看他一眼，腾云驾雾一般飞走了。山根心里难受极了，眼泪也跟着流了出来。

傍晚时分，鸿鑫、曼丽和梁安匆匆步入屋子。看到满屋里的人，一个个愁眉苦脸，忧心忡忡，鸿鑫向他们点头或者以目示意代替打招呼。老支书走上前，无声地与三人握手。

这情形，让鸿鑫一行三人有一种说不出的悲伤。鸿鑫挨着芳菲坐在床前，他拉住山根的一只手，一脸的哀愁，静静地望着山根。就在这时，门口又进来一名时尚的女子。她身穿黑色大衣，长长的头发在头顶盘成一个大发髻，脚穿一双白色运动鞋，浑身上下都透着干练。她抱着一箱桂宏远的虾滑，大踏步往屋里走。她进到屋里，不等迎接，顺手把大箱子往墙角一放，直奔山根的病床边。

过了好长时间，山根的眼角忽然流出一滴浑浊的泪珠。鸿鑫赶忙从衣兜里掏出纸巾给他轻轻擦去。让人没想到的是，这一擦竟然把山根惊醒了。只见他微微睁开眼睛，让人感到遗憾的是，他的眼里只有无尽的迷惘，却没有一丝神采。

鸿鑫低下头，强忍着泪水，在他的耳边小声问道："山根，你醒了？"

满屋的人都来到床前。山根微微翕动嘴唇，缓缓地对围拢过来的人说："谢谢……你们。"这时，那个身穿黑色大衣的女子扒开人群，挤到山根面前。山根忽然眼睛一亮："学姐……郭……梦……欣……"女子哭了，她握着山根的手说："你个没良心的！还记得学姐！听见没？你得好起来，你学哥让我接你去省城治病。"

山根勉强露出了一丝微笑，几颗浑浊的泪滴顺着两鬓向下滑落。

鸿鑫急三火四地问山根："这会儿是不是感觉好一些？"

"我……要走了。"山根微微晃动了一下脑袋，象征性地摇了摇头。他慢慢睁开眼皮，断断续续说完这句话，神志忽然变得异常清醒。他忆起刚才如梦似幻的情景，软弱无力地说，"我醒来，只是为了再看你们一眼，嘱咐一些事情就走了，爹妈和志远都在那边等我哩！"

芳菲听他如此说话，忍不住失声痛哭。曼丽和弘阳也是泪流满面，哭泣不已。郭梦欣擦了擦眼泪说："舒山根，你不准走……你敢把我们撇下……我饶不了你……"说着禁不住小声呜咽起来。

其他人则强忍着悲痛，不让泪水掉下来。山根看到人们为他伤心，气息微弱地说："不要哭，人总是……要……死的，我这个年龄离去，似……似乎早了一点，可是生命不光要有长度，更要有厚度。保尔·柯察金说人的一生……一生……应当这样度过……"

满屋里的人听他断断续续说着，一个个变得神情庄重，不由得对山根肃然起敬。

这时，山根突然气喘吁吁，眼睛盯着鸿鑫，费了好大力气，极不连贯地对他说："推广……智慧教育，代我……照护……好芳菲……母女。"

看到鸿鑫噙着泪水答应了，山根的眼睛慢慢转移到老支书脸上。他极力张大嘴巴想说点儿什么，可是口里只有出的气，没有进的气，眼珠僵硬在眼眶里，动弹不得。老支书见状，赶忙凑上前，对着山根耳语道："你放心吧！村里一定会一如既往地支持学校。我们的学校一定会越办越好！"

山根突然胸脯急剧起伏，急促地喘着粗气，渐渐地变得呼吸微弱，上气不接下气。人们看到心电监护仪逐渐呈现出几条平行线状态。山根的心脏慢慢停止了跳动。医护人员再次施救，但终究无力回天。

不只是芳菲，满屋里的人谁也接受不了这个残酷的事实。刚才还是异常清醒的山根，怎么说没有就没有了？医生解释说：这也许就是人们常说的回光返照吧！

面对突如其来的不幸和变故，芳菲犹如五雷击顶，嘴里念叨着："天塌了……"她一下子轰然倒下，没有了声息。

满屋里哭喊声一片。郭梦欣握着山根的手，久久不愿松开。她哭喊着："我答应过你学哥……接你去省城治……治病的……我没有……完成任务……"

一时间，所有的人都泣不成声。鸿鑫暗自思忖：幸亏慌乱之中还没忘记告诉学姐，否则她又是何等悲痛！总算见了最后一面，少了一些遗憾。

早饭后接到芳菲的电话，鸿鑫、梁安和曼丽立即放下手头的工作，驱车前往。快要出城的时候，鸿鑫对曼丽说："我觉得这件事得告诉学哥学姐一声，他们那么欣赏山根，支持山根。"

曼丽一听，立刻拿出手机。电话是学姐接的，她不等曼丽把话说完，声音就像鞭炮一样炸过来了："曼丽，你听清了，赶快把车调头来接我，你学哥看店照顾孩子，我必须去见山根！"

鸿鑫听得一清二楚，恰逢十字路口，他二话不说调转了车头。等他们行驶到"或与远"的时候，学哥学姐正在路边吵架。学哥要去接山根回省城治病，让学姐守店。学姐哪里会同意？平时家里大小事情都是学姐做主，学哥怎么斗得过她？但是学哥今天就拗住了，说她女人家身板单薄，去了也出不上力！

鸿鑫说："算了吧！学哥，你平时就没争过学姐。今天情况紧急，你就别浪费时间了。"陈远方气呼呼地白了老婆一眼，说："稍等一下，我去拿东西！"

"拿钱吗？用你拿？我手机里多少钱刷不出来？"学姐说着话，催促鸿鑫快走。

陈远方没理她，跑到店里。不一会儿，他抱着一个大箱子出来了。他把箱子递给鸿鑫说："山乡里不多见这个！"

学姐看看说："桂宏远的虾滑，这个可以拿，山里根本买不到！"

"你不是说手机能刷出来吗？"陈远方白了她一眼。她没说话，也白了陈远方一眼。

56

  山根闭上了眼睛,仿佛睡去一般,今生今世再不会醒来。他是带着对亲人,对禹山大地的无比眷恋和牵挂离开的。如果生命的长短可以由自己决定,山根一定会再活一百年。他一定要等到禹山大地旧貌换新颜,一定要等到智慧教育在全国遍地开花,才肯歇息。是的,是这样的,一定是这样的!

  他的生命虽然短暂,却切切实实履行了一个人民教师的神圣使命,真正做到了生命不息,奋斗不止。他留给后世的《简易智慧教育》,如同他的精神和灵魂一样,永世长存。

  在场的每个人都极其揪心、难过、悲伤。有的人克制着自己,让泪水在眼圈里打转转,稍不留意就会立刻决堤,倾泻出来;有的人干脆一任泪水在脸上肆意流淌。

  芳菲在人们的千呼万唤中醒来了,她像受到惊吓一样,面色煞白,身子不住地颤抖。她不停地哭啊哭,哭得天昏地暗,痛不欲生,任谁也劝不住。

  老支书也同样伤心难耐,只见他眼圈红红的,声音沙哑。但他知道不能一味沉溺于悲伤之中。他强忍住悲痛,对芳菲说:"人死不能复生,不能一味地伤心痛哭。我们要化悲痛为力量,化哀思为坚强,继承山根的遗志,告慰他的在天之灵!"

  虞潜接道:"山根死得光荣,死得伟大,值得我们每个人永远怀念和学习。"

  "有的人活着,他已经死了;有的人死了,他还在活着。"弘阳引用诗人臧克家的经典名句来评价山根,"舒校长的忘我精神,如同他研发的《简易智慧教育》一样,将永远留存于人世间。"

  "山根是我最好的学弟,他无私奉献的精神值得我一生学习!他是我们财经大学的骄傲!我为有这样的学弟而骄傲而自豪。"郭梦欣的泪水又止不住了。

  "大家说得好!"鸿鑫在肯定几个人说法的同时,也说出了他的见解和想法,"山根是当代教师的人杰,大学生的骄傲,他用自己的奋斗乃至生命,诠释了什么是人生,什么样的人生才有意义,值得我们每个人去思考、学习和弘扬。"

  鸿鑫作了进一步阐述:"萧伯纳说人生不是一支短短的蜡烛,而是一支暂时由我们拿着的火炬。我们一定要把它燃得光明灿烂，然后交给下一代的人们。我们对山根最好的纪念，就是要接过他手中的火炬，将他未竟的事业进行下去。面对山根尚有余温的遗体，我发誓一定要把他交代的'两件事情'做好办彻底，以告慰他的在天之灵。"

众人听了忍住悲痛，睁大眼睛，突然对鸿鑫这个房地产大亨刮目相看！

芳菲听着人们的话语，内心突然产生一种内疚和自责，就像一条毒蛇咬噬着她的心。如果她当初不是那么任性，坚持要进城，把山根一个人撂在这里，也许就不会发生今天的惨剧；如果她当初坚持留在这里陪伴他、照顾他、帮助他，同样不会有今天的惨剧！可是，这些如果都不会重来！

往者不可谏，来者犹可追。此刻，芳菲哽咽着表白："山根，你放心吧……我……我会……我会……回到禹山沟，接过你未竟的事业……"在场的人听了无不为之动容唏嘘。

大家纷纷表示要向山根学习，决不在这个世上白走一遭、白活一次，一定要做一个有益于社会和人民的人。

老支书听了喟然而叹说："山根有你们这样的亲人、朋友、同事，应该含笑九泉了。眼下，咱们要抓紧时间送山根上路，超度亡灵，让他早升仙界。"

天空阴云密布，大地异常寒冷；天地同悲，青山呜咽。灵堂门口两侧悬挂着许多沉痛哀悼的条幅，分别写着：

> 无悔青春报桑梓，扎根山乡育桃李
> 英年早逝痛人心，山根不朽昭日月
> 矢志不移坚守教育初心，难能可贵研发简易智慧
> 学山根精神实施品质教育，倾情感爱心投身山乡振兴
> ……

校园里到处是一片缟素，一片哀伤。

灵堂内哀乐低回，灯火昏暗。山根的遗体被安放在水晶棺内，正前面摆放着他的遗像，四周安放着许多挽联、花环和松柏翠枝，还有《简易智慧教育》的手稿，上面还留存着山根的精神气息。

芳菲满脸悲伤，臂戴黑纱，坐在水晶棺旁。她想起十天前在医院里，山根不

听她的劝说，背着她私下做通医生的工作，逃出医院。早知今日，当初就是捆绑也要把他留在医院里。可是，晚了，一切都晚了！

若善坐在女儿身旁，凝重的神情中透出无比的伤痛。他先前对女婿的所有愤恨一下子消失得无影无踪。此刻，他突然觉得女婿就是一名真正的英雄。虽然，他跟在战场上冒着枪林弹雨冲锋陷阵、出生入死的英雄不一样，但本质上是相同的。

什么是英雄？英雄就是当祖国和人民需要的时候，将个人的得失、安危、生死乃至家人、亲情，全部置之度外，没有丝毫的私心杂念。山根就是这样一个高尚纯粹的人，一个大写的人！

以前，若善恨山根，恨他给这个家带来了无尽的灾难，感觉他就是一个活脱脱的不通世务的幼稚书生，一个圣人蛋！现在他明白了，女婿是一个虽然心灵和肉体满是伤痕痛苦，但为了教育扶贫和振兴，仍然一如既往，痴情不改，贡献出自己一切的英雄！若善忽然对山根敬佩有加！

如果时光能够倒流，若善愿意把所有的笑脸都呈现给女婿。但是，这个世界上的一切事情从来就没有如果，只有结果和后果。对若善来说，一切都太迟了。

挨着若善坐着的鲁敏，也是老泪纵横。她双手紧紧抱着坐在她腿上的外孙女吉安。之前，鲁敏的脑海里从未出现过这么凄惨悲伤的场面。她没料到山根的去世，会让她这么心疼。以前她总认为是山根毁了女儿，毁了她一家。现在她才发现，山根走了，不但女儿的精神支柱轰然倒塌了，连她自己也是伤心不已。

鲁敏忽然意识到自己从前是多么自私和可笑！为了女儿所谓的幸福，不惜与山根对立，千方百计阻碍女儿同他一起来到禹山沟，甚至挑拨怂恿女儿与之离婚。现在想想真是不应该！

女儿的幸福是什么？女儿怎样才能幸福？迷雾一样的问题，这会儿忽然在她的眼前清晰了：如果当初遂了女儿的心愿，说服芳菲她爸一起来到禹山沟，给女儿一家洗衣做饭，帮着照看小孩，享受天伦之乐，这一切灾难还会发生吗？

过去她总是说："女儿呀，爸妈都是为你好！"现在，她才知道尊重女儿的意愿，给她自由，支持她的选择，让女儿开开心心、快快乐乐地生活和工作，这才是为女儿好。而不像她和老伴过去所做的那样，打着爱的旗号去限制捆绑女儿，其实这是在为女儿的幸福挖墓坑。

女儿以后怎么办？鲁敏紧紧抱住吉安，就在外孙女的后背上哭出了声。

年幼的吉安挣脱了外婆的怀抱，走到妈妈跟前，隔着水晶棺，久久地注视着爸爸的面容。然后转过身子，瞪大眼睛问芳菲："妈妈，爸爸怎么还不醒来？"

芳菲哄骗吉安："爸爸太累了，需要休息很长很长时间。"

吉安祈求道："妈妈，你喊爸爸起来。他说过带吉安去看渠首闸，怎么还不醒来？"

芳菲勉强忍住心酸，不知道该怎么给孩子解释。

"爸爸，爸爸，你快起来，吉安要您……"吉安看到妈妈没有回答，望着爸一个劲儿地呼喊，见他仍然没有反应，又说，"爸爸，您咋不答应吉安？您不要吉安了吗？吉安再也不惹您生气了！"

芳菲听到这里，再也把持不住悲伤的心情，"哇"的一声痛哭起来："吉安，我的乖孩子，爸爸太累了。"

吉安看到妈妈哭了，也跟着大哭起来，若善夫妻也跟着大放悲声。

邓州的一张地方小报，向社会报道了人民教师舒山根英年早逝的不幸消息。不料却引起省直有关单位领导的重视，省委宣传部、教育厅、民政厅和省见义勇为协会发来唁电。邓州市委、市政府、教育局、禹山镇党委、镇政府的领导亲往吊唁。镇中心校史校长亲自主持吊唁仪式。一个偏僻山沟的普通老师去世，竟然引起当地党政领导如此重视，这是绝无仅有的。

省报在显要位置发表长文悼念山根。文章在介绍山根先进事迹、坚持创新教育、弘扬其奋斗精神的同时，倡导全省教师向他学习，不忘初心，牢记使命，坚守本职岗位，为社会作出贡献。

灵堂里，肃穆庄严，哀乐阵阵，似乎连空气中也弥漫着悲哀和沉痛。

老支书带着禹山沟村民，佩戴黑纱，前来吊唁。他们自觉排着长队来到灵堂，缓缓移步至山根的遗像前，鞠躬默哀，向他做最后的告别。

德石和三奶奶等老人一大早来到学校，缓缓走进灵堂，面对山根遗像三鞠躬。他们老泪纵横，咧开嘴巴痛哭起来。

德石老人悲伤得泪水涟涟，很不连贯地念叨着说："老天爷……你这个老糊涂，为啥不长眼，为啥不让我这把老骨头替山根去死?！"

满头银丝，额头上刻满道道皱纹，身子骨更显佝偻的三奶奶，戴着一顶黑色线绒帽，穿着黑色大襟儿棉袄，布扣上系着一朵白花，张着没有牙齿的嘴巴哭号着，脸上挂着几滴浑浊的泪水。山根去世这几天，她总是不停地哭啊哭，以至于两个眼球几乎隐没在哭肿的眼泡儿里。

虢山茂和安庆太两位弯腰驼背的老人拄着拐杖,也来到灵堂。深深的悲哀出现在山茂那胡子拉碴的脸上,他那深邃的眼睛里现出几分挣扎的痛楚。他努力地眨巴着眼睛,不让眼泪掉下来,可还是有几滴泪无声地滑落下来。

庆太却毫不掩饰自己的满面悲伤,一任泪水肆意流淌,像一个慈爱的父亲悲伤地呓语着,不断呼喊着失去生命的儿子的乳名。那声音饮尽了梦魇,唱断了记忆的来路……所有的疼痛一下子窜至心间。

山茂再也遮掩不住自己的悲伤了,他一边向山根灵位鞠躬施礼,一边抹着脸上的泪水絮絮叨叨地说:"山根,你不是病死的,你是为禹山沟的娃们累死的。禹山大地永远欠着你的情!"

庆太说:"山根,累了你就休息!为啥把自己逼得那么紧呢!"

两位老人絮絮叨叨说着话,在灵堂里绕着水晶棺一连转了三圈,在人们的搀扶下才哽咽着离开。

高之雨、丁洪波跟在长长的吊唁队伍后面,流着眼泪,张开嘴巴想说些什么,但最终也没说出来,只是一个劲儿地向山根的遗体拜了又拜,拜了又拜。

弘阳和虞潜领着胸前戴白花的老师和学生,同山根做最后的告别。他们满脸悲伤,有的流着泪,有的眼圈红红的,向山根默哀鞠躬。

面对山根遗像,弘阳沉痛地说:"山根,你是我们的楷模,你的灵魂永远不灭!我们要像你那样,用智慧点亮每个孩子的心灯!教好每一个学生,以告慰你的在天之灵!"

鸿鑫、梁安、曼丽、梦欣、若善、鲁敏和许多叫不上来名字的干部、教师,以及一些不同身份的陌生人,自发地排着长队,前来悼念山根。

二丫、二柱子、狗蛋、鲍国、华昇来到灵柩前哭喊着:"舒老师,您醒醒,您走了谁来照顾俺们?"

鹏飞和梁柱也从外地赶回来,走进灵堂扑到水晶棺上,大哭道:"舒老师,您的学生、您的儿子鹏飞和梁柱来看您了,我们一定要像您一样,扎根禹山沟,振兴山乡教育!"

其他学生也跟着哭喊起来,灵堂内哭声一片,喊声一片,孩子们哭红了眼睛,哭哑了嗓子。

此刻,也就在此刻,从远处隐隐约约传来了王莹倾情演唱的《老师我想你》

的歌曲。音乐在空中流淌，高山在默哀，河流在呜咽，大地在哭泣。

57

五更时分，芳菲趔趄着身子从外面来到灵堂，她身披一袭缟素，头发蓬乱，两眼红肿。三月里又下起了一场桃花雪，芳菲的头上和身上飘落着一些雪花。她面目苍白，憔悴得不成人形。她让夜间守灵的人都去休息，她要一个人蹲在灵柩前陪着山根，再仔细看看他的面容。

人们离开后，只见她慢慢伸出手，按下水晶棺启动电钮，棺盖儿自动升起。她用手攥住山根一只冰冷而僵硬的手，凝视着他瘦骨嶙峋的蜡白脸庞。她觉得心像被一把无比锋利的尖刀刺伤，鲜血、悲痛和忧伤都从伤口里喷洒而出。

死是任谁也无法跨越的。不过天人永隔，说起来容易，没有经历过生离死别的人，是永远无法体会到这种痛苦、无奈和绝望的。

然则，痛极无泪，她的心犹如滴血一般疼痛："山根，你睁开眼睛，让我最后再看你一眼，天明就要送你上路了，你我夫妻从此阴阳两隔，再不能相见；你到了天堂那边，好好歇歇，再不要累着。你等着，下辈子我们还做夫妻！"

芳菲相信，心爱的人一定能听到她的心语。

她点燃了一堆纸钱。天堂有多远？她的泪水又哗啦啦流了下来：一场生离死别，使他们永不能再见！人世间还有比这更残忍的事情吗？

泪眼模糊中，她仿佛看到了山根从前亲切的笑脸，可是这一切都成了美好的过往和回忆，时光永远定格在两人最后相见那一刻。唯愿这些纸钱，能让一生清贫的山根，在天堂那边过得舒畅些，再舒畅一些。

季节虽然已经是春天了，天气却陡然变化：北风怒吼，大雪纷飞。满世界银装素裹，仿佛老天也在为禹山大地失去这么一位好儿子而动容，流下了伤心的泪水，撒下数不清悼念的白花。夺人魂魄的唢呐声时而高亢激越，时而悲壮伤痛，时而压抑哀鸣，时而低沉呜咽，催人泪下。

芳菲的脸上充斥着悲伤和绝望，充满了对山根的无限眷恋。

上千名山民和禹山沟的学生，冒着新冠疫情管控刚刚放开、集聚人群传染率相对高的风险，自发前来，组成了一支长长的送殡长队。许多人克制不住自己的感情，失声痛哭。凄厉的哭声直冲云霄，飘荡在天地间。整个禹山大地都笼罩在一片沉痛悲伤之中。

雪花飘飘，纸钱纷纷，旗幡孝帐迎风飘扬。浩浩荡荡，悲壮感人，绵延几里的送殡队伍，像一条长龙，缓缓移动在蜿蜒曲折的山路上。

乡亲们在禹山顶上——禹王庙门前广场的一侧，为山根筑起了一座大大的石墓。石墓的正前面，竖立着一块用禹山顶上最优质的红色花岗岩巨石制作的高大纪念碑，上面赫然刻着：

山根大爱感天地，简易智慧传千载。

一个月后，在禹山顶上，禹王庙门前广场北面，矗立起一座用汉白玉雕琢而成的山根塑像。它与对面的大禹金色塑像遥相呼应，成了一个"开拓创新，为民造福"的精神教育基地。远远近近的人们不断前来瞻仰缅怀，汲取力量。

一般说来，一个人的死对于世界来说无非是少了一个人，多了一座坟墓，有的甚至连坟墓也没有。但山根的死，却在禹山大地乃至更多人的心中成了一道抹不掉的伤痕，同时也竖起了一座永恒的精神丰碑。

山根于2013年8月19日大学毕业回到禹山沟，2023年2月27日殉职。他在三尺讲台上奋斗了近十年时间。十年，在人的生命过程中是短暂的，在人类历史长河中更是短暂得不值一提，但对于山根来说，却是重要的十年、奋斗的十年、光辉的十年、不平凡的十年。短短的十年，但却胜似百年千年；短短的十年，山根就让禹山沟的教育教学面貌发生了巨大变化。

山根的人生也只有短短三十四个春秋，但他的精神却是永恒、不朽的。谁都明白，衡量一个人的生命价值，不在于他的肉体在这个世界上存活多久，也不在于他拥有多少财富，占有多少美色，享受了多少荣华富贵，而在于他为人类所作贡献的大小。

山根之魂化作一只青鸟，飞向高山之巅，永远守望着禹山大地；化作一缕青烟，飞向万里长空，融入蓝天白云；化作丝丝春雨，归于山川大地，融入江河湖海，滋润着千千万万青少年的心田。

一句话，山根之魂如同他研发的《简易智慧教育》一样，融入了祖国的山川大地，万古长青。

58

杨柳青青，芳草萋萋。在这美好的春光里，丹江湖碧波荡漾，中线渠首陶岔闸显得更加雄伟壮观。

4月1日清晨，两个朝气蓬勃、意气风发的高中生，挎着青年包，迎着初升的朝阳，伴着习习的微风，迈着矫健的步伐，从远处来到中国南水北调中线工程渠首——陶岔渠首闸。

两个年轻人驻足片刻，顾不上歇脚，就朝着他们此次的终点地——禹山顶奔去。

这两个年轻人不是别人，乃是从禹山沟学校走出去的两名学生——高鹏飞和丁梁柱。两人都是品学兼优，初中毕业后，于不同的年份被同一所省立示范高中录取。

清明节快到了，他们利用周末的时间，从省城回来，提前祭拜他们的恩师——舒山根老师。

两人在山根高大的塑像和坟墓前，摆上祭品，鞠躬默哀，燃香祭酒，焚烧纸钱，献上一束洁白的花儿，以此表达他们对恩师深深的哀思和悼念。

鹏飞和梁柱做完这一切，带着沉重的心情，一步一回头缓缓向山下走去。他们顺着山间弯曲的水泥路走了大约两公里，一座花园似的校园就出现在他们的眼前了。大门上方一行鲜红的大字，特别引人注目——省级示范小学禹山沟学校。

两人来到母校，看望他们的另一名恩师柳芳菲老师。准确地说，她是禹山沟学校现今的柳芳菲校长。

鹏飞和梁柱站在大门外，惊喜地看到，一座座别具风格的教学楼、办公楼、学生宿舍楼、实验楼、餐厅楼、图书馆傲然耸立，它们在青翠欲滴的树木和娇羞欲语的花儿装点下，是那么温馨，那么庄重。一群群穿着蓝色校服的少年在快乐地嬉戏，给校园平添了勃勃生机。

特别是校园东北角那座拔地而起的红色大楼，上面镌刻着一行烫金大字"禹山沟学校图书馆"，格外夺人眼目。柳校长欣喜地向鹏飞和梁柱介绍说，这座图书馆大楼是鸿鑫公司捐赠建设的，里面摆放的近万册图书，以及书柜、书架都是方鸿鑫董事长和梁安董事开着汽车，分批送来的，解决了禹山沟学校孩子阅读课外书籍难的问题，满足了他们阅读各类图书的需求。

"太好了！"鹏飞和梁柱禁不住击掌欢呼，"如果舒老师地下有知，也会含笑九泉的！"

山根为禹山大地的教育教学事业呕心沥血，鞠躬尽瘁，远去了天堂。他的知心爱人柳芳菲再三向组织请求，要求回到禹山沟学校任教。上级部门经过慎重考虑，做出由她出任禹山沟学校校长的决定。她和弘阳、虞潜又成了友好和睦相处的搭档和同事，他们相互扶持，共同为禹山学校的发展竭力尽智。

芳菲觉得山根一直没有远离她们母女，没有远离禹山沟的山民、老师和学生们，没有离开禹山大地。她和山根就像两株"枝枝相覆盖，叶叶相交通"的苍松翠柏，而地下的根须早已盘根错节，生长在一起。虽然阴阳两隔，但他们的灵魂已经交融在一起，任谁也无法把他们分开。

芳菲接过山根的未竟之业，痴情地守望、奋斗在禹山沟学校。

鹏飞和梁柱走到她跟前，连忙鞠躬施礼。两个人分别向柳老师汇报了自己取得的可喜成绩：两人都是品学兼优，一同被学校评为全额奖学金获得者。他们还信誓旦旦地向芳菲表态："柳老师，我们高中毕业，决定报考定向师范，毕业后立即回到禹山沟学校做一名老师，像舒老师那样，为家乡的教育事业献出自己的一生！"

芳菲听罢高兴得连连点头称赞："好，好，舒老师的心血没有白费！"

"柳校长，舒老师研发的《简易智慧教育》，如今已成为我省的一张教育名片。我们要将它进一步发扬光大，让全国的中小学生，都能共享舒老师的这一创新教育教学研究成果！"鹏飞显得喜悦而激动。

梁柱接道："这是舒老师最大的心愿。"

芳菲若有所思，轻轻颔首应答。她紧紧握住两个年轻人的手，慈祥的眼睛里闪烁着晶莹的泪花。

此刻，禹山沟学校的广播里，正播放着《长大后我就成了你》这首优美动听的歌曲。

图书在版编目（CIP）数据

心灯 / 汤清发著 . -- 北京：作家出版社，2023.10
（"新时代山乡巨变创作计划"潜力文丛）
ISBN 978-7-5212-2420-7

Ⅰ.①心… Ⅱ.①汤… Ⅲ.①长篇小说—中国—当代 Ⅳ.① I247.5

中国国家版本馆 CIP 数据核字（2023）第 150483 号

心灯

作　　者：汤清发
责任编辑：张　平
装帧设计：意匠文化·丁奔亮
出版发行：作家出版社有限公司
社　　址：北京农展馆南里 10 号　　邮　　编：100125
电话传真：86-10-65067186（发行中心及邮购部）
　　　　　86-10-65004079（总编室）
E-mail:zuojia @ zuojia.net.cn
http://www.zuojiachubanshe.com
印　　刷：三河市北燕印装有限公司
成品尺寸：170×240
字　　数：400 千
印　　张：23.5
版　　次：2023 年 10 月第 1 版
印　　次：2023 年 10 月第 1 次印刷
ISBN 978-7-5212-2420-7
定　　价：68.00 元

作家版图书，版权所有，侵权必究。
作家版图书，印装错误可随时退换。